女配的完美爱情

公子闻筝 著

上册

青岛出版社
QINGDAO PUBLISHING HOUSE

图书在版编目（CIP）数据

女配的完美爱情/公子闻筝著. —青岛:青岛出版社,2021.7
ISBN 978-7-5552-9581-5

Ⅰ.①女… Ⅱ.①公… Ⅲ.①言情小说－中国－当代 Ⅳ.①I247.5

中国版本图书馆CIP数据核字（2021）第007616号

书　　名　女配的完美爱情
作　　者　公子闻筝
出版发行　青岛出版社
社　　址　青岛市崂山区海尔路182号（266061）
本社网址　http://www.qdpub.com
邮购电话　18613853563　0532-68068091
责任编辑　李文峰
特约编辑　张玙璠
校　　对　宋　芸
装帧设计　梁　霞
照　　排　梁　霞
印　　刷　三河市良远印务有限公司
出版日期　2021年7月第1版　2021年7月第1次印刷
开　　本　16开（640mm×920mm）
印　　张　40
字　　数　410千
书　　号　ISBN 978-7-5552-9581-5
定　　价　69.80元（全2册）
编校印装质量、盗版监督服务电话　4006532017　0532-68068050

目　录㊤㊥

目 录 （下册）

第一章　伪装的爱情

得知易扬回来的消息，许辛夷刻意向剧组请了假，早早回家准备。

公司事多，易扬大部分时间出差在外，而许辛夷拍戏忙，常年不着家。

结婚两年，两人见面少之又少。

这次易扬回来，估计得待好长一段时间。

许辛夷抓住机会，吩咐助理买了不少易扬喜欢吃的菜，开始准备晚餐。

高端的食材往往只需要最简单的烹饪方式，忙碌了两个小时的许辛夷做了一桌海鲜大餐。

八点，许辛夷坐在餐桌前，看着桌上逐渐冷却的饭菜失神。

门口没有动静，她也没有收到任何信息。

她知道，易扬刚回国，应酬肯定多，这个时间他多半是被什么人、什么事绊住了，脱不开身。

这种事发生太多次，太常见，她也就见怪不怪了。

好像在这场婚姻里，女人在工作忙碌的强势丈夫面前，永远处于弱势，她扮演得最多的角色，就像是在餐桌前等待丈夫回家的望夫石，除了安静地等待，别无他法。

耐心十足的许辛夷等到九点，给易扬打了个电话。

电话没人接。

看着面前早已凉透的饭菜，许辛夷耐心地将饭菜一样一样送进微波炉里热好。

她继续等着。

终于到十一点，门口方向传来动静，而此刻餐桌上的饭菜早已凉透了。

易扬披星戴月而归，将脱下的西装外套搭在手臂上，白色衬衫下宽阔而精瘦的肩胛透着力量感。他眉心深陷，强压着一股冷漠气息。

空气里弥漫着一股淡淡的酒气。

“你回来了？”

一个娇滴滴的声音从厨房方向传了过来。

易扬偏过头看去，厨房橘黄色的昏暗灯光下，与他结婚两年的妻子正惊喜地看着他。

霎时间，易扬的五官上如同覆上了一层冰霜。他看了许辛夷一眼，从喉咙里蹦出一个字：“嗯。”

“吃饭了吗？我亲自给你……”

“不用了，过来，我有事和你商量。”

易扬坐在沙发上，裹在西装裤中的两条长腿落在地上，手肘撑在大腿上。他弓着身，低着头，疲惫地揉着眉心，在许辛夷走到他身边时，将一份文件扔在面前的茶几上。

虽然是商量，但他的语气里没有半分商量的意思。

“看看，如果没什么意见就签字吧。”

“硕大”的“离婚协议书”的字样映入许辛夷的眼帘。

“《离婚协议书》？你要和我离婚？”许辛夷声音颤抖，眉心紧皱，仿佛受到了莫大的刺激。

她惊疑不定地看着易扬，红了眼眶：“易扬，你别和我开玩笑了，我给你准备了你最喜欢吃的海鲜，还有……你工作累了吧？要不要先洗澡再……”

“我不是和你开玩笑，许辛夷，两年前我们结婚，你应该知道是为什么，这两年我们没有夫妻之实，也没有外人知道这场婚姻的存在，现在离婚，你不会有任何名誉和财产上的损失。另外，财产的分割如果你看不懂，明天我会让律师单独跟你讲解。”

“我不懂！我什么都不懂！我们先吃饭好不好？吃完饭你好好休息，我还有事就不陪你了。”

“许辛夷，我在和你谈正事，你不要无理取闹！”

许辛夷怔了片刻，双拳攥得紧紧的，蓄了满满一眼眶的热泪。

她既不解又绝望，毫不遮掩心中的委屈：“为什么？明明这两年都好好的，为什么你要和我离婚？理由呢？是我不够好吗？还是我哪里做得不对？你总得给我一个理由。”

“理由？”易扬看了她良久，突然发出一声嗤笑，嘴角的讥诮之意刺得许辛夷鼻尖发酸。

“这些年你背地里干了些什么，就不需要我一一赘述了吧？我不想说话太难听，也不想把这一切都说破，和平离婚给大家都留点面子。”

“可是……我不答应离婚！我不答应！我不离！”许辛夷要将《离婚协议书》撕成两截，“我们是夫妻，这两年过得好好的，为什么要离婚？”

易扬冷眼看着，并不加以阻止：“明天我会带律师过来，你好好休息，我先走了。”

他竟然连睡都不肯在这里睡。

易扬穿上外套离开。

临出门前他回头看了一眼，许辛夷背对着他蹲在茶几边上，手里握着那份离婚协议，无声颤抖。

易扬眸色微暗。他知道许辛夷对自己一往情深，但他对许辛夷没有半点喜欢的意思，如果不是许辛夷最近行事太过，差点闹出人命来，他也不会提出离婚。

这场婚姻没有价值也没有意义，两人继续下去，最终只是作茧自缚、害人害己而已。

停顿片刻后，易扬抬脚离开。

偌大的客厅里充斥着一股阴冷之感。

行了，别笑了，差点就露馅了。

许辛夷笑得花枝乱颤，整个人都忍不住地抖。她埋怨道：“讨厌，这么大的事也不让我开心开心。”

她坐在沙发上，看着被自己一激动演过头撕了的《离婚协议书》，哪里还有刚才在易扬面前那种悲痛欲绝的惨状？她的嘴角都咧到了耳后根。

“知道《离婚协议书》会来，可是没想到来得这么快，小A，只要和易扬签完《离婚协议书》，一切就到此为止了，对吧？”

是。

许辛夷满意地笑了。

两年前许辛夷眼一闭一睁，穿越到了这个世界，不仅如此，还绑定了一个系统小A。小A告诉她：你是恶毒女配角，下场凄凉。

许辛夷眼一闭一睁，差点又走了。

小A给了她一次重生的机会，同时也给了她两个选择。

第一，为了活命，你可以从现在开始忍辱负重，努力洗脱自己在所有人心目中的恶毒形象，让所有人接纳你，让易扬真心爱上你，用人间真善美摆脱恶毒女配角的命运。

许辛夷仿佛听到了来自唱诗班的歌声。

这里插播一条关于易扬的个人简介，二十八岁，身家百亿，身高一米八八，英俊帅气，至今单身，是亿万分之一的“钻石王老五”。

第二，破罐破摔，你可以顺应“人设”和剧情，继续干坏事，走恶毒女配角的路，但所有人都会唾骂你，你的老公也会讨厌你，你会背负一个坏女人的形象活着，直到易扬愿意和你离婚为止。

生命诚可贵，爱情价更高。

“一听起来不错，我选二。

“日子舒不舒心不重要，我就想看看离婚证长什么样。”

不就是扮演一个情根深种却为爱做尽坏事的恶毒女配角吗？她太会了！

许辛夷相信，以自己的“讨人厌”程度，过不了多久，易扬绝对会选择和自己离婚，有百分之百的把握的事，不选是傻子。

果不其然，许辛夷才扮演恶毒女配的角色不到两年，与她聚少离多的易扬就向她提出了离婚。

眼看着梦想成真，她怎么能不高兴？

许辛夷心情大好，将桌上的一堆海鲜扔进垃圾桶里，进房泡了个热水澡，敷着面膜喝了点红酒权当庆祝。

你真的不想再挽救一下？其实易扬这个人长得帅，又有钱，各方面都不错。

“瞧你说的，好像这世界上就只有易扬这一个男人似的，我提醒你，我在娱乐圈混了可不止两年，什么优秀的男人没见过？我为什么要在易扬这一棵树上吊死，放弃娱乐圈里那一大片森林？更何况……”许辛夷望着镜子里百媚千娇的女人，“我这么漂亮、这么年轻，为什么非得围着一个男人转不可呢？”

“许辛夷”虽然恶毒，却是个情根深种的女人，对易扬一见钟情，因为家族联姻和易扬在一起，易扬对她爱搭不理，她却甘之如饴。在娱乐圈，她因为背景强大，所以嚣张跋扈没人敢惹，得罪了不少人。

易扬要和“许辛夷”离婚，“许辛夷”打死不离，屡次以自杀要挟，最后把自己弄得疯疯癫癫的，两人还是离婚了，“许辛夷”的结局……一言难尽，就不提了。

至于易扬，就当他的痴情男配角去吧，反正也不会有好下场。

而她呢，现在就想和易扬顺顺利利离婚，被爱所伤，从此不再相信爱情，没心没肺地只谈钱不谈爱，坐拥巨额财产，游戏人间，平平淡淡地度过余生。

这样她的人生就完美了。

易扬办事果断干脆，回国的第二天就将离婚事宜准备妥当，带着两名律师杀回公寓。

这套公寓是易氏开发的一处房产，一品兰亭。这套房是易老先生送给他们夫妻的结婚礼物。房子在市中心，方便他们落脚休息，高楼层，江景房，占地四百二十平方米，站在窗前将整座城市一览无余，视野极佳。

许辛夷挺喜欢这套公寓的，不知道财产分割时这套房子会不会分给她。

“易太太，刚才和您交代的财产分割方面，您还有什么不明白的地方吗？”

许辛夷眼眶通红、面容憔悴，从进门到现在，就没拿正眼瞧过两名律师。

易扬懒洋洋地往后一靠，睨着那份《离婚协议书》，干净的眉眼之间透着一股瘆人的凉薄之意。

“没意见的话就签字吧。”

许辛夷在心底骂了一句“真装”，面上却依然做垂死挣扎状：“不，我不签，易扬，就算我答应，妈和爷爷也不会答应的，你问过他们的意见吗？如果他们知道了……”

“我会和他们交代，这件事你不用管。”

演戏得演全，许辛夷颤抖地望着易扬，说：“老公，我知道我做错了很多事，我答应你，以后我都改，我什么都改，我们不离婚，好吗？”

“都到了这个地步，你认为还有任何转圜的余地？”

见易扬无动于衷，许辛夷“心如死灰”，像是不得已接受了这个事实，无力抗争。

她一抹眼泪狠心道：“离婚可以，除刚才分割的财产外，我还要这套房子。”

“可以。”

“你不能和任何人透露我们结过婚的消息。”

“行。”

郎心似铁，易扬真是个好狠心的男人！

许辛夷穷途末路不再迟疑，颤抖着手拿起纸笔，一滴泪从眼眶里滑落，砸在签字处，洇了一大片的泪痕。

两名律师对视一眼，皆看到了对方眼底的叹息之意。

签完字，许辛夷恋恋不舍地看了一眼《离婚协议书》，用哀求的目光看向易扬，见易扬连看都不愿看她一眼，才悲愤欲绝地将《离婚协议书》往前一推，死咬着下唇，泪如雨下，不肯再多说一句话。

律师将许辛夷的签字看了一遍，确认无误后将《离婚协议书》递给了易扬。

“易先生，请在这里签字。”

易扬握笔，落笔在纸上，只等笔尖滑动，一个字迹刚劲有力的名字就会印在签字处。

——快签快签！我终于可以离开这个鬼地方了！

正准备在《离婚协议书》上签字的易扬手一停，奇怪地看向许辛夷。

许辛夷也看着他。

他刚才……好像听到了什么声音？

许辛夷的声音？

易扬那双带着疑惑的眼睛望了过来。

“老公，你……不离了吗？”许辛夷心里咯噔一声，猛地颤了一下，屏息以待。

——阿弥陀佛，老天保佑！

看着许辛夷满是泪水的一张脸，易扬更加疑惑。

幻听？他疲惫地揉了揉眉心，也许是最近太累了。易扬这么安慰自己，深吸了口气，继续签字。

——吓死我了，他如果出尔反尔不离了，我岂不是白演了？

易扬手一顿。

——签完离婚协议，不如今晚开个派对庆祝一下，前两天李导找上门的那部剧，找时间谈一谈，男一号好像是韩骁，听说还有床戏和吻戏……

易扬握紧了笔。

——菠萝卫视好像新办了个男子天团的选秀类节目，有一百多个刚大学毕业的“小鲜肉”，不知道缺不缺嘉宾……

许辛夷憧憬着美好的未来，沉浸在自己的世界里，丝毫没有注意到易扬的脸色越来越难看。

——当初我就猜到，两年，顶多两年他就要和我离婚，果真让我给猜对了。

易扬在纸上写了个“日”。

易字“日”出头，同样代表了易扬此刻的心情。

当然，他是不会承认的。

易扬不信奉鬼神玄学，更愿意相信这是自己连日来的劳累所造成的幻听后遗症。

如果不是他累出了幻觉，怎么会发生这么离奇的事？

“易先生，您怎么了？是有什么不对吗？”律师也发现了易扬的不对劲，误以为易扬对《离婚协议书》里的内容有所不满。

“老公，你怎么了？是不是太累了？不然我们改天……”许辛夷也就随口一说，易扬如果真听她的，也就不会提离婚了。

她有自己的打算。

“许辛夷”这些年的积蓄再加上现在离婚后分得的这笔钱，有几个零她数都数不清，再加上她如今在娱乐圈的名声和地位，还怕没有“小鲜肉”前赴后继、一往无前？

至于这个注定会被别的女人迷得神魂颠倒的易扬，谁爱要谁要。

她思来想去，一个字，稳！

如今万事俱备，只欠东风，她就等易扬签字了。

一离婚，海阔凭鱼跃，天高任鸟飞，还不是她想怎样就怎样？

一想到未来的美好生活，许辛夷即便演技精湛也隐隐压制不住那上扬的嘴角了。

——签个字也这么磨叽，就算他今天一脚踏进棺材了也先给我把字签了。

听听，她说的这是人话？

易扬不适地扯了扯领带，力求沉着冷静地应对：“我没事。”

——哇！这浑蛋扯领带的姿势还挺帅的。

——不过这浑蛋以后会爱上别的女人，和别的女人卿卿我我，还会为了别的女人打我、骂我、羞辱我，啧啧……帅有什么用？对这种人渣，还是早点离婚眼不见为净的好。

突然被冠上“出轨、家暴的人渣”之名的易扬呼吸一窒，握笔的手骨节泛白。

到现在为止，发生的每一件事都在冲击着他的理智和认知——无论是能听到许辛夷的心声这件事，还是关于许辛夷这个人。

他将笔一扔，道：“不离了。”

“不离了？”两名律师面面相觑。

易扬万分冷静地说：“改天。”

许辛夷：“……”

——杀人犯法杀人犯法，许辛夷，你冷静点，不能冲动，千万不能冲动！想想你的“小鲜肉”，他们不能没有你，别生气！

被易扬“不离了”三个字震得灵魂出窍的许辛夷，听到“改天”两个字时回过神来，第一时间稳住了自己想杀人的心。

扯着一个看似喜极而泣实则如丧考妣的笑容，她“惊喜交加”，哽咽到失语，全然一副泪眼婆娑不知道该说什么好的表情。

两名律师对易扬的家事不做任何评价，甚至在易扬说“不离了”的时候，就已经在收拾文件准备离开。

毕竟他们的本职工作是解决夫妻离婚时产生的财产分配问题，他们不是居委会大妈。

待律师离开后，易扬手捂着头往后仰靠在沙发上。

他想，兴许是自己脑子里有了血块，或者是出了什么其他的问题。

他双眸失神地望着上空，耳边却还是传来许辛夷的声音。

——他又在想什么幺蛾子？一会儿说离一会儿又不离，他脑子里进水了？

虽然不明白易扬为什么临时变卦，但对于许辛夷来说，这是她“梦寐以求”的事，她就当前的局势发言：“老公，你没事吧？”

易扬倏然睁开眼睛望着她，目光带着疑惑。

许辛夷回想自己上上部戏饰演的痴情女人的角色，又哭又笑地哽咽道：“老公，你能回心转意不和我离婚我真的太高兴了！”

——才怪！

——这浑蛋不会是在耍我吧？

——我记得之前我故意耍大牌、传绯闻、抢戏、刁难人的消息都让人传给他了，他不可能没看见哪。

她离得近了，他听得越发清晰。

“故意”“都让人传给他了”？

她是什么意思？

易扬微眯双眼，仔细认真地端详她，仿佛从未认识过她一般。

许辛夷在娱乐圈名声不好，有“黑寡妇”之称。她仗着自己有背景，在娱乐圈里横行霸道、为所欲为。

她是恶毒女配角嘛，行事嚣张本就是她的性格，待人和善岂不是毁“人设”了？

但就因为这态度问题，在进娱乐圈之初她就得罪了不少人，直到现在都有人全方位盯着她，不管她做了什么，总有人第一时间恶意夸大并扭曲事实，然后对她一通谴责。

好在许辛夷有那么几分演技，虽然暂时还不能问鼎奥斯卡，但也比现在娱乐圈里唱跳转型的影视明星强上不少，有那么几个“颜值粉”和“事业粉”。

所以，她总能接到戏，抹黑归抹黑，“演技好”这点毋庸置疑。

像前段时间，《贝贝升职记》中原定的女主角被制片方塞进组之后，演技差劲，被导演挑剔许久，后来换了许辛夷进组。这事明明就是导演的锅，传来传去，却成了许辛夷抢戏。

许辛夷完全不将这事放在心上，甚至还有点沾沾自喜，觉得省了她兴风作浪的时间。

她算是看透了，娱乐圈就是个欺软怕硬的地方，那些阳奉阴违的人背地里咬牙切齿地编派你，当面还得笑着喊你一声“姐”。

原本许辛夷都打算好了，离婚后能在娱乐圈站稳脚跟最好，如果不能，她就为爱隐退，留下一段为情所困的传奇供后人瞻仰，哪里料到易扬这孙子临时变卦？

——我未来的美好生活，全被易扬这浑蛋给毁了。

——不和我离婚，总有一天你会后悔的！

许辛夷心里藏着一只张牙舞爪的野兽，表面上却是一张美艳动人的美人脸，活像是皇后的毒苹果，表面无害，切开全是毒。

易扬心想，刚才冲动了，还是得离婚。

无论是那个在外仗势欺人、嚣张跋扈的许辛夷，还是现在这个心口不一的女人，都不是他消受得了的。

“许辛夷，我后悔了，我们还是离婚吧。”

“啊？”

——这浑蛋真的是在耍我！我要敲爆他的头！！

易扬只觉得头嗡的一声，剧烈地疼了起来。

他拿出手机正准备让律师回头时，“太后”来了电话，让他们夫妻俩回老宅一趟。

易扬是标准的“富三代”，如今所拥有的一切，都是建立在爷爷和父亲两代人努力打拼的基础上，都说富不过三代，但易家到了易扬这里，不仅没败光家产，反而更上一层楼，彻底巩固了易家在各行业内的地位，外人不可撼动。

——这次肯定是因为离婚的事，当初结婚是因为易老先生和爷爷当年定下的婚约，易扬他妈根本就不喜欢我，这次回去，她说不定还能劝易扬离婚……如果真能离婚，她就是我亲妈！

——唉，都怪这浑蛋，如果能签字，我也用不着回去和他妈周旋，那个阿姨段位太高，打不过。

——都说婆媳关系差很大一部分原因是儿子不作为，我这两年太惨了，所有的不幸都是这男人造成的！

——今天也不知道那个女人会不会来踩我一脚，我得提前想好招踩回去，吃饭吃菜千万不能吃亏！所以说，女人没事结什么婚？上要斗婆婆，下要斗情敌，就为了个男人斗来斗去都快斗成斗鸡眼了。

——再给易扬一段时间，再不和我离婚，我就让他知道青青草原到底有多辽阔！

——呸！出尔反尔的臭男人！

车缓缓驶入易家大宅。

易扬下车时脸色青白，隐隐可见紧攥的拳头微微发抖，浑身上下写着“生人勿近”四个字。

老管家出来相迎，当头碰了一鼻子灰。

“少夫人，少爷这是怎么了？”

许辛夷也摸不着头脑，自上车后易扬就一直板着脸，脸黑得像锅底，活像谁欠他钱似的。

“陈伯伯放心，没事。”

“那就好，进去吧，夫人等您多时了。”

许辛夷刚进门，就听到客厅里传来一阵说话声，女声温柔婉转，语气缓慢而从容，音色好听，单从声音上就能给人无限幻想，这会是个怎样知书达理的温柔女人？

“妈，您叫我们回来有什么事？”

易扬和许辛夷一前一后地进门，客厅里说话的声音瞬间就停了。

易夫人年过五十，保养得相当得当，肩背挺拔，看不出老态，五官并不显刻薄，相反一眼望过去还给人一种慈母的心安感，和身边那个正值青春貌美的女人比起来，虽少了份年轻，但也多了份雍容和气度。

易夫人亲密地拉着身边的女人的手，笑道：“妍妍昨天刚回国，带了礼物来看看我，我刚好也有事找你，所以就叫你们回来一趟。”

易夫人身边的女人是著名的服装设计师、排得上号的平面模特，秦妍。

“易扬，好久不见，”秦妍落落大方地起身，好像她真的只是来看望一二，“辛夷，这么长时间没见，越来越漂亮了。”

许辛夷客套地笑道：“你也是。”

“我给你带了份礼物，不知道你喜不喜欢，希望你能收下。”

——不知道我喜不喜欢就不要送了。

秦妍说着从面前的茶几上提出一个一看就很昂贵的礼品袋，从中拿出一个首饰盒来递给许辛夷。

“打开看看。”

——这个盒子看似是个普通的礼物盒，却是倒着设计的，如果我就这么接过来打开，卡座不稳，那么里面的东西肯定会掉到地上摔坏，我倒着打开，里面的东西旋转之后会磕到盒子边缘，还是会坏。

——一进门就给我来了个下马威，怎么办呢？

——若我摔坏了东西，这女人又得楚楚可怜地红着眼睛哽咽，说什么“辛夷不喜欢我送的东西也不用这样子，我是真心想送给你的”，然后像受了委屈似的就要走。他妈肯定不让，接着就得借题发挥数落我，易扬这臭男人在这儿我不能回嘴，态度还得好，只能任由他妈数落，臭男人说不定也会认为是我故意的，紧接着我就该道歉了，“白莲花”坐在一边看我的笑话……

——天哪，太恶心了，我不能受这样的委屈！

——“白莲花”喜欢易扬不早点表白，现在在这儿当小三耍心机……我看他俩简直天生一对！早点结婚生子吧，别出来祸害别人！

——我太惨了，这臭男人为什么不和我离婚，要让我承受这样的痛苦？

——不行，我得想个办法，不能这么被动，得先发制人！

在她身边将这些内心活动听得一清二楚的易扬脸色简直不能用“难看”二字来形容了。

他和秦妍一起长大，很了解秦妍，秦妍是个单纯善良的女孩，怎么送个东西都能有这么多恶意的想法？

在许辛夷接过首饰盒的瞬间，易扬伸手将盒子接了过来。他眸色微沉地看着许辛夷，将首饰盒打开。

他倒要让许辛夷看看，秦妍到底是不是她认为的那样……

啪——

一只碧绿剔透的手镯从首饰盒中滑出，摔落在地的瞬间，四分五裂。

易夫人惊了。

秦妍愣了。

许辛夷早在易扬将首饰盒接过去时便欣喜若狂，现在狠狠地拧了一把手臂，泫然泪下：“易扬，你干什么呀？就算你不喜欢秦妍送给我的东西也不用这个样子，秦妍是真心想送给我的！”

易扬：“……”

摔碎在地上的碎片仿佛狠狠地给了易扬一巴掌。

易扬自回国之后，脸色就没好看过。

他看向秦妍的眼神变幻莫测，不由得开始思索之前许辛夷心里想的那番话。

他实在没办法相信，自己认识了十多年的人会是许辛夷心里恶意揣测的那一类虚伪的人。

可眼前的一切却又让他不得不相信。

否则如此昂贵的首饰盒，怎么到他手里轻轻一开，玉镯就从首饰盒里掉到地上碎了？

——还好躲过一劫，如果不是易扬这个冤大头，我还不知道怎么脱身呢。

——臭男人关键时刻还挺有用的。

“老公，这是秦小姐的一片心意，你看看，”许辛夷无比惋惜地从地上捡起一块玉镯的碎片，痛心疾首地指责他，“单看这一小块就知道这玉镯的成色有多好，你怎么能这么不小心呢？”

“易扬，怎么回事，怎么连个玉镯都拿不稳？”易夫人忙打圆场，转身对秦妍笑道：“妍妍，实在不好意思，易扬最近工作繁忙，国内国外满世界跑，昨天才回国，时差还没倒回来，他不是有心的，你别放在心上，改天伯母送一个更好的玉镯给你。”

秦妍当然不会因为一个玉镯而和易夫人发生口角上的不愉快，十分善解人意地道：“伯母，我明白易扬不是故意的，我也是这两天才回国，时差没倒回来，精神总不太好，至于玉镯……这个玉镯本来就是送给辛夷的，您再送个更好的给我算什么意思呢？”

易夫人很满意她的话，拍拍她的手背，笑道：“你能这么想伯母就放心了。”

作为秦家唯一的女儿、国际知名的设计师、有名的平面模特，秦妍背景深厚，送的这个玉镯成色是真的好，在许辛夷和易扬回来之前，还特地给易夫人看过。

易夫人拥有过无数首饰，怎么不知道这玉镯的价值？易夫人当时就说秦妍太破费。

当秦妍说了“伯母，我和易扬从小一起长大，易扬结婚的时候我不在国内，这次好不容易回国，这个玉镯就算是我补给易扬和辛夷的结婚礼物，您就别推托了”后，易夫人才点头。

秦妍是易夫人看着长大的，知道易夫人喜欢自己，在易扬和许辛夷结婚前，易夫人一直将自己当儿媳妇看待。

可易夫人再喜欢，也抵不过易老先生的一个诺言。

不过在回国之前她就打听过了，许辛夷行事乖张、性格嚣张跋扈，很不得易夫人喜欢，和易扬也只是表面上的夫妻而已，两人之间没有真情。

这玉镯本来只是用来试探许辛夷的，就这么成了一堆不值钱的碎片，秦妍一点也不觉得惋惜。

她只是为这个玉镯不是在许辛夷手里打碎的而感到惋惜。

“秦小姐，虽然说这次全是易扬的错，但是你回去之后得问问卖给你玉镯的老板是怎么回事，玉镯这么容易碎的首饰，首饰盒怎么设计得这么马虎？”

在“全是易扬的错”这几个字上，许辛夷发了重音。

——真是双重标准，这如果是我打碎的，易扬他妈指不定怎么数落我，亲儿子犯了错就百般维护，都不用道歉。

气氛顿时就冷了下来。

豪门出身的易夫人自然见多识广，在易家这么多年，什么人、什么事都见过，心里自然有数。

易夫人当即便将搭在秦妍手背上的手收回，笑容淡了许多。

易扬黑着脸道：“抱歉，我不是故意的。”

秦妍表情一滞，但随即反应过来，若无其事地笑道：“没事，辛夷喜欢的话，改天我再送一只手镯过来。”

“那怎么好意思？这只手镯是易扬打碎的，当然得由易扬赔我，怎么能让你破费？妈，您说对吧？”

易夫人吸了口气，点头。

许辛夷缠着易扬不放：“老公，你摔碎了秦小姐送我的玉镯，你可得赔我一个……一模一样的玉镯！”

——至少得七位数！

易扬望着她，眼底是浓浓的警告之意。他从喉咙里挤出了几个字：“好，赔你！”

“老公，你真好！”许辛夷“傻白甜”似的一无所知，喜笑颜开地道：“陈伯伯，您快让人来把这里的垃圾扫一扫，扔出去，不然待会儿伤着人就不好了。”

许辛夷这话像在指桑骂槐，又让人寻不出错，秦妍要是斤斤计较未免显得太小心眼，全往肚子里咽又太憋屈。

秦妍起身告辞：“伯母，我这次来……只是来看看您，时间不早了，我也该走了。”

她只说走，没敢表现出委屈之情。

易夫人让人送秦妍出门，随后看了一眼许辛夷和易扬：“易扬，你跟我来。”

——来了来了，终于来了！说不定就是逼易扬离婚！妈！加油！这事成了，你就是我亲妈！

易扬脚下一顿，转身看向差点没藏好脸上猖狂笑容的许辛夷道："你也过来。"

许辛夷："……"

易夫人见易扬与许辛夷一前一后地进了书房，刚想说话，易扬就解释道："我们是夫妻，没有什么是她不能听的。"

易夫人叹了口气："那我就直说了。说吧，你们是不是打算离婚？"

许辛夷听到这话时，内心激动得说不出话来。

半晌后。

"妈！"这声"妈"许辛夷叫得比以往还要情真意切，"这件事，您还是问易扬吧。"

"易扬，你说，怎么回事？"

——快说！说你讨厌我、不喜欢我，就算是断绝母子关系、不能继承易家的家产，就算死，也要和我离婚！

易扬双拳攥得手背青筋暴起，这个女人一直在他的忍耐范围内挑衅，简直可恶！

深呼吸后，他好半天才稳住心神。

他问："这事您怎么知道？"

"我怎么知道？公司的律师第一时间就想把这消息告诉在山上疗养的老先生，如果不是我先发现压了下来，你是不是打算先斩后奏？"易夫人说完，又看了一眼许辛夷："这么大的事，怎么不提前和我商量？"

"妈，我……我知道我做得不好，也知道我不如秦小姐那么讨人喜欢，易扬不喜欢我是正常的，可是我以后都会改，您相信我，您帮我劝劝易扬，我不想离婚……"

许辛夷刻意提起秦妍，就是为了让易夫人在心中有个对比。

——你看，你有秦妍那么优秀的儿媳妇替补人选，为什么还要容忍我呢？快让你儿子和我离婚！快用你的母子之情威胁他！如果不离，就和他断绝母子关系！

易扬这头啊，又嗡的一声剧烈地疼了起来。

估计过两天他就得得偏头痛了。

"离婚涉及不少财产分割，这么大的事，你还想一声不响地瞒着我们？你翅膀硬了不把我这个当妈的放在眼里了是不是？"

——说得好！这臭男人就是目中无人！

“妈，这件事我会处理好的。”

易夫人怒斥道：“处理好？你怎么处理好？”

易扬据理力争：“财产方面已经由律师分割好了，如果您不放心，过两天我让律师单独和您交代。”

“单独和我交代？你爷爷呢？你想过怎么和他交代吗？”

许辛夷哭得游刃有余：“妈、易扬，我不要离婚，我不答应，我绝不答应和易扬离婚，就算您答应，爷爷……爷爷也不会答应的！”

——快快快，趁着爷爷不在，赶紧把手续给办了！

易扬咬牙切齿地道：“爷爷那边我会亲自向他老人家请罪，这婚，我非离不可！”

许辛夷“大失所望”，潸然泪下：“易扬，你就这么讨厌我吗？我知道我比不上秦小姐，可是我对你……对你一片真心，这些年你虽然没有碰过我，但你应该能明白我对你的心意。”

“什么？没碰过……”易夫人震怒，“易扬！怎么回事？你们结婚两年了！”

——我怀疑他是那方面不行并且已经掌握了证据，否则为什么他能对我这么漂亮的一个小姑娘视而不见？

“妈，您别怪易扬，他不喜欢我我不怪他，怪只怪……”

易扬：“你闭嘴！”

易夫人：“你闭嘴！”

许辛夷：“……”

许辛夷委屈地站在一边，欲语泪先垂，无声哽咽。

——急死个人，原来易扬的磨蹭是有家族遗传的，这么点小事也值得吵这么久？

书房内静了一静。

三人都冷静下来仔细想了想。

易夫人捂额沉思。

易扬也沉默不语。

半晌后，易夫人才深吸了口气，恢复了之前从容不迫的气度，缓缓地说道：“我不同意你们离婚，易扬，你胆敢和许辛夷离婚，以后就别再叫我一声妈，听见了吗？”

易扬戳在那儿没有说话。

许辛夷也如被一盆冷水当头泼下。

这剧情怎么不对，怎么会是“胆敢离婚就别再叫我一声妈”？易夫人怎么不按常理出牌？

“疗养院那边说，老先生恢复得不错，下周就回来了，但是医生也说了，老人家年纪大了受不得刺激，你们的婚事也是老先生一手操办的，应该知道老先生对你们的期盼有多高……你们懂我的意思吗？”

许辛夷如遭雷击。

她把这茬给忘了。

——爷爷身体不好，是不能受刺激的。

——不过……他们可以先离婚，然后瞒着老先生呗，做一段时间的假夫妻，反正这两年的夫妻生活也和假的没什么两样！

——我想得到，易扬应该也想得到吧？

她意味深长地看向易扬。

易夫人语重心长地道：“易扬，你现在长大了，行事有自己的分寸，这件事我相信你应该知道怎么办。”

许辛夷满怀期盼地看着他。

易扬侧目望着她，她就这么想和他离婚？

“我知道该怎么做了，妈，你放心吧。”

咔嚓——

这是梦想破碎的声音，许辛夷脸色沉沉。

许辛夷与易扬一前一后地离开书房，到拐角处，易扬抓住许辛夷的手臂，将她扯进一间虚掩着门的客房内。

易扬居高临下，周身气压一沉，给人难以言喻的心悸感，一股无来由的压迫感压得人喘不过气来。

“第一，爷爷身体不好，离婚的事情推迟。”

许辛夷压下心里的难过，眼睛里闪着星光，含泪点头。

——那你可一定要记得啊！

“第二，下周爷爷回来，所以我们得在老宅住一段时间，在这期间，你不许和爷爷说任何乱七八糟的话，更不许提结婚两年没有同房的事！”

——本来就没有同房……

许辛夷大惊失色。

——这浑蛋不会让我和他同床共枕吧？

——他会不会想对我做点什么?

许辛夷吞吞吐吐地道:“老公,这样……是不是不太好?这儿……离市区远,你工作又忙,住在这儿不方便,不如这样,我在这儿替你孝顺爷爷,你……”

“许辛夷,别以为我不知道你心里在想什么!你放心,我对你没有兴趣,绝对不会碰你一下。”

——是吗?你还能听到我心里想什么?那你听得到我在叫你吗?混账东西!臭男人!耽误我这棵白菜的猪!我这朵鲜花插在你这坨牛粪上!牛粪!你听到了吗?你个臭男人!

易扬:“许辛夷!”

易扬与许辛夷前脚刚出书房门,陈管家后脚就笑着走了进去。

易老先生年轻的时候他就一直在易家工作,这么多年两鬓发白也没舍得离开易家,可以说是看着易扬长大的。

易夫人正坐在沙发上揉着眉心,刚才和这夫妻俩说了这几句话,脑子里一阵一阵疼。

冤孽!

“陈伯,你让人把易扬和辛夷的房间收拾出来,爸回来之后,他们就先在家里住一段时间。”

陈伯慈爱地笑道:“这可好,老先生知道了一定高兴,我现在就去安排。”

“等会儿!”易夫人叫住欲出门的陈伯,想了想道,“等爸回来之后,你把家里所有的娱乐杂志全部给我扔了,一本也不许出现在爸的面前,还有电视里所有有关辛夷的新闻,都不许让爸知道。”

许辛夷在外的名声,易家哪个都知道,除了这两年在山上疗养的易老先生。

“爸身体刚刚见好,医生说不能受太多刺激,劳烦您平时多关注些,千万不能让外边那些乱七八糟的传言传到爸的耳朵里……”

易夫人话音还未落,门外传来易扬气得失控的一声怒斥:“许辛夷!”

两人愣了片刻。

倒是陈伯先回过神来,笑着说:“估计又是少爷和少夫人在闹着玩呢。”

易夫人叹了口气,愤恨地道:“真是两个冤家!行了,你去吧。”

陈伯笑着离开。

当天晚上，易扬和许辛夷便在老宅住下了。

两人刚结婚那段时间就是在老宅住着的，后来易老先生病发，去了山上疗养院休养，两人这才以工作方便为由，搬去了市中心的公寓。

虽说是夫妻同住，但易扬工作忙，许辛夷也常年在外拍戏，动辄一两个月不着家，夫妻二人聚少离多。

被强压着在老宅住下，如果易扬是一百八十个不愿意，那么许辛夷就是三百六十个抗拒，但她不能表现出一丁点的抗拒，相反，还得表现得欣喜若狂、满怀期待。

她这就很难过了。

好在许辛夷不是喜欢钻牛角尖的人，两年都过来了，再等等也无妨。

只是她有些奇怪，易扬既然连财产分割方案都想好了，《离婚协议书》也准备妥当了，怎么就在签字的环节反悔了呢？

“小A，你说那浑蛋怎么就突然反悔了？按理来说不应该啊。”

这个我也不知道。不过我建议你别老说脏话，这样不好。

“你可别误会，平时我可不说脏话。”许辛夷对着镜子卸妆，看着里面千娇百媚的一张脸，心情好了许多，“除了对易扬，他的混账程度值得我特殊对待。”

卸完妆洗完澡，许辛夷在全身镜前晃了一圈。

这么好的身材和脸蛋，真是便宜了易扬那双眼睛。

走出浴室，她一眼便瞧见坐在沙发上专注看书的易扬。他穿着一身家居服，头发还有一些湿润地垂在前额上，从许辛夷这个角度来看，眼前这个脱了西装的易扬少了白天里的盛气凌人与不可一世，更多了几分亲和力。

许辛夷瞬间就想通了。

不离婚就不离婚，这两天她让他悔不当初就是了！

她有什么好苦恼的？

让一个人，还是一个男人讨厌自己，对她来说那可真是再简单不过的事了。

她大大咧咧地走过去，惊喜地抽掉易扬手上的杂志，并一屁股坐到易扬的大腿上，悄悄地扯了衣袖，半露香肩。

许辛夷使出浑身解数，掐着嗓子娇滴滴地道：“老公，你在看什么呢？”

当一个男人讨厌你的时候，你做什么都是错的，更别提这么大胆又露骨的行径。

许辛夷这么一个漂亮的小姑娘，如果在别的男人面前这样，那男人只怕是抵挡不住，可易扬不是一般的男人，这男人铁石心肠，厌恶许辛夷已久。

虽然许辛夷至今也没研究出易扬为什么这么讨厌她，但这不重要。

“下去。”易扬半点不碰她，表情毫无波动，语气冰冷得让许辛夷感觉仿佛置身于冰天雪地中。

许辛夷能感受到他面无表情之下强压着的怒火与戾气。

敌不动我不动。

许辛夷非要赖在他的大腿上。她翻开那本杂志，是一本学术杂志，全英文的内容她也看不懂，就看到一页杂志上印着一位戴着眼镜的女学者的照片。

“老公，你在看她？那你说，是她漂亮还是我漂亮？”

单用“漂亮”两个字来概括学者，许辛夷实在是肤浅。

易扬心里对许辛夷的厌恶之情与鄙夷之意更深了一层。

易扬不想理她，伸手就把她从身上掀了下去，毫不怜香惜玉。

许辛夷一个趔趄，整个人毫无形象地趴在沙发上，怒瞪了易扬一眼。

但想到易扬脑子里进了水，她也就不和他这个“残障人士”计较了。

“老公，你别这样，刚才妈找我谈了下，她说爷爷身体不好，想让我们早点让爷爷抱上重孙。”许辛夷态度暧昧不明，眨着眼睛冲他抛媚眼，话里的意思显而易见。

——快，快一把推开我，指着我的鼻子狠狠地骂，说“许辛夷，别以为把爷爷搬出来我就会碰你，这辈子我就算断子绝孙也不会碰你一下”！然后推门扬长而去，和你妈大吵一架，以母子关系要挟，一定要和我离婚不可！

就在许辛夷雀跃地等待时，易扬脸色铁青。

他不知道许辛夷为什么会这么想，但是在听到许辛夷的心里话之前，他确实很想这么做，可当他听到许辛夷的话后，就莫名其妙地冷静了下来，揉着似乎疼得厉害的头，挪了一米远，低声道：“你就站在那儿，别过来，有什么事就站在那儿说。”

——这浑蛋怎么又不按常理出牌？

许辛夷虽然心里这么想，嘴上却嘘寒问暖："老公，你没事吧？是不是头疼？我给你揉揉？"

"不用！"见许辛夷一脸的担忧之色，易扬深吸口气，双眼微眯。

易扬虽然不明白许辛夷为什么这么反常，但暂时也没有这个心情去了解太多。

爷爷就快回来了，老人家身体不好，不能受太大的刺激，而且以爷爷对许辛夷的喜欢程度，爷爷绝对不会允许自己和许辛夷离婚的。

既然家里除自己以外，没有任何一个人愿意他俩离婚，那这个婚他暂时就不离了。

他倒要看看，这个许辛夷在搞些什么鬼！

时钟缓缓指向九点半。

易家老宅在有名的洑水湾别墅区，湖山环绕，远离市区，周遭环境十分安静。

所以，整个房间里只听得见易扬翻书的声音。

激怒、色诱失败后，许辛夷抱着被子，决定再接再厉。

"老公，时间不早了，我们该睡觉了。"

她钻进被窝里，将长发撩到胸前，掀开一侧的被子，刻意裸露在外的大腿肌肤白皙细腻，性感撩人。

这两天她做的一桩桩事看似是在易扬的忍耐底线上蹦跶，可易扬是什么人？年纪轻轻他就跟着身经百战的爷爷在如战场般的商场上周旋，见过的人哪一个不是千年的老狐狸？自己那点小打小闹，根本不够他看。

既然易扬这么能忍，她倒要看看易扬能忍到什么时候。

他忍无可忍之时，就是他们离婚之日！

翻杂志时随意一瞥，易扬看到床上"香艳"的一幕，目光微暗，脸色微沉，微凉的手心突然之间莫名其妙地升温，像是攥着一团火，渐渐地从手心燃烧至手臂，继而蔓延至全身。

但也仅仅是一瞬，他逼迫自己转移了目光。

"把衣服穿好。"

许辛夷笑了："睡觉穿什么衣服啊？"她拍拍身侧的位置，抛了个媚眼。

她几乎都能猜到易扬心中在想什么。

——这浑蛋心里肯定在想"我易扬今天就算睡地上、睡沙发、睡窗台，也绝不会和许辛夷睡一张床”，或者“这女人不知羞耻，竟然敢勾引我？呵呵，女人，我是不会上你的当的”。

结婚两年，许辛夷与易扬聚少离多，易扬一直不喜欢她，对她有偏见，不愿和她睡同一张床。

她记得结婚后的第一个晚上，易扬用冷静的目光看着她，并告诉她，这辈子他都不会爱她，更不会碰她。那晚，他在书房工作了一夜。

后来搬出老宅后，易扬宁愿睡客房也不愿意睡主卧，宁愿住酒店也不愿回家，好像她是什么洪水猛兽，他避之不及。

现在他们在老宅，房间里只有一张床。

依照从前易扬的作风，他应该会去别的房间睡才是。

——这浑蛋平时不是一直都很嫌弃我吗？赶紧发火去客房睡。

易扬不高兴，她就高兴，易扬高兴，她就不高兴。

听到许辛夷的声音，易扬缓步上前，站在床边上，居高临下地看着她，审视了她两秒。

四目相对，思考了五秒的易扬毅然掀开被子上床，睡觉。

他还卷走了大半的被子。

许辛夷大半个身子裸露在外，冷风一吹，打了个寒战。

房间里静了一静。

许辛夷一时间也没料到易扬对自己的厌恶程度降低了，这是两年来他头一次愿意和自己睡一张床，她的脸色唰的一下就垮了。

他这么能忍？

“老公……”

易扬道：“睡觉。”

许辛夷怯生生地躺下。

她觉得有点冷，攥着被子的一角将被子一点一点地往自己身上扯。

扯过来的被子上还带着易扬的体温。

她其实并不是很在意和易扬同床共枕，只是……

——都说男人年轻气盛性欲强，这浑蛋这么多年没有过女人，万一晚上突然开窍然后拿我开刀怎么办？

——他应该没那么没人性吧？

——但是如果他真那么没人性，我是叫还是不叫？是抵抗还是不抵抗呢？

——不行，我这清清白白的身子可不能任由这男人给糟蹋了。

许辛夷攥着被子，悄悄地往外挪了挪，离易扬远了些。

警告，您“情根深种”的“人设”即将崩溃，请补救！

许辛夷悄悄往里挪了挪，挪回原位，敌不动我不动，就这样吧，只要易扬不做些什么，睡就睡。

如果他真敢做些什么……

许辛夷的目光落在床头柜上的台灯上，这台灯应该可以利用。

就在她准备保持这样的距离睡觉时，被子猛地被掀开。

许辛夷先是一惊，而后抱着被子坐起身来，惊恐地看着易扬。

——来了来了，这浑蛋果然对我有非分之想！

——完了完了，万一我怀孕了怎么办？离婚这事肯定没影了，到时候我生了孩子，身材走样变黄脸婆，这臭男人在外继续拈花惹草，然后会打我、骂我、羞辱我！

——不行不行，我不能受这样的委屈！

——禽兽！衣冠禽兽！

易扬一言不发地起身，背对着许辛夷，在许辛夷看不到的地方气得脸色青白。

听听，许辛夷这想的是人话吗？

非分之想？

他是疯了吗，对她有非分之想？

他有那么饥不择食？

易扬后悔了。早在之前他就应该当断则断地和许辛夷离婚，不该怀着好奇心拖拖拉拉！

他半晌没动静。

“干吗？”试探着问完这两个字，许辛夷又觉得有点歧义，咽了口口水改口问道，“老公，你怎么了？”

“你说，你不想和我离婚，对吗？”

许辛夷昧着良心点头道：“对。”

易扬转过身，强行将怒火压了下来，意味不明地盯着许辛夷。

易扬俯视她，压下一大片阴影，眼底的锋芒显露无遗。他在内心静静地盘算了一会儿，说：“那好，我们约法三章。”

许辛夷隐隐嗅到了不好的预感，总感觉易扬不怀好意。

理智让她不能答应，也不能让易扬接着往下说，但“人设”不能崩。

她小声试探道：“约法三章？”

“第一，以后接戏，你不许接床戏、吻戏，以及任何与男人有亲密行为的戏。”

许辛夷为之一惊，忙不迭地反驳：“不行不行，老公，我是个演员，演员最重要的是艺德，那剧本是导演安排的，导演让怎么演我就得怎么演。再说，床戏、吻戏这种，在影视圈其实无伤大雅，大家都……”

“我不是在征求你的意见，以后你的剧本给我过一遍。”

——我忍！

易扬挑眉，道：“第二，以后不许和其他演员走得太近，分寸你自己把握好，请你记住，你已经二十七岁了。”

——杀人犯法杀人犯法，许辛夷，你要冷静，千万不能在这个时候功亏一篑，君子报仇十年不晚，千万不要和一个二十八岁的老男人计较！别激动别激动！

“第三，”易扬直勾勾地盯着她，犹如猎豹紧盯着自己的猎物，注视着她的一举一动，“不许说脏话！”

许辛夷下意识地反驳：“我什么时候说脏话了？”

——这浑蛋是不是故意在整我？

——浑蛋，我就骂你怎么了？怎么了？

易扬闭眼忍了又忍，一个字一个字地道：“如果你同意的话，那么我可以考虑，暂时不和你离婚。”

许辛夷面带微笑，心里却在问小A：“我可以敲爆这浑蛋的头吗？”

不可以哦，在您的丈夫面前，您不能毁掉“情根深种”的“人设”。

许辛夷忍了又忍，忍了再忍，最终在易扬面前，怀揣着一种想敲爆他的头的心情，“欢天喜地”、备受屈辱、咬牙切齿地接受了这个“丧权辱人”的条约。

“好，老公，我答应你，我什么都答应你，只要你不和我离婚，我什么都愿意去做！”

——房间里有没有什么可拿的称手的东西让我敲爆这浑蛋的头？

许辛夷的目光在房间内游荡，她注视着桌上的一个花瓶，思考着用花瓶来敲爆易扬的头的可能性。

易扬见她将目光放在那花瓶上，脸色渐渐沉了下来。

“还有，我说过，我对你没有兴趣，你的身体对我而言，和菜市场大妈的身体没有区别，所以请你不要自作多情。”

他的目光落在许辛夷半露的香肩上，她肩头白皙圆润，锁骨平直凹陷，衣领往下是一抹美妙香艳的弧度。

许辛夷一哽，心想：真可怜，这浑蛋年纪轻轻就瞎了。

——菜市场大妈？那你有本事和菜市场大妈睡觉啊！你个臭男人！

易扬眼神一暗，甩脸离去：“我去客房睡。”

他打开房门，门外站着一名用人。用人笑着问道：“少爷、少夫人，夫人让我来问你们，用不用下去吃夜宵？”

易扬扬声怒道：“不吃！”

翌日一早，还在被窝里睡觉的许辛夷听到门外响起敲门声。

许辛夷进组晚，为跟上拍摄进度没日没夜地拍戏，自电视剧《贝贝升职记》开机以来，她就没睡过一个好觉。易扬回国，她因私事向导演请了两天假，这才得以喘息，能好好睡一觉。

她昨晚特意向陈伯打了声招呼，让他早上别叫她吃早餐，可这一大清早的，门外敲门声跟叫魂似的，许辛夷翻来覆去，不胜其烦。

她也没听清楚门外的人在说些什么，迷迷糊糊间好像听到了“老先生回来了”的话。

老先生回来了？

“爷爷回来了？！”

躲进被子里的许辛夷将被子一掀，触电似的猛地坐起。

不是说爷爷下周回吗，怎么今天就回来了？

许辛夷下意识地环顾四周，凌乱的床上只有她一个人，没见着易扬。

一拍脑袋，她差点忘了，昨晚易扬去别的房间睡了。

管不了三七二十一，许辛夷翻身而起，边走向房门口边扒拉了两下头发，深吸口气打开房门。

“陈伯，怎么了？”

站在门外的陈伯笑眯眯地道：“老先生今天一早就回来了，现在就在楼下，夫人让我来叫您和少爷赶紧起床。”

“好，我和易扬马上下去。”

陈伯转身下楼后，许辛夷忙推开隔壁几个空房的门一间一间地找，左右两个房间都找了，没见着人。

她走进房间，给易扬打了个电话，奈何连打几个都打不通。

这浑蛋睡哪儿去了？

她环视三楼的几个房间，三楼分东西两个方向，中间围着一个从一楼到三楼的挑高客厅走廊，左右两个房间里没有人，估计他是睡到西边那两个房间去了。

许辛夷赤着脚弓着身，贴着走廊墙壁往西边走去。

她不能大张旗鼓，得悄悄的，不能让楼下的人听见，更不能让老先生知道他俩结婚两年现在还分房睡。

客厅里隐约传来些说话声。

“爸，我扶您上楼休息一会儿。”这是易夫人的声音。

之后便传来了上楼的脚步声。

恰在此时，西边离许辛夷最近的一间房的门被打开了，易扬站在门口，身上穿着睡衣，头发凌乱，一副刚睡醒的样子。

两人面面相觑。

脚步声越来越近，越来越清晰，眼看着就要到三楼了。

完了完了，她不能让爷爷看到他俩这个样子。

许辛夷来不及解释，一阵助跑后身轻如燕地往易扬身上一跳，宛如饿狼扑食般，无比矫捷地骑到了易扬身上，双手死死地攀着他的脖子，两只脚紧紧地缠在他的腰上，活像只攀着树干的树懒。

一大早易扬还没回过神来，大脑一阵昏昏沉沉，无论是大脑还是四肢都还处于苏醒阶段。

刚打开门，他还没来得及说一句话，一阵疾风袭来，眼前一阵模糊，紧接着一股巨大的冲劲直面而来。没能提前做好准备的易扬下盘不稳，往后急退几步，宽厚的后背狠狠地砸在墙上。

他差点没被许辛夷这一招泰山压顶给压死。

砰——

两人额头撞额头。

易扬眼前阵阵发黑，后背发疼，身上还挂着一个一百来斤的许辛夷。缓过神后他气得浑身发抖：“许辛夷！给我下来！”

大清早的，她搞什么幺蛾子？

许辛夷捂着额头，半晌没能说出话来。

楼梯口的脚步声戛然而止。

身上挂着许辛夷、捂着额头的易扬与被易夫人扶着的易老先生对视。

“爷爷？”

许辛夷挂在易扬身上转过头往后瞧，佯装惊讶地道：“爷爷，您真的回来了？”

易老先生回来是个意外，谁都没预料到更没准备。

老人家年少时吃了不少苦头，人到老年，身体的病痛一并暴露了出来。

许辛夷与易扬结婚两个月后，易老先生就因为身体不好不得不住进医院治疗，后来又转去一家疗养院疗养，这一住就是一年多。

前不久医生宣布，一直在疗养院休养的易老先生身体转好，可以回家休养了，易老先生耐不住性子，第二天就提前回了家。

当然，这事也没告诉易家人，老爷子童心未泯，想给大家一个惊喜，哪里想到一回来就见着这一幕。

易老先生没觉得有什么，倒是易夫人眉心一皱，看着两人一大早不修边幅还瞎胡闹的样子，张口就训：“这一大清早的，你们在这儿干吗呢？鞋都不穿，还不下来！”

许辛夷缩了缩夹在易扬腰上的两只脚，道：“知道爷爷回来心急了点，忘记穿鞋了，易扬心疼我所以……妈，您别怪他。”

易老先生阻止了易夫人接下来的训话，用慈祥和蔼的目光看着两人：“好了好了，年轻人嘛，都这样，易扬啊，赶紧把辛夷抱回房间去，天这么冷，怎么连鞋都不穿？”

“老公，脚冷，焐焐。”

易扬用难以置信的眼神看着她，警告她不要太过分。

“行了行了，我们先走。”易老先生笑呵呵地带着易夫人走了，摆明了不掺和这夫妻俩之间的事。

易老先生低声道：“两年不见，两个孩子感情这么好了？”

易夫人回头一言难尽地看了两人一眼，笑道：“我都说了您总不信，现在亲眼看见，您总能放心了吧？”

许辛夷仗着易老先生回来了，把脚往易扬手里塞。

她的脚其实长得挺好看的，细嫩又白净，指甲红润剔透。

易扬只觉得握了一块冰似的，黑着脸焐了一会儿。

“快快快，爷爷还看着呢，快抱我回房间！”

易扬一手握着她的脚，一手搂着她的腰，忍了一肚子的火，抱着她回房。

“老公，我知道你不喜欢我，可是现在爷爷回来了，你就算再不喜欢我，为了爷爷的身体着想也得配合我演一演。”

易扬面无表情地道：“下来。”

许辛夷松开手，缓缓地从易扬身上滑下来。

“我知道我自己该做什么，但是许辛夷，我警告你，在爷爷面前你给我安分点！”

许辛夷撇嘴，道：“哦。”

——我下次还敢。

易扬气愤地进了洗手间洗手。

两人洗漱过后穿好衣服，下楼。

易老先生也在短暂休息后回到了餐桌前，享受这两年来的第一次团圆早餐。

许辛夷看着易老先生的满头银发，颇觉心酸。

她刚来时，易老先生还一头黑发，神采奕奕，这还不到两年，在病痛的折磨之下，易老先生的头发竟然全白了。

“爷爷，您提前回来也不说一声，您身体没事了吧？”

“爷爷老当益壮，能有什么事？”易老先生哈哈大笑，慈爱地拍了拍辛夷的手背，“易扬呢？”

“他马上就来。”

她的话刚说完，易扬就衣冠楚楚地从楼上下来了。

他从容不迫地走到易老先生的面前，道：“爷爷。”

这两年易扬的成绩一个不落地被送到了疗养院里，他的进步与成就，易老先生一清二楚。

看着面前能让自己放心交付家业的孙子，易老先生点了点头，眼底满意的神色渐浓：“不错！”

老先生对儿子、孙子一向主张严厉教导，易夫人知道，易老先生能说出“不错”二字，是对易扬的肯定。

“爷爷什么都很满意，唯一一点，我这去疗养院都去了一年多，你们怎么还没努力给我生个重孙出来？”

“爷爷，我工作忙没时间，而且辛夷要拍戏，不太适合怀孕，我们还年轻，不急。”

“不急？等爷爷入土了……”

“爷爷，您会长命百岁的！”

易夫人忙打圆场：“爸，一大早您还没吃早饭吧，有什么事咱们先吃过早饭再说。”

易老先生看了许辛夷一眼，叹了口气，道：“行。”

这事算是过去了。

餐桌上摆了几人平素爱吃的早点，许辛夷坐在易扬身侧，满眼都是欢喜之色，就像一个处于热恋中的妻子。

“老公，你喜欢吃什么？我给你弄。”

“我自己来。”

“我来！”许辛夷抢先从他手里夺过吐司，先在吐司上抹上一层厚厚的黄油，又淋上一层蜂蜜，趁人不注意盖上一块吐司，送到易扬嘴边。

“老公，张嘴。”

见易扬不张嘴，许辛夷奇怪地问道：“老公？”

易扬是个怪人，能面无表情地喝下黑咖啡，但一口糖都不吃。

他不是过敏不能吃，而是不喜欢。

易扬目不转睛地望着她，似乎是在警告她别作死，但许辛夷好不容易有这个机会，哪里肯放过他？她假惺惺地问道：“老公，是不合胃口吗？你不喜欢？”

易扬的眉心皱得能夹死苍蝇，半晌他才低头在吐司上咬了一口，嚼了两下猛地一停，看向许辛夷的眼睛里简直能冒出火。他感觉自己仿佛吃了一嘴的油，咽又不能咽，吐又不能吐，喉结剧烈滚动，那块吐司被他强行咽下。

易扬吃一口吐司给一个警告，许辛夷却置若罔闻。

整整两块吐司，就这么被许辛夷一口一口地喂完了。

易扬藏在桌下的手松了又握握了又松，他面不改色地让家里的张嫂端来两杯咖啡，将其中一杯放在了许辛夷的面前。

易扬慢条斯理地端着咖啡喝了一口：“你喜欢喝咖啡，所以我让张嫂顺便帮你泡了杯咖啡。”

不加糖不加奶的黑咖啡，苦得让人反胃。

许辛夷心虚地笑了笑：“我不喜……”

他将咖啡送到了她的嘴边。

许辛夷的笑容猛地消失。

——幼稚！幼稚！幼稚！

——他还能再幼稚一点吗？有必要这么斤斤计较吗？心眼就这么小！

——浑蛋！算你狠！

一报还一报，许辛夷在易老先生越发慈爱的目光下，一口一口地将易扬送过来的咖啡喝完了。

咖啡下肚，舌苔上的苦味简直难以言喻，许辛夷提前感受了一下怀孕的滋味，差点和这美丽的世界告别。

“老公，谢谢你。”

——你给我等着！

易老先生瞧着，眼底的笑意更甚。易扬这孩子不像自己也不像他爸，像他奶奶，面冷心冷，如果身边能多个人把他的心焐热，自己也就放心了。

“还没去疗养院的时候，夫妻俩关系冷成那样，我一从疗养院回来，感情这么好了？”

易夫人一副难以言喻的表情，艰难地道：“感情……是可以培养的。”

易老先生像是没看出什么端倪，笑道：“也是。”

“报完仇”的易扬看了一眼腕表上的时间：“爷爷，时间不早了，我先去上班了，您在家好好休息，回来我和您好好聊聊。”

“去吧。”

易扬起身往外走。

“老公，你的领带好像歪了。”易扬低头看了一眼，正准备自己动手整理领带时，许辛夷起身，背对着易老先生上手整理易扬的领带。她“不小心”手上使劲过猛，一个锁喉，易扬差点把刚才吃的早餐给吐出来。

易扬猛地咳了两声。

许辛夷连忙道歉：“对不起，我不是故意的，老公，你没事吧？”

易扬压着戾气扯着领结，从嘴里生硬地吐出几个字：“没事，我先走了。”

“等等。”许辛夷仰头嘟起了嘴。

易扬看着一嘴油的许辛夷，一字一顿地道：“又干什么？”

“老公，亲亲。”

易扬：“……”

当然，易扬是没亲的。

一想到易扬离开老宅时便秘般的表情，许辛夷就觉得神清气爽，两年来强忍着的憋屈之情释放了大半。

易老先生满目慈祥地道："来，和爷爷说说，你们是怎么变成这样的？"

"这样？"

易夫人给许辛夷解围："爸，孩子们的事您就别操心了，当务之急是把您的身体养好。"

易老先生微微一笑，道："行，我不操心。辛夷啊，最近没工作吗？"

"有，我待会儿还得去剧组。"

"怎么刚才不让易扬顺便送送你？"

"不用他送，爷爷，我和他两个方向，不顺路。"让易扬送？许辛夷担心在车上易扬就能把她给灭口。

更何况他俩的婚姻关系如今还是保密状态。

这种有万分之一会暴露他们关系的可能，她都得扼杀在摇篮里。

"爷爷，我吃好了，您慢慢吃，我先去剧组了，可能这两天会有些忙，等忙完这阵我再好好陪您说说话。"

"去吧去吧，工作重要。"

等许辛夷一离开，易老先生就顺势将手上的筷子放了下去，脸上的笑容淡了不少。

老先生年近七十，年轻时白手起家。创业艰难，他经历过无数的大风大浪，小一辈玩的那些花样都是他玩腻了的，什么猫腻他一看便知，哪里看不懂易扬和辛夷两人之间的不对付？

"他们还那样？"

易夫人一听便知易老先生看穿了一切。

见易夫人没说话，易老先生沉沉地叹了口气道："易扬这孩子以为什么事都能瞒住我，还有你也是，拦下了《离婚协议书》我就不知道了？"

"爸，您都知道？"

"我怎么能不知道？"易老先生叹了口气，"我时常在想，两年前我让易扬娶辛夷是不是做错了，耽误了辛夷也害了易扬。"

易夫人放下筷子道："您别这么想。"

"怎么能不这么想？"

两人沉默了良久。

"算了，他们的事我不掺和，以后的路让他们自己做决定，辛夷那孩子脾气是不好，从小被他爷爷惯的，可是我看着不像是个坏心眼的人，如果真离婚，这孩子指不定多难过，你不喜欢她我能理解。"说到这儿，易老先生又笑了，“你们啊，真看轻我了，我老头子虽然半截身子入了土，但这点刺激还是能承受的。”

易夫人也笑了，道：“医生让您好好静养，所以这事不敢让您知道。”

“行了，现在不知道也知道了，放心，我没事，我先上去休息会儿，你自己忙吧。”

说完，在陈伯的搀扶下，易老先生缓步上楼休息去了。

易夫人看着易老先生蹒跚的背影，又缓缓地坐了下来。

许辛夷参演的《贝贝升职记》是一档都市爱情职场剧，拍摄地点就在本市，距离洑水湾别墅也就一个小时的车程。

她没让剧组的人来接，自己开车低调前往。

宿主，你最近不够恶毒。

“我还不够恶毒呢？”想想也是，这两天因为易扬的事，她是挺消停的。

在她来之前，“许辛夷”的恶毒“人设”屹立不倒。“许辛夷”态度傲慢、嚣张跋扈，具体行为主要表现为抢戏、抢代言、一言不合就扇人耳光、大言不惭地说要封杀其他艺人，简直就是犯了娱乐圈的大忌。

放眼整个娱乐圈，和“许辛夷”交好的明星几乎没有。

在舆论方面“许辛夷”更是个强者，能让几家撕得昏天暗地的粉丝联合起来一众对外的，她算是前无古人。

所以，在这种情形下，继续“造孽”比想办法洗白更符合许辛夷对人生的追求。

她只求自己过得舒服，不在乎别人说什么。

如今算算她过来也有两年了，现在的一切她都很满意，除了易扬。

许辛夷优哉游哉地进了剧组，剧组正热火朝天地拍摄着，郑导那大嗓门的骂人声，她老远就听见了。

“辛夷姐，你回来了？”

“嗯。”许辛夷坐在监视器前，看着里面一而再再而三失误的女二号，笑道，“第几次了？”

身边的人极其小声地道：“十八次。”

“十八次？”许辛夷毫不留情地嘲笑道，“她还真是个人才。”

郑导这个人在影视圈也是个有点资历的导演，火过几部剧，但还是没抵得过资本的强势，《贝贝升职记》拍摄之初就被投资商塞了好几个演员进来。

没有演技的女一号，唱跳歌手出身、刚转入影视圈的女二号，剧中完美得一看就会火的男二号，几个重要演员全是被投资商塞进组的，更不用提其他露面的配角。

好好一个导演眼看着就要晚节不保，拍摄了一星期，郑导急得要跳楼，实在拍不下去了，这才豁出去用得罪一位投资人的代价，强行违约换了女一号，签了许辛夷。

许辛夷风评不行，但演技不错，最重要的是许辛夷这人有背景，能对抗投资商。

这是郑导考虑签许辛夷的原因。

女二号的扮演者左容在失误二十一次后，郑导勉为其难地让她过了。

可许辛夷看郑导那脸色——很难过的样子。

也是，左容不是科班出身，没有演戏的经验，本就落后一截还不努力，连个台词都记不住，郑导导戏导得实在费劲。

本来左容演技好不好和许辛夷没有半点关系，两人井水不犯河水，可这左容从进组开始，就像和许辛夷有仇似的，总和她不对付。

“辛夷来了？”

许辛夷笑道：“不好意思，导演，耽误了两天时间，不过您放心，今天一定能把落下的进度赶上。”

郑导对演技好的演员向来和气，就好像学生时期老师对学习好的学生总有优待。

“你的演技我当然相信，快去化装吧。”

临走前许辛夷看了一眼正在补妆的左容，左容眼睛还是红的，拍摄过程中也不知道被郑导骂哭了几次，众目睽睽之下难堪得很。

化装间内。

“辛夷姐，您最近是不是又熬夜了？黑眼圈都出来了。”

许辛夷叹了口气，道：“是啊，最近睡眠不好。”

左容看了许辛夷一眼，十分贴心地送给她一瓶遮瑕膏：“辛夷姐，这是我妈用过的遮瑕膏，特别好用，肯定适合你。”

许辛夷虚伪地笑了，道：“不用，你自己留着用吧。”

左容微笑着说：“我还用不着，我才二十三岁，化装师说我皮肤底子好，不用化妆素颜就能拍戏。”

左容这是没事找事。

“皮肤差还能用粉底遮一遮，演技不好怎么遮？我在地上撒把米，鸡都比你演得好。”

许辛夷玩着手机给易扬发了条短信：“老公，你今晚什么时候回家？”

左容一哽，许辛夷平时还和她敷衍两句，没料到今天说话这么冲，一点面子都不给。左容气得浑身发抖。

左容是心高气傲的人，哪里忍得住？她刚想回嘴，她的经纪人走进来，在她的耳边说了两句话。

正是因为这两句话，左容心里的火气奇迹般消了。

她愤愤地看了一眼许辛夷，暂时将火气压下。

“怎么样？辛夷，准备好了吗？准备好了就出来拍戏。”郑导进化装间催许辛夷。

许辛夷起身，道：“好了，我马上来。”

“导演，”左容也起身，跟在导演身边低声道，“导演，我今晚有点事，下午我没戏，想提前走，可以吗？”

郑导贼讨厌这种没演技还不想着钻研，一天到晚总想着请假的明星。

他脸色一沉，道：“可以。”

“谢谢导演！”

工作中易扬没有看私人信息的习惯，更何况还是许辛夷的，晚上八点，当他端着红酒，站在人来人往的酒会上时，才瞧见许辛夷发的短信。

当然，他没回。

所有参加酒会的男人都携带了一名女伴，只有他没有，看似有些格格不入。

一名服务生上前道：“请问您是易扬易先生吗？宋先生有请。”

说是参加酒会，其实易扬是来谈项目上的事。

他跟着服务生绕过酒会大厅，来到一间房间内。

“易先生，宋成舟，久仰。”迎面而来的是个看上去三十出头的年轻男人，非常英俊，比起易扬来也不遑多让。

易扬不动声色地伸手与之相握：“宋先生，你好。”

国人喜欢在酒桌上谈生意，酒精是个好东西，可以麻痹人的理智、降低人的警惕，宋成舟就项目事宜与易扬讨价还价，易扬四两拨千斤地都给挡了回去。易扬喝了点酒，但也没失去理智，这么大的项目，利益这种东西从他手里抠一点出来，都是一个想象不到的数字。

宋成舟眼瞧着易扬油盐不进，知道酒失去了作用。

宋成舟使了一个眼神，门口的人立即会意，招呼了几个女人进来。

自然，这也不是一般的女人，娱乐圈是个好地方，想出头的漂亮女人层出不穷。

易扬喝了点酒有些醉意，懒洋洋地往后一靠，半眯着眼瞧着门口走进来的女人，不由得哂笑。

宋成舟酒不成事就用女人。

可见钱是个好东西。

一个身材窈窕、长相甜美的女孩坐到了易扬身侧。女孩五官精致，看上去很干净——如果不是在这种地方看到她，易扬或许会这么认为。

但不知道怎么的，在这朦胧的灯光下，他倏然就想起了许辛夷。

许辛夷妖娆妩媚，坐到他的腿上时尤为性感。

宋成舟介绍道："我看整个酒会就易先生没有舞伴，这位是左容，当红女明星。"

"易先生，您好，我叫左容。"

这名字有些耳熟，但易扬一时之间也想不起在哪儿听说过。他没说什么，继续和宋成舟谈刚才没谈完的事。

左容在娱乐圈内也算得上是二线明星，运气好，唱跳歌手出身，凭借外表和歌声收获了一大批粉丝，最近因为搭上了宋成舟，有了转型影视圈的第一部戏。

宋成舟帮了她不少，虽然两人是你情我愿的关系，但左容心里清楚，宋成舟早对自己失去了兴趣，所以她必须借此机会再抓住一个人。

来之前她打听过易扬，知道易扬的分量，是个绝不能放过的人。

她端起一杯酒，眼神勾人地望着易扬："易总，我陪您喝一杯。"

她脸上妩媚的笑是刻意装出来的，不伦不类的。

易扬一个冷眼扫过，一字不说，但意思很明确。

左容被他那眼神所骇，当即没敢动，可一想到之前经纪人对她的叮嘱，心思又活络起来。

论脸和身材，就是放眼娱乐圈也没几个人比得上她，不然她也不会在两年的时间内就混到了二线。男人都是用下半身思考的动物，或许会矜持一时，但绝不会矜持一世，没有男人抵抗得住来自女人的诱惑。

左容大胆地贴近易扬，抹胸礼服下有着大好的风景。

“早就听说过易总的大名，今天有幸相见，真的是左容的荣幸。”

房间内全是原形毕露的男人，可惜的是，易扬不是。他对女人的欲望并没有那么强烈，甚至当他闻到左容身上那股强烈的香水味时，心里还生出了一股浓浓的厌恶之感。

他看向宋成舟道：“我是来谈事的，不是来玩女人的。”

左容瞬间脸色惨白，手一颤，手中端着的酒杯倾斜，酒液浸湿了易扬胸前的衬衫。

“对不起对不起，易先生，我不是故意的！”

易扬擒住她要往自己身上摸的手，脸上的厌恶之色更浓。

宋成舟清楚，这已经触及了易扬的底线，继续让左容待在这儿反而会坏事。他沉着脸，挥了下手，左容只得离开。

约莫一个小时后，房间的门开了。

易扬手上搭着外套，出门的瞬间助理便将外套接了过去。

“易先生。”

拐角处左容等在那儿，走廊不比房间，一股冷风吹来。

十一月的天冷，左容身上穿得又少，瘦削的女人站在那儿双手抱胸瑟瑟发抖，被晚风一吹，头发变得凌乱，似乎连脸都被冻得青白一片。

柔和的灯光下，左容脸上倒没了在房间里的那股妩媚劲，更显出几分可怜之色，使人怜爱。

“我……对不起！刚才我不是故意的。”她垂着眼，嘴唇发颤，眼睛里透着委屈与绝望之色，好像一只误入绝境后走投无路的兔子，惹人心疼。

“我知道您的衬衫肯定很贵，我……我赔您！”

易扬冷眼瞧着她，完全不为所动。

这是他从许辛夷那儿学来的。

人心险恶，尤其是女人。

而面前这女人段位不够，比起许辛夷来简直差远了。

“不用。”

易扬没了兴致，转身就走。

“易先生，”左容拦在易扬面前，眼底充斥着绝望与期待之意，“我……我知道我提这个要求很过分，但是现在只有你能帮我了，我不是自愿来这儿的，您能带我离开吗？我不想待在这儿被他们……”

她话没说完，已泪流满面。

同一时间，剧组内的许辛夷拍完最后一场戏，准备回公寓休息。

许辛夷的经纪人安雅扭着小细腰、踩着高跟鞋，光鲜靓丽地来接她。安雅戴着墨镜和大宽帽，比她还像个明星。

一上车许辛夷就翻起了娱乐新闻，百无聊赖地问道："我最近有没有什么新闻？"

安雅跟在许辛夷身边两年了，对于日后与自己朝夕相处的经纪人，许辛夷当然得争取她的信任。也许是物以类聚，人以群分，许辛夷和这位安大经纪人一见倾心、相见恨晚。

唯一不同的是，这位安大经纪人美艳动人，最擅长广撒网，在鱼塘养鱼，而许辛夷暂时连网都没有撒出去。

"大小姐，你给我安分点拍戏，就什么新闻都没有了。"

没什么新闻？

许辛夷愁了。

之前那些耍大牌、抢戏的新闻她都想办法传到易扬那儿去了，可易扬还是没同意离婚。

她要怎么做才能让他更讨厌她呢？

许辛夷认真地思索着这个问题，提不起一点劲。

"辛夷，这不是……不是易总吗？"

"易扬？"一提到易扬，许辛夷浑身来了劲。

"一个娱乐杂志社的主编给我发过来的，说是左容那边给几家媒体发了这些照片，花了大价钱，准备联合几家媒体一起爆出来。"

许辛夷认真且仔细地看了一眼安雅手机上的几张图。

一张是昏暗房间里左容坐在易扬身边的照片，光线昏暗不明，没拍清楚易扬的表情，但就两人坐的位置来看，十分暧昧。

一张是左容站在走廊里和易扬说话的照片，也不知道是不是角度的关系，照片上易扬注视着左容的目光看上去格外温柔。

最后一张照片则是易扬走后，左容身上披着那件原本搭在易扬手臂上的西装外套。

三张照片能说明的问题太多了。

游走在男人之间的安雅又怎么看不出来问题所在？可当着许辛夷的面，安雅也不能说得太过。

"辛夷，你别生气，我问问清楚，也许这照片上的人不是易扬。"

“不，这就是易扬。”许辛夷语气无比肯定，“安雅，送我回老宅，快！”

许辛夷和易扬虽然没有公布关系，但与许辛夷亲近的几个人都知道许辛夷和易扬结婚了，并为许辛夷三缄其口。

在这场婚姻里，许辛夷处于什么地位安雅很清楚。

许辛夷一直很跋扈，却在易扬面前丢了所有的尊严，安雅不看好这场婚姻，但无奈被爱情冲昏了头脑的许辛夷听不进去。

“回去？你想干什么？”

“安雅，你放心，我知道该怎么做。”

许辛夷当然知道该怎么做，甚至隐隐有些兴奋。

“许辛夷”在易扬这儿遭受了感情挫折，从而在易扬面前极其自卑，久而久之，有着极强的控制欲和占有欲却没有安全感的“许辛夷”看到易扬和女人说一句话都要抓狂，更何况是这几张照片。

出轨、外遇，她终于可以借题发挥了。

好棒。

第二章　试　探

许辛夷穿越之后，有这么一项规定。

为维持“人设”，许辛夷不得无故提离婚，想要彻底脱离角色禁锢，只能由易扬亲口提离婚。

当时的许辛夷认为以自己的讨嫌程度，易扬绝对不会容忍她太久，哪里知道他一忍就是两年。

现在机会来了。

臭男人耐不住寂寞，终于出轨了！

左容这人演技不怎么样，没想到这么喜欢做好事。

“辛夷，你听我说，我们暂时还不知道这几张照片的真伪，单看左容想用这件事炒作你就应该知道，这事不可能像表面上看上去这么简单，待会儿易扬回来，你一定要心平气和，不能发脾气知道吗？

“如果这件事是真的，你也别难过，天底下还有无数的好男人等着你，听我的，别在易扬这棵树上吊死。

“我已经帮你谈妥了《凰途》的女主角，这是部大女主戏，男主角可是韩骁，有大好的未来等着你，你千万别冲动，知道吗？”

许辛夷听着安雅的话，倍感欣慰。

还是安雅懂她。

一个小时后，车缓缓驶入洑水湾别墅。

许辛夷怀着愉悦的心情，在安雅忧心忡忡的目光中进了老宅。

晚上十点半，老宅里的人都睡了，整个别墅没了白日里的喧嚣，在清凉月色的笼罩之下，偌大的四层楼别墅更显气势恢宏。

万籁俱寂，易扬还没回来。

没惊动易老先生和易夫人，许辛夷上楼安静地等待着。

她想，待会儿第一句话说什么呢？她是直入主题还是实行迂回战略？这么晚了，房间的隔音效果应该不错，她要不要和易扬吵一架呢？

不能一开始就吵，她可是“情根深种”的“人设”，一开始就吵“人设”岂不是要毁了？

她先问。

易扬肯定会否认。

她再甩出证据。

这时候易扬肯定无话可说，短暂沉默之后，如果易扬承认他确实出轨了，她就让易扬和那个女人分手，这时候易扬肯定不愿意，然后他们就吵起来，吵得天翻地覆，易扬甩手离开，而她心灰意冷，说“我们离婚吧”。

如果易扬不承认……那更好办了。

易扬不承认，她就怀疑、质问，易扬肯定没有耐心回答她的话，愤然离开，而她也因此认定易扬出轨，心灰意冷，说“我们离婚吧”。

这个计划完美无瑕、天衣无缝、无懈可击！

等易扬回来，她这场戏就开始！

许辛夷的演技被几个与她合作过的导演当众夸奖过，他们说她一秒入戏，是个演戏的好苗子。

但现在许辛夷迟迟入不了戏，心怦怦直跳。

没办法，她太兴奋了。

一想到接下来的流程，一想到接下来会离婚，她就兴奋得想站起来跑两圈。

站在镜子前，许辛夷看着镜子里神采奕奕的自己，怎么看都觉得不像个怀疑自己丈夫出轨的女人。

她将自己的头发抓乱，揉了揉眼睛，在脸上扑了点粉底使脸色更苍白了些，想了想，以防万一，又找来了眼药水。

万事俱备，只欠东风。

深夜十二点，易扬推开了房门。

房间里没开灯，一扇落地窗未关，风从外面涌进来，将窗帘吹得高高扬起，在那月影的笼罩之下，易扬看见了蜷缩着身体抱着腿坐在沙发上的女人。

“许辛夷？”他将灯打开。

抱腿坐在沙发上、埋头于臂弯间的许辛夷感受到亮光后抬起头来：“你回来了？”

易扬脱下外套，解开领带，听许辛夷这语气不似往常，不由得问了句：“有事？”

“你怎么现在才回来？”

她哽咽着咽下委屈。

易扬在原地站定，多看了她两眼。

“工作上的事，晚了点，有事吗？没事去睡觉。”

易扬转身去了衣帽间，拿了睡衣准备去浴室洗澡，许辛夷却堵在衣帽间门口，两行泪水从眼眶落下。

“平时你六点就下班了，今天十二点才回来，你去哪里了？和谁在一起，能告诉我吗？”

易扬觉得莫名其妙，根本懒得理她，绕过她去了浴室。

——哎哟……这什么眼药水，好痛好痛！

在易扬看不见的地方，许辛夷龇牙咧嘴地仰头疯狂眨眼睛和用手扇风。

易扬脚下一顿。

这女人又搞什么幺蛾子？

“我们是夫妻，我丈夫这么晚才回来，身上还一股酒味，难道我不能问吗？”

易扬语气强硬，外人问他工作上的事，他很不耐烦：“我工作上的事与你无关，你别过问。”

“与我无关？”许辛夷惨淡一笑，“那好，我问你，你今晚是不是去雍和会馆参加酒会了？”

易扬转身，目光沉沉地看着她：“你跟踪我还是调查我？”

“跟踪？调查？我是你的妻子，想知道你的行踪不行吗？”

——臭男人心虚了！我就知道，天底下没有不偷腥的男人，呸！

易扬扔下了四个字：“无理取闹。”

“我无理取闹？”许辛夷一把拦住他，咬了咬唇悲愤地道，“你不肯承认，是不是因为你心里有鬼？”

“你到底想说什么？”

“我想让你解释一下，这照片上的人是不是你？”

许辛夷将那几张照片甩到易扬面前，照片撒了一地。

——刚才应该直接甩到他脸上的，臭男人出轨还这么理直气壮，给你脸了？

“这是你和另外一个人在一起的照片，你们是什么关系？为什么会抱在一起？为什么你的衣服会披在她的肩上？！”许辛夷哽咽，瞪大了眼睛不让自己看起来太狼狈。

趁着易扬低头看照片的空当，她忙低头使劲揉了揉酸痛的眼睛。

——啊！我肯定拿错眼药水了！

——易扬这浑蛋害我！

这下好了，她不用眼药水也不断地流泪。

易扬认真仔细地看了照片一眼，照片上的男人确实是他。

“照片怎么来的？”

许辛夷泪流满面地道：“你承认了是不是？这上面的人就是你对不对？”她一把抓住易扬，紧紧地抱着他，失声哭泣，“易扬，你告诉我，这到底是不是真的？我只需要你的一句话！”

许辛夷在他的肩膀处蹭了蹭，悄悄地将眼泪全蹭在他的衬衫上。

——快快快！快一把把我推开，指着我的鼻子说：“对！我就是出轨了！我就是耐不住寂寞！我就是喜欢她！她比你好上千倍万倍！”

——然后你甩手离开，去找那个女人，彻夜不归！

——回来之后你再力排众议地和我离婚！

——然后我拿着分配到的财产，伤心欲绝地离开易家。

听完她内心整个经过的易扬沉默片刻，是真的很想知道许辛夷一天到晚脑子里究竟在想些什么。

他沉声道：“许辛夷，你不要没事找事，照片上的人是我没错……”

“什么？”许辛夷猛地抬头，砰——猝不及防之下，她的头直接撞上了低头的易扬的下巴。

易扬猛地倒退几步，捂着被撞痛的下巴半晌没回过神来。

“真的是你！”许辛夷含泪摇头，难以置信地看着他，指着他的指尖直颤，悲戚地道，“易扬，为什么？你为什么要背叛我？我那么爱你！我为你付出了那么多，你为什么要和别的女人厮混？！”

——吵起来吵起来，趁着气氛一下子上来了，快快快！

易扬怒道：“许辛夷，你先给我闭嘴！”

许辛夷胡搅蛮缠：“易扬，你告诉我，那个女人真的有那么好吗？你就那么喜欢她？我哪里不如她？你说！”

“我和她只是碰巧被拍到了而已，我们之间根本没什么，这么晚了，你不要无理取闹！”

“没什么？没什么她坐在你的大腿上？没什么你把衣服给她穿？”

“坐在我的大腿上？”易扬气愤地将那张两人坐在一起的照片贴在她的脑门上，“你仔细看清楚，她什么时候坐在我的大腿上了？”

许辛夷从脑门上揭下照片，质问声戛然而止。

她太兴奋了，是她看差了。

既然熄了火，许辛夷索性冷静下来，颓然地坐在沙发上：“就算她没坐在你的大腿上，你也把衣服给她穿了。易扬，你不用骗我，我也是女人，你喜不喜欢她，从眼神我能看出来。当我说到她的时候，你眼里全是爱意，语气里全是维护之意，这些都是你下意识的举动，你没有注意到，可是我注意到了！你离不开她了是吗？”

易扬差点被气笑了。

她哪只眼睛看到他眼睛里全是爱意？

她的眼睛是情绪分辨仪吗，这都看得出来？

“易扬，我们不离婚，好吗？我知道你喜欢她，可是我们才是夫妻，你如果非要和我离婚和她在一起，爷爷是不会答应的。”许辛夷抹了下眼泪，“你还记得我们结婚的时候，你把戒指套在我的手指上时说的话吗？你说你会永远照顾我，你记得吗？”

——快快快！快说“那些都过去了，现在的我只爱她一个！我这辈子都要和她在一起，非她不娶！”。

易扬沉默地看着她，没说话。

他今天倒要看看，这许辛夷能编出朵什么花来。

许辛夷等了一会儿，见易扬不开口，硬着头皮继续道：“你和她在一起的时候想过退路吗？你想过爷爷、想过妈、想过我吗？你这样做，对得起我吗？你让她当第三者，为她考虑过吗？”

易扬还是没说话。

也不知道是不是许辛夷的错觉，易扬那眼神，活像她平时看好戏时的眼神。

这么一想，她反而心虚了，于是拔高音量壮自己的胆：“你和她分手，这件事我可以既往不咎，也不会告诉爷爷和妈，我们就当什么都没发生过。”

说完，她顿了顿，强撑着不让眼泪落下："如果你不答应，我就封杀她，就算我身败名裂，我也要让她在娱乐圈里没有立足之地！我还会找人曝光她，让所有人都知道她是个不知羞耻、破坏别人家庭的第三者！

"是要她还是要我，易扬，你选一个吧。"

她含泪怒视着易扬，五秒后悲愤地低下头无声哽咽。

许辛夷哭了好半晌也没听到易扬有动静，迟疑着悄悄抬头一看，就瞧见易扬坐在她的对面，正悠闲地看着她。

她这番话讲得很生动，抑扬顿挫，感染力十足，委屈之情溢于言表，将一个为了爱情而丢弃尊严的女人的形象体现得淋漓尽致。

当然，前提是易扬没听到她内心真正想表达的意思。

"说够了吗？说够了就让我来说。"易扬语气平静，丝毫不慌，条理清晰地道，"第一，今晚是一个酒会，之所以会有那些照片，是因为我在谈一个项目；第二，坐在我身边的女人我不认识，是合作方找来陪酒的，我今天第一次见；第三，那件披在她身上的西装不是我的，我也不知道是谁的，我这么说，解释得够清楚了吗？"

易扬冷冷地瞧着她："如果你没任何问题了，那么今天就到此为止，我累了，先去洗澡了。"

——解释？他在向我解释？

——他难道不应该不耐烦地甩手离开，然后一个字都不想和我说吗？他什么时候有这么好的耐心了？

——他没出轨？

——等等，他出没出轨重要吗？他出不出轨和我有关系吗？真的假的重要吗？重要的是什么？是吵架！

——吵就对了。

"你口口声声说不认识那女人，衣服不是你的，这么巧合的事，你觉得我会相信吗？

"也是，你怎么会承认？天底下没有一个男人会承认自己婚内出轨。

"你到现在也不肯和我说实话？说句实话有那么难吗？"

易扬捂着额头，深吸了无数口气才让心情暂时平复下来。

"你要离婚是吗？好，我答应你，明天我会把《离婚协议书》准备好。"

幸福来得太突然，许辛夷一下差点没回过神来。

"什么？"

"离婚，许辛夷，如你所愿，我们离婚，明天晚上下班，明臣公寓，还是之前的离婚协议和律师，这次我们把婚离了。”易扬用尽他这辈子的克制之力，语气平稳地说出了这几句话后，甩手进了浴室。

这一次，他绝对不会再犹豫！

离婚！

这婚一定得离！

——啊！离婚！！

最近，易扬的助理有些胆战心惊。

事情发生在那天早上，当时他正在别墅外等候易总，却意外地迎来了易扬一张“生人勿近”的脸。

易扬的脾气集团上下的人有目共睹，无论男女，工作岗位上出了一丝纰漏，易总向来都是不留情面地训斥。易总一大早脸色这么难看，他贸然开口，难免不撞枪口。

“行程。”易扬说出干净利落的两个字。

助理麻利地拿出文件道：“您上午九点半有个会，上半年的财务报表已经发到您的邮箱里；下午两点您和 Mr.Bean 有约，您回国的前一周约好的；下午三点，您有个舞会，女伴人选……”

“把舞会推了，今晚我有事。”

“好的，易总。”

易扬拿起平板电脑打开邮箱，借着路上这点工夫，扫了一眼上半年的财务报表。

车厢内弥漫着一股凝滞而沉重的低气压。

易扬看文件极快，一目十行却能将文字尽数印在脑海里。当车到达公司门口时，她已经将长达几十页的财务报表一字不漏地看完了。

助理下车开门，大厦门口的员工匆忙地齐齐让出一条道来。

从门口到电梯间的一段路，易扬走出了六亲不认的步伐。

上午九点的会冗长又枯燥，整个会议室的人却不得不强打起精神应付明显心情不好，并可能随时提问抓漏洞的易扬。

众人熬到十二点，才在易扬说出冷漠的“散会”二字后松了口气。

回到办公室的易扬草草签署了几份文件，助理送来几本财经杂志，放在了他的办公桌上。当助理准备收走往期的财经杂志时，易扬目光一滞。

“等等。”

他从助理手中取走了那本他上次随手翻了翻但没仔细看的娱乐杂志。

“为什么我的桌面上会有一本娱乐杂志？”

助理一惊，道：“这个……这个我也不太清楚，可能是外面的人送杂志进来的时候弄混了，易总，很抱歉，以后我会注意的。”

易扬没在这件事上多说，只说了句：“出去吧。”

助理怯生生地离开了。

易扬留下那本娱乐杂志的原因无关其他，封面上写着“当红女明星许辛夷剧组刁难艺人为哪般？细数这些年来两人之间的恩怨情仇！”。

他又随手翻了翻。

他终于知道那天晚上为什么会觉得“左容”这个名字耳熟了。

这本娱乐杂志上有一页关于许辛夷的报道，其中夹带了左容这个名字，之前他翻过，所以对“左容”这个名字有印象。

她们在同一个剧组，分别是女主角和女二号？

两个人认识？

许辛夷“钓鱼执法”？

“许辛夷，为了离婚你处心积虑，算计到我的头上来了，你好样的。”

“离婚？”安雅难以置信地看着许辛夷，仿佛在确定面前这个在酒吧买醉的女人是不是许辛夷，“所以，易扬他真的出轨了？”

许辛夷仰头灌下一杯鸡尾酒，哽咽道：“这些都不重要了，重要的是他说要和我离婚。”

在知道许辛夷和易扬结婚了之后，安雅就觉得这两人过不长久，迟早得离。

许辛夷在这场婚姻里所受的委屈，她看得一清二楚。

许辛夷平时那么嚣张跋扈的一个人，偏偏在感情这事上犯浑，低声下气，一条路走到黑。

听到离婚的消息，她是真想拉着许辛夷开香槟庆祝。

“你可别在这种事情上犯浑，男人一次不忠，百次不用，出轨绝对不能被原谅，知道吗？”

“可是……”

安雅闻言就怒了：“你别说你还爱他！易扬这臭男人不值得你爱，听我的，等你离婚，我把我微信里的一百个‘小鲜肉’推给你，比易扬那张冰山老脸好看多了。”

“一百个？”许辛夷瞠目结舌。

她知道安雅爱广撒网，可没想到竟然有一百个之多。

许辛夷投去羡慕的目光。

“辛夷，你也知道，我嘛，经纪人一个，手底下只有你这一个明星，无论是收益还是名气我都不及你万分之一，可是你看我，勾勾手指就能有这么多男人趋之若鹜，更何况是你。你就放心吧，等你离婚，你一定会后悔，后悔为什么不早点离。

“花花世界里你守着一个易扬，我都为那些男人感到惋惜。

“怎么样？想不想试试？”

谁不想呢？许辛夷老泪纵横。

半个小时后两人低调地离开酒吧，安雅将许辛夷送到明臣公寓楼下，扬了扬手机：“我的‘小奶狗’约我了，离婚了给我打电话，没离婚不要打扰我们的二人世界，谢谢。”

说完，安雅开车扬长而去。

看着潇洒离开的安雅，许辛夷发出了羡慕的叹息声。

都是女人，相比之下，她真的太惨了！

不过幸好，这种悲惨的生活今晚就要告一段落。

许辛夷怀着愉悦的心情上楼，易扬还没来，她坐在客厅里安静地等待着。

时钟嘀嗒嘀嗒地响，许辛夷沉浸在即将离婚的快乐中，完全没注意到身后的脚步声。

——其实完全没必要，肥水不流外人田，公司前段时间刚推的一个男团就不错，个个都是大长腿，在公司时我看了两眼，那身材、那脸蛋……真是绝了，离婚后我得找个机会认识认识他们。

想到这儿，许辛夷不由得露出了姨母般的笑容。

谁不喜欢那种干净帅气、阳光温柔、霸道体贴的男孩呢？

她随便想想都觉得……

“许辛夷！”

震耳欲聋的声音在她的耳边响起，她猛地一惊，差点从沙发上跳起来，定睛一看，是不知道什么时候回来的易扬。他正站在沙发后，也不知道来了多久了。

——浑蛋！吓死我了！走路没声音是要吓死人吗？

易扬绕过沙发，在她对面坐下：“来了一会儿了，见你发呆就没打扰你。”

她往门口看了一眼，没看见律师。

“就你一个人？”

易扬挑眉道：“不然还有谁？”

也是，那天律师已经将财产分割得很清楚了，现在也就差易扬的一个签名了，没必要再让律师走一趟。

易扬嗅到了空气中的一股酒气：“你喝酒了？”

“喝了一点。”许辛夷垂着头，整理了会儿情绪，清了清嗓子道，“行了，你拿出来吧，签完字我们就散了吧。”

“散？”

“你放心，爷爷那边我会保守秘密，在知晓我们这段婚姻的人眼中，我们还是夫妻，没有离婚，等爷爷的身体好点之后，我们再慢慢地将离婚的事告诉他，怎么样？”

易扬一动不动地望着她，并没有说话。

其实易扬这双眼睛生得极好看，瞳仁漆黑，透亮的桃花眼，他这么遥遥地看着人时，眼神似醉非醉，总会让人生出一种被他深情凝视的错觉。

但只有许辛夷知道，这男人骨子里冷漠得很。

许辛夷不自然地偏过头，不和易扬目光相撞：“经过一天一夜的时间，我想清楚了，有句话说得对，一次不忠，百次不用。我可以忍受你不爱我，也可以忍受你对我冷漠，但是不能忍受我的丈夫在外面找别的女人。你放心，你出轨的事我会保守秘密，不会有第三个人知道。”

她表情冷漠，目光发直，一副心灰意冷的样子。

易扬看了一会儿，随后将一个文件袋递到她的面前。

“什么东西？”

《离婚协议书》？

许辛夷在易扬的目光驱使下打开文件袋，将里面的东西翻了出来。

“你放心，不是《离婚协议书》。我这个人不喜欢背黑锅，也不喜欢被人冤枉，凭借几张照片就判定我出轨，实在不公平，所以我去找了些证据，你看看吧。”

当听到易扬说这不是《离婚协议书》的时候，许辛夷就动都不想动这个文件袋里的东西了。

当听到他说这是证据的时候，她更不想看了。

“这里一共有十张照片，本来还有几张，但我想这几张就足够了，你仔细看清楚。”

许辛夷迫于无奈地一张张照片看过去。

一张是左容坐在易扬身边的照片。

一张是左容站在走廊里，和易扬说话的照片。

一张是易扬走后左容身上披着那件原本搭在易扬手臂上的西装外套的照片。

另外还有七张照片，是易扬走后左容和其他男人交涉的照片，以及那个男人将外套披在她身上的三连拍。

画面清清楚楚，证据确凿。

“我查了一下那个左容，有意思的是，这一查查出不少东西来。这个左容和你在同一个剧组拍戏，有一本娱乐杂志上有关于你的报道，上面还有左容的采访，采访中感觉你们关系还不错。辛夷，交朋友可以，但也得擦亮眼睛，别什么朋友都交。”

许辛夷欲言又止。

宿主，你没有任何提离婚的理由。

“我知道！”

其实易扬比那些男团的“小鲜肉”长得都好看。

“我有眼睛，我会看，我知道的好不啦？一个易扬怎么能和一百个‘小鲜肉’相提并论？”

红烧肉好吃难道你会天天吃吗？一百道菜换着吃不好吗？

许辛夷调整好心情，深吸口气，怀揣着一丝丝的期待，紧张地问道：“那你还要和我离婚吗？”

——我嚣张跋扈，我自私自利，我占有欲强，我疑神疑鬼，就昨晚那几张照片我看了后都那样怀疑你，冲你大喊大叫的，你看我这么坏你还不和我离婚？

——你如果和我离婚了，就可以去找别的温柔贤淑的女人，秦妍就不错，多棒的一个女孩，研究生毕业，知名的设计师和平面模特，享有盛誉！这样的女孩才配得上你！

——所以你赶紧和我离婚去追求自己的幸福吧！

易扬低头，将无名指上的戒指缓缓转了一圈，轻笑道：“我没有出轨，为什么要和你离婚？”

“你不是不喜欢我，一直想和我离婚吗？”

“那是以前。”易扬抬头看着她，“现在我不想和你离婚了。”

许辛夷心凉了半截：“为什么？”

“你不是一直不想和我离婚吗？不高兴？”

“高兴……我很高兴……”许辛夷高兴得都快哭出来了。

她坐到易扬身侧，颤抖着抱住他：“对不起，是我的错，我不该误会你，应该试着相信你，我就知道，你肯定没有出轨！”

许辛夷的心啪一声碎得稀烂。

——我的男团，我的一百个“小鲜肉”……

许辛夷想起上上部剧中的男主角的台词，很应景。

——朕心怀天下，奈何正宫太彪悍，爱妃们且稍等些时日，待朕再想想办法。

易扬直接被气笑了，还没离婚她就想着别的男人，当他是死人？

他故意贴在许辛夷的耳边说：“从前我不知道人心险恶，现在才明白，有些事并非看到的那么简单，就好比你，如果不是那个女人处心积虑地靠近我，我还真不知道你爱我这么深。”

——这浑蛋说这话怎么这么肉麻呢？

许辛夷浑身的鸡皮疙瘩都起来了。

——不行，我不能坐以待毙，得想想办法……

许辛夷思来想去也没想到什么好办法，眼一闭，假惺惺地抱着易扬哭：“可是之前我态度傲慢，在娱乐圈里横行霸道，前段时间我差点把一个女明星推下楼梯。我……我还很讨厌秦妍，我也是女人，一眼就知道她对你有意思。我还不喜欢洗澡、不喜欢洗头、不喜欢孩子……对！老公，我不喜欢孩子，听说生孩子可痛苦了，我不想生，我们以后不要孩子，好不好？”

易家有“皇位”要继承，易扬能答应，他妈、他爸、他爷爷也不会答应！

“我们还年轻，孩子的事不急。”易扬似是感叹了一句，“妈说得对，感情是需要时间来培养的，你放心，以后我不会轻易提离婚。”

许辛夷终于知道什么叫哀莫大于心死。

——朕的江山，亡了。

“什么？没离婚？”安雅的语气比起昨天听到易扬要和许辛夷离婚的消息时还要震惊，她像看傻子似的看着许辛夷，“你没事吧？”

“安雅，他没出轨，那天是意外，那几张照片都是左容找人故意拍的，和他没关系。”

“那又怎样？他又不爱你，出轨是迟早的事。”

许辛夷如怀春的十八岁少女般憧憬着：“他说爱是可以靠时间来培养的，所以我相信他。”

安雅以一种“你简直没救了”的眼神绝望地看着她：“许辛夷，你相信他？你傻不傻？”

看到许辛夷一副油盐不进的样子，安雅无奈地叹了口气，将手机解锁，拇指在微信通讯录名单上一滑，滑过一溜的人名。

那些人的微信头像大多用的是本人的照片，全是阳光开朗、五官精致、荷尔蒙爆棚的帅哥。

“本来还以为你这次离婚是尘埃落定的事，结果没想到还是没离成。你看看他，他不比你的易扬好上千倍万倍吗？”安雅点开其中一个微信好友的朋友圈，将那男人朋友圈里的自拍照点开放大给许辛夷看。

“你看，这个，二十一岁，一米八八，篮球队的！你看这腹肌，你看这脸，帅不帅？

“还有，你看这个，二十三岁，一米八，这男孩特别温柔，你看他笑起来甜不甜？

“还有这几个，”安雅一一点开几个微信好友的朋友圈，点开几张一百八十度无死角的照片放大给许辛夷看，“这个二十岁，这个二十二岁，嫩得能掐出水来，都是好男孩！”

说完，她一阵叹息：“这些人除了没易扬有钱，我看哪儿哪儿都比易扬好，偏偏你死脑筋，怎么说都不听！”

许辛夷眼巴巴地看着她的手机屏幕，捂着胸口的位置，能感受到胸腔里的那颗小心脏正怦怦跳动如擂鼓。

这谁受得住？

“易扬他……他很好，安雅，别说了。”再说她真的要忍不住哭了。

这么多“小鲜肉”摆在眼前，可她只能远观不可近看，残忍！太残忍了！

拇指一顿，安雅锁了手机。

“算了，你的性格我清楚，做了决定十头牛也拉不回来，不提了。”

许辛夷恋恋不舍地收回目光，说："今晚我没戏，没事的话，晚上我就自己走了，司机不用送我。"

"你有事？"

许辛夷点头，满脸都是幸福之色："他说今晚来接我。"

"接你下班？你们不是隐婚吗？"

"易扬不想公开，那就不公开。"

安雅暗自翻了个白眼，道："行，你们的事我再也不问了，反正问来问去也是一个结果。"

拍摄现场似乎出了什么状况，郑导又在那儿骂人，声音传得老远，现场的工作人员个个噤若寒蝉。

安雅用胳膊肘碰了碰许辛夷："左容的事你打算怎么办？那女人看来不是个省油的灯。"

许辛夷变脸如翻书，冷静地往后一靠，冷笑道："晚上再说。"

其实就目前而言，许辛夷还真没找左容算账的理由，毕竟自己和易扬是隐婚，很多人不知道他俩的关系，左容也不知道。左容充其量就是和娱乐圈的普通明星一样，想勾搭一个靠山，认识一个有权有势的单身男人而已。

"收工收工！上午大家都辛苦了，吃了饭咱们休息一会儿，下午继续。"

郑导一声令下，剧组的工作人员手脚麻利地收工。

整个剧组顿时飘着饭菜的香味。

左容顾不上吃饭，趁着大家都在吃饭，匆匆进了一间化装间，关门反锁。

"怎么样？杂志社那边怎么说？"

左容的经纪人是个擅长炒作的，经他的手炒作火起来的明星不少，对于左容能攀上易扬这事他也认为是个难得的机会。

他找了几家杂志社，却没想到原本谈得好好的杂志社一夕之间全部改口，说不能爆料。

"我找了几家杂志社，他们都不肯和我们合作，可能是易总那边知道后打过招呼了。"

左容这两天心心念念的全是易扬。

那天晚上易扬冷静自持，漠然的目光直击她的心脏，这是左容第一次对一个男人念念不忘。

娱乐圈如今嫁入豪门的女明星不少，她长得漂亮是娱乐圈里公认的，为什么她就不能是下一个嫁入豪门的女明星呢？

“怎么可能呢？这些照片我们没传出去，易总那边又怎么会知道？”

“杂志社不行，我们只能联络一些博主，昨晚我联系了几家营销公司，今晚就能将这事给散播出去。”

“真的？”左容眼睛一亮。

“到时候你沉住气，无论谁来套你的话你都不要说，等事态酝酿一天后你再发一条澄清声明，记住了吗？”

左容道：“放心吧，我知道怎么做。”

下午五点，许辛夷有一场和左容的对手戏。

这场对手戏其实是许辛夷主动要求换的。

中午的时候导演找到左容，让左容下午和许辛夷对这场戏。左容在台词上本来就不好，匆匆忙忙勉强把台词背下，真上场的时候漏洞百出，失误的次数多得数不过来。

郑导不耐烦了，说休息五分钟。

许辛夷也不耐烦了。

“左容，你会不会演戏？我麻烦你用点心好不好？”

左容站在原地不知所措地看着她，没敢回嘴。

“你摆出这副楚楚可怜的样子给谁看？我待会儿还有事，你耽误我下班了知道吗？”

“对不起，辛夷姐，我不是故意的，我待会儿一定努力！”

“努力？”许辛夷挑剔地看了她一眼，脸上尽是嫌弃与鄙夷之色，傲慢得不可一世，“我在地上撒把米，鸡都比你演得好，就你这演技，我劝你尽早改行，别再祸害我，和你搭戏简直是浪费我的时间！”

看着左容青白交加的脸，许辛夷继续阴阳怪气地道：“现在的明星，一个不如一个，下次挑剧本我得看着点挑，万一和我搭戏的又是这样不会演戏又不去钻研演技的人，连累了我可怎么办？”

被许辛夷这么不留情面地嘲讽与指责，左容瞬间红了眼眶。她生得漂亮，性格又文静，一哭就变得无比柔弱，像个无枝可依的花骨朵似的，让人心生怜惜之情。

“对不起！真的对不起！我一定会好好努力的！”她哭得梨花带雨，一个劲儿地道歉，看起来真是可怜。

“好了好了，辛夷，你演技好，带带她。左容，你不记得台词就混过去，后期我让人配音加上，咱们这次争取一次性过。”

“好的，导演，我一定努力！”

许辛夷转身翻了一个白眼。

左容又失误十次后，郑导终于勉为其难地让过了。

许辛夷收工，正准备给易扬打个电话询问位置时，安雅怒气冲天地过来，把手机递给了她。

“辛夷，这事你得和导演说说，查一查到底是谁把这视频放网上的！”

“什么视频？”许辛夷接过来一看，原来是不久之前她嚣张跋扈地骂左容时被人拍了视频，第一时间传到了网上。

两人一个嚣张跋扈，一个楚楚可怜，对比强烈，以致招来一片谩骂。

当然，这谩骂是针对许辛夷的。

许辛夷看着那条视频下的一万多条评论，没点开，将手机递还给安雅，心不在焉地道：“我知道了，待会儿我会和郑导说的。”

“现在就去！趁着人还在，把人揪出来！”

许辛夷却一点也不放在心上，一边往包里放自己的东西，一边说：“易扬快来了，明天再说也是一样的。”

安雅难以置信地看着她：“许辛夷！我真想扒开你的脑子看看里面都装了些什么垃圾！”

装了易扬。许辛夷在心里回了句。

手机铃声响起，许辛夷接起电话，转身兴奋地说了两句后便将电话挂断，然后急匆匆地穿上大衣，拿起包，急不可耐地往外走去：“安雅，我先走了，没事你也早点回去休息，拜拜！”

“你……”

安雅还来不及说一句话，许辛夷就没影了。

停在剧组外的一辆宾利车里，易扬正翻着这两天让人调查的一堆有关许辛夷的资料，手机响一声，屏幕亮了。

屏幕上是一则娱乐新闻的推送。

易扬一眼扫过，瞥见了“许辛夷”三个字。

他若无其事地将资料夹合上搁到一旁，拿起手机点开了那个视频。

车门被人打开。

“老公！”许辛夷上车，兴奋地道，“谢谢你来接我。”

“我在地上撒把米，鸡都比你演得好”，尖锐刻薄的声音响彻整个车厢。

许辛夷眨了眨眼道：“老公，你在看什么？”

嘴角噙着一抹意味深长的笑意，易扬将手机屏幕横在她的眼前：“易太太好威风。”

许辛夷一看就慌了神，用哀求的目光看着他，解释道：“老公，这个不是我的本意，我只是想给这个左容一点教训而已，我平时在剧组不是这样的，真的！你相信我！”

易扬收回手机，翻了翻那条视频的评论。

许辛夷眼巴巴地瞅着，紧张的表情里诡异地透着一股被压抑着的兴奋之意。

——开始了开始了，快！快冷漠地对我说“还有什么好解释的？！从前没有亲眼所见，现在亲眼看见了，我没想到你竟然这么恶毒！”。

易扬不动声色地继续翻评论。

——这人怎么还没反应？难道我刚才那番话不够恶毒？

——刚才我应该再狠心地甩左容一个耳光，那样看起来更恶毒、更有说服力。

易扬挑眉，按灭了手机，往后一靠。

“我知道你不是这样的人，我相信你，更何况这也不是什么大不了的事，骂个小明星，骂就骂了，下次谁敢欺负你，你就打回去。”

他一副若无其事的语气，好像是真的不当回事。

许辛夷怔怔地看了易扬良久，咽了口口水，蒙了。

但她的反应能力很强，她往易扬身上一扑，感动地哽咽道：“我就知道你肯定会相信我！左容那个不择手段的女人只会装可怜博同情，我只是给她一点教训而已，我没做错！”

“嗯，你没做错。”

“还有这些网友！他们骂我，太可恶了！”

“明天我就告他们。”

许辛夷哽了哽。

她抬头看着他，眼底含泪：“老公，左容想勾引你，我以后不想在剧组里看到她。”

他看着她，道：“嗯，那就封杀她。”

许辛夷欲言又止。

——易扬这男的怎么这么恶毒？！

宾利车缓缓地驶入洑水湾别墅时，易家别墅里灯火通明。

一进门，许辛夷就感受到了一种紧张的气氛。

陈伯以及几名用人都沉默着。

许辛夷与易扬对视一眼，皆看到了对方眼底的茫然之色。

这是发生什么事了？

客厅的沙发上易老先生拄着手杖坐着，身边坐着同样表情严峻的易夫人。

“老先生，少爷和少夫人一起回来了。”陈伯在“一起”两个字上发了重音。

“爷爷、妈，我们回来了。”易扬道。

易老先生没理他，而是对陈伯交代道：“老陈，你们先回去休息。”

陈伯带着几名用人离开。

等外人尽数离开，老先生才看向易扬和许辛夷，脸上没有丝毫笑容。

事有蹊跷。

许辛夷嫁进易家后，就没见易老先生表情如此严峻过，就算当初易老先生病发进医院，在病床上他都是慈祥地望着她，问她适不适应易家的生活，问她易扬对她好不好。

她不敢贸然开口。

还是易扬打破了这沉重的气氛，问：“怎么了？”

“怎么了？”易夫人将身侧的平板电脑打开，放在面前的茶几上。

“你看看，这是怎么回事？”

易扬拿起平板电脑，许辛夷凑了过去。

平板电脑的界面上是一则娱乐消息，标题是“易氏继承人深夜与某女明星幽会，郎才女貌，下一个嫁入豪门的竟然是她！”，甚至还写了三遍，十分吸人眼球。

是左容动手了。

左容没找到娱乐报社，就找网上的博主来曝光这事。

经几个博主的传播，这事已经闹得沸沸扬扬，在网上有了不小的热度。

几张照片经过处理后有些模糊，但依然可以清晰地看出易扬和左容的脸。

许辛夷与易扬对视了一眼。

易老先生拄着手杖在地上狠狠地砸了两下，说：“易扬，到底是怎么回事？这照片上的人是不是你？还有那个女孩，你和她到底有没有关系？你现在当着我的面，当着你妈的面，还有辛夷的面，说清楚！”

易扬毫不心虚，解释道：“爷爷，照片上的人确实是我。那天我参加一个酒会，那个女人是酒会上的人，她过来和我说了两句话，找人拍下了照片，身上披着的西装也不是我的，至于她找谁借的西装，我不知道。我也不知道那个女人是谁。”

说完，易扬看了许辛夷一眼：“您放心，我不会对不起辛夷。”

易老先生似信非信地问：“真的？”

易扬不卑不亢地道：“是。”

听完易扬的这番解释，易老先生看似气消了大半，清了清嗓子道：“那个……你和那女孩没关系就好，爷爷还是相信你的。”他看了一眼易夫人：“是吧？”

易夫人哭笑不得。

易扬和许辛夷回来之前，老先生气得团团转，一个劲地说得好好教训易扬那臭小子。

“是，易扬是您看着长大的，他的性格您最清楚。”

许辛夷也笑道：“是啊，爷爷，易扬说了，以后会好好对我，不会做任何对不起我的事。”

“辛夷，说起来爷爷也有件事要问你。”老先生表情严肃地说。

许辛夷愣神，她就替易扬说了句话而已，这祸水怎么还引到她身上了？

“辛夷，不是爷爷说你，我们都是你的亲人，无论发生什么烦心事，你想喝酒也好，想出去散心也罢，都行，但大晚上的，你一个女孩怎么能单独去酒吧那种鱼龙混杂的地方喝酒？”

“啊？”

易老先生指着平板电脑道：“往下翻。”

易扬往下翻，是许辛夷在酒吧买醉的照片，也不知道她是什么时候被抓拍到了。

“这个……爷爷，其实也不止我一个人，还有个朋友陪着我。”

“有朋友陪着也不行，大晚上的，要喝酒哪里不能喝？凡事有万一,万一呢？”

许辛夷垂下头道：“我……爷爷，对不起，我错了，我也是……”她灵机一动，哽咽道，“我也是误会了易扬出轨，所以心情不好去喝酒，我以后再也不会了！”

易扬转头看着她，以眼神询问她：道歉就道歉，扯上我干吗？

许辛夷心虚地避开，她哪敢和他对视？

——看看看！看什么看？还看！头给你拧下来！

——一个大男人，背个锅怎么了？而且这本来就是你的错！小气！

“是这样？”易老先生瞪了易扬一眼，又对许辛夷说：“既然你早就知道这事，怎么不和爷爷说？自己在那儿胡思乱想受委屈。”

“您刚回来，我也不想叨扰您。”

“你这孩子，下次不许这样了，易扬如果再做了什么让你误会和伤心的事，你第一时间告诉爷爷，爷爷替你做主！还有易扬，下次再有这种事，你第一时间解决，不要再让我看到你的绯闻，记住了吗？”

“是，爷爷，我记住了。”

这事算是过去了。

易老先生又收回了慈祥的笑容，板着脸道：“往下翻。”

易扬往下翻，是一个视频。

“我在地上撒把米，鸡都比你演得好！”

尖酸刻薄的话从视频里传了出来。

许辛夷在剧组嘲讽左容的视频，竟然也被易老先生看到了。

“爷爷，这个演员演技不好，而且还想勾引易扬，所以我气急了就说了那么两句。”

“那你也不能在大庭广众之下这么说！什么话不能私下说？”易老先生叹了口气，“我知道，你爸妈去世得早，一直是你爷爷抚养你长大，那老头子一直溺爱你，你这性子是张扬了些，可是也不能这么欺负人，你看在剧组把那小姑娘欺负成那样，现在被拍了视频传到网上，最后被骂的还不是你？你看着那些骂你的话，心里不难受？”

许辛夷看了一眼易扬，悄悄地扯了扯他的衣袖，乞求救援。

但易扬只与她对视了一眼，手背在身后，别过头，那一副事不关己的样子，仿佛在说“莫挨老子”。

“以前爷爷就想找你谈，可你也知道爷爷身体不好一直没机会，现在回来了，爷爷老实告诉你，我不喜欢你那个样子，从今天开始你就得改，在外说话不许那么冲、不许没礼貌，更不许没涵养，记住了吗？”

许辛夷微仰起头，看到了易扬微微上扬的嘴角。

这臭男人竟然在笑！

他在笑？！

他在看我笑话？

行，他好样的！

许辛夷忍不了了。

夫妻一荣俱荣，一损俱损。

他不仁那就别怪她不义！

许辛夷委屈地垂下头，说："可是易扬也是为我好，不想我受委屈。"

易老先生和易夫人都觉得奇怪了："为你好？怎么回事？"

易扬心里隐隐有种不祥的预感。

"这……这是易扬教我的。他说一个小明星而已，骂就骂了，以后还有人欺负我，就让我打回去，如果网上有人骂我，他就替我告他们，只要我开心就好。"在易扬逐渐变冷的目光中，许辛夷把心一横，说，"他还说，过两天要替我封杀那个小明星！"

"封杀？"易老先生看向易扬，完全不相信这些话会是他看着长大的孙子说的，"易扬，你说的？"

就连一侧的易夫人也不免震惊："易扬，你这孩子，你怎么能……"

饶是在谈判桌上游刃有余的易扬，如今也被许辛夷这一番看似有理，实则颠倒黑白的话噎得半晌没能说出话来。

这话确实是他说的没错，但是……

"爷爷、妈，我……"

许辛夷抢先哭诉道："爷爷、妈，我不敢在你们面前撒谎，这话虽然的确是易扬说的，可是你们也别怪他，怪我，我……我知道错了，我在外面不该那么嚣张跋扈，我以后再也不敢了。"

"许辛夷！"

"你吼她干什么？"易老先生握着手杖指着易扬，"你说，这些话是不是你说的？是不是你教的辛夷？"

"爷爷，这话确实是我说的没错，但是……"

"但是什么？"易老先生痛心疾首地道，"你怎么能说出这样的话来？爷爷有没有教过你，要你以理服人、以礼待人，做人做事要不卑不亢、光明磊落，你怎么能因为自己手上有点权力就变成这个样子？"

"爷爷，不怪他，真的不怪他，易扬也是为我好，他是害怕我在外面被人欺负才这么说的。爷爷，我向您保证，以后我再也不会这样了，您别生气。"

易老先生坐在沙发上叹息着摇头。

易扬千算万算没算到许辛夷会给他来这一招。他瞪了许辛夷一眼，低声道歉：“爷爷，对不起，以后我会谨言慎行，不会再说这样的话。”

许辛夷跟着表态：“爷爷，我也会谨言慎行的！”

都说富不过三代，但易家如今如日中天，靠的是三代人共同的努力，也是易老先生悉心教导的结果。

“谨言慎行，你们能记在心里才好！”

当晚，单方面的问责结束后，易扬又被易老先生叫进书房训了足足一个小时才被放出来。

易扬一进门，许辛夷立马迎了上来：“老公，爷爷没把你怎么样吧？”

易扬沉着脸一言不发地脱外套，解领带。

——唉，这个翻身仗打得是真的爽，笑啊？再笑我啊？现在怎么不笑了？刚才不是还看我的笑话吗？

——易扬会不会觉得我好有心计，颠倒黑白、挑拨离间，然后从这一刻起开始烦我、讨厌我，要和我离婚？

易扬扯到一半的领带悬在脖子上，他回头看着许辛夷，说：“许辛夷，爷爷说让我监督你。”

“监督我什么？”

“你不是说要谨言慎行吗？爷爷让我监督你，不让你以后在外面嚣张跋扈地待人。”

许辛夷：“……”

易扬在处理自己的绯闻这件事上雷厉风行，翌日就在网上辟谣、警告、发律师函，同时也传信给左容的经纪公司，说希望他们能管理好自己的艺人。

虽说易氏集团经营的业务与娱乐圈不沾边，但谁会那么没脑子，为了公司里的一个小明星得罪易氏这么大的一个公司？

左容这边团队还在任由事态继续发酵，想在舆论达到最高点时发表那一番真情实意的澄清说明，但那说明还没发出去，左容就接到了公司高层打来的电话。

被老板找了麻烦的总监找左容的不痛快：“左容，谁让你自作主张和易扬炒绯闻的？你和公司汇报过吗？得到公司的批准了吗？找着个机会就往上贴，你知不知道易扬是什么人？你真觉得自己演了两部剧红了就飘了是吗？我告诉你，这件事老板已经知道了，他很生气，说等你拍完这部剧之后，就在家好好休息吧！”

对娱乐圈的明星艺人而言，最忌讳的莫过于“在家休息”这四个字。娱乐圈更新换代快，只有不断出现在观众视野里的明星，才不会被人遗忘，休息个一年半载再出来，娱乐圈又换了一拨人，谁还会认得你？

“总监，我……”

总监根本不给左容机会，径直将电话挂断。

左容愣在原地，好半晌才想起来去看现在网上的形势。

左容长得漂亮，且这些年没有黑历史，路人缘较好，再加上昨晚爆出来的那个许辛夷在剧组大骂她的视频，不少人对左容印象还不错。

几张她和易扬的合照一传开，水军开始带节奏，说他们男才女貌，简直天生一对。

不少猜测和分析两人关系的帖子也如雨后春笋般出现，粉丝们纷纷送上祝福，更有人说从此霸道总裁与小明星的小说都有了原型，网上“尖叫声”一片。

“这两人未免也太配了吧！简直男才女貌天生一对！”

“我们家容容终于找到男朋友了，老母亲流下激动的泪水，希望易先生以后能好好对我们家容容！”

“活的霸道总裁！这一对我喜欢！”

“这一组照片不会是易总授权让发的吧？我总感觉易总是看到了许辛夷那恶妇在剧组欺负左容的那个视频，所以才故意放出照片，给许辛夷一个警告。”

“坐看易总打许辛夷的脸，这下有好戏看了，嘻嘻。”

这些评论，甚至出现在许辛夷的微博评论区了。

可天还没亮，剧情反转。

先是易氏发表声明说照片纯属摆拍，后是左容所在的公司发出置顶的澄清声明，表示两人之间没有一点关系。

“摆拍”这两个字很有意思，细细领悟其中的意思，可以说是左容自导自演，就是为了攀上易扬炒作绯闻。

左容的粉丝不出声了，传播照片的博主删了相关微博，几个关于两人的帖子也被锁了，世界清静了。

左容看着那些讽刺她为攀上易扬不惜制造绯闻的评论，浑身直颤。

从前明星故意买通稿和某个豪门二代传绯闻的事也不是没有，那些豪门二代根本不会注意到，就算注意到了也不会在意，过两天该明星再发个澄清声明就行，赚了一波流量还能成功脱身。

明明有人这样干过，为什么到她这里就行不通了呢？

公司不是经常对艺人炒作的事睁一只眼闭一只眼吗？

化装间的门被人推开。

许辛夷前呼后拥地走进来，径直坐到镜子前。注意到左容的脸色，许辛夷阴阳怪气地开口："左容，怎么你的脸色看上去这么难看呢？"她贴心地将桌面上的腮红递给了左容的化装师："快给她多擦点腮红，看起来有气色一些。"

化装师上前来给许辛夷化装。

"对了，左容，我听说你和易氏集团那位……怎么回事？快，说给我听听。"

安雅在一侧搭腔："辛夷，你没看微博吗？易氏都发澄清声明了，纯属摆拍。当时我就觉得奇怪，人家好歹也是个身家百亿的人，怎么看得上一个小明星？原来是摆拍的。有些人也不照照镜子，自己配吗？"

许辛夷恍然大悟，温柔地看向左容："原来是这样，左容，没事，别担心，失去了这次机会还有下次，你迟早会钓到富二代的。"

她表情傲慢，语气嘲讽到位，让人一听她说话就恨不得用手撕了她，简直将一个恶毒女人的形象表现得淋漓尽致。

让她不恶毒？

怎么可能呢？

更何况这又传不到易扬那臭男人的耳朵里。

接下来的这段时间倒是风平浪静，半个月后，《贝贝升职记》剧组成功杀青。

准备回家休息一段时间的许辛夷收到了安雅给她准备的一本小说和一个剧本。

"《凰途》这部剧的原著小说我给你了，你找时间看一下，免得到时候导演说咱们不专业。"

《凰途》这部剧是许辛夷接下来的重点戏，古装大女主戏，男主角是韩骁。

这个韩骁可以说是娱乐圈公认的男神。这样重量级的男明星，早就活跃在电影圈，成为大银幕大导演的常客，一般很少接电视剧，颜值和魅力无懈可击，能和他搭戏，是所有女明星梦寐以求的事。

这么大的一个香饽饽，眼看着就要被自己吃到嘴里，许辛夷怎么能不兴奋？

她当晚就拿出原著小说细细品鉴。

第二十三章，共浴。

第四十七章，强吻。

第八十九章，大婚之夜。

第一百二十八章，雨夜寒山寺。

第一百五十九章，共赴巫山云雨时。

第二百零七章，深夜缠绵。

于是，当易扬进房后，就瞧见许辛夷抱着一本书歪在沙发上聚精会神地看着，偶尔发出估计连她自己都不曾察觉的低笑声。

“许辛夷。”

许辛夷置若罔闻。

易扬皱眉，又高声喊了句：“许辛夷！”

许辛夷这才回过神来，抬头看向易扬时，嘴角还止不住地上扬。

“老公？你回来了？”

易扬扫了她的书一眼：“在看什么？”

许辛夷大大方方地将小说给他看：“我下部戏的原著小说。这么晚了你赶紧洗澡睡觉。”

易扬对她的剧没什么兴趣，当即进了浴室洗澡。

等他洗完澡出来，许辛夷还在那儿看那本小说，连姿势都没换。

易扬看了一眼时钟，发现时间还早，便靠坐在沙发的另一侧翻阅今天的工作文件。

——“你要做皇后，所以我为你打下了天下。若是没有你，那我要这天下又有何用？”天哪，这句台词也太霸道了！不知道韩骁强吻我的时候……不行不行，我不能想，我的心脏受不了！

——“白皙的皮肤每一寸都透着诱人的光泽，这是一道盛宴，久别重逢的盛宴……轻纱罗帐内，婉转娇媚的嗓音里盛满了情欲”，到时候这一幕我要不要……叫？哎呀，羞死人了！

——“她靠在他赤裸的胸膛上，两人坦诚相见，关系是从未有过的亲密无间。她摩挲着他手腕上那道狰狞可怕、深可见骨的刀伤”，赤裸？亲密无间？这一幕韩骁肯定不能穿衣服，听说韩骁有八块腹肌，到时候说不定还能摸一摸！不行！许辛夷，你要克制你自己！

——可是韩骁真的太帅了！我等不及了！为什么剧组不能明天就

开工？

易扬看着面前的平板电脑出神，低头看了一眼小腹，伸手摸了摸。

八块腹肌很了不起吗？

看许辛夷那没出息的样子！

等等——

易扬一眼扫了过去："许辛夷，你下部拍什么剧？"

许辛夷抬头，将小说封面举起给他看："《凰途》。"

"有吻戏吗？"

许辛夷眨眼，丝毫不慌，张嘴就来："没有。"

"有床戏吗？"

"没有。"

"那有亲热的戏吗？"

"没有！"

易扬眯起双眼，用怀疑的神色看着她："真没有？"

"真没有！"

——有又怎么样？我都签字画押了，演什么戏是我的自由，还能让你给干涉了？你不让我演我就去找爷爷，看他骂不骂你。

易扬放下平板电脑："许辛夷，你要搞清楚，你是有丈夫的女人，在外面不要和别的男人过于亲密。还有，你记住，你二十七岁了，再过几个月就二十八了，别和那些年轻的小姑娘一样在外面看男人，这么大年纪你羞不羞？"

说完，易扬起身离开，不给许辛夷任何腹诽的机会。

看着易扬的背影，许辛夷深呼吸。

——这么大年纪？

——杀人犯法杀人犯法，许辛夷，你冷静一下，想想韩骁，想想接下来和韩骁的吻戏、床戏、寒潭激情戏，千万不能一时冲动就宰了易扬这臭男人！

——你这个二十八岁的老男人给我滚！姐永远十八！十八！！

因为易扬这臭男人的一句话，许辛夷一晚上都没睡好，直到翌日早晨看到镜子里貌美如花的一张脸才息怒。

二十七岁又怎么样？没有细纹没有斑，只要我保养得当，永远十八岁！

臭男人到了中年肯定年老色衰，大腹便便，没有人要！

餐桌上许辛夷热情地给易扬喂了两块黄油蜂蜜吐司，又灌了他一大杯蜂蜜水才放过他，冲他笑。

“老公，上班路上小心，”她嘟起嘴，“亲亲。”

易扬驻足，回头看着许辛夷眯成月牙的眼睛里透出的狡黠之意，想起昨晚这女人心心念念地想着和韩骁拍吻戏，冷笑一声大步上前，一手捏着许辛夷的下巴，蜻蜓点水般在许辛夷嘟起的唇上一掠而过，整个过程不过三秒，有迅雷不及掩耳之势。

许辛夷瞪大眼睛，眼睁睁地看着易扬转身、回头、捏下巴，那张无可挑剔的脸在自己的眼前放大，当然，放大的还有她因震惊而受到刺激的瞳孔。

感受到唇上柔软的触觉，她跟触了电似的，那股电流从唇上蔓延到大脑，到心脏，到四肢。她脸色涨红，大脑嗡嗡作响，心脏怦怦直跳，四肢渐软。

许辛夷整个人都蒙了。

极快分开的一个吻，让易扬近距离地看到了许辛夷脸上白皙透亮、毫无瑕疵，甚至连细小的绒毛都看得见的肌肤由白转成绯红，那抹绯红又慢慢地蔓延到了耳朵尖。她红着脸瞪着眼睛，害羞又茫然的样子，还挺可爱。

他想，嗯，姑且可以算很可爱。

“我走了。”易扬捏了捏她绯红微烫的脸颊，神清气爽地转身离开。

许辛夷浑身直颤。

结婚两年，易扬连和她同床共枕都不愿意，不屑与她有任何肢体上的接触，更别说接吻这么亲密的行为。

因为知道易扬有洁癖，所以她也就放心大胆地撩拨易扬。

她千算万算……

为什么？

许辛夷双手环抱住自己，无声哽咽。

——我脏了。

砰——

“少爷……少爷没事吧？哎哟，您看着点走！”

“他亲你了？”安雅端着一杯红酒，刚做的大红指甲衬得玻璃杯的杯壁好看极了，配上那双骨节分明、白皙无瑕的手，不显艳俗，反而有股张扬妖艳的美感。

“辛夷，相信我，他亲你绝对不是因为喜欢你。”

“不是因为喜欢我那他为什么亲我？”许辛夷理直气壮，语气无比坚定，满脸写着“不信”两个字。她眉眼带笑，似乎沉浸在什么美梦里。

安雅看了她一眼，恨铁不成钢地道：“许小姐，别笑了，再笑他也不可能因为喜欢你而亲你。都说恋爱中的女人智商为零，之前我还不相信，看到你我就信了，能不能有点出息？”

见许辛夷一副心不在焉的样子，安雅严肃认真地对她说：“这样，我和你分析分析，你和易扬结婚两年，你见过他的次数我一清二楚，我相信你自己也看得出来他不喜欢你，从易扬回国到现在才多久？有一个月吗？”

“一个半月。”

“行，一个半月，大小姐，前两天我给你送剧本和小说的时候，易扬那张脸上一点表情都没有，他看你的眼神，他和你身体之间的距离，都不是一个喜欢你的人该有的。”

许辛夷认真思考了一番，颓然地摇头。

“所以啊，不是我打击你，这其中肯定有什么其他原因，总之不会是因为喜欢你。”想了想，安雅摇头，“易扬这男人深不可测，你想让他喜欢你，只怕得受不少委屈，但凡你听我一句劝，也不至于像现在这样越陷越深。”

他不喜欢我那我可真是太高兴了。许辛夷腹诽。

自早上易扬夺去了她的初吻后，许辛夷左思右想也没想明白，明明之前那么讨厌她的一个人，怎么在这么短的时间内仿佛换了一个人？

他不像从前那样对自己无话可说，她甚至隐约有种他在和自己对着干的感觉。

可是怎么可能呢？

易扬疯了不成？

她想不通，这才来找“万花丛中过，片叶不沾身”的安雅帮忙分析。

“不过呢，现在这样也挺好，总比之前易扬对你漠不关心要来得强。”

“什么意思？”

“你不是一直想得到易扬的心吗？从前他对你视而不见，现在这个吻，你不用管他是什么用意，吻就是吻，这是你们拉近距离的第一步，我相信你们还会有第二步、第三步，照这样发展下去，”安雅皱眉思索，得出一个结论，“以我的经验来看，迟早有一天易扬会爱上你。”

许辛夷的表情仿佛见了鬼。

易扬迟早会爱上她？

呸呸呸！大晚上的安雅竟说这么不吉利的话！

安雅咒谁呢？

“恭喜你，即将如愿以偿。”

“真的？”

“当然是真的，我看男人的眼光难道不比你强？”

许辛夷心情沉重，实在不愿意承认安雅的这番猜测，但想想也是，话糙理不糙。

两年前结婚，易扬连和她睡一张床都嫌弃，如今竟然愿意和她接吻，变化实在是太大了。

结婚才两年，易扬就亲她，再过段时间，他岂不是要和她上床？

不行，她还是得抓紧时间离婚，否则时间久了，如安雅所说，易扬那臭男人真爱上了她，岂不是麻烦大了？

安雅放在桌面上的手机屏幕亮起，来了一条微信语音消息。

十秒的语音。

安雅将手机放在耳边听了会儿，笑了，也发了条语音过去：“好啦，我知道了，宝贝，我也想你。”

安雅这娇滴滴的声音让许辛夷打了个寒战。

安雅发了语音正想退出微信，看了许辛夷一眼，指尖一顿：“辛夷，想不想认识几个新朋友？”

她晃了晃手机，联系人列表里一串帅哥的头像。

谁不想呢？许辛夷再次老泪纵横。

即使内心再怎么波涛汹涌，许辛夷表面还是要装一装的。

许辛夷断然忍痛拒绝：“不用了，我现在挺好的。”

安雅眯起眼瞧着她，怀疑地问道：“真的？”

“嗯，真的。”

安雅挑眉：“既然你不愿意认识新朋友，那我喊几个朋友过来一起喝几杯没关系吧？”

许辛夷张嘴想说话，安雅却径自开始群发消息，一句“在吗”，五秒后，微信消息的通知声接二连三地响起。

有句话怎么说的来着？

只要姐姐长得好，一声“在吗”我就倒。

这些弟弟也倒得太快了。

这女人太强了。

安雅滑动着消息列表，认真仔细地选了三个人，聊了两句后发了个地址，随即按灭了手机。

“他们待会儿就到。你放心，我认识的人都很靠谱，在外不会乱说。”

整个过程不到一分钟，许辛夷叹为观止。

她们所在的这家私人会所的老板是安雅的老相好，天知道安雅是怎么将和男人之间的关系处理得这么好的，分手了不仅不结怨，甚至还能做朋友。

许辛夷焦急地等了半个小时，包间门才被人推开。

包间内灯光昏暗，三个穿着阳光帅气的男孩逆着光走进来，身姿挺拔，脸上处处透着青涩气，露着青春洋溢的笑容。

走过来的是几个男孩吗？不是，是青春！

“安雅姐。”三个大男孩纷纷打招呼。

“给你们介绍一下，许辛夷，你们应该都认识。”

“当然认识！”有个男孩神色激动，“辛夷姐的每一部作品我们都看过，之前还要老师用辛夷姐的剧中片段给我们讲解演技，一直想着有机会一定要见见辛夷姐，没想到今天终于见着了！”

听听，这几个男孩和易扬都是人，可说出来的话怎么就这么不同呢？

被这么好看的男孩当众夸奖，许辛夷的心怦怦直跳，她正想着说两句……

宿主，请不要崩你“情深似海”的“人设”。

“我知道！你放心，我这个人很有职业道德，在和易扬离婚前，我会尊重婚姻。”

许辛夷在心里骂了句脏话，很脏的脏话。

“谢谢你喜欢我。”许辛夷端着架子，不冷不热地点头。

男孩微愣，似乎没怎么被人这么冷淡地对待过，尴尬的情绪一闪而过。

安雅见怪不怪，让几人坐下。

几个男孩长得好又会说话，喝酒、玩色子、讲笑话，逗得安雅笑个不停。

“辛夷，坐那么远干什么？过来一起玩。”

许辛夷悲痛欲绝地拒绝：“不了，你们玩吧，我没兴趣。”

安雅将色子一放，递给两个男孩一个眼神，那两人会意，起身分别坐到许辛夷的两侧。

许辛夷仿佛感受到了阳光的气息。

“辛夷姐，我在学校的时候就一直听说您，看过不少您主演的电视剧，刚才看到本人我都不敢认，您可比电视上漂亮多了。”

“辛夷姐，我现在还在北影读书，我知道您也是北影毕业的，算起来您还是我的学姐，不知道我以后有没有机会有幸和您一起演戏？”

这两个“小鲜肉”长相阳光帅气，就算是娱乐圈里也找不出两位数来，这么青春焕发的年纪，这样精致的一张脸……许辛夷以为安雅每天被这么多男人缠着，虽然快乐但也肯定痛苦并烦恼着，现在看来是她见识狭隘了，安雅的快乐，她想象不到。

“辛夷姐，您在娱乐圈这么久，娱乐圈里有没有发生什么有意思的事？”

“肯定有。”另一个“小鲜肉”开口说，“前段时间不是还爆出来一个吗？”

许辛夷以为这“小鲜肉”说的是易扬和左容的事。

“什么事？”

“前段时间，韩骁在市中心买了一套房。”

“一套房怎么了？”

“一套房是没什么，可是韩骁的那套房比得上市中心的一栋楼。”

“哪里的房这么贵？”“小鲜肉”的惊讶之情溢于言表。

“还能是哪里的房？放眼整个A市，也就只有易氏开发的一品兰亭才敢卖这么贵。”

“韩骁竟然在那儿买了一套房，我听说那儿的房都是以亿为单位计算的。”

“所以才上了热搜。辛夷姐，您在娱乐圈这么多年，认识韩骁吗？”

安雅失笑道：“辛夷下部剧就是和韩骁合作，你说认不认识？”

“韩骁真这么有钱？”

安雅随口插了一句：“韩骁在娱乐圈这么多年，可以称得上是电影界的流量巨星，拿奖无数，扛票房第一人，你说他有没有钱？”

“其实这也没什么好惊讶的，韩骁就一间房，易氏可是一品兰亭的开发商，一品兰亭几栋楼？我想都不敢想易氏老板多有钱，听说易氏的老板还不到三十岁，这么多年洁身自好，也不知道以后易氏的老板娘会是谁。”

安雅瞅着许辛夷笑：“那肯定会是一个绝代风华的美女。”

许辛夷瞪了她一眼。

“你们不知道易氏的老板已经结婚了吗？”坐在安雅身边的“小鲜肉”开口。

“结婚？”

“韩骁买房的事爆出来之后，就有人‘扒’了一品兰亭老板易扬的底细，而且还‘扒’出了他已婚的事。”

“已婚？和谁啊？”

“好像还是个明星。”

“明星？怎么可能？像他们那种层次的人，会娶一个小明星？”

坐在安雅身边的“小鲜肉”直接将手机拿出来，翻出了那个爆料的微博：“微博里说得有理有据，不信你自己看。”

安雅将手机接了过去，翻看了两眼，笑着将手机递给了许辛夷。

许辛夷半信半疑地将手机接了过来。

其实这篇长微博里还真没写易扬的结婚对象是谁，只是爆料说易扬和一个明星隐婚多年。

当然，这篇微博底下的评论比微博本身更有意思。

“一品兰亭的老板，大家知道身家多少吗？他会娶一个小明星？博主在逗我吗？”

“我信博主的话，明星怎么了？漂亮！现在的男人哪个不好色？”

“只有我的关注点是一套房子等于一栋楼吗？一品兰亭这么贵？？”

“一套房抵一栋楼，娱乐圈的钱真好赚。”

“我算了算，以我现在的工资，想在一品兰亭买套房，不吃不喝，得从石器时代开始存钱。”

“博主怕不是忘了前不久易氏打左容的脸的事，这关口还敢散播这种谣言，不怕易氏给你发律师函？”

“易扬这样的人，就算娶也是娶与他门当户对的名媛吧，怎么可能在娱乐圈里找老婆？博主真是胡说！”

“求爆料！谁是这个天选之女，竟然能把易扬这种大佬拿下？易扬简直是我的理想型！有钱有颜还洁身自好，这样的男人简直是天选之子！我疯狂地膜拜那个女人！！”

“唉，瞒了这么久还是被发现了，我就直说吧，我就是与易扬隐婚多年的那个女人。”

许辛夷：“……”

第三章 “完美”的婚姻

许辛夷和易扬隐婚多年，这些年两人也一直默契地没有提这事，对许辛夷而言，隐婚利大于弊。

毕竟一个已婚的女人，在娱乐圈里是摸不到“小鲜肉”的。

“辛夷姐，你在娱乐圈这么久，有没有听说过这个传闻中和易氏总裁隐婚的明星是谁？”

“当然听说过，”安雅笑道，“我们还见过呢。”

“见过？这个微博上说的是真的？易扬真的结婚了？”

“安雅姐，你快说说，哪个女明星那么幸运能嫁给易氏的总裁？”

“幸运？”许辛夷看了那“小鲜肉”一眼，对这话嗤之以鼻。

“当然！”“小鲜肉”兴致勃勃地说，“易氏在A市几乎没有对手，无论是在房地产领域还是在其他的行业，都是领先者，易氏的市值和前景不可估量，易氏的老板年纪轻轻就能把公司管理得井井有条，能力自然不用说，而且他还长得特别帅，能嫁给他的人，当然是幸运的。”

然而许辛夷这个幸运儿并没有感觉到几分幸运，反而在这几个“小鲜肉”谈论了易扬之后，对他们的兴趣大大下降。

他们真肤浅！

与此同时，一行前来会所谈事的人谈完事，正簇拥着一人离开。被簇拥着的人在经过许辛夷所在的那间房间的门外时，停了脚步。

门口站着的两名安保人员上前来问：“易先生，怎么了？”

易扬垂目沉默片刻，而后给了个手势，示意其他人先行离开。

连两个安保人员也被他撵走了。

——易扬再帅能当饭吃？一个易扬哪里比得上一百个“小鲜肉”？

——肤浅！太肤浅了！

——竟然还有这么多女人想嫁给易扬，她们是疯了吗？易扬那脾气谁受得了？

——白送给我都不要。

“小鲜肉”继续追问：“辛夷姐，安雅姐说你们见过，那个幸运的女明星是谁啊？”

“对啊对啊，辛夷姐，您知道是谁吗？”

“不好意思，我去趟洗手间。”许辛夷实在不想再听易扬这个人的事迹，还是被几个人夸上天的易扬。

易扬这臭男人有什么好的？还幸运，呸！厄运吧？

许辛夷打开房间的门，脚下猛地一停，脸色突变，四周弥漫着熟悉的气息，好似一只无形的手紧紧地掐住了她的咽喉。

门外，易扬穿着不带一丝皱褶的黑色衬衫，领带整齐地系在领间，和刚出门时没什么两样。他正慵懒地背靠着墙站在门口。

走廊上灯光昏暗，在那灯光与黑暗交融的阴影里，许辛夷看不清易扬的脸色，只能看见一双带着冷意的眼睛。

许辛夷的一颗心骤然悬了起来。

易扬！

——这臭男人怎么在这儿？

——他不会是故意来捉奸的吧？

她瞟了一眼房内的人。

——稳住！许辛夷，不要慌，问题不大。

易扬眉毛微挑，看向许辛夷的目光中有着不容人所窥探的情绪。

“好巧啊。”

巧，是真的巧。

结婚两年，许辛夷和易扬见面的次数屈指可数，现在却到了出个门转个弯都能撞见的地步。

天地可鉴，许辛夷是第一次来这家私人会所，房间里那几个男生更是她这两年来第一次接触，怎么就这么巧，不前不后、不紧不慢，恰好在她上洗手间的时候被易扬堵在大门口堵个正着？

易扬这臭男人不会是在监视我吧？许辛夷心里慌得很。

——等等，我为什么要慌？我又没做错，慌什么？！那几个男孩的手我都没摸一下，我行得正坐得端，清清白白！

——更何况误会了不是更好吗？易扬这臭男人名声在外，难道还能容忍自己的妻子背着他在外面瞎搞？

这么一想，许辛夷豁然开朗。

“是好巧啊，老公，你怎么也在这儿？”

易扬目光沉沉地望着她：“我在这儿谈工作上的事，你呢？”

“我……”许辛夷心虚地沉默下来。

一个字音刚落，门从里面被打开。

刚刚坐在许辛夷左手边的“小鲜肉”笑着走出来，瞧见门口的易扬和许辛夷后愣在原地。

这就很尴尬。

“辛夷姐，这是……？”

那“小鲜肉”哪里不认识易扬？他当即眼睛都圆了，看看易扬，又看看许辛夷，仿佛明白了什么，张着嘴，诧异得说不出一句话来：“易……易总！”

许辛夷忙惊慌失措地道：“你先进去，我们有私事要谈。”

“小鲜肉”反应很快，匆匆进房。

——快快快！快问我这男的是谁！然后生我的气，怀疑我红杏出墙，指着我的鼻子说“你竟敢红杏出墙在外面找野男人给我戴绿帽子？离婚！”。

——接下来你就一心想和我离婚，无论谁劝都没用。

“老公，你听我解释……”许辛夷住嘴，等着易扬用一番痛骂打断她的话。

——我亲眼所见你还有什么好说的？离婚！

易扬欲言又止，揉了揉青筋直跳的太阳穴：“你怎么会在这里？”

“我只是过来和几个朋友玩玩……而已。”许辛夷眼神飘忽不定，不敢与易扬对视，那副遮遮掩掩、吞吞吐吐似乎有隐情的样子十分可疑。

“玩玩？”

“就安雅和她的几个朋友，易扬，你别生气。”

——快！生我的气！

易扬表情淡漠，似乎毫不在意：“我没生气，你有自己的社交圈，我对你的私生活没有兴趣，更不会干涉。”

——这臭男人怎么不按常理出牌？

——看到自己的妻子出现在私人会所里他问都不多问一句？就不生气？这么简单就算了？这么相信我？

——被戴绿帽子他都无所谓?

易扬单手扯了扯整整齐齐的领结，原本表情冷漠的脸上如同覆上了一层冰霜。他冷冷地看了许辛夷一眼：“没什么事我先走了。”

说完，他还真准备走人。

许辛夷欲言又止。

在和易扬面对面相处还是心如刀绞地听几个“小鲜肉”大肆夸赞易扬之间，她选择了前者，后者太令她痛心了!

“等等……”许辛夷叫住他，咬牙道，“我和你一起回去，你等我一会儿，我马上出来。”

她推门进房。

“安雅，我有事得先走了。”

被三个“小鲜肉”围着的安雅笑得花枝乱颤，听到许辛夷这话后慢慢敛了笑：“怎么了？现在才几点，你就要走？”

“我有点急事，你们玩吧。”

安雅起身，走到许辛夷身侧低声问道：“怎么了？”

许辛夷看了一眼刚才在门外撞见的“小鲜肉”：“刚才我在外面遇着易扬了，他也见着了，你别让他说出去。”

安雅神色一凛：“你放心，我知道该怎么办。”

“行，那你们慢慢玩吧，我先走了。”

易扬的车停在会所门口，见许辛夷出门，门童忙替她将车门拉开。

“开车。”易扬的声音冷得掉渣。

车辆缓缓前行。

但没人注意的是，会所对面的一个广场，有人猫在一块大石头后，隔着一条街的距离将许辛夷上车的画面拍了下来。

车厢内弥漫着一股令人尴尬的气氛。

“易扬，刚才你别误会，真的只是几个朋友。”

“我没误会。”易扬冷言冷语，干净利落，说完将头转向车窗外，神色不明，似乎完全没兴致再和她多说一句话。

许辛夷乐得清净。

——唉，今天真扫兴。

——算了，明天去一趟公司，认识认识公司新推出的男团成员，顺便谈一谈《凰途》的事，问问能不能提前要到韩骁的微信。

易扬转过头道："你最近很闲？"

"还好，"许辛夷接话打破尴尬，"上一部剧刚拍完，所以想休息两天，过两天去一趟公司……"

"过两天别去公司，陪我参加一个宴会。"

"宴会？什么宴会？"

这个所谓的宴会是易老先生一个世交的孙女的生日会。他们邀请了易老先生，易老先生身体不好，所以将这个任务交给了易扬。

挺巧，这个世交爷爷的孙女许辛夷恰好认识——秦妍。

关于这个秦妍，许辛夷真的有太多话要说的了。

——易扬身家百亿，研究生毕业，秦妍是知名设计师、平面模特，研究生毕业，两人青梅竹马一起长大，郎才女貌天生一对，易扬是瞎了吗？竟然看不上这么好的姑娘，就这么活生生地错过。

不过也正因为他们郎才女貌天生一对，所以"许辛夷"羡慕嫉妒。只要有秦妍在的场所，她一定不甘示弱，屡屡与秦妍发生冲突，而秦妍聪明漂亮有心机，每次都能化干戈为玉帛，不动声色地反击，相比之下，两人高下立见。

——从上次送我镯子这件事就看得出，她对易太太这个位置很有野心，易扬结婚了她依然对他念念不忘，就冲着秦妍这份痴情，我可得好好添一把火。

——秦妍和易扬这事万一成了，他俩结婚我一定包个大大的红包给秦妍，感谢她的接盘之恩！

易扬目光冷冷地扫了过去，看着许辛夷不断上扬的嘴角，忽然有些后悔。

这许辛夷怕是个祸害。

在参加秦妍的生日宴会之前，许辛夷可闲不下来。

"安雅，帮我订一件能闪耀全场的高级定制礼服。"

电话里安雅的声音充满了疑惑："礼服？怎么，你最近要参加什么活动？我怎么不知道？"

"不是，"许辛夷话里带着藏都藏不住的愉悦与笑意，"易扬说后天带我参加一个宴会，我想着好好打扮一下，不能给易扬丢脸。"

安雅惊讶地问："宴会？易扬带你去？你们不是还没公布结婚的消息吗？"

"是爷爷一个世交的孙女的生日宴会，邀请的都是知根知底的圈内人，没有外人。"

安雅沉默片刻，话里满满的不相信之意："我说许大小姐，你和那位过生日的女孩有什么深仇大恨，她过生日你要穿得花枝招展盖人风头？”

“怎么能说盖风头呢？我这不是第一次和易扬出席宴会吗？我得打扮得漂漂亮亮的，不能给他丢脸。”

“不是……你认真的？”安雅突然有些摸不准许辛夷的用意，“你在一个女孩的生日宴上大出风头？”

“那又怎么了？”许辛夷反问。

“许辛夷，你如果不是故意的，我真怀疑你情商低，但你平时也不这样啊？”安雅唏嘘不已，“难道真应了那句话，爱情使人降智？完了，有你为鉴，我想我这辈子都不可能结婚了。”

“你别担心我了，就问你，这事能不能办成？”

“能！当然能！你就作死吧！礼服的事我帮你搞定，后天早上我让人给你送过去。”

“行，到了立刻给我送过来！”

挂断电话，许辛夷让美容师进来继续替她做美容保养。

“许小姐，您的皮肤状态真好，和十八岁小姑娘的皮肤一样。”

皮肤白白嫩嫩，一丝瑕疵也没有，脸颊光滑得连细小的绒毛都看得见，明亮的眸子顾盼生辉，比十八岁的小姑娘还水灵——许辛夷要的可不就是这个效果？

秦妍喜欢易扬，没关系，她不介意，甚至还想撮合他俩，但是从头到脚，就是一根头发丝，她也不能输给秦妍！

更何况她在宴会上出尽风头，连安雅都看得出不合适，难道别人就看不出？

秦妍那“小白莲花”肯定大度地说没关系，易扬那臭男人对秦妍的好感度肯定噌噌呈直线上升。

紧接着两人的感情越来越好，情到浓时易扬为爱出轨，两人终成眷属！

而她被爱所伤，从此不再相信爱情，没心没肺，只谈钱不谈爱，坐拥巨额财产游戏人间，平平淡淡地度过余生。

好棒。

安雅办事靠谱，深知她意，最后送到她手里的是一件深V带蓝色亮片的长裙。

许辛夷站在全身镜前看着镜子里的美人，修长的颈脖下是恰到好处的风情，腰身在礼服之下仿佛不盈一握，蓝色的礼服更衬得她皮肤白皙透亮。她一言不发时透着高贵冷艳的劲，微微一笑，却又风情万种，眼角眉梢染着一抹淡红色彩，轻轻一眨眼，长密的睫毛像是会勾人似的，让人越看越惊艳。

“好了没有？到时间了，我们该走了。”易扬在楼下等得不耐烦了，进房催促，推开门，许辛夷正提着裙边站在镜前看着他。

窗外阳光甚好，空气中的金色细粒如被铰碎的金箔四处飘浮，在阳光下熠熠生辉。

易扬脚下一顿，自上而下地看了她一眼，一抹惊艳的神色在他眼底绽开。

等他看了一会儿，许辛夷才提着裙边走到他的面前。

“易扬，我漂亮吗？”

——这浑蛋如果敢说不漂亮，我今天就在这儿捶爆他的头！

“还行。”

她刚想捶爆易扬的头，却瞧见这臭男人一直似有似无地往她身上瞟，好像连他自己都不曾注意到。

——还行？既然只是还行，干吗盯着我不放？

——口是心非的臭男人。

易扬将目光挪开。

许辛夷心满意足地上前挽住易扬的手臂，眼角眉梢全是笑意：“我们走吧。”

秦妍举办生日宴会的地点在一家环山临湖的度假酒店，那里风景优美，且远离市区，同时秦妍作为秦家唯一的女孩，秦家为了生日宴会能办得圆满，包了场。

当易扬和许辛夷的车停在酒店门口时，秦妍笑着迎了上去。

今天是她过生日，她精心打扮了一番，穿着白色长裙、亮色高跟鞋。她长相清纯、性格温柔、举止优雅，即使素面朝天，也是一个令人赏心悦目的美人，很容易让人一见难忘。

秦妍几乎是和易扬一块长大的，知道易扬喜欢什么样的女人。

可当她瞧见盛装出席的许辛夷时，脸上的笑就僵住了，起初的期待也消失殆尽。

这次她大办生日宴会，特地将请柬送去了易家，易老先生身体不好，不会特别撑着身体来参加一个小辈的生日宴会，易夫人要照顾易老先生也不会来，唯一可能来的就是易扬。

这些年来，她就没听说过易扬带许辛夷参加什么宴会的消息，而且两人的夫妻关系一向不好，所以易扬来参加她的生日宴会，一定会孤身前往，不会带许辛夷。

可她万万没想到的是，易扬竟然带许辛夷来了。

“易扬、辛夷，你们来了？”

“生日快乐。”许辛夷将礼物送了上去，亲密地挽着易扬的手臂，整个人都快贴在易扬身上了，“这礼物可是我精挑细选的，你肯定喜欢。”

同为女人，秦妍知道这是许辛夷在挑衅她。

她看了一眼易扬，脸上不留痕迹，接过礼物道：“谢谢。你们先进去，我待会儿就来。”

“那我们先进去了。”说完，许辛夷挽着易扬的手往里走去。

能来参加秦妍的生日宴会的，都是他们这个圈子里的人，大家知根知底，都知道对方有几斤几两重。

因此，从小秦妍这群发小就认定秦妍长大之后会嫁给易扬。

毕竟他们从小青梅竹马一起长大，秦妍对易扬有意思是大家都知道的事，可没想到一纸婚约，许辛夷成了易扬的妻子。

许辛夷幼年时也是他们这个圈子里的人，奈何许辛夷父母早逝，全靠许老爷子撑着，家道中落后她就再也融不进这个圈子了。

酒桌旁有四五个穿着靓丽的年轻人往他们这儿望，回头商量了两句，随后朝他们这儿走来。

——哇，好戏开场了。

易扬看了一眼许辛夷，见她一脸微笑地看着朝他走来的几个许久未见的朋友。

——物以类聚，人以群分，易扬这臭男人的朋友估计也不怎么样，听说还是和秦妍一块长大的，看到我想必会为秦妍抱不平吧？

——他们心里肯定在想，人家青梅竹马一块长大，偏偏被你这个不知道从哪里来的女人横刀夺爱，或者在他们眼里我还是秦妍和易扬之间的第三者。

——待会儿这些人肯定会装模作样地故意挑事，小时候的事肯定得在我面前说一遍给我听，假惺惺地问我：“哎呀，我们说这些小时候的事，你不会介意吧？”

——我说介意呢，就会说我心胸狭隘，我说不介意，这几个人肯定变本加厉，之后绝对会想办法单独把我拉走，用各种语言羞辱我、警告我，我这暴脾气肯定受不了，然后我们发生争执，“白莲花”的朋友也是“白莲花”，到时候他们倒打一耙把脏水泼到我身上，说我是个没教养的坏女人，所有人都会指责我，易扬这臭男人估计也会冷眼旁观。

——唉，这物欲横流的社会，现在的人心机深重，就不能像我一样单纯善良点吗？

在这热闹的大厅里，易扬将许辛夷的话听得一清二楚。

易扬在心底冷笑。许辛夷这脸皮不是一般厚，她没有与人交流过，对这些人更没有任何了解，就堂而皇之地在心里恶意揣测别人，这叫单纯善良？

他的朋友从小与他一起长大，虽然大学之后与他没了联系，但性格已经定性，再怎么变也不会是许辛夷说的那种心机深重的人。

“易扬，你可终于来了。”迎面走来四人，端着酒杯和易扬说话，白白净净的两个女孩各自挽着一个高大帅气的男伴，故意将许辛夷无视得干干净净，“你不知道今天是秦妍二十五岁的生日吗？天都快黑了，你怎么才来？”

“许小姐也来了？”似乎才发觉许辛夷在这儿，一个女孩笑道：“易扬，我们可是几年没见了，你现在是越来越帅气了，我可还记得小时候咱们一起玩，那时候你可是说过的……”

“我知道，小时候易扬说过，等秦妍二十五岁还没结婚，他就娶她，”许辛夷顺势接了一句，“可惜啊，易扬运气好遇见了我，秦妍就没那么好运了，到现在还单着。”

几人沉默了一下。

“许小姐也知道这事？”

许辛夷似乎是真的无所谓：“我当然知道，可我不是什么斤斤计较的人，过去的事都过去了，我怎么能因为一些小时候说的话置气？你们小时候还有什么有趣的事都说给我听听。”

那两个女孩对视了一眼。

“哦，对了，你们小时候肯定也玩过这样的游戏，什么结婚游戏、洞房游戏，是不是易扬当新郎，秦妍当新娘？”

刚想说话的两个女孩欲言又止。

“原来大家小时候都这么玩，我还以为只有我一个人这么玩呢。”

全程易扬都保持沉默。

他忽然觉得许辛夷想得挺对的。他确实会冷眼旁观，因为完全用不上他。

两个女孩被许辛夷堵得没话说，倒是她们身边的男人笑着解围：“小时候的事就不提了，易扬，走，我们去那边聊聊。”

两个女孩微微一笑："许小姐，他们男人有男人的话题，我们女人听着也没意思，这次妍妍的生日宴会上来了不少朋友，我介绍几个姐妹给你认识？"

两人将目光放在许辛夷的裙子上，暗流涌动。

"许小姐，你要不要喝点什么？"

——来了来了，我就知道肯定会有这一招，这桥段，经典且不过时！

——眼睛盯着我的裙子，看我穿得这么好看，长得这么漂亮，她们一定会想办法把红酒泼到我身上，让我在宴会上出丑，然后假惺惺地说"对不起，我不是故意的"。我生气呢，她们就会说我小心眼，一件衣服而已嘛，我不生气呢，就得忍气吞声，自己憋屈。

——都是千年的狐狸，演什么聊斋？

"易扬，走啊。"

易扬扯了扯胸前的领带，站着没动。

"红酒，谢谢。"

穿梭在人群中的服务生送来一杯红酒，经过两个女孩身边时，那服务生往前一个趔趄，手上托着的三杯红酒眼看着就要倾倒在许辛夷的身上。

许辛夷把握时机，挽着易扬的手臂的手猛地用力，在易扬将目光放在那服务生身上时，趁他不备，一把将他拉到了自己跟前。

砰——

那三杯红酒稳稳当当地全部泼到了易扬的西装上，许辛夷身上没溅到半点。

——臭男人就是用来挡枪的！

易扬看着自己面前的一片狼藉，在心里骂了句脏话，很脏的脏话。

这边的动静很快引起全场注目。

服务生胆战心惊地连连鞠躬道歉："先生，对不起，我不是故意的！"

绊他的脚的那个女孩原本还等着看许辛夷被泼一身红酒的样子，可转眼间这红酒全泼到了易扬身上，大好的让许辛夷这女人出丑的机会就这么没了。

"对不起？你怎么办事的？"

那服务生脸都白了。

这是个什么场合领班昨天就和他们交代过，这个场合来的都是些什么人他更是清楚，三杯红酒泼下去，他这份工作不仅难保，那件西装只怕也得他来赔。

可是那西装那么贵，他怎么赔得起？

“怎么了？发生什么事了？”原本在招呼客人的秦妍闻声赶来，见着一地的玻璃碴与酒渍，疑惑地问道。

“妍妍，这个服务生没端稳酒，酒全泼到易扬身上了。”

“什么？”秦妍看了一眼易扬胸前的酒渍，眉心紧蹙，刚想说话，那名服务生再次道歉。

“秦小姐，对不起，真的对不起，是我的错，我不是故意的！”

秦妍刚想开口说话，许辛夷从易扬背后站出来，看了一眼易扬胸前的酒渍，和颜悦色地对那名服务生道：“你也是不小心的，我相信你不是故意的，你没事吧？”

服务生拘谨地摇了摇头：“没事。”

四周的人交头接耳。

“没事就好。”许辛夷朝秦妍笑道：“秦妍，你也别怪他，一件衣服而已，没多大的事，是吧，易扬？”

她这话说得好像秦妍是要刁难怪罪这服务生似的。

鼻间红酒的香味萦绕，易扬黑着脸，从喉咙里挤出一个“嗯”字。

其实易扬在那三杯酒泼到他身上之前，就隐隐猜到服务生可能会因为某些意外而摔倒，没走是因为心底始终存着侥幸，甚至还有几分好奇。

他想看看许辛夷会怎么应对这个局面。

他万万没想到，这就是许辛夷应对局面的办法——拿他挡酒！

这可以说是自作自受，易扬哪里还有什么话能说？

被许辛夷抢先一步摆了一道，秦妍反应很快，对那服务生说：“没事，下次小心点就好了，你先下去吧。”

说完，她又对易扬说：“我陪你去房间里换件衣服吧。”

——啧啧啧，一个宴会的主人，邀请一个有妻子的男人去房间里换衣服，接下来换着换着是不是该上床了？

易扬扯了扯领带，烦躁全写在紧皱的眉心上，刚想和秦妍去换件衣服，就听到许辛夷的这么一句话。

一件事凑巧撞上是巧合，两件事、三件事可就不是巧合了。

“不用，你是宴会的主人，你在这儿招呼你的客人，让服务生带我去就好了。”

秦妍的笑容有些许僵硬，随后她点头，让一名服务生带易扬去房间换件衣服。

“易扬，我陪你……”

“你待在这儿！”易扬担心在他消气之前，再听到许辛夷的心里话会控制不住自己。

碎酒杯被清扫掉，地板上的酒渍也被擦干净，秦妍得体地向四周的客人道歉后，又和那几个从小一块长大的朋友聊了两句，最后才走到许辛夷的面前。

而这整个过程，都没有秦家的其他人出面。

秦妍独当一面的能力可见一斑。

“许小姐，谢谢你陪易扬参加我的生日宴会，我们单独聊聊？”

看着秦妍脸上人畜无害的笑，许辛夷心里还真有些不愿意。

为了一个臭男人尔虞我诈，不值得，她还不如在这儿喝喝酒吃点东西，向外人展示一下她漂亮的裙子。

但秦妍找上来了，她不应又显得她太弱。

“好啊。”

“许小姐，这边请。”

两人来到一处露台，露台外是酒店花园，花园里栽种了形态各异的花卉，临冬的天气竟然还开着花。

“这里的花是酒店临时从温棚里拿出来的，”也许是看到了许辛夷脸上的惊奇之色，秦妍解释道，“可是这些花再好看，也不会在秋天这个季节盛开，从温棚拿出来经过这一晚上，只怕全都得凋谢，和人一样，无论是交朋友还是谈恋爱，不管是家世、人品，还是三观，都要选适合自己的，所以才有了‘门当户对’这四个字，你说对吗，许小姐？”

许辛夷点头，并一言不发，表示继续听戏。

“我和易扬从小就认识，很小的时候我就和他在一块玩，刚才你见着的那些人都是我们的朋友，小时候真的发生了太多事，我想易扬自己应该也不记得了。”秦妍似乎在缅怀过去，“他说长大以后会娶我，会一辈子对我好，可惜后来他生了场病，再回来时我们已经长大了，念中学的时候他甚至没有认出我来，可是我一眼就认出了他。”

许辛夷感同身受地点了点头，心里叹了口气。

这是一篇包含了久别重逢、破镜重圆的校园文。

“后来我们一起念中学、上高中、读大学，他虽然大我几岁，但在学校里我们几乎形影不离。易扬对人冷淡，但是我知道他对我和对其他人是不一样的。我不知道他还记不记得，他曾经说过，等我二十五岁还没结婚就娶我，今天我已经二十五岁了，可是他却娶了你。”

秦妍对许辛夷笑了笑：“你别误会，也别介意，我只是想告诉你易扬的过去。”

许辛夷点了点头，忍不住问道：“后来呢？”

“后来，”秦妍微笑，无意识地摩挲着手腕上的一条手链，“后来我们大学时读了不同的专业，他读金融，我读设计，见面的次数越来越少。再后来我出国，很长一段时间没办法和他联系，回国后他就已经接手易氏的工作，只有我去易家才见得到他一面。”

这还是一篇包含了久别重逢、破镜重圆的校园都市文。

“我以为我回来了，我们就有机会，可没想到易爷爷竟然让你和易扬结婚，因为你们有婚约。”

说到这儿，秦妍苦笑道：“我知道易扬敬重爷爷，不忍心忤逆他，当初也是你爷爷病重时说唯一的心愿是看着你成婚，易爷爷不想许爷爷走得遗憾，所以就让你和易扬结婚了。

“你知道吗？我听到这个消息时真的很无奈，都是受过高等教育的人，却还在奉行着婚约这一套。我以为易扬想要的是自由，可是他却连婚约这种东西也能接受，他甚至能忍受和一个基本没怎么见过面、什么都不了解的女人过一辈子。我不知道他有没有做好准备，但是现在看来，他并不爱你，也没有做好和你共度一生的准备。”

许辛夷叹了口气，可不是，易扬不爱她还愿意和她结婚，她这大好的青春时光，就这么毁在了这臭男人的手上。

“听说你很喜欢易扬，是吗？”

许辛夷心想，被逼的喜欢算吗？

“辛夷，我知道你很喜欢易扬，可是你知道喜欢并不是一个人的事，它是两个人的事，如果你的付出是一厢情愿，你是不可能在这场婚姻里得到幸福的。”

许辛夷欲言又止。

秦妍说的这番话太对了！

道理她都懂，不懂的是易扬那臭男人，他整天死缠着她不和她离婚。

“爱是无私的，你不能这么自私，自己痛苦也让别人痛苦。你应该放过他，让他去寻找自己的幸福，这才是爱。”

许辛夷腹诽，不是我不放过他，是要求他放过我，如果能提离婚我早提了，谁要和那浑蛋共度一生？！

秦妍摸了摸手上的手链，温柔一笑，道："这条手链是我十八岁生日的时候他亲手送给我的，这些年我一直戴在身上，他对我的不同我能感受到，我相信他是爱我的。"

许辛夷叹了口气，这原来是一篇包含了久别重逢、破镜重圆、虐恋情深的校园都市文。

这辈子秦妍估计得和易扬分离了。

"秦妍，你说错了，他或许不爱我，但我能肯定他也不爱你。如果他爱你，在你出国的那段时间为什么不联系你？如果他爱你，又怎么会答应和我结婚？如果他爱你，今天又怎么会带我来参加你的生日宴会刺激你？我听你说了这么多，也劝你一句，别为了不值得的男人死缠烂打，你自己看不见，但那样很丑。"

秦妍的笑容猛地消失。

"许辛夷，你什么意思？"

"我没什么意思，只是在劝你而已，你能劝别人，却听不进劝？"

"所以你不想和易扬离婚？"

"我是不会主动跟易扬提离婚的，如果你有办法，可以让易扬跟我提离婚。"笑话，她提离婚就完了好吗？

她这条命来得不容易，她还没摸过男团的"小鲜肉"，不能这么被糟蹋了。

秦妍沉默地看着她，也不知道在想些什么。

"如果我让易扬提离婚，你会答应？"

许辛夷挑衅地回应："我当然答应。"

秦妍越过她往后看了一眼，仅仅一眼，她就明白了。

她当着秦妍的面大大方方地翻了个白眼："你知不知道我是演员？这些套路都是我玩腻了的。"

就在秦妍疑惑不解的表情中，许辛夷径直往后一倒，跌在地上。

她身后的脚步声清晰可闻。

许辛夷抬起头，如愿以偿地见到了站在露台门口的易扬，以及他那几个狐朋狗友。

"易扬，你来啦？"许辛夷哭丧着脸，小鸟似的扑到易扬的怀里，声泪俱下，指着秦妍，捂着脸，仿佛受了极大的委屈，"秦妍说要我和你离婚，她想找你复合，我不答应，她就打我！你看，她一巴掌就把我扇到地上了，你给我瞧瞧，我脸上有没有掌印，是不是被毁容了？"

许辛夷仰着脸给他看。

听到这句话，秦妍瞬间便慌了。

节奏被打乱，秦妍慌乱地看向易扬，手足无措，唯恐易扬误会她：“我没有这么说……”

许辛夷整个人树懒似的抱着易扬不放，疾恶如仇地看着秦妍道：“你说了，你就是说了，你想让我离开易扬，我不！我这辈子都不会离开他的！”

一个是胡搅蛮缠名声在外的明星，一个是委屈难堪的发小。

孰对孰错，只怕观众心中有数。

易扬一言难尽地看着许辛夷表演。

她演技这么浮夸是怎么在娱乐圈混的？现在的导演都瞎了吗？

“许辛夷，好好说话，怎么回事？”

“是啊，妍妍，有什么话你直说，别怕，我们给你做主。”狐朋狗友开口了。

“我没有……”秦妍强撑着不肯掉泪，仿佛毫不愧疚地看着许辛夷。

秦妍真是个可怜的“小倔强”。

许辛夷放开易扬，一扫脸上浮夸的表情，捋了捋头发，微微一笑，神清气爽。

“没事，我们只是在演戏而已，”许辛夷擦了擦脸上不存在的泪，说，“刚才和秦妍聊起我在剧组演戏的事，她心血来潮有点好奇，所以就和我合演了一下横刀夺爱的戏码，怎么样？我们演得不错吧？把你们都给骗过去了。

“秦妍，对吧？”

——关公面前耍大刀，在我面前玩心机，也不想想我是谁，我可是个演员！

——想陷害我？做梦！

许辛夷自认演技没的挑，刚才那场戏可是她倾情出演，使出了毕生所学。

她最后那句话算是给秦妍一个台阶下，好歹这也是秦妍的生日宴会，总不能让秦妍在这么多亲朋好友面前下不来台吧？

——今天就算给她一个警告，下次她再敢招惹我，看我不撕了她！

——唉，没有赶尽杀绝，我真是个善良的女人。

易扬眉心一跳，眼神意味不明地看向许辛夷。

秦妍自己酿的苦果自己咽，强扯着嘴角露出一抹微笑：“是。”

“演戏？秦妍，我明明看见……”狐朋狗友当即要出头。

“好了，”秦妍收拾好自己的心情，力求在易扬面前不那么难堪，“真的没事，是我好奇辛夷的演技，所以才玩了这一出闹剧。我还有事，先进去了，你们玩得开心。”

秦妍一走，秦妍那四个狐朋狗友纷纷瞪了许辛夷一眼，怀着满腹的怨气进了大堂。

露台上只剩许辛夷和易扬两人。

秋风一吹，满院子珍奇的花叶随之摆动，许辛夷打了一个寒战。

“高兴了？”

易扬捏着她的脸颊，左右晃着她的脑袋。

“你干吗？”

易扬似笑非笑地道：“看看你脸上有没有掌印，有没有被毁容。”

许辛夷打落他的手：“别闹，我不是说了吗？我和秦妍闹着玩的。”

易扬审视她良久。

许辛夷毫不心虚地回望着他。

——浑蛋，看我干什么？替你的秦妍打抱不平吗？再看敲爆你的头！

易扬无奈地收回目光。

——算你识相。

大堂内前来参加秦妍的生日宴会的客人差不多到齐了，秦妍一改刚才的狼狈形象，微笑着优雅地站在一个十层蛋糕前切下蛋糕。

许辛夷在一侧饶有兴趣地看着秦妍微笑着游走在人群里，这女人伪装得也挺累的吧？

“易扬，好久不见。”有男人端着酒杯走来，笑着伸出手和易扬打了声招呼，看起来像是易扬的旧识。

易扬一愣，似乎在回忆眼前这男人是谁，回想过后微微一笑，伸手与之相握：“好久不见。”

“这位是易太太吧？当初易扬结婚的时候我在国外，没能回来参加你们的婚礼，很抱歉，不介意我们几个已婚男士单独聊聊吧？”

“当然不介意。”

易扬迟疑地看了许辛夷一眼：“你……”

“我没事，你去吧。”

——和几个结了婚的臭男人有什么好聊的？

“……”易扬转身就走。

许辛夷看着易扬和几个男人在一侧聊天，自己寻了个安静的地方坐下休息。

有了刚才那两场闹剧，秦妍的闺密团里的几个人对许辛夷有了新的认知，大约知道许辛夷没有表面看上去那么简单，不敢轻易招惹她。

许辛夷也乐得清闲，这种场合是人是鬼分不清辨不明，跟不认识的人打着哈哈寒暄，说着没有营养的客套话，没意思透了。

她百无聊赖地坐在沙发上昏昏欲睡，也不知道过了多久，手边的红酒见底，正准备招来服务生时，一个服务生朝她走了过来。

“谢谢。”

“易太太，能借一步说话吗？”他压低了声音道。

许辛夷挑眉，睁开惺忪的睡眼，是刚才那个泼了易扬一身红酒的服务生。

“你找我？什么事？”

那名服务生看了一眼四周：“易太太，我刚才看见有人在易先生的酒里下了点东西。”

许辛夷一怔，神色微凛。

“你确定是往我丈夫的酒里下的？”

“是。”

“你知道是什么东西吗？”

服务生摇头。

“那你知道我丈夫现在在哪儿吗？”

“我看见他们进了二楼尽头的那个房间。”

二楼尽头？

许辛夷抬头往楼上看了一眼。

这人在这种场合给易扬下药，没有别的可能，只能是贪图易扬的身体。

秦妍？

难道她是想和易扬发生关系然后顺势要挟易扬？

如果易扬真和秦妍发生了关系，秦家肯定会让易扬负责，到时候……易扬就得跟她提离婚。

那这不是正好如了她的意？

许辛夷往秦妍所在的方向看了一眼，只见秦妍的两个朋友笑着朝秦妍走去，在秦妍耳边说了句什么，秦妍脸色一变，飞快地看了一眼二楼。

看来秦妍并不知道这件事，是那几个人自作主张。

秦妍的那几个狐朋狗友，比秦妍还不靠谱，这个药……

万一出事了怎么办？

许辛夷有些犹豫不定。

虽说易扬那浑蛋活该，可是在这种场合和秦妍做那种事，这岂不是在打她的脸？

面子丢光不说，以后她只怕都得被人在背地里指指点点，说什么“这就是许辛夷，她前夫和别人在她眼皮子底下乱搞她都不知道”。

不行，她今天得救易扬一命，不能任由秦妍乱来。

想清楚后，许辛夷对那名服务生说：“这样，麻烦你帮我一个忙行吗？”

“您说，能帮的我一定帮。”

许辛夷在他耳边说了一句话，服务生听后神色迟疑。

“你放心，我知道这事会连累到你，但我会替你安排好一切的。”

有了许辛夷的这句保证，服务生这才点头，端着三杯红酒朝秦妍走去。

啪的一声响传来。

“怎么又是你？你知不知道我这裙子很贵的？！”

趁着所有人的注意力都在秦妍那几人身上，许辛夷往二楼方向走去。

她走上楼，走廊尽头的房间门没锁，轻轻一拧就开了。

房间内没开灯，只有一扇窗户半开着，月光穿过沉沉的黑夜笼罩着整个房间，昏暗的月色里，许辛夷一眼便瞧见了躺在床上的易扬。

她匆匆将门关上，走到床边，易扬双目紧闭，浑身酒气，仿佛醉晕了过去。

易扬不会在这种场合喝醉，看来和那名服务生说的一样，他是吃了什么东西。

想了想，许辛夷给开车来的司机打了个电话，让他来二楼走廊尽头的房间一趟。

“易扬，醒醒！”

她叫不醒他。

许辛夷左顾右盼，好在这房间里有单独的卫生间。她在卫生间里接了一杯水，往易扬脸上一泼。

喀喀……

易扬被水呛着，缓缓转醒。

许辛夷惊喜连连地道："你醒了？快！起来，咱们去医院，不知道那几个浑蛋给你喂了什么东西。"

易扬眉心紧锁，光线模糊之下看许辛夷竟有些看不清楚，嘴里含混不清地道："你是谁？"

"我是谁？我是你爸爸！"许辛夷一边扶他起来一边道，"你说你那几个朋友怎么都是些不正经的东西？这么下作的手段他们也使得出，药是能随便吃的吗？吃出点事来怎么办？"

易扬太重，整个身子挂在她瘦小的肩膀上，她实在撑不起来，还没将人扶起来，就已经累得气喘吁吁。

"喂，你不要睡啊，清醒一点！"

易扬的头靠在许辛夷的肩上，一股似有似无的香气从许辛夷的发间、脖子上散发出来，萦绕在他的鼻前，勾得他喉结滚动，口干舌燥，呼吸渐浓重。

香气勾出来的是男人的本能，内心的躁动让他的身体一寸寸发热。

易扬眼神一暗，用力一握许辛夷抓在他肩上的手。天翻地覆间，许辛夷被他反手摁在床上，力量上的悬殊让她动弹不得。

看着易扬迷离的眼睛，许辛夷心里咯噔一声，糟了。

她深吸口气："易扬，你冷静点，别冲动，深呼吸，然后放开我，我给你叫人来。"

两人距离不过咫尺，易扬如狼似虎般望着她，仿佛他掌下的人就是他的囊中之物。

这样的眼神，这样急促的呼吸，让许辛夷感受到了前所未有的危机，连声音都不自觉地颤抖了起来："你喜欢什么样的女人？秦妍你喜欢吗？我给你叫秦妍过来行吗？"

听到"秦妍"二字，易扬的眼神更凶狠了，他猛地在许辛夷的颈窝处啃咬起来。

"啊！易扬，你清醒一点！"许辛夷感觉自己成了入虎口的羊，任易扬宰割。

——我为什么要多管闲事？！为什么要自找苦吃来救这浑蛋！

易扬猛地一停，从她的颈窝处抬起头。

许辛夷心肝都颤了起来，眨着一汪"清泉"，楚楚可怜地看着易扬，哽咽道："易扬，我害怕。"

她眨着眨着，一滴泪就从她的眼角滑落，没入发间消失不见。

那双湿润的眸子就那么直勾勾地看着他，里头充满了恐惧，眨一下就掉一滴泪，好像他是什么洪水猛兽。

易扬握着许辛夷的手腕的手收紧，他死咬牙龈，喉结剧烈地上下滑动，所有的欲望达到了顶点。他很想在这一刻不考虑一切后果，迎合内心最原始的欲望……

但是不行，他是人，有理智。

最终在自己强大的自控力之下，他一点一点地将许辛夷的手腕松开，翻身倒在一侧。

危机解除。

许辛夷忙爬起来，看着床上如死狗一样的易扬，惊魂未定地大喘了几口粗气。

她差一点就被易扬这浑蛋给玷污了！

差一点，就差一点。

不行，我受不了这个委屈！

许辛夷浑身都在抖。

宿主，你冷静点，当务之急是……

"你闭嘴！当务之急？我的当务之急就是想办法阉了这浑蛋，让他以后不能再作恶！"

她左顾右盼，在房间里翻找起东西来。

可惜她没找到刀，只在卫生间内找到一个盆。她盛了满满一盆凉水，回到房间走到床前，猛地将手上这盆水泼到易扬的脸上。

猝不及防之下，易扬一个激灵醒了，猛地趴在床边，抹了一把脸上的水。冷热冲击之下，他半天没回过神来。

许辛夷又去卫生间接了一盆水出来，在易扬没反应过来之前，再次毫不留情地将一盆凉水浇下。

两盆凉水浇下，易扬彻底醒了，趴在床边仰着头，隔着一层从头顶落下的"雨帘"望着许辛夷："喀喀喀……许辛夷，够了……真的够了……喀喀喀……"

许辛夷置若罔闻，又去卫生间接了一盆凉水，面无表情地站在床边，冲着易扬举起了盆。

“许辛夷！咯咯……我说够了！”

“不，你还不够。”

“许辛夷，我说最后一次，够了，我醒了，我……咯……咯咯咯……许辛夷！”

——这个没用的东西，智商都被狗吃了！竟然被几颗药给弄倒了，以后出去别说你是我老公！丢人！

许辛夷愤愤不平，真恨不得把易扬的脑子掀开，看看里面装了什么废料。

她将床头的灯打开。

地上有什么东西反光，闪了一下她的眼睛。

她捡起来一瞧，竟然是易扬的皮带。

许辛夷顿时怒不可遏，拿着皮带指着易扬，恨铁不成钢地道：“你看看你！皮带都被人家给扒了！”

咔嗒——

门开了。

司机以及其他几人站在门口，看看床上浑身狼狈、衬衫半解的易扬，又看看一手叉腰一手握着皮带的许辛夷，齐齐沉默。

“对不起，打扰了。”司机反手关上了门。

许辛夷与易扬对视一眼。

易扬低头看了一眼自己。

许辛夷看了一眼手上的皮带，脸一热，似乎意识到了什么，飞快地将皮带往易扬身上扔去：“赶紧把你的皮带系好！”

她这一砸就砸到了易扬的脸上。皮带梢扫到了脸，易扬的下颌到脖子那一块红肿了起来。

易扬捂着下颌，浑身发抖，也不知道是气的还是冷的。

“许辛夷！这不是我的皮带！！”

易家的司机来得很不是时候，无论是对于许辛夷和易扬而言，还是对秦妍来说。

当秦妍听到朋友说易扬在二楼房间等她时，以为只是朋友开的一个小玩笑。她没想到的是，她们竟然给易扬喂了药。

“妍妍，你就别犹豫了，谁不知道是许辛夷插足了你和易扬的感情？许辛夷才是第三者，更何况易扬根本就不喜欢她。”

“他们迟早会离婚，你想再等几年也行，如果你不想等，现在就去二楼，不用你真和他干些什么，你只要在房间里待一会儿，我们会帮你办妥。”

就在秦妍动心之际，易扬的司机来了，带着酒店的工作人员直上二楼。

几个人当时就慌了。

“你们干什么的？”

酒店人员解释说：“秦小姐，这位先生说他是易先生的司机，易先生打电话给他让他过来。”

秦妍心想房间里的易扬怕是已经醒了，遗憾的情绪一闪而过。

房门被打开，房间里只有床头的一盏小灯亮着，门外几人看不清房间的全貌，但床边的情形足以让人看得一清二楚。

易扬浑身湿透，许辛夷拎着皮带站在床边。

场面有些劲爆。

手疾眼快的司机反手关上了门。

“对不起，打扰了。”

几人站在门外面面相觑，还没从刚才的震撼中回过神来。

司机低声咳嗽了一声：“易先生和易太太还是很恩爱的。”

众人神色各异。

秦妍心里清楚，照里面这情形来看，事情只怕已经暴露，要让易扬相信她没有参与此事，就必须得想好对策。

五分钟后，许辛夷从房间里出来，嘲讽道：“秦小姐，你年纪轻轻，怎么在自己的生日宴会上干这么不要脸的事？”

“你说话客气点。”秦妍的狐朋狗友忠心护主。

“我现在还算客气的，你们现在最好想想待会儿该怎么解释。”

唉，她真的高看秦妍了，以为是个王者，结果是个青铜，还以为秦妍能把易扬搞定，到头来还得把自己搭进去。

就现在这个局面而言，易扬能喜欢秦妍才怪。

“小张，”许辛夷交代司机说，“你去找一套西装来，还有，拿大号的创可贴过来。”

“好的，易太太。”

秦妍紧张地问道：“易扬他怎么了？没事吧？”

“没事，就是吃了点不该吃的东西。”许辛夷扫了面色各异的几人一眼，特别是那下药的狐朋狗友，然后转身进房将门关上。

房间里床上一片凌乱，湿透了的床滴着水，滴到地上聚成几摊，四处扩散。

冷静下来的易扬垂着头坐在沙发上。

许辛夷看了他一眼，在玄关处将室内的暖气打开，进卫生间拿了条毛巾递给他。

“你先去卫生间把衣服脱了，里面有浴袍，记得把你的头发擦干，别感冒了。”

易扬雕塑似的半晌没接话，许辛夷真想将毛巾扔到他的头上。

但她想了想，今天晚上易扬也是受害者，加上之前那三盆水是她倒的，也就打消了这个念头。

——算了，看在他这么可怜的分上，我不和他计较。

许辛夷走过去，用干净的毛巾帮他擦湿透了的头发。

易扬身子微颤，缓缓抬头，眼睛一眨不眨地望着许辛夷，瞳仁漆黑透亮的桃花眼里，一盏橘色的暖灯映入，仿佛一簇火光在燃烧。

许辛夷眨了眨眼，回望着他。

他没了白天那股盛气凌人的高傲劲，头发耷拉着，多了几分可怜兮兮的感觉。

许辛夷是最受不了这眼神的。她本来就是个“颜控”，易扬这副皮相更不用说，在他这目光之下，她竟有些招架不住，原本窝在心里的火气顿时烟消云散。

——啊！易扬这臭男人！竟然给我使美男计！

“冷吗？再等等，我开了暖气，一会儿就暖和了。”许辛夷一边给他擦头发，一边嘟囔，“你看你交的什么朋友？往你的酒里下药，那药是能随便吃的吗？出了问题怎么办？待会儿你去趟医院好好检查一下，万一真有问题早点发现早点治疗。你也是，就算是多年没见的朋友，也不能这么没戒心。”

她见易扬的头发终于不滴水了，说：“你去卫生间把衣服全脱了，先换上浴袍，不然待会儿得感冒。我让司机给你拿一套西装，待会儿你换上就行了。”

“你怎么知道的？”沉默良久的易扬终于开了尊口。

“那个把酒泼到你身上的服务生告诉我，说看到有人往你的酒里下药，让别的服务生端给了你，你喝了，所以我才知道这事。你没事了吧？”

房内又是一阵漫长的沉默。

易扬低头疲惫地揉了揉眉心，起身道：“没事，我先去把衣服换了。”

他刚进卫生间，司机就将西装给送来了，还有许辛夷让带的大号创可贴。

房间里的气温缓缓上升，当易扬穿好西装从卫生间出来时，温暖的空气扑面而来，瞬间将那股刺入骨髓的凉意包裹，让他再也感受不到一丝凉意。

“刚才秦妍来说，秦老先生要见你，这件事你想怎么办？”

“该怎么办就怎么办，”易扬扣上手腕处的衣扣，表情难辨，“走吧。”

“等等！”许辛夷走到他跟前，笑了笑，然后踮起脚将一个大号的创可贴贴在易扬被皮带扫到的地方，将红肿的印记遮得严严实实的。

许辛夷满意地看了一眼，道：“好了，走吧。”

好戏开场！

秦妍的生日宴会办得隆重，可结束得实在仓促，秦先生送了客后，秦老先生留下了一些晚辈。

酒店方调了监控，将当时给易扬酒的那名服务生找了出来，威逼利诱之下，服务生什么都说了。服务生指着秦妍的那四个朋友说：“是他们让我送的。”

秦妍的那几个狐朋狗友起初不承认，等到从其中一人身上找到其他的药后，便再也说不出一句狡辩的话。

“易扬来了？”秦老先生看着并肩而来的许辛夷与易扬，颇为担忧地道，“没事了吧？”

易扬目不斜视地走到秦老先生跟前：“没什么大事，老先生身体还好？”

“好，好得很，”秦老先生笑笑，说，“你没事就好，我刚听说这事，也气得不行。”

他瞪了那几人一眼：“你们几个把这件事和易扬说清楚。”

秦妍的那几个狐朋狗友左右看了一眼，将之前对好的话说出。

“易扬，别这么小气，我们就是开个玩笑而已。”

“对啊，我们这么多年没见，没必要因为这一点小事大动干戈。”

“我们向你道个歉，行吗？”

秦妍也说：“是啊，易扬，这件事真的只是个玩笑而已，我也不知道会闹得这么大。今天是我二十五岁的生日，看在我的面子上，算了，行吗？”

许辛夷真捏了一把冷汗，唯恐易扬这浑蛋碍于秦老先生的面子就这么算了。

——老狐狸和一群小狐狸，如果真管不了干吗待在这儿？还不是想用自己的面子倚老卖老，让易扬算了？

秦老先生叹了口气道：“易扬，我知道这事对不住你，可今天是妍妍的生日，闹大了咱们脸上都不好看，让他们给你道个歉，这事就算了，行吗？”

——我就知道。

——一群浑蛋，联起手来欺负我老公？呸！

许辛夷没易扬那么沉得住气：“老先生，您是长辈，护着晚辈我能理解，可是有些时候您也得讲讲道理，这件事还没调查清楚，怎么能说算了呢？”

“还有什么地方不清楚的吗？”

“当然有，”许辛夷说，“您孙女喜欢易扬的事大家都知道，谁知道她那几个朋友给易扬下药是不是为了撮合他俩呢？”

“你胡说八道些什么？给易扬下药确实是我们干的，可是我们没有其他的意思，开个玩笑而已，更何况你和易扬已经结婚了，我们怎么可能还去撮合妍妍和易扬？”

许辛夷反驳道：“怎么不可能？秦妍之前还和我说，她对易扬念念不忘，让我和易扬离婚，想和易扬复合呢。”

秦妍瞬间变了脸：“你胡说！我没有说过这些话！”

许辛夷当着她的面将手机拿了出来，点开录音。

“我和易扬从小就认识，很小的时候我就和他在一块玩……他说长大以后会娶我……这条手链是我十八岁生日的时候他亲手送给我的，这些年我一直戴在身上，他对我的不同我能感受到，我相信他是爱我的……”

录音里是之前秦妍和许辛夷在露台花园里说的那些话。

秦妍脸色剧变，难以置信地看着许辛夷，神色极度慌张：“你……”

许辛夷一脸无辜之色：“我也是不小心触碰到了录音的按钮才录下来的。”

——你说气不气？我录下来了！没想到吧？

——还好我聪明，有先见之明，和情敌聊天必须得留一手。

——当时不拿出来是给你面子，哪里知道你竟然给我来这一出，我捶不死你！

许辛夷仗着自己有理，拔高了声音，如果不是现场气氛不允许，甚至还想拿个喇叭在这儿喊。

“秦老先生，您看，动机有了，证据也有了，我有理由相信这根本就不是什么玩笑，他们就是一伙的，而且还是故意给易扬喂药，想让我难堪，好趁机让我和易扬离婚！”

说到这儿，许辛夷叹了口气，紧紧攀着易扬的手臂：“都说宁拆十座庙，不毁一桩婚，老先生，我还没死呢，您孙女就惦记着易太太的位置，您觉得您孙女这样做合适吗？”

秦老先生也被那录音吓得不轻。

他看了一眼秦妍，又看了一眼许辛夷，颤颤巍巍的，半晌没说出话来。

秦妍的眼泪簌簌而下，周遭的目光无论是好的还是不好的，都像一把把利刃般直插她的胸口。

她怎么也没想到，那些话会被许辛夷录下，还会在这个场合被许辛夷放出来，许辛夷居然会不管一切地撕破脸面。

实在受不了大庭广众之下这样没皮没脸，秦妍提着裙摆哭着离开。

“老先生，您看您孙女也没否认，看来这事确实如此。”

秦老先生被许辛夷的伶牙俐齿给气到了，指着她道：“你这……这儿没有你说话的份！”

许辛夷笑了：“我还没说话的份？难道我得把爷爷请来，他老人家才配和您说话？”

秦老先生深吸了口气，不再和许辛夷纠缠，问易扬：“易扬，这件事一定有误会，秦妍那孩子你也知道，心地善良，对你也没有别的意思。”

许辛夷幽幽地道：“是没什么意思，只是想当易太太而已。”

“你……”秦老先生脸色剧变，指着她，一副要倒的样子。

——装，说不过就装，比爷爷年轻多了，明明身体没什么毛病，吃啥都香，还装得像有心脏病似的。

秦妍那四个狐朋狗友忙上前来扶着老先生。

“老先生，您没事吧？坐下休息一会儿。”

“许辛夷，秦爷爷身体不好，你能不能少说两句？”

“这件事是我们做错了，我们认，可是和秦爷爷无关，你别乱说话！”

秦老先生喝了口水，情况转好。他看向易扬，眼底多了些许的疲惫之色：“易扬，你给一句话，今天这事能不能算了？”

充当观众许久的易扬抬眼看着面前儿时的玩伴，沉默许久。

易扬的童年可以说是和眼前这几个人一起度过的。

他曾有个幸福的童年，父母恩爱，易老先生也精神矍铄，在父母亲人的庇佑下，他可以做任何自己想做的事，学任何自己想学的东西，不用像别人家的孩子一样有繁重的学习任务。

彼时易氏还未完全交付于易扬的父亲手里，易老先生与易扬的父亲父子携手，打下了易氏的江山。

直到后来，在一场事故中易扬的父亲不幸遇难，易老先生老年丧子，身体一日不如一日。

父亲遇难，爷爷病危，易家唯一的继承人易扬从此失去了与玩伴玩耍的资格。

小学、初中、高中、大学，除了特定的课程，他还有繁重的学习任务。

易老先生独自一人撑了十多年，终于撑到易扬能接手公司，才功成身退。

易扬握着易氏，年纪轻轻就做出了一份超越同龄人的满分答卷，这也是他能被秦老先生所忌惮的原因。

——他如果敢说“算了”，打我的脸，我今天就是拼了这条命也要拉这臭男人上路！

易扬垂眼，掩饰眼底的笑意，再抬眼时眼底尽是锐气：“老先生，您是长辈，按理说我应该给您这个面子，大事化小小事化了，可让我没想到的是秦妍竟然对我太太说出这样的话，我实在难以接受，所以这件事不能就这么轻易地算了。”

秦老先生沉声道：“你就不能善罢甘休？你这样不依不饶，秦家和易氏的合作……”

“易氏和您秦家合作的事宜，我想可能需要重新商议。还有，”易扬握住许辛夷的手，以一种冰冷而微嗤的语气说，“我和辛夷感情很好，我不会离婚，这辈子都不会离婚。

“今天先到这里，这件事会有律师和警察跟进，没什么事我们先告辞了。”

许辛夷一口气差点没提上来。

——易扬这浑蛋竟然恩将仇报！

此刻“恩将仇报”的浑蛋正握着她的手，脸色阴沉地离开度假酒店。

前来参加秦妍的生日宴会的人散得差不多了，夜深人静的时刻，远离市区的度假酒店灯火通明，却不闻喧哗人声。

许辛夷的手被易扬牢牢攥着，直到上车，他才如梦初醒地松开她的手。

司机在了解这件事的前因后果之后，识趣地升起了车里的前后挡板。

后座宽敞，许辛夷揉着被易扬攥痛了的手掌，心里惦记着易扬说的那句永远不离婚的话，小心翼翼地问：“你刚才说的永远不会和我离婚，是真的吗？”

——那种情况下那种场面，他说的肯定是气话，故意气秦老先生，让秦妍死心。他不可能就因为我今天帮了他这一次就对我改观，然后疯狂地爱上我吧？

——完了完了！

想起刚才在秦老先生面前叱咤风云的场面，许辛夷现在就很后悔。

——如果早知道他会这么疯狂地爱上我，刚才我绝对不会那么狂，就因为不想被戴绿帽子，出这个风头！

易扬冷眼扫了过来：“假的。”

许辛夷长舒了口气。

——放心了，还是从前那种讨厌的感觉。

她强挤出一脸的悲伤与难过之色：“易扬，可是我不想……”

易扬打断她的话道：“许辛夷，谢谢你今晚为我做的一切。”

许辛夷一副仿佛见了鬼般的表情。

——这男人居然会说人话？！

易扬往后一靠，仰头闭上眼：“今天如果不是你，我可能……”

——贞节不保！

许辛夷笑了笑：“没事，举手之劳。秦妍她喜欢你，对情敌我当然得长个心眼。老公，你也看到了，那些人对你另有所图，吃一堑长一智，以后你千万得擦亮眼睛，不能再被人蒙骗了，今天多危险啊。”

易扬睁开眼睛，双眸沉沉地望着她，昏暗的车内让人瞧不清他眼底的情绪：“我总认为耳听为虚，眼见为实，现在看来并不一定，你放心，以后我会更加注意的。”

停顿片刻，他问：“许辛夷，你会像他们那样骗我吗？”

凭女人的直觉，许辛夷嗅到了易扬这话里的不同寻常之处。

——他什么意思？试探我？怀疑我？这男人经此一晚上性情突变，开始多疑了？

这话不能说死，她得给自己留条后路。

她斟酌着说："你别瞎想，就算我欺骗你，那也是出于善意欺骗，我怎么可能会和那些人一样害你？"

——滴水不漏！看你还有什么好问的。

易扬缓缓地收回审视的目光，沉默着转头望向窗外，也不知在想些什么，回老宅的路上再也没有说一句话。

一个小时后，车缓缓驶入易家老宅。

陈伯迎了上来，易扬问道："爷爷睡了吗？"

"老先生还没睡。"

易扬点头，转头对许辛夷说："你先睡，我找爷爷谈点事。"

许辛夷知道他得向老先生汇报今晚的事，点了点头，打着哈欠回房。

书房内，易扬将今晚发生的事一五一十地复述了一遍。

易老先生听后，良久沉沉地叹了口气。

"你是怎么打算的？"

易扬脸色阴沉地说道："易氏和秦氏的合作到此为止，今晚的事移交警察处理。"

易老先生取下鼻梁上的眼镜，看着面前越发沉稳有度的孙子，眼底满意的神色越发浓重："秦氏最近是不太好，管理上以及投资上的失误导致他们错失了不少时机。既然你想好怎么做了，就去做，易氏既然交到了你的手里，你就是唯一有话语权的人，不用顾忌爷爷。"

"是，爷爷，那您早点休息，我先走了。"

易老先生看着年纪轻轻便能独当一面的孙子，欣慰地点头。

这件事结果如何，许辛夷没有过多关注，但从第二天秦老先生上门找易老先生谈话，半个小时后秦老先生脸色难看地从易家离开就知道，两家的关系怕是就此崩了。

易老先生如今在家养病，平日也没什么兴趣爱好，就喜欢每天在别墅后院的那个湖里钓会儿鱼。

许辛夷正陪着，听易老先生说他和许老先生当年的往事，突然接到了安雅的电话，说是公司有急事，需要她去一趟。

易老先生挥手道："行，去吧去吧，工作重要。"

"那等我有时间，再陪您钓鱼。"

回房换过衣服后，许辛夷坐上了来接她的安雅的车。

"什么？下药？真的假的？你没弄错吧？"车上，安雅听完许辛夷对昨晚事件的描述，惊得下巴差点掉了。

许辛夷百无聊赖地刷着微博，见自己最近在网上一点消息也没有，不由得有些失望，头也不抬地说："我还能骗你不成？当然是真的，你不知道，我第一次见到那么理直气壮地想当第三者的女人。原本我还以为她多有手段，什么应对之策都准备好了，结果她一点脑子都没有，没意思。"

"那易扬呢？他是怎么处理这事的？"

"还能怎么处理？报警处理咯。"

"报警？可是我记得易家和秦家是世交，这么不留情面？"

"不瞒你说，今早秦老先生来过了，可待了半个小时就走了，我看两家的关系估计到此为止了。哪个男人能容忍自己被人下药算计？太丢人了。"

安雅表示赞同："也是。"

"昨晚原本还想着闪耀全场，可惜了你给我的那条裙子。"

安雅打着方向盘，听到这话也觉得遗憾："你早说是去参加秦妍的生日宴会，我肯定把那件最闪最亮的礼服给你送过去，让你称霸全场！"

"算了，都过去了，你那件礼服留着给我下次称霸全场吧。对了，你知道公司这次找我是什么事吗？"

"不知道，我也是临时接到电话，待会儿到公司就知道了。"安雅皱眉，"我总感觉不是什么好事。"

易家老宅距离公司一个小时的车程，错过车流高峰时段，半个小时也就到了。

天娱娱乐是许辛夷刚出道就签约的公司，那时她还没和易扬结婚，后来和易扬隐婚，隐婚得彻底，公司的人也不知道。

当时她之所以选这家公司，是因为天娱旗下有不少明星大腕，在娱乐圈也算小有名气，排得上号。

可近几年娱乐圈更新换代严重，公司高层换了一批后管理方面出现了问题，留不住人，合约到期解约的明星一个接一个，公司又没几个后起之秀，在娱乐圈的地位一日不如一日，今年甚至还传出了裁员的消息。

停车后两人直接去了总监办公室。

天娱娱乐的总监姓赵，发际线退到了后脑勺，有着所有中年人面临的危机：发胖和秃头。

见着两人过来，赵总监用比以往还要热情的姿态相请。

“辛夷、安雅，来了？快，坐坐坐。”

许辛夷与安雅对视一眼。

总监这态度，有些反常。

“赵总监，今天你找我和辛夷过来有什么事？”

赵总监亲自给两人倒了茶，笑道：“也没什么大事，辛夷前段时间的戏刚杀青，我来问问，最近有没有工作的想法？有件事想和你商量商量。”

许辛夷是看脸的人，赵总监又胖又秃，还这么磨磨蹭蹭，她实在没耐心和他磨叽：“赵总监，有什么事你就直说吧。”

赵总监琢磨片刻，说：“行，那我就不和你拐弯抹角了，是这样的，公司这两天开会，决定将你重新包装一下，改变形象……”

“包装？”

“对，辛夷，你也知道现在关于你的负面消息太多了，不利于你之后的发展，所以公司决定近阶段重点捧你，组建专门的团队替你重新拟一套方案，为了你，公司可是花费了不少人力、物力，你可得好好表现啊。”

许辛夷的第一反应是不信，第二反应是，有诈。

她不冷不热地笑道：“多谢公司对我的栽培。”

“你是公司的艺人，公司栽培你是应该的，不过呢……”赵总监笑道，“公司看重你的潜质，觉得你的性格很适合上综艺类节目，所以公司希望你未来往综艺方向发展，那你之前接的《凰途》这部戏，女主角可能就需要换一换了。”

许辛夷听出了言外之意。

她就说公司怎么这么反常，先是要捧她，又要帮她洗白，原来只是想从自己手里把《凰途》这部戏抢走而已。

赵总监这人长得挺丑，想得还挺美。

他们想从她手上抢戏？

许辛夷往后一靠，心想：抢走了我叫你爸爸。

安雅没许辛夷那么淡定，当即就火了：“赵总监，你什么意思？这部戏当初说好了给辛夷，现在为什么临时变卦？”

“什么叫临时变卦？刚才我都说过了，公司准备把辛夷往综艺路线上推，这样更容易吸引粉丝。她一上综艺，哪里还有什么时间去剧组拍戏？公司都是为了辛夷好，你们啊，只看眼前的利益，终究还是太年轻！”

“综艺？”安雅怒道，“赵总监，辛夷从签约公司以来走的就不是综艺的路子，你现在让她抛下之前所有的努力，从综艺重新开始？”

“这是最好的安排！”

安雅冷笑：“什么最好的安排？别假惺惺的，说吧，《凰途》这部剧给谁了？”

赵总监看了一眼许辛夷，按捺下心里的火气，喝了口水，说：“公司认为寒星很适合这个角色，这也是公司深思熟虑后决定的。”

“李寒星？”安雅被气笑了，“她有什么演技？”

许辛夷拉了拉安雅，示意她冷静下来。

一个强大的恶毒女配角，越是在这个时候越要保持冷静。

“赵总监，我放弃公司对我的栽培，我呢喜欢演戏，以后也只在演艺道路上走，综艺不适合我。”

赵总监仍然苦口婆心地信口胡说：“这是娱乐圈专业人士对你的评估，你要相信公司的决定，公司不会做任何对你不利的事！”

“所以，这件事已经决定了？”

“是，已经决定了。”

许辛夷冷笑：“赵总监，既然已经决定了又何必和我商量，直接通知我不就行了？我不管这个李寒星是怎么得到老板的欢心的，《凰途》这部戏，没人能和我抢！”

赵总监也上火了，沉声道：“许辛夷，这是公司的安排，你是公司的员工，就该服从公司的命令，这件事就这么定了！”

“定了？”许辛夷淡定从容地起身，“别以为我不知道这是怎么回事，你们以为我还是刚进娱乐圈的新人什么都不懂？我不管那个李寒星是怎么爬上来的，但是我告诉你，这部戏哪个人敢和我争，我就撕了她！”

这个李寒星敢和她抢韩骁，活得不耐烦了？

赵总监噌地起身，指着许辛夷道：“许辛夷，你不要仗着自己有点名气就在这儿和我横，把你在剧组的那一套收一收，如果你再敢胡闹，信不信公司雪藏了你？！”

许辛夷起身，不屑一顾地扫了他一眼：“行，那就解约，我倒要看看这部戏能不能落到李寒星手里。”

说完，她递给安雅一个眼神，两人推门离开。

“许辛夷，你真是反了天了！我告诉你，你的前途没有了！你不接受那就等着被雪藏吧！”

许辛夷情绪还好，倒是安雅气得火冒三丈，转身就想找赵总监大骂个三百回合，许辛夷一把揽住了她。

“太过分了！什么玩意？辛夷，解约！必须解约！抢戏就抢戏，说什么让你转型参加综艺，这理由真让人恶心！”

“行了，别生气了，为了小人犯不着，过两天我就让律师过来谈解约的事，这种垃圾公司我一刻也不想待了。”

“可是你解约得赔不少钱，你……”

“解约费而已，再多我也付得起。”

“也是，”安雅笑了，“你这么有钱，我竟然还担心你给不起解约费。”

电梯门开了。

许辛夷脚下一滞。

电梯里挤满了人，全是年轻而富有朝气、长得阳光帅气的男孩，个个身材高挑，皮肤嫩得好似能掐出水来。

她目测他们平均年龄不超过二十二岁。

“辛夷姐好。”男孩们齐声问好。

许辛夷扫了一眼电梯内的全貌，一抹微红从脖子蔓延到了耳朵尖。她嘴角露出一抹温和的笑：“你们先下去吧。”

“好的，辛夷姐。”

电梯门缓缓合上，电梯下降。

许辛夷转身问安雅：“刚才电梯里的是……？”

“是公司之前新推的男团，怎么了？”

许辛夷沉默。

半晌，她眉心紧蹙，严肃而认真地思考后，说：“你说如果我把这家公司买下来，需要多少钱？”

第四章　剧组风波

安雅以一种“你疯了吗”的眼神看着她。

“买？买公司？你不是开玩笑的吧？这不是买衣服、买首饰，几万、几十万能买下。”安雅唯恐她刚才受了刺激，“辛夷，你别生气，也别着急，那个小人不值得你置气，为今之计是赶紧和这家公司解约，你时间宝贵，不能和他们耗下去。”

“我开个玩笑。”许辛夷言归正传，“你放心，明天我就找律师，尽快和他们解约。”

“那《凰途》剧组的事我去谈。”

安雅也并非胸大无脑的美女，在经纪人这个职位上很得许辛夷信任，《凰途》这部戏最开始也是由安雅接触，后来才和公司签下协议。

许辛夷当下就应了：“行。”

两人分工明确，许辛夷第二天就见了律师。准备材料和天娱谈解约是一个星期之后的事。

律师初步估计，这次许辛夷如果想和公司解约，可以以“公司没有按照约定履行义务，尽职辅助推进其演艺事业”为由，将公司告上法庭，胜诉则顺利解约，如果败诉，许辛夷得向公司支付高达八位数的赔偿金。

而且周旋时间长，对许辛夷接下来的工作肯定有影响。

“也就是说，在和天娱打官司的这段时间里，我不能私自接任何电视剧的拍摄工作？”

“是这样没错，如果您接了，也算违约。”

许辛夷仔细认真地思索过后，一本正经地问道：“何律师，我想问问，如果我把这家公司买下来需要多少钱？”

何律师蒙了：许小姐还挺幽默的。

送走何律师后，许辛夷懒洋洋地给安雅打了个电话。

“安雅，你那边怎么样了？”

安雅气急败坏的声音传来：“别提了，投资方说合约在天娱那边，让我去和天娱谈，他们不插手这事。这算什么？我估计天娱早就和投资方狼狈为奸！”

“剧组那边呢？”

“剧组那边导演倒是说可以和投资方谈谈，他也不喜欢塞进去的那个李寒星，但是希望在进组前你能把和公司的纠纷处理干净，不然拍摄中期闹点事，他也麻烦。”

说到这儿，安雅冷笑一声：“不过我真想不通，投资方是眼瞎了吗？就李寒星那演技能演女主角？这不是给这部剧招黑吗？放眼娱乐圈，谁还能比你更适合那个角色？”

“你这话我爱听。”

“行了，别臭美了，你那边呢，律师怎么说？”

“天娱那边不答应和解，律师说只能打官司，胜了解约，败了赔钱，赔钱我倒无所谓，就是拖着浪费时间。”

两人一阵沉默。

安雅试探着开口：“辛夷，这事你要不去找易扬？”

“什么？”许辛夷高声道，“你让我去求他？不行！我怎么能去找他呢？”

“怎么不行了？你们是夫妻，现在你有困难，他帮忙不是应该的吗？”

“你知道他不喜欢我，怎么可能会帮忙？”

低人一等求易扬，她岂不是自取其辱？

不行，绝对不行！

她是绝对不会受那样的委屈的。

安雅继续劝道：“辛夷，别怪我提你的伤心事，你现在是娘家势力衰弱，但凡你有一点势力，也不会像今天这样被动。”

许辛夷想想也是，“许辛夷”从小父母双亡，许爷爷白发人送黑发人，身体一下子就垮了，公司经营一日不如一日，最后许爷爷撒手人寰之际，只给“许辛夷”留下了一些能供她这辈子吃穿不愁的钱。

在人脉方面，许辛夷确实单薄，但让她找易扬帮忙？不可能！这辈子都不可能！

她是有尊严的！

打死她，她也不会去求易扬！

“《凰途》剧组那边再过段时间就开机了，公司如果真把李寒星塞过去，短时间内咱们也没办法，你可能就得错失这次和韩骁合作的机会了。”

许辛夷想起韩骁，想起小说里的剧情……

自古以来，成大事者不拘小节。

她是真心喜欢这个剧本，女主角的塑造对她未来的形象有很大帮助。她许辛夷向来能屈能伸，这么多风风雨雨走来，吃了不少苦受了不少罪，为了事业，这点屈辱又算得了什么？

“安雅，我觉得你说得对，我和易扬是夫妻，我有困难，他帮我是应该的。这样吧，今晚我和他说说这件事。”

安雅松了口气：“行，你想通了就好。”

晚上许辛夷沐浴之后，手上端着一盘水果溜进了易扬的书房。

她温柔地将水果盘放到易扬手边，柔声道：“老公，工作辛苦了，吃点水果吧。”

易扬原本全神贯注地盯着电脑屏幕，听到声音抬头扫了一眼后，又将视线放回电脑屏幕上，不过一秒后，又抬头看向许辛夷。

一股清香萦绕于他的鼻前。洗完澡后的许辛夷皮肤白皙中透着红润，嘴角勾着笑，眨着眼看着他，眼角眉梢尽是风情。

易扬这个不解风情的男人往后一靠，停了工作，慵懒地看着她：“你又整什么幺蛾子？”

——我忍。

“老公，你怎么能这么想我呢？我只是看你工作辛苦，给你送点水果而已。”

“水果送到了，你出去吧，早点休息。”

——臭男人，不解风情，难怪没人要！

许辛夷戳着一动不动：“老公，你累不累？我给你揉揉肩？反正我也没什么事。”

说完她就撸起袖子要给他揉肩。

易扬淡淡地看了她一眼，便将目光继续放在电脑屏幕上：“无事献殷勤，非奸即盗。说吧，什么事？”

“我能有什么事？”

“不说就出去。”

许辛夷站住了脚，支支吾吾地道：“是这样的，老公，我……最近看上一个东西，可是我还差点钱，你能帮我买下来吗？”

易扬想着，估计是许辛夷想买什么珠宝首饰之类的东西，没怎么在意，道：“待会儿我给你一张我的附属卡，想买什么自己去买。”

“附属卡好像也不够。”

易扬觉得奇怪：“你到底看上了什么东西？”

“你觉得……我们公司怎么样？”

易扬沉默地看着她。

一秒，两秒……

许辛夷受不了这尴尬的气氛，笑道：“老公，怎么啦？你是不是也觉得我们公司挺好的？不如你把公司买下来吧？”

“我看你想得倒挺美，你以为收购一家公司这么简单吗？”

——小说里不都是总裁一句话就收购了吗？磨磨叽叽，没一点总裁的样子。

“老公，我们公司挺有潜力的，真的。这样，如果钱不够，我出钱入股，怎么样？”

“不怎么样。没事就去睡觉，别在这儿瞎胡闹。”

许辛夷默默地翻了个白眼。

“你既然不能帮我把公司买下来，那能不能帮我个小忙？”

易扬疑惑不解地看着她。

“是这样的，我想和公司解约，但是公司不愿意……”

“那就打官司，需要我把公司的律师团借你吗？”

“谢谢，这个倒不用，我自己有律师。”

“那你还想干什么？”

——算了，算了，别和这臭男人计较。

“是这样的，”许辛夷整理好心情，一秒变身可怜的“小白花”，向易扬控诉道，“他们欺负我，之前说好给我的剧本，现在转手就给了别的演员，还说要封杀我、雪藏我，老公，我真的好害怕！”

那语气、那表情，她没拿奥斯卡，那是老天爷在评委眼前放下了帘，忘了掀开。

易扬皱起了眉："好好说话。"

许辛夷清了清嗓子："剧组导演说了，只要我能解决和公司的纠纷，就答应替我向投资方抗议，可是公司就是不答应解约，打官司时间太长，等打完官司，只怕剧都杀青了，所以你能不能帮帮我，让我尽快和公司解约？"

"尽快解约？"

"可以吗？"许辛夷用期盼的眼神看着他。

——拿出你作为易氏霸道总裁的气势来，带上七八九十个保镖去公司告诉他们：许辛夷这个人，我护定了！

易扬无力地想了想天娱的老板："我记得签你的公司是天娱。"

他思考五秒后点头："行，我帮你解决。"

许辛夷欢呼雀跃，就连看眼前这臭男人都顺眼不少。

"老公！你真好！我太爱你了！"

——《凰途》保住了！

易扬眉眼微挑："等等，什么剧组？"

许辛夷脸上的笑渐渐消失，她谨慎地道："《凰途》。"

"是你之前在家看过的那个剧本？"

"对，怎么了？"

易扬瞅着她，想起之前许辛夷想的那些和男主角之间的床戏、吻戏、寒潭激情戏，冷笑一声："不帮。"

许辛夷脸上的笑彻底消失："老公，为什么？"

"没有为什么，我说不帮就不帮，没事你出去吧，别打扰我工作。"

——这浑蛋要我！

——许辛夷，别生气，想想韩骁，想想你和韩骁的床戏、吻戏、寒潭激情戏，忍住！

她泪眼模糊，可怜兮兮地看着易扬："我是你的妻子，现在我遇到了困难，你就不能帮帮我吗？这对你来说根本不费吹灰之力。"

易扬斩钉截铁地道："不行。"

"为什么不行？看着自己的妻子在公司被人欺负，你都无动于衷吗？"许辛夷捂嘴哭泣。

可易扬这臭男人面对她哭得梨花带雨的这一幕仍心硬如铁："我说不行就不行。"

许辛夷咬紧下唇。

——我丢掉自尊来求他，我忍辱负重，我低声下气，我受尽委屈和这浑蛋的白眼和辱骂，可是他竟然要我！真是气人！

“算了，我知道你肯定有苦衷，既然如此，我就不麻烦你了，你好好工作，早点休息，我先回房了。”

——浑蛋，你给我等着！

许辛夷失望地说完这话，哽咽着离开。

等许辛夷离开后，易扬的脑子里还盘旋着许辛夷最后那句令他振聋发聩的话，电脑屏幕上的文字他一个都看不进去了。

床戏、吻戏、激情戏，她想得倒挺美。

半个小时后，门外隐约传来脚步声和许辛夷的哭诉声。

“爷爷，不是易扬的错，他只是不喜欢我，所以才不肯帮我的，您别怪他。”

——你不仁，就别怪我不义。

——今天我和你没完！

易扬：“……”

许辛夷涕泗滂沱地扶着易老先生进书房，一边哭一边劝：“爷爷，这么晚了，我还是扶您回去休息吧。”她看了一眼易扬，怯生生地低下头，“我受点委屈没什么的。”

易老先生拄着手杖，拍了拍辛夷的手：“这事爷爷既然知道了，就一定会为你做主！”

他抬头看向易扬：“易扬，怎么回事，怎么又开始欺负辛夷了？”

易扬从书桌后起身，扶着老先生坐到沙发上：“爷爷，这么晚了您怎么还没睡？”

易老先生看了一眼时间：“还不到九点，不算晚。你先和我说说怎么回事，辛夷是你的妻子，被欺负成这样你怎么还能无动于衷？”

“爷爷，我……”

许辛夷哭着打断易扬的话，委屈得无以复加：“爷爷，没关系的，这事我自己可以解决，公司不肯和我解约，那我就起诉公司。律师说了，如果赢了就能顺利解约，如果输了，我付一点赔偿金也是一样可以解约的。”

她说着抬手擦了擦眼泪：“我只是有点难过，我在公司这么多年，公司却毁约，把我签约的剧本给别的演员，还说要封杀我、雪藏我。”

易扬：“……”

易老先生看向辛夷的眼神越发慈爱："你这孩子，在公司受这么大的委屈，怎么不早点和爷爷说呢？还有你，易扬，你怎么回事？辛夷遇上这种事你这个做丈夫的又不是帮不上忙，为什么不帮？"

易扬深吸口气，道："爷爷，辛夷她自己都说了，可以自己解决，而且这种事有律师替她出面，没什么太大的问题。"

"是啊，爷爷，"许辛夷挤出一抹微笑，很有忍辱负重的意思，"我可以自己解决的。"

易老先生却不这么认为："她一个女孩，接触律师，和老奸巨猾的公司高层谈判，面对的都是些精打细算的老狐狸，你不帮着点、看着点，她吃亏了怎么办？"

她会吃亏？

易扬冷笑，就许辛夷那性子，她能吃一点亏？她不给别人找事已经是万幸。

"这件事我不管，你替辛夷解决。"

——不是说不帮忙吗？我看你这下怎么说。

"行，爷爷，这件事我替辛夷看着。辛夷，你把你律师的电话给我，我让公司的律师团接手你的官司，他们都是有经验的律师，一定能在三个月内替你办好这件事。"

易扬在"三个月内"这几个字上着重强调了一下。

许辛夷气得磨牙。

——三个月剧组早开机了，还有我什么事？

"不用了，老公，真的不用，何律师也是个很有经验的律师，有他在，我肯定能打赢官司，只是可惜了那个剧本，我准备了一个月，背了半个月的剧本台词，付出了太多的心血，有点舍不得。"

"那个剧本是怎么回事？和爷爷说说。"

辛夷坚强地笑道："是这样的，公司将那部戏给了另外一个女演员，我找过导演，导演还是很认可我的实力的，说只要我能在开机前解决和公司的纷争，就能帮我去投资商那儿争取女一号的角色。可是，易扬也说了，打官司至少得三个月，三个月后，剧组早开机了。"

"原来是这样……"易老先生若有所思。

"爷爷，这都是小事而已，真的不值得您在这儿为我操心，没关系，这部剧没有机会，还会有下部剧。"

"你啊，就是心大，被欺负成这样也要自己往肚里咽。这样，剧本的事，易扬，你也给辛夷办妥，听到了没？”

——听到了没？爷爷让你给我办妥，有本事你拒绝啊？敢不给我办妥我就再告状！

易扬冷冷地看着她。

许辛夷对上他的眼神，装成善解人意的样子假惺惺地道：“易扬，你如果觉得这事太麻烦就算了，我没关系的。”

易老先生却说：“这不是什么大事，别着急，他肯定能帮你把这事办好，放心吧。”

“是吗？”许辛夷惊喜交加、万分感谢地道，“易扬，谢谢你，麻烦你了。”

“不客气。”易扬说。

“对了，老公，你说要给我一张你的附属卡的，还给吗？”

易扬从喉咙里挤出一个字：“给！”

易老先生欣慰地点头。

还别说，这事易扬办得还真的挺妥当，许辛夷不知道他使了什么“王霸之气”，第三天她就接到了天娱老板的电话。

平时笑里藏刀对她爱搭不理的一个人，在电话里客客气气地邀请她去公司商量解约的事情。

许辛夷当天下午带着律师和安雅慢悠悠地到了公司。

她一进老板的办公室，就瞧见赵总监也在。

老板姓高，是个快五十的中年男人，戴金丝眼镜，有着商人的精明和市侩之气，是个老狐狸。

许辛夷毫不客气地坐在沙发上，看了一眼赵总监，笑道：“真巧，赵总监也在，我来得急，不知道能不能麻烦赵总监给我倒杯水？”

她嚣张得很。

“应该的。”赵总监给几人泡了杯茶，与老板一起坐到许辛夷的对面。

“辛夷，是这样的，前两天易总和我谈过，他说……”

“我没兴趣知道他说了些什么，电话里您说找我是谈解约的事，这位是我的律师，姓何，他会全权办理我解约的事宜，怎么样？解约合同准备好了吗？”

何律师朝两人点头致意。

高总推了推眼镜，笑道：“你看看，我就说有误会，什么解约？都是误会。”

“误会？”许辛夷戏谑地看向赵总监，阴阳怪气地道，“赵总监当初不是说如果我不愿意转型，就要雪藏我、封杀我？我就一个小明星，怎么敢和天娱这么大的公司对抗？”

赵总监赔着笑道歉道：“许小姐，不好意思，当时是我口无遮拦，我也是没弄清楚老板的意思，老板没让你转型，是让公司的另外一个女艺人转型，《凰途》那部戏还是你的，没人抢。”

“没人抢？我怎么听说公司把李寒星塞进去了？”

“是塞进去了，但她不是女一号，是女三号。”

许辛夷恍然大悟：“原来自始至终都是个误会！”

“当然是误会，你是公司培养出来的，我们怎么可能封杀你？这样，解约的事以后再也不提，这次的事咱们就当过去了，怎么样？”

“过去？”许辛夷笑了笑，“饭吃进去可以吐出来，可是话听到我的耳朵里，可倒不出来。行了，大家都别说了，我知道你们今天为什么找我，把解约合同拿出来，我们签了，这件事就算了。”

高总低声笑了笑：“辛夷，其实公司还是需要你这样的艺人的，你的离开对公司而言是巨大的损失，而且我们之后给你安排了不少大制作的剧本，就等你来签。如果前几天的事冒犯了你，这样，赵总监给你赔个罪，这件事就算过去了，行吗？”

这事如果这么简单就算了，她还算什么恶毒女配角？

她看了一眼安雅，口气无奈地道：“看来今天高总不是来和我谈解约的事，既然如此，我还有事，今天就先回了。”许辛夷起身，作势要走。

“等等，”好话说完也没能让许辛夷回心转意，高总叹了口气，“行，既然你坚持要解约，那咱们会议室请吧。”

许辛夷心满意足，侧身让道：“高总，您先请。”

三小时后，许辛夷等人从会议室里出来。

“高总，谢谢你这几年的照顾，再见。”

高总笑着与她握手：“许小姐客气了，祝你星途璀璨，有机会请你吃顿便饭，再见。”

许辛夷不置可否，随后带着律师与安雅离开。

许辛夷这一走，天娱的工作人员可都惊呆了。

这一年以来公司陆陆续续解约了不少明星，每次不是剑拔弩张就是公堂相见，双方握手和解，他们还是第一次瞧见。

赵总监今天憋了一肚子的火："高总，这许辛夷……"

高总冷冷地瞪了他一眼："许辛夷的事你不用再管，过两天会有新的总监到任，你调去其他的部门。"

赵总监大惊："高总，我……"

高总显然不想给他说话的机会，转身便走。

回去的路上，许辛夷就刚才高总的步步退让左思右想了一遍，依然不得其解。

"奇怪了，易扬虽然有钱有势，但高总好歹也是天娱的老板，今天怎么这么反常？"

安雅问她："你不知道？"

许辛夷反问道："不知道什么？"

"天娱最近损失惨重，在拉投资。"

"投资和易扬有什么……"还没说完，许辛夷似乎明白了什么，"投资？他用投资要挟高总？"

"不然呢？"

"你怎么知道的？"

安雅笑道："我说公司里我有人，你信吗？"

"信！"

如果真是这样，易扬够狠毒的，竟然断人后路。

她真是小看他了。

许辛夷想了想道："那我真该好好谢谢他，还有你，这段时间辛苦了，请你去购物，今晚我买单。"

安雅挑眉道："这么大方？"

许辛夷掏出那张易扬给她的附属卡："我有钱。"

搁平时，安雅是不敢和她一起逛街的，这女人逛起街来根本没有理智。

今晚看来，许辛夷比平时更疯。

"麻烦你，这件，这件，这件，还有这件，刚才我说的几件都不要，其他的按照我的尺码都给我包起来。"

店员笑容满面地道："好的，许小姐，请稍等。"

安雅拉着她道："你干什么？买这么多？"

"高兴嘛。"许辛夷将附属卡递给店员，"对了，这些打包之后帮我送去一品兰亭。”

“好的，许小姐！”

当了易扬的老婆两年，什么都没得到，好不容易有了一张易扬的附属卡，她当然得好好刷一刷，让易扬见识见识她惊人的购买力。

许辛夷满载而归，车里她自己的东西少，给易夫人和易老先生买的东西多。

“妈，我给您买了些礼物，希望您能喜欢。”

“我什么都不缺，你买这些干什么？”易夫人虽然嘴上说着“不要”，但嘴角蔓延的笑意显示她心情不错。

“这是给爷爷买的。”

易老先生惊喜地问道：“我也有份？”

“当然！您看看喜不喜欢？”

“喜欢，你买什么爷爷都喜欢。”

“您喜欢就好。对了，爷爷，易扬回来了吗？”

“早回来了，在楼上。”

许辛夷抱着一个包装盒：“那我先上去了。”

易老先生挥手道：“去吧。”

许辛夷溜到易扬的书房门口，敲开了房门，抱着包装盒走到易扬的书桌前，微笑着感激道：“老公，今天我顺利解约了，谢谢你帮我。”

易扬看了她一眼道：“不用谢。”

“还是要谢的，我用自己的钱给你买了根皮带，我的一点点心意，你收下吧。”她将装皮带的包装盒拿出来递给易扬。

包装盒上有个硕大的 logo（标志），这是个易扬没见过的品牌。

易扬大大方方地接过，并问道：“你自己的钱？”

“对啊，这根皮带可贵了，差不多十万块。”她刻意强调了价格。

易扬的衣物大多由易夫人安排，但他对价格也略有了解，一根皮带十万块不稀奇，只是这品牌他怎么没见过？

他将包装盒打开，就一根平平无奇的皮带，和普通的皮带也没什么太大的不同。

“谢谢。”这还是他第一次收到许辛夷的礼物。

“不用谢，”许辛夷趁机说，“对了，我今天用你的附属卡买了点东西，花了点钱，你不会介意吧？”

易扬知道手机来了消费短信，但忙了一整天，没时间去看。

他随口问了一句："花了多少？"

"也没多少，就一万多一点。"

一万多对易扬来说原就不算什么，他道："我知道，附属卡你自己留着，需要什么自己看着买。"

"谢谢老公，那我先去洗澡啦，你也早点休息。"

"嗯。"

手机来了条短信，易扬打开手机一瞧——

【中国 ×× 银行】您尾号 2411 的储蓄卡 10 月 20 日 20 时 42 分共完成交易 1,010,702.00 元。

易扬将这条短信来回看了几遍，数清楚位数后确定不是他看错了，高声道："许辛夷！"

房门口的许辛夷停住脚步。

"你今天到底花了多少钱？"

许辛夷无辜地道："一万多啊。"

"一万多？那我手机上的消费短信怎么是……一万多？"易扬似乎想到了什么，问道，"一万多多少？"

许辛夷想了想，道："不太记得了，只记得是一万多。老公，你不会这么小气吧？一点小钱而已，你都舍不得让我花，我还给你就是。"

易扬捂着额头："算了，你去休息吧。"

许辛夷微微一笑："那我走了。"

易扬目光瞟到桌上的皮带："等等，"他狐疑地看向许辛夷，"你说给我买的这根皮带多少钱？"

"差不多十万块。"

易扬一字一顿地问："差多少？"

"差……"许辛夷拖着调子，悄悄地溜到了门外，"九万九千七！"

"许辛夷！！！"

易扬觉得自己上辈子欠了许辛夷的，这辈子许辛夷找他要债来了。

她一晚上刷一百万其实也没什么，他既然将附属卡给了许辛夷，那么许辛夷买什么、买多少都是她的自由。

可她买了一百万的东西，就给他买一条三百块的皮带？

他就说一条十万块的皮带，包装上的 logo 怎么从来没见过。

他想想还是不甘心。

三百块的皮带，许辛夷有脸去买？或许她是想气他，故意骗他的。

易扬拿出手机搜索皮带的品牌——

××皮带，十年老店，魅力男士裤带自动扣商务牛皮腰带，标价为二百九十九元。

还真是三百块。

易扬咬牙切齿地点进去，网店页面花里胡哨的，一股浓浓的土味，几个看上去四十高龄的中年男子充当模特，一行硕大的广告语显示在店铺首页——

××皮带，给你超凡的束缚、极致的洒脱！

易扬真的很想知道，许辛夷是在哪个商场买到的？真是辛苦她了。

受不了眼睛被荼毒，他正准备关网店时，一则领取优惠券的信息弹了出来——

一折优惠券已发送至您的账户。

一折？

一折优惠券？

猛地一看，易扬以为是自己眼花看错了。

二百九十九元的皮带一折？

易扬看了一眼桌面上的皮带，又看了一眼手机里的一折优惠券。

三十块钱的皮带，纸糊的吗？

啪——

他把手机拍在桌上。

他有种想将眼前的皮带扔进垃圾桶的想法，但这么做未免太小气，没必要。

他是个男人，不能和一个女人计较。

易扬强迫自己将视线从皮带上挪开，聚精会神地重新开始工作。

十分钟后，易扬面无表情地将桌上的皮带收进抽屉，继续干活。

与此同时，回房休息的许辛夷正泡在浴缸里，享受着热水冲散四肢酸痛后的舒爽感觉。

浴室里蒸汽弥漫，没有什么快乐是在经历一天无节制购物后泡个热水澡能比拟的。

宿主，你这样不好。

“不好？哪里不好？”

你深爱着易扬，怎么能用一条三百块的皮带敷衍他？

许辛夷端起一侧的红酒杯，饮了口红酒道：“你不懂，这可是我第一次用自己的钱给陌生男人买礼物，听清楚，是用我自己的钱，除了他，没有哪个男人有这样的荣幸。

“所以，皮带什么的不重要，重要的是我的心意。单凭我的这份心意，价值就不可估量，你怎么能说我这样做不好？”

小A无言以对，觉得她说得好有道理。

泡完澡后，浑身舒坦的许辛夷从浴室内出来，一边翻出笔记本电脑，坐在床头一个字一个字地敲她的计划书，一边用手机联系安雅。

她如今顺利和公司解约，成了个自由自在没有合约约束的闲人，虽然有不少公司向她抛出了橄榄枝，但都被她拒绝了。

她有自己的打算。

既然无法收购公司，那她就成立自己的工作室。

“安雅，我想成立自己的工作室，你觉得怎么样？”

电话里安雅的语气颇为震惊：“工作室？”

“好歹在娱乐圈混了这么多年，我有资金和人脉，还有你，认识不少导演和制片人，虽然说前期可能不像其他几个大型的经纪公司那样能接到什么好剧本的重要角色，不过事在人为，万一成了，咱们就能在娱乐圈横着走了。”

安雅深思熟虑着，没有冲动发言。

许辛夷继续说：“其实也有几个经纪公司联络过我，可是寄人篱下，被合同限制，难保不会再出现天娱那种事，与其在别的公司受气，不如自己干。安大经纪人，你怎么想的？”

安雅笑道：“你都这么说了，我还能说什么？一直以来我手下也就你一个艺人，你走了我没饭吃，当然得跟着你。行，你开，我跟着你，继续给你当经纪人，反正你也不敢饿死我。”

“行，具体的事情明天见面再聊，老地方见。”

闲聊两句后许辛夷将电话挂断，看了一眼电脑里的计划书，笑了。

上辈子她就将工作室经营得红红火火，这辈子她站在巨人的肩膀上，还能经营不起来？

等工作室成立后，有了一定的规模，她就物色其他“小鲜肉”，把他们签到自己的工作室来。

那些帅气阳光、漂亮可爱的男孩，谁不喜欢呢?

夜深露重，被皎洁的月色笼罩的城市依然热闹。

天娱娱乐的训练室内，五个高大帅气的男生汗如雨下地结束了最后一次舞蹈练习，气喘吁吁地坐在一块，仰头将矿泉水往嘴里灌，整个练习室内充斥着青春的气息。

而此刻墙上的时钟已走向十二点。

娱乐圈近一年来爆红的偶像男团一个接一个，业绩不断下滑的天娱为了挽救公司，有模有样地招了五个练习生，进行半年练习和培训之后，让他们出道。

或许是类似的偶像团体过多，粉丝没了新鲜感，作为公司重点新推的偶像男团，“BIG_FIVE”这个组合一直不温不火。

“江念，你听说了吗？”

叫江念的男生正坐在地上，双手搭在膝盖上，垂着头，只露出小半张脸。因为训练强度过大，休息五分钟后他依然在不住地喘息，后背瘦削的蝴蝶骨因此不住地耸动，汗水从他的发梢顺着脸颊和下巴缓缓地滴落，他面前的地板湿了一大块。

江念转头道：“什么？”

这是一张无可挑剔的脸，剑眉星目，鼻梁高挺，满满的胶原蛋白，一眼望过去是少年意气风发的傲气。

“今天许辛夷和公司解约了。”

“解约？”

那名团员这么一说，另外三名团员齐齐围了过来。

“之前没听说这事，怎么突然就解约了？”

“不清楚，不过许辛夷还真有两把刷子，说解约就解约，一点纠纷都没有。你看看之前解约的那谁，打官司被公司拖了整整一年，元气大伤，现在也没能东山再起。还有半年前，我听说有人为了和公司解约，赔了足足三千万的赔偿金！”

“公司最近这两年走的人多，起来的人少，公司会不会……？”

“你看看我们现在就知道了，出道半年，除了在公司没日没夜地练习，捞着了什么？我和你们说，前段时间我偷偷问过经纪人，她说最近半年，咱们都没有任何通告和计划，我估计公司要放弃我们了。”

“不会吧？你别瞎说！”

“没什么不可能的，当你感觉到一个商品不赚钱的时候，及时止损才是正确的做法，公司的目的是赚钱。”

“那我们怎么办？”

“你签了合约，还能怎么办？只能继续在这破公司的练习室里跳跳跳，直到你合约满的那天，除非你能提前和公司解约。”

“我也想解约，我才二十二岁，签了五年，五年后我都二十七了，总不能和公司就这么耗下去，可是我哪有那么多钱赔给公司？”

“我听说，许辛夷解约没有赔钱。”

“没赔钱？公司和许辛夷关系这么好？”

“什么关系好？许辛夷解约这么顺利，是因为她背后有人。”

“有人？什么人？”

“有人调查过许辛夷的背景，她家之前挺有势力的，认识不少有权有势的人，所以在娱乐圈里嚣张跋扈这么多年，没人敢惹她。她这次解约，估计有她认识的大人物在背后调停。”

“那照你这么说，许辛夷还是个有权、有势、有背景的人？”

“不然高总那个老狐狸，能在今天解约之后那么客气地送她？”

“说得好像有点道理……江念，你平时不是挺喜欢看许辛夷演的电视剧吗？怎么不说话？”

安静听完全程的江念勾唇一笑，眼里融了璀璨星光：“我在听。”

成立工作室虽然烦琐，但许辛夷有一定的经验，不至于手忙脚乱到不知从何做起，除了在人手方面有点烦恼，一切顺利。

不过让她没料到的是，安雅竟然那么狡猾，从天娱那儿挖了好几个员工过来，甚至还得意扬扬地对她说：“辛夷，你放心，这几个员工都是有真材实料的，天娱高层换血后，留下的全是关系户，公司里一片乌烟瘴气，这几个人早就想着跳槽，我振臂一呼，全来了。”

对公司里的员工，许辛夷知道得甚少，但她信任安雅，能被安雅看中的人不会太差。

“都有谁？”

“陈末知道吗？之前公司那谁，比你风评还差、被网友说德不配位的那位，一年的时间，在陈末的策划下全方面洗白了。还有宣发组、资源组、公关部门，几个核心部门能干的人全到咱们这儿来了，我给他们开了双倍的工资。我和你说，你就看着吧，就天娱那个样，过不了多久肯定被自己作死。”

许辛夷若有所思地点头。

“对了，”安雅似乎想起什么来，“你之前不是让我帮你看工作室场地吗？我帮你选了一个，你绝对会喜欢。”

各种手续和证明一一办妥后，许辛夷看了几个工作室场地，都不太满意，这件事就委托给安雅去办了。

这才几天，安雅这么快就看好了？

“哪里？”

“长宁路滨海大厦。”安雅意味深长地说，“那里离一品兰亭很近，而且对面就是易扬的公司。怎么样？这个地方不错吧？我特意为你选的。”

——那真是谢谢你了。

许辛夷知道安雅是好心，没别的意思，可公司地址选在易扬的公司对面，她有种哑巴吃黄连，有苦说不出的感觉。

“除了滨海大厦，还有别的地方吗？”

“怎么了？有什么问题吗？”

许辛夷欲言又止。

算了，离臭男人近些就近些吧，反正她也不用经常去工作室。

“没事，那就滨海大厦吧，挺好的。”想了想，许辛夷交代她，“这样，我这两天事情都办得差不多了，明天晚上有时间，我请大家一起吃个饭。”

“那我可等着准老板的大餐了。”

“放心，少不了你的。”

作为准老板，许辛夷一掷千金，请未来共事的核心员工到雍福会所吃饭。

这里位于A市的市中心，房子是二十世纪初建造的欧式风格建筑，几经变迁，被现在的老板看中，租了十年，打造成了私人会所。

因为是私人顶级会所，想要去雍福会所吃顿饭玩一玩的人，得是这儿的会员。

而想成为会员很简单，十万的入会费，但得有人引荐。

被服务生引进包间后的员工们落座后纷纷咋舌：“乖乖，我可从来没想过自己有一天竟然能来雍福会所吃饭，不行，我得拍个视频发朋友圈。”

“我的天哪，我听说这里的筷子都是金子造的，真的假的？”

“我感觉自己在做梦，我听说在这儿，一盘土豆丝都是三位数。”

“别一副没见过世面的样子，这是雍福会所，哪里会有土豆丝给你吃？”

安雅和许辛夷后进去。听到这么一番话安雅笑了：“从今天开始，大家就要共事了，别客气，想吃什么自己点，今天咱们未来的老板买单。”

说完，安雅拍了拍许老板的肩。

许辛夷也笑道：“是啊，大家以后共事就是一家人，想吃什么随便点，今天所有的消费我买单。”

服务生递来菜单。

“真的？那我们可就不客气了。”

“谁让你客气了？快点吧。”安雅笑着起身，给许辛夷介绍，“辛夷，我给你介绍一下，这位是陈末，我和你提过的。”

许辛夷恍然大悟：“陈末，你好，真是缘分，以前是同事，以后还得是同事。”

陈末三十出头，没有了年轻人的青涩，“成熟稳重”四个字很适合他。

“许小姐，能和您……”

许辛夷打断他道：“既然以后在一起共事，就不要一口一个许小姐，你可以叫我辛夷，或者叫我老板也行。”

陈末微愣，转而对说话干脆的许辛夷笑道：“老板，以后多多关照。”

“当然，那我可就把我的清白交到你的手上了。”

许辛夷这话一说，全场的人都笑了。

做他们这行的，娱乐圈里什么人都见过，许辛夷嚣张跋扈的“人设”，在娱乐圈里根本不够看。

粉丝觉得这是污点，可在他们这些行内人眼里，灰尘都算不上。

安雅陆陆续续地介绍了其他的员工，许辛夷默默地将这些人的名字和脸对上，往后这些人可都是她的中坚力量，工作室最终能走到哪一步，可就靠他们了。

“你们先吃，我去趟洗手间。”

许辛夷离席，去洗手间补了个妆，刚出洗手间的门，一个身材高挑的少年横冲直撞地朝她奔来。即使这少年面露惊慌之色，也不难看出他有着精致的五官。

砰——

一个跑得太快，一个躲不及时，两人猛地撞到了一块。

许辛夷肩头被撞，脚下不稳往后踉跄几步，眼看着就要被撞倒在地，身材瘦削的男孩反应迅速，抓住许辛夷的手臂，以一个恰到好处的距离扶稳了她。

“不好意思，我……”少年气喘吁吁，抬头看到许辛夷的瞬间愣了，“许……辛夷？辛夷姐，是你？”

许辛夷捂着自己被撞疼的肩，对面前这个明显认出了自己的少年有一点印象，但一时之间还真没认出来是谁。

“你是……？”

少年激动地说：“我是天娱公司‘BIG_FIVE’团队的江念。”

许辛夷恍然大悟。

她就说怎么这么眼熟，之前见过印有他们团队的海报，但一直没见过本人，所以不怎么认识。

现在她乍一看，他本人可比海报上的样子好看多了。

少年剑眉星目，五官精致，皮肤犹如剥了壳的鸡蛋似的，眉目间给人一种很舒服的感觉，身材精瘦却不显单薄瘦弱，有着独特的少年感与蓬勃的朝气。

她之前就觉得奇怪，这么漂亮可爱、帅气阳光的一个大男孩，怎么死活没红起来？

现在一见本人，她更觉得奇怪了。

“原来是你……”许辛夷欣赏一番美色后，看他一脸焦急之色，说，“我没什么事，你有急事就先走吧。”

江念不住地往后瞟，喉结不住地上下滚动，像是遇到了什么紧急的事。

焦躁一番后，他似乎走投无路，终于忍不住朝许辛夷开口：“辛夷姐，你能……能帮帮我吗？”

“帮？”许辛夷眉心微蹙。

按理来说，江念这么帅气的男孩开口求助，她肯定是义不容辞，但理智告诉她，敢在雍福会所惹事的人，一般都不太好惹。

别看她平时在娱乐圈里耀武扬威、嚣张跋扈，但都有个度，得罪的不会是那种她搞不定的人，可在这儿得罪了人，只怕得要易扬那臭男人来捞她了。

“公司让我来陪个客人，说是有人看好我，愿意给我个电视剧的角色，可是我一来那人就对我动手动脚，还不让我走，我好不容易才出来，您能不能……？”说到这儿，江念闭嘴，似乎也知道自己和许辛夷第一天认识，有些莽撞，“抱歉，辛夷姐，我……不麻烦您了，我先走了。”

说完，不等许辛夷说话，江念没有一丝犹豫，拔腿便朝着出口的方向走去。

走廊上空荡无人，好像两人刚才的偶遇真的只是一场意外而已。

回到房间的许辛夷一直惦记着这事，安雅一看她就知道有心事，笑道：“去哪儿了？怎么这么久才回来？怎么回事？”

“你们知道‘BIG_FIVE’这个组合吗？”

“怎么不知道？”饭桌上有人开口，“这个组合当初是经我们组推的，明明组合里有几个好苗子，可死活没火起来，市场部分析，应该是类似的团体太多了，市场饱和导致营销不成功。我离职的时候好像听到内幕消息，公司准备放弃这个组合，选两个底子好的单独推一推去演个电视剧，看看能不能火上一把。”

“那你知道江念吗？”

“知道，他底子不错，各方面塑造力都挺强，而且也年轻，公司应该会把他往影视上推。我听说他性格挺好的，很听话的一个人，在团队的时候就数他最认真，挺优秀的一个男孩。”

许辛夷听后若有所思。

“辛夷姐，怎么了？”

“没事，”许辛夷回过神来，笑道，“随便问问。”

酒足饭饱后，几名员工与许辛夷告别离开。

许辛夷的车就停在雍福会所前的停车场里，她正拿着钥匙准备打开车门时，车尾灯那儿传来窸窸窣窣的声音，一个人影晃晃悠悠地站了起来。

许辛夷一惊，安雅也一愣，打开手机的手电筒照向了车尾灯处的人。

“谁？”

灯光照在那人的身上，他反射性地抬手遮在自己的脸上。

“江念？”许辛夷迟疑地看着他。

听到许辛夷的声音，江念缓缓地将手放下，手机手电筒的光照在他的脸上。

是江念没错，可不同于许辛夷一个多小时前看到的江念，现在的他眉骨和颧骨处多了几道瘀青，嘴角破了，留有血痂，整个人看上去十分狼狈。他的外套不知道去了哪里，他就穿着一件单薄的白色衬衫，上面全是泥土和杂草，附带着几个脚印。

“你怎么变成这样了？”

江念不敢直视许辛夷的眼睛，缓缓地低下头，说：“我没事，我只是怕被人拍到，就一直没走。我认得你的车牌号，所以……辛夷姐，你能不能载我一程？”

他脸颊青肿、头发凌乱，就这么垂着头站在那儿，穿得单薄，被初冬的寒风一吹，瑟瑟发抖，在这昏暗的环境下，有种另类的美感，让人忍不住心生保护的欲望。

别说许辛夷，就连纵横情场这么多年的安雅也没能忍住。

“可以！快上车，别被人拍到了！”

许辛夷还没说话，安雅一把拉开后座车门，让江念上车。

可江念却戳在那儿一动不动。他抬起头，明亮的眸子里全是忐忑之色，看向许辛夷，似乎在询问她的意思，好像如果她说不许上车，他就真的不上车。

这谁受得住？

“上车吧，我送你。”

江念顿时灿烂一笑：“谢谢你，辛夷姐！”

几人上车，离开。

“怎么回事，你怎么成这样了？”安雅这人向来是最怜香惜玉的，这么帅气年轻的一个“小鲜肉”在她面前被人欺负，她那颗心又痒又疼。

江念强咧着嘴角，露出一抹笑意：“公司让我陪个客户，我没同意，所以……”

“那客人打的？”

江念沉默着表示默认。

安雅怒道：“净不干人事，迟早倒闭！”

许辛夷朝后视镜看了一眼：“你住哪儿？”

“我住华名苑，辛夷姐如果不方便，送我到个人少的地方，我打车回去就行。”

“华名苑？行了，咱们正好顺路，我送你回去。”

少年眉眼间绽放出一抹羞涩的笑意：“那麻烦你了，辛夷姐。”

“没事，不麻烦。”

“你们团队现在怎么样了？”

“不太好，”江念说，“我们已经很久没有通告了。”

安雅叹了口气：“你们这么好的苗子，不能被那垃圾公司给耽误了，你有没有想过和公司解约？”

“解约？没有想过。”江念摇头。

他声音干净，有着少年人独有的清朗感。他说这话时没有一点埋怨的意思：“我们付不起违约金的。”

“也是。”

话题到此为止。

半个小时后，车停在华名苑门口。

安雅看着里面破旧的老房子：“你就住这儿？”

江念微微一笑，并不为自己住这儿而感到难堪，坦荡地道：“我暂时没什么钱，所以就先住着。安雅姐、辛夷姐，今天真的很感谢你们，我能加你们的微信吗？有机会我一定会报答你们。”

“没事，举手之劳而已。”

安雅却拿出了手机，和江念加了微信。

江念直勾勾地看向许辛夷。

“行，加吧。”许辛夷与江念互加了微信。

下车后，江念看着车驶离的方向，用拇指揩去嘴角的血痕，一改刚才瑟瑟发抖的模样，戳在原地，沉默地看着手机上许辛夷的微信头像。

手机屏幕上散发的微光照亮了他的半张脸，眼角的瘀青尤为明显，给他添了几分恣意与张扬的味道。

回去的路上许辛夷越想越觉得不对劲，回想着刚才和江念相遇的整个经过。

“安雅，你觉不觉得今天发生的这一切太戏剧化了？英雄救美……这也太凑巧了。”

“戏剧化？你是说，江念是故意的？”

“不知道，虽然看不出有什么不对劲的地方，但我总感觉哪里不对劲。”她想了想，实在想不出哪里不对劲。

小说里江念只是个无关紧要的炮灰，没这么多戏呀？

美色当前，色字头上一把刀，她可不能被美色冲昏了头脑，还是保留一份理智的好。

三天后，许辛夷的工作室正式成立，连带许辛夷在内的一共十五名员工开始工作。

刚上班，许辛夷就遇到了第一件大事。

“怎么了？”一来公司，许辛夷就发现气氛严肃，很不对劲。

“辛夷，你看，这是我们在雍福会所吃饭时被记者拍下的照片。”安雅将一本杂志递给许辛夷。

许辛夷接过杂志，杂志封面上赫然写着标题大字：某著名演员半夜与某偶像明星出现在雍福会所，衣衫不整疑似半夜私会。

照片上的许辛夷和江念被打了马赛克。

但马赛克打了和没打似的，瞎子都看得出来那照片上的女人是许辛夷。

许辛夷抚摸着杂志封面，半晌没有言语。

如果不是在大庭广众之下，她真想抱着杂志泪流满面地哭一个。

天知道她有多激动，就连拿着杂志的手都不由得颤抖起来。

多久了？这都过去多久了？

时隔三个月，整整三个月！娱乐杂志上终于有了她的名字！

她差点都以为自己过气了，不配出现在这些不知名的杂志上，可没想到峰回路转，人民群众没有忘记她！人民群众还在惦记她！

看许辛夷脸色沉重，安雅以为她是为自己的绯闻而感到担忧，也是，从前辛夷虽然总出现在各种娱乐报道上，但出道这么多年还真没出过绯闻。

安雅知道，许辛夷喜欢易扬，所以不允许自己的绯闻出现在各种新闻小报上让易扬误会。

“辛夷，这娱乐杂志瞎报道，你别担心，有我们在，事情不会继续扩散下去的。”

陈末开口：“安雅说得对，老板，你放心，绯闻这事我们有经验，一定能帮你处理得妥妥当当，不留一点痕迹。”

许辛夷的脸色越发沉重：“这事我知道了，不过你们也别紧张，一个小绯闻而已，不重要，现在重要的是我下周进组，到时候网上肯定有人抹黑我，你们要做好准备。”

停顿片刻，她又说：“这份杂志我先拿走了，我有点事要回去一趟，你们先忙。”

说完，她迫不及待地拿着杂志赶回了家。

唉，最近不搞点事，她差点都以为自己和易扬这臭男人相亲相爱了。

回到老宅后，整整一晚上许辛夷都在考虑将杂志放在哪里，好等易扬回来一眼就能瞧见她的绯闻。

沙发？

不行，放沙发上太显眼，倒显得有几分刻意。

床头柜也不行，放在那儿纯属此地无银三百两。

环视整个房间，她思来想去，最终将目光锁定在垃圾桶里。

没错了。

门外传来脚步声，许辛夷手疾眼快地将手上的杂志扔进垃圾桶里，在易扬进房前，溜进了被窝里。

易扬进房，疑惑地看了一眼躺在床上将大半个头都蒙进被子里的许辛夷。

她这么安静？

“老公，你回来了？”

“嗯。”

易扬将公文包放下，随后进衣帽间换上舒适的家居服，坐在沙发上看带回来的文件。

——我该怎么吸引他的注意才好？

易扬眉心微挑。他就知道，事出反常必有妖，安分这么多天，她终于憋不住了。

“老公，你今天累不累？要不要早点休息？”

“还好，不累。”

——我该怎么说才能让他把注意力放在垃圾桶里呢？

垃圾桶？

易扬随意瞟了一眼脚边的垃圾桶，一眼瞧见里面的一本杂志。

杂志？

他定睛一看，便看见杂志上几乎快挤爆页面的大字——“某著名演员半夜与某偶像明星出现在雍福会所，衣衫不整疑似半夜私会”，以及几张排版十分差劲的打了马赛克的照片，是许辛夷和某个男人举止亲密的画面。

易扬挑眉，原来如此。

但他没有说话，而是继续不动声色地翻阅文件。

“老公，我有点饿，你能不能帮我把沙发前那个饼干给我拿过来？”

易扬顺手将一包饼干扔给了许辛夷。

许辛夷撕开饼干袋。

这个时候吃东西会长胖，不过她管不了那么多了。

细嚼慢咽地吃完，许辛夷爬到床尾，将包装袋对准易扬脚边的垃圾桶一扔，包装袋落在垃圾桶外。

易扬下意识地看向垃圾桶，躬身将那包装袋捡起，扔进垃圾桶里。

“这垃圾桶……”

——快快快！快发现娱乐杂志上的绯闻！

——快把杂志扔到我身上，指着我说：“你竟敢背着我和野男人在外面鬼混！杂志上的男人是谁？今晚不说清楚就别想睡觉！”

——这浑蛋这么讨厌我，说不定要跟我提离婚！就算不离婚也得对我失望到底，我又能过几天清净日子。

易扬冷笑，走到易家内线电话前，在许辛夷的迷茫不解中拿起听筒，说：“周姨，房间的垃圾桶满了，麻烦上来清理一下。”

许辛夷抓着被子咬牙切齿。

——那么大一本杂志你看不见？那么大的字你也看不见？浑蛋，你是瞎了吗？眼睛不用可以捐给有需要的人！

——我年纪轻轻的，真是倒霉，竟然嫁了个瞎子！

易扬的表情一滞，他似乎发现了什么，在许辛夷满怀期待的目光中，躬身从垃圾桶里将杂志捡起来，随意看了两眼。

“许辛夷，你竟然敢背着我和野男人在外面鬼混？杂志上的男人是谁？今晚不说清楚就别想睡觉。”

许·小白花·戏精小达人·辛夷欲言又止。

这台词怎么这么耳熟？

——这臭男人属蛔虫的吧？凑巧成这样？

——见鬼了。

就在许辛夷发愣的同时，易扬将文件放下，将杂志啪一声扔到她面前，看着她开口催促：“说啊。”

“……”

其实让许辛夷发蒙的还不止这点，她没事找事的时候，易扬向来不搭理她，冷静得像个看戏的，每次她都有种在剧组演戏被导演盯着的感觉。

“那上面打马赛克的男人是谁？你们是怎么认识的？认识多久了？现在是什么关系？为什么他会衣衫不整地上你的车？上了你的车后你又带他去了哪里？一五一十地说清楚。”

易扬口齿清晰、有条不紊、情绪冷静，完全没有一个丈夫怀疑妻子出轨时该有的愤怒。

——他怎么一点都不激动？

——还是得我出马，把气氛带起来才行。

许辛夷有这么多年的影视经验，也不是吃素的，当即反应过来，哭天喊地，将被子一掀，赤脚从床上下来，愁眉苦脸地坐到易扬的身边。

“易扬，你听我解释，我们不是像上面写的那样……”

“我们？”易扬敏锐地感知到这亲昵的称呼。

——对对对！就是这样挑刺！任何一个细节都不要放过，继续继续！

“我是说我和他，我和他的关系不是这本杂志上说的那样。我们之前只是在同一家公司而已，没有什么交集，那天是我们第一次单独见面。”

“单独见面？第一次见面你就让他坐你的车？”

“你不知道，他也挺可怜的，长得帅，在公司却一直没出头……”

“长得帅？”易扬冷笑，“有多帅？”

“不帅！”许辛夷连忙斩钉截铁地补救，“他还没你一半帅！”

——良心有点痛。

“他就是被人欺负正巧被我给撞上。你不知道，娱乐圈这一行难混，如果他被人拍到那副鼻青脸肿的样子，娱乐记者们一定会乱写的。他向我求助，我一时心软，就载他一程送他回去，我们之间真的没有什么。”

“可是我看照片上，他也没有鼻青脸肿。”

“照片模糊，而且又打了马赛克，当然不清晰。”

易扬点头：“也就是说，没有证据表明你说的这些是事实？”

——问得好！做人就应该这么严谨！追求科学、讲究证据！

许辛夷一脸紧张之色，指尖攥着易扬的衣角，看上去委屈又焦灼，这细节拿捏得真是绝了。

但她没有继续解释，只是说：“易扬，你相信我，我没有。”

她把话说到这份上就够了，勾起易扬的怀疑和好奇心，在他心里埋下一颗随时可能被引爆的炸弹。这虽然是一件不起眼的小事，但生活中，往往逼人下定决心的就是这些小事。

“相信你？你连证据都拿不出，让我怎么相信你？”易扬起身，拿起床上的那本杂志，“我给你一晚上的时间，想清楚怎么向我解释，否则明天早上，这本杂志就会出现在爷爷面前。”

许辛夷愣愣地看着他。

——出现在爷爷面前？

——他什么意思？要挟我？

——臭男人，你是不是玩不起？还告家长？你幼稚不幼稚？

“这……这是我们夫妻俩的事，爷爷他老人家年纪大了，身体不好，这种小事就别麻烦他了吧？”

易扬点头：“行，那明天我把杂志交给妈，听听妈怎么说。”

——老男人，你照照镜子，你已经一岁零三百二十多个月了，断奶三百多个月了！还找妈妈，想喝奶呢你？！

——“妈宝男”，呸！

“真的没必要这样，我们这点事何必去麻烦长辈？”

“你也知道夫妻俩的事，不要去麻烦长辈？”

许辛夷瞬间明白，易扬是在和她算她之前与天娱解约时，找易扬帮忙被拒后找爷爷出面的账。

——果然是臭男人，心眼这么小，都过去这么长时间了还记得！

他就这么想在她身上找回场子？

“你不是想听我解释吗？我解释给你听就是，其实那晚江念是被公司安排去雍福会所给别人陪酒的，他不愿意，就被打了，所以照片上的他衣衫不整，而且当时也不只有我和江念两个人，还有安雅，你不信明天问安雅行吗？再不济我去雍福会所给你找监控！”

许辛夷咬牙切齿地解释得明明白白：“老公，你还有什么不清楚的地方吗？”

“清楚是清楚……”易扬看着她，似乎在思考该不该相信刚才许辛夷的解释。

装腔作势，许辛夷真恨不得一口咬死他。

“行，我暂时相信你，以后不要和别的男人走得太近，被我看到就算了，万一被爷爷和妈看到了，误会了就不好了，你说呢？”

——这臭男人威胁我！

——三十年河东三十年河西，我忍！你给我等着！

许辛夷怀着想敲爆这浑蛋的头的想法，微笑着道：“你放心，以后我知道该怎么办。”

丁零——

手机微信推送了一条信息。

房间里太安静，以至这条信息的推送声清晰可闻。

两人双双将目光放在手机屏幕上。

江念："辛夷姐，睡了吗？"

这就很尴尬了。

易扬冷冷地看着许辛夷。

许辛夷从沙发上拿起手机，硬着头皮解释："他肯定是因为看到了娱乐杂志上的内容，所以才会这么晚发信息给我。"

"你们还加微信了？"

——为什么这臭男人总能发现盲点？

——就你知道我们加微信了！就你看到了！一天到晚一张嘴说个不停！

"加了，安雅也加了。"说完，她疑惑不解地望着易扬，"你不是说过不会干涉我的社交吗？我的朋友圈里还有很多男性朋友，你总不能不让我和他们打交道吧？"

"是，我是说过不会干涉你的社交，但有些无用的社交你还是能省则省。"

"这不是无用的社交，江念他挺好的。"许辛夷回忆起江念，认真仔细地想了想。

他长得好，跳舞也好，人也谦逊，或许有些小心机，但在娱乐圈这一行，没有点心机谁又活得下去？

在这个圈子里，最怕人蠢没心机，对别人不设防，不会为自己打算和争取。

那晚在雍福会所，江念拒绝了天娱的安排，他的后果显而易见，不是被封杀就是被雪藏。

——如果能想办法让江念解约，把他挖过来好好培养，一棵好苗子总能长成参天大树。

易扬听到这话，明白了许辛夷的意图，见好就收："既然你和他没有关系，那么这件事就这么算了，没有下次。"

许辛夷暗地里翻了个白眼。

到这里，事情终于告一段落。

打了败仗的许辛夷半夜越想越气，回忆刚才易扬的步步紧逼，吸取教训，发誓下次一定要把属于自己的场子找回来！

她一翻身，带走了易扬身上的被子。

而此刻在天娱公司总部的江念坐在舞蹈室的地板上，一言不发地注视着手机。

但手机屏幕迟迟没有动静。

“江念！”有“BIG_FIVE”的成员气喘吁吁地跑来，“怎么回事？刚才经纪人通知我，你要离开咱们团队了？”

江念将手机收起，坦然地道：“准确来说，是我被公司雪藏了。”

“雪藏？发生什么事了？”

他表情平静，似乎是真的毫不在意这件事，摆弄着手机，说：“我得罪了公司的一个投资商，所以公司要雪藏我。”

“这破公司，怎么能这么做？那你怎么办？我记得你可是签了五年的协议！”

“没关系，五年就五年，雪藏就雪藏吧，我早就知道会有这么一天，本来我也没打算继续待在这里。”手机上依然没有来信息，等待了许久的江念起身，拍了拍那名成员的肩膀，挑眉一笑，“以后‘BIG_FIVE’就是‘BIG_FOUR’了，你们好好加油，我先走了。”

“你去哪儿？”

“我还能去哪儿？当然是找工作糊口。”江念头也不回地挥手，“走了。”

出了天娱大楼，江念站在路边，低头看着微信上与许辛夷的聊天界面。

聊天界面上，只有他一个半小时前发出的那一句“辛夷姐，睡了吗？”。

许辛夷一直没有回应。

他不由得回想起那天晚上和许辛夷偶遇的那一幕，他被人追、被人要挟、被人打，全程处于弱势。

所以，他是不是太狼狈了？像许辛夷这样的人，会不会因为他毫无还手的余地而看不起他？

“门当户对”这四个字，似乎也可以用于日常交往中。

他这样卑微，谁都可以踩上一脚，是不是没人看得上眼？

马路上来往的汽车川流不息，嘈杂声盖过了手机来信息时的提示音，但手机振动拉回了他的思绪。

紧蹙的眉心舒展开来，可当他将目光放在手机屏幕上时，却发现来的不是微信信息，而是手机短信。

这是一个陌生的号码。

“小朋友，被封杀了，是不是该回家了？”

一辆崭新的迈巴赫飞驰而来，停在他的面前。

车窗缓缓降下小半，那是路边灯光和汽车光源也无法抵达的地方。

江念觑了一眼，面无表情地转身，顺手将手机扔进路边的垃圾桶里。

早上六点，天色不过蒙蒙亮，陈伯起床，叮嘱厨房做好早餐，督促几个用人打扫卫生。易家老宅占地宽广，光是前院后院的打扫每天都需要花不少时间。

七点，易夫人穿戴整齐地先从楼上下来，陈伯为她送上了早餐。

“陈伯，爸应该快醒了，麻烦你去瞧一眼。”

“行，我马上去。”

“对了，我昨天交代的给辛夷准备的燕窝，做了吗？”

陈伯笑道：“做了，在厨房备着。”

“好，那你先去看看爸。”

陈伯上楼，易夫人慢悠悠地用着早点。

她已经不记得有多久没感受到热闹的气息了，只记得自从博明死后，这个家里就再也没有一丝温度。易扬长大后忙于工作，大段时间不着家，易老先生退休养病，这个家里就只剩下她一个人。

她每天连说话的人都没有。

现在总算都过去了，易老先生身体好转，公司稳定，易扬能每天回家，至于辛夷……易夫人笑笑，自易老先生回来后，脸上的笑是越来越多，身体也是越来越硬朗，现在她几乎每天都能瞧见辛夷在老先生身边逗趣。

这孩子挺有孝心的。

现在，这个家终于有了点热闹的声音和气息。

如果她能有个孙儿就更好了。

一想到这儿，她就忧心忡忡。

她心里清楚，易扬和辛夷现在只是在易老先生面前做表面功夫而已，两人估计连夫妻之实都没有。

她得找个机会好好和易扬谈谈。

她正想着，楼上传来爽朗的笑声和说话声。

“你这孩子……下次可不许这样了。”

许辛夷扶着老先生从楼上下来，身后跟着易扬。

易夫人一见人下来，便笑问道：“爸，一大早什么事这么开心？”

易老先生在餐桌前坐下：“辛夷说，前两天易扬给了她一张附属卡，结果她一不小心就刷了一百万。”

易扬于餐桌前面无表情地坐下。

许辛夷特地一大早说这事，什么意思他还不清楚？

——妈对我的印象肯定更差了！

——快快快，快骂我败家！竟然敢这么大手大脚地花一百万！

易扬手里的刀叉在盘子上划出一道划痕。

他就知道，这女人一大早就开始挑事。

“一百万？”易夫人看向易扬。

易扬点头。

在许辛夷满怀期待的目光中，易夫人笑道：“这算什么？一百万而已，我也很久没购物了，下次你出去逛街带上我，妈给你买单。”

许辛夷还能说什么？

她只能笑着说：“谢谢妈。”

“好了，快坐下吃饭吧，我让陈姨给你炖了点燕窝。”易夫人又转头对正在端早餐的陈姨说：“陈姨，麻烦你把燕窝给辛夷端上来。”

“燕窝？”许辛夷正茫然，陈姨将一瓮燕窝端了上来。

燕窝晶莹剔透，里面还掺杂了些其他名贵的补品。

许辛夷看着面前的燕窝，瞠目结舌：“妈，这是……给我的？”

“这是夫人特地给您炖的。”陈姨笑呵呵地解释。

特地？

许辛夷受宠若惊。

——怎么回事？发生了什么？妈她脑子进……不是，怎么突然之间对我这么好？之前不是还一直对我不满意吗？

——剧情不应该是妈一大早知道我挥霍了一百万，然后骂我一顿，又或者因为我左脚下楼，借此延伸到我最近在娱乐圈的所作所为，开始数落我的不是吗？

——难道是因为我上次在秦妍的生日宴会上替易扬出头，所以妈开始对我好了？

——不会吧？

思来想去，许辛夷皮笑肉不笑地将燕窝往前轻推：“妈，谢谢您，可是我最近不太……”

易扬听了她的心声，直接将那瓮燕窝放在她的面前，并打断她的话道："给你的你就喝了，要我喂你？"说着他拿起勺子，将燕窝送到了许辛夷的嘴边。

"不用了，我自己喝。"许辛夷瞪了他一眼，从他手上接过勺子喝起燕窝来。

——完了完了，我这易太太的位置好像越来越稳了，以后还怎么和这臭男人离婚？

易老先生笑着望着他俩，没有说话。

易夫人继续说："我记得辛夷的工作室就在易扬的公司对面，待会儿上班，让易扬载你一程。"

"我自己可以开车去公司，不用麻烦易扬，而且过两天我得进组拍戏，忙，晚上得回公寓收拾东西。"

易夫人仿佛聊家常一般，关切地问道："拍戏？拍多久？"

"不太清楚，也许几个月，也许半年，看进度来的。"

"这样……在外面拍戏不比在家里，需要什么就打电话回家，妈帮你准备好。"

"谢谢妈，我会的。"许辛夷埋头吃早餐。

易夫人的话是越来越温柔，但许辛夷越听越心惊。

一个老先生就已经是她离婚路上的拦路虎了，现在又来一个，她怎么招架得住？

——以后万一哪天易扬做好事跟我提离婚，爷爷会不会站出来说"你敢和辛夷离婚，我一分钱都不会留给你"，然后妈也站出来反对，说"你敢和辛夷离婚，我就和你断绝母子关系"？

画面太美，她实在不敢想。

"吃完了吗？"

耳边传来易扬的声音，许辛夷回神，低头一瞧，燕窝不知不觉被她吃完了。

"吃完了。"

"走吧，我送你。"

许辛夷觉得自己可能需要冷静一下，思考对策。她站起来说："爷爷、妈，我先去上班了。"

"去吧。"

两人走后，餐桌上静了一静。

许久，易老先生问道："怎么回事？"

易夫人明白老先生所问，说："自从知道易扬在秦妍的生日宴会上遭遇的事情后，我就想清楚了，有些事情并非表面上看到的那么简单，我看错了秦妍，也许也看错了辛夷。以前我总觉得辛夷为人处世哪里都不好，现在回想起来，是我先入为主有了偏见。爸，您放心，以后我会认真对待辛夷的。"

"你能这么想，再好不过。"易老先生欣慰地笑道。

一路上，许辛夷三番五次地欲言又止。

易扬看着文件，似乎半点也没在意。

宾利车平稳地绕过一个弯，眼看着离公司越来越近，许辛夷终于忍不住了，问道："易扬，你有没有发现今天妈很奇怪？"

易扬心不在焉地道："奇怪？哪里奇怪？"

"她平时对我不这样的，又是燕窝，又是各种关心……怎么回事？"

易扬翻过一页文件，终于抬头看了她一眼："不好吗？"

许辛夷强行扯出一抹笑意："好。"

"那不就行了？"

"可是，妈她为什么会突然……？"

"也不算是突然，是你最近表现好，妈看到了你的优点，开始喜欢你了。"

"是吗，我哪里值得妈喜欢？"许辛夷干笑。

——喜欢哪里我改！

易扬转头看向她，脸上有自己也不曾注意到的愉悦表情："从你的长相到你的性格，再到你的能力、你的孝心，妈都喜欢。"

许辛夷心痛万分。

——完了，这下真的完了。

——也不知道易扬以后跟我提离婚，能不能扛住他爷爷和他妈的双重压力。这臭男人办事果断决绝，应该能力排众议吧？

车猝不及防地停下。

"太太，到了。"

许辛夷扒着车窗一瞧，车不知不觉间竟开到了她的公司楼下。

"小张，麻烦你再开一个红绿灯。"她笑着转头看向易扬："你不是还不想公布我们的关系吗？"

她摆出一副"我是为你好"的样子。

易扬合上文件看了一眼腕表上的时间："没时间了，待会儿有个紧急会议，你下去吧。"

"不行！"外面人来人往的，一下去肯定得被拍，许辛夷死活不下车，"我不赶时间，小张，你开到易扬公司的停车场，我在那儿下车。"

司机小张看了一眼易扬。

易扬点头。

十分钟后，许辛夷戴着帽子和墨镜，鬼鬼祟祟地从易扬公司的地下停车场上来，穿过大街，匆匆忙忙地进了自己的公司。

连败两场，臭男人，你给我等着！

得到婆婆喜欢的许辛夷郁闷地来到工作室，脸拉得老长。

她严肃地对安雅抱怨道："安雅，我婆婆最近不对劲。"

安雅埋头和她的"小奶狗"发私密信息，头也不抬地道："怎么不对劲？"

"她对我太好了。"

安雅发出一声嗤笑。

许辛夷咬牙道："我说真的！"

安雅抬头看了她一眼："行了，你就别没事找事了，既然她对你好，你就别作死，好好当一个儿媳妇做一个好妻子，迟早有一天易扬会爱上你的，信我。"

"……"

"对了，有件事你知道吗？江念被天娱雪藏了。"

许辛夷的注意力暂时被江念所吸引："雪藏？"

"我也是昨天听我安插在天娱里的人说的，现在'BIG_FIVE'都改名'BIG_FOUR'了，一大早天娱就发了公告，说江念是因为个人的事暂时退圈，归期不定。"安雅转身看向许辛夷，摊手，"虽然没几个粉丝关注这事。"

许辛夷知道江念会被天娱雪藏，但也没想到来得这么快，这才几天？

她思索片刻，说："安雅，你觉得江念怎么样？"

"帅！"安雅斩钉截铁地夸赞道。

"我说认真的。"

"认真的？"安雅仔细思考了一会儿，暂时放下手机，"长得不错，是符合大众现在的审美，即使不整容近十年脸都不会垮，身材属于穿衣显瘦脱衣有肉的类型，应该能够轻松驾驭那些大牌的衣服，舞跳得不错，唱歌也在标准线上，总的来说，是个值得栽培的好苗子。”

许辛夷挑眉：“这么高的评价？”她还从来没有从安雅嘴里听到过这么高的评价。

以前别人推荐艺人给安雅，安雅都是一副“就这样的人你也好意思推给我”的表情，或者是“别浪费姐的时间，姐没精力接手一个垃圾”的态度。

“废话，我可是经纪人，看人的眼光当然得毒辣一点，不过我觉得有点奇怪，就江念这个人，在公司也有两年了，一直没红，真不知道是公司眼瞎，还是有人故意要搞他。”

“如果我想把他签到咱们的工作室来，你怎么看？”

“我怎么看？我当然是拿眼睛看，这么有潜力的人绝对得拿下，不过你能解决他和天娱的合约问题吗？”

“事在人为，总有办法，你联系一下他。”

“行。”

半个小时后，安雅冲进许辛夷的办公室。

“我找不到他。”

“电话打不通？”

“打不通。”

“微信？”

“不回。”

“他不是住华名苑吗？问问具体住哪儿，我们上门看看。”

“早就问过了，没人知道他具体住哪儿。”

“没一个人知道？”

“没有。”

许辛夷皱眉：“这小孩怎么回事？”她想了想道，“算了，找不到暂时先放下，哪天有他的消息了就联系他，你记住这事就行。对了，我过两天得进组，你是和我一起进组呢还是留下替我开拓江山？”

安雅微微一笑，晃了晃手上的手机：“我当然是给陛下您开拓江山寻觅世间美男填充后宫，陛下在外，记得好好照顾自己。”

这话深得许辛夷的心。

许辛夷回公寓收拾东西是在晚上。戴着帽子和墨镜、长风衣裹住全身、衣领竖起遮挡住半张脸的她溜进了一品兰亭。

她所在的公寓位于楼王的顶层，视野极佳。一品兰亭这个公寓可是易氏的招牌楼盘，里面的工作人员个个受过专业的培训，签过保密协议，绝对不会泄露住户的隐私。

所以，当许辛夷进大堂入电梯，身边出现一位和她差不多打扮的男人时，她并不是太惊讶。

能在这里买房的人非富即贵，不想暴露自己很正常。

许辛夷没窥探身边将自己遮得严严实实的男人是谁，摁了顶层的楼层键。

而那男人摁的是低她三楼的楼层键。

男人先下。

电梯门合上的瞬间，许辛夷突然觉得那男人的背影有些眼熟，仿佛在哪儿见过，但很快电梯门关上，打断了她的思绪。

当时不知道那男人是谁的许辛夷，在第二天就知道了，因为那男人成功上了娱乐新闻，和她一起上的。

惊！韩骁竟与某女明星半夜私会！同入同出，疑似同居！！

"韩骁"这两个字，现如今在网上比钱还吸引人，且他一向表示自己单身，如今竟然被拍到有女朋友？两人还同居？

这条新闻瞬间引爆了整个粉丝圈。

韩骁的粉丝痛骂营销号捕风捉影乱写，别家粉丝嗑瓜子围观，感叹好男人被癞蛤蟆给吃了。

突然成癞蛤蟆的许辛夷此刻正痛心疾首，抱着手机撕心裂肺地哀号。

她和韩骁，昨天晚上竟然只隔0.01米远！

不对，她明明和韩骁肩碰过肩的！

她曾经有个和韩骁亲近的机会，而她竟然没有发现！

许辛夷满脸写着"悔不当初"四个字。

没事，不哭。

——只是错过了一次机会而已，接下来你还有和韩骁拍吻戏、床戏、激情戏的机会。

许辛夷坚强地抹掉泪，打开微博登录小号，轻车熟路地开始和粉丝厮杀。

易扬一进房就听到许辛夷的这句话，忍了半天才忍气吞声地进房。

"在干什么？"

许辛夷表情严峻，愤愤不平地道："有营销号说我和韩骁同居！太可悲了！拍到一个背影就乱写，毁坏我的清白，所以我正在用小号骂他们！”

易扬凑过去一瞧，只见许辛夷指尖飞快地打字，在他面前毫不遮掩。

“许辛夷不配？那请问您配吗？我配钥匙的，您配几把？”

“许辛夷不漂亮？不优秀？你眼睛什么时候瞎的？”

“许辛夷算什么东西？我告诉你，我算命的，请问你算什么东西？”

“别和我说话，谢谢，我有洁癖。”

“我是谁？我是你爸爸！”

痛痛快快地打完字，许辛夷一抬头，用一副“我最无辜、最委屈，都是他们的错”的表情控诉道：“老公，他们说话太恶毒了！”

易扬心情极度复杂。

他真得感谢许辛夷对他口下留情。

第五章　撑　腰

易扬挪开了他一言难尽的目光。

“你看看，他们说的这是人话吗？”许辛夷半跪在床上，委屈地举着手机冲易扬直嚷嚷，“说我丑，说我难看，说我一无是处，还说我不配！我不配？我好歹也是个二线明星，演技好、长相佳，我哪里不配了？”

她即使理不直气也得壮，站在道德的制高点才是最重要的。

准备去衣帽间换衣服的易扬听到这话，脚下一顿，转过身来问她：“听起来你挺希望别人说你和韩骁郎才女貌天生一对，是吗？”

“当然……”话到嘴边，许辛夷紧急刹车，守住了差点就脱口而出的话，气势瞬间弱了下来。

——臭男人怎么这么喜欢钻牛角尖？简直胡搅蛮缠！

“当然……不是这个意思，我的意思是说，他们这是在贬低我，说我长得难看，他们这是人身攻击！你看看我这张脸，”许辛夷把自己的脸凑过去拍得啪啪作响，“长得多好看哪！他们怎么能这样贬低我？我不允许他们年纪轻轻眼睛就瞎了！”

易扬一言难尽地看着她表演。

许辛夷低下头，继续将精力转移到粉丝的骂战上，打字飞快，还不忘抱怨：“我什么都没做，昨天晚上只是去公寓拿点衣服，根本就不知道和我一起进电梯的是韩骁，这些记者偷拍到一个背影就乱写，给我造成了很大的困扰！”

她一副忧心忡忡的样子。

——韩骁一直对外表示单身，很烦绯闻的事，不会因为这事而讨厌我吧？

——还没合作，这印象就被几个营销号和娱乐报社给弄坏了，如果韩骁真对我有什么误会，我饶不了他们！

许辛夷边打字边磨牙。

“那需不需要我帮你澄清这事？”

许辛夷指尖一顿。她抬头大义凛然地对易扬说：“不用！这种小事哪里值得你出马？你放心，这件事我会处理好，你不用插手，我们之间的夫妻关系绝对不会有人知道！”

易扬知道她心里打的什么主意，懒得戳穿她，进衣帽间拿换洗的衣服。

许辛夷低头继续和网友大战，这口气她不发出去，今晚都别想睡好，估计一想起来就会被气到哭。

她刚准备发送评论，却发现评论回复失败，对方竟然把她拉黑了。

憋着的一口气没能发出去，她差点把手机掰断。

“好气啊！”许辛夷捶胸顿足，躺在床上翻来覆去，“一言不合就拉黑，是不是玩不起？”

易扬现在还真有些招架不住许辛夷，揉着眉心，无奈地道：“行了行了，为这种事生气幼稚不幼稚？他们又没你长得好看，说这些话纯属忌妒你的美貌，你和他们计较什么？掉不掉价？这种小事交给你工作室的人，睡觉。”

许辛夷仔细想了想，易扬说得还挺有道理的。

说她丑的人，要么是眼睛瞎了，要么是忌妒。

前者可怜，后者正如易扬所说，她没必要和他们计较。

“想清楚了？”

许辛夷点头：“我不和他们计较，睡觉。”

许辛夷以为这事很快就会过去，没想到事情不仅没停息，反而愈演愈烈。

先是有人将许辛夷和江念的那组照片翻了出来，又有人爆料许辛夷一直以来被某大佬包养，所以即使许辛夷名声这么差，在娱乐圈也总有戏演。爆料的博主为求真实，还将几个月前在某私人会所门前许辛夷上了一辆宾利车的照片贴了出来。

宾利车的牌照被打了马赛克，但许辛夷的脸没被打马赛克，网友们可以清清楚楚地看到，照片上的人是许辛夷无误。

甚至还有人发帖，细数这些年来许辛夷的裙下之臣。

网上的评论也挺精彩的。

“许辛夷可真会玩，先有大佬，后有‘小鲜肉’，现在还和韩骁同居，她就不怕翻车吗？”

“所以许辛夷年纪轻轻，就已经百花丛中过，片叶不沾身了？”

“作为一个女人，我对许辛夷是真的服气，她竟然能把这么多男人耍得团团转。”

“团团转又怎么样？现在她还不是翻车了？开宾利车的可不是什么好惹的主，给他戴绿帽子，许辛夷简直找死！”

“仿佛嗅到了‘瓜’的味道，楼上的姐妹似乎知道照片里开宾利车的大佬是谁？”

“我有个身患重病的朋友想知道开宾利车的大佬是谁，求私信！否则她死不瞑目！”

许辛夷很气。如果她真睡了这几个男的也没什么，可她一个都没捞着，好处没得到，反倒惹了一身腥。

舆论到这儿，许辛夷大概明白了是有人要整自己，组团来抹黑她。

以她这么多年在娱乐圈的经历，接下来评论肯定会牵扯到她的新戏上去。

果然——

“我看《凰途》女主角的角色肯定也是许辛夷睡来的，导演又不蠢，放着别的演员不要，要一个声名狼藉的女演员？她又不是不可替代，说这里面没鬼，打死我也不信！”

“《凰途》的女主角就是她抢来的，我有内幕消息，本来和许辛夷同公司的演员李寒星都已经签约了，角色还是被许辛夷抢了过去，真恶心！”

《凰途》的官方微博下面已经被粉丝占领，他们罗列了许辛夷的几大恶状，纷纷要求换女主角，并以抵制电视剧相要挟，如果不换人，就不看电视剧。

“许辛夷的几大恶状”直接飙上了热搜。

“怎么样了？”安雅的表情是前所未有的焦灼。

陈末看着如今网上逐渐往不可预知的方向发展的言论，沉声道：“这绝对是有预谋的，否则短时间内形势不可能变成现在这样。”

想了想，陈末问她：“老板最近是不是得罪什么人了？”

安雅认真思考了片刻，说：“你们老板什么时候不得罪人？”

陈末：“……”他摊上了一位好老板，以后有的忙了。

“韩骁那边有什么动静？”

“没什么动静，你也知道，韩骁的绯闻时不时冒出来一个，他平时都懒得搭理。”

“《凰途》剧组呢？”

“那边联系过了，说是明天给答复。”

“明天给答复？他们什么意思？还想换人不成？”安雅脾气向来不好，一般只对她手机列表里的那些“小鲜肉”有耐心，当即骂道，“一群目光短浅的东西！”

说完，她踩着高跟鞋噔噔地进了办公室。

“辛夷，咱们可能有麻烦了。”

许辛夷握着手机，朝她嘘了一声。

“行，那咱们到时候见面再说。”

许辛夷将电话挂断，笑容渐渐消失。

“怎么了？”

许辛夷冷哼一声，将手机摔在桌上：“制片方打来的，说什么现在舆论一边倒，希望我能尽快解决这事。”

“你解决？这不是制片方出一个公告就能澄清的事吗？他们难道不是先找的你再找的李寒星？”

“你说是为什么？”

“制片方故意的？”

许辛夷冷冷一笑道：“用脚指头都能猜到，眼红这部剧的人太多了，男主角是韩骁，徐思明导演的剧又没一部不成功的，就是一个香饽饽，谁不想分一杯羹？更何况咱们现在成立工作室，没有后台，没人撑腰，怎么斗得过那些资本家。”

“谁说你没后台？”

许辛夷撇嘴嫌弃道：“我不想再找易扬。”

她和他是夫妻没错，但她不想欠易扬太多。

“可是……”

“你让我想想吧。”

安雅沉默片刻，叹了口气：“行吧，你自己好好想想，不过无论你做什么决定，我都支持你。”

说完她离开了许辛夷的办公室。

整个办公室内只剩下许辛夷一个人，许辛夷起身站在窗户边上，对面就是易氏集团总部，她记得易扬的办公室就在十五楼，她的正对面。

臭男人现在在干什么呢?

许辛夷此刻惦记的臭男人正从会议室里出来，跟随他五年的助理赵彬将一份资料送到他的手里，大步流星地跟随其侧，低声道："易总，情况似乎不太好。"

易扬接过报告并看了他一眼，匆匆地扫过报告后合上，一言不发地进了办公室。

资料是易扬今天吩咐赵彬去查的网上沸沸扬扬的有关许辛夷的事。

被包养、包养"小鲜肉"、和著名明星同居、抢戏、制片方有意换女主角人选……这些事都闹上了热搜，她为什么没给他打电话呢?

"易总，肖总那边已经给了回信，他说让您放心，女主角的人选不会变，许辛夷进组的那天他们会发微博澄清这件事。"

易扬掷地有声地道："现在就让他们澄清。"

赵彬微愣，虽然不明白易总为什么会对一个许辛夷这样的小明星上心，但作为助理，也没资格说什么："是，我马上去办。"

转身的瞬间，赵彬突然想起刚才交给易总的文件里出现的那名包养许辛夷的大佬……说的不会就是易总吧?

赵彬恍然大悟。

可他转念一想又觉得不对，易总也不像是愿意戴绿帽子的人。

难道……

思来想去没想明白，赵彬暂时将这事搁下，先办妥老板吩咐的事要紧。

赵彬刚出办公室的门，易扬就起身走到落地窗前，看着对面的那栋办公楼。他记得许辛夷的工作室就在对面的办公楼里，也不知道是几楼。

这女人向来嚣张跋扈，娇气得很，受不得一点委屈，这么大的事也没见她打电话过来，看来是翅膀硬了有能耐了。

易扬本不想管她的这件事，不过想到这件事自己也被牵扯进去了，又是举手之劳，一个电话的事，帮就帮了，否则角色被人抢了，许辛夷回到家又要添油加醋地说给爷爷听，说不定还得找他哭。

女人就是麻烦。

他转身回到办公桌前，正准备打开文件时，他的私人电话响起。

是许辛夷打来的。

易扬眉眼一挑，等手机响了五秒后才慢腾腾地接通。

许辛夷的声音从手机听筒里传来，她像是受了天大的委屈："老公……"

"事情帮你办妥了，制片方不敢再找你的麻烦，后天进组，你自己准备一下。"说完，易扬率先将电话挂断。

没事臭男人，有事就老公。

呵呵，女人。

被挂断电话的许辛夷握着手机站在窗前，看着对面的大厦愣了许久。

易扬刚才说什么？

事情已经办妥了？制片方不敢再找她的麻烦？

真的假的？

易扬这臭男人竟然在自己没开口求他的情况下，主动帮忙？

今天太阳从西边升起了？

许辛夷无比惊讶，真是见了鬼了！

"辛夷，剧组官方微博发消息了！"安雅拿着手机匆匆闯进办公室，并将手机递给许辛夷看。

《凰途》的官方微博发了一条消息，这条消息主要是就最近关于粉丝质疑的问题做了解答，大概可以概括为两点。

第一，许辛夷是《凰途》这部剧的第一女主角，此后有过角色变动，但与两方接洽后，剧组还是认为许辛夷更为合适。

言外之意，许辛夷并未从任何人手里抢过剧本。

第二，剧组承认许辛夷演技不错，请大家能理智看待并区分角色和演员，少安毋躁，拭目以待。

这条微博表明了剧组的态度，任你们吵任你们闹，反正女主角是不会变的。

为此，官方微博甚至将评论锁了。

愤怒的粉丝明白了剧组保许辛夷的决心，纷纷开口大骂，表示剧拍成之后绝对不会去看。

"辛夷，制片方想换人的意图很明显，一口咬死了你作风有问题，会连累剧组，我很好奇，这才多长时间？你是怎么解决这事的？"

许辛夷将那条微博来来回回地看了好几遍，才难以置信地说："是易扬帮的忙。"

安雅恍然大悟，以一种"我就知道你忍不住"的目光看向她："看看，当初我说什么来着？"

许辛夷茫然："说什么？"

“我说，易扬迟早有一天会爱上你，从之前对你的漠不关心到现在的事事帮忙，你难道看不出什么吗？”

如果许辛夷看不出什么，那她这些年真是白活了。

暂且不管易扬是出于怎样的目的帮她，帮了就是帮了，比起从前，易扬的态度显然正在一步步转变。

难道真像安雅所说的，易扬开始对她有感觉了？

等等——

刚才打电话她什么都没来得及说，易扬就说事已经办妥了，是不是表明易扬一直在默默关注这事？

得到这个猜想，许辛夷仿佛被雷劈中了。

是因为最近她太忙，没空去作死，所以易扬觉得她改邪归正，对她感兴趣了？

不行！绝对不行！

她绝对不能任由事态继续这样发展下去！

“这事可是易扬帮你办妥的，你可得好好谢谢他，说不定这会是你们关系的一大转折点。”

许辛夷一言难尽，实在很想冲安雅咆哮，她并不想要这个转折点。但她忍了忍，笑道：“我会的。”

晚上，许辛夷披星戴月而归，来到易扬的书房，将自己从商场精心挑选的礼物递到他面前。

“什么东西？”

许辛夷微微一笑道：“礼物，谢谢你今天帮我解决了剧组的事。”

她将礼物打开，盒子里放着一条包装精致的皮带。

易扬见着皮带眼皮一跳，想起自己抽屉里那条三百块打一折的皮带，不是很想收。

他将礼物往许辛夷那边一推：“行了，举手之劳而已，不用谢，皮带收回去，用不着。”

“要的要的！”许辛夷坚持将礼物推回去，说，“你这么帮我，我怎么能不谢谢你？这是我在商场精挑细选出来的，花了我差不多五万块呢！”

易扬如今听到“差不多”这三个字就头疼，上次差不多十万，实际价格是三百，现在这差不多五万，实际价格岂不是一百五？

“差多少？”

许辛夷想了想，说：“差两千。”

四方八？

易扬挑眉：“行，我收下了，没事你先回房休息。”

许辛夷却戳着不走。

“还有事？”

“老公，”许辛夷扭扭捏捏地从书桌前绕到书桌后，站在易扬身边，眨着眼娇羞地看着他，“从前你不这样的，最近怎么对人家这么好？你是不是喜欢上人家了？”

她这语气腻得易扬浑身鸡皮疙瘩都起来了。

他眉心紧蹙：“好好说话！”

许辛夷嗔怒道：“哎呀，这种事也没什么不好承认的，你如果真喜欢我就告诉我呗，反正你知道，人家是喜欢你的。”

——快把我推开！快说你不喜欢我，指着我的鼻子让我别再白日做梦！

易扬与她四目相对。

许辛夷的心跳不自觉地加速。

别误会，她这不是什么浪漫的怦然心动，而是被吓的。

——老天保佑，虽然我人见人爱花见花开，但是这臭男人千万别喜欢我！

——对我有一点点感觉也不行！我是这种臭男人能喜欢的吗？

“以前我确实不太喜欢你，但是妈说得对，感情是靠时间来培养的，这段时间我看到也听到了很多与以往不同的事，确实对你有所改观。”

许辛夷眨眼：“改观？”

——果然是因为我最近坏事干少了，这浑蛋竟然认为我是个好人！

易扬心满意足，点到即止：“没什么事你就先回房休息。”

——对我改观？真觉得我变了？天真！

——今天我就让你见识见识什么叫恶毒！

“老公，我知道今天这事麻烦你了，但是还有件事你也得帮我。”

易扬不动声色地问道：“什么事？”

许辛夷变脸如翻书：“就是有人造谣，说《凰途》这部戏的女主角是我从李寒星手里抢来的，我可委屈了，这本来就是我的，是李寒星想从我手上抢过去，她怎么能倒打一耙说是我的错呢？”

“那你想怎样？”

“李寒星虽然没把我女主角的角色抢走，但是她现在在剧组里依然是女三号，过两天我进组拍戏，见到她就会想起她想抢我的角色的事，我会不开心的，我不开心的时候戏就演不好，演不好观众就该骂我了。”

“所以你是想让我把李寒星这个人踢出剧组？”

许辛夷“恃宠而骄”，一脸阴险毒辣的模样，恶狠狠地说：“她抢我的戏还敢在外面造谣，至少得把她踢出剧组！”

易扬沉默着看着她。

许辛夷见状乘胜追击，趾高气扬地道：“老公，我可是你的妻子，我都被人欺负成这样了，你怎么能无动于衷？必须把她踢出去！也给别人提个醒，让他们知道我许辛夷不是好惹的，谁再惹我，就是李寒星这个下场！”

——没镜子，也不知道我刚才表演这段的时候演技怎么样。

在许辛夷期待的目光下，易扬点头，附和她：“嗯，我觉得你说得很对。”

许辛夷疑惑地看着他。

“李寒星这个女人太恶毒了，竟然敢抢你的角色，这种人怎么还有资格和你一块演戏？简直就是娱乐圈的毒瘤，必须得封杀。”他语气平淡，却更给人信服感。

封杀？

许辛夷动了动唇，迟疑片刻，半晌才支支吾吾地问道：“你最近是不是受什么刺激了？”

易扬反问：“我不是在为你抱不平吗？”

许辛夷欲言又止，最终在易扬的目光下灰溜溜地回了房间。

十分钟后，许辛夷趴在床上捶床。

短短两天，她在易扬那儿连着失败三次！

臭男人现在越来越恶毒了，简直是提前在走“恶毒男配角”的路线，作死！他简直就是在作死！

不应该啊，怎么他的恶毒“人设”还提前出现了？

许辛夷思来想去，最终将原因归结到秦妍的生日宴会上，那次宴会上易扬失了面子，看清楚了所谓的朋友的真面目，一时深受打击，所以现在开始“黑化”了？

对！没错！一定是这样！

许辛夷越想越觉得有可能，而且物以类聚，人以群分，易扬肯定被她身上的恶毒气质吸引，所以对她的态度渐渐有所改变。

不行，她不能给易扬和她培养感情的机会。

好在过两天她就进组了，借口剧组繁忙，她至少有四五个月的时间见不到他，四五个月一过，他对自己感情淡了，正好那个时候，他的“白月光”也回来了，她就解脱了！

越想越觉得离婚就在眼前，许辛夷一扫连输三次的颓败心情，重新振作了起来！

许辛夷老老实实地收拾了两天的行李，第三天一大早，在一把鼻涕一把泪地向易老先生和易夫人告别后，坐上房车前往剧组的拍摄地点了。

拍摄地点离A市不远，勉强可以算是A市的郊区。这里有一座影视基地，周遭酒店的条件也很不错，吃住方面不算太苛刻。

这是许辛夷和易扬同床共枕几个月以来第一次分开，她兴奋地在床上滚了好几圈，想到接下来自由又快乐的四五个月时间，心里可真是乐开了花。

她也是进组之后才知道，《凰途》这个剧组稍微有点戏份的男演员，人均年龄二十四岁。

二十四岁，什么概念？

这说明剧组里大半的男演员是"小鲜肉"！

这可是古装群戏，里面鲜衣怒马的少年太多了，需要大量的年轻演员。

而徐思明导演又是个对演员的外表和演技要求十分苛刻的人。

换言之，能进他的剧组的演员，颜值得高，演技得好。

听说这批"小鲜肉"还是他和副导演亲自去电影学院挑的，大多是还没出校门或是刚出校门的小青年，所以平均年龄二十四岁。

许辛夷觉得自己在这个剧组见到的"小鲜肉"，比她以往见到的还要多。

一想到这儿，她难免心潮澎湃。

但现在不行，她得忍住。

来到剧组的第一个晚上，她必须给易扬打个电话，以表达自己对他的思念之情。

"喂，老公，你在干吗呢？"

易扬言简意赅道："书房。"

又是办公，许辛夷觉得这男人再这么工作下去，迟早有一天得猝死。

"我到剧组了，给你打个电话报个平安。"

没了易扬在眼前看着她，许辛夷也不用再演戏，只在语气上下功夫。

"知道了。"

许辛夷百无聊赖地看了眼自己的指甲，从化妆包里把指甲钳翻出来，将手机放面前，一边剪指甲一边冲着手机语气浮夸地说："老公，才到剧组我就开始想你了，你呢？有没有想我？"

咔嚓——

“过两天等我有时间，我向导演请个假。我回家也不用多久，一个多小时就到了，我回去看看你好不好？”

咔嚓——

许辛夷声音颤抖，都快哭了：“老公，如果我回不去的话，你能不能来看我？我真的好想见你。”

咔嚓——

易扬保持着沉默。

“老公，你怎么不说话？”许辛夷的语气万分委屈。

咔嚓——

隔着手机，易扬问她：“许辛夷，你是不是在剪脚指甲？”

许辛夷缩了缩自己红润饱满的脚趾。

臭男人是不是在她的房间里装了监控？

这算什么？他们心有灵犀一点通吗？

呸！不可能！

打死她也不会相信她和臭男人心有灵犀。

如果不是入住这房间前检查过，她真怀疑这里藏了监控摄像头。

将指甲钳放下，许辛夷掐着嗓子，用能腻死自己的声音娇嗔道：“老公，你在说什么呢？我在吃薯片，什么脚指甲？我这种大美人怎么会自己剪指甲？好了，时间这么晚了我就不打扰你工作了，早点休息，我爱你，拜拜。”

说完，她啪的一下将电话挂断了。

臭男人真讨厌！

她的形象差点就毁了。

她剪脚指甲的事，绝对不能有第二个人看见！

翌日清晨，《凰途》剧组举行开机仪式，算好的日子和时辰，剧组工作人员和几名主演准时到场。

见到韩骁的第一眼，许辛夷就明白，那天晚上在一品兰亭的电梯里遇到的那个裹着风衣瞧不见脸的男人就是他。

说起韩骁，现在应该没有几个人不认识。他出道即巅峰，首部和陈明宇导演合作的电影斩获无数大奖，在一个个电影节上，奖项拿到手软，他的演技是娱乐圈所有导演公认的好。

人红是非多，但在这种情况下，韩骁却能不急不躁，一步步稳定向前，低调做人，高调拍戏，在娱乐圈这些年，任凭再厉害的狗仔队，也没能挖出一星半点他的黑料，粉丝懂事不猖狂，是圈内路人缘最好的明星。

韩骁将这些年的演技全贡献给了电影行业，个人票房在内地排前列。原本这些年他已经稳定在电影圈发展，但就在大家猜测韩骁下一步还会出演电影时，出乎所有人意料，他宣布参演《凰途》这部电视剧的拍摄。

这一消息，可是让不少粉丝震惊。

部分粉丝心里或多或少会认为电影比电视的档次要高那么一层，对于韩骁这种“自降格调”的行为很不满。

当然，也有理智的粉丝表示，只要是韩骁演的，不管是电视剧还是电影，他们都会支持。

一部分粉丝对此欣喜若狂，觉得终于能在屏幕前多看看韩骁了！

许辛夷之所以能捡这么大的漏，还是因为之前和徐思明导演有过一次合作，当时的许辛夷是救场。一个被塞进组的小明星不满自己的戏份，强行要改戏，惹怒了徐思明后，小明星毁约离组，并大言不惭地放话，说谁敢去演这个角色就是和她为敌。

这样树敌的好机会许辛夷又怎么会放过？

许辛夷当即联系了徐思明导演，进组拍戏。

后来剧杀青的时候，徐思明向许辛夷保证，以后会补偿她。

许辛夷当时没将这话放在心上，直到后来天娱联系她，说徐思明要签她当女主角。

虽然中间坎坷颇多，但最终女主角的人选还是到了许辛夷手里。

许辛夷站在韩骁身侧，从前只能在屏幕上看到的男人，如今就站在自己身边。

许辛夷忍不住悄悄侧目看了一眼。

她看得出韩骁没有化妆，肌肤状态良好，面上没有一丝瑕疵，不需要调整即可上镜。看韩骁，许辛夷需要抬头，目测韩骁的身高和易扬不相上下，像韩骁这样在娱乐圈纵横多年的人，身上总有种令人望而生畏不敢第一时间上前去搭讪的强势气场。

但奇怪的是，他高挺的鼻梁上架着的那一副金丝眼镜，奇迹般中和了这股生人勿近的冷漠之意，削弱了五官的凌厉锋芒。他不说话时，有股令人心神激荡的致命吸引力。

许辛夷小心脏扑腾扑腾直跳。

只一眼，她便收回目光，扫了一眼身后的“小鲜肉”们，他们个个青春洋溢、帅气逼人。

这就是她接下来六个月要生活的地方。

安雅的快乐，她总算能感受一二。

但有一道刺目的目光不太友好，许辛夷以前也见过针对她的人，但来剧组第一天就对她表现出赤裸裸的敌意的人，还是头一次见。

李寒星。

曾经作为同一家娱乐公司的艺人，她们之间存在的关系用“竞争”二字足以概括。

李寒星眼看着这部剧的女主角就要到自己手里了，结果眨眼间自己成了女三号，换谁也忍不下这口气。

往后在剧组可有的玩了，许辛夷若无其事地按捺住内心的激动，若无其事地跟着剧组的工作人员上香拜佛，拿红包。

她沉得住气，韩骁显然更沉得住气，整个仪式上除了和导演进行简短的交流，其他时间一言不发，与在场所有人保持着一定距离。

大明星嘛，高傲冷漠一点正常。

虽说男女主角高傲冷漠，但其他被徐思明导演从电影学院挖来的学生还是驱散了许辛夷和韩骁两人带来的冷场与尴尬气氛。

“辛夷，我给你介绍一下。”开机仪式过后，许辛夷正在一侧不动声色地欣赏“小鲜肉”们，就见徐思明导演和韩骁朝她走来。

“这位想必你也认识，韩骁，在接下来的六个月里，你们就是搭档了。”说完，徐思明又向韩骁介绍许辛夷，笑道，“这位是许辛夷，前段时间和你闹过绯闻的那一位，你们快和我说说当时是怎么一回事，我看那八卦杂志写得挺真的，说说？”

徐思明导演什么都好，就是太爱听八卦消息了。

娱乐圈内发生的各种八卦的事，他都能说上一嘴，哪天不干导演这一行，转行当狗仔队，准能赚大钱。

许辛夷知道，徐思明在这会儿就将这事说出来，不是他情商低，而是开门见山，说清楚她和韩骁之间的唯一误会，这种事无论是八卦杂志乱写的，还是真有点误会，当面说清楚总比在以后的拍摄中因状态不佳而耽误进度要来得好。

“徐导，您就别添乱了，娱乐杂志写的东西能当真吗？我和韩骁老师这还是第一次见，怎么可能会有那么深的关系？”说完，许辛夷对韩骁伸出手，笑道："韩骁老师，都是误会，以后在剧组还请多多关照。"

她伸出的手停在半空中，韩骁的视线落在她的手上，那目光里似乎有犹豫不决，又似乎有不悦。他迟迟不肯伸出手与之相握。

这时间长到许辛夷都觉得手臂发酸。

"韩骁老师是觉得有什么地方……"

"是个误会，合作愉快。"韩骁言简意赅，只是微微点头。

许辛夷尴尬地将伸出来的手收了回去。

"为什么不和我握手呢？"许辛夷窝在椅子上等拍摄，其间一直忍不住回想上午和韩骁的那一段交流，越想越摸不着头脑，"难道我什么时候得罪过韩骁？"

她仔细回想，思来想去，也就上次那条绯闻的事。

都说是个误会他怎么还对我那个样子？

难道是因为她坏名声在外，所以连韩骁也对她退避三舍？

许辛夷忧愁地叹了口气，如果真是因为这样，那……也没办法。

"辛夷，过来一下，商量个事。"拍摄现场徐导远远地叫着她。

第一天拍摄，剧情其实还挺散的，徐思明没有安排她和男主角的戏，反而先安排了她和配角的对手戏。

许辛夷起身，走到徐导面前："怎么了？"

徐导看了一眼一侧恹恹坐着的李寒星。

"是这样的，寒星说她身体不太舒服，希望能把戏提前，想早点回去休息，你这边能不能迁就一下？"

李寒星不舒服？开机仪式的时候她不是还好好的？怎么才一顿饭的时间，她就成了这一副要死不活的样子？

李寒星这是丑人多作怪，净搞幺蛾子。

李寒星明显对许辛夷有敌意，刚才安雅还在微信里和许辛夷说"小心李寒星，这女人背后有人，所以行事嚣张，不可不防"。

有人？许辛夷打的就是这种有靠山的人。

"没问题。"

"那好，你准备一下，和李寒星对个戏，十分钟后我们开始。"

许辛夷嘴上答应着，走到李寒星面前居高临下地看着她，说："徐导让我来和你对个戏，你怎么样？能不能撑一会儿？"

虽然化了装，可李寒星那气色和眉眼，看起来就是愁眉苦脸的苦情戏女主角的样子。

李寒星不该在这部戏里演嚣张跋扈的女三号，应该去苦情戏里演被命运套上了枷锁的女主角才是，收视率肯定火爆。

李寒星压着嗓子道："我尽量，但是我……"

许辛夷顿时嫌弃得要命："还能不能演？摆出一副要死不活的样子给谁看？你真撑不住就去医院，弄得好像徐导虐待了你似的，有病不让去医院押着你在这儿演戏？"

李寒星脸色一僵，但随即垂下了眼睑。

剧组的工作人员望了过来。

李寒星仓皇失措，像是谁欺负了她似的："对不起，辛夷姐，我……我演技不好，您多担待。"

"我知道你演技不好，不用总挂在嘴上，"许辛夷白了她一眼，"没演技就多向我学学，别整天整这些幺蛾子。来吧，对一下剧本。"

许辛夷演的这个角色，主打的是复仇逆袭的"人设"，前期压抑后期成长，而李寒星饰演的角色曾视女主角为眼中钉，如今见人落魄，自然要上来踩上一脚。

"戚明月，你也有今天？"李寒星说到这儿停了下来，接下来就该是女三号拉仇恨的举动。

女三号要扇女主角一巴掌。

"辛夷姐，你放心，我不会真打你的。"

许辛夷嘴角勾着一抹嘲讽的笑："谅你也不敢。"

"辛夷、寒星，你们好了没？"

"好了，导演。"

"那各部门准备下，五分钟后正式开始拍摄。"

各部门工作人员各就各位，所有人齐齐望向了拍摄场地中间。

许辛夷神色悲愤，李寒星态度嚣张，居高临下地看着许辛夷，吐着恶毒的女配角该说的台词。

李寒星台词说得倒是真的刻薄恶毒，可惜配上那一张苦情脸，真有几分不伦不类的感觉。

"戚明月，你也有今天？"

如果不是许辛夷，女主角的戏份原本该是她的！李寒星激动地抬手，朝着许辛夷的脸颊扇了下去。

那角度、那力道，打在脸上，李寒星的手估计都得肿两天。

许辛夷实在看不上眼。

这么低劣的手段、过时的桥段，简直拉低了恶毒女配角群体的智商和档次。

许辛夷抬手一把挡住李寒星的手，嗤笑道："你想打我？还是让我教教你怎么当恶毒的女配角吧。"

"Cut（停止拍摄）——"徐导皱眉，"怎么回事？"

许辛夷回头，说："徐导，李寒星说她还没把握好这个角色，想让我演示一遍给她看。"

徐导一听，问道："刚才不是对过戏了吗？"

"徐导，寒星演技差，你再给个机会吧。"

徐导吸了口气，抬手道："赶紧的。"

两人位置对换，许辛夷站在台阶上，趾高气扬地看着李寒星。

"我这个人平常是不轻易教学的，但我心地好。你演技这么差，播出去只怕得笑死人，我可不想被你连累。

"你记住，恶毒的女配角不是你那样演的。第一，你一定要目中无人，要像看垃圾一样看着对方，可以翻白眼，但白眼不要翻成死鱼眼，这样很难看的；第二，语气一定要阴阳怪气，最后一句话的末尾最好冷哼一声表示自己的不屑，说话的时候要配合表情，可以来点小动作，一边撩头发一边嗤笑，不是让你在这儿搔首弄姿。"

许辛夷微笑着朝她抬起了手："最后，别犹豫，耳光一定要快狠准。"

啪——

手起掌落。

李寒星白皙的脸颊肉眼可见地肿胀起来。

许辛夷捂着手掌，埋怨地看着李寒星，仿佛在责怪她脸皮怎么这么厚，把自己的手心给扇疼了。

许辛夷瞎嚷嚷着："快拿个冰袋给我，手打得疼死了！"

整个拍摄现场静了一静。

从许辛夷教李寒星演戏开始，这一切发生在电光石火之间，三秒前两人还在进行友好的演技交流，三秒后众人就听见一声脆响，许辛夷这一巴掌干净利落，李寒星脸上的巴掌印十分骇人。

五秒内没人应，许辛夷没了耐心："冰袋呢？"

"来啦！"剧组的工作人员不敢耽搁，快步跑了过来，手上拿着两个冰袋，给了许辛夷一袋，另外一袋拿在手里，犹豫不决，不知道该不该递给李寒星。

"李小姐，不好意思，我一演戏就是这么容易入戏，你刚才怎么不躲着点？不过我手掌娇嫩，今天胃口不好没怎么吃饭，人也没多大力气，打在你脸上，你应该不怎么疼。"

许辛夷仔细端详李寒星脸上的巴掌印："不过……李小姐，你的脸未免也太娇贵了，我就这么轻轻一碰，都红了，快，用冰袋敷一敷。"

说完，她将那名工作人员手里的冰袋塞到李寒星的手里。

李寒星手上握着冰袋，脸颊上火辣辣地疼。这初冬的季节，也不知道是天气太冷还是冰袋太凉，抑或是其他什么原因，她浑身颤抖。

早在这部戏的女主角落到许辛夷的手上时，李寒星就对许辛夷恨之入骨了。她自问和许辛夷一起进的公司，可这些年公司对她不闻不问，她问得急了，公司就给她一两个不重要的角色和不怎么入流的代言，反观许辛夷，电视剧的邀约一部接一部，人也一天天地红起来。

直到有一天，她偶然得到一个传闻，说许辛夷背后有靠山，所以才能一次又一次地拿到这么多签约。

宛若醍醐灌顶，李寒星突然明白，在这个笑贫不笑娼的娱乐圈里，什么都不重要，红才重要。

果然，她委身于公司高层后，那人就为她拿到了《凰途》女一号的角色，甚至还愿意为她出手整治许辛夷，可没想到许辛夷那么硬气，竟然能顺利地解约从天娱脱身。

女一号的角色再次落到许辛夷的手里，而那个人也不肯为了这种小事再次出手。

她退而求其次地饰演女三号，这对李寒星而言，无疑是从天堂掉到了地狱。她憋了一肚子的火，想在第一场戏的拍摄现场给许辛夷一个下马威，出口恶气。

现在这口恶气还没出，自己反倒被扇了一巴掌，李寒星如何能忍？

"你……你故意的！"

许辛夷接过助理递过来的手帕，若无其事地擦着手，震惊地道："我怎么可能是故意的？刚才我都说了，入戏太深，你别那么计较。"

计较？李寒星顿时有种想上前撕了许辛夷这张脸的冲动。

她被打，反倒是她心胸狭隘？

"许辛夷！你欺人太甚！"

几名工作人员当机立断，连拉带劝地拦着她："李小姐，别冲动，辛夷姐肯定不是故意的！"

许辛夷看着她那一副狰狞的面孔，耸肩道：“想打别人的时候嚣张跋扈，自己被打了就这么怒气冲天，李寒星，做人得像我一样，善良点。”

“辛夷姐，您也别说了，导演看着呢！”

许辛夷朝徐导看过去，笑了笑，走过去说：“徐导，不好意思，刚才现场教学一时太入戏。”

徐思明咳了一声，压低了声音说：“下次注意点，大庭广众之下，我看见了不拦不好。”

没有演技还总爱作死的人，没哪个导演会喜欢。

徐思明在娱乐圈混了这么多年，对方是人是鬼，门儿清。

许辛夷笑道：“得嘞。”

徐思明看了李寒星一眼，高声道：“寒星，没事吧？”

李寒星气得浑身发抖，怎么可能没事？她刚想说话，就被徐思明打断。

“既然没事，那化装师给寒星补个妆，寒星，你不是不太舒服吗？拍完赶紧回去休息。”徐思明说完又对在场的工作人员高声道，“各部门准备，咱们这场戏争取一次过。”

化装师战战兢兢地来给李寒星补妆，硬着头皮提醒她：“寒星姐，您……您别哭了。”

李寒星怒瞪向那化装师。

李寒星的助理过来，低声对李寒星道：“寒星姐，您别生气，这么多人看着，许辛夷什么名声您心里也清楚，她这样做只会让剧组里的人更讨厌她而已，传出去只会招骂，咱们不如大度点，让大家看看您的气度。”

“可是这口气我……”

“寒星姐，是这口气重要还是您的名声重要？”助理见四下无人，凑到李寒星的耳边说，“刚才我拍视频了。”

这句话成功地让李寒星沉默下来。

是，她这些年不断地往上爬就是为了红，从前什么没忍过？只要能红，她做什么都可以。

“好，我不和她一般见识，她那样嚣张跋扈，我看她几时完。”李寒星目光阴沉地看着不远处的许辛夷，“找个机会把视频传出去。”

“好的。”

“寒星，补好妆了没？”

“好了！”李寒星沉下心底所有愤怒的情绪，态度谦逊，看不出半点不甘样子，“不好意思，徐导，是我耽误大家的时间了。”

“没事，既然补好妆了，辛夷，去，争取一次过。”

许辛夷笑着回到拍摄现场。

随着徐导的一声“Action（开始）”，拍摄重新开始。

这次李寒星可算是学到了许辛夷一半的精髓，演得比之前好多了，最后高高抬起的巴掌在李寒星咬牙切齿的忍耐中轻轻落下，秋风拂面般，没在许辛夷的脸上留下一点痕迹。

“Cut——过！”

李寒星缓过神来，又是一副苦情女主角的脸色，众人将前后剧情一对比，人品高下立见，许辛夷为人是真的嚣张刻薄。

至少在那几个还未接触过许辛夷的“小鲜肉”眼里，许辛夷已经被划分为不可得罪、不可靠近的一类人了。

“韩老师，您晚上有三场夜戏，今晚可能需要您辛苦一些。”

韩骁冲着前来通知的场务人员点头。

“韩骁，刚才那事你怎么看？”说话的是韩骁的经纪人，与韩骁年纪相仿。

韩骁看了一眼风波过后窝在椅子上专心看剧本的许辛夷，但也仅仅看了一眼，便收回目光：“与我无关。”

拍摄现场外，现场导演正一个个清点今晚的群众演员：“下面我念到名字的举个手给我看一下，周详。”

现场导演看了一眼那名举手的群众演员，身高够，五官也算端正，在人员名单上打了个钩。

“赵子易。”

现场导演打了钩。

“陈少新。”

现场导演打了钩。

“张欣怡。”

现场导演打了钩。

拍摄现场有几人簇拥着一个男演员走出来。

“郑导，忙什么呢？”

现场导演姓郑，听到有人叫他便抬头看了一眼，原来是剧组里饰演男四号的一位演员：“晚上韩老师有三场戏，需要几名露脸的群众演员，我这里再确认一下。”

那位男明星笑笑，正准备离开，突然在人群里见着个鹤立鸡群的人。他猛地一瞧觉得有些眼熟，但一时之间实在想不起是谁、在哪见过。

想了想，他凑到郑导耳边低语了几句，看了两眼人群里那个鹤立鸡群的男人。

郑导也望了过去，眉心微蹙，想了想还是点了点头："行。"

他走到那名群众演员面前，问道："你叫什么？"

"江念。"

郑导在名单上找到江念的名字，并打了个叉。

"好了，今晚人够了，你先回去吧。"说完，郑导带着这些群众演员进了剧组。

江念站在斑驳的树影之下，沉默地注视着远去的人。

许辛夷作为女主角，几乎全天都有戏，晚上有两场和韩骁的对手戏。

"辛夷，第十八场戏的台词背了吗？"

全本台词许辛夷差不多背熟了，当即点头："背熟了。"

徐思明点头："那就好。"

"怎么了？"

"出了点事，"徐导言简意赅道，"你和韩骁今天的戏改了，拍第十八场，给你和韩骁十分钟时间对个戏，待会儿你们直接上，能不能行？"

"十分钟？"

"你们还剩九分钟。"

许辛夷："……"还是那个她熟悉的徐思明。

亏得她演技好、记忆佳，能接下徐思明各种突如其来的要求，换了别人早被骂了。

她翻开剧本，熟悉了一下第十八场的戏。

"辛夷姐，下面这场戏需要替身吗？您的替身……"

许辛夷正满脑子想着戏，随口不耐烦地回了句："拍戏要什么替身啊？"

"好，我知道了。"

韩骁看了她一眼，继续看剧本。

待那名场务人员走后，许辛夷错愕的目光落在第十八场戏的最后一行字上：深情相吻。

他们下午演了一场，晚上又来一场这么刺激的戏。

一开始就上重头戏，这么直入主题真的好吗？

九分钟后，两人将这段剧情走了一遍，除了最后那个深情相吻。

面对这么一个处变不惊的帅哥，许辛夷其实不大好意思。

“那个……韩骁老师，最后那个吻不如咱们借位试一次？”

韩骁冷静地看着剧本，说：“不用，待会儿直接上。”

许辛夷欲言又止。

直接上？

韩骁工作起来这么认真的吗？

她还没准备好。

“怎么了？有问题？”

许辛夷忙摇头：“没问题。”

她将脸埋在剧本里，接下来的吻可是她的初吻，她一直都保护得好好的，难道今天就要在这样一个万众瞩目的场合下贡献给韩骁了？

许辛夷一想到这儿，心跳蓦然加速起来。

不行，她得冷静！

她抬头悄悄地看了一眼韩骁，心跳得越发快了。

这个男人未免也太帅了吧？

和易扬那臭男人不相上下……等等，这样的场合她为什么要想起那个臭男人？

十个易扬也比不上韩骁！

默默骂了十句臭男人后，许辛夷才调整好心情。

“辛夷、韩骁，准备好了没？”

“好了。”

两人同时放下剧本，来到拍摄现场。

第一场戏其实也不好演，男女主角因江南水患事件针锋相对，各出策略、各不相让。这一番辩驳许辛夷的台词颇多，而且对于气势也很有要求，不能比韩骁弱，更不能比韩骁强，要营造一种剑拔弩张却分不出输赢的感觉。

“江南水患，灾民众多，民不聊生，饿殍载道，病疫四起，王爷，您不想着去救济灾民、研究疫情，却在这儿和我谈如何处置擅闯长安城的灾民？”许辛夷眉心紧蹙，仰头与韩骁对视，嘴上咄咄逼人，大有破釜沉舟的架势。

“Cut——过！”

徐导满脸兴奋之色。

毕竟对一个导演来说，有什么是比演戏一次过更能令他高兴的？

许辛夷这个人，他没选错！

“辛夷、韩骁，辛苦一下，准备第二场。”

许辛夷回想自己刚才的表现，应该很不错才是，抱着邀功的心态问道：“韩老师，刚才我演得还行吧？”

韩骁也看过许辛夷的电视剧，也曾听说过她演技不错，可现下面对面的飙戏体验，依然让他感到惊讶。

许辛夷的演技不说到了登峰造极的地步，但她也不应该这些年一直在女二号和女三号的角色中徘徊，直到现在才有演女主角的机会。

她这样的演技，就该演女一号。

“挺不错的。”

得到影帝的夸奖是种什么体验？

许辛夷爽飞了！

半个小时后，许辛夷和韩骁换装，准备拍第二场。

这是一场英雄救美的戏，最后的一吻成了男女主角感情纠葛的一个开端。

许辛夷换上被撕破的衣裙，因为剧情需要，化装师在她的脸颊上打了不少腮红。她媚眼传情，极力营造一个被下药后的女人该有的模样。

许辛夷踉踉跄跄地前行，在这人声鼎沸的青楼里拢着被撕破的衣裳，费尽心机地逃避着眼线。眼看着面前有人注意到了她，她一惊，转头想避一避，奈何一回头，直接撞上了韩骁的胸膛。

她错愕地抬头。

韩骁却眉心紧皱，将她拉到柱子后，一边观察着周遭情形，一边在许辛夷的耳边低声说：“别怕，有我。”

被下了药的许辛夷媚眼如丝，嫣红的唇微张，呼出的温暖气息喷在韩骁的喉结上，勾得它上下剧烈滚动。

她像个妖精。

韩骁抓着许辛夷的手臂和腰肢的手突然出起了汗。

他知道自己接下来该低头吻她了——在这充满了胭脂水粉和酒气的青楼里吻她。

可是……

当他对上许辛夷那双泪水盈盈的眼，看到她不盈一握的腰肢，他的那颗心便不受控制地剧烈跳动起来。

恐惧感让他猛地松开紧握着许辛夷的手臂的手，往后退了几步，远离了她。

好像此刻在韩骁的眼里，许辛夷是什么洪水野兽，他避之不及。

“Cut——”徐导拿下耳机，“韩骁，怎么了？”

在场工作人员面面相觑。

刚才好像没什么事发生。

在外捏了一把冷汗的韩骁的经纪人忙向徐导道歉：“不好意思，徐导，韩骁他可能有点不舒服。”

“这就一个吻戏，马上能收工了，韩骁，你坚持一下可以吗？”

韩骁摆手，深吸口气，说：“抱歉，上替身吧。”

替身？

突然被嫌弃的许辛夷看着面前背影与韩骁有几分相似，脸却很普通的替身，半晌没说出话来。

不仅是许辛夷，剧组的工作人员也愣了。

徐思明导演的戏，大部分演员若非必要是坚决不会用替身的，更何况还是这种吻戏。

而且，韩骁的敬业是圈内人有目共睹的，一个吻戏……不至于吧？

难道……

韩骁拒绝和许辛夷拍吻戏，只能是因为下午看到了许辛夷嚣张跋扈的一面，不愿意和她有亲密接触。

除了这个原因，也没其他的了。

韩骁既然这么讨厌许辛夷，那么接下来可有好戏看了。

徐思明看到许辛夷的脸色就知道不大好：“辛夷，要不你也上替身吧？”

许辛夷欲言又止：“行吧。”

补完最后一个替身吻戏后，韩骁一言不发，脸色铁青地离开了拍摄现场，去了休息室稍事休息。

“韩骁，怎么回事？我之前不是陪你看过医生了吗？医生说你差不多好了，之前你也和别的女性有过接触，怎么今天还是这样？”

韩骁将头埋于手掌中，沉默许久才抬起头来，眼底一片通红。他看着跟随了自己十年之久的经纪人骆桀，茫然地道：“我不知道。”

韩骁自己都不知道，骆桀就更不知道了。

骆桀猜测：“你为什么害怕许辛夷？是不是今天许辛夷打了李寒星一巴掌，你有些排斥她？”

韩骁眉眼间展露出一抹极其难受的神色：“我真的不知道，我想我不是排斥她，只是……”他只是不由自主地想靠近她，可是一旦有了这样的念头，又害怕得只想推开她。

“只是什么？”

韩骁没有说。

骆桀深吸口气，上前抱住了韩骁：“没关系，我们再去看看医生。”

休息室的门半遮半掩，许辛夷经过时往内瞟了一眼，瞧见两人亲密相拥的场景。

晚上许辛夷回酒店后的第一件事，就是将这件事说给安雅听。

“什么？韩骁竟然推开你？可是我听说韩骁在剧组挺和善的，你怎么得罪他了？”

“我？得罪他？”许辛夷想了想，“那估计是今天下午我刁难李寒星的时候被他看到了吧，可是至于吗？我今天经过休息室的时候，还看到他的经纪人抱着他安慰他。怎么，和我接吻，他这么受伤呢？”

“经纪人？你说的是骆桀？”

“对，就是他，两个人抱在一起。”

安雅眉心紧皱，沉默了片刻。

“怎么了？”

安雅迟疑地道：“你知不知道，骆桀喜欢男人？”

“喜欢男人？”许辛夷一时之间还没回过神来，等反应过来时，才张嘴惊呼，“同性恋！”

“你小点声！”

“你怎么知道的？”

“我和他一样，都是经纪人，他的那些传闻圈里人谁不知道？”

“他如果喜欢男人，那韩骁……”许辛夷摇头，“他肯定只是在安慰韩骁而已。”

“其实……”安雅支支吾吾地说，“也有传闻说，韩骁和骆桀……不过只是传闻而已，没有证据的。”

“那我今晚可能看到了证据。”

联系今天韩骁不愿和自己接触，再加上他今晚宁愿让徐导不满也不愿意和她真接吻，许辛夷不由得揣测，韩骁他……真的喜欢男的？

她细细一想，仿佛是真的。

这些年韩骁没有任何绯闻，狗仔队从未拍到过他和别的女人的亲密照片，他很讨厌绯闻，难道……

他是真的喜欢男的？

想到这儿，许辛夷捂住差点惊呼出声的嘴。

这种事在圈内虽然不难寻，但如果传出去，确实会对韩骁的演艺生涯产生巨大影响。

“你确定是他俩？”

“我当然确定，看得清清楚楚好吗？”想了想，许辛夷说，“算了，别说了，是或者不是又怎么样？喜欢一个人又没什么错，这件事你就当我没说过。”

“行。”

“对了，你知道吗？今天还有一件特别有意思的事。”为了转移注意力，许辛夷将下午和李寒星的事一五一十地说给了安雅听。

视频那头的安雅笑得花枝乱颤。

“就该这样整她！你不知道，当初李寒星抢你的剧本的时候有多嚣张，这种人仗着自己身后有人胡作非为……你别误会，我不是说你。”

许辛夷笑了：“知道你不是那个意思，不过今天我确实挺爽的。”

她在易扬那臭男人那儿连输三次，憋着的火在李寒星这儿消了大半，谁让李寒星不长眼，第一天就撞在她手上。

“不过你也别得意，李寒星绝对会借这件事兴风作浪！”

“我怕她？”在那些不入流的杂志上消失太久，她正着急呢，李寒星如果真能推波助澜一把，她还得谢谢李寒星。

“我知道你不怕她，但是我们这边得做好被抹黑的准备。”

“那就麻烦你多操心，等我回去，给你们发个大红包！”

“就等老板你这句话，行，晚上我还有约，没事我先挂了。”

许辛夷笑骂了一句：“见色忘友！”

挂断视频，许辛夷摇头，迫使自己将韩骁的事从脑海里赶走。调整心情和状态后，她看了一眼时间，计算着易扬现在在家的概率有多大。今天李寒星这件事，她千万不能放过了。

半个小时后，她拨了个视频通话过去。

第一个易扬没接。

许辛夷继续拨打第二个。

第二个他依然没接。

许辛夷锲而不舍地拨打了第三个。

易扬接通了视频。

一看易扬身后的落地窗背景，许辛夷就知道这人还在书房办公。

“什么事？”

很好，他还是那副死样子。

许辛夷吸吸鼻子，将手掌放在屏幕前：“易扬，你看，这是什么？”

隔着屏幕，易扬哪里知道她又在搞什么幺蛾子？

“手掌。”

“你仔细地看！”

易扬不想继续和她打哑谜，今晚堆积的工作多，他得尽早处理完才行：“没事我先挂了。”

“等等！”许辛夷委屈地看着他，“你难道就没看到我的手心都肿了吗？”

易扬：“有什么事直说。”

许辛夷委屈地指着掌心那块地方，说：“今天我在剧组拍的第一场戏，是和李寒星的对手戏。老公，你也知道，之前李寒星抢了我的角色，后来又被我抢了回来，虽然这女主角本来就是我的，可是李寒星这个女人真的很恶毒，她一直对我怀恨在心，今天下午演戏的时候想趁机打我一巴掌！”

易扬看了一眼沙发的位置，问道：“这和你的手掌有什么关系？”

“关系大了！”许辛夷振振有词道，“你不在现场不知道，我差点就被李寒星吓死了，她的嘴脸真的好可怕，幸好我反应及时，在她想打我的时候拦住了她。那么多人看着，我怎么能吃亏呢？而且这李寒星演技是真的差，为了不耽误剧组的拍摄进度，我好心教她演戏，一时入戏太深就轻轻地打了她一巴掌，可是我没想到，她的脸皮真的好厚，我的掌心都肿了！”

易扬：“……”

许辛夷故意扯着嗓子娇嗔道：“老公，你看，疼死了。”

易扬：“……”

“你都不哄哄人家？人家今天……”

“你好好和我说话。”

许辛夷咳嗽了两声："我今天受了这么大的委屈，你都不安慰我一下？"

易扬往后一靠，扯了扯整整齐齐的领带："多敷冰袋。"

"你就不能多安慰我两句吗？"

"多喝热水。"

——臭男人！

"谢谢老公安慰我。老公，我想你了，我们分开两天我就想你了，我很想回去看看你，可是徐导不允许我们随意请假，所以，你能来看看我吗？"

喀喀——咳嗽的声音从易扬那边传了过来。

许辛夷虎躯一震。

这是易老先生的声音。

易老先生也在书房里？

刚才她说的那些话全被爷爷听见了？

易扬这臭男人竟然不提醒她！

他故意的！他一定是故意的！许辛夷磨牙。

易扬强忍住笑，一本正经地说："许辛夷，爷爷也在……"

许辛夷猛地打断他的话道："我知道，我也很想爷爷，您和爷爷说一声，等我有时间一定回去看他老人家。"

说完她叹了口气，又深吸口气，嘴上说个不停，丝毫不给易扬说话的机会。

"我真的没想到李寒星这次会这么欺负我，亏得前两天你说要封杀李寒星的时候我还替她说好话，拦住了你，可是没想到她竟然这个样子……

"唉，算了，好歹曾经也是一个公司的，我就不和她计较了。老公，你也别再打封杀她的主意了，她其实除了嚣张跋扈一点，人还挺好的。

"好了，老公，门外有人叫我，先不说了，有事你先忙，我先挂了，爱你！"

一番祸水东引的操作后，许辛夷简单粗暴地挂断了视频。

易扬的手机屏幕黑了。

在沙发上坐着的易老先生听完全程，被许辛夷最后那些话吸引了全部注意力，当即问道："封杀？易扬，怎么回事？"

易扬看了一眼易老先生，无力地辩驳道："爷爷，你听我解释……"

自易扬的父亲意外去世后，易扬基本是由易老先生一手带大的，老先生将易家的未来全交付到了易扬的手上，倾尽心力培养易扬，易扬什么性格，易老先生心里一清二楚。

眼看着易扬能独当一面挑起易氏的大梁了，易老先生退休在家颐养天年，给了易扬充分的权力，不再过问公司的事，可最近和老朋友钓鱼时，易老先生总听到那些老家伙的闲言碎语。

那些老家伙说什么易扬砸了三千万投资一部剧，就是为了娱乐圈里的某个女明星，言语间有所暗示。

老先生当然能猜到这女明星是谁。

除了许辛夷还能是谁？

钱不钱的无所谓，老先生不明白的是，当年易扬娶许辛夷不过是因为一纸婚约而已，易扬对许辛夷没有感情，他去山上疗养院的那两年，这两个孩子聚少离多，哪有培养感情的机会？他从疗养院回来，两人却如胶似漆，恩爱得像热恋中的恋人似的，现在易扬甚至为了许辛夷砸了三千万。

老先生饱经世故，怎么看不出这两人是为了自己的健康在自己眼前逢场作戏？

今天他来找易扬谈话，主要也是为了这件事。

“爷爷，您听我解释……”被许辛夷摆了一道的易扬无可奈何地说，“我也只是随口说说而已。”

“随口说说？任何说出口的话都要负责任，负不了责你就不要随便说。”

易扬点头：“是，爷爷，我记住了。”

“你现在大了，有自己的主意，原本我也不该干涉你，但是有件事我想问问你，你对辛夷到底是什么心意？”

“爷爷，我和她……”

“不要在我面前再装夫妻恩爱那一套，”易老先生打断他的话道，“我还没到老眼昏花的地步，看得出你们夫妻俩在我跟前演戏。”

易扬沉默。

“爷爷老了，有时候难免糊涂，当初让你和辛夷结婚，没考虑到你的感受，是我的错，希望你能原谅爷爷。爷爷现在只想问你，你对辛夷到底是什么感觉？如果你不爱她，就趁早和她说清楚，断了她的念想，不要再继续绑着她、耽误她。”

“您愿意让我和她离婚？”

“这是你们的私事，爷爷无权干涉，如果离婚能让你们解脱，爷爷当然答应。你们也不要小瞧我，觉得我老了，身体不行了，受不了刺激。我什么大风大浪没见过？这点事，我还是承受得住的。”

离婚？

“凡事不能只看表面”，这句话自从易扬听到许辛夷的心里话后，体会得无比深刻。

最开始他坚定不移地想离婚，现在想想，这个念头似乎再也没出现过。

他从来没见过像许辛夷这么聒噪的女人，他枯燥无味的生活里似乎有了前所未有的乐趣。

她一心想和他离婚，包养“小鲜肉”，呵呵，这女人长得丑，想得倒挺美。

“爷爷，从前是我忙于工作，忽略了辛夷，这段时间接触下来，我冷静想了想，从前是我做得不够好，以后我会尽力弥补她。”

“弥补她？”易老先生微微一愣，“你这是对她……你没骗爷爷吧？”

“我怎么会骗您？”易扬睁着眼睛说瞎话，“自从知道她的内心世界之后，我才发现她很好，和别的女人完全不一样，所以您放心，以后我会好好珍惜她的。”

说这话时易扬语气诚恳、眼神坚定，不像有假。

易老先生笑着松了口气：“你能这么想，爷爷当然高兴，但是万事不能勉强自己。不过你都这么说了，那么你和辛夷的夫妻关系，什么时候公开比较好？我看最近网上对辛夷那些无中生有的传言很不好听，她是你的妻子，你应该保护她，不让她受到伤害。”

易扬心里清楚，只要他敢公开两人的夫妻关系，许辛夷这女人就会奓毛。

“这件事听辛夷的。”

“行，那你改天问问辛夷，我想她应该很高兴。对了，刚才辛夷说她想你了，你有时间去她拍戏的地方看看她。这么多年她对你的心意爷爷都看在眼里，她这个妻子当得找不出一点错处，你也该学学怎么当人家的丈夫。”

他去影视城看她？

易扬微笑：“当然，过两天等事情忙完，我一定去影视城看她。”

《凰途》剧组的拍摄工作还挺紧张的，可以用夜以继日来形容，人人苦不堪言。

好在许辛夷对演戏事业感兴趣，台词背得滚瓜烂熟，每次拍摄失误绝不超过五次，偶尔还有乐子可消遣，所以并没感觉到累。

“一场戏失误了二十三次，真是个人才，我在剧组里随便指个人都比她演得好。我真是服了徐导，这年头什么人都能进组拍戏。”

在李寒星一场戏失误了二十三次的拍摄中，许辛夷嗑着瓜子围观，时不时阴阳怪气地冲着场上的李寒星说风凉话。

李寒星听着许辛夷的刻薄话，恨得咬牙切齿，可许辛夷说得一点都没错，失误这么多次，总是不过，她自己脸上也挂不住。

在徐导看来，许辛夷就像是班上成绩好却又不服管教的学生，他又爱又恨，无可奈何。

他只看了许辛夷一眼，示意她收敛点，别太过分。

“这年头，还不许人说实话了？行行行，我不说了，你们能不能赶紧拍？我这场戏都等小半个钟头了。”许辛夷继续嗑瓜子。

“寒星，注意力集中点，你再忘词就数数，后期配音，行吗？”

李寒星泪眼模糊，委屈地点头说好。

许辛夷翻了个白眼。

李寒星得了“小白花”的病，却没“小白花”的命。

在李寒星数完五遍一二三四五后，徐导无奈地说了声“Cut”。

这条算是过了。

有在拍摄区等戏的“小鲜肉”凑过来笑着和许辛夷搭讪。

“许老师，我叫陈诉，待会儿我和您有场戏，但是我有个地方不太明白想请教您，您能帮我讲讲吗？”

许辛夷瞟了过去。

陈诉阳光帅气、自信明朗，巴掌大的脸上五官精致，脸上的皮肤仿佛嫩得出水，那双眼睛更是亮得惊人。

他和当初在夜总会时安雅叫过来的那两个男孩一般大。

许辛夷扔了手里的瓜子：“叫我辛夷姐就行，不用那么客气，哪里不懂？”

陈诉眉眼一展，笑着将剧本递了过去：“辛夷姐，这里我不太明白，我应该怀着什么样的心情去演？”

许辛夷看了一眼陈诉剧本里圈出的一段戏。

“是这样的，剧本这里虽然没有写明心理活动，但是明摆着你饰演的角色对我又爱又恨。你背负血海深仇，却渐渐被我吸引，痛恨自己这么轻易就动摇。你就这样想，好像你有双重人格，一个说要杀我，一个却对我下不了手，表现出人物的纠结以及纠结后痛恨自己的暴怒，差不多就行了。”

陈诉仿佛恍然大悟：“我明白了，辛夷姐，谢谢您的指点。我……想加您的微信可以吗？您是前辈，我还什么都不懂，以后遇到不懂的，我想再向您请教，不知道您能不能……”

“可以。”

许辛夷大方地拿出手机，与如获至宝的陈诉加了微信。

“谢谢您，辛夷姐，您放心，我不会经常打扰您的。”

“没事。”许辛夷随意地挥了挥手。

——你就是经常打扰到我也没关系。

她深吸了口气，是阳光荷尔蒙的气息啊。

“辛夷、韩骁，接下来这场戏你们准备好了没？”

自许辛夷猜到韩骁可能喜欢男人后，对韩骁还真有些……怎么说，没有之前那么大胆了。

毕竟人家喜欢的不是女人，她再一个劲地撩拨，对韩骁而言估计就是恶心人。

他们还是保持点距离比较好。

毕竟可能是他的男朋友的经纪人骆桀在旁边看着呢。

“徐导，待会儿我和韩骁老师的一场戏，能不能上个替身？”

“替身？”徐导皱眉，“什么戏上替身？”

许辛夷将剧本里的一段戏指给他看：“这里，最后戚明月和萧璟珩齐齐落水，两人亲密相拥，女主角为女子的身份就此暴露。”

激动人心的女主角女扮男装被揭穿的戏。

“这个剧情有难处吗？还上替身？”

“徐导，拍摄第一天的吻戏韩骁老师就让替身上了，这场男女主角落水的戏可是身体紧贴着，他肯定不自在，你先把替身叫来，以防万一，免得待会儿韩骁老师叫替身，我更没面子。”

徐导这人能在剧组里指挥任何人，唯独对韩骁这位影帝有所忌惮。

毕竟韩骁这种重量级的影帝，答应拍他的电视剧简直出乎他的意料。

“行，那我让替身等着。”

那边化装师正在给韩骁补妆，韩骁看着剧本上待会儿自己要拍摄的戏份，眉心紧蹙。

骆桀看他脸色不好，问道：“怎么？还不能适应？”

韩骁深吸口气：“我尽量试试。”

“不行就让替身上。”

韩骁没说好，也没说不好。

他心里清楚，今天自己必须得过这一关，不仅仅是因为作为一名演员应该敬业，还有就是必须克服对女人的恐惧。

拍摄现场的所有工作人员就位。

许辛夷与韩骁站在搭建好的水潭边上，周围是绿布，用来做后期特效。

“辛夷，准备好了没？”

“好了。”

“韩骁呢？”

许辛夷距离韩骁最近，看得出此刻韩骁的脸色不大好。

韩骁深吸口气，冲着徐导点了点头。

“那好，各部门注意，五分钟后开始拍摄，大家再认真检查一下。”

韩骁看着身边的水潭，想着剧本里的剧情，最后一幕是他跳下水潭救戚明月上岸的场景。

“韩骁老师，您别担心，刚才我和徐导说了，最后一幕咱们用替身。”许辛夷望着他笑道。

心底猛地被触动，韩骁下意识地避开许辛夷的目光，暗自调整着呼吸，说：“不用了。”

许辛夷看了一眼场外的骆桀。

“韩老师，您确定不用吗？其实没关系，您如果不想和我有任何的亲密接触我们可以用替身的，您不用勉强自己。”对待好看的人，许辛夷一向温柔有耐心。

这段时间以来，韩骁身边所有知道他的情况的人都在劝他，让他努力熬过去，却没有一个人说“不用勉强自己”。

明明是冬天，明明对接下来亲密接触的戏份感到无比紧张和无所适从，但韩骁在这双明亮的眼睛下，有了前所未有的安心感。

那份恐惧似乎也少了许多。

他强行让自己看向许辛夷：“我是个演员，这是我应该做的。”

“好吧。”

李寒星拍完了戏却没走，站在一侧看好戏，以这几天韩骁对许辛夷的厌恶程度来看，接下来的戏份，可有好戏看了。

“各部门准备，《凰途》第十场第一次，Action！”

刺客众多，许辛夷与韩骁奋力厮杀，从暗处射出的冷箭朝着韩骁飞去。为救韩骁，许辛夷猛地将韩骁推开，自己却中箭掉落水潭。

韩骁将岸上剩余的刺客一一斩杀后，毫不犹豫地跳下水潭，朝着许辛夷游去。

许辛夷在水中紧闭双目，胸口的伤口溢出鲜血，在水中绽开一朵红色的花。

人在水中，韩骁费力地睁着眼，看着被工作人员固定在水中的许辛夷，四肢逐渐变得僵硬。

两人在水中静止不动。

“怎么回事？”摄像机旁的徐导见韩骁停滞不前，眉心紧蹙。

但紧接着，他就从摄像机里瞧见韩骁猛地朝许辛夷游去，将她抱在怀里，朝着水面灯光照射处奋力地向上游去。

两人冒出水面。

“Cut——很好！过！”

现在是初冬，天气寒冷，许辛夷与韩骁浑身湿透，两人的助理忙将干净的毛毯送上。

韩骁后知后觉地松开抓着许辛夷的手：“没事吧？”

许辛夷摇头。

“辛夷、韩骁，今天这场戏拍完了，行了，你们赶紧回酒店洗澡换身衣服，别感冒了。”

徐导一声令下，工作人员簇拥着湿漉漉的两人匆匆离开拍摄现场。

李寒星看着拍摄成功的许辛夷，愤愤地跺脚离开。

看了一眼成片，徐导很满意，刚才韩骁停顿的片刻犹如点睛之笔，让今天拍摄的这场戏更有意思了。

“行了，今天就到这儿，各位辛苦了，收工！”

欢呼声起，剧组的工作人员开始收拾器材准备回酒店。

“陈洋，他们是来收拾场地的，收拾完了结一下工钱，你钉一下吧。”

那名叫陈洋的场务人员点头道：“好的，导演。”

跟着场务人员进来的五个人开始着手清理拍摄现场，大的圆木和塑料的巨石都需要搬出去，这是影视城的道具，明天还有其他剧组要用。

陈洋在一侧钉着，五个人中四个人都是高大强壮的工人，唯独一人身材瘦削，默不作声地用自己瘦削的肩膀扛着粗重的圆木往外走去。

这是个白白净净的男孩，长得挺帅。

陈洋觉得这人有点眼熟，但就是想不起在哪儿见过。

半个小时后拍摄现场被收拾干净了，陈洋将工钱结算了一下，每人五十块钱。

“辛苦了，各位，我把工资给各位结一下，赵龙。”

一个男子站了出来。

“这是你的。

“陈肖，这是你的。

“朱永辉，你的。

“江念，”陈洋问面前的少年，“我是不是在哪儿见过你？”

江念垂眸，沉默着摇头。

“那可能是我看错了。”陈洋将五十块钱递给江念。

一双修长、手背上布满划痕的手接过了皱巴巴的人民币，江念环视了一眼空荡无人的拍摄现场，沉默地跟着其余三名工人离开。

晚上许辛夷终于回到了酒店，洗完澡后舒服地躺在床上。累了一整天，她实在没空想别的事，正昏昏欲睡时，手机微信提示音响起。

许辛夷迷迷糊糊地睁开眼，拿起枕边的手机一瞧，是陈诉发来的一张照片。

这么晚了，他找她干吗？

许辛夷点开微信，看到图片的瞬间，瞌睡醒了大半。

陈诉发来的是一张他裸着上半身的照片，肩宽腰窄，腹肌呈块状分布，一看就很有力量感。

但很快，这张照片就被他撤回了。

紧接着，陈诉发了条信息过来：“不好意思，辛夷姐，我发错了。”许辛夷沉默片刻，继而内心生出一丝难以置信之感。

这“小鲜肉”看上去阳光单纯，心里花花肠子还不少呢。

裸照他都能发错人，发错了第一时间还不撤回，过了快两分钟才撤回。

果然，混娱乐圈的人就没一个简单的。

许辛夷回了“没事”两个字过去。

陈诉又回了一句过来："辛夷姐还没睡？是不是我打扰到您了？"

许辛夷："没有。"

陈诉："今天真的很感谢您，如果不是您，那场戏我都不知道该怎么过。"

许辛夷："是你悟性高。"

陈诉："改天我请您吃个饭吧，真心想好好谢谢您，也想再向您多请教请教。"

许辛夷："最近剧组忙，等闲下来再说吧。"

陈诉："行，那我先记下了，今天时间也不早了，您早点休息。"

许辛夷关上手机。

这剧情的走向有点眼熟啊，如果她预料得没错，接下来这陈诉是不是要自荐枕席？

宿主，你现在可是易扬的妻子，不能做这种毁"人设"的事。

许辛夷笑了："瞧你说的，我是那种人吗？放心，婚姻在我心目中还是很神圣的，我只是觉得陈诉这人有野心、有心机，我和他不过是各取所需而已。"

不知道怎的，许辛夷突然就想起江念来，也不知道那倒霉孩子被天娱雪藏后去哪儿了。

小 A 忍不住提醒她：

这人一看就不怀好意，肯定是想利用你上位，你清醒一点！

"说得好像我是什么好人似的，放心，我门儿清。"许辛夷认真地想了想陈诉"手误"发给她的那张照片，"等我和易扬离婚，或许可以和陈诉这个'小鲜肉'交流交流。"

瞌睡上来了，许辛夷打了个哈欠，按灭手机，睡觉。

接下来几天的拍摄倒是风平浪静，李寒星虽然时不时地在许辛夷面前晃，但许辛夷也不是吃亏的主，每每将人噎回去，两人的关系越来越差，简直快到水火不容的地步了。

许辛夷就等着李寒星出大招。

"辛夷姐，你听说了吗？今天片方的投资方可能会来剧组。"

"他们来剧组干吗？"

"应该是看看剧组的拍摄进度。"

许辛夷没把这事放心上，毕竟投资方"爸爸"年年有，每每来剧组也就是走个流程看一眼罢了。

莫非他们还真能挑出著名导演和影帝的刺不成？

不过许辛夷千算万算都没算到的是，那投资人"爸爸"和李寒星有点关系。

下午三点，剧组暂停拍摄，据徐导所说，投资方要来剧组看一眼。

这次来的是投资方的孙总，这位孙总投资了一千万，算是投资较多的投资人，同时也代表其他投资人前来剧组观摩一二。

"孙总，您来了。"

这位投资人孙总虽然有钱，但几乎和所有发福的中年人无二：秃头、大肚、没品位，十分真实。

许辛夷挑剔地看着他，这人浑身上下写着三个字——"我有钱"。

"徐导，你好你好，这次过来没有打扰到你们吧？"

"没有的事。"

"那就好，昨天我和寒星通话的时候还在问她，就怕耽误你们剧组的拍摄进度。"孙总左右看了一眼，"寒星呢？"

众人心领神会，没说话。

"孙总，我在这儿。"李寒星从人群后笑着走了出来。

李寒星今天没戏，下了血本，换上了一套特显身材的旗袍，走起路来风情万种。她妆容精致，边说边笑地走到孙总身边："等您好久了。"

孙总笑着向徐导介绍："徐导，这是我一个亲戚家的小孩，以后您在剧组多多关照。"

投资人总有那么几个亲戚侄女的，徐导对娱乐圈里的这种事早就见怪不怪。

徐导带着孙总在剧组转悠，李寒星作陪。

"徐导，您这剧组我也看了，我就对你们演戏的过程感兴趣，不知道能不能现场导一段戏给我看看？"

"当然可以。"

李寒星坐在孙总身边笑道："孙总，您不知道，咱们剧组里除了韩老师，演技最好的就数辛夷姐了，我平时也一直向辛夷姐学习，不如让徐导给辛夷姐导一段戏，您看看，我也学习学习。”

许辛夷看了过来，李寒星这是在给她找事啊。

美人在侧，孙总怎么会不同意？他当即笑道：“行，那就麻烦徐导了。”

接下来的事明摆着就是刁难。

徐导给了许辛夷一个“你行不行”的眼神。

许辛夷懒洋洋地道：“不好意思啊，孙总，我今天不太舒服，您如果真想看戏，不如让寒星演呗，她最近演技进步得可快了，之前失误二三十次才过，现在只需要失误十几次就能过。”

现场不少人憋着笑。

“你……”李寒星微怒，娇俏地对孙总说：“孙总——”

孙总拍拍她的手背，递给她一个放心的眼神：“好了好了，我明白。”

孙总对徐导说：“徐导，我这次来也不仅仅是自己想来，你知道的，其他几位投资人没时间，这才委托我来剧组瞧瞧。好歹咱们也投资了近六千万，这么大的资金量，您也得让我们看看成果，给我们点信心，您说呢？”

左边是投资方，右边是演员，徐导左右为难。

许辛夷见状白了那孙总一眼：“行了，徐导，没事，我来吧，导哪场戏？”

“我一起吧。”韩骁站了出来，说，“就待会儿我和辛夷要拍的那场戏。”

“行！”徐导笑了。

有韩骁在，谅那孙总和李寒星也不敢闹什么幺蛾子。

李寒星看着韩骁，暗自咬紧了牙关。

“辛夷，你先去化装。”

许辛夷起身往外走去。

化装师跟在她身侧担忧地看着她：“辛夷姐，那李寒星一看就是要找您麻烦，您怎么能真上啊？”

“不然还能怎么办？这是我的工作，徐导说‘过’，难道他孙总一个外行有脸说哪里不好？更何况……那是投资人‘爸爸’，惹不起，”

“也是。”

她身后蓦然传来一个声音：“你也会有惹不起的人？”

“谁啊？”许辛夷回头。

易扬西装革履地从车上下来，人模狗样，面无表情的一张脸冷得掉渣。他还是以前那副死样子。

“你的投资人‘爸爸’。”

在看到易扬的刹那，许辛夷万分冷静。

她心里清楚，越到这个时候就越不能慌神。

她先是吩咐化装师去化装间等着，而后神情闪躲、眉心微蹙地走到易扬面前：“你怎么来了？”

她这语气听起来似乎对易扬的到来不太欢迎，甚至有所顾虑。

“不是你一直在电话里说想我来看看你吗？怎么？我来了你不高兴？”说完，易扬给了车旁正准备过来的助理赵彬一个眼神。

赵彬心领神会地站在原地。

许辛夷看着易扬这张欠揍的脸，自己都不知道自己哪儿来的这么好的忍耐力，竟然还能控制住自己，没找一根棒子敲爆这浑蛋的头。

——平时不见你这么积极，现在我说句“想你了”，一声招呼都不打就过来，居心不良，臭男人肯定是想害我！

“我不是这个意思！”许辛夷表情焦灼地压低了声音，眼观六路耳听八方，忙将他拉到一个四下无人的地方，“你先去酒店等我，我待会儿和导演请个假，马上去见你。”

——开什么玩笑？如果让别人知道我和这臭男人的关系，我还要不要活？

“我们见面还需要躲躲藏藏的？”易扬戳在原地不动。

许辛夷脸上扯出一抹笑，一副“我完全是为了你好”的模样，苦口婆心地劝道：“老公，我知道你想我了所以来看我，可是我们现在还没公开关系，剧组里人来人往的，被人拍到就麻烦了。”

易扬垂目望着她：“不麻烦。”

“我知道你的心意，你是想在剧组里为我撑腰，以后就没人敢欺负我，可是现在网上有太多人忌妒我，他们不遗余力地在抹黑我，所以我的名声一直不好。老公，我不想连累你，让你被人骂，这样吧，等之后我洗清了恶名，我们再光明正大地告诉所有人我们的关系，可以吗？”

易扬意味深长地对她说：“我不介意这些。”

——我介意我介意我介意，听到了吗？臭男人，我介意！

尽管脑海里已经浮现出了易扬的一百种死法，但许辛夷面上依然感激不已，简直快被易扬这话感动得哭了。她神情激动地道：“可是我介意！我尝过被人骂的滋味，不想你和我一起承受，连累了你，爷爷他会……”

“爷爷不会介意。”

许辛夷改口：“就算爷爷不介意，妈她也会……”

“妈最近一直说想来影视城看看你。她对你有了很大的改观，我想，妈应该也不会介意。”

说完，易扬作势要往里走。

许辛夷情急之下一把抱住他的手臂，下盘稳如泰山。

易扬回头，用一双充满疑惑的眼睛望着她。

许辛夷绞尽脑汁地想着托词：“别，这样不好，那个……是这样的，嗯……剧组的人吧，都挺和善的，他们对我其实还挺不错的，我和他们相处融洽，你这一来把咱们的关系给暴露了。你是谁？你可是易氏的总裁！”

易扬看着她表演。

仿佛被打通了任督二脉，许辛夷灵机一动，开始滔滔不绝地夸他，说：“年纪轻轻就将易氏打理得井井有条，你在咱们A市那可是大名鼎鼎的存在，谁不尊敬你不给你几分面子？如果让他们知道我是你的妻子，那他们以后肯定不会像之前那样和我相处了，态度肯定得拘谨，左一个‘易太太’右一个‘许老师’，这工作起来多不舒服？”

末了，她还问他：“你说对吧？”

“所以，你不想公开我和你的关系？”

“哎呀，我都说了，我不是不想，而是现在时机不对。”许辛夷抱着他的手臂晃来晃去，声音嗲得自己都起鸡皮疙瘩了，“老公，你就听我一次，好不好？”

易扬一听她故意用这种语气说话就浑身不自在，嫌弃地将手臂从她的双手中抽出：“行了，我知道了。”

许辛夷松了口气：“那你先去酒店等我，我马上回去。”

“不用了。”易扬还是要往剧组内走。

许辛夷猛地一把拉住他：“干吗？”

——臭男人，如果今天执意要把我的身份给曝光了，我就和你同归于尽！

易扬无可奈何地看着她，说：“作为投资人，我不能来剧组瞧瞧？”

许辛夷紧拽着他的衣服的手松了。

——失敬，原来是投资人“爸爸”。

“不对，你什么时候投资的？”

易扬抚了抚被许辛夷拽皱的衣服的一角："与你无关。"

"那你投资了多少？"

"三千万。"

"三千万？"

——罪恶的资本家，眼都不眨就扔三千万！

等等，三千万？

许辛夷仿佛醍醐灌顶，拽他拽得更紧了，可怜巴巴地看着他，仿佛受了莫大的委屈："老公，这里有人欺负你老婆！"

"还有人欺负得了你？"

许辛夷猛地点头："就是你们投资人之一，听说他投资了很多钱，是李寒星的靠山，他今天过来剧组就是为李寒星报仇的，故意让我演戏给他看，待会儿他肯定会挑我的刺，让我难堪、让我出丑！老公——"

许辛夷扭成了麻花。

易扬嫌弃得要命，指着她的额头，让她离自己远了些："好好说话。"

许辛夷一秒变脸："待会儿你要帮我，他打我的脸就是打你的脸，如果他为难我，你就……你就收购他的公司，让他破产！"

易扬简直快被她气笑了。

她一天到晚脑子里想些什么？

"说完了？"

许辛夷有恃无恐地道："如果你不帮我，我就告诉爷爷你看着别人欺负我也不帮我！"

"……"易扬面无表情地转身就走。

拍摄现场，孙总和李寒星坐在一块说话，举止十分亲密，时不时地发出几声大笑。

徐导则在一侧叮嘱韩骁："待会儿这场戏你和辛夷应该都准备好了，咱们争取一次过，"说完，徐导看了一眼孙总，"来者不善，你让辛夷多注意些。"

韩骁在娱乐圈混了这么多年，跟什么人都打过交道，像孙总和李寒星之间的关系，他一眼就看得出来。

况且这段时间在剧组，李寒星时不时地向他献殷勤，偶尔晚上还故意敲响他的房门，穿着暴露，意图明显，让他不胜其烦。

这样的女人，即使在外人面前再会装，那些虚伪和贪婪之色，也会从眼睛里流露出来。

他徐徐地低下头："待会儿我会让她注意的。"

李寒星见徐导和韩骁在研究剧本，原本满是笑容的脸突然就沉了下去，而后叹了口气。

"怎么了，宝贝？"这是在大庭广众之下，如果是在私密空间里，孙总早就忍不住上手搂李寒星了。

李寒星故作忧愁地说："没什么，我只是觉得现在的人未免也太趋炎附势了，没意思。"

"趋炎附势？"孙总看了看徐导，"他们欺负你？"

"没有，您别多想。"

"我人都来了，你还有什么顾虑的？除了你昨晚在电话里说的许辛夷，你给我说说，还有谁欺负你？今天我一块给你收拾了！"

李寒星一脸欢喜之色地看着孙总，而后似乎有所顾虑地道："孙总，您别对人家这么好，我一个三线小明星，能得到孙总的照拂，拿到这部剧的女三号，已经很感激您了，您别为了我和他们起冲突。"

美人撒娇，还这么善解人意，男人瞬间成了用下半身思考的动物。

"宝贝，你这个样子看得我真是心疼，别怕，有人欺负你你就告诉我，我替你出头！"

李寒星满目愁绪地看着孙总："其实也没有谁欺负我，辛夷姐平时说话虽然难听，但她脾气就那样，是我不该招惹她，我就是觉得自己的演技也没那么差，可是徐导每次都让我演二三十次才过，平白让别人笑话我。"

"好好好，待会儿我和徐导说说，让他别为难你。"

"真的？"

"当然是真的，还有那个许辛夷，今天我非给你出这口恶气不可！"

孙总话音刚落，易扬从外面走进来，恰好听到了孙总的这句豪言壮语。

"孙总好威风。"

孙总循声望去，目光触及易扬时，眼底的惊讶之色渐浓。孙总忙不迭地站了起来："易总，您怎么来了？"

徐导被孙总的声音吸引。他在剧组开拍前有幸见过易扬一面，对这位含着金钥匙出生的总裁印象很不错，知道这位出手大方的投资人是向来不涉足娱乐行业的，这次会一掷千金着实让他诧异了许久。

"易总，过来怎么也不提前告知我一声？"徐导上前，大方地与易扬握手。

易扬环顾四周，毫不客气地在工作人员搬来的椅子上坐下，没有半分的拘谨之意，闲适得犹如在自己的地盘。易扬往座椅后背上一靠，看着周围站着的人，表情淡漠，眉眼间刻着拒人于千里之外的疏离之感。

如果让许辛夷瞧见，估计又得骂一句“装模作样”。

“我过来看看，应该没打扰到徐导吧？”

有工作人员送来一杯水，被赵彬拒绝了：“不好意思，我们老板不喝。”

徐导笑道：“当然不打扰。”

易扬看向孙总，明知故问：“孙总也在？”

孙总笑道：“我和易总一样，也是来看看剧组的拍摄进度，早知道易总要来，那我肯定等易总一块来。”

易扬不置可否。

李寒星见着易扬，顿时脸红了。

没有对比就没有伤害，哪有美女不爱帅哥的？

孙总秃头大肚，暴富的商人浑身上下充满了铜臭味，反观易扬，且不说垄断了不少行业的易氏，单凭易扬这相貌、这身材，就是比之韩骁也不落下风。

李寒星暗自窃喜还好今天好好打扮了一番，以她的样貌，以她的身材，虏获男人的心岂不是手到擒来的事？

如果真入了这位大名鼎鼎的易总的眼，往后她还不是要什么有什么？

想到这儿，她脸上的红晕又深了几分。

“易总，您好，我叫李寒星，钦慕您已久，很荣幸今天能在这儿见到您。”

李寒星语气娇柔，暗送秋波。

可在易扬眼里，她不过东施效颦，不及许辛夷万分之一。

易扬看着那送过来的纤纤玉指，视若无睹，若无其事地对徐导说：“徐导，不用管我，你们忙你们的吧。”

李寒星僵在原地，讪讪地将手收了回去。

没人关心她的尴尬。

徐导说：“孙总说想看看剧组拍戏，这不，我们都在等辛夷化装过来。”

易扬冷冷地扫了孙总一眼：“孙总兴致挺好。”

孙总也是商场上的老狐狸，看人下菜碟，更会看人脸色。他内心疑惑，自己也没得罪易扬，怎么总感觉来者不善？

“易总，我给您介绍一下，这些都是我们剧组的工作人员，这几位是咱们剧组的演员，这位是咱们剧组的男主角，韩骁。”

隔着人群，易扬看了一眼韩骁。

似是有所感应，韩骁抬头望了过来。

两人的目光在半空中交会，掀起一阵无形的风暴。

易扬起身，边走向韩骁边说：“不麻烦徐导介绍，这位韩先生我有所耳闻，前段时间在一品兰亭买下一套房，听底下人说过这事。”

“久仰易先生大名。”

两人面无表情地伸手相握。

明明是从未见过的两人在说客套话，可给旁人的感觉两人像是多年未见的仇敌，见面后分外眼红。

易扬不动声色地打量着韩骁，想起之前许辛夷期待无比的吻戏、裸戏、激情戏，双眼微眯，眼底阴郁的情绪渐浓。

就在易扬打量韩骁的同时，韩骁也在打量易扬。

男人虽然没有女人的那种直觉，但韩骁依然敏锐地感知到了易扬对他的恶意，仔细想想，这是他第一次见易扬，从前从未得罪过易扬。为什么易扬会对他有这么重的恶意？

这股无来由的恶意让他下意识地无比排斥眼前的男人。

讨厌是没有理由的。

四周的人皆静了一静。

就在两人胶着不下之际，拍摄现场响起一个温柔的声音：“徐导，我准备好了。”

两人猝然松手。

“辛夷，你来了？我给你介绍一下，这位是咱们这部剧的主要投资人，易先生。”

许辛夷脸上挂着一副“我和你完全不熟”的生疏笑容，竭力和易扬撇清关系：“易先生，你好。”

易扬看了一眼许辛夷。

她的长发散于脑后，发间插了珠玉钗子，华丽的古装服饰很好地将她不盈一握的腰肢包裹，她走动间裙摆散开，婀娜多姿。

——这臭男人看我看得这么入迷，肯定是被我的美色给吸引住了！

易扬回神："你好。"

"易先生坐一会儿吧，我还得给辛夷以及韩骁讲一讲待会儿要拍的戏。"

说来也巧，今天许辛夷和韩骁的这场戏还挺暧昧的，是韩骁所饰演的角色被许辛夷救了后，许辛夷照顾他的一幕。

而且这场戏的最后，还有一个动情的吻。

当然，他们事先就说过了，所有的吻戏都借位。

现场的工作人员就绪，孙总和易扬坐在监控屏幕前看着拍摄现场里的许辛夷和韩骁。

许辛夷端着一碗汤药从外面走进来，坐在韩骁的床边，试了试药碗里汤药的温度，想叫韩骁起来喝药，奈何韩骁昏迷不醒，药也喂不进去。

认真思考过后，许辛夷恼怒地含入一口汤药，捏着韩骁的下巴，俯身就要将嘴里的汤药以嘴对嘴的形式喂给韩骁。

监控屏幕后的易扬眉心紧蹙，脸色阴沉，扯了扯脖间系着的领带，满脸写着不悦。

易扬身后的助理赵彬看着自家老板这脸色，心里明白肯定是哪里惹他不快了。

赵彬将目光放在屏幕上，突然想起之前许辛夷被某大佬包养的传闻，心一惊，仿佛心底某个猜测已久的事得到了最后的证实，赶忙低下头去。

第六章　误　会

拍摄现场，许辛夷与韩骁的唇只差分毫的距离，眼看着就要嘴对嘴了，关键时刻韩骁悠悠转醒。

两人四目相对的刹那，眉眼间尽是情愫。

许辛夷仿佛意识到什么，猛然起身，韩骁不顾身上的伤势紧攥着许辛夷的手腕，撞翻了她手上的汤药。

“别走！”他声音虚弱，极其干涩，“为什么救我？”

韩骁手上猛地使劲，许辛夷猝不及防之下竟被拉回了床上，倒在了韩骁的怀里。

一股迫切想推开许辛夷的冲动在韩骁心底如水面波纹般扩散。

但在许辛夷那惊慌的目光下，他忍住了这份恐惧。

情愫再起，韩骁猛地将许辛夷按在床上。天旋地转间，许辛夷倒在床上惊恐又期待地看着韩骁。

镜头前的易扬双拳紧攥。

“璟珩！你别……”许辛夷的话戛然而止。

镜头被拉得很远，在那片虚影里，似乎还有一个动情的吻，被半遮半掩住。

“Cut——”徐导笑道，“很好，过！”

许辛夷从韩骁身上起来，唯恐刚才的亲密接触让他不悦：“韩老师，不好意思，刚才冒犯了您，您没事吧？”

韩骁摆手：“没事。”

易扬眼底的阴郁之色更浓。

徐导笑着看向两名投资人“爸爸”：“易总、孙总，怎么样？”

孙总审时度势，一时间没说话，而是看了一眼易扬的脸色，问他的意思。

“易总觉得怎么样？”

易扬皱眉看着许辛夷，没有说话。

他的脸色很不好看，本就不苟言笑的脸此时冷得掉渣，看上去不像是对这场戏满意的样子。

孙总顿时悟了。

“我觉得不太好，”孙总摇头晃脑地挑着刺，“来之前就听说许小姐虽然网上风评不行，但演技不错，可刚才一看，也不怎么样，一般般吧，传言不可信。”

徐导没想到这位孙总还真敢说，当下只好耐着性子问道：“不知道是哪里让孙总不满意？”

孙总装模作样地摇头叹息：“我是个外行，不懂这些，但就是觉得不好，入不了戏。我说徐导，就许小姐这种演技你也一次就过了，我们寒星怎么就失误那么多次呢？你该不会是在欺负我们寒星吧？”

徐导脸色也不大好看，硬邦邦地回了句：“怎么会？”

孙总意味深长地道：“会不会你心里清楚，不过就我目前看来，我这一千万怕是打水漂了，许小姐这演技实在不能让我放心。”

韩骁在娱乐圈久了，和投资人、导演打过无数交道，听孙总这么说，当下半点不客气地道：“如果连辛夷的演技都无法让孙总放心，我想您在娱乐圈也找不到第二个可以放心的女演员了。”

被人当众顶撞，孙总拉不下这张脸，但也知道韩骁的分量，没当众发作，只继续向许辛夷发难。

“既然韩先生这么认可许小姐的演技，这样吧，许小姐，你再单独演几场戏给我们看看，让我们看看许小姐的真正实力，我想许小姐应该不会介意吧？”

李寒星在一侧添油加醋道：“辛夷姐，孙总心直口快没什么恶意，毕竟他投资了一千万，不是小数目，你多体谅体谅。他虽然不是内行，但也是个观众，咱们的电视剧不就是给观众看的吗？观众既然说不好，那肯定就是不好，不如你再演几场给孙总看看？”

徐导皮笑肉不笑地道：“化装需要一定的时间，只怕会耽误孙总的时间。”

“那这样，许小姐别化装了，就这个样子挺漂亮的，我看过不少古装剧，那里面青楼里的女人就是这样，不如许小姐即兴跳个舞？”

易扬闻言，抬头冷冷地看了孙总一眼。他目光冷冽，透着无人发觉的戾气，冷漠的五官上如同结上了一层冰霜。

气氛降到冰点，没人说话。

——太监都知道为自己对食的对象出口气，这臭男人就在一边看着我被人欺负，无动于衷，算什么男人？太监都不如！

——早就知道臭男人靠不住，还是得我亲自出马。

许辛夷若无其事地在一侧坐下，说话毫不客气：“不好意思，我这人说话难听，孙总，您既然知道自己是个外行，就别在内行人面前瞎提意见。刚才那场戏徐导很满意，我也很满意，您却说我演技不好……孙总，眼神不好出门就得戴眼镜，不懂就别点评，瞎说是会被人笑话的。

“更何况，您说您是这部剧的投资人，可您就出了一千万，就在这儿挑三拣四，还想让我多演几场，还跳个舞，恕我直言，您配吗？区区一千万，也好意思在我面前大放厥词。投资人？投了一千万就别在我面前丢人现眼了，那点零花钱我可看不上。你这种人我见得多了，在我面前指指点点，你算什么东西？”

正准备说话的易扬：“……”

刚想替许辛夷说话的徐导：“……”

欲言又止的韩骁：“……”

在场的演员以及工作人员惊愕得嘴巴都合不上。这些天他们虽然见识过许辛夷的那张嘴有多厉害，但没想到在投资人面前，她也一点都不遮掩。

徐导也没想到许辛夷竟然敢在这么多人面前这么和投资人说话，气得直发抖，语气变了调：“许辛夷，你知道你在说些什么吗？”

“徐导，这就是你剧组里的演员？”孙总指着许辛夷厉声质问徐导，“徐导，我可是信任你才给你这部剧投资一千万的，可你看看你找的这个女主角，演戏不怎么样，网上的名声更是差到不行，嘴上功夫倒挺不错。

“你知不知道，现在官方微博下还有粉丝因为许辛夷而抵制这部剧，这许辛夷一看就是个赔钱货，这样的女明星我可用不起，也就你坚持用她！回去之后我会和肖总说明这事，如果你不能处理好这件事，那我们可就要考虑撤资的事了！”

“我这样的女明星？我哪样的？还是孙总觉得您这位亲戚家的小孩李寒星，更适合演女主角？”许辛夷说完，一副恍然大悟的样子，“我倒忘了，之前我还在天娱的时候，公司让我把这部剧的女主角让给李寒星，想必就是孙总您的意思。”

——所以说，嫁个臭男人有什么用呢？不会关心你不会照顾你，关键时刻也不会替你出头，女人啊，靠天靠地不如靠自己。

拍摄现场没人说话，几乎落针可闻。

被许辛夷当众这么羞辱，李寒星气得鼻子都歪了，泪眼婆娑地看着孙总。

孙总哪里受得住她这样？

“徐导，这就是你选的女主角！今天你不把许辛夷给我换了，我就撤资！”说完，他对易扬说：“易总，你也听见了，这个许辛夷对我们就这个态度！”

“换女主角？”易扬冷眼看着孙总，“那孙总心目中可有女主角的人选？”

听易扬这么说，孙总还以为易扬同样对许辛夷有所不满，便拉过李寒星的手道：“我对寒星的演技很有信心。”

李寒星还来不及扭捏，就听到许辛夷开口嘲讽。

“原来孙总嘴里说的演技好的女明星，就是李寒星这种失误二三十次连台词都记不清的人，孙总的品位别具一格，我实在配不上孙总的夸奖。”许辛夷上下打量了李寒星一眼，无比挑剔地鄙夷道，“不知道的还以为李小姐进的是民国剧组，咱们剧组谁不是整天穿古装等戏？大白天的穿旗袍给谁看？

“孙总如果想撤资，没问题，徐导，孙总撤多少我投多少，您放心，那点零花钱我还是有的，而且我对自己的演技很有信心。”

易扬觉得自己没必要出现在这儿，许辛夷不需要自己，一个人就能镇住全场。

“失误二三十次？”易扬轻嘲，打量了李寒星一眼，很快收回眼神，“孙总的品位我不敢苟同，前两天我还和肖总聊起合作一事，肖总曾向我推荐孙总公司的产品，现在看来，合作之事还是得再仔细斟酌斟酌。”

“这……”孙总一时之间也没想到易扬会借这事发挥，能和易氏合作是他花了不少心思才搭上的线，他顿时就急了，“易总，这是两码事，您如果信不过，可以让寒星给您演一场戏看看，失误二三十次纯属瞎说。”

“徐导，是瞎说吗？”

徐导笑道：“哪有外人说的二三十次那么夸张？也就十几二十次，寒星演技还行，只是还需要下点功夫。”

许辛夷毫不遮掩地嗤笑了一声。

易扬对徐导说：“徐导，孙总有句话说得没错，你在挑选演员方面确实该认真仔细一点。”

孙总面上一喜。

易扬继续说：“像李寒星这样失误十几二十次的，在剧组浪费的是大家的时间。”

孙总脸色青白。

“孙总，每个行业都有每个行业的评判标准，我不是内行，不会轻易评判一个演员演技的好坏，不过徐导导戏多年，我相信他的眼光，而且我对许小姐的演技很有信心。刚才如果不是在演戏，我差点以为许小姐对这位韩先生是真的动心了。”易扬看向许辛夷，眼底情绪不明。

许辛夷心虚地转移开视线。

听到易扬这么说，孙总就知道自己判断失误了。

他之前看易扬那脸色，明明是一副对许辛夷颇为不满的表情，怎么现在易扬处处为许辛夷说好话？

但不管怎样，他今天不能在这儿得罪易扬。

他少不得得弃车保帅。

他笑道：“易总说得对，每个行业都有自己的评判标准，还是易总境界高，不像我，最近对电视剧了解得太少，是我失言了。”

许辛夷故意追问到底：“哦？那孙总终于觉得我的演技好，李寒星的演技差了？”

李寒星悄悄地扯了扯孙总的衣袖，却被孙总一把拂开：“当然，寒星的演技还是得多练练，失误这么多次太耽误剧组的进度了。”

“学也不是一天的事，继续这么下去只怕会耽误全剧组的进度，孙总，寒星是您的亲戚，不如您领回家里去，请个老师给寒星再上几堂课，等演技精进了些再给她安排几个角色，您看怎么样？”

孙总那表情实在不能用“难看”二字形容。

李寒星当即怒道：“许辛夷，你什么意思？你想赶我走是吗？我告诉你，我和剧组签了合同的！你以为你是谁？还想让我走？”

易扬冷冷地看着孙总。

孙总连忙笑道："那是当然，肯定不能耽误大家的进度。"

李寒星不敢相信地道："孙总！"

"行了！"孙总低斥道，"别说话！"

"还好这位李小姐进组的时间不长，演技差，总失误，还没演几场戏，新人进组之后两天时间就能补上之前的进度。"许辛夷微微一笑，起身道，"待会儿还得拍下场戏，我就不陪各位了。"

孙总在这儿憋了一肚子火，也不想待了："易总，今天探班我也探了，时间不早了，我还有些事得处理，就先走了，您什么时候有时间，我单独约您聊聊合作的事？"

易扬言简意赅，并未给出确定的时间和答案："再说。"

孙总暗骂自己为了身边这女人因小失大，合作的事估计又得花一番心力，顺带着看李寒星时也多了几分厌烦的情绪。

"那我就先走了。"孙总说完，将李寒星丢下，匆匆离开。

李寒星见自己的靠山走了，现场全是看笑话的人，当即一跺脚哭着追了上去。

见人走了，易扬无意识地摩挲着无名指上的婚戒。

暗地里、明面上旁观的工作人员纷纷散开。

许辛夷扭着小蛮腰走过来："易总，今天真的太感谢您了，如果不是您，我都不知道该怎么收场。"

易扬挑眉，陪她装模作样："许小姐不必客气，如果真心想谢……"他从助理赵彬那儿接过一张房卡，递给许辛夷。

"我对许小姐很感兴趣，今晚打算在这儿住一晚，所以不知道我有没有这个荣幸，能邀请许小姐来我的房间聊一聊？"他的语气里尽是暧昧之意。

小小的一张卡，引人注目。

——我就知道他居心不良想害我！

——臭男人，今晚你必死无疑！

许辛夷委婉地拒绝："我听说易先生已经结婚了，孤男寡女共处一室，您的妻子知道了恐怕会误会。"

易扬嘴角噙笑道："许小姐误会了，今晚我还约了徐导一块聊。"

许辛夷干笑两声："原来是这样。"

易扬忽然起身，居高临下地看着她："爸爸走了。"

许辛夷面上带笑。

——臭男人，今晚不是你死就是我活！

——你给我等着！

从剧组离开后，易扬去了预订的酒店。

影视城最近拍戏的剧组多，酒店方面暂时腾不出什么好房间，他们开了间标准的商务间。

助理赵彬一直注意着老板的脸色，准备着如果老板不满意，就换另外一个酒店的豪华套房，但出乎意料的是，易扬并没有说什么。

“明天早上十点回公司。”

“好的。”

“还有，今天我来这里的事，不希望还有别人知道。”面对跟了自己五年的助理，易扬说，“许辛夷是我结婚两年的妻子。”

赵彬内心一惊，果然和他猜的一样，但面对老板，他还是处变不惊地低声应道：“我知道该怎么办了。”

易扬微微点头。

赵彬离开房间，顺手将房门带上。

房间虽然只是标准的商务间，但窗户边上有一张书桌，书桌的对面摆着一张沙发，外面还有个阳台，整体还算宽敞。

赵彬早将电脑资料以及需要紧急处理的文件放在书桌上了。易扬看看时间，闲来无事，坐到书桌后处理文件。

墙上的时钟走了一圈又一圈，直到窗外变得昏暗，易扬才起身活动僵硬的身体，将整个房间的灯打开。

七点半，这个时间剧组应该下班了。

赵彬在外敲门，问易扬需不需要订晚餐。

易扬想了想，给许辛夷打了个电话，但许辛夷没接。

“先订一桌。”

“好的。”

八点，房门被敲响。

她这么快就来了？

易扬挑眉，慢腾腾地走到门口，拉开房门。

门外站着一脸微笑的徐导。

易扬愣了片刻，而后将人请进房间。

“多谢易总百忙之中来剧组探班，不知道今天易总探完班之后对剧组有什么意见？”

两人于沙发上坐下。

“意见谈不上，我不是内行，怎么能对徐导的工作指手画脚？今天下午闹了点不愉快，还希望徐导不要在意。”

“怎么会？我感激易总还来不及。”

“投资的事也请徐导放心，孙总撤多少我投多少，不会让徐导有资金上的烦恼。”

“易总言重了。”

易扬低头摩挲着无名指上的婚戒，转着圈，意味不明地笑道：“从前看过不少电视剧，这还是第一次在剧组近距离地观看演员演戏，徐导这部剧看起来暧昧戏份挺多的？”

徐导笑道：“爱情元素是现在的电视剧必备的元素，当然得多。”

易扬点头，半晌后才说：“爱情是必要的元素，但暧昧不是，演员之间我认为还是保持一定的距离比较好，否则，剧组为什么要准备替身呢？”

“易总，这个您可能不太了解，剧组准备的替身是演员们在无法进行某个专业动作的时候用的，这些亲密的戏份……”无意间，徐导看见了易扬无名指上的婚戒，话一停，愣了半晌。

联系今天发生的这一切，以及易扬刚才说的这番话，徐导像是明白了什么，但又看不太明白。

“易总的意思是……？”

“徐导，有些事说太明白没什么意思，”易扬说，“我不太喜欢看到许小姐和别的男人演亲密的戏份，我希望那些场景徐导能用替身解决。”

某个真相呼之欲出。

徐导是个喜欢听八卦消息的人，娱乐圈里那些外人知道的不知道的八卦消息他全知道。

可他从来没听说过许辛夷结婚了，而且还是和易扬……

不对，之前他好像隐约听过某个传闻，说易氏的老板隐婚两年，而隐婚的对象就是娱乐圈的女明星。

看来并非没有透一点风声，还是有迹可循的。

所以今天易扬在剧组为许辛夷出头不是没有原因的。

这也彻底解开了徐导一直不明白的事，许辛夷在娱乐圈这么多年得罪了不少明星，怎么还能一而再再而三地拿到丰厚的资源？

原来她背后有易氏。

“这个……”徐导迟疑了。

易扬徐徐地道：“一部电视剧的好坏并不是靠几个亲热的镜头撑起来的，不是吗？”

徐导沉思片刻，目光落在易扬无名指上的婚戒上，最终妥协地笑道：“易总说得没错，一部电视剧的好坏不是靠几个亲热镜头就撑起来的，您放心，我知道该怎么做。”

“多谢徐导。”

“小事。”

又和徐导聊了片刻，易扬看了一眼时间，脸上有几分不耐烦的神色。

徐导瞬间明了：“易总别担心，古装就是卸装麻烦。”

原本徐导今天下午在剧组见着易扬递房卡给许辛夷还觉得大事不好，以为是许辛夷遇着潜规则了，没想到易扬还邀请了自己，现在既然知道了两人的关系，他也没必要继续待在这儿充当电灯泡了。

“易总，现在时间也不早了，那边剧组还有点事，我得先走，以后有时间我一定请易总吃个饭，再好好聊聊。”

易扬也不留他，只点头道：“行。”

徐导走后，易扬又等了近半个小时，九点许辛夷还没来。

她换个衣服需要换一个小时？

易扬沉着脸给许辛夷打了个电话，但依旧没人接听。

他特意过来看她，她倒好，半天不见人，磨磨蹭蹭的，也不知道在干些什么。

电话响起。

易扬眉毛一扬，拿起手机一瞧，眉心瞬间蹙起。

“老板，您订的餐……”

“等着！”易扬声音冷得掉渣。他今天倒要看看，许辛夷到底什么时候过来。

赵彬没敢再问。

易扬又等了近半个小时，敲门声才响起。

他打开门，浓郁的酒气扑面而来。

他下意识地屏住呼吸，眉心紧蹙地看着门外的人。

许辛夷孤身一人站在门外，脸颊绯红，殷红的唇不自觉地微张，呼吸急促，胸口起伏不断。她眼神迷离地看着易扬，嘴角勾起一抹诱人的弧度，眼角眉梢处是醉酒后才有的妩媚娇柔之色。

她喝酒了？

易扬不动声色地打量着她。

“我来啦，徐导呢？”许辛夷往前一步，似是想将头伸进房内看一眼，但似乎是喝多了，身体不受大脑控制，只想动动头的她踉跄一下，身体往前扑去。

她这是投怀送抱？

易扬手疾眼快地伸手一把搂住了她，这才没让她扑到地上。

他不喜欢酒，更不喜欢酒的味道。

当年易扬的父亲不幸车祸遇难，据说是肇事司机喝酒误事，一头撞上他父亲的车才导致悲剧发生，所以，这些年他甚少喝酒，就是在酒桌上也不怎么沾酒。

到他这个位置，自己不愿意喝酒也没人敢逼着他喝。

他抱着许辛夷，鼻间闻到的酒气更浓了，伴随着她常用的香水味，混合在一起竟有种奇妙的味道，倒也不难闻。

“喝醉了？”

许辛夷随手乱抓，一把揪住易扬的领带，借力站稳。

猝不及防地被揪住领带的易扬差点没被许辛夷给揪断气。

“许辛夷！”

许辛夷捂着嘴，表情难受地看着将领带扯下来的易扬：“不好意思，我有点头晕，站不稳。”

易扬将领带扯下随手扔到地上，顺手将房门关上。

砰的一声，关门声震耳欲聋，许辛夷一颤，被吓了一大跳。

房内空荡荡的，所有灯都被打开，整个房间如同白昼。

许辛夷扫了一眼，奇怪地问他：“你的房间怎么这么小？比家里的浴室都小。徐导呢？”

“久等你没来，他先回去了。”易扬看见她眉心紧得能夹死苍蝇，“大晚上的，你喝酒干什么？”

“我……”许辛夷大脑有些迟钝，停顿半晌才想起来，“找你有事，徐导走了？”

“走了。”

许辛夷戳在原地，蒙了似的：“算了，走了也好。”

易扬看她这样，像是喝了不少，倒了杯水给她：“你找我到底什么事？”

许辛夷没接，而是看着那杯水。

她好像在思考那杯水是什么东西似的。

看她这样易扬只好将水塞到她的手里。

许辛夷捧着那杯水，恍然大悟：“我想起来了，我今天是来找你生孩子的。”

和徐导聊了大半个小时的天，给自己也倒了一杯水的易扬直接将嘴里的水喷了出来。

部分水呛进气管，惹得他低头咳嗽不止。

“喀喀喀……你说……喀喀……说什么？”

许辛夷看着弯腰咳嗽不止的易扬，微微一笑，后退几步，一个加速冲刺，骑到了易扬的背上。

易扬还在那儿喘，差点被许辛夷一个冲击扑在地上，得亏他下盘稳，搂住了背上的许辛夷。

“许辛夷！你先给我下来！”

“我不！”许辛夷双手抱着他的脖子，死活不放，“爷爷说了，让我和你尽快生个孩子，爷爷的话你敢不听？”

易扬把那口气给捋顺畅了，听到这话又被气笑了：“你没醉对不对？你又在这儿给我装疯卖傻是不是？”

他越想越觉得有这个可能。

许辛夷这个女人最喜欢在他面前装无辜，现在装醉酒来整他？

她想得倒还挺周全。

她是笃定他不会对一个醉酒的人下手是吗？

“好！生，你先下来，下来我们生孩子。”

骑在易扬身上的许辛夷愣了。

她抱着易扬的脖子，将下巴放在他右侧的肩上，歪头疑惑地看着他的侧脸：“你真的要和我生孩子？”

“当然。”他顿了顿，以为能听到许辛夷的心里话，但一秒，两秒……十秒，毫无动静。

“你……”

“你个浑蛋！我终于知道你为什么不和我离婚了，你肯定是看中了我的美色，现在你竟然还想和我生孩子？”许辛夷撕心裂肺地号叫，“你也不照照镜子，你配吗？”

易扬：“……”

他一字一顿地道："你给我下来！"

"我不！臭男人，我以为你对我只是有一点点好感而已，没想到你竟然真的想睡我？我告诉你，今晚不是你死就是我死！"

自己成了案板上的猪肉被人惦记着，许辛夷哪还有理智？她手脚上阵还不够，恨不得上口咬。

"许辛夷，你给我下来！"地上虽然铺了毯子，但摔到上面也是疼的。

他抓着许辛夷的手，想扯她下来。

可许辛夷哪管这些？她力气没易扬大，瞬间就被摁住制服，但还是气不过，直接上口咬，一口啃在他的后颈上。

后颈一疼，易扬倒吸了口凉气，手一松，许辛夷往下滑，两人齐齐倒在床上。

疼倒是不疼，就是从高处跌落，许辛夷只觉得眼前直犯晕，晃晃悠悠了良久才缓过神来。看着面前脸色阴沉的易扬，她静了一秒，而后上手就挠。

"臭男人，我今天和你拼了！"

一个"饿狼扑食"，易扬往后仰倒在床上，幸亏他手脚快，一把捉住了许辛夷胡乱挥动的手往下一翻，以绝对的力气优势，全方位地将许辛夷镇压在身下，否则他就得被许辛夷挠一脸的疤了。

"你想干什么？"这个姿势极其危险，许辛夷有种被易扬这臭男人欺负的错觉。

她双手手肘紧缩在胸前，怒瞪着易扬："我告诉你，想让我给你生孩子？你癞蛤蟆想吃天鹅肉，想都别想！"

易扬被气笑了："所以你一直都在骗我？"

听到这话，许辛夷瞬间安静下来，被酒精冲昏的头脑渐渐清醒："我没有……"

他继续问："你不是说你喜欢我吗？不是说想和我生孩子吗？怎么现在你又不想和我生了？"

意识到自己可能说错话了，许辛夷心虚地道："我……我说了吗？"

"你没说吗？"

许辛夷咬着下唇，艰难无比地说："我没有……"

"那我刚才听到的是什么？"

"是你听错了……吧？对了！我喝醉了，老公，喝醉酒的人说的话你怎么能相信呢？"

“行，喝醉酒的人说的话确实不能信，那你现在告诉我，你愿不愿意和我生孩子？”

许辛夷张口就是：“不……”

易扬挑眉：“不愿意？”

“不能这么说，我当然愿意和你生孩子，可现在还不是时候。”

“那是谁自己送上门来的？”

许辛夷眨眼：“你。”

易扬笑了：“倒打一耙？”

“我没有，”许辛夷脑子昏昏沉沉的，一百八十度的翻转让她现在有点反胃，“老公，你相信我，我是想和你生孩子的，可是我现在还在演戏，等演完这部剧我们就生孩子，好不好？”

易扬摆明了不信：“你都醉了，我怎么能相信你说的话？你心里是不是一直想着和我离婚？”

“怎么可能？我怎么可能想着和你离婚呢？你要怎样才能相信我说的话？”

“睡醒后你肯定就不记得自己说过些什么了。”

“记得，我肯定记得，这样吧，我给你拍个视频留个证据好吧？”她左顾右盼，一时间没找到自己的手机，倒是在床头看见了易扬的手机。

她一把将手机拿了过来，打开视频模式，对着手机说：“我，许辛夷，在这里保证，等我拍完这部剧之后，一定给易扬生个孩子！”

说完她就要关视频。

易扬一把捉住她的手。

“你爱我吗？”

“爱你爱你最爱你！”

“那你要和我离婚吗？”

许辛夷将头摇得如拨浪鼓似的：“不离不离，打死都不离！”

“是真心话？”

“真心的！比我自己买的钻石戒指还真！”

易扬这才满意。他将手机拿过来保存好视频后，起身。

见易扬起来，许辛夷忙从床上这个危险的地方起来。

可她忽略了自己喝醉的事实。猛地起身，她只觉得天旋地转，弱不禁风般靠在易扬的怀里。

“许辛夷，你没……”

唠——

易扬伸手将许辛夷揽在怀里，额角青筋直跳，脸色青白交加，用自己强大的自制力与自控力，忍了又忍，忍了再忍，才把许辛夷一把推开。

“你到底喝了多少？”

次日，窗外的第一缕阳光洒进房间，床上安睡的许辛夷从睡梦中转醒。

入眼是一片洁白，大脑传来的不适感让她浑身都不舒服。

她强撑着虚弱无力的身体坐起来，床上被褥凌乱，一片狼藉。

许辛夷怔在那儿，面前房间的装饰并非自己住的房间的模样。

怎么回事，这是哪里？

她环顾四周，衣柜前的衣架上挂着两件西装，看上去有些眼熟。

这衣服好像是……易扬的？

这是易扬的房间？

等等，我为什么会在易扬的房间里？

许辛夷掀开被子正准备起身，却发现被褥下的自己竟然换上了一套干净舒适的睡裙。

这睡裙不是她的。

有人给自己换了衣服？

谁换的？为什么换？

昨晚发生了什么？

许辛夷拍拍自己宿醉后疼得厉害的脑袋，恍惚间想起之前剧组收工后，为了整易扬，她特地喝了一点酒，想着装作醉酒的样子让那个臭男人吃瘪。

天地可鉴，昨晚来之前她真的只喝了一点点酒！就一点点而已！

为什么晚上发生的事她一点印象都没有？

失去记忆让她心乱如麻。

她急忙拿起枕边的手机，刚摁亮屏幕，就发现屏幕上推送了两则信息。

消息是易扬发过来的。

“昨晚你要求录的视频发给你了。”

昨晚的……视频？

还是她要求的？

什么视频？

许辛夷用颤抖的手点开手机，看着屏幕上易扬发过来的一则小视频，上面清楚地写着：许辛夷 .avi。

陌生的房间、换下的衣服、拍下的小视频，这一切的一切都指向一个结论。

昨晚她和易扬之间肯定发生了什么。

一对结婚两年的夫妻，一个年轻气盛，一个酒后失去理智，两人同在一个房间里会发生什么？还能发生什么？

看着那个后缀为“avi”的视频，许辛夷拿着手机的手微微颤抖起来。

这是她自己要求拍下的？

醉酒后她这么疯狂的吗？

等等，别慌，冷静点，只是猜测而已，许辛夷深吸口气，逼迫自己冷静下来。

她想，没吃过猪肉还没见过猪跑吗？

小说里写的，女人第一次行房事普遍得有落红，而且还很疼，几天都下不了床，简直就是遭罪！

许辛夷感受了一下，除了头有些晕，身体没什么力气，没有什么别的不适，而且……她低头看了一眼自己身上的睡裙，拉开睡裙看了一眼自己的脖子和手臂，还和以前一样，又白又嫩，没见着什么红色印记。

对，不一定。

易扬那臭男人没那个熊心豹子胆。

冷静！

这视频说不定就是臭男人诈她的。

许辛夷怀着忐忑不安的心情点开了易扬发给她的视频。

“我，许辛夷，在这里保证，等我拍完这部剧之后，一定给易扬生个孩子！”

“你爱我吗？”

“爱你爱你最爱你！”

“那你要和我离婚吗？”

“不离不离，打死都不离！”

“是真心话？”

“真心的！比我自己买的钻石戒指还真！”

视频里她的脸占据了整个屏幕。

啪——

许辛夷面无表情地将手机扣在床上。

他竟然敢趁着自己醉得不省人事的时候骗她拍下这种视频，还说了这种话？

听听，这是人说的话吗？

生孩子？

呸！他配吗？

许辛夷看了一眼四周，臭男人的西装还在这儿，说明人还没走，与其以后被这臭男人用视频要挟她生孩子，不如同归于尽一了百了！

她的视线最终定格于床头的台灯上。

她走过去拿起台灯，掂量着重量。

——等易扬一进门，我就往他的头上砸，不知道能不能敲爆他的头！

门外准备刷卡进门的易扬脚下一滞。

助理赵彬误以为易扬有事，问道："老板，还有什么事吗？"

易扬将房卡给他："开门。"

"好的。"

赵彬接过房卡将房门打开，在易扬的眼神示意下进房，刚走到洗手间与房间的交界处，一抬头就瞧见站在床边的许辛夷冲他举起了台灯。

易扬跟着进入房间，眸色微沉，眉心紧蹙，平静地看着许辛夷："干什么？"

许辛夷与赵彬面面相觑。许辛夷又看了一眼易扬，僵硬的嘴角渐渐勾起一抹尴尬又不失礼貌的微笑："老公……我觉得这个台灯挺好看的，想给你看看，你看，它好看不？"

赵彬退后一步："易太太好。"

许辛夷缓缓将台灯放下。

易扬让赵彬先出去。

在鬼门关逛了一圈还浑然不知的赵彬乖巧地出了门。

门被关上，易扬才又看向许辛夷："穿上鞋。"

许辛夷这才发觉自己赤脚踩在地板上。她缩缩脚指头，大理石地板怪凉的。

她讪讪地将台灯放下，就听见易扬问她："昨晚喝那么多酒干什么？"

天地良心，她可以对天发誓，昨晚她真的就喝了两口而已，浑身的酒气全是她自己把酒倒在身上弄的。

她就是为了装醉磨一磨臭男人。

——要不是昨天为了装醉酒整这臭男人，我也不会去喝酒。

——可是我昨晚就喝了几口酒，怎么可能醉？

当然，这种话她是不可能说出口的。

“我高兴！”

“你高兴什么？”

“你来剧组看我，昨天又那么帮我，所以我高兴！一高兴我就喝多了。”

——我也没想到那酒的后劲那么大，明明就喝了几口……

“你本来就没怎么喝过酒，有些酒后劲大，当时不觉得，过一会儿酒劲就上来了，你这酒量，以后少喝为妙。”

许辛夷讪讪地点头。

那句话怎么说来着？

酒后吐真言。

许辛夷突然意识到，昨晚她不会什么都说了吧？

“那个……易扬，你也知道我昨晚喝醉了，如果说了些什么都是胡言乱语，你千万别当真。”她拿出手机，“这个视频上我说的话也作不得数的，你可千万别当真。”

“作不得数？”易扬挑眉，“那你还记不记得昨晚说了些什么、做了些什么？”

许辛夷大脑一片空白，哪里记得？

“昨晚是你自己抱着我哭着说要和我生个孩子，不像胡言乱语。”

许辛夷干笑道：“怎么可能呢？我……”

“你不是口口声声说爱我？”

“是，我是爱你，可是爱你就一定得给你生孩子吗？”许辛夷理直气壮地道，“以前我就和你说过，我不喜欢小孩，生孩子很痛苦，而且小孩调皮起来很讨厌的。我这么讨厌小孩的女人，怎么会向你承诺什么我拍完这部剧就给你生孩子？不可能的！”

思考片刻后她继续说：“老公，如果你真的喜欢孩子，这样吧，我们去孤儿院挑一个可爱听话的孩子领养怎么样？”

——易家可是有家业要继承，我就不信易扬这臭男人忍得住！

——最好因为这个和我闹离婚，到时候爷爷和妈都没话说。

可易扬听了半天，只若有所思地点头道：“你说得没错，小孩确实麻烦，行，孩子的事暂时先记下，以后再说。现在我们继续谈昨晚的事。”

醉酒后的人最怕清醒后被告知昨天醉酒时发疯的经过。

“昨晚你吐了我一身。”

许辛夷皱眉。

“你还咬了我一口。”

易扬居高临下，扯了领带，将衬衫最上面的纽扣解开，耳朵下方的脖子上有一个深深的牙印。

许辛夷倒吸了口凉气。

“我咬的？”

易扬反问：“不然呢？我自己咬的？”

许辛夷心虚地笑了两声，捂着额头就往床上倒，装模作样地呻吟：“老公，我头晕，不太舒服，我得再休息一会儿。你什么时候走？我就不送你了。”

——没想到我醉酒后还挺猛，下次易扬这臭男人再敢惹我，我就再喝醉一次，咬死他！

易扬冷哼一声，将衬衫扣好，领带系好，整理好着装：“下次你再敢喝醉酒，我就把你喝醉的样子全程记录下来，看你知不知羞。”

“……”

——臭男人！

“对了，还有件事忘记和你说了。”

许辛夷预感到不好。

“昨天我看到你和韩骁对戏，有些戏份太亲密，我相信你应该也不愿意和一个陌生男人有亲密的举止，所以为了你好，昨晚我和徐导聊过，他答应以后你和韩骁所有的亲密戏份都用替身，以后被爷爷和妈看到你也不用担心，我会替你解释的。”

——冷静，许辛夷冷静！

——杀人犯法。

——刚才你已经失去了敲爆他的头的机会，现在动手无异于以卵击石、蜉蝣撼树，别冲动！

许辛夷露出一个大大的微笑：“是吗？谢谢老公你为我着想，我真的……太感动了！”

“不用谢，公司事情多我就不在这儿多留了，如果下次你想我了，记得给我打电话，我可以抽时间过来看看你。”

许辛夷的笑僵在脸上。

“好，我记住了。”

易扬看了一眼腕表：“我吩咐了服务生待会儿给你送点吃的过来，记得吃点东西，我就先走了，你好好休息，没事多给爷爷和妈打几个电话。”

“老公再见，老公慢走。”

易扬点头，板着一副死样神清气爽地离开。

门被关上。

直到房门关上很久很久后，许辛夷才咬牙切齿地抓着枕头，压制住自己心底的那股杀气。

当天，许辛夷从酒店去往剧组。

不过她发现，剧组的工作人员看她的目光和以往不太一样了。

但是这对于许辛夷来说并不重要，她的当务之急是努力把落下的功课补回来。

“辛夷，看什么呢？”

许辛夷拿下耳机，笑着将屏幕转向徐导。

“柯南。”

徐导来了兴趣：“《名侦探柯南》？一千多集，你怎么突然有兴趣看柯南了？”

“我觉得挺好看的，还能从里面学到很多有用的知识，说不定以后用得上。”

很多有用的知识？用得上？徐导嘀咕了一声，但没多问。

许辛夷笑道：“徐导，您放心，我不会落下剧组的拍摄工作的。”

对许辛夷的演技和学习能力，徐导还是很信任的，当即笑道：“行，那你继续看吧。”

许辛夷戴上耳机，看完新的一集后，在备忘录上记下了最新的杀人手法。

《凰途》剧组因为李寒星的离组而加快了拍摄速度。

徐导虽然嘴上没说，但脸上的笑容多了不少，很有因为之前没早点换人耽误剧组拍摄进度而感到后悔的意思。

“辛夷，待会儿你和韩骁的这场武打戏，最后一幕让替身上，你就不用上了。”

“替身？”许辛夷仔细看了一眼剧本，除最后和韩骁抱在一起滚草坪的这一幕外，其他的还算正常。想起前两天易扬走之前对自己说的那番话，许辛夷真是恨得牙痒痒。

总有一天易扬这臭男人得死在她手里!

“导演，最后这场戏之前武术指导老师和我排演过，安全措施保护得当的话，应该没什么问题，不用上替身。”

许辛夷觉得在剧组必须得把徐导拉到自己的阵营来：“导演，我知道您的顾虑是什么，其实您不用那么较真，无论是打戏还是文戏，或是这些必须有的亲密戏份，都在所难免，我们是演员，这就是我们的工作，找替身被观众看出来，嘲笑的是我们演员不敬业。更何况演戏而已，怎么能当真呢？当真的人，只能说他肚量太小。”

对，她说的就是肚量就那么一丁点大的臭男人易扬!

徐导也认为许辛夷说的这话很有道理，只是……

“而且您好不容易才请到韩骁这么一位重量级的演员，这剧如果口碑不好，以后还有哪位重量级的演员敢主动找您约戏呢？”

徐导若有所思。

“您不用担心其他的事，易扬那边，我会解释清楚的。”

许辛夷这话一说，算是主动承认了与易扬的关系。

夫妻俩之间的事，他一个导演也懒得去掺和，许辛夷既然答应去解决提出问题的人，那他也懒得去解决问题，只专心导戏就好。

“行，那待会儿的戏份你和韩骁再找武术指导磨合磨合，多演练两遍，别受伤了。”

“行，我知道了。”

将徐导拉到自己的阵营里，许辛夷才松了口气。

易扬还真是天真，一个在娱乐圈小有名声且前途无限的导演，会为了他那几个臭钱把自己的名声搞臭?

一部戏没导好，观众怀疑的可是徐导作为导演的专业水平。

不过话说回来，徐导这边解决了，她还不知道韩骁是什么意思。

之前那场亲密的戏份她想让替身上，可韩骁拒绝了用替身，坚持自己上场，也就是说韩骁和他的经纪人达成了一致，不会再抗拒和女演员之间的亲密戏。

许辛夷看向韩骁那边，韩骁的经纪人骆桀每天都寸步不离地守着他，两个助理一个化装师，今天还多了一位戴着眼镜的女人，看上去很有书香气质，不像是娱乐圈的人。

想了想，她悄悄地拍了张照片发给了安雅。

远在几千米外的安雅收到了许辛夷发来的照片。

“每天都能见着韩骁，在我面前炫耀呢？”

“别扯，问你，那个戴眼镜的女人是谁？你见过吗？”

安雅将照片放大。

“还真见过，是一位心理医生，挺有名的，你也知道混娱乐圈的人压力大，很多明星艺人扛不住，或多或少心理上有些疾病，我知道大部分明星是找这位心理医生看的。”

心理医生？

许辛夷若有所思地看向那位戴眼镜的女士。

韩骁有心理疾病？

她想想也是。

他每天工作压力这么大，关于性取向的秘密在心里守了几十年还不能说，每天被不同的疯狂粉丝围堵骚扰，没一点自己的私人空间，有心理疾病也正常。

她这么想想，韩骁还挺可怜的。

虽然他长得帅、演技好，奖项也拿了个遍，年少成名如今依然屹立不倒，被评选为女性的梦中情人，还有钱有势，眼也不眨地就拿下了一品兰亭的一套房，但是……

可怜？他哪里可怜了？

没有对比就没有伤害。

他有她可怜吗？

她每天被易扬那个臭男人摧残！

许辛夷真担心自己会被易扬摧残得人老珠黄，到时候“小鲜肉”都看不上自己了可怎么办？

她拿出镜子放在剧本后看了一眼自己细皮嫩肉的脸。

她打定主意等拍完这部剧后就休息一段时间，好好保养保养。

就在许辛夷打量自己的同时，韩骁身边那位戴着眼镜的女人同样在打量她。

骆粲若无其事地瞥了许辛夷一眼，问那女人：“怎么样？”

女人摇头：“韩骁的病情明明有所好转，这次也是建议他和其他女演员试试看能不能克服心理障碍，可是据你说的来看，他似乎一直没好，又回到了原点。韩骁，你是只对许小姐一个人这样，还是对其他人都这样？”

坐在一侧看剧本的韩骁垂眼，没有说话。

戴眼镜的女人看他的表情知道他不想说，想了片刻，说："这样吧，晚上回酒店我们好好聊聊。"

韩骁疲惫地揉着眉心："行。"

他话音刚落，就见许辛夷笑着走了过来。

"韩老师，待会儿这场戏有点难度，麻烦您多带带我，最后一幕如果您不方便的话，我可以去找导演让替身上，您不用感到为难。"

韩骁似乎有些无所适从，用弯曲的五指握着剧本，僵硬地蹦出一个字："好。"

"韩老师、辛夷，过来一下。"徐导正站在城墙脚下和武术指导商量在这城墙上的最后一场戏。

韩骁起身，与许辛夷一同朝城墙脚下走去。

戴眼镜的女人看着两人的背影，奇怪地问骆桀："怎么……这位许小姐知道韩骁的病？"

骆桀茫然地道："不可能吧？我没说过啊。"

城墙脚下的徐导正和武术指导教练商量着几个武术动作，见许辛夷和韩骁过来了，说："辛夷、韩骁，你们最后那个动作千万得小心，特别是韩骁，当辛夷从城墙上掉下来的时候，你抱住她然后在草坪上滚一圈，如果这个镜头你们不能一次完成，那我们就分两个镜头来拍，第一咱们先保证安全。韩骁，最后一幕，没问题吧？"

韩骁没有第一时间回答。

许辛夷看出了他的犹豫："徐导，最后一幕挺危险的，您让替身上呗，后期拍一下韩骁老师的脸就行了。"

徐导看向韩骁。

韩骁说："不用替身。"

"那行，最后一幕咱们再试一遍，你可一定得接住辛夷。"

韩骁可是学过武术的，之前在银幕上做过比这还要危险的动作，许辛夷当然放心。

"韩老师演过不少古装剧，肯定能把我接住，徐导，您就放心吧。"

待徐导走后，许辛夷再次问韩骁："韩老师，真的没问题吗？您如果不喜欢和我接触的话可以直说，没关系，我能理解。"

韩骁一怔："你知道……？"

"我猜到了一点，所以没关系，我真的可以理解，您不用照顾我的情绪，我没问题，都可以。"

沉默过后，韩骁说：“不用。你放心，我肯定能把你接住。”

许辛夷与韩骁身上挂上了威亚，站在城墙上，城墙下铺了厚厚的一层软垫，所有的工作人员就位。

正如许辛夷所想，韩骁演过不少古装剧，对于吊威亚一点也不陌生，可此刻面对高高的城墙，想到待会儿将要进行的动作，他的手心却出了汗。

风不知是从哪边吹来的，送来一股温柔的清香。

韩骁深吸口气，汗意消退，也不知道是因为这股风，还是因为这股清香。

许辛夷看了一眼韩骁的经纪人，那位经纪人没阻止韩骁也没红脸，肚量应该比易扬那臭男人大一点。

“各部门准备，一定要注意安全！”徐导高喊一声“Action”，许辛夷从城墙高处跌落，风在她耳边呼啸，下坠时的失重感让她一阵慌神。

接下来的剧情应该是韩骁从城墙上飞下来一把将她抱住，然后两人顺势滚到城墙下的软垫上，在草坪上滚两圈。

韩骁看着毫不犹豫就跳下，一点也不担心自己能不能把她接住，将所有的信任都交付到他手上的许辛夷，感觉似乎看到了一个面相狰狞的怪物在他面前突然爆炸，燃烧成灰，然后被这股不知从哪儿来的风吹散。

他在消失的这片灰中，瞧见了许辛夷惊慌失措的脸。

韩骁从城墙上跳下。

武术指导在下面高喊：“注意安全——”

韩骁下降的速度很快，于半空中赶上了许辛夷，在她惊慌失措的眼神中，不慌不忙地搂住她不盈一握的腰。

耳边风声依旧，那股清香更浓。

许辛夷跳下来的时候见着韩骁站在墙头半晌没动静，心都凉了。

当时她就在想韩骁是不是临时反悔要为自己的心上人守住“贞节”。

好在最终他还是跳下来了。

许辛夷不算第一次吊威亚，可失重的感觉依然让她下意识地紧紧抱住韩骁这根救命稻草，直到他俩顺势滚到软垫上，在草坪上滚了两圈，许辛夷的那颗小心脏才缓过来。

“没事吧？”四周的工作人员齐齐拥了上来。

许辛夷回神，脸上惊恐的表情早被她收拾干净。她冲着环抱住自己的韩骁微微一笑，从他怀里将手抽出：“谢谢你，韩老师。”

韩骁沉默着松开手，在众人的搀扶下起身。

远处戴眼镜的心理医生若有所思地点头，看向骆桀："这不是挺好的吗？"

骆桀欲言又止。

有了这次排练，接下来正式拍摄时，许辛夷和韩骁似乎有了某种默契，许辛夷跳，韩骁跟着跳，而后韩骁于半空中牢牢地将许辛夷抱在怀里，两人在草坪上滚落几圈，整个过程一气呵成。

徐导兴奋地道："过！"

说完，徐导又问道："没受伤吧？"

"没受伤。"

"那行，那场务人员把这边清理一下，其他人准备拍摄下一场！"

许辛夷和韩骁跳城墙的这一幕是这个片场的最后一场戏，拍完这场戏剧组就该去下一个片场拍戏了。

剧组的工作人员以及影视城的几名工人麻利地收拾好这边的杂物，以备下个剧组使用。

"我说你，手脚能不能利索点？昨天请病假没来，我看你现在脸色不是挺好的吗？赶紧的，别磨蹭，还想不想要工资了？"

被骂的那名工人戴着帽子，看不清全貌，躬身试图将一块笨重的圆木搬到一边，但不知道是圆木太重还是他没力气，几次都没搬动。

"行了行了，干完今天你就走吧，你们两个过来，搬一下这个东西。"

那名工人无所适从地站在原地，眼睁睁地看着其他两名工人将面前的那块圆木搬走。他上前试图向领头的那人求情。

"对不起，我这两天身体不太好，所以……"

"身体不好就在家好好休息，别耽误大家干活！"

"您再给我次机会，我会好好干活的。"

"行了，别挡路！"

一侧准备跟随剧组离开场地的许辛夷听到那边的争执声，感觉似乎听到了一个熟悉的声音。

但她一时间没听出来是谁。

她看那身形，高高瘦瘦的，有点眼熟。

"辛夷姐，不走吗？是落下了什么东西吗？"

"等等。"许辛夷好奇心重，朝着那几名工人走去。

那名高高瘦瘦的工人忙压下帽子，疾步朝着拍摄出口走去。

“站住。”许辛夷喊了一声。

那人还真就站在了原地。

“转过来。”

那人没动。

“我让你转过来。”

看背影，许辛夷觉得那人是想走的，可他脚下踯躅良久，还是缓缓转过身来。

他穿着影视城宽大的工人服，低着头，压着帽檐，让人看不清模样。

“抬起头来我看看。”

可这人非但不听，还往后退了几步。

许辛夷哪来那么好的耐心？她上前一步就把他的帽子给摘了。

“江念？怎么是你？”许辛夷眼睛一亮，“你怎么在这儿？”

江念双唇翕动，看了许辛夷一眼，很快又心虚地垂下眼。

“你怎么……？”许辛夷打量着这倒霉孩子，相比她之前见到的江念，现在的江念瘦了可不止一圈，脸上、身上全是灰，脸色也不好看，颧骨和眼角处隐约有几处瘀青。

这才多久，他怎么混成这个样子了？不过他还是帅的。

“我在这里打工。”

“我给你发消息你怎么不回我？”

“我……”江念似乎有些紧张，仅剩那双好看的眼睛眨着，慌张失措的样子在许辛夷看来还挺可爱的。

许辛夷拍了拍他帽子上的灰，踮起脚将帽子戴在他的头上：“行了，你跟我走吧。”

江念似是难以置信，看着她道：“跟你走？”

许辛夷看着这一地的狼藉：“难不成你还想在这儿帮工？”她注意到江念手背上的划痕，蹙眉道，“这么好看的一双手怎么这么多伤？”

江念匆匆用袖子盖住难看的手背，低头说：“会好的。”

不远处——

“韩骁，看什么呢？”

韩骁默默地收回目光。

“没什么。”

许辛夷也没想到，会在影视城遇见江念。

她一两个月前见着他时，他还是一副意气风发的阳光少年样，虽然处境尴尬，但怎么说也不至于沦落到这个地步。

江念满脸疲惫不堪的样子，这段时间怕是过得不怎么样。

他这小胳膊小腿的，当搬运工能行吗？

“我今天还有几场戏要拍，我看你脸色不太好，我让助理陪你去一趟医院，看看医生。”

“不用，我没事，休息一会儿就好了。”江念低着头，掩饰住自己脸上疲惫的痕迹。

死小孩还挺要面子。

许辛夷也没坚持：“行，那我让助理先带你去酒店洗个澡换身衣服，好好休息下，等我收工了，找你谈谈。”

“谈谈？”江念似是眼睛一亮，看着许辛夷，眼底夹着期待与不安的情绪，“您想找我谈什么？”

徐导那边在叫许辛夷，许辛夷顾不得太多，留下一句“晚上再说”便匆匆离开。

看着许辛夷的背影，江念欲言又止。

“江念，你现在住哪儿？”许辛夷的助理是个圆脸的可爱姑娘，头顶刚到江念下巴的位置，那时候两人同一个公司，小姑娘偶尔见过江念几次。

阳光帅气的男孩在走廊上不经意间与小姑娘撞上，撞得小姑娘的心怦怦直跳。

“我住在……”江念顿了顿，“现在没地方住。”

“那这样吧，我在辛夷姐住的酒店给你开个房间，你跟我来。”

“好。”

“之前你跑哪儿去了？我听说辛夷姐和安雅姐找了你挺久也没找到人。”小助理仰头看着他，有一搭没一搭地和他聊着天。

江念微愣，而后眼底闪过一丝喜色，惊愕地道：“找我？辛夷姐她找我？”

“对啊，不过具体什么事我不太清楚，没想到你竟然跑到影视城这边来了，你这段时间一直待在剧组吗？是想演戏吗？”

江念也不知道该如何形容自己现在的心情。

本可以不用这么弯弯绕绕，他处心积虑想要的东西其实唾手可得。

掩藏在衣袖下伤痕累累的手紧攥着，他想，没关系，只要结局是他所期待的那样，过程如何都不重要。

“对，我想演戏。”

一天的拍摄结束后，许辛夷拖着疲惫的身躯回到酒店。卸完装泡完热水澡后，她困得上下眼皮直打架，躺在床上昏昏欲睡时，助理打电话问她什么时候有时间见一见江念。

许辛夷瞬间醒了。

她差点把那倒霉孩子给忘了。

“你让他现在过来吧。”

许辛夷随意披了件风衣外套，先给安雅打了个电话，告诉安雅自己在影视城遇到江念的事。

“我对江念是没什么意见的，不过他现在还是天娱的人，你确定你能搞定天娱？”安雅问。

“说起来这事我还得感谢易扬，上次易扬帮了我后，高总好像认定我背后的男人就是易扬，他总不会因为一个小明星和我翻脸吧？”

“听起来似乎可行。”

“行，那就这么定了，待会儿我和江念谈谈。”许辛夷刚说完，敲门声响起，“估计是江念来了，先不和你说了。”

挂断电话，许辛夷前去开门。

门外只有江念一个人，他穿着牛仔裤和大风衣，干净清爽，比之从前瘦了不少，身体仿佛在衣服里晃。

“快进来吧。”许辛夷拉开门让到一侧。

江念进房。

“小圆给你安排房间了吧？”

江念看起来拘谨得连手都不知道往哪儿放：“对，安排了，就在十二楼。”

许辛夷见状微微一笑，给他倒了杯热牛奶放在他面前：“坐。”

“谢谢。”

许辛夷坐在他对面，托腮，看着他捧着牛奶一副无所适从的模样。

注意到江念手上缠着的纱布，她道：“手上的伤这么严重吗？”

江念眼神闪躲，看着热气腾腾的牛奶，说：“这样好得快一点。”

许辛夷点头。

她记得之前看过江念在舞台上和在训练室跳舞的视频，那时候的江念意气风发、神采飞扬，是这个年纪该有的样子，可如今他眼底流露着闪躲和羞涩之意，瞧都不敢瞧她。

是那次公司逼他陪客户的事打击了这男孩的自信？

也是，遇着那种事被雪藏，在影视城又被人欺负，再心高气傲的人也被磨得差不多了。

“我们之前也算认识，不知道你介不介意和我说说你以后的打算？”

江念捧着牛奶杯的手一紧。

“你在影视城应该很久了吧？想演戏？”

江念点头。

“是喜欢还是觉得要找一个吃饭的饭碗？”

江念睁着那双好看的眼睛，一动不动地望着许辛夷。

这个态度让许辛夷觉得江念对自己有些戒备。

也是，一个见过不到几面的人，凭什么信任她？

“如果你不想说也没关系，我只是……”

“我是喜欢。”江念说，“之前我一直有个梦想，想和我喜欢的明星一起演戏。”

“喜欢的明星？谁啊？”

手中热牛奶鲜甜的味道就在鼻间，江念深吸口气，想对许辛夷说“我喜欢的明星是你”，但话到嘴边就成了：“我喜欢韩骁老师，还有……”

“韩骁？有眼光，韩老师长得帅，演技也很好，拿过不少电影节的奖项，难怪你会出现在咱们剧组。”

后面的话江念顺势咽了下去，他心口不一地笑道：“嗯，我很喜欢他。”

“行，既然你这么喜欢他，那改天你跟我一起去剧组，我让你见见你的偶像。”

“谢谢……辛夷姐。”面对许辛夷时，他有些紧张，无论说话还是动作，总放不开。他拘谨地喝了口杯里的牛奶。

“不客气，不过……”许辛夷笑望着他嘴角上的牛奶渍，抽了张纸巾递给他。

江念愣了一下。

许辛夷点了点自己的嘴角：“嘴角。”

这如果是安雅那个情场浪子，此刻只怕早按捺不住地动手亲自帮人擦了吧？

江念忙接过纸巾擦了擦嘴角。

“你在影视城打杂帮工应该挺长时间了吧？现在这样到底不是长远之

计，我和天娱的老板有点交情，这样，我帮你去和他说说情，怎么样？”

江念嗫嚅地道：“这……怎么好意思？”

“举手之劳而已。”说完许辛夷叹了口气，忧愁地道，“只是天娱虽然好，但是你在天娱也快两年了，天娱竞争压力大，资源被上层瓜分，下层的艺人连汤都喝不到，你想出头还是有点困难的。”

江念本就不在乎这些，听许辛夷这么说，没有说话。

“江念，我还是很看好你的，你长得好，底子也好，能歌善舞，就是缺一个专心捧你的团队和公司。”许辛夷铺垫了这么多，终于亮出了底牌，“是这样的，之前我和天娱解约之后自己开了工作室，没签其他艺人，你是我目前见过天赋最好、最有前途的明星，虽然我们工作室现在还是起步阶段，资源可能有点少，但是我相信以后我们一定会有更多的资源。”

她凑近江念说：“所以，你有没有想法来我们工作室？”

江念闻到了许辛夷身上的那股清香。他到底年轻，脸皮薄，耳朵不自觉地红了，往后挪了挪，道：“我……”

许辛夷循循善诱道：“没关系，我们工作室和天娱的优缺点我都给你摆出来了，你可以好好想想，不过我可以答应你，只要你签约了我们工作室，我一定会用大把的资源捧你，绝对不会让你再遭受在天娱时的那种待遇，怎么样？”

见江念还是犹豫不决的模样，许辛夷怀疑自己刚才是不是太过了，像拿糖引诱小孩的恶毒老婆婆似的。

“或者，你需要和家人商量一下？”

“我家里人不赞成我进娱乐圈。”

“不赞成？”

江念点头：“他们觉得娱乐圈这地方太乱了，希望我能回家继续读书，之后继承……继续出国深造。”

“你今年几岁？”

“十……”

“十几岁？”许辛夷大为震惊。

江念连忙改口：“不是！我二十多了。”

许辛夷松了口气，她就说嘛，十几岁那真是个孩子。

“你的家人其实也没错，二十多岁多读点书也挺好的。”

“我不喜欢念书，就想……”

“和韩骁一块演戏对吧？”许辛夷一副“我清楚，我门儿清”的样子，

“那签约的事你再仔细想想，没关系，不用有压力，我只是觉得你是个好苗子，不能埋没了。你放心，就算你不签我们工作室，我也会帮你去向天娱说说情的。”

看了一眼时间，许辛夷起身道：“今天就先这样吧，你先回去休息，过两天有机会我带你去剧组见见韩骁。”

江念跟着起身，走到门口，踌躇许久才下定决心问道：“辛夷姐，我现在没有工作，能不能给您当助理？我可以不要工资，只要……”

“给你口饭吃就行了是吗？”

许辛夷被他给逗笑了。

她怎么越听他越像卖身似的？

江念不好意思地点头。

“行，你不怕累的话就来吧，正好我身边缺个助理，”她拉开门，“时间不早了，你早点休息，签约的事放在心上，再考虑考虑。”

“多谢您，辛夷姐。”

“没事。”

门被关上。

许辛夷叹了口气。

这个江念看起来脸皮挺薄的，但还挺有心机的，真是好算计，为了自己喜欢的明星竟然愿意来她身边当助理。

看来他是个有主意的人，签约的事只怕没那么容易。

江念站在门外，走廊里的冷风袭来，他打了个寒战。

他想起刚才许辛夷说想让他签她的工作室，而他第一时间却没答应下来，就懊恼得恨不得给自己一巴掌。

他为什么不答应？他刚才在想什么呢？

江念万分懊恼地站在电梯前等电梯。

电梯往上，停在他这个楼层。

电梯门开了，正准备出电梯的韩骁以及他的经纪人和几名助理、化装师看着电梯外的江念，愣了片刻。

江念看着电梯里满满当当的人，眉心微蹙，一言不发地退步让到一侧。

韩骁自上而下打量了江念一番，出了电梯。

江念等他们出来后才进电梯。

在电梯门关上之前，韩骁突然止步，转身打量着江念：“你是许辛夷的……？”

韩骁的助理拦住即将合上的电梯门。

“我是辛夷姐的助理。”

“助理？之前没见过你。”

江念不卑不亢地道：“之前我是天娱旗下的艺人，辛夷姐说想签我到她的工作室。”

韩骁面无表情地道：“原来如此，那你好好把握机会。”

江念点头：“我会的。”

说完，韩骁转身就走。

电梯门合上，电梯徐徐往下降。

韩骁的经纪人骆桀有些不解：“怎么了？”

“没什么，随便问问。”

韩骁有什么事一向是不和外人说的，憋在心里，骆桀早习惯了，不是重要的事也懒得打破砂锅问到底。

韩骁回到房间，卸完妆换好衣服后，化装师指着他的后背欲言又止。

“怎么了？”骆桀问。

化装师低声说：“韩老师背后擦伤了一大片……”

韩骁若无其事地说：“没什么事。”

骆桀听后对一名助理说：“去找点药过来。”

助理闻言立马去了。

骆桀看了他背后的擦伤，没什么大的问题，但就是擦伤的面积过大，有破皮，内里的衣服和干了的血凝结在一起，得扯下来才行。

“什么时候弄的？”

“估计是跳城墙的时候。”一名助理开口。

韩骁看了那助理一眼，小助理低头没再说话。

韩骁作势要脱衣。

“你等会儿，待会儿等药来了……”骆桀话还没说完，韩骁一扯，背心就被他硬脱了下来，黏在衣服上的血痂也被扯了下来，伤口处顿时渗出不少血。

“你看你……”

“没事，不怎么疼。”冲着镜子，韩骁看了一眼后背上的伤势。

骆桀还想再说什么，却被那名戴眼镜的心理医生拦下，这才作罢。

没多久助理送来了云南白药，上完药，助理和化装师离开，那名心理医生才说：“韩骁，我们聊聊吧。”

韩骁沉默片刻后坐到了心理医生的对面。

“之前我给你做过心理上的治疗，当时你的症状表明你有好转的迹象，我就劝你接一部电视剧尝试着和女演员接触一下，但骆桀说你最近病情似乎又加重了？”

“我不知道，只是突然之间好像又回到了之前。”

“但是我今天在剧组看到的情况，好像并没有骆桀说的那么严重。”

韩骁沉默。

他其实也不太清楚是为什么。

站在城墙上的那一刻，他是真的不敢往下跳，不是不敢跳，而是不敢做跳了之后的动作。

但是当他看到许辛夷惊恐的表情时，又觉得没什么大不了的，仿佛有种力量帮他抵抗住了内心的恐惧感。

“韩骁，我是你的心理医生，任何事你都不能隐瞒我，你应该相信我，把你的心里话告诉我。”

韩骁看着自己的右手，回忆着今天从城墙上跳下，在半空中抱住许辛夷的那一刻。

他感觉好像也没什么可恐惧的。

许辛夷和其他的女人不同，不会像其他女人那样往他身边靠，反而会替他着想，能接受他拒绝她的靠近。

她不逼着他去接受、去靠近，他更愿意去接受、去靠近这样的人。

这样让他觉得很舒服。

“我没事。”韩骁说。

翌日一早，江念作为许辛夷的助理直接上岗，跟着许辛夷来到剧组。

“韩老师，我给你介绍一下，他叫江念，是你的粉丝，一直想见见你，不知道韩老师能不能给你的小粉丝一个合照的机会？”

韩骁眉心微蹙：“我的粉丝？”

站在许辛夷身后的江念不得已地站出来，皮笑肉不笑地对韩骁客客气气地说：“是，韩老师，我一直都很喜欢你。”

韩骁无语，这人可不像喜欢他，倒是像迫于无奈才喜欢他。

许辛夷在一侧瞧着，想着江念这倒霉孩子心思重，想签约只怕得给他点好处，让他彻底信任自己才行。

于是她对韩骁说：“韩老师，不如我给你们拍张合影吧？留作纪念。”

韩骁与江念对视一眼，道：“行。”

许辛夷拿着手机退了几米，看着扭扭捏捏不敢和韩骁站近的江念，有些恨铁不成钢。

多好的一个和偶像接近的机会，这倒霉孩子看着机灵，怎么一到这种场合就手足无措了呢？

“江念，你站过去点，再站过去点，靠近点，对对对，别动。”她举起手机，“笑一个。”

江念扯着嘴角。

咔嚓——

照片里的人一个面无表情，一个假笑，两人恨不得离个十万八千里远，许辛夷越看越觉得尴尬。

“好了，都很帅。”

韩骁的助理小跑过来：“韩老师，导演找您有点事。”

韩骁看向许辛夷：“我先过去了。”

许辛夷按灭了手机，点头。

等韩骁走后，江念才落寞地对许辛夷说：“辛夷姐，韩老师好像不太喜欢我。”

“你别多想，韩老师就是这样的性格，你多接触就知道了，没事的。”

江念有些踌躇，似乎有话要说。

“怎么了，还有什么事吗？”

“我……昨晚想了很久，如果辛夷姐您能帮我解决公司的合约的话，我可以和您的工作室签约。”

许辛夷认真地看着他：“你想明白了？”

“嗯，想明白了。”

许辛夷微微一笑，拍了拍他的肩：“很好，今晚我和安雅说说，让她替你安排一下，不过你和天娱解约的事，得等我有时间，最近剧组……”

“没关系，”江念忙说，“您在剧组拍戏的这段时间我就给您当助理打下手，顺便观摩一下您拍戏，学习学习。”

他想得还挺周到。

“行。”

说定了之后，许辛夷给安雅发了条信息说明这事。她估摸着剧组的拍摄进度进展得快的话两个多月就可以杀青，慢的话估计得三个多月，但她不怕，只要江念这段时间在她身边，就起不了什么变故。

今天的拍摄任务还挺繁重的，一直拍到晚上，晚上许辛夷还有三场戏，看样子得拍到凌晨以后。

拍完一场戏，许辛夷好不容易得空休息几分钟。

宿主，提醒你一下，你有一个多星期没和易扬联系了。

许辛夷一拍脑门，差点把她那便宜老公给忘了。

“行行行，马上。”

她拿起电话，趁着四周无人，给易扬发送了一个视频通话请求，等了好半天视频才被接通。许辛夷戴上耳机，先给手机镜头来了一个亲密热吻：“老公，好久不见，我想死你了！”

视频后的易夫人轻咳了一声，一本正经地微笑道：“辛夷，是我。”

许辛夷脸一红，真想现场挖个坑把自己给埋了。她讪讪地笑道：“是妈啊，那个……您和爷爷身体都挺好的吧？”

“挺好的。易扬在书房里，手机落客厅了，我给他送过去？”

“好，谢谢妈。”

短暂的令人窒息的尴尬过后，手机被送到了易扬手里。

“什么事？”

“就是和你打个电话，想你了，想见见你。”说完，她小声问道，“妈走了吗？”

“走了。”

许辛夷松了口气，自由自在地开始表演，冲着镜头来了个热吻：“老公，好久不见，我想死你了！你想不想我？”

易扬眼皮一抬，看着许辛夷身后的场景：“你在哪儿？”

“我还能在哪儿？在剧组拍戏呀！”说着，许辛夷将手机镜头调成了后置摄像头模式，给他看了一眼剧组环境。

拍摄现场弄了好几盏足以照亮整个现场的大灯，如同白昼。

“今晚我还有两场戏，可能要拍到后半夜。”她楚楚可怜地抱怨道，“老公，拍戏好累哦。”

“你可以选择退出娱乐圈，回家当你的易太太。”

许辛夷在易扬看不见的地方翻了个白眼。

“老公，我知道你是心疼我，你对我太好了，我真的太感动了，我好想立刻回家和你在一起。”

看不到许辛夷的脸，只听得到她极富感染力的语气，易扬对此话便左耳朵进右耳朵出。

“知道就好，还有什么事吗？没事我得工作了。”

“哎呀，人家只是想和你聊聊天多看你两眼而已。”

“没什么事先挂了，我还有事要忙。”

“好吧。”许辛夷恋恋不舍地道。

一个明亮清脆的声音传来。

“辛夷姐，我给您倒了杯蜂蜜水，待会儿您的台词挺多的，先润润喉。”

易扬欲挂断视频的手一顿。

许辛夷随手将手机放在身侧堆了杂物的小桌上，手机摄像头恰好对准了面前的这个拍摄场地。

“蜂蜜水？”许辛夷接过杯子，里头是微热的蜂蜜水。她连连感叹江念这孩子太贴心了。

她抿了一小口蜂蜜水，本着让江念多接触接触自己的偶像的想法，说：“你给韩老师也送一杯过去。”

江念不是很情愿，但还是装成一副很情愿的样子：“好。”

易扬冷冷地看着视频，那个给许辛夷送水的男孩是谁？他怎么没见过，一点印象也没有？

许辛夷以为易扬早就将视频给挂断了，没在意手机，径直走到剧组的几个“小鲜肉”中间，和他们聊了起来。

“在聊什么？待会儿我和你们有几场戏，有没有什么不懂的地方？”

陈诉不放过任何一个和许辛夷交流的机会，当即拿着剧本凑了过来：“辛夷姐，这一段我不是很清楚。”

许辛夷凑了过去，隔远了看，就好像两人头碰头紧挨在了一块。

易扬搁下笔，目光沉沉地望着视频里和一群年轻的少年打成一片、笑得花枝乱颤的许辛夷，眉心紧蹙。

这剧组，年轻的男演员还挺多。

他还以为就韩骁那一个而已。

那这对许辛夷来说，岂不是天堂？

她一口一个好想立刻回家和他在一起，乐不思蜀了才对吧？

聊了好一会儿，许辛夷才起身回到自己的椅子上，打起精神看剧本。

“许辛夷，你是有家庭有丈夫的人，在外面和别的男人保持点距离！”

许辛夷的手机上插了耳机，易扬说的话她又怎么可能听得见？

“许辛夷，你听见没有？”

许辛夷仍在认真地看剧本。

韩骁走了过来：“多谢你的蜂蜜水。”

许辛夷也不起来，一脸放松之色，似是和韩骁混熟了，十分悠闲地道：“没事。韩老师，待会儿咱们这场戏有点困难，你能不能带带我？”

求人时，许辛夷仰着头，不自觉地带上了乞求的语气。

“当然可以。不过你也别那么见外地叫我韩老师。”

“那……韩大哥？”

“可以。”

“辛夷姐，晚上天气有点冷，您多穿件外套御寒，别感冒了。”江念十分贴心地送过来一件黑色长棉衣，打断许辛夷与韩骁的对话。

初冬的冷风袭来，许辛夷还真有些冷。

许辛夷起身接过棉衣穿上。

“我刚才还在想让你给我拿件外套来，没想到你自己就给我拿来了，不错，明天姐给你涨工资。”

江念被夸奖得有些不好意思：“谢谢辛夷姐，这都是我应该做的。”

几人就在许辛夷的手机跟前，场景在易扬眼前放大。

他沉默地看着眼前这一切。

穿上长棉衣的许辛夷无端地打了个寒战，寒风凛冽，似有杀气袭来。

整场现场直播进行了大约两个小时。

等拍完晚上的几场戏准备回酒店时，许辛夷拿起放在一堆杂物前的手机一瞧，恰好瞧见屏幕上易扬那一张没有表情的脸。

“啊——”没有丝毫防备，猛地一惊，许辛夷拔高声音放声尖叫，手一软，手机掉到地上。她的心跳都差点停了。

“辛夷姐，怎么了？”

四周的工作人员纷纷望了过来。

许辛夷差点没被易扬吓死。

这么晚了，那么大一张脸出现在她的手机屏幕上，她还以为见鬼了。

大晚上的他吓唬谁呢？

“没事没事，我看错了。”她还以为见着鬼了。

几名助理继续低头收拾东西。

江念还想过去问问，小圆却扯住他，低声嘱咐让他不要过问辛夷姐的私事。

许辛夷深吸口气，将手机从地上捡起，发现之前和易扬的视频通话还没有结束。

她看了一眼放杂物的小桌，刚才易扬都看见了？

许辛夷有种“偷情”被抓的紧张感。

有了这个感觉，许辛夷一愣——不对，我为什么要紧张？正常拍戏而已，被看到、被拍到又怎么了？我无愧于心！

她环视一圈，见四下无人，便戴上耳机，似是感动得一塌糊涂，低声道：“老公，你一直没挂视频是在等我吗？”

易扬面无表情地看着她：“许辛夷，演技不错。”

隔着屏幕，许辛夷都能感受到易扬传过来的凝滞而沉重的低气压。

“谢谢老公夸奖！”

“剧组的演员挺照顾你的。”

许辛夷捏着嗓子道：“你老婆人见人爱嘛，就是这么讨人喜欢，不过老公你放心，我最爱的人还是你啦！”

她的脸皮还挺厚。

“我看你们剧组拍摄进度挺快的，这部剧还要拍多长时间？”

“拍多长时间？我们拍摄还不到两个月，按照徐导的要求，这么大的制作，怎么着也得半年吧？这还是拍摄顺利的情况下。如果拍摄不顺利，拍一年都是有可能的！”

半年到一年？

易扬往后一靠，将脖子上系着的领结扯松，强行压住额角跳动的青筋。

“老公，我也不想拍这么久，我也想早点回去见你，可是没办法，这是我的工作，我也不能决定。你放心，等我拍完戏，我一定回家好好陪你，行吗？”

“辛夷姐，都收拾好了。”江念高声喊道，许辛夷忙把手机屏幕朝下，唯恐被人发现了易扬的存在。

“好，马上来。”说完，她又压低了声音对易扬说：“易扬，我现在得回酒店，就先不和你说了。你放心，咱们剧组进度快得很，最多一年我就能回去见你了，时间不早了，你早点休息，爱你！”

说完，许辛夷不等易扬反应，当机立断地将视频通话挂断，不给易扬任何说话的机会。

臭男人今天怎么回事，竟然能花两个小时的时间看她拍戏？

难道真像安雅所说的那样，他对她开始产生兴趣了？

这可不是个好兆头。

许辛夷以防万一，将这件事告诉给了安雅。

安雅深思熟虑之后，下了个定论。

“易扬绝对是对你有了兴趣，辛夷，恭喜你，终于守得云开见月明，再加把劲，易扬就能死心塌地地爱上你了。”

看着手机屏幕上安雅发过来的定论，许辛夷如丧考妣。

她回了条消息过去：“真的假的？易扬他真的开始喜欢我了？”

“之前只是猜测，今天听你说了这事，我可以肯定，八九不离十，你要相信我，我见过太多的男人，如果他不喜欢你，我把头摘下来给你当凳子坐。”

许辛夷心想，倒也不必如此。

安雅继续回复她：“相信我，对你没有兴趣的男人不会浪费两个小时看你的。”

许辛夷心如死灰。

她试探着问道：“那你觉得，易扬为什么会喜欢我？”

对症下药才是关键。

安雅：“距离产生美。”

许辛夷：“可是结婚头两年我和易扬也很少见面。”

安雅：“那不一样，之前你们几乎没有相处的时间，你来剧组之前，和易扬有过一段在同一个屋檐下生活的时光，你们已经有了基本的沟通。

“或许是在那两个月的时间里，他对你有了不一样的看法。

“像易扬那种独处的人，突然间枕边睡了个女人，还睡了两个月，估计都习惯你的存在了。

“你知道什么最可怕吗？习惯最可怕，他习惯了你的存在，突然之间你去剧组拍戏，他每天晚上面对空荡荡的房间，没有你的存在，他肯定会不习惯。

“他会在每个夜晚入睡前想到你，每天每晚地想你，也许只是一个稍纵即逝的念头，就想你那么一点点，但这些念头日复一日地汇聚到一块，就成了你们感情发酵的开始。”

最后，安雅总结道：“恭喜你，美梦成真。”

许辛夷恨不得把手机给掰了，再也不回安雅的消息。

她忧愁地靠在车窗旁，看着窗外的夜景。

她心里如同沿途所见的景色一般，一片荒芜。

如果不是还有人在车里，她真想放声大哭。

她到底哪里值得易扬喜欢？

只要易扬说出来，她改还不行吗？

“辛夷姐，您怎么了？”

她幽幽地叹了口气：“天塌了。”

江念将目光放在许辛夷紧握着的手机上，若有所思。

顶替李寒星的演员在李寒星离组一周后进了组。

徐导曾经为李寒星演技差、失误次数太多而拖累剧组拍摄进度的问题感到无比头疼，如今竟无比庆幸李寒星演技差。

正是因为李寒星拖累剧组的拍摄进度，徐导才一直将李寒星的戏往后压，所以，在这快两个月的时间里，徐导故意压戏，再加上李寒星失误过多和频繁请假，导致李寒星所饰演的女三号的戏份没拍多少。

进组的新演员有点意思，是之前来剧组面试过的一位娱乐圈新晋女演员，叫李成曼。徐导觉得她挺不错的，本意是想签她，但由于后来李寒星被资本塞进组，才不得不退了她。

徐导估摸着，李成曼演技不错，一周后应该能赶上拍摄进度。

李寒星离组时还真没引起多大风波，走得悄无声息。

其实李寒星一开始在剧组还是挺受欢迎的，长得漂亮人又温柔，而且本来在这之前也不红，没什么不好的传闻。

但人都是相处下来产生关系的，越相处，她身上那点不好的东西就越藏不住。

“李寒星昨天是不是来过剧组？我好像看见她了。”

休息的间隙，剧组里饰演男配角的几个年轻气盛的“小鲜肉”聚在一块低声闲聊着。

“来了，昨天我和她打招呼，她对我爱搭不理的。”

“你们说，那天那个孙总是不是李寒星的……”那人意味深长地说了一半，不说了。

“这有什么？金主呗，都那么明显了谁不知道？”

“我感觉李寒星也不是这样的人。”

“不是这样的人？别开玩笑了行吗？”

“她之前对咱们不是挺热情的吗？”

“热情？那是头两天和咱们打个招呼罢了，你看后来她搭理过咱们吗？一个劲地往韩老师面前钻，那天孙总过来，她立马换了件旗袍化了个妆，你说是为什么？”

“你也别在这儿说风凉话，你之前不是也觉得李寒星人挺不错的吗？”

“娱乐圈能有几个省油的灯？”

“我觉得辛夷姐挺好的，虽然心直口快，但对新人都挺照顾的，不像网上传的那样。”

“所以啊，人言可畏，有些事还是得亲眼所见、亲耳所闻才能下判断。”

“不过你们注意到辛夷姐身边的江念没？辛夷姐说他是她的助理。”

“这个江念我知道，之前也是天娱的，一个组合出道的，叫什么‘BIG_FIVE’，前段时间天娱发公告说他因为个人的事退团了，归期不定。我听说是天娱让他和投资人那啥，但是他没同意，所以才落魄成现在这样。”

“那辛夷姐让江念做助理，这是什么意思？”

“哎，陈诉，你和辛夷姐走得近一点，有没有听她说过？”

陈诉眉心紧蹙，遥遥看着忙上忙下的江念：“辛夷姐自己开了工作室，应该是看上江念了，想签下江念吧。”

“签下？天娱要雪藏的人，辛夷姐能有办法签下？”

“你们难道没听说吗？辛夷姐背后有大靠山。”

“大靠山？”

“之前被曝光过，辛夷姐家里从前挺有势力的，只不过后来亲人相继离世就落魄了，但家里那层关系都在，辛夷姐认识不少有钱有势的人，所以这些年风评再差，也没人敢封杀她。”

“原来是这样，我之前还觉得奇怪呢，和天娱解约的明星个个官司缠身，就辛夷姐一个人立马解约走了，丝毫不拖泥带水。”

“这么牛？”

“不过这些都是传闻，没有被证实。”

几人恍然大悟。

而几人口中的主人翁许辛夷此刻正坐在角落里安静地看着手机。

江念听徐导说了两句后就来到了许辛夷身边，将徐导的话转给她：“辛夷姐，您是在看剧本吗？徐导说今晚您没戏，可以早点回去休息。”

许辛夷放下手机：“是吗？那行，那我先回酒店了。”

江念眼尖，在许辛夷的手机屏幕上看到了一个页面，是一本小说的详情界面，左边是封面，右边是小说名。

《恶毒女配角的自我修养》。

江念：“……”

许辛夷拍戏的间隙很努力地在学习，手机里的这本《恶毒女配角的自我修养》她看了有百分之三十，里面的剧情精彩绝伦，女主角把恶毒女配角的形象发挥得淋漓尽致，许辛夷看得入迷，简直甘拜下风。

虽然是本小说，但里面值得她学习的地方太多了！

她得好好学，学到精髓，以后在易扬面前好好表现表现。

回到酒店，她看到百分之四十七的部分时，安雅给她打来了电话。

“怎么了？”

安雅的语气异常平静：“网上有人黑你，你把微博打开。”

依照许辛夷的经验来看，安雅情绪越平稳，则表明事情越大。

许辛夷挑眉，打开微博，花了二十分钟的时间将整件事整理得明明白白。

之前她就猜到，李寒星离组之后肯定会整幺蛾子，这不，立马来了。

据安雅和她说的情况，先是《凰途》剧组的拍摄片段出现在热搜上，热搜搜出来的热门微博是一个有八百万粉丝的营销号发出来的一个小视频。

视频上正是拍摄的第一天，李寒星想给许辛夷一个下马威，却反被许辛夷扇了一巴掌的画面。

当然，前面李寒星想扇许辛夷的片段被剪掉了，放出来的内容仅仅是许辛夷耀武扬威的后半段情形。

饰演一名恶毒女配角，许辛夷可是专业的，那语气拿捏得刚刚好，眼神动作看得人牙痒痒。

这条视频当即就火了。

评论区的内容是什么，许辛夷不用点开都能猜到。

“天哪，许辛夷在剧组里都这么嚣张的吗？打李寒星那一巴掌，我听声音都觉得脸疼。”

“那么多人看着竟然没人拦？难怪李寒星中途退出剧组，这也太可怜了吧！”

“你们第一天认识许辛夷吗？她不一直都是这么恶毒的女人吗？在剧

组里扇人耳光算什么？上一部戏，她差点把同剧组的女演员推下楼。”

“许辛夷真恶心！这部剧有许辛夷在，我绝对不会看！”

网上谴责许辛夷的声音越来越多，直接把她的名字给推上了热搜的尾巴。

渐渐地，也不知道风向怎么变的，大家竟然从声讨许辛夷上升到了声讨《凰途》剧组。

据安雅分析，是有人去了韩骁的超级话题发布消息，说许辛夷给韩骁配戏，耽误了韩骁，拉低了韩骁的档次。

同时还有一个视频，是韩骁与许辛夷拍吻戏的情形。

一场吻戏，他们却用了两个替身。

韩骁敬业是出了名的，当然不可能用替身，那就只能是许辛夷要用替身。

在某些营销号的带领下，让剧组换女主角的呼声越来越高，甚至还有了 # 抵制凰途 # 的话题出现。

“剧组能换李寒星，为什么不能换许辛夷？”

“这部剧有许辛夷在，就算有韩骁，我也不会去看！”

“许辛夷的后台到底是有多硬？剧方这么捧她？你们就不怕没有收视率吗？”

联系到之前许辛夷被传有靠山的传闻，网上还出现一个爆料，说剧组不久之前有投资方探班，投资方与许辛夷是旧识。

为了让爆的料更显真实，这人还发了两张模糊不清的照片。

照片是偷拍的，许辛夷像是喝醉了酒，敲响了酒店某间房的房门，而根据那位爆料者提供的信息，这间房里住着的就是某个投资人。

还有一张照片，是一个穿着西装的男人从房间里出来，照片上没有男人的正脸，只是一个模糊不清的背影。

“难怪许辛夷胆子这么大，原来是背后有人啊。”

“李寒星输就输在背后没人，所以才被许辛夷欺负，我觉得李寒星比许辛夷漂亮多了，投资人怎么这么没眼光呢？”

“你们才知道吗？许辛夷私生活很乱的，我有内幕消息，她和娱乐圈里的不少男演员有不正当关系。”

许辛夷现在是一方有难，八方点赞。

有人似乎嫌她黑料不够多，等大家“吃瓜”吃到饱时，又放出了几张照片，是大晚上江念进许辛夷的房间的画面。

照片拍得清清楚楚。

“作为女人，我羡慕她。”

“这‘小鲜肉’长得够帅啊，有点眼熟。”

“这不是‘BIG_FIVE’的江念吗？之前他退团了来着，怎么进了许辛夷的房间？”

“许辛夷还真配得上‘海王’的称号，能勾搭上这么多男人！服气。”

“要我说，许辛夷还是有本事的，和这么多人纠缠不清，投资人竟然还愿意捧她。”

“某位投资人你看见了吗？许辛夷给你种了一大片草原！”

看完热门的几条微博，许辛夷面色平静地放下了手机。

微信里安雅一个劲地安抚她，让她别生气，说万事有团队在，团队会替她解决问题。

许辛夷倒是没放在心上，这种事她从前又不是没经历过。

她只是感叹，自己终于又火了一次。

她终于上热搜了。

网上许辛夷的黑料铺天盖地，对方明显是有备而来，估计是李寒星干的。

许辛夷想，不知道易扬有没有看到呢？这样能不能打消他对自己的喜欢？李寒星，加把劲啊！

与此同时，被牵扯到这件事里的韩骁第一时间知道了事情的原委。

“以我的经验来看，肯定是有人故意抹黑许辛夷，看这些照片都是在剧组拍的，我猜是李寒星干的。”

韩骁很不悦。

骆桀知道韩骁平时不爱搅和到这些八卦中去，当即说：“你放心，我待会儿联系工作室，让他们澄清一下，你不用管。”

韩骁一时间没有说话，而是起身走到窗边抽了根烟。

“你怎么又抽起烟了？不是戒了吗？”

韩骁久久沉默着。

半晌，他才回过头来问骆桀：“一直都是这样吗？”

“什么？”

“许辛夷的黑料。”

骆桀耸肩：“娱乐圈嘛，都这样，你踩我我踩你，只要你背景够强，黑的也能说成白的。”

“那许辛夷那边呢，会怎么应对？”

“我听说之前她都是冷处理，任由网上的粉丝骂两句，时间一过，就不会有人再关注这事。”

指间的烟雾徐徐上升，韩骁沉默地看着窗外。

如果不是这些天在剧组和许辛夷接触，他根本不会知道许辛夷是个怎样的人。

他拿出手机，打开微博，搜索许辛夷的微博并关注，转发了她最新的一条微博。

韩骁：“吻戏用替身，是我的原因，很抱歉。许辛夷是很有天分的女演员，和她对戏我很轻松，希望网上这些无中生有的事不会影响许辛夷在剧组的发挥，也请大家能理智对待这件事。”

韩骁刚发完微博，微博系统立刻将他发的微博推送到了骆桀的手机上。

“韩骁，你疯了？你掺和这种事干什么？”

韩骁若无其事地收回手机，将烟头摁熄在烟灰缸里：“没疯，我很清楚自己在干什么。”

第七章　吃　醋

酒店大堂内，江念匆匆从影视城拍摄基地赶来，刚上楼，就在走廊上遇见了从许辛夷的房间里出来的助理小圆。

“小圆，辛夷姐没事吧？”

小圆在许辛夷身边多年，这种事她见得多了。

“没事。”

江念哪里会信？

这么多黑料，他看了都觉得愤怒，许辛夷一个女人怎么可能会没事？

“小圆，借你的手机用一下。”

“手机？你没有吗？”

江念想起被自己扔进垃圾桶的手机，急色爬上眉梢：“没有，麻烦你借我一下，我用一下。”

“好吧。”小圆将自己的手机递给他。

江念熟练地打开微博，登录自己八百年没上过的微博账号，转发了许辛夷最近的一条微博。

BIG_FIVE 江念：“一直以来辛夷姐都是我的偶像，能在影视城遇见辛夷姐是我的荣幸，这段时间在辛夷姐身边我学到了很多东西，很感激辛夷姐对我的帮助，希望某人不要恶意中伤，适可而止！”

点击发送，发送成功，江念这才略感安心。

与此同时，易氏总部。

赵彬将今天收集到的消息送到易扬的办公桌上。

“易总，这件事需不需要我安排一下？”

易扬看了一眼网上有关许辛夷的黑料，眉心紧蹙：“怎么回事？”

“查过了，是某个营销公司放出来的，收了钱的。”

“既然收了钱，那你应该知道要怎么办吧？这种小事还需要来问我？”

赵彬自然清楚：“那我现在就去办。”

“等等——”易扬扫了一眼热门微博上韩骁和江念澄清的微博，随手将平板电脑往桌上一摔，啪嗒一声响，表情十分不悦。

赵彬不明所以：“易总，怎么了？”

韩骁和江念这两个人替人澄清倒挺快。

“以后这种事第一时间告诉我。”

“好的，我记下了，您还有什么吩咐吗？”

易扬看着许辛夷的微博：“这个微博……”

赵彬心领神会：“您需要开个微博账号吗？”

易扬抬起眼看了赵彬一眼：“我没有兴趣也没有时间玩这种社交软件。”

赵彬连连称是，随即退出了办公室。

办公室的门被关上。

易扬打开微博界面，指尖在界面上犹豫地滑动，最后视线定格在“立即注册”四个字上。

玩物丧志！

平时需要处理的工作那么多，他哪来的时间看这些乱七八糟的东西？

易扬关闭微博页面。

十分钟后，易扬刷着许辛夷的微博，眉心紧锁。

这女人拍摄的杂志照片怎么这么露骨？

嫌弃之意溢于言表，然后，易扬关注了许辛夷的微博。

铺天盖地的许辛夷的黑料在傍晚时分轰轰烈烈而来，却又在深夜悄然消失，其中种种，不外乎三个原因。

第一，韩骁发声了。

说起韩骁，就不得不说他这些年拿下的奖项，各类电影节他拿了个遍，影帝头衔实至名归，粉丝与有荣焉。他演技精湛，为人低调，没有绯闻也没有任何黑料，是娱乐圈“路人缘”最好的一位明星。

可他五分钟前发的那条微博是什么意思？

他先是将网上传的“许辛夷拍戏不敬业，吻戏用替身”的事揽到身上。

紧接着他又大力表扬许辛夷是很有天分的女演员，说和她对戏很轻松。

最后他呼吁大家能理智对待这件事，不要再因为这些捕风捉影的传闻黑人家。

这条微博明里暗里都在维护许辛夷。

这可不像韩骁的作风。

一时间不少粉丝还以为韩骁被盗号了，可过了十分钟这条微博也没消失，粉丝们这才明白，这确实是韩骁本人发的。

怎么办呢？

偶像发的，粉丝自己捏着鼻子也得认，哪怕上一秒被营销号带着走，刚对许辛夷冷嘲热讽、破口大骂，说她不配和韩骁演戏，下一秒还是得好言好语地呼吁大家理智看待这件事，不要听信谣言。

第二个原因，江念发声了。

江念作为天娱旗下一个小团体出道的偶像明星，微博粉丝少得可怜。

但被牵扯到这件事中，他的受关注度比以往高了许多。

他之前最新的一条微博还是两个月前他在舞蹈室练舞练得大汗淋漓后的一张自拍照，评论也就可怜的一百来条，来自他的“颜值粉”。

这事一出，江念的受关注度呈直线上升。

不少人看到他的那张自拍照，纷纷留言表示惊为天人，立马“路人”转“颜值粉”，来笑话他和许辛夷的人在这类看脸的粉丝里成了异类。

有句话怎么说来着？

颜值即正义。

江念的这张脸真是可圈可点，年轻人底子好，嫩得能掐出水来，就那张大汗淋漓后的照片，无滤镜无美颜，用相机前置摄像头拍的，不少粉丝直言挖到了宝，难怪许辛夷会喜欢他。

江念发的那条澄清微博，虽然字里行间全是对许辛夷的崇拜和感激，但在那些看脸的粉丝眼里，这些都已经不是事了，他们直接默认了这事就是营销号在故意黑人。

第三个原因，则是易扬出手了。

他出手的步骤很简单，在赵彬调查清楚这整件事是李寒星在背后捣鬼之后，他直接打了个电话给孙总。

彼时孙总正在为和易氏的合作即将泡汤一事而急得晕头转向。

自那天从影视城回来之后，易扬就再没见过他，他托人找关系，依然无济于事。

他正一筹莫展之际，接到了易扬的电话。

他正欣喜得准备说两句时，电话里易扬的声音冷得让他打了个寒战。

“孙总，买卖不成仁义在，您这么做是什么意思？”

孙总蒙了：“不知道易总说的是……？”

“许辛夷是我的人，李寒星是你的人，现在你的人在网上找人黑我的人，是不是不太厚道？”

说完，易扬挂断了电话。

孙总握着手机，愣了许久都没能反应过来。

许辛夷是易扬的人？

孙总一拍大腿，果然如此！

他就说那天在影视城易扬怎么总护着许辛夷，原来那天他是得罪了许辛夷，这才得罪了易扬！

所以这件事的源头，就是李寒星，如果不是李寒星，他犯得着去得罪许辛夷？

想着，他忙给李寒星打了个电话，开门见山道：“你都做了些什么？”

孙总冷落了李寒星一个多星期，李寒星从小被人捧惯了，在剧组里备受欺负，如今还被赶出了剧组，哪里咽得下那口气？她左思右想后联系了一家营销公司，将这段时间在剧组拍到的照片全给了营销公司，花了大价钱让他们不遗余力地黑许辛夷。

眼看着今天网上全是许辛夷的黑料，李寒星冷眼看着许辛夷被粉丝围攻，开心得晚饭都多吃了两碗，正窃喜时，孙总一个电话打过来劈头盖脸地质问一通。

“我做什么了？”

“装？你还装？许辛夷不是你让人在网上黑的？李寒星，我告诉你，许辛夷不是你能动的。”

李寒星哪里受过这种委屈？她道：“为什么我不能动她？她在剧组里当着那么多人的面打我的脸，我就是要让她尝尝被打脸的滋味！”

孙总恨得牙痒痒，早知道李寒星这个女人会这么坏事、这么蠢，他哪里会养着她？！

“李寒星，我告诉你，许辛夷背后的人不是我能动的，如果你继续执迷不悟，以后只怕没机会在娱乐圈里混。”

“你……什么意思？”

“字面上的意思，你好自为之。”

说完，孙总挂断了电话。

李寒星坐在原地，恨意涌上心头，甩手狠狠地将手机砸在地上。

“所以，你的意思是说，营销号道歉了？”许辛夷看着眼前为了这件事不远百里从A城赶来的安雅，问道。

安雅点头。

“这件事就这样结束了？”

“不然你还想怎样？大美女，韩骁都说话了，谁不卖他这个面子？李寒星也发了微博，解释说那个视频是在拍戏。”

许辛夷看着韩骁转发的她的那条微博，心情极为沉重。

她还以为自己的名字能在热搜上多飘一阵，可这才多久，就这么下了。

这么容易她就洗白了？

现在这些粉丝也太好忽悠了吧？

“不过我倒是挺好奇的，你是怎么说动韩骁为你说话的？还为你转微博，你知不知道，韩骁从来就没理过这种事，几个营销号搞出来的黑料，他亲自去解决，简直就是在拉低自己的档次。”

“我也不太清楚，不过我觉得韩大哥挺好的，没有你说的那么高冷。”

安雅挑眉：“韩大哥？挺亲密啊。”

许辛夷微微一笑道：“还好，可能是因为我人见人爱吧。”

“行了，别臭美了，和我说说，江念是怎么回事？”

“哦，差点忘了，我在影视城捡到的他，这倒霉孩子也忒倒霉了，当时我看他在影视城做搬运工人，所以把他留在自己身边当助理。”

“影视城？”

“他说他想演戏，所以来这边看看。”

安雅想了想，觉得有哪里不对劲，但一时间也想不通是哪里不对劲。

“行了，江念呢，我猜测他心里肯定藏着事，有野心，咱们暂且不说他来影视城是故意的还是无意的，你就看他这张脸，就这张脸，值不值得签？”

许辛夷将江念微博上那张大汗淋漓的自拍照递到安雅眼前。

安雅的眼睛转不动了：“值得！”

“那不就行了？”

“对了，这件事好歹也闹上了热搜，你发个微博感谢一下吧。”

“行。”许辛夷斟酌着自己该发些什么。

安雅见她迟迟不打字，说：“不用这么纠结，你就用平常的语气感谢一下，反而显得你们关系好。”

“有道理。”

许辛夷夷夷：“谢了。”

微博发送成功。

安雅看着许辛夷发的两个字的微博，一时半会儿气得没说出话来：“两个字？你就不能多说两句？”

许辛夷露出很无辜的表情：“不是你让我随便一点吗？”

安雅恨铁不成钢地道：“算了。看看评论。”

“你帮我看，我不看。”许辛夷把手机塞给安雅。

安雅接过手机，翻阅着微博底下的评论。

评论区恶言恶语少了，虽然还有“黑粉”一直在质问和挑刺，但没一会儿便被其他的评论淹没了。

但其中有这么一个微博账号，发了这么一句留言，瞬间被粉丝顶到了热评位置。

那是一个昵称为“易扬 886”的微博账号，只发了两个字：“不谢。”

易扬的名号最近在网上火得很，还是因为之前韩骁买下一品兰亭的一套房带火的，那时候大家才知道，原来一品兰亭的一套房，可以抵人家一栋楼。

也正是从那个时候开始，易扬这个人才出现在大家眼前。

易扬有钱、有颜、有家世，简直就是万里挑一的男朋友人选。

顶着易扬的名字的微博账号出现在评论区里，不管是真是假，粉丝们都先赞一下这条留言。

而在易扬的这条回复里，粉丝们则是疯了一样喊“老公”。

安雅以为自己看错了，点进账号一瞧，是个新注册的账号。

“辛夷，你看，这儿有个易扬的微博。”

“易扬的微博？”许辛夷忙凑了过去，看着那个头像是系着领带的脖子以下的自拍照，昵称为“易扬 886”的微博账号，神情激愤地道，“拉黑他！”

安雅疑惑地望了过来。

许辛夷义愤填膺道："易扬不可能玩微博，这个人顶着易扬的名字，肯定是冒充的！快！拉黑这个该死的山寨号！"

刷了半个小时许辛夷的微博，正准备评论一句，却突然发现自己被拉入黑名单无法评论的易扬一脸疑惑。

翌日一早，江念愧疚地站在许辛夷的房间外，等许辛夷化好妆出来，低声对她道歉："辛夷姐，抱歉，我没想到那天晚上的事会给您带来这么大的影响。"

许辛夷一开门就见到江念内疚地站在门口，还以为发生了什么事呢。

她大度地挥手："没事，你别放在心上，那些营销号收钱办事，黑的能给你说成白的，都是这样。"

"您不怪我？"

"我怪你干什么？"许辛夷朝电梯口走去，边走边道，"江念，以后你到了我的工作室，一定要记得，不要因为网上的这些事坏了你自己的心情，你要知道那些黑你的人只会在网上说两句，现实中根本没资格和你见面，所以，你不必把他们放在心上，凡事有工作室替你解决，记住了吗？"

江念落后许辛夷一步，听了这些话脚下一顿，看着许辛夷站在电梯前瘦削的背影，微微垂眸，道："嗯，我记住了。"

一行几人来到拍摄中心，剧组的工作人员早已经将场地准备好。

徐导一见许辛夷就问："辛夷，没事吧？"

许辛夷笑道："没事。"

"没事就好，这点事别放在心上，好好拍戏，等咱们的剧上了，观众看到了你的演技，肯定不会再说什么。"

许辛夷点头。

落后许辛夷一步的韩骁以及他的经纪人和助理来到拍摄现场。

昨天韩骁主动帮许辛夷澄清，按理来说许辛夷得谢谢人家。

许辛夷走过去，诚恳地看着韩骁道："韩大哥，谢谢你昨天替我说话。"

韩骁还是如之前一样淡定，仿佛在他眼里这些根本不算事。

"没事，举手之劳而已。"

韩骁身侧的骆桀十分不爽。

昨天韩骁坚持替许辛夷澄清，等于将两人绑在了一块，如今网上出现了不少非议韩骁的人。这事虽然已经平息，但网上也出现了不少有关韩骁的议论。

拗不过韩骁，骆桀只好选择甩脸色给许辛夷看。

安雅一眼就瞅见了韩骁，忙跟在许辛夷后面走了过来，等许辛夷道完谢，她就朝韩骁伸出了手。

“韩先生，你好，我是辛夷的经纪人，我叫安雅。”

韩骁看着那只手犹豫了两秒，就在他犹豫的间隙，骆桀迎了上去，主动握住了安雅的手：“你好，我叫骆桀，韩骁的经纪人。”

骆桀算是替韩骁解了这个围。

安雅的笑容尴尬地挂在脸上。

“早听说过安小姐的名声，今日一见，果然不同凡响，不如我们坐下来加个微信，好好聊聊？”

“不好意思，我没带手机。”安雅强硬地将自己的手从骆桀的手心里抽了出来。

骆桀这人长得是挺不错，挺符合她的审美，可惜是个同性恋。

她对同性恋没有兴趣，也从来不在同性恋身上浪费时间。

拍摄场地上的徐导在叫人。

“你们先聊，我和韩大哥先去拍戏了。”

“等等，”安雅拉住许辛夷，“辛夷，你那件事过去了我就放心了，工作室还有点事，待会儿我就得走，你在剧组好好拍戏，遇事别激动，给我打电话。”

安雅在想什么许辛夷还不清楚？她多半是忙着去会哪个“小鲜肉”。

许辛夷也不强留。

“行，你路上注意安全。”

骆桀拍拍韩骁的肩，看着安雅离开的背影，说：“你知道我现在在想什么吗？”

“什么？”

“我在想，我和安雅的孩子起什么名字好。”

韩骁：“……”

《凰途》剧组的拍摄进度从顶替李寒星戏份的李成曼进组后，可以用一日千里来形容。

许辛夷对徐导选人的眼光不可谓不佩服。

之前她预估这部剧至少得拍半年，可照现在这个进度下去，估计用不着半年，说不定她还能提前杀青回去过个大年。

许辛夷身上裹得严严实实，身边两个“小太阳”，膝盖上一个热水袋，手里捧着热水杯，杯子里热水泡枸杞，她提前过上了老年人生活。

看着白雪皑皑的影视城，许辛夷感觉恍如隔世。

从刚进组到现在，一眨眼时间竟然过得这么快。

“辛夷姐，晚上去泡温泉吗？”

“温泉？”

小圆神秘一笑：“特地给您准备的。”

到了晚上，许辛夷才明白小圆的那句“特地给您准备的”是什么意思——特地给她和韩骁准备的寒潭激情戏。

进组后和韩骁接触这么久，许辛夷从之前的兴奋期待到如今的尴尬和为难，也不过三四个月而已。

徐导站在温泉边上笑道：“辛夷，泡温泉虽然舒服，但也别为了多泡一会儿就故意失误，一次过，今晚我让你们泡个够！”

“徐导，您放心，一定一次过！”

说完，她看了一眼韩骁。

韩骁倒是坦荡，完全不以为意。

她也只好硬着头皮上。

许辛夷脱下长棉衣，交给脸色阴沉的江念。

她以为这倒霉孩子是被冻得心情不好，也没在意。

接着她抖着胳膊就走进了温泉里。

还别说，她被温暖的泉水围绕着，暖和得不得了。

但她一起身，被冷空气一吹，更冷了。

韩骁也脱下了大棉衣下水，温泉里两人都穿得很少，薄薄的一层里衣，特别是韩骁，衣服被水浸湿后，身体线条清晰可见。

许辛夷脸微红地别过脸去。

“各部门注意，好好检查一下，这么晚了，咱们争取一次过，早点收工回酒店休息。”

徐导一声令下，“寒潭”中的两人也开始进入状态。

韩骁一直面无表情，许辛夷一直都站在韩骁的角度着想，低声说：“韩老师，您别紧张，待会儿演戏的时候您可以离我远一点，反正也不拍水下情况。”

韩骁眼底神色渐浓，意味不明地嗯了一声。

这场戏主要是拍韩骁和许辛夷之间的感情从灵魂升华到肉体的剧情，小说里这段剧情的描写，许辛夷现在回想起来还有些脸红，好在徐导拍这段时模糊了意境。

“寒潭”里水雾蒸腾而上，韩骁单手撑在“寒潭”边上，许辛夷被他搂在怀里。

两人这样面对面，差那么一点就直接贴在一起了。

特别是韩骁若隐若现的肌肉，许辛夷只瞄了一眼，那双无处安放的眼睛就不知道往哪儿瞟了。

“Cut！”徐导起身，“辛夷，你怎么回事？眼睛往哪儿看呢？是不是故意的？想在温泉里多泡会儿？”

许辛夷连连道歉：“不好意思，徐导，我一定好好演。”

“行，再来一次。”

“各部门准备，Action！”

许辛夷再次被韩骁搂在怀里，激起的水浪打在许辛夷的脸上，许辛夷深吸口气，缓缓抬头，逼自己忘掉她看过好几遍的小说里的剧情，眼底终于有了片刻的柔情。

镜头远去。

“寒潭”里水声更响，两道身影在蒸腾的水雾下渐渐变得模糊不清，偶尔传出一声婉转的娇吟。

“Cut——”徐导笑着站起来，“过！”

韩骁闻言微愣，俯身看着面前满脸通红的许辛夷。

也不知道是因为温泉太热，还是戏份太暧昧，她脸上那抹红晕染到了耳朵尖。

他喉结滚动。

“韩大哥，过了。”许辛夷尴尬一笑，提醒他。

韩骁从她明亮的眸子上挪开目光，低头沉默片刻后，哗啦一声出了寒潭，工作人员立刻上前递上干毛巾。

“快，先去洗个澡换衣服，别着凉了！”

许辛夷裹得严严实实的，进了剧组提前安排好的洗漱间。

换好衣服出来，泡了半个小时的温泉，许辛夷觉得浑身温暖。

“辛夷，今天辛苦你了。”徐导顿了顿，继续说，“咱们这部剧的拍摄进度挺不错的，三个月拍到现在多亏了你和韩骁，过两天有媒体来探班采访，你看看你这边有什么忌讳的问题。”徐导将一个写满问题的本子递给许辛夷。

许辛夷接过本子看了一眼，都是日常逗趣的问题，没什么特别的。

“没问题。”

“那就好，你仔细琢磨一下，想想到时候该怎么回答。”

许辛夷应了。

剧组还是第一次被媒体探班，上到导演，下到一个配角，都没被这些媒体放过。

当然，最没被放过的还是男、女主角。

“韩老师，您之前并没有接演过任何电视剧，一直以来都活跃在电影银幕上，我和很多粉丝想知道为什么这次您会接演徐导的电视剧。”

韩骁看向徐导：“接这部剧之前我和徐导聊过，也研究过这个剧本，确实很精彩，我不会放过任何我感兴趣的剧本。”

“之前韩老师在微博上夸辛夷演技不错，说和她对戏也很舒服，我是您的忠实粉丝，记得您从来没这样公开夸奖过任何一位女明星，所以我想问问许小姐，您对此有什么看法？”

许辛夷能有什么看法？

她微微一笑：“我也很意外韩老师对我有这样的评价，韩老师也是我合作过的演员中我最钦佩的一位，一直以来我都是以韩老师为榜样，既然韩老师这么夸奖我，我以后当然得更努力才行。”

记者的提问不外乎也就这类，问一问戏里戏外的事，如果能挖出点绯闻来，那再好不过。

只是被采访的都是在娱乐圈久经历练的老狐狸，怎么会被记者钻空子？

流程类的提问进行了有小半个小时，到了自由提问环节。

这个环节被采访对象可以拒绝回答。

“许小姐，前段时间网上传您和韩老师在剧组日久生情，不知道有没有这种事？”

“当然没有，韩老师是我的偶像，我不敢亵渎。”

“许小姐，您一直有‘小许微茵’之称，您知道最近许微茵回国了吗？”

许辛夷微愣：“什么？许微茵回国了？”

“您不知道吗？前两天有媒体拍到了许微茵在机场的照片。”

许辛夷诧异的表情尤为明显。

韩骁眉心微蹙，替她解围：“还有别的问题吗？”

记者立刻将目光转向韩骁：“韩老师，您之前和许微茵也有过合作，能谈谈许微茵吗？”

韩骁眼神一冷，拒绝回答这个问题：“下个问题。”

接下来这段自由访问的时间，许辛夷一直心不在焉，再也没回答记者任何一个问题。

许辛夷回到酒店，小圆安抚着许辛夷：“辛夷姐，您别担心，许微茵都出国这么多年了，观众早把她给忘了，现在她的名气比不上您。”

许辛夷忧心忡忡，脸上挂着勉强的笑：“我没事，很晚了，你们也早点回去休息吧，我想一个人静静。”

小圆还想说什么，却被江念拦住。

两人离开了房间。

“许微茵是谁？”等电梯的间隙，江念问小圆。

“许微茵是一位在四年前很火的女明星，辛夷姐出道的时候因为和她长得有点像，所以被叫‘小许微茵’。”

江念在手机上查许微茵的照片。

映入他眼帘的是一张许微茵的机场照。

许微茵确实挺像许辛夷的。

“是许微茵长得像辛夷姐。”江念沉着脸按灭手机。

许辛夷的房间里，等江念和小圆离开后，许辛夷迫不及待地打开微博搜索了“许微茵”。

果然，许微茵回国一事闹得沸沸扬扬。

时隔四年，许微茵低调归来，却依然没挡住善于发现美的狗仔队的眼睛。

只是许微茵怀里还抱着一个小孩，看起来三四岁的样子。

小孩的正面照被礼貌地打上了马赛克。

她发消息问安雅：“许微茵回来了？你有第一手的高清正面照吗？”

安雅怎么可能没有？她当即将照片发了过去，并嘱咐许辛夷别把这事放心上。

许辛夷看了一眼高清照，放大许微茵怀里的孩子的照片。

她终于回来了。

这是许辛夷的第一反应。

作为小说的女主角，许微茵在娱乐圈可是一往无前，无人可挡。无论是四年前还是如今，她拿的都是爽文大女主的剧本，身边的男人像是被捅了蜂窝似的环绕着她。

而小说中最大的疑点就是许微茵的孩子的父亲是谁。

但遗憾的是，许微茵一直没说，也没和任何一个男人做亲子鉴定。

每一个和许微茵交往过的男人都认为那是自己的孩子。

当然，也包括易扬那臭男人！

可惜的是臭男人没有男主角的光环，美人被男主角拿下。

男主角也默认孩子是自己的，和女主角修成正果后，硬是没去做亲子鉴定。

两人情比金坚，令人动容。

这孩子和易扬长得多像啊，长着一双漂亮的眼睛，小鼻子，小嘴巴，易扬有的他都有，简直一模一样。

不用做亲子鉴定了，这就是易扬的孩子！

时隔四年，许微茵携子归来，机场照轰动一时。

网上的人分为三类。

第一种是刚入娱乐圈不久的，譬如江念这种，没怎么听说过许微茵，对此不屑一顾。

第二种则是许微茵四年前的粉丝，虽然如今许微茵风光不再，但他们坚信许微茵会归来，坚信她一定能重现昔日的辉煌。

第三种则是对许微茵不感兴趣的人，娱乐圈更新换代这么快，许微茵这时候回来又怎样？她又不是不能被替代。

第二种人和第三种人吵得不可开交。

但不管如何，许微茵回来的阵仗是有了。

就在所有人翘首以盼许微茵重回娱乐圈时，一个月过去了，两个月过去了，许微茵一点消息也没有。

两个月前的机场照仿佛一颗掉入平静湖面的石子，激起一时的涟漪，水波平静后再无声息。

许微茵沉得住气，远在影视城的许辛夷同样沉得住气。和往常一样，许辛夷白天拍戏，晚上和易扬视频，内心虽然对许微茵回国一事充满了激动和期待，但她是个演员，有职业道德。

就是天塌下来，她也得先把电视剧拍完再说。

“辛夷，过来，看看这个孩子。”

孩子？许辛夷望过去。

那是一个穿着古装的小孩，三四岁的样子，睁着一双好看的眼睛，一眨不眨地望着她，乖得很。

“这是……？”

徐导半开玩笑地说了句：“你和韩骁的儿子。”

一侧正在看剧本的韩骁望了过来。

“行了，不逗你们了，这是戚明月和赵璟珩的孩子，赶紧准备一下，待会儿拍你的最后一场戏。”

许辛夷瞪了徐导一眼，蹲下去捏了捏小孩软乎乎的小脸蛋：“小朋友，叫什么？几岁了？”

小孩声音软软的，却在极力地说清楚话，可爱极了。

“我叫周成成，今年三岁了。”

“那你知道待会儿要干什么吗？”

“知道，”小朋友乖乖地说，“演戏。”

“你连演戏都知道？”

“是妈妈教的。”

“真乖！”

三四岁的小朋友还真是可爱，不吵不闹不讨嫌，不知道许微茵的儿子有没有这么可爱呢？

现场的工作人员做好了拍摄准备。

许辛夷坐在秋千上，怀里抱着可爱的小朋友，慢悠悠地晃动着秋千。

冬日阳光正好，给荒芜的御花园里投来一抹暖意。

轻飘飘的儿歌从花园里飘出，镜头转向花园外，身着锦衣的韩骁听到这歌声后驻足，身后跟着的太监和侍卫纷纷退下。

他轻轻步入御花园，漆黑的瞳眸里只余秋千上的一抹倩影。

镜头拉高，转向树梢上的两只鸟。

花园内传来小孩银铃般的笑声。

“Cut——”徐导起身，鼓掌，“过！辛夷杀青！”

韩骁为许辛夷送上一束花，给了她一个大大的拥抱，恭喜她顺利杀青。

许辛夷捧着大束的玫瑰花，内心五味杂陈：“谢谢大家这段时间对我的照顾。”

徐导上前：“要说谢谢，应该我来说才对，谢谢你出演了戚明月，有机会我们再合作。”

"一定。"

当晚许辛夷请全剧组的人吃饭，这次拍戏她挺愉快的，没有之前其他剧组里演员之间的尔虞我诈，如果有机会，她确实想再次和徐导合作。

散场前，韩骁特地叫住了她。

娱乐圈就是这样，演员们演戏时朝夕相处，演完后几乎不碰面。

"有机会再联系。"

许辛夷微怔，转而笑道："好。"

许辛夷没有在剧组久留，翌日带着江念以及一干人直接回了A城。

她没通知任何人。

她让安雅给江念临时找了个房子住下，打算等解决了他与天娱之间的事，再和他谈签约的事宜。

江念应下了。

"怎么了？看你一脸闷闷不乐的样子。"

安置好江念后，许辛夷让安雅送她回家。

许辛夷疲惫地揉着眉心，摇头："没事。"

安雅打着方向盘转了个弯。

"别，"许辛夷拦住她，"不回老宅，送我去一品兰亭。"

安雅打趣道："这是怎么了？之前一口一个易扬，恨不得立马杀青回到他身边，怎么现在杀青了，反而不见他？"

许辛夷盯着车窗外，脸色平静，也不知在想些什么。

良久的沉默让安雅感觉到了丝丝的不对劲。

"你到底怎么了？"

许辛夷叹了口气："你知道许微茵吗？"

"当然知道，她好像是……两个多月前回国的，还带着个孩子，沉寂了两个月，前两天上了个访谈类的节目，说了这些年的经历与遭遇，听起来挺可怜的。怎么了？"

"可怜？"许辛夷冷冷一笑，"她有我可怜？"

许辛夷越说越奇怪。

"你到底怎么了？"

"安雅，你知道吗？许微茵和易扬以前认识。"

"认识？"安雅一惊，"什么程度的认识？"

如果许微茵和易扬只是单纯认识，许辛夷不会一副失魂落魄的样子。

难道……

可是她从没听说过啊。

“他们曾经好像很要好。”

“好像？辛夷，这种事你得弄清楚，别胡思乱想。”

许辛夷满脸写着落寞：“你不知道，易扬和许微茵曾经……”

许辛夷痛苦地闭上眼，似乎不想继续说下去。

安雅紧握方向盘追问：“曾经怎么？”

许辛夷捂脸哽咽道：“别问了，我不想说。这次许微茵回来，还带着她的儿子。安雅，你知道吗？这个孩子很有可能就是易扬的！”

“易扬的？”安雅不可谓不震惊，想安慰许辛夷，一时间竟不知道怎么说。

她游戏人间惯了，从没像许辛夷这样在一个男人身上花费这么多心思。

如果她的男人有了别的女人，那个女人还有了孩子，那她肯定一脚把那臭男人踹了，不会让自己有半点的心烦情绪。

“不对，你怎么知道是易扬的？易扬和你说的？还是你自己发现了什么？”

“别人看不出，可是我看得出，那孩子和易扬简直像一个模子印出来的！”

一个模子印出来的？

安雅疑惑着回想了一下那孩子的长相——不太像吧？哪里像？

“安雅，你一定要帮我！”

“你说，我能帮一定帮。”

“你帮我把她约出来。”

“约出来？”

“对！”许辛夷认真冷静地说，“我要和她谈谈。”

“谈？不是……辛夷，你先冷静点听我说，事情还没弄清楚，你别冲动，你先问问易扬行吗？把孩子的事问清楚了咱们再行动。”

“问清楚？”许辛夷悲愤地看着她，“还有什么不清楚的？易扬大学的时候和她是同学，孤男寡女，日久生情，不然她怎么会有易扬的孩子？”

“你等等……”安雅越听越觉得不对劲，“你有什么证据证明那孩子是易扬的？”

许辛夷仿佛什么也听不进去，沉浸在自己的世界里：“我绝对不会让她破坏我和易扬的婚姻！安雅，你尽快帮我把她约出来，我要好好和她谈谈！”

“这个……”

“你不愿意帮我？”

“愿意！我当然愿意，行，我想办法联系她，帮你把她约出来问清楚，好吗？”

许辛夷眼底含泪：“谢谢你，安雅。”

这一招许辛夷是从小说里学来的。

恶毒女配角都这样干，嚣张跋扈，冲动愚蠢，不去调查事情的真相，一味地相信自己看到的事，相信自己愿意相信的事，特别是在针对女主角这件事上，在作死的路上一路狂奔。

许辛夷相信，不用多久易扬就会彻底讨厌自己，然后和她离婚！

小说中不就是这样写的吗？她就是一个为了易扬什么事都做得出来的女人！

她想想就觉得这计划简直天衣无缝。

安雅办事靠谱，两天后就打电话通知许辛夷，说成功约到了许微茵，约在一家咖啡店内见面。

当天许辛夷浓妆艳抹，提着最新款的全球限量款包，戴着墨镜，全副武装地前去赴约。

许辛夷推开咖啡店的门，就瞧见角落里坐着一个眉眼温柔、低调可人的女人。

许辛夷知道，这是许微茵有了孩子后散发的母性光辉。

岁月静好，不争不抢，许微茵像极了夜晚那一抹温柔的白月光。

许微茵是男人最喜欢的那种类型的女人，一颦一笑都能充分激发男人的占有欲，她多愁善感时，则能激起男人的保护欲，让人过目难忘。

许辛夷气势汹汹地走到许微茵面前：“说吧，多少钱你才能离开易扬？”

许微茵微愣：“你是辛夷吧？我知道你，你好，我叫许微茵。”

许微茵友好地朝许辛夷伸出手。

许辛夷轻蔑地往她手上一瞥，并不打算伸手与之相握，而是在她面前坐下。

两个人，两种类型。

“你约我出来，有事吗？”

“当然有，”许辛夷将墨镜摘下，将限量款包放在桌上，一副财大气粗的样子，“我听说你带了个孩子回国，告诉我，孩子的爸爸是谁？是易扬吗？”

听到这个名字，许微茵微微出神，仿佛陷入了往昔的回忆中。

她并没有说话。

这样长时间的沉默让许辛夷怒极。

“真的是易扬的？许微茵，你这个女人真是好有心机，想用孩子当筹码嫁进易家是吗？”

“我不明白许小姐这话是什么意思。”

“我什么意思？别装了，你以为我不知道你在想什么？可是我告诉你，我和易扬已经结婚两年了，你觉得易扬的母亲和爷爷会让一个第三者进易家的门？”

“你和易扬……结婚了？”

看着许微茵诧异的表情，许辛夷高傲地抬起下巴：“你不就是想要钱吗？我有钱，我给你，说吧，你要多少钱才愿意离开易扬，把孩子的事烂在肚子里？”

许微茵整理好自己的表情，低眉温柔一笑：“原来许小姐找我就是为了这事？”

“不然呢？或许你想进娱乐圈？没关系，我可以给你介绍几个角色，让你养活你自己和你儿子不成问题，只要你把这件事烂在心里。”

许微茵没有说话，坐在那里，仿佛一朵与世无争的小白花。

许辛夷眉心微皱。

这“小白花”怎么感觉比她演得还要好？

不行！

她不能输！

她可是恶毒女配角，决不能输给“小白花”！

许辛夷从包里掏出一张银行卡扔到许微茵面前，仗着自己有几个臭钱不把面前的女人放在眼里。

“卡里的钱足够让你下半生无忧，做人还是要知足，别太贪心。”

许微茵无视那张银行卡，似乎不屑一顾。

“你说，多少钱你才愿意离开易扬？”

许微茵不否认也不拒绝，说：“五千万。”

“五千万？”许辛夷笑了，“所以你这是默认孩子是易扬的？你确定要五千万就能离开易扬？”

许微茵望着许辛夷微笑，算是默认。

两人对视着，毫不相让。

一秒，两秒……

许辛夷将桌面上的卡拿回来，从容不迫地起身，提起她新买的限量款包，在许微茵疑惑的目光中说：“祝你们幸福。”

许辛夷干净利落地转身离开。

呸！

五千万？

臭男人他配吗？

从咖啡厅出来的许辛夷听着手机里的录音，越听越不对劲。

许微茵段位挺高的！

刚才那一番话下来，许微茵压根没有承认孩子是易扬的。

果然是小说中最大的疑案，许微茵嘴巴闭得够紧的。

不过这许微茵怎么不按套路出牌？

许微茵不是应该在看见她把银行卡甩到桌上的时候，就一脸屈辱之色地冲着她喊“不管你出多少钱，我都不可能离开易扬，我的孩子不能没有爸爸”，然后哭着离开咖啡厅吗？

为什么许微茵会比她还平静地叫价五千万？

五千万？

许辛夷翻了个白眼。

许微茵怎么还讹人呢？她张口就要五千万，不如去抢好了！

让她出五千万给臭男人赎身？

许微茵这是在做梦！

不过不管怎么说，她今天拿钱羞辱了许微茵，许微茵肯定不会善罢甘休，在未来的某一天，许微茵估计会在某个恰当的时机把这件事说给易扬听，挑拨她和易扬的关系。

只要许微茵把这事放在心上，也不浪费她今天演这一出戏。

宿主，你怎么就那么认定许微茵的孩子是易扬的？这在小说里都没有答案。

许辛夷微微一笑：“所以说你们这种人工智能没有人的感情，你看，”

她把那张许微茵抱着孩子的高清机场照翻出来，放大孩子的脸，“这张脸和易扬的脸多像啊！”

哪里像？

“我忘了，你们没有人的眼睛，所以看不到，我告诉你……”

我们可以扫描。

“那你应该扫描得出来才对，你看看，这小孩的眼睛、鼻子、嘴巴、眉毛、耳朵，易扬有没有？简直一模一样！”

小A欲言又止，最后小声道：

我觉得不像。

“你就别纠结了，听我的，我说了算，我现在就给你解开小说里的未解之谜！这孩子就是易扬的！”

想了想，许辛夷给安雅打了个电话，电话里她情绪低落，声音哽咽：“喂，安雅，出来陪我聊聊吧。”

半个小时后。

“什么？五千万？”安雅听许辛夷将今天发生的事一五一十地说了后，语气震惊到无以复加，看许辛夷的眼神仿佛在看个傻子。

“真不愧是你啊，许辛夷，什么事都没弄清楚，你就拿钱让她离开易扬？”

许辛夷没有半点悔意：“还有什么没弄清楚的？许微茵和易扬认识，大学时两人就有过一段情，如果不是因为后来的阴错阳差，他们早就在一起了。”

一说到这儿，许辛夷悲愤交加，恨得牙痒痒：“他们连孩子都有了，还有什么没弄清楚的？难道要等许微茵带着孩子找上门来我才……”

她说不下去了。

“你总和我说那孩子是易扬的，除了用眼睛鉴定父子关系，你还有其他证据吗？做过亲子鉴定吗？”

“许微茵当着我的面都承认了！”

“那你更不能第一时间拿钱让她走人啊！”安雅恨铁不成钢地戳着许辛夷的脑袋，“我说许辛夷，你平时那么精明的一个人，怎么一遇到易扬的事，整个人就像被打击了似的，智商掉到草履虫的水平？这么大的事，你能不能清醒一点？或者你想干什么之前先问问我行吗？”

“可是……可是我不能让这个孩子和易扬见面。”许辛夷神情无比急切，“你也知道，易扬不喜欢我，到现在也没碰我，爷爷和妈一直都想要个孙子，现在现成的孙子就在眼前，你觉得他们会怎么办？”

“可是你也不能这么冲动，凡事我们商量着慢慢来行吗？你去找她，不是把把柄往她手上送吗？如果她以后随口把这件事说出来，大家怎么看你？易扬又怎么看你？”

“我忍不住！安雅，我真的很害怕，怕易扬一见着孩子就会把我抛到脑后。他从前总想着和我离婚，你说，他会不会又要开始和我提离婚了？”

安雅冷静下来道：“你别急，现在的情形并非不可挽回，易扬对你动心是十有八九的事，他不可能像从前那样随随便便就跟你提离婚。”

“那我现在到底应该怎么办？”

安雅沉思片刻，道：“从今天开始，你照我说的去做。”

许辛夷收声，仿佛抓住了救命稻草一般，眼巴巴地望着安雅：“你说，我应该做什么，不应该做什么，你都告诉我，以后我绝对不会再像今天这样冲动！”

“那好，你听我说，第一，以后你绝对不能再单独去找许微茵。你现在是易扬的妻子，而她暂时也没有做任何影响你和易扬的感情的事，你对她态度要大度，用任何方式羞辱她，只会让你看起来没有格调。”

许辛夷点头。

“第二，如果易扬知道了这件事，你就当不知道，不要在易扬面前闹。你闹只会加速他对你的厌恶。你要表现得宽容大度，让易扬对你产生愧疚感。”

“可是……”

“忍！”安雅继续说，“第三，控制你自己的情绪，无论你在任何地方、任何地点听到或者见到许微茵，特别是许微茵的儿子，你都不能生气，不能有任何过分的言行举止。

“第四，正如你说的，万一易老先生和易夫人知道了孩子的存在，你也不要去闹，相信我，老先生和夫人是明白事理的人，绝不会因为一个私生子就让你和易扬离婚，让那个女人进门。

“第五，许微茵将来肯定会重回娱乐圈，到时候可能会与你有冲突和碰撞，毕竟你是顶着‘小许微茵’的名声出道的，媒体肯定会把你们拉出来进行对比，有对比就有捧踩，如果踩你，你一定不要放在心上，用作品征服粉丝。”

安雅每说一条，许辛夷就在手机备忘录上记下一条。

第一，继续找许微茵，语言要刻薄，态度要傲慢，想尽办法羞辱她；

第二，易扬知道这事后要在他面前闹；

第三，见着许微茵的儿子……

许辛夷想了想，小孩是无辜的，还是算了。

这条被她删掉了。

第三，易老先生和易夫人知道了孩子的存在后，要一哭二闹三上吊。

第四，娱乐圈里与许微茵狭路相逢，买通稿黑她、踩她。

写完，她在第四点中又加上了一句：适当地让易扬知道是自己在背后黑许微茵。

到时易扬冲冠一怒为红颜，找她算账，和她离婚。

此情此爱，令人动容。

“好，我都记下了，你放心，以后我绝不会轻举妄动，一定照你说的去做。”

安雅放下心来：“你能冷静下来就一定不会输给许微茵那个女人，肯定能守住易扬。”

守住易扬？

许辛夷在心里翻了个白眼。

易扬那臭男人谁要守着他？谁爱要谁要。

但她表面上还是一副万分感动的模样：“安雅，谢谢你。”

“我们之间就别说谢谢了。”看了一眼时间，安雅起身，“行了，时间不早了，你这状态我也不放心，我先送你回去吧。

“服务生，买单。”

许辛夷将卡递了过去。

两分钟后服务生笑着走进包间：“许小姐，不好意思，您这张卡余额不足。”

许辛夷疑惑片刻，看着服务生递过来的银行卡突然回过神来，从包里掏出另外一张卡递给服务生：“不好意思，拿错卡了。”

车上，安雅问许辛夷：“回老宅还是一品兰亭？”

许辛夷想了想道：“先送我回一品兰亭吧，等我拿点东西，再送我回老宅。”

安雅发动车辆：“回去之后你一定要把这件事藏心里，忍住，当什么都不知道，明白吗？”

许辛夷点头：“你放心，我知道该怎么办。”

半个小时后车停在一品兰亭的地下车库，两人上楼，许辛夷换了件衣服提了礼物，精神抖擞，与半个小时之前颓废、毫无安全感的许辛夷判若两人。

看了一眼时间，安雅发微信推掉了昨晚定好的与“小鲜肉”的约会，叹了口气：“我真成你的司机了。”

“好安雅，等这件事解决了，我一定好好谢谢你。”

到她俩这关系，两人什么话都能说了。

“行，那我就好好等你的感谢。”

安雅发动车子。

一个小时后，安雅的车停在老宅别墅外。

“你自己进去吧，这几天你好好休息，工作上的事我先帮你往后挪挪。”

说完，安雅扬长而去。

许辛夷站在别墅外，双手提着大包小包的不少礼物。许辛夷看着别墅门前亮着的两盏路灯，深吸口气，微笑着进门。

别墅内易夫人正坐在客厅的沙发上裁剪她今天买的一束花，易老先生在一侧看最近的财经杂志，两人偶尔说上一句话。

“爷爷、妈，我回来了！”

兴高采烈的声音从门口传来，易老先生和易夫人一怔，抬头望去。

“辛夷回来了？”

易老先生放下了杂志，易夫人放下了剪刀。

“怎么回来都不提前说一声？”

许辛夷将礼物放到茶几上：“想给您一个惊喜，对了，爷爷，我给您带了点礼物，影视城那边的一种茶，在那儿很受欢迎，量不多，没卖进城，我给您带了点，您看看！”

说着，她将一盒精心包装的茶叶拿出来递给易老先生。

“妈，这是之前品牌方新出的一款面霜，应该很适合您用，您用用看，如果觉得不合适您再和我说。”

易夫人接过包装华丽的面霜盒，虽然嘴上说着“我自己有，不用买”，但眼睛里流露出的欢喜之色骗不了人。

“回来就回来，还带这么多东西，”易老先生慈爱地拉着许辛夷坐下，上下打量着她，“拍戏这几个月瘦了，是不是太累了，也没好好吃饭？”

“没有，您看错了，总觉得我瘦是因为我没好好吃饭，我体重没变。”

“你啊，就会骗我这老头子，接下来几天应该在家好好休息吧？让陈姨多给你做点好吃的补补。”

“谢谢爷爷。”

“一家人，跟爷爷谢什么？”

许辛夷微笑，目光不住地往楼上瞟。

易老先生看她目光所望的方向就知道她在想什么：“易扬还没回，不过这个点应该也快回了。”

许辛夷点点头，并不说话。

“来，和爷爷说说这段时间在影视城遇到什么好玩的事了。”

“哪有什么好玩的事？就每天拍戏时间都不够。”

“那肯定累着了。”

“不累，还好。”

“爸，我看这样，辛夷和易扬结婚两年了，连个蜜月都没有度过，趁着辛夷拍完了戏，让易扬也休息两天，”易夫人和蔼可亲地对许辛夷说，“你和易扬找个地方好好玩两天，放松放松。”

许辛夷似是娇羞地垂下头，实则是在掩盖脸上的震惊之色。

完了完了。

一个嘘寒问暖，一个和蔼可亲。

从前她离婚路上的助攻之人，如今成了她离婚路上的两大拦路虎。

不会真被安雅给说中了吧？

老先生和夫人是明白事理的人，不可能因为一个私生子让她和易扬离婚，让许微茵进门。

不行，她不能继续这么下去，当断不断反受其乱。

“怎么了？”见许辛夷突然不说话，易老先生笑着开了句玩笑，“待会儿易扬就回来了，别急。”

许辛夷嘴角挂着一抹苦涩的笑容，摇头道：“没事的，爷爷。”

“那怎么突然不开心了？是不是易扬欺负你了？”

许辛夷眼底缓缓涌出一汪泪，欲掉不掉，眼眶瞬间就红了。

易老先生大惊，忙问道：“这是受什么委屈了？”

“别哭，有什么委屈和妈说，妈替你做主！”

易老先生和易夫人充满担忧的温柔声音让许辛夷鼻尖一酸，眼眶中积攒的泪水终于忍不住往下掉。她死抿着嘴摇头，用手背擦去脸上的泪，哽咽道：“没事，爷爷、妈，我真的没事，就是太久没见着你们了。”

“你这孩子……”

许辛夷垂着头：“你们别对我这么好，我其实一点都不好，我做了好多坏事。”

“爷爷知道你做的事，你现在还年轻，年轻人的脾气爷爷也有过，谁就能保证自己年轻的时候不做错几件事呢？咱们别把从前的事放在心上，知错就改，以后谨慎行事，少做错事就行了，我和你妈都会谅解你的。

“来，和爷爷说说，你又干什么坏事了？”

“没有……”许辛夷在心里斟酌着语句，想着该怎么样把易扬有个孩子的事给说出来。

宾利车停在别墅外。

易扬从车上下来，大步往里走去。

他刚到门口，就听到客厅里隐约传来说话声。

——是该直接说，还是绕个圈子好呢？

——直接说爷爷会不会受不了？还是直接说吧，趁现在易扬不在。

——而且爷爷和妈不是一直都想要个孙子吗？易扬有儿子了也不算坏事吧？

儿子？

易扬脚下一顿。

他有儿子了？

许辛夷怀孕了？

她什么时候怀的？

他们都没同房，她怀的是谁的孩子？

就在易扬愣神的间隙，许辛夷已经想明白接下来要怎么把许微茵的儿子的事情交代清楚了。

她低着头，悲愤欲绝，像是忍受着天大的屈辱般说道：“爷爷，我知道，您和妈一直希望我能早点给易扬生个孩子，可是我和易扬结婚两年一直没动静，您对我肯定很失望。”

"你刚回来，胡思乱想什么？没孩子就没孩子，你们还年轻，慢慢来，爷爷不急。"

"不是的，爷爷，易扬他有儿子了。"

"有儿子？"易老先生和易夫人面面相觑。

屋外的易扬磨牙，胸口那股气忍了又忍。

他的第一反应是许辛夷怀了韩骁或者江念的孩子。

许辛夷在影视城拍戏时，最有可能和她接触的只有这两个人。

许辛夷竟然敢这样做！

屋内无比欣喜的声音传了过来："辛夷，你怀孕了？"

易老先生以及易夫人将目光放在许辛夷平坦的小腹上。

易夫人拉着她的手，一连串地问道："几个月了？什么时候怀的？做检查了吗？医生怎么说？孩子健康吗？"

"对对对，医生怎么说的？"易老先生满脸喜色，想了想又觉得不妥，"不行，辛夷啊，明天爷爷亲自陪你去医院，咱们仔细检查检查。"

许辛夷在心里酝酿已久的话被易老先生和易夫人一连串的话吓得憋了回去。

"不是……爷爷，我……"

"对了，爸，既然辛夷怀孕了，那么家里的饭菜得重新设计一份，孕妇得忌口，您看……"

"不用顾及我，我老头子吃素都行！"

许辛夷慌张地起身："爷爷、妈，我不是……我没有，你们听我说！"

"快坐下，刚怀孕得仔细点孩子，"沉浸在喜悦中的易夫人高声道，"陈伯，麻烦你过来一下，我有事交代。"

"等等！"眼看着易夫人要把陈伯叫来昭告天下，许辛夷忙高声道，"谁说我怀孕了？"

客厅里静了一静。

"你刚才不是说怀了易扬的孩子吗？哎呀，你这孩子，别不好意思。"

——我说的是易扬在外面的私生子，我怎么可能会怀上易扬那臭男人的孩子？

私生子？

额角的青筋一跳，易扬的第一反应是许辛夷又要开始作死了。

他三步并作两步大步迈进了客厅。

"爷爷、妈，我回来了。"

正准备仔细追问许辛夷有关孩子的事情的两人被易扬的回来打断了思路。

“回来了？”易夫人愣了片刻，叹了口气，说，“你快过来，问问辛夷到底是怎么回事！”

易扬不动声色地走近：“怎么了？”

许辛夷仰头看着他，眼底逐渐呈现出委屈的神色。

“易扬，我今天知道了一件事，我就想问问你是不是真的。”

“什么事？”

“你……你在外面，是不是……”许辛夷的情绪突然激动起来，仿佛接下来的话她实在难以启齿，她哭着一把抱住易老先生，发出一声惊天动地的哭号声，“爷爷！”

“这是怎……怎么了？”易老先生严厉地看向易扬。

——快快快，臭男人快问我怎么了。

——你在外面都有私生子了，还有脸站在我面前？

易扬木头似的戳在那儿，就是不问。

“易扬，你说！”

“爷爷，我也不知道发生了什么。”

许辛夷哽咽着从易老先生的怀里起来，涕泗滂沱地看着易扬：“你真的什么都不知道吗？”

易扬双眼微眯。

“我今天去见了一个人，她说，她的孩子是……”

许辛夷还没来得及说出一肚子编造的话，易扬手疾眼快地一把捂住她的嘴，搂着她的腰，道：“爷爷、妈，我和辛夷先上去了。”

许辛夷想说话，奈何有心无力，嘴巴被易扬紧捂着，只发出模糊不清的声音。

“易扬，你……”

易扬二话不说拉着许辛夷上了楼。

许辛夷拳脚相加，却被无情镇压。

——啊！大好的机会！！果然，臭男人有备而来！！！

——气死我了！臭男人臭男人！

——俏丽吗？臭男人，你看我俏丽吗？

到了三楼的房间门口，许辛夷双手扒着门框就是不进去。

易扬一言不发地直接将人扛上肩。

紧扒着门框的手抵挡不住大力的拉扯，许辛夷撕心裂肺地怒号：“爷爷！易扬他有私生子！”

当然，“易扬他有私生子”这七个字，伴随着房门砰一声关上，响彻整个房间，却没一丝声响传到楼下。

易扬将许辛夷摔到床上，站在床尾，眼眸沉沉地望着她，神色很平静。

反观许辛夷，因为从一楼挣扎到三楼，头发凌乱，整个人气喘吁吁的，半天没回过神来。

“你刚才说什么？”

冰冷的声音传来，许辛夷急促地呼吸后咽了口口水，手肘撑着身体不断往后退。

她心虚。

她怎么不心虚？

这房间里就他们两个人，他们力量如此悬殊，这浑蛋如果真想杀人灭口怎么办？

“你不是听见了吗？”

“我怕我听错了，所以想再听你说一次。”

许辛夷大着胆子，手都在抖：“我今天知道你在外面有私生子，孩子已经三岁了！”

“我的？私生子？”

许辛夷咬紧下唇，而后声音颤抖地哽咽道：“对！易扬，你高兴吗？你有儿子了。”

“谁的？”

“你的！”

“我问的是孩子的母亲是谁？”

许辛夷一听这话，似乎瞬间失去了所有的力气。她望着易扬道：“你承认了？那孩子真的是你的？”

——我就知道！孩子一定是易扬的！困扰无数人的未解之谜就这么被我给解开了！

但许·福尔摩斯·辛夷转念一想，小说里易扬的儿子叫别人爸爸，这也太惨了吧？

易扬被她气得头疼，皱眉警告她：“许辛夷，你不要给我无中生有，把这件事说清楚！”

许辛夷含泪问他："你还记得许微茵吗？"

有点耳熟，易扬竭力在脑海里搜寻"许微茵"这个名字。

"我知道，许微茵是你的大学同学，你们朝夕相处日久生情，后来因为发生了变故，她怀着你的孩子远走他乡，现在她带着你和她的孩子回国了。易扬，你要为了他们母子抛弃我吗？"许辛夷表演到位，语气悲痛且带着忐忑不安的音调，用一双模糊的泪眼期盼地望着他。

易扬看着许辛夷声情并茂地演出，露出一言难尽的表情。

"变故？什么变故？"

"……"这变故是什么她怎么知道？

作者一笔带过又没写。

"她怀了我的孩子我怎么不知道？"

许辛夷哽咽道："今天我找了她，问她孩子是不是你的，她承认了！而且，孩子和你长得一模一样。"说到这儿，许辛夷仿佛破罐破摔，反倒什么都不怕了，"易扬，我和你结婚两年了，许微茵即使有了你的孩子，那她也是个不折不扣的第三者！我不允许她插足我们的婚姻，就算有孩子也不行！"

见易扬不说话，许辛夷忍辱负重地走到易扬身边，无比卑微地拉住他的衣袖："易扬，你不能为了许微茵和她的孩子和我离婚，就算你们认识在先，她也是个第三者，她的孩子是个私生子，上不了台面的，以后就算你带出去，也会被别人笑话的。"

见易扬依然没有表示，许辛夷继续说道："如果……如果你不想让自己的孩子流落在外，我可以为了你让孩子进门，但是许微茵不行！我决不允许她进易家！"

——一边是没有任何感情的妻子，一边是有感情且有儿子的情人，是个男人都知道怎么选。

——不知道易扬什么时候去见许微茵，到时候两人回忆起从前，抱头痛哭，易扬再见着一个乖巧懂事的儿子，只怕心都要化了。

——想想这场面还有点激动！

许辛夷说了这么多，易扬其实只对许辛夷说的那句"孩子和你长得一模一样"感兴趣。

"有孩子的照片吗？我看看。"

许辛夷心不甘情不愿地将照片递给他看。

看到照片的那一瞬间，易扬都被气笑了。

这就是许辛夷说的“孩子和你长得一模一样”？

一模一样？

他将照片搁在许辛夷眼前：“许辛夷，你的眼睛什么时候瞎的？哪里长得一样了？”

许辛夷理直气壮地道：“你自己看自己当然觉得奇怪，我作为一个旁观者，客观分析理智看待，当然觉得像。”

——像不像不重要，重要的是传播这个像的想法，说得多了，不像也像了。

——更何况许微茵又不会带孩子去做亲子鉴定，谁都不清楚孩子是谁的。

——估计许微茵自己都不知道孩子的父亲是谁。

“我不会逃避问题，易扬，我问你，你会怎么处理这件事？”

这事和我有什么关系？易扬心里这样想，但没这么说，而是意味深长地看向许辛夷：“你想怎么处理？”

他又将问题抛给了许辛夷。

许辛夷态度嚣张，无比阴险，顺势往下演，且全情投入：“我绝不会和你离婚，也不会将易太太的位置拱手相让。我不能接受许微茵的存在，如果你不能和她一刀两断，那我就把这件事告诉爷爷……”

易扬替她考虑得很周全：“爷爷很喜欢你，他老人家绝对不会因为一个私生子而放弃你。”

许辛夷欲言又止。

——臭男人说得好像有点道理。

——爷爷是个很传统的人，万一因为这事逼着我和易扬早点生个孩子岂不是完了？

——不行，爷爷那儿我改天去探探口风，绝对不能贸然行动。

“爷爷身体不太好，这件事先别告诉他，但是我绝对不会放过许微茵！她不是想进娱乐圈吗？她休想！我要找人封杀她！让她没有复出的机会！让她带着孩子离开 A 市，永远都不要出现在我面前！”

许微茵在小说里一直是“许辛夷”的敌人，不提前做好准备，她这个女配角说不定就得被女主角打得落花流水了。

更何况今天与她交锋时，许微茵完全不落下风，有点手段。

她不能输！

输了，她可是要凄凄惨惨地度过后半生的。

易扬提醒她："可是你在娱乐圈影响力不大，还做不到只手遮天的地步，许微茵过了四年才回国，肯定有所安排。"

许辛夷顿了顿，迟疑地看着他："老公，你就这么喜欢她吗？一直在为她说话，还是说你准备以后帮她？"

"我只是站在旁观者的角度客观分析，更何况你说的这些方法治标不治本，我教你该怎么做。"

许辛夷一脑袋疑问。

"你不是担心许微茵喧宾夺主吗？"易扬眼睛一眨不眨地望着她，"只要你有了孩子，就再也不用担心什么许微茵了。"

许辛夷微愣："什么？"

"我说，我们生个孩子。"

或许是易扬的表情太认真、眼神太坚定，许辛夷突然有种一切不在掌控之中的失控感。

她小心翼翼地问道："易家的家业不是有人继承了吗？还……还需要我生吗？"

"谁继承？"

"许微茵的儿子？"

易扬一怔。

"许辛夷！！！"

易扬越想这事越恼火。

许辛夷这个女人真是好样的，想借许微茵来和他闹，想办法跟他提离婚？

她想得倒挺美。

刚才怒上心头，易扬也没怎么仔细去想，只觉得"许微茵"这个名字耳熟，现在独自在书房里倒是冷静下来，仔细想了想。

大学时他和许微茵好像是同学，有过短暂的交流，但毕业之后没有太多的联系。

等等——

四年前，好像……

可如果不是许辛夷今天胡搅蛮缠，他还真不记得人生中出现过一个叫许微茵的女人。

所以许辛夷的脑子到底是什么构造，能把他们两个联系起来，还能杜攥个孩子出来？

易扬无力地叹了口气，往后一靠。

他只想闭眼休息一会儿，但一靠上椅背的瞬间，疲倦感席卷而来。

夜深人静时，整栋别墅上下充斥着雷雨轰鸣的声音。

许辛夷躺在床上，抱着被子辗转反侧。

墙上的时钟走向十二点。

一个小时前小心眼的易扬与她不欢而散，到现在也没回房睡觉。

她就小小地闹了那么一下，他却一言不合地甩手就走，有意思吗？

他有本事生气，怎么就没本事和她离婚？

宿主，你那是小小地闹了一下吗？

许辛夷翻了个身："他在外面的旧情人都有孩子了，我说两句怎么了？他如果没错，生什么气？还不是问心有愧。"

生活不易，小 A 叹气：

易扬刚才都说让你给他生孩子，明摆着就是喜欢上你了，如果你当初选择的是选项一，现在任务都完成了。

选项一？

"那又怎样？我从不为自己做过的事而后悔。"

选项一是什么选项？

为了活命，她必须忍辱负重，做小伏低，努力洗脱自己在所有人心目中的恶毒形象，让所有人接纳她，让易扬真心爱上她，摆脱恶毒女配角的命运。

这选项一看她就是要受尽委屈的样子。

她什么时候受过委屈？

还是选项二好，顺应"人设"和剧情，她可以继续干坏事，走恶毒女配角的路，直到易扬愿意和她离婚为止。

一切都挺顺利，就卡在这离婚上。

她就不明白了，都演到这份上了，易扬怎么还能忍住不和她离婚？

他现在爱她这么深了？

一道闪电划过，冬日的暴雨更多了一丝凉意。

许辛夷抱着被子坐在床头，听着窗外淅沥的雨声，又看了一眼墙上的时钟，表情纠结又犹豫。

宿主，你现在是不是应该去……

“我去找他干吗？”

我还没说完呢。当然，这话小 A 是不会说出口的。

可是你现在扮演的可是情根深种的女配角，这么晚了，易扬还没回来，作为他的妻子，你是不是应该去看看他？

许辛夷思考着。

你都演这么久了，前功尽弃不划算。

许辛夷点头：“你说得很有道理，是应该去看看他，我这‘人设’不能崩！”

她起身披上外套，朝易扬的书房走去。

书房门半开着，许辛夷刚走到书房门口，就瞧见书桌前坐着的那道人影。

这么晚了他还在工作。

她站在书房门口，思来想去不知道该说些什么。

一个小时前还和她闹得不可开交，他自己肚量小生气走了，现在反倒让她低头？

这该死的情根深种的“人设”！

许辛夷站在门口，并没进去，只清了清嗓子，说：“老公，这么晚了，你还不回房休息吗？”

书房内没有声音。

“刚才……我也不是故意的，这不是看到了你的旧情人许微茵我才情绪失控的吗？你别生气了行不行？我之所以发那么大的脾气，都是因为太爱你了。”

许辛夷哆嗦了一下。

这种话还真不适合她说，肉麻死了。

书房内没有动静。

她都说这种话了，易扬怎么一点反应也没有？

他未免也太小心眼了吧？

“还有，你说的生孩子的事，我想的是我们还年轻，来日方长，不急于这一时半会儿的。老先生身体还好，你也健壮，咱家这皇位还稳着呢。”

房间内依然没有动静。

许辛夷眉心微蹙。

她都低声下气到这份上了，臭男人还生气呢？

臭男人不知好歹！

早知道她就不来了。

她从门口探出头来，张嘴正想说话，却瞧见坐在书桌后的易扬靠在办公椅上，双眼紧闭，像是睡着了。

许辛夷压低了声音：“老公？”

易扬没有反应。

她踮起脚悄悄地进房。

易扬平时工作量大，凌晨睡觉是常态，想到这儿，许辛夷快步上前，担忧地看了他一眼。

他呼吸平稳，胸前起伏规律，应该只是太累睡着了。

看来这皇位也不是想坐就能坐的，易扬工作累成这样，她走到跟前他都没反应。

窗外又是一个惊雷打下。

易扬眉心微蹙，似乎要醒。

许辛夷一惊，既然易扬没听见她之前那段话，现在她也不想解释自己为什么会出现在这儿，忙踮着脚匆匆离开书房。

易扬这一觉睡醒，只觉得精神好了大半。

这段时间工作太累，他不知不觉竟然睡着了。

他自嘲一笑，看了一眼腕表上的时间，正准备起身回房时，顿时一怔。

不知道是不是他的错觉，空气中似乎飘荡着一丝微甜的香味，半开的书房门外昏暗不明。

好像有人来过。

许辛夷？

易扬离开书房回到房间。

床上许辛夷已经睡下，床头只亮着一盏昏黄的灯。

他站在床边审视良久，许辛夷似乎是睡熟了，没有任何异常。

他想，刚才应该只是错觉而已。

也是，许辛夷这么讨厌他，又怎么会过去看他？

易扬揉着眉心上床睡觉。

——吓死我了，还以为他发现了。

盖上被子闻到一股甜甜的香味，易扬一怔，闭上眼会心一笑。

一场雨下了一整夜，卧室窗前那棵大树枝叶凋零，此时已入深冬，快过年了。

许辛夷下楼时，餐桌边上人已经到齐了。

她在易扬身边坐下，仿佛和他闹别扭了似的，一言不发地吃早餐。

易老先生和易夫人对视了一眼。

“辛夷啊，戏演完了，是不是也该休息两天了？”

易老先生这话是说许辛夷《凰途》的戏演完了，可听在许辛夷耳朵里，却有了另外一层意思。

她心虚地道：“是该休息几天。”

“正好，易扬，你这段时间也稍微休息一下，和辛夷一块度个假，好好放松放松。”

许辛夷与易扬抬头，皆愣了愣。

两人对视一眼。

“爷爷，我……我还有通告要忙。”

“还有工作？你刚才不是说要休息几天吗？”

易扬放下碗筷，说：“爷爷，我最近也有工作要忙，抽不出时间。”

易老先生皱眉：“你这段时间天天忙，不能歇两天放松放松？”

“月底了，公司事情多，暂时出不去，”他看向许辛夷，“过完年再说吧。”

许辛夷忙点头。

“我吃完了，先去公司了。”

“路上小心，别忙太晚，早点回来。”易夫人嘱咐道。

易扬点头，看向许辛夷。

余光瞟到易扬，许辛夷抬头笑了声：“老公再见。”

易扬这才大步流星地往外走去。

“辛夷，昨晚的事，易扬和我们解释清楚了，没关系，我们都明白。”

许辛夷暗叫不好，易扬那臭男人不会又坑她了吧？

“解释什么？”

“你这孩子还装糊涂，你不是想等那部剧拍完之后再怀孕吗？”

果然。

“妈，我……之前的确这么说过，但是最近工作有点多，所以我想，孩子的事再缓缓。”

“行，你想缓缓就缓缓，你们夫妻之间的事，我们不会插手的。”易夫人叹了口气，“辛夷，老实和你说，以前我以为你和易扬是为了爸的身体着想才装恩爱，现在看来你们的感情不错，我总算是放心了。”

许辛夷用震惊的目光看向易老先生。

爷爷知道他们假装恩爱的事了？

老先生笑道：“你们年轻人玩的把戏，都是我年轻时候玩腻了的，还想在爷爷面前耍大刀，爷爷早看出来了！不过没关系，从前的事都过去了，不重要，重要的是以后，爷爷就等着抱重孙了！”

许辛夷脸上挂着尴尬的笑容。

完了完了，他们开始催生了。

以防在家里再次听到催生的话，许辛夷吃过早饭就去了公司避难。

安雅见到她就问她：“昨晚没发生什么事吧？”

许辛夷期期艾艾地道：“昨晚我没忍住，就问了他一句。”

“你问了？我不是让你装糊涂当不知道吗？”

“我一见到他就忍不住。”

安雅气不打一处来：“然后呢？”

许辛夷愁眉苦脸地道：“他挺生气的，然后就走了。”

安雅以一种“你没救了”的目光看着许辛夷。

“安雅，我该怎么办？”

“别问我，许辛夷，没和你离婚算易扬对你爱得深。”

许辛夷沉沉地叹了口气。

接下来许微茵肯定会插足他们的婚姻，不知道到时候易扬会不会改变心意呢？

“对了！”安雅似乎想起了什么，急急忙忙地走到办公桌后，拿出一份文件给她，“这么重要的事被你一打岔我差点忘了。”

“什么事？”

“你自己看。”

许辛夷接过来一看，是一份解约文件。

“解约？”

是一个化妆品品牌的解约文件，许辛夷和这个化妆品品牌合作也有三年了，三年前许辛夷不知名，化妆品品牌也不知名，三年后许辛夷有了些名声，化妆品品牌也渐渐占据了不少市场份额。

这个品牌可以说是和许辛夷一起成长的，许辛夷对其还挺珍视的。

最近合约到期，双方应该是要续约，可没想到该公司代表送过来的不是续约合同，而是解约文件。

“为什么？”

安雅冷笑：“还能因为什么？他们想换代言人了呗。”

“换代言人？谁？”

“许微茵。”

“什么？”许辛夷难以置信地看着她，“许微茵抢我的代言？公司那边没有给出合理的解释吗？”

“什么合理的解释？他们只会用官方话搪塞我。”

许辛夷沉着脸。

“还有件事。

“下周你不是有个杂志要拍吗？”

“你不会现在要告诉我，有什么变故吧？”

“杂志主编说，下周的杂志可能要换许微茵上。”

许辛夷震惊了：“为什么？”

“主编说你那期有个合作拍摄的男明星，可是那个男明星指名说不想和你合作，所以他们换成了许微茵。”

“男明星？谁和我这么大仇？”

安雅沉着脸道：“你认识，谢迟。”

许辛夷闭眼，冤家路窄，祸不单行。

这个谢迟还真是她当初造下的孽。

也算是她多嘴。

当初出演徐导的第一部电视剧时，谢迟演深情男二号，如果谢迟长着一张深情男二号的脸也就算了，可惜他那脸和深情男二号不太配，更何况深情男二号为女主角降智商的戏份，没有男三号出彩。

当时她是真觉得谢迟眉飞色舞的样子，活脱儿是桀骜不驯的男三号，本着想让谢迟发挥实力，本色出演男三号的目的，就向徐导建议将谢迟换成男三号。

男三号虽然戏份比男二号少，但“人设”比男二号讨喜。

果然，她没看错，谢迟因为那部剧一炮而红。

但这事后来被谢迟知道了，一直被他记在心里。

安雅沉思片刻，想着接下来这件事该不该说。

“辛夷，还有件事……”

“别说了，”许辛夷捂着自己的心脏，“你让我先缓缓。”

安雅语气沉重地道：“咱们早点面对现实。”

许辛夷欲言又止，片刻后道：“你说吧。”

“几部咱们之前接触的电影和电视剧，都拒绝了咱们，说是许微茵更合适。”

“许微茵更合适？”许辛夷像是听到了什么笑话，“安雅，你在我面前就别遮遮掩掩了，他们说了什么你直说。”

“还能说什么？他们觉得许微茵回国了，有四年前的粉丝基础，气质和你差不多，而且……”

“还没我‘黑粉’多是吗？”许辛夷咬牙切齿地道。

许微茵想抢她的老公也就算了，现在还想抢她的代言、电影和电视剧？

抢老公能忍，抢代言她不能忍！

许微茵一回来就拿她开刀，真当她是吃素的？

“辛夷，你别冲动，我觉得许微茵背后有人，否则她不敢这么嚣张。这两天我特地关注了一下圈内狗仔队的动向，你知道那些狗仔队拍到了什么吗？”

“什么？”

安雅将一沓照片递到许辛夷面前，照片里全是许微茵。

许微茵从豪车上下来，许微茵从豪宅里出来。

“这女人，刚回国就坐豪车住豪宅、抢代言拿剧本，太过分了！你说，她这是傍上了谁？”

许辛夷看着照片上的迈巴赫，眼底闪过一丝不易察觉的冷意。

“把这些拍到的资料都收集起来，以后我要派上大用场。”

晚上八点，大街上寒风凛冽，行人寥寥。

结束一场访谈类节目录制的许微茵坐在保姆车内闭目养神。

“微茵姐，您今天表现得很好，我看现场好多观众都哭了，相信等这个节目播出之后，您一定能收获一大批粉丝。”

闭目养神的许微茵微微一笑：“观众就喜欢听人说过去那些悲惨的故事，只要你把伤口鲜血淋漓地撕开摆在他们面前，他们流两滴眼泪，就会变成这世上最仁慈的圣母，哪怕从来不认识你，从此以后也会爱你、关心你、保护你。”

她睁开眼，问：“代言的事还有杂志的拍摄都怎么样了？”

“品牌方邀请我们这周末去签约，杂志主编说下周二可以进摄影棚拍摄。”

“那就好，你亲自盯一下，有什么动静立刻告诉我。”

“好的。”

“对了，我之前让你将那部电影的剧本给韩骁，你给了吗？”

“给了。”

“韩骁那边怎么说？”

“团队回复说韩骁最近休息，暂时不接戏。”

“不接戏？”许微茵眉心微蹙，“他怎么可能不接戏？按理来说他不会将这部剧拱手让人才对。”

“我明天再联系一下他们团队。”

许微茵点头。

电话响起。

许微茵一见来电显示，立马接听，语气温柔地道：“喂，宝宝，怎么了？怕黑？不怕不怕，让阿姨先陪着，妈妈现在还在忙，可能得过一会儿才能回去，晚上你先乖乖地睡觉，周末就带你出去玩好不好？乖，妈妈爱你。”

助理等许微茵挂断电话后才问：“微茵姐，是回公寓吗？”

许微茵想了想，摇头：“不，老地方。”

助理明白，给了司机一个地点。

半个小时后，许微茵戴着墨镜和口罩，低调地进了一处安静且颇有格调的高档别墅区。

她用指纹解锁，打开门。

室内很温暖，许微茵将外套脱下搭在臂弯上，上楼推开了书房的门。

“江先生，我来了。”

娱乐圈说大不大，说小也不小，有点风吹草动大家都知道。

许辛夷代言接连被抢、杂志被换、错失电影和电视剧剧本的事圈内都传遍了。

明眼人都看得出许微茵背后有人，否则离开娱乐圈四年，凭她一己之力，怎么可能拿得到这么多资源？

许微茵这是想踩着许辛夷复出呢，不是什么好惹的人。

“辛夷，代言的事可能没有转圜的余地，杂志社那边也说已经推了预告，不可能改，至于电影剧本……”

“代言没有转圜的余地那就算了，杂志社那边不用再联系，剧本暂时先搁下。”许辛夷表情凝重地道。

“辛夷，你想好了？”

“许微茵有备而来，我们斗不过她，既然斗不过，那我们就不要在这些事情上浪费时间。”许辛夷笑道，“娱乐圈本来就是这样，有后台的人就能为所欲为，没有后台的人，就只有挨打忍耐的份。”

“那接下来你想怎么办？许微茵不是什么好人，咱们得提防着点。”

“许微茵不是什么好人，我难道就是？帮我办两件事，”她说，“第一，帮我钉住许微茵，查她背后的人是谁；第二，明天帮我约天娱的高总，我替江念解决合约的事。”

“行。”

见安雅脸色凝重，许辛夷轻松地笑道：“别担心，有我呢。”

翌日，许辛夷成功地与高总会面，因为上次许辛夷解约时易扬出现，高总至今还以为许辛夷背后的人是易扬。

一听许辛夷说是来解决江念的合约问题，高总二话不说就应了许辛夷的要求。

整个过程中高总还算友好。

解决合约的事情后，许辛夷给江念打了个电话，告知了这事，并问他什么时候有时间去工作室签约。

“我什么时候都有时间，”江念犹豫片刻，问道，“辛夷姐，我最近听到了一点关于你的传闻……”

许辛夷挑眉：“怎么？觉得我有麻烦了你不想签？没关系，你不签也没问题，你想……”

“不是的，辛夷姐，我没有这个意思！”江念急了，“我是想问，有没有我能帮上忙的？”

许辛夷笑了：“行了，我的事你帮不上忙，你放心，我会没事的，待会儿我发给你一个地址，明天你自己去工作室，我让安雅给你准备合约。”

说完，她将电话挂断。

江念看着手机屏幕，眉眼间是不加掩藏的戾色。

解决完江念的事后，许辛夷松了口气。

她到家已经是晚上十点，困到不行，但依然撑着眼睛看这两三个月以来所有有关许微茵的新闻。

既然和许微茵的战斗已经打响，那么知己知彼，她才能百战不殆。

许微茵上访谈节目；

许微茵与粉丝隔空喊话；

许微茵剖析当年情史，直言后悔。

许辛夷点进这条新闻看了一眼，是一条概括许微茵上访谈节目的内容。

节目上，许微茵大谈出国前的事，直言当年年轻，太冲动，在错误的年纪遇到了对的人，这是她一生的遗憾。

主持人开玩笑打探对方是谁，许微茵遮遮掩掩，但从三言两语间也透露出了不少信息。

那个男人二十八岁左右，家世不错，年纪轻轻已经是公司负责人，曾经送过许微茵一辆全球限量版的跑车用于求婚，但是被许微茵拒绝了。

从许微茵透露的这些信息来看，许辛夷觉得许微茵说的就是易扬那臭男人！

小说里虽然是一笔带过，但他们曾经有过一段情就是有过，易扬那臭男人骗她！

那孩子指不定就是他的！

“太太，到了。”

许辛夷回神，收回手机：“谢谢。”

许辛夷下车回了家。

易老先生和易夫人作息稳定，现在已经回房休息，别墅里十分安静。

许辛夷整理好心情上了楼。

“我回来了。”许辛夷兴致不高，脱衣后窝在沙发上。

易扬抬头看了她一眼：“怎么了？”

许辛夷张嘴想说什么，一时又顿住了。

——在我和许微茵之间易扬肯定会选择许微茵。她那么漂亮、那么优秀，我……虽然比她好那么一点点，可是易扬和许微茵之间有旧情，还有个孩子，搞不过搞不过。

“到底怎么了？你好好说话。”

许辛夷似乎遭受重创一般柔弱无骨地靠在易扬的肩头，缺乏安全感般紧紧搂住易扬的腰，语气百般凄凉：“老公，你会抛弃我吗？”

——许微茵抢我的代言、夺我的剧本，还想踩着我上位，天哪！我太惨了，有手段、有心机、有城府，还有后台的女人太可怕了，在她面前我就像一张白纸。

白纸？

易扬眉心紧皱：“许辛夷，谁欺负你了？”

“你别说话，让我静一静好好想想。”

“说吧，到底怎么回事？”

许辛夷眼泪簌簌落下，柔弱“小白花”的形象十分生动：“易扬，我什么都不要，我只要你。”

——我本不想害人，都是她逼我的！

——抢老公可以，抢我的代言不行，我和她势不两立！

“许微茵抢你的代言、夺你的剧本，还想踩着你上位？”

许辛夷惊讶地看着他：“你怎么知道？”

易扬故作镇定，用若无其事的口吻随意说了句：“还有什么是我不知道的事？说吧，你想要什么？”

——想要你和我离婚，然后我坐拥万贯家产，从此不再相信爱情，没心没肺地游戏人间，只谈钱不谈爱，平平淡淡地度过余生。

“我只想要你。”许辛夷抱住他，“易扬，我可以失去一切，就是不能失去你。”

易扬在心里克制了又克制，克制了再克制，才没将心里那句很脏的脏话说出口。

“是吗？”

“当然了，我其实对演戏没什么兴趣，那些电影节什么的我都不想参加，奖项更是碰都不想碰，虚名而已，我现在在娱乐圈纯粹是玩玩，打发时间而已。”

——如果能离婚，我立马拿着万贯家财离婚退出娱乐圈，和安雅平平淡淡地度过后半生。

——就是不知道这愿望什么时候能实现。

易扬深吸了口气，告诉自己不要生气，生气吃亏的是自己。

“那等你在娱乐圈混不下去了，就回家给我生孩子，照顾爷爷孝顺妈，好不好？”

许辛夷表情一滞。

——臭男人长得丑，想得倒挺美。

——照顾爷爷孝顺妈就够了，还想我给你生孩子？

“好！我答应你。”

这段时间在许辛夷与许微茵身上发生的事全部被赵彬整理成文件，送到了易扬的办公桌上。

“易总，这件事我都已经查清楚了，您过目。”

易扬从赵彬手上接过这份文件，里面将许微茵的所作所为写得一清二楚。

易扬从上到下仔细地看了一遍。

看到最后一段时，他挑眉：“江淮？”

“是的，其实不仅仅是江先生，调查中我发现许微茵小姐和其他几位也有过联系，但是这些资源都是许小姐从江先生手里拿到的。”

易扬看了一眼江淮后面的名单。

赵彬想了想，迟疑地道：“而且，还有一件事。”

“说。”

“许微茵小姐前两天曾来公司问过，她想……见见您。”

易扬眉心微蹙：“以后她过来不用告诉我，就说我没空。”他放下文件道，“联系一下徐导，问问他最近有没有什么好的制作，女主角优先考虑许辛夷。”

“是。”

“另外，以我的名义去找《B·W》杂志的主编，下期杂志封面让许辛夷凑个数。”

凑个数？

易扬这个词用得不错。

《B·W》可是国内顶级的杂志之一，不知多少明星削尖了脑袋都上不去，他竟然说“凑个数”？

当然，这话赵彬是不敢在易扬面前直说的。

“好的。易总，还有什么需要交代的吗？”

易扬想了想，说：“给我一份和我们公司合作的品牌方的资料。”

“易总，这些需不需要让许小姐知道？”

易扬抬起眼皮：“不需要，不在乎。”

他在乎许辛夷的那点谢意？

只要她不在他面前作死他就谢天谢地了。

不过话说回来，如果许辛夷知道是他在帮忙，不知道会怎么谢他？

“好的，我马上去办。”

易扬抽时间刷着微博，许微茵的名字在热搜榜上高高地挂着。

许微茵复出的消息瞬间传遍了娱乐圈。

前有两个访谈节目赚了不少粉丝的眼泪，后有娱乐报社以及营销号对许微茵当年所拍的影视作品的宣传和传播，让许微茵的第一条微博登上了热搜榜。

许微茵：“我回来了。”

“终于回来了！七年老粉丝泪流满面！！”

“我一直在等你，终于等到你！”

“看照片我还以为是许辛夷。”

“说明一下，许辛夷就是顶着‘小许微茵’的名头出道的，在微茵面前，许辛夷什么都不是，请不要碰瓷。”

“一山不容二虎，我倒是看好许辛夷，许微茵都走了这么多年了，还能适应娱乐圈吗？”

“打扰一下，X化妆品宣布代言人是微茵啦！大家快去买啊！！”

“微茵真牛！刚回来就拿下了X化妆品的代言！！”

“一个代言算什么？下周微茵要和谢迟一起拍摄《时尚周刊》的杂志，大家准备好钱包，抢啊！”

“我有消息，微茵已经在接洽复出后的第一部电视剧了，微茵冲啊！”

这条热搜登顶，韩骁也是看见了的。

骆桀吃着苹果看着好戏：“韩骁，许微茵和许辛夷有什么仇吗？她一回来就把许辛夷手上的资源全给抢了。”

韩骁刷着许微茵的动态的手一顿，眉心不由得皱起。

“全抢了？”

“可不是，下周的《时尚周刊》封面拍摄换人了，许辛夷定的几个剧本，我听说剧组现在在接触许微茵，还有许辛夷代言了三年的一个品牌，代言人换成了许微茵。”最终，骆桀总结道，“这个女人不简单。”

韩骁想了想道：“联系一下《B·W》的主编，下周我的专访带上许辛夷。”

骆桀吓得手上的苹果都掉了。

“韩骁，带她？你不会对她动什么心思了吧？”

韩骁反问：“不行吗？”

“你……也行。”骆桀说，“我昨天想好了我和安雅的孩子的名字，今天我帮你想想你和许辛夷的孩子的名字。”

许微茵连上了两天热搜，赚足了热度和眼球。

许辛夷其实一早就预料到许微茵复出时阵仗肯定不会小，自己出道时顶着“小许微茵”的名号，肯定会被许微茵抓来做文章，估计就是时不时地把她拉出来对比一下，踩她两脚，可没想到许微茵做得还挺绝的。

娱乐圈里和许辛夷交恶过的明星纷纷等着看她的笑话。

但遗憾的是，许辛夷没让他们看成笑话。

被不少人以为正急得抓耳挠腮的许辛夷此刻正在接徐导的电话。

“徐导，找我什么事？《凰途》进度怎么样了？”

徐导笑道：“还行，后期制作阶段有点麻烦，我找你是因为我手上有个电影剧本，还在物色女主角，你看看要不要拍电影？”

“电影剧本？”许辛夷有些难以置信，“徐导，电影剧本您确定找我？我的‘黑粉’可是很多的。”

徐导笑道：“怎么不能找你？我们也合作了两部剧，你的功底我很清楚，现在不像以前，现在的电影市场质量优先，而且这也是我导演的第一部电影，咱们谁也别说谁。不过拍电影确实有风险，这样，我把剧本发给你，你看完之后再考虑考虑，之后给我答复，行吗？”

“行，没问题。”

挂断电话，许辛夷还有些飘飘然。

她进圈才几年，《凰途》还是她演的第一个女主角，这么快就有了电影的资源？

这质的飞跃未免也太大了。

她刚挂电话，安雅从外面走进来，脸上挂着神秘的笑容。

“辛夷，猜我给你带来什么好消息了？”

许辛夷一听安雅这语气就知道是好消息，大胆猜测，小心求证："是不是有什么资源找上我了？"

"聪明！"安雅将那封邮件递给她看，"《B·W》的主编发来的，说是想邀请你参加下周的杂志采访。"

"《B·W》？为什么找我？"

"和你一起接受采访的还有韩骁，你说是为什么？"

许辛夷微愣，《B·W》可不是国内那些一二流杂志可比的，她下周原本要和谢迟一起拍摄的《时尚周刊》在《B·W》面前就是小弟，根本无法和《B·W》相提并论。

这事多半是有人在背后帮她。

许辛夷心中了然，给韩骁发了条微信。

"多谢。"

韩骁简单地回复了她："不谢。"

"说吧，你是怎么俘获韩骁的心的？"

许辛夷认真想了想道："他可能是觉得我这个人单纯不做作，演技又好，所以拉我一把。"

"真会往自己脸上贴金。"

看着微信上的回复，许辛夷感叹，韩骁这么好的男人竟然是个同性恋，只可远观不可亵玩，太浪费了。

"还有件事，"安雅微微一笑，手上晃着一份文件，"你不妨猜一猜。"

"难道是代言有消息了？"

"不愧是你，料事如神。"安雅一改前两天的憋屈沉郁之色，意气风发地将文件放到许辛夷面前，笑道，"这三个品牌方联系我说，想找你做他们新一季度新品的代言人。"

许辛夷仔细看了一眼品牌名单，有一个巧克力品牌、一个手机品牌，以及一个护肤品品牌，报价不低。

这些还不是什么国际一线品牌，但比之前一脚把许辛夷踹了而后选了许微茵的那个品牌名气大一点，现在这个时机一齐找上她，还真不像是巧合。

"你问了他们为什么找我吗？"

"问了，官方词汇，说你的形象符合他们的要求，我觉得你这次肯定是有贵人相助。"

"没错，确实有贵人，韩骁和徐导不算吗？"

“算。”

“行了，别废话了，你现在可有的忙了，快去。”

安雅故作埋怨道：“你知道我为了你的事，晾了我男朋友们几天吗？”

“等这件事完了，我请你和你的男朋友们出国度假，行了吧？”

“算你有良心，走了。”

怀着愉悦的心情，许辛夷和安雅一一落实了下周拍摄杂志以及代言的事，尘埃落定后许辛夷还有些高兴，连带着看易扬都顺眼了几分。

“老公，我回来了。”

易扬挑眉，手上拿着一本《B·W》杂志。

“今天回来得挺晚的。”

“工作上有点事耽误了，不过挺值得的。老公，你今天怎么回来得这么早？”

“公司没什么事就回来了。”

“你最近不是挺忙的吗？”

易扬避开这个问题，不动声色地问道：“发生什么事了？说来听听？”

许辛夷想了想，道：“其实也没什么，就是下周得拍一个杂志和几个广告，还得接洽一下新的电影剧本，可能没那么多时间陪你了。”

易扬挑眉，嘴角藏着一抹愉悦的笑意：“挺厉害的。”

“那我是不是该谢谢帮我的人？”

易扬若无其事地翻过一页杂志：“你想谢就谢，不过既然人家帮了你，你确实应该好好想想该怎么谢他。”

“你说得对。”许辛夷郑重地点头，“今天多亏了韩骁和徐导，否则我的麻烦可就大了，我得好好想想怎么谢他们。”

易扬的笑容逐渐暗淡：“韩骁？徐导？”

“对啊，韩骁是下期《B·W》的嘉宾，他带我上杂志，徐导看中我的潜力给我介绍剧本，一切困境迎刃而解。”许辛夷想了想，补了一句，“不过还是因为我有实力。”

“你怎么知道是他们帮的你？”

“我问过了。”

易扬握着杂志的手逐渐收紧。

他在乎吗？

他一点都不在乎。

这些资源他给了许辛夷，就是为了让她别继续在他面前作死，他耳边能清净一会儿。

他一点都不在乎许辛夷是否会谢他。

许辛夷沉思片刻，道："找个机会我得好好谢谢人家，下个月好像是韩骁的生日，我准备一份礼物好了；徐导……听说他挺喜欢陈学庭大师的字画，我记得我之前在慈善晚会上拍下过一幅，改天我送给他。"

易扬的脸色逐渐变得阴沉，杂志咔咔被揉成一团。

"老公，你说我送什么给韩骁比较好呢？你们男人希望得到什么礼物？你和我说说呗。"

"不知道！"

许辛夷若有所思地道："韩骁帮了我这么大一个忙，我得好好想想。"

易扬闭眼，扯了领带，脱掉让他浑身燥热的外套。

礼物？他什么都有了还在乎她的一点礼物？

这就是举手之劳的事而已，也就韩骁这种人才会帮了她一点小忙就恨不得昭告天下。

这点小忙，韩骁哪来的脸说？

"韩骁发微博了，我转发评论，点赞一下表示感谢！后天拍摄杂志的时候先请他吃个饭！"想了想，许辛夷说，"老公，后天我可能不回老宅，就睡公寓了，你不用等我了。"

她为了一个陌生男人，夜不归宿？

听听，她这说的是人话吗？易扬额角青筋直跳。

许辛夷拿出手机，当着易扬的面给韩骁发了条语音："韩大哥，谢谢你今天帮忙，真的太感谢你了，后天我请你吃饭。"

易扬："……"

是我！

帮你的人是我！！

许辛夷！！！

第八章　危　机

《B·W》时尚杂志作为国内影响力最为重大的杂志，在挑选嘉宾的时候格外谨慎。

但最新一期的杂志预告竟然是许辛夷和韩骁两个人。

《B·W》官方微博的评论区“炸”了。

粉丝哭号，因韩骁被许辛夷染指而哭。

“捆绑！这是捆绑！”

“之前就听到了一点风声，我以为我做好了心理准备，可是当我看到许辛夷的名字真的出现时，我依然没控制住自己，啊！我的韩骁！！许辛夷，你控制住你的双手！！！”

“光看脸，两人其实还挺配的。”

“楼上的姐妹需要我介绍好的眼科医生吗？”

网上阴谋论者一堆，许辛夷刷微博的手丝毫不抖。

她也想染指韩骁，可他不是性取向不同吗？

《B·W》杂志的拍摄地位于A市最大的摄影基地，这也是国内最大的摄影基地，国内百分之八十的时尚杂志拍摄选址基本会选在这儿。

拍摄当天许辛夷与韩骁有点意思，因为他们在这摄影基地里遇到了同样前来拍摄《时尚周刊》的许微茵和谢迟两人。

拍摄当天早上九点，许辛夷从车上下来，恰好遇到刚下车的韩骁。

许辛夷身边的助理眼尖，一眼瞧见了韩骁，提醒了许辛夷。

“韩大哥！”

韩骁正一边与骆桀说话，一边疾步往基地里走，听到这声叫喊，停住了脚步。

“辛夷？”

许辛夷与安雅上前。

“真巧啊。”

韩骁身后的骆桀冲着安雅微微一笑，打了个招呼：“安小姐，我们又见面了。”

安雅疏离又客气地笑道：“骆先生，你好。”

“安小姐别这么客气，一家人不说两家话，这样，你叫我骆桀，我叫你安雅，怎么样？”

安雅挑眉，礼貌一笑，并没有说话。

你是个同性恋，还到处撩人。

气氛有些尴尬。

许辛夷冲韩骁笑道：“韩大哥，真的特别感谢你这次帮忙。”

“举手之劳而已，还有需要我帮忙的事，尽管说。”

两人并肩往摄影棚走去。

“没什么需要帮忙的，前两天徐导给我打了个电话，说是他打算拍部电影，正在找女主角，问我有没有兴趣。”

“徐导的戏都不错，虽然你是第一次尝试演电影，但是我觉得你可以试试，算是一个转型到电影圈的机会。”

“但是我没演过电影，到时候有不懂的地方，不知道能不能向你请教一二？”

“当然没问题。”

拐角处，他们恰好遇到同样赶去摄影棚的许微茵和谢迟。

当然，两家杂志不可能争同一个拍摄基地，但几人狭路相逢，少不得得“寒暄”两句。

两拨人打了个照面。

“韩骁？”许微茵似乎没想到会在这儿遇到韩骁，像遇到多年的老朋友似的半点不见外，“好久不见，你可是比四年前更帅了。”

韩骁笑容渐淡：“好久不见。”

许微茵将目光转到许辛夷身上：“许小姐也在。”

“和韩大哥来拍个杂志。”

“韩骁还是这么会照顾娱乐圈的后辈。韩骁，晚上一起吃个饭吧？”

韩骁冷漠地瞥了许微茵一眼，似乎不想和她有太多的沟通与交流：“不好意思，我没时间。”

“我们这么多年没见，这点面子都不给我？这可不像你，你晚上不是不安排工作的吗？”

许微茵这话说得还挺有意思的，在这么多人面前公然约韩骁，还说什么这么多年没见，这是想让大家误会四年前她和韩骁关系不错还是误会她和他有过那么一段情？

许辛夷安静地站在一侧看许微茵表演。

这女人怎么谁都不放过呢？

韩骁可是个同性恋，她往他面前凑什么？

许辛夷微笑着打断她道：“不好意思，晚上我和韩大哥有约，请让让，摄影师等我们很久了。”说完，她看向许微茵身边那个视她如眼中钉的男人谢迟，说：“谢迟先生挺有意思的，如果不是今天我有拍摄任务，还真想和谢先生好好聊聊，不过不急，来日方长。”

谢迟拒绝和她拍摄杂志也就算了，竟然还和她的对头合作？

这个仇，她记下了。

一行人来到摄影棚，国际知名化装师早就等在那儿了。许辛夷试了一套又一套服装，最后定了一套和韩骁同款式的女式西装。她里面没穿其他衣物，西装恰到好处地微敞，大胆而性感；化着暗黑系妆容，双手插兜直视镜头，与韩骁站在一块，十分引人注目。

几组照片拍完，摄影师很兴奋。

双人拍摄讲究默契和感觉，许辛夷和韩骁完美契合了摄影师想要的那种感觉，手中相机咔嚓声不断，拍摄完毕，摄影师简直意犹未尽。

“辛苦韩老师和许老师了，两位请这边接受采访。”

采访中要问的问题早就提前发到了两人的邮箱，因为是两人的专场，大部分问题和对方有关。

譬如韩老师有什么演艺规划，又譬如韩老师在和许老师合作时的感受，再譬如许老师第一次和韩老师合作时的心情是怎样的？如果有机会许老师还想和韩老师合作吗？

半个小时后，采访终于结束。

“韩大哥，谢谢你这次帮我，不知道晚上你有没有时间，我想请你一块吃个饭。”

韩骁心里想答应，可张口就是：“不用，举手之劳而已。”

"什么不用谢？"骆桀冒了出来，看着许辛夷身后的安雅，"许小姐和安小姐如此盛情邀约，咱们怎么能拒绝？有时间，我和韩骁都有时间，就今天晚上，我订餐厅。"

许辛夷当场说"行"，转身又和安雅嘀咕："我怎么觉得他看上你了？"

安雅眉心直皱："我喜欢性取向正常的'小鲜肉'们。"

许辛夷无比羡慕地看着安雅。

卸完妆换完衣服，《B·W》的萧主编看完照片，态度十分友好地拦下许辛夷，低声笑道："许小姐今天的拍摄很成功，这些照片许小姐可以自己带回去一份，易先生看完后一定很满意。"

听到一个了不得的名字，许辛夷的笑容逐渐变得僵硬。

"易先生？哪个易先生？"

萧主编微怔，笑了两声，说："当然是易氏集团的易扬易先生，他特意联系我，让我给许小姐安排这次拍摄。"

"你的意思是说，是这位易扬易先生让我来……？"

"怎么，易先生没说吗？"

"说了，当然说了，我只是一时间没反应过来。"许辛夷尴尬地笑笑，内心不是很想承认。

易扬？

这次杂志拍摄的机会是易扬帮她拿下的？

不可能。

不应当。

易扬不会为她做这种事。

他堂堂一个霸道总裁，就算搬出身份一掷千金，那也应该是为了自己心爱的女人。

许辛夷内心无比震惊。

难道现在的易扬爱她如此之深？

做好事不留名，这不是男二号的特点吗？

不行，事情不能再这么继续发展下去。

"小A，易扬和许微茵的恋情什么时候才能触发？"

她什么时候才能见着易扬对许微茵爱得死去活来的剧情？

这个……至少得让他们先见个面。

小A默默吐槽了一句："人设"一个个崩得没边，剧情都成这样了还触发什么垃圾剧情？

许辛夷顿悟。

如果许微茵和易扬能见上一面，两人估计就能看对眼了。

以许微茵的手段，再加上那个孩子，易扬不可能一点想法都没有。

只要易扬入了许微茵的网，想逃估计是难了。

紧接着一见钟情、情深似海、非她不娶，易扬陷入纠结的三角恋情中。

而她这个不被人爱的妻子只能无助又可怜地被易扬残忍地抛弃，从此只能没心没肺地游戏人间。

不过话说回来，易扬和许微茵到现在还没见面吗？

许微茵都已经和别的男人勾搭上了，易扬这标配男二号还没与她见面？

造化如此弄人？

太虐了，这真的太虐了。

不行，她就见不得这种劳燕分飞的情景，得想办法帮帮他俩才行。

因为这件事，许辛夷顿时没了晚上请韩骁吃饭的念头。

她无比抱歉地对韩骁说："不好意思，今晚我突然有点急事，吃饭的事以后有机会我一定请回来，行吗？"

韩骁微怔，想着在骆桀包场的餐厅里提前备下的玫瑰与烛光晚餐，心情不太好，但也只能强颜欢笑地说："没事。"

他的表情控制得当，反倒是骆桀心里十分不爽。

"许小姐，我这餐厅都包场了，你说不来就不来，你这……"

韩骁看了骆桀一眼，打断了他的话："没关系，既然你有事就先走吧，以后再约。"

"真的很抱歉。"再三致歉后，许辛夷带着安雅径直离开。

骆桀看着两人离开的身影叹了口气："刚才你但凡多说一句，这么好的机会也不会就这样错过了。"

韩骁一句话也没说，转身离开。

离开了摄影棚的许辛夷开车带着安雅直奔商场。

"去哪儿啊？"

许辛夷沉着脸道："商场。"

“购物？可我看你这脸色也不像是要去购物。”

“给易扬买礼物。”

一码事归一码事。

既然这件事真是易扬帮的她，她也不能忘恩负义，买个礼物感谢他，两不相欠，省得以后欠他。

花了半个小时，许辛夷精挑细选了一块手表，花了小二十万。

这算是一份厚礼。

安雅啧啧称奇：“二十万，许辛夷，你对你老公可真大方。”

许辛夷心在滴血：“你知道的，我爱他嘛，这点小钱算什么？”

易氏大楼灯火通明。

易扬看完最后一张报表，看了一眼时间。

赵彬敲门进来。

“易总，车准备好了。还有，《B·W》的萧主编回信，说许小姐的杂志已经拍摄完成，照片也由许小姐带回了一份。”

易扬点头，想起前两天许辛夷说今晚请韩骁吃饭以表感谢不回老宅的事。

一个已婚妇女，一个未婚男人，他今天倒要看看他们这顿饭会吃到什么时候。

“今晚不回洑水湾，回一品兰亭。”

从商场出来的时间太晚，许辛夷有些累，没回老宅，直接就近回了市中心的一品兰亭休息。

她原想着回家立马洗个澡舒舒服服地睡一觉，可一进门就见着易扬竟然端坐在客厅里。

许辛夷受到了不小的惊吓，却只能佯装惊喜地问：“老公，你怎么也在这儿？”

易扬翻过一页杂志：“明天早上有早会要开，今晚就先住这儿。杂志拍完了？”

“拍完了。”

“吃完饭了？”

“吃完了。”

“谢过人家了？”

许辛夷咬牙：“谢过了。”

“嗯。”易扬低头沉默地看着杂志。

许辛夷脱下外套，揉了揉酸痛的肩膀，想起今天萧主编不经意间透露的话。

——挺奇怪的，平时萧主编都不提前给人看照片的，今天怎么还给了我一份让我带回来？

——萧主编骗我的吧？不可能啊。

易扬挑眉：“今天拍得怎么样？”

“还行。”想了想，许辛夷试探着问道，“老公，我今天听说《B·W》杂志曾经拒绝了很多大腕，韩大哥竟然有这么大的本事带我上杂志，我简直不敢相信。”

“韩大哥？”易扬冷笑一声，“许辛夷，你也快三十了吧？一口一个韩大哥，你还以为自己十八呢？这种称呼还喊得出口！”

——臭男人没事找事？

——只要我愿意，永远十八岁！你个年老色衰的老男人！

“这就是一个称呼而已，你别这么小气。”

“我小气？我只是觉得你年纪这么大了，是不是该收敛一下？”

许辛夷握紧了拳头，忍住了想捶爆这臭男人的头的想法，继续自己的正题，循循善诱道：“我就觉得很奇怪，今天萧主编还让我带照片回来，照片一向不外传，你说萧主编为什么要让我带回来？”

易扬翻着《B·W》，若无其事地说：“不清楚。”

许辛夷故作眼瞎：“其实我除韩骁之外好像也不认识其他什么人，还有我那三个代言，什么巧克力，什么手机，还有一个什么护肤品的品牌，这三个品牌同一时间找我代言，挺巧的，我总感觉背后有人在帮我。老公，你说谁会这么帮我呢？”

——我看你装到什么时候。

易扬翻书的手一顿，他不屑一顾地道：“这种小事没必要闹得尽人皆知，举手之劳而已。”

“可是我总得报答人家吧？老公，你知道是谁吗？”

“不需要，不知道。”

——死鸭子嘴硬，帮忙就帮忙了呗，有什么不好意思说的？

客厅里易扬翻书的声音哗哗作响。

“难道是……？”许辛夷看向易扬，一副恍然大悟的表情。

易扬手一顿。

许辛夷微微一笑："品牌方看我形象气质佳，所以找我？"

"……"易扬沉着脸，杂志几乎被翻烂。

这女人长得不怎么样，脸皮倒挺厚。

要不是因为不想总听到这女人在自己面前哭天喊地，他才懒得管她！

"肯定是这样！"许辛夷坚信不疑地道，"果然，群众的眼睛是雪亮的。"

易扬简直不想再理她。

许辛夷的脚不经意间踢了一下她带回来的礼物。

易扬注意到她放在脚边的礼物盒，咳嗽一声，也就随口一问："那是什么东西？"

许辛夷仿佛才想起来："这个……是我去给韩骁挑礼物的时候觉得挺漂亮的，顺便买的，买完才发现是男款。你看看你能不能用、喜不喜欢？能用你就用了吧，不能用、不喜欢的话你就放着，反正也不太贵。时间不早了，我先去洗澡了。"许辛夷将礼物放到他面前，支支吾吾地道，"谢啦。"

易扬冷笑。

她给别人买礼物，顺便买了一份回来送给他？

她真以为他是垃圾回收站，什么垃圾都收？

易扬的目光一刻都没落在那包装袋上，他看都懒得看。

他要什么没有，缺这么一个礼物？

以上次许辛夷送给他的那条三百块的皮带来看，这只怕也不是什么值钱的东西，都不值得他拆开包装。

五分钟后，易扬看着自己手腕上的腕表。

果然是她顺便挑的礼物，戴在他手上一点都不合适，还得自己去卸一截表带。

麻烦。

易扬十分嫌弃地将手表放回盒中，不过看在许辛夷一片真心的分上，他就勉强戴着吧。

《B·W》杂志预售的那天，官方微博放出了许辛夷与韩骁的合照。

照片上穿着西装的许辛夷化着暗黑系妆容，里面没穿其他衣物，西装恰到好处地微敞，大胆而性感。她与韩骁站在一块，冷艳高傲地直视镜头，十分引人注目。

事实证明，颜值即正义。

评论区“炸”了。

“许辛夷这组照片太帅了！突然悟到了许辛夷的美！”

“网上总有人抨击许辛夷的颜值，虽然我不喜欢许辛夷，但不得不说一句，许辛夷的脸真的没的挑，这组照片帅极了！”

“这小姐姐帅得我合不拢腿！”

“太帅了吧！不愧是《B·W》，也就《B·W》能拍出这么有质感的照片来！”

“啊！这两个人站在一块也太配了吧？我必买！”

“我只看脸，只要她不杀人放火我就能爱她一辈子！”

预售的《B·W》三秒被抢光，不说创造了《B·W》的销售奇迹，但这种情况也确实少见。

相比之下，备受瞩目的许微茵复出后拍摄的第一本杂志《时尚周刊》却反响平平，没砸出什么水花来。

挑刺的路人不少。

“昨天许辛夷的照片出来，和韩骁搭档，瞬间惊艳了我，相比之下许微茵和谢迟的照片低了不止一个档次。”

“都说长江后浪推前浪，许微茵姐姐还是得服输。”

“我听说许辛夷是顶着‘小许微茵’的名号出道的，但我还是感觉许辛夷更合眼缘。”

“许微茵和谢迟不搭啊，没有许辛夷那么百搭，许辛夷这人虽然人品不咋样，但是和谁在一起看着都舒服。”

“我听说许微茵这次杂志的拍摄可是抢的许辛夷的，现在反倒让许辛夷翻盘了，不知道许微茵心里怎么想。”

这一条评论引出不少路人，大家纷纷询问是怎么回事。

“给你们个链接自己去看吧。”

虽然这条评论很快就被官方微博删除，但依然被不少有心人截了图。

其实那个链接也就是个爆料帖，里面详细说明了这期杂志原本是由许辛夷拍，可许微茵复出想踩着许辛夷上位，不仅抢了许辛夷的杂志拍摄工作，还抢了许辛夷的代言和戏。

为了让自己说的话更有可信度，这人还贴出了《时尚杂志》之前曾经列出的本月嘉宾名单，其中最近一期的名单上的的确确有许辛夷的名字。

而许辛夷代言了三年的产品，如今换成了许微茵代言。

剧方的编剧更是删掉了从前有关许辛夷的微博，开始在微博上与许微茵互动。

种种迹象和证据表明，许微茵现在所有的资源都是从许辛夷那边抢来的。

许微茵的老粉丝大多理智，看到这些证据有些不敢相信，告诫发微博的博主不要造谣，转发过五百是会被告的。

可那博主和许辛夷如出一辙地嚣张，不仅不删，还特意提了许微茵的微博，大有“你觉得我造谣就去告我”的意思。

现在网上针对许微茵的质疑声不断。

抢人资源这种事，还真挺让人恶心的。

关键是许微茵那儿一点动静都没有。

“真是看不出来许微茵竟然是这种人，抢人资源真恶心。”

“《时尚周刊》的销量这月最低，杂志方肠子都悔青了吧？《B·W》那组照片是真不错。”

就在这时，网上又爆出了许微茵过去的情史，算是转移了网友们对许微茵抢资源这件事的注意力。

帖子内容是关于许微茵从前的情史的，算是合理猜测许微茵回国时带回来的儿子的爸爸是谁。

这种八卦消息群众可是最好奇的，纷纷围观。

在那个爆料的帖子下，易扬的名字被顶到了最热门位置。

这是从许微茵的访谈节目中抽取的信息：二十八岁左右，家世不错，年纪轻轻已经是公司负责人，与许微茵曾经是同学。

评论里网友们众说纷纭，出现了好几个如今新一代年轻掌权人的名字。

其中有两人的名字获赞数格外高。

易扬，易氏集团的总裁，旗下的一品兰亭一套房顶人家一栋楼的事早已尽人皆知。

江淮，江氏电子的总裁，身家可观。

除这两位外，还有人“扒”出许微茵当年曾与韩骁合作，两人还闹过绯闻。

虽然绯闻的事很快就平息，但互联网是有记忆的，发生的事永远不会被抹去。

随即有所谓的知情人爆料，事情是真的，易扬与许微茵是同学，他们过去确实有一段情，而且许微茵出国很有可能就是因为易扬。

这一爆料，直接将许微茵和易扬捆绑到了一块。

“如果这里面说的都是真的，那许微茵完全没必要抢许辛夷的资源，肯定是易扬给她的。”

“所以许微茵的儿子是易扬的？”

“之前不是有谁说易扬结婚了吗？对象是娱乐圈的某位女明星，怎么可能是许微茵？我站江淮。”

“虽然不知道江淮是谁，但易扬是我老公，我也站江淮。”

“江淮是谁？”

“没听说过江淮，这男人挺低调的。”

凑巧的是没过多久，许微茵在某次采访时被记者问到这事，她没有解释太多，只是表示过去的事都过去了，不想再提。

没有否认也没有解释，许微茵相当于默认了网上那些沸沸扬扬的猜测。

许辛夷将这爆料帖放到安雅面前，阴沉着脸道：“安雅，你给我分析分析，这些传闻说的是真的还是假的？”

如果放在从前，许辛夷哭着找自己，安雅肯定二话不说大骂易扬一番，然后怂恿许辛夷回头是岸。

可现在不同，现在易扬明显对许辛夷动了心，她再这么怂恿，就是造孽了。

俗话说，宁拆十座庙，不毁一桩婚。

就算是再好的朋友，她也不能插手别人夫妻间的事。

“你都说是传闻，当然不可信。”

许辛夷一副打死不信的样子：“可是这上面说的是真的，许微茵和易扬是同学，四年前有过一段情，这些都是确确实实发生过的事！”

小说里许微茵的孩子的父亲是谁一直没明说，就连最后和男主角在一起了，许微茵也没去做亲子鉴定。

这说明什么？

很有可能这孩子也不是男主角的。

这孩子不是男主角的还能是谁的？

易扬。

许微茵段位那么高，什么手段使不出来？

下个药带球跑，这不都是套路吗？

如果孩子真是易扬的，那可太棒了，一个不能让人拒绝的离婚的由头就有了！

“那都是过去的事，你别计较，我之前怎么和你说的？千万别和易扬闹，对他多一点信任，你闹就是把他往别的女人怀里推，知道吗？”

许辛夷冷静了下来：“安雅，易扬他不喜欢网上有自己的绯闻。”

她看向对面大楼的易氏集团，说：“如果这件事是假的，他一定会尽快平息这场风波，不会任由谣言继续下去。”

不过要是风波不能尽快平息，岂不是又给了她一个兴风作浪的缘由？

她不亏！

此刻对面大楼里，易扬开完连续五个小时的会议后，匆匆从会议室里出来。

赵彬见易扬出来，便想将自己刚才从网上获取到的易扬和许微茵的绯闻资料递给易扬。

“什么事？”

赵彬见他身后跟着五六名公司高管，低声说：“是网上的一些事。”

易扬刚想看，迎面走来一名员工，焦灼地送上一份文件。

“易总，这份文件需要您签字。”

易扬将注意力转移到文件上，看了两眼发觉有些不对劲，眉心紧蹙，沉声怒道：“这份文件昨天我不是说过方案不行吗？谁做的？让他去我的办公室一趟。”

身后的人噤若寒蝉。

“好的，易总，我马上去。”

赵彬再次将资料送上去。

易扬抬手不耐烦地推开：“先放着。你马上准备一下，这两天出一趟差。”

说完他转身进了办公室。

一天、两天、三天……一周。

许微茵和易扬仿佛被“锁死”了一样，搜许微茵的名字后面就跟着易扬的名字，搜易扬的名字后面就跟着许微茵的名字。

话题一个接一个。

许辛夷耐心地等了足足一周，在安雅面前恨得磨牙：“安雅，话题还在。”

许微茵和其他几人如今都组成了话题。

譬如 # 许微茵易扬 #，再譬如 # 许微茵江淮 #，又譬如 # 许微茵韩骁 #。

但很快，# 许微茵韩骁 # 的话题就消失了，只剩下 # 许微茵易扬 # 和 # 许微茵江淮 # 的话题。

“你别多想，他工作忙，肯定没注意这种小事。”

“没注意？”许辛夷如被点燃的爆竹一般瞬间就炸了，一脸心痛之色，“之前他和那个谁，叫什么……左容，对，就是和左容传绯闻的时候，他第二天就让公司辟谣了，人家左容现在还被封杀着。轮到许微茵，这都几天了？一周了吧？一点动静都没有！”

“你别急，这样，你如果真怀疑，就公然问他，看他怎么回答。”

许辛夷无比忧愁：“可是他明明知道许微茵抢了我的资源，依然无动于衷。也是，我怎么能和他的旧情人相比？”

安雅无奈：“什么都不清楚，你别瞎吃醋。”

“吃醋？我吃什么醋？笑话，我会吃……”一个臭男人的醋？

是“小鲜肉”不够年轻还是成熟男人不够有魅力？

她会吃醋？

不过易扬在这件事上确实反常，平时处理绯闻很及时的他，现在一个星期过去了也没处理这事。

估计他真和许微茵有不一般的关系。

亏得她前两天还送了他一块二十万的表，白白便宜了那臭男人！

安雅一言难尽地看着她：“行行行，你没吃醋，行了吧？”

丁零——

一则消息推送到许辛夷的手机上——“昔日当红女明星巅峰期退圈，四年后携子而归重回娱乐圈，竟是为了他”。

很好。

当晚许辛夷回了老宅，在易老先生面前沉着个脸郁郁寡欢，提不起精神。

当易老先生问起时，许辛夷欲言又止，最后只勉强笑道：“爷爷，我没事。”

“工作累了吧？”

“有一点。”

“那赶紧上去休息。”

许辛夷乖乖地上楼休息。

等她上去之后，易老先生眉心一皱："最近是不是发生什么事了？"

易夫人仔细想了想道："没听说发生什么事啊，晚上易扬回来，问问他。"

晚上十点，易扬回家，一进门就被易老先生叫住了。

"最近你和辛夷之间是不是发生什么事了？"

易扬摸不着头脑，最近许辛夷不是挺老实的吗？

"爷爷，怎么了？"

"我看她今天心情不好，问她她也不说，你上去问问，看是什么事。"

许辛夷心情不好？

又有人欺负她了？

"行，爷爷，我问问她。"

说完，易扬抬脚上楼。

——果然是臭男人！一周了一点动静都没有。

——待会儿等他回来，一定不能放过他！

房门外的易扬一脸茫然之色。

他最近好像没干什么吧？

他推门而入。

许辛夷听到动静，立马从沙发上弹起来，看着易扬，张了张嘴，可话到嘴边又被咽了下去。

"你回来了？"

易扬不动声色地嗯了一声，脱下外套准备换衣服："爷爷说你今天心情不好，怎么了？"

——心情不好？我哪里心情不好？要和你离婚，我心情好得很！

许辛夷语气低落地道："没事，我就是工作有点累而已。"

易扬疑惑地道："许辛夷，到底怎么回事？"

"我没事啊，我能有什么事？"

"那你情绪这么暴躁？"

许辛夷强扯出一个笑容："我哪里暴躁了？"

"不说？"

许辛夷沉默。

"不说算了。"易扬作势往浴室走去。

许辛夷磨牙，一把抓住他，面色阴沉地将平板电脑扔到他的手里，声音逐渐哽咽："网上都在传你和许微茵的事，你说，你和她之间到底是怎么回事？"

——我倒要看看你今天怎么解释。

易扬接过平板电脑翻看了两眼，看到上面自己和许微茵的绯闻就知道许辛夷又是在借题发挥然后让他提离婚。

"我和她没什么关系，你不要无理取闹。"易扬把平板电脑扔了回去。

许辛夷拦住他，不依不饶地道："我无理取闹？好，那你敢说你和她没有过去？"

"我和她过去是认识，但是……"

"果然被我猜到了！你和她真有过去！"许辛夷露出一副恍然大悟的表情，"我知道了，我和许微茵长得很像，所以你当初答应和我结婚，是不是把我当成她的替身了？现在正主回来了，你是不是想和我离婚和她在一起？"

她哽咽道："我这么爱你，你为什么要这样对我？"

"你在胡说八道什么？"

许辛夷胡搅蛮缠，看着他道："我胡说？看，你生气了吧？我说中了对不对？如果你不喜欢她，上次她抢我的资源的时候你怎么不警告她？还有这次绯闻，人家韩骁第二天就澄清了，你呢？你无动于衷，一周了！一周了你还任由事态发展！"

她说得理直气壮，好像易扬罪大恶极，不可饶恕。

"如果你和她之间没什么，你为什么不澄清？话题热度还挺高，你是不是故意的？你说啊！怎么不说话了？"

——有本事你就指着我的鼻子说"许辛夷，我和她的事用不着你管"！

易扬深吸口气，道："许辛夷，你不要借题发挥，我和她之间没什么。"

也不知道是不是因为太投入，许辛夷觉得自己今晚演得有点过头。

她脑子一热，抓着易扬脱下来的外套就把他往房外推。

"没什么？你不说清楚，今晚别想回房睡！"

砰——

被赶到房外的易扬脸都绿了。

他竟然被赶出房间了？

许辛夷，你真是好样的！

他开始敲门。

“许辛夷！开门！你今天过分了啊！”

一分钟后，门开了。

许辛夷仍一脸愠色地站在房里。易扬低声道：“你听我……”

啪——

许辛夷将外套扔到他身上。

大晚上的，易扬也不敢闹出太大的动静惊动别人，只压着声音道：“许辛夷，你把门打开，你不开门我怎么跟你说清楚？你把门给我打开！”

当晚易扬是睡在客房的。

翌日一大早，做早饭的阿姨都还没醒，忍了一晚上怒火的易扬一脸愠色地去了公司。

“赵彬呢？”

小助理一脸恐慌之色，不知道为什么一大清早自家老板发这么大的火：“易总，赵助理上周出差去了，您吩咐的。”

易扬吸了口气，差点忘了这事。

“立刻把公关部的负责人给我叫过来！”

小助理战战兢兢地道：“易总，现在还没到上班时间，公关部的陈总监应该还没到公司。”

易扬冷冷地望了过去。

“我马上去给陈总监打电话！”

现在是早上八点。

在微博上搜索许微茵，最热门的词汇就是“许微茵易扬”，许辛夷说得没错，两人被捆绑到了一起。

易扬在这一个小时内积压的无数怒火犹如即将喷发的岩浆，一触即发。

上午九点，公关部的陈总监来到易扬的办公室，小助理为两人关上门的瞬间，听到了办公室内毫不留情的怒斥声。

“怎么回事？易总好久没发这么大的脾气了。”

小助理缩了缩脖子：“不知道。”

最终的结果是，公关部的陈总监急赤白脸地从易扬的办公室出来，大骂公关部后，网上再无许微茵和易扬的绯闻。

“这下你高兴了吧？”安雅将那些一个个被删除的造谣帖放到许辛夷

面前，似笑非笑地看着她。

许辛夷挑眉看了两眼，没有说话。

“虽然说易扬处理得不及时，但他也给了你一个态度，现在你总放心了吧？”

“但是孩子的事，没有一份《亲子鉴定书》我始终不安心。”

“那你打算怎么做？”

许辛夷想起小说中“许辛夷”因为许微茵回国而变得歇斯底里，不仅在娱乐圈打压许微茵，而且越发疑神疑鬼，只要易扬有点什么蛛丝马迹就立马和他大吵大闹。为了知道许微茵的孩子是不是易扬的，“许辛夷”派人暗中跟着许微茵，等许微茵带着儿子出门时，剪了一缕许微茵的儿子的头发。

后来易扬知道这事后勃然大怒，两人的关系彻底降到冰点，当然，亲子鉴定也没能做成功。

她得想个办法，解开孩子的父亲是谁这个谜题才行。

就算这个孩子不是易扬的，易扬知道自己这么怀疑他……

许辛夷心里的算盘打得啪啪作响。

办公室外传来敲门声。

“辛夷姐，江念来了。”

许辛夷看了一眼安雅。

安雅回神：“差点忘了，我让他今天过来谈个合约，你也知道这小孩形象不错，我想让他上个综艺节目试试。”

说完，安雅又对门口的工作人员说：“我知道了，马上过去。”

许辛夷也起身：“走吧，一起去看看。”

会议室里，江念安静地坐着。

他签约许辛夷的工作室快半个月了，半个月里工作室还没安排他做任何工作，也没有和他进行任何沟通。

放别的艺人身上估计早耐不住性子和工作室联系了，但江念丝毫不慌，甚至说当他签约许辛夷的工作室的时候，没有哪一刻心里有这么平静。

会议室的门被打开。

“江念，你来了。”

江念今天穿着一件白色的衬衫，干净清爽，背后是透过百叶窗洒入的阳光，整个会议室里似乎都充斥着青春阳光的气息。

见人进来，江念忙起身道："辛夷姐、安雅姐。"

许辛夷错愕地看着他："几天没见你，好像长高了，你确定你是二十吗？不会是十八还在长身体吧？"

江念不知所措地眨了眨眼。

安雅忍不住笑了笑："行了，你别听她瞎说，快坐下。"

江念垂眼安静地坐下。

"安雅姐，今天找我来有什么事吗？"

安雅将面前的文件打开，推到他面前："都签约这么多天了，我们不找你你也不找我们，没见过你这么沉得住气的艺人。这是我给你规划的未来路线，你看看，觉得哪里不好提出来，我们商量着改改。"

江念就随便看了一眼，又将文件推了回去。

"安雅姐您决定就好。"

安雅与许辛夷对视一眼然后说道："你就不怕我们把你卖了？"

"怎么会？"

"行，既然你这么信任我，那我就全权替你做主了，下周有个综艺节目，咱们试试，行吗？"

"行，您安排吧。"

许辛夷是个明星不是经纪人，对于艺人的规划不太懂，全程歪靠在一边，偶尔刷刷微博动态，看着沐浴在阳光下的江念。

说是二十岁，可他未免也太显小了。

特别是他头发搭在额前，只露出直挺的鼻梁和那双大眼睛，让他看起来和刚步入大学的大学生差不多。

他偶尔看过来一眼，两人四目相对，许辛夷微微一笑，小孩竟然瞬间红了脸，眼神慌乱，不好意思地低下头去。

安雅与江念聊完，许辛夷插话道："之前你说你家里人不希望你进娱乐圈，后来你和他们沟通过吗？"

江念的笑容渐渐消失："我不想和他联系。"

说这话时，江念身上有明显的戒备和抵触之意。

他应该很不想谈自己的家庭。

既然如此，许辛夷也没说太多："那你可得做出成绩给他看看。你先回去吧，好好休息，珍惜最后一天假。"

江念点头，站起身来。

刷到一条狂捧许微茵和江淮的微博，许辛夷轻笑了声，随口问了一句："安雅，许微茵和韩骁以及易扬的话题都没了，只有江淮的还在，你说许微茵和江淮的事是不是真的？"

走到门口的江念脚下一顿。

"不清楚，江淮这个人挺低调的，我问了下同行，没几个人知道他过去的事，不对，不应该这么说，应该说江氏电子的人都挺低调的。"

江念转身道："江淮？"

许辛夷笑道："没什么，我和安雅在闲聊呢。"

"江氏电子的江淮？他怎么了？"

"你最近没上微博吗？"安雅问他。

江念说："我很讨厌那个地方。"

"江念小朋友，身在娱乐圈得多关心关心娱乐圈的动向，最近都在传许微茵带回国的儿子是江淮的，你可以回去看一下八卦消息。"

江念眉心紧蹙，一时间没有说话，表情极其复杂。

他只留下一句"我知道了"便匆匆离开。

他刚将会议室的门关上，就拿出手机上微博。当他看到消息栏上显示的未阅读数字，以及这段时间增加的粉丝数时，瞳孔微缩。

但也仅仅是一瞬间，他就无视了这些搜索起许微茵。

搜索框词条下最热门的一条就是"许微茵和江淮"。

他点进去一看，最热门的是一条分析许微茵和江淮的过往的长微博。

他粗略地看完。

内容与他无关。

他正准备退出微博时，底下一条评论引起了他的注意。

"所以之前许微茵能抢到许辛夷的资源，是因为江淮在背后替她做主？"

抢资源？

怎么回事？

又花了十分钟的时间，江念将这段时间发生的事来来回回地了解了一遍，随即给一个号码发了条短信过去。

"许微茵抢许辛夷的资源的事是你干的？"

很快，那人回了信息过来。

"今晚回家。"

看着这条短信，江念眉眼间阴郁的神色渐浓。

夜幕四合，一天到晚没什么事的许辛夷从工作室姗姗回家。

虽然昨天晚上因为许微茵和易扬捆绑的事，她趁机借题发挥了一番，还让易扬睡了一天的客房，但现在算是解除了误会，她还真有点理不直气不壮的心虚感。

她踏进别墅时，客厅内灯火通明。

在隐约传来的说话声中，许辛夷听到了易扬的声音。

现在才八点半，他今天怎么回来得这么早？

早知道他今天回来得这么早，她就该去一品兰亭睡一晚上。

她有点想溜。

她昨晚是不是做得太过分了？

许辛夷转念一想，易扬那臭男人让她独守空房两年多，就让他睡一晚客房怎么了？

她哪里过分了？

“少夫人回来了？今天怎么回来得这么晚？少爷都回来陪老先生聊了一会儿天了。”

许辛夷一惊，冲着陈伯笑了笑：“是啊，今天有些忙。”

深吸口气后，许辛夷换了鞋往客厅走去。

客厅里易扬换了家居服，正和易老先生说着什么。

易扬一眼扫了过来，许辛夷下意识地避开他的目光望向易老先生。

“爷爷、妈，我回来了。”

“终于回来了？”易老先生招呼她过去，“快过来坐下，今天怎么回来得这么晚？”

许辛夷坐在易扬身侧，小声说：“工作室有点事，所以耽误了。”

“是这样，”易老先生看了易扬一眼，“易扬啊，他有件事想和你解释一下，希望你别误会。”

“解释？”许辛夷看向易扬。

易扬说：“昨晚你不是一直在和我吵，怀疑我和许微茵有旧情，怀疑许微茵的孩子是我的吗？”

许辛夷看了一眼易老先生和易夫人。

易老先生拍拍她的手背，慈祥地笑了笑：“都是谣言，爷爷之前也听到过一些，根本没放在心上，我知道你这孩子心思细，总喜欢东想西想，现在我让易扬亲口和你说。”说完，他板着脸，语气重了几分，“辛夷，不是爷爷说你，这种捕风捉影的事你怎么能信呢？”

易老先生看了一眼易扬，给了他一个眼神。

易扬沉着脸，说："纯粹是谣言而已，我和许微茵只是普通的大学同学关系，我和她已经很多年没见过了，她带回来的孩子不可能是我的。"

许辛夷愧疚地低下头："原来是这样。"

——假的就假的呗，你有必要当着爷爷和妈的面向我解释吗？

——就睡了一天客房而已，心眼这么小。

易扬瞥了她一眼："许辛夷，你是不是应该向我道个歉？"

——当然得道歉！谁让我惹了心眼这么小的你呢？

——一言不合就告诉家长，真是玩不起。

许辛夷愧疚地看着他，眼底似有泪花翻滚："老公，对不起，是我错怪你了，你别生气。"

易扬静静地看着她表演，眼底没有情绪："然后呢？"

"我发誓，我以后再也不怀疑你了。"

易扬依然目光沉沉地望着她。

——我都发誓了你还想让我怎么样？

许辛夷拿出自己演戏的那股劲，转头泪如雨下地看着易老先生："爷爷，对不起，我知道我错了，昨天不该那么冲动地和易扬吵架，还让他睡了一晚的客房，您原谅我。"

说完她又转头看向易夫人，真情实感地道歉："妈，对不起，我以后不会了。"

诚恳的道歉、可怜的表情，她将一个认错的女人演绎得入木三分。

——臭男人，别以为只有你会找家长！

果不其然，易老先生瞬间就心软了，语气温和地道："行了行了，既然辛夷都道歉了，这件事就到此为止，以后谁都不许再提。"

易夫人也附和道："爸说得没错，这就是个误会，现在解开了就好了，夫妻之间最重要的就是信任，以后不许再因为这件事闹了，记住了吗？"

许辛夷哽咽着点头，眼泪簌簌落下。她看着易扬说："老公，你别生气了，是我不好，不然我今晚睡客房好吗？睡书房也行，睡客厅也可以，只要你能消气。"

易扬当然知道她存的什么心思，当即也没点破。

"妈说得对，夫妻之间最重要的就是信任，以后不要一言不合就和我吵，听清楚了吗？"

易老先生和易夫人没说话。

——我忍！

许辛夷一副受气的小媳妇样，连连点头：“嗯，我听清楚了。”

易扬从喉咙里挤出一个嗯字，随后起身道：“爷爷、妈，我和辛夷就先上去了，你们早点休息。”

“好，去吧。”

易扬看了坐在沙发上不想挪身的许辛夷一眼，给了她一个眼神。

许辛夷无奈起身，继续摆出一副受气的小媳妇样跟在易扬身后上楼回房。

易扬先进门，坐在沙发上往后一靠，看着恨不得一步当作三步挪的许辛夷，颇有种一雪前耻的意气风发之感。

“关门。”

挪到沙发边上的许辛夷握紧了拳头，面对易扬的使唤，不得不挪到门口去关门。

“老公……”

“倒杯水来。”

——我忍！

——你给我等着！

许辛夷忍辱负重地给他倒了杯水。

易扬接过，无比挑剔地道：“没有温的吗？”

——杀人犯法杀人犯法，许辛夷，你冷静一点，别冲动！

许辛夷忍着想把面前这杯水往易扬脸上倒的心情，微笑着说：“我去倒！”

说完，她愤恨地下楼去给臭男人倒温水。

五分钟后，许辛夷端着一杯温热的水上楼递给易扬。

“老公，水来了。”

易扬接过：“多谢。”

他接过水却不喝，将其搁在面前的小桌上。

——他果然是在整我！

“我和许微茵的事，我想刚才在楼下我的回复你应该听清楚了，以后我不想再从你嘴里听到怀疑我和许微茵的话，记住了吗？”

许辛夷点头。

“至于你昨天让我去睡客房的事……”

“老公，昨晚我也是气急了，你别生气，我真的不是故意的。”

易扬扬眉："现在怎么不说睡沙发、睡客厅了？"

——臭男人得寸进尺是不是？

——是不是想把我逼上梁山与你同归于尽？

"你如果不解气的话，我也可以去睡客房的。"

——说得好像谁愿意和你这个浑蛋睡一张床似的。

说完她就想走。

"算了，"易扬打消了让她去客房睡的打算，"这件事就这样过去了，咱们谁也别再提，以后没事不要和我大吵大闹，记住了吗？"

许辛夷点头。

看着易扬的侧脸，她倏然想起许微茵那孩子的事。

她试探地问道："那……老公，你四年前和许微茵有没有过一段情？"

易扬面容沉静，顿了顿，说："没有。"

从表面来看似乎看不出什么，但他停顿了一下。

就这停顿的瞬间，许辛夷凭借女人的直觉嗅到了一丝不同寻常的味道。

他在思考怎么回答自己。

所以两人在四年前肯定有过什么，或者是发生了易扬不愿提及的事，否则他回答时不会迟疑。

"是吗？"许辛夷注意着他的表情。

易扬眉心微蹙，看向许辛夷："刚才你在楼下是怎么说的？怎么保证的？再说一遍。"

"夫妻之间最重要的就是信任，我以后再也不会怀疑你了。"

"那你刚才在问什么？"

"我……我只是好奇而已，真的！我没有怀疑你的意思，老公，我相信你，你也得相信我！"

易扬用一副"不想在这件事上过多纠缠"的语气道："行，我相信你，那么这件事你还有什么不清楚的地方吗？"

许辛夷想了想，摇头。

"既然你都清楚了，我想我们之间应该没有其他的误会，那么我们的关系什么时候公开？"

话题一转，许辛夷微微一愣："什么？公开？"

"怎么？有顾虑？"

"有！当然有！"许辛夷震惊地回神，一脸"我全是为你好"的表情，

“老公，你看，我现在名声这么差，如果让别人知道我是你的妻子，他们肯定会笑话你的，还有爷爷和妈，说不定也会被我连累。别人家的媳妇个个都是贤良淑德、知书达理的，虽然我也挺不错的，可是现在的社会人心浮躁，别人说什么他们就信什么，根本没有自主思考的能力，我受这个委屈没什么，不能让你们受。”

易扬若无其事地说：“你放心，爷爷和妈不会介意，我也不会介意。”

“不行！”许辛夷义正词严地道，“我介意！”

“所以？”

“所以我想，等我名声好了之后咱们再公开夫妻关系，老公，你觉得怎么样？”

“名声好了之后？那我岂不是得‘单身’一辈子？”

“怎么会？老公你说笑了。你放心，不会很久的！等我那个《贝贝升职记》上映之后，《凰途》也快上映了，到时候我肯定能洗白。”

易扬目光沉沉地看着她，似乎在思量这个提议。

——不公开不公开，打死我也不公开。

——公开了以后那些“小鲜肉”岂不是一口一个“易太太”，诚惶诚恐地离我十万八千里？

——我只想要一片森林，易扬竟然妄想把我吊死在一棵树上！

易扬沉着脸打量她许久。

“老公，你信我！”许辛夷望着他，眼底充斥着恳求之色。

易扬转过头去：“行了，你洗澡去吧。”

看着易扬那副嘚瑟的样，许辛夷全靠自己的忍耐力好，才忍住了自己蠢蠢欲动的拳头。

“老公，你真好，那我先去洗澡了。”

说完，她迫不及待地钻进了浴室。

洗过澡后，许辛夷上床准备睡觉，易扬靠在床头正翻着一本杂志。

“老公，你看什么呢？”

易扬将封面翻给她看，是《B·W》的杂志，还是她那期的。

许辛夷尴尬一笑，没有说话。

易扬将目光放在杂志里许辛夷那张尺度颇大的照片上，随口说了一句：“过两天有个慈善晚宴，你陪我一起参加。”

“慈善晚宴？可是我们……”

“不公开关系，你就不能陪我参加？”

“可是……”

“就这么定了。”易扬将《B·W》杂志合上，搁在床边的床头柜上，点评的语气十分平淡，“下次不要拍这么露骨的照片，爷爷和妈看见了不好。”

“……”

夜深人静，许辛夷躺在床上，看着枕边熟睡的人的侧脸，试探地低声问了句：“老公，你睡了吗？”

易扬没动静。

他睡着了？

他的睡眠质量还真好。

可怜她辗转反侧，思来想去睡不着。

四年前的事易扬肯定对她撒谎了，说明这件事绝对有隐情。

许微茵段位那么高，臭男人说不定入套了还不知道。

又或者他知道却不说，故意隐瞒。

不行，孩子的事她一定得弄清楚。

孩子是易扬的，她趁机离婚。

孩子不是易扬的，她找机会离婚。

打定了主意，许辛夷悄悄起床，在衣帽间摸到一把剪刀，赤着脚猫着身子，悄无声息地走到易扬身边。

她就剪两根头发，做个亲子鉴定不就真相大白了吗？

想着，许辛夷俯身，将手向易扬的头顶伸去。

床头灯在身后，背光的她在易扬身上投下了一片阴森恐怖的阴影。

她屏住呼吸，小心翼翼地揪着易扬额前的一小撮头发，咔嚓一声，成了。

小说里做个鉴定怎么就那么难呢？

一个两个位高权重的人都拿一个女人没办法，真是无能！

许辛夷窃喜之时，正好对上易扬睁开的双眼。

两人四目相对。

剪刀在床头微弱的灯光下，泛着瘆人的寒光。

她的拇指与食指间还捏着一小撮易扬的头发。

许辛夷咽了口口水，拿着剪刀在易扬眼前晃了两下，毫无底气地问：“老公，我说我只想给你剪个头发，你……信吗？”

易扬瞌睡全无。

他无比震惊地看着许辛夷手上举着的剪刀，以一种难以置信的语气说：“许辛夷，你是不是想害我？”

听听，这是人说的话？

——害你？别给自己脸上贴金了，你那条命不值得我进牢里。

“老公，你别误会……”

易扬盯着她手上的剪刀，沉声道：“离我远点。”

“……”许辛夷往后走了两步。

易扬起身打开灯，朝许辛夷伸手：“给我。”

敌强我弱，这种情形之下许辛夷审时度势，没和他较劲，将藏在身后的剪刀递给了他。

易扬看着那把还沾着几根碎发的剪刀，大半夜的她给他剪头发？她把他当傻子糊弄？

“说清楚，大半夜的剪我的头发干什么？”他半睡半醒间，模糊地瞧见床前站着个拿着剪刀冲他一脸狞笑的女人，魂都差点给吓飞。

许辛夷嘟囔道：“不干什么。”

——就几根头发而已，有必要生这么大的气吗？

“再说一遍？”

“就几根头发……不是，”许辛夷嘴一快，差点露馅了，“不干什么。”

易扬沉默地看了她良久，没听到许辛夷剪他的头发干什么，只得沉着脸扔下一句：“把剪刀拿回去，睡觉！”

许辛夷哦了一声，拿起易扬扔在桌上的剪刀放回衣帽间里，并将自己手心里的一小撮头发用干净的纸巾包起来，一脸喜色地放进首饰盒中。

——万事俱备只欠东风！

易扬眉心紧蹙，这女人又搞什么幺蛾子？

想为易扬和许微茵的孩子做亲子鉴定的事并非心血来潮，许辛夷已计划多时。在许微茵回国，传出背后有人的传言后，就有无数狗仔队暗地里跟着许微茵，企图某天能将背后那人的正面照拍下，挣一大笔钱。

所以，许辛夷第三天就毫不费劲地从一个娱乐记者那儿买到了许微茵的儿子的头发。

“确定是他的吗？”

许辛夷穿着大风衣，戴着墨镜和口罩，站在地下车库一个废弃的杂物间门后。

对方同样穿着大棉衣，戴着口罩和墨镜，全副武装，像卧底接头似的，站在门口将一个小封口塑料袋从袖子里拿出来，神秘兮兮地从门缝里递给许辛夷。

“我跟着许微茵的儿子和照顾他的保姆进的理发店，还能有假？”

许辛夷看了一眼头发。

“我知道你想干什么，放心，带毛囊的。”

“毛囊？”

那娱乐记者说：“那孩子一进理发店就跟发狂了似的，一个劲地扯自己的头发，我趁机从那孩子手上拿的，你拿这个去做亲子鉴定，肯定能行。”

“你怎么知道我要做亲子鉴定？”

“现在谁不想知道许微茵的孩子的父亲是谁？”那娱乐记者压低了声音说，“你如果知道孩子的父亲是谁，有没有兴趣和我合作？我这边有人，咱们可以联合搞个大新闻，不会让你吃亏的。”

许辛夷对大新闻没什么想法，当即敷衍道：“再说吧。”

“行，那我先走了。”

说完，那娱乐记者探头看了四周两眼，见四下无人才匆匆离开。

许辛夷从杂物间出来，手上拿着两个封口的透明塑料袋，意味深长地笑了。

明明就这么简单的一件事，“许辛夷”怎么就能搞砸呢？

还是得由她出马才行。

马上她就能把小说里最大的谜题给解开了！

两个小时后，许辛夷接到医院打来的电话。

电话里与她熟悉的医生压低了声音说：“许小姐，头发样本不行，做不了亲子鉴定。”

“不行？不能做？为什么？”

“用头发做亲子鉴定，需要带毛囊的头发，最好五六根，您拿过来的一方样本是被剪断的。”

许辛夷瞬间明白了。

所以，想给易扬和许微茵的儿子做亲子鉴定，需要她亲自从易扬的头上拔五六根头发下来？

许辛夷望向窗外，对面的易氏集团依然灯火通明。

从老虎头上拔毛，这件事有点难度，不太好办哪。

不过有志者事竟成，再难，对易扬的头发，她也志在必得！

打定了主意，许辛夷下楼去地下车库开车回家，在电梯口恰好遇到正准备回家的江念。

“江念？回去？”

江念似是刚练习完，头发还是湿的：“是。”

“坐我的车，我送你。”

以往江念答应得挺干脆的，今天却一口拒绝：“不用了，今天我有点事。”

许辛夷也没想太多，只点了点头。

下班高峰期堵车严重，从地下车库到公司正门口就花了许辛夷十来分钟的时间。

她正思索着待会儿怎么在“老虎”头上拔毛，就瞧见江念戴着口罩和帽子低调地往前一个路口走去。

许辛夷一个刹车，正准备按喇叭时，却瞧见江念面无表情地走向了路边的一辆迈巴赫。

副驾驶座上有人下车，毕恭毕敬地给江念开了车门。

江念似是有所顾忌，和车里的人说了两句话，随后才上车。

隔得太远，许辛夷既听不到他说什么，也看不到车里坐着谁，可是在她的印象里，江念不是个普通家庭的孩子吗？

不然他怎么会在被天娱封杀后，不得已去了影视城搬砖？

开得起迈巴赫、请得起司机和助理的人，不像是普通人。

一个身处娱乐圈的普通家庭的孩子，上了一辆迈巴赫，这怎么看都容易引人遐想。

难不成江念有什么事瞒着她？

虽然这些都是江念的私事，她无权过问，但那小朋友年纪还小，没经历过世间险恶，迈巴赫上的是好人也就算了，万一是什么乱七八糟的人，他被骗了怎么办？

许辛夷认为自己还是得给他打个电话。

电话很快被接通。

“喂，江念，你现在在哪儿呢？”

电话那头的江念沉默片刻后，压低了声音说：“辛夷姐，我……我刚上车准备回家，您找我有事吗？”

“我想起一件事，三天后你不是得上那个综艺节目吗？一些需要注意的事得和你交代一下，你现在能回公司一趟吗？晚上我送你回去。”

江念沉默片刻，说：“辛夷姐，我现在有点急事，我明天早点去公司，行吗？”

他说他有急事。

既然江念不愿意，她也不能勉强他。

许辛夷想了想，还是应了下来：“行，那明天见。”

江念挂断了电话。

也许是自己多心了，他上了一辆迈巴赫而已，都是成年人了，她有什么好担心的？

她打算明天旁敲侧击地问问江念到底是怎么回事。

与此同时，挂断电话的江念冷漠地望向车窗外。他握着手机，手无意识地不停按着开关机的键，屏幕亮起又黑，黑了又亮起。

宽敞舒适的车厢内弥漫着沉重的气氛。

车内太昏暗，江念看不清身边男人的全貌，车窗外偶尔掠过一盏路灯，才得以窥见那双目光凛然的眼睛。

男人低声笑道：“小朋友，别紧张，咱们只是回家和爸一块吃顿便饭而已。”

江念手一顿。

“你不应该让我去吃饭，他不会高兴的。”

“怎么会？他期待这一天很久了。”

江念转过头来看着身边的男人，眼底是浓浓的恨意：“我不会让他高兴的。”

车辆转过弯，缓缓驶入别墅区。

另一边许辛夷顺利地通过了堵车的道路，刚到家就见着有一个西装革履的陌生男人从别墅内走出。

见着许辛夷，男人停下脚步，微微躬身。

她疑惑地看着身侧送人出来的陈伯。

陈伯笑着介绍说：“这位先生是来给老先生送请帖的。”

“请帖？”

男人解释说：“我们是来给老先生送慈善晚宴的请帖的。”

许辛夷恍然大悟，原来是易扬昨晚提过的慈善晚宴。

许辛夷进门。

易老先生正和易夫人坐在沙发上谈话，面前放着一张请帖。

“爷爷、妈，我回来了。”

“回来了？刚好聊起你。”

“我？”

“对，”易夫人将面前那封请帖拿给她看，“三天后A城的慈善晚宴，以往都是易扬和我去参加，今年他们特地邀请了爸，不过最近两天天气太冷，爸身体一向不好，不想出门，所以就想让我和易扬还有你去参加。”

“慈善晚宴？有媒体到场吗？”

“这个是肯定的，怎么了？”

许辛夷面带难色地拒绝道：“那天我有点事，可能去不了。”

三天后江念参加第一档综艺节目，那小孩是她工作室的第一个艺人，她当然得尽心尽力。之前她就答应了江念作为嘉宾与他一同上节目，答应过的事反悔总是不太好。

最重要的是，和易扬出席那种场合，她和易扬的关系还不是分分钟被曝光？

“这样……那待会儿易扬下来你和他商量商量。”

“行了，这事待会儿再说，饿了吧？老陈，麻烦你叫易扬下来，吃饭了。”

衣服都没换的易扬从楼上下来，坐到餐桌边上。

——易扬最近这么闲的吗？回来得这么早？

许辛夷坐下，捏着筷子开始思考该怎么从易扬头上拔毛。

“对了，刚才慈善基金会的人来送请帖，三天后的晚上，你准备一下。”易夫人对易扬道。

易扬看向许辛夷。

许辛夷埋头吃饭，身体还往一边躲了躲，浑身上下写着“莫挨老子”四个字。

易扬冷笑：“我知道，我和辛夷一定去。”

许辛夷抬头看着他，很为难地道：“可是我那天有事，可能……”

“推了。”

“是很重要的……”

“推了！”

“……”

——要死要死，他这不是逼我公布我和他的关系吗？

——完了完了，他这是让我吊死在他这棵树上！

——臭男人以前守口如瓶，把我当空气，什么宴会都不带我参加，简直当没我这个人，现在一个劲地往我身上凑，什么意思？招之即来挥之即去？

——好气！

许辛夷愤愤地吃饭，眼神不住地往他头上瞟。

——不行，我得想个办法才行。

易扬看了她一眼。

“对了，”易老先生提醒他，“到时候江家肯定也会派人去，你自己注意点。”

易扬点头：“我知道。”

“江家？”

“江氏电子科技，”易夫人解释说，“以前与我们有过合作，但后来关系淡了。”

许辛夷恍然大悟，原来是男主角一家。

江淮与易扬一样，都是四年前和许微茵有过纠缠的人，其实和许微茵有过纠缠的男人也不止他俩，许微茵还和韩骁演过戏，还有几个排得上号的富二代也和许微茵有点关系。

只不过小说里就着重写了这三人，其他人的存在只是为了彰显许微茵的魅力而已。

而江淮之所以能抱得美人归，是因为江淮没有一个像她一样处处和许微茵作对的妻子。

然而很不幸的是，易扬有。

“老公，”许辛夷殷勤地将一块粉嫩的藕夹到他的碗里，微笑道，“你最近工作辛苦了，多吃点。”

自昨晚被许辛夷剪了一小撮头发后，易扬如今面对许辛夷都高度戒备，唯恐许辛夷这女人在他面前闹。

“谢谢。”

“我们夫妻之间有什么好谢的？”许辛夷无比贴心地道，“老公，你最近工作别太累了，我在新闻上总看到那些加班熬夜猝死的新闻，你也小心点。”

易扬眉心紧蹙，自打能听到许辛夷的心里话以来，他这眉心就没展平过。

听许辛夷这语气还挺期待的，她又想闹什么幺蛾子？

老先生问了一句："最近公司事情还多吗？"

"不多，阶段性的工作暂时处理完了。"

"那就好，"易夫人给他夹了块排骨，"最近你天天深夜才回来，得好好补补。"

几人吃饭，饭桌上只听得见碗筷的声音。

"哎呀！老公，你的头发怎么回事？怎么有白头发了？"

一声惊呼引起几人的注意，许辛夷着急地放下筷子就要去扒易扬的头发。

易扬身形往右一晃，反应极快地离她半米远，戒备地看着她："干什么？"

手停在易扬眼前，许辛夷无辜地道："我看你有白头发了，所以想仔细看看。"

"不用了，肯定是你看错了，坐下好好吃饭。"

易夫人看向易扬，惊疑不定地道："怎么还有白头发了？"

"没有的事，是辛夷看错了。"说完，易扬瞪了许辛夷一眼。

许辛夷脸上的担忧之色不比易夫人脸上的少："妈，肯定有，我刚才都看见了！"

易夫人担心地看着易扬："易扬，年纪轻轻有白头发多半是累的，你让辛夷好好看看到底有没有。"

"是啊，老公，你快让我看看。"

易扬想发火却找不到由头，以一副"你够了"的表情看着许辛夷。

许辛夷完全无视，索性站起来，打着为易扬好的名义，仗着易老先生和易夫人在这儿，强势地一手扳着易扬的肩头，一手在他的头发上拨动着，装模作样地在他的头上找白头发。

"老公，你别急，我刚才看到了，"她仔细拨动了几下，语气惊讶，仿佛发现了新大陆般，"老公！你真的有白头发，我给你拔掉！"

"许辛夷！"

"你别动！真的有白头发，我看见了！我现在就给你拔下来！"

许辛夷以迅雷不及掩耳之势扒住易扬的头，抓准时机，用拇指与食指夹住易扬的几根头发狠狠一扯。

易扬脸都绿了，咬牙切齿地道："许辛夷！"

许辛夷看着手上扯下来的三根黑色头发，怔了怔，似乎为自己看错了而感到不好意思，冲着易扬抱歉一笑：“不好意思，老公，我看错了。”

易扬压根半个字都不信，怒视着她道：“你是不是故意的？”

“我怎么可能是故意的呢？”许辛夷极度震惊，仿佛在用眼神指责他为什么会这么想她。

“你真的误会我了，”她一边将三根头发用纸巾包住，一边无辜地看着易扬，委屈地道，“我也是担心你才看错的嘛，你别生气。”

“行了行了，”易老先生打着圆场，“一件小事而已，辛夷也是担心你，有什么好生气的？吃饭。”

易老先生一声令下，谁都不敢造次。

易扬怒视着嘴角藏不住笑意的许辛夷，愤愤地拿起筷子。

——到手三根，待会儿想办法再扯三根！

捂着被许辛夷扯掉头发的脑袋的易扬一言难尽地看着许辛夷。

她扯了三根还想扯三根？

她简直得寸进尺！

吃过晚饭后，许辛夷陪着易老先生说了会儿话后上了楼。

在房间里没见着易扬的人，许辛夷溜达到书房，见易扬正坐在书桌后，便探出头去。

——找到了！

易扬眉心一跳，抬头看向门口鬼鬼祟祟的许辛夷：“去给我端点水果过来。”

“行，马上去。”

就在许辛夷转身下楼的瞬间，易扬面无表情地起身，火速关上了书房的门，并将其反锁。

她想折腾他？她做梦。

端了一盘水果上楼的许辛夷握着门把手正准备开门，却发现门从里面被反锁了。

“老公？”她敲了敲门。

里面没动静。

许辛夷又敲了敲门，高声道：“老公，水果给你端来了。”

“我暂时不想吃，你先回房休息吧。”易扬的声音从里面传来。

——臭男人属俄罗斯套娃的吧？一套又一套！

——一天到晚搞什么幺蛾子？

许辛夷叉了块水果往嘴里塞：“那我先去休息了，老公你也早点休息。”

——我就不信今晚你不回房睡觉！

易扬将键盘打得啪啪作响，眉心深陷得简直能夹死苍蝇。

九点。

十点。

十一点。

许辛夷看着墙上的挂钟，上下眼皮直打架。

易扬怎么还不回来睡觉？

她困死了。

什么工作那么重要，这么晚了他还不能休息？

就他这工作时间，长白头发都是好的，迟早得猝死。

十二点半，房门被人悄悄地打开了。

许辛夷蜷缩在沙发上，身上盖着一条毯子，毯子的一角滑到了地上，显然是等得睡着了。

易扬无可奈何地看了她一眼。

“许辛夷，醒醒。”

许辛夷没有动静。

一缕头发从她的脸颊边滑落到耳后，似乎有点痒，半梦半醒间，许辛夷伸手去挠，眉心紧蹙，嘴里嘟囔了几句话。

偏过头，她又沉沉地睡去。

易扬笑了一声。

安静睡觉的她比白天闹腾的她可爱多了。

她一天到晚就不能安分点？

易扬吸了口气，上前俯身，一手绕到许辛夷背后，一手绕到她的膝窝下，双臂暗自使劲将她抱了起来。

似乎要醒，许辛夷靠在易扬的肩头沉沉地呼了口气，温热的呼吸全喷在易扬的颈脖处，易扬觉得有点痒，还有点热，那股甜甜的味道就在他的鼻前环绕。

易扬深吸了口气，没吵醒她，轻轻地将人放在床上。

一沾床，许辛夷翻了个身，没有一点苏醒的迹象，背对着易扬继续睡着。

“真重，猪一样。”

这是许辛夷没醒，她如果醒了，非得和易扬拼个你死我活不可。

清晨的第一缕阳光照在许辛夷的脸上时，许辛夷悠悠转醒。

昨晚睡了个好觉，一觉睡醒，她只觉得精力充沛。

枕边空了，易扬应该吃过早饭上班去了。

昨晚也不知道他什么时候回房睡的觉。

等等，昨晚？

许辛夷思绪回归，蓦然一怔，仿佛想起了什么，暗道不好。

昨晚她不是在等易扬回房睡觉吗？她记得自己是睡在沙发上的，怎么一觉睡醒在床上？

许辛夷百思不得其解，想了许久也没想起来发生了什么。

难道是易扬抱我上床的？

不可能！

不可能吧？

易扬他还会……抱人上床睡觉？

许辛夷光想想那场景，整个人都不好了。

易扬估计只会踢她一脚把她踢醒，然后冷着脸让她上床睡觉，哪里会那么温柔体贴地抱她上床？

昨晚她睡得太早，没拿到头发，今天找个机会再拔易扬三根头发好了。

她掀开被子正准备起床，却看到易扬的枕头上摆着几根头发。

头发？

许辛夷趴在床上看着易扬的枕头上的几根头发。

不多不少，恰好三根。

许辛夷看着这三根头发若有所思，这未免也太凑巧了。

她小心地拈起一根头发，仔细查看根部，好像有毛囊。

易扬开始掉头发了？

果然，工作压力大的人都容易秃头。

一想到易扬谢顶的模样，许辛夷就忍不住想笑。

她怀着恶意想：等臭男人到了中年大腹便便还秃头，看谁要你。

不过不管怎么样，她可算是集齐六根头发了。

她将这三根头发一根一根地拈起，用纸巾包好后放进塑料包装里。

当天她就将易扬的头发送到了医院，一般一周左右出结果，现在她要做的就是等。

手机响起，是江念打过来的电话。

电话里江念的声音还是那么清亮："辛夷姐，后天我要上综艺节目了，你昨天和我说有事情要交代我？什么事？"

许辛夷欲言又止。她要怎么和江念解释，后天不能陪他一块去录制综艺节目了呢？

她想都不用想，易扬肯定不会让她去，失信于人又非她所愿。

夹在中间的许辛夷左右为难。

她第一次确切地感受到了安雅的烦恼。

"不好意思，江念，后天的综艺节目我可能没时间去，有个慈善晚宴我得参加。这样吧，我让安雅陪着你，下次有机会再一起上综艺节目，行吗？"

江念坐在练习室的地板上，靠着整墙的镜面发愣。

或许是因为练习时间太久，大脑有些缺氧，以致脑子昏昏沉沉胀得很，江念脑子里只回荡着刚才许辛夷在手机里和他说的这句话。

慈善晚宴。

江念心里清楚，参加慈善晚宴，比参加一个综艺节目要重要得多。

更何况许辛夷参加综艺节目，也只是以特邀嘉宾的身份出现，时间不会超过十分钟，更不会有太多的镜头。

他应该理解的。

练习室的门被打开了，安雅手里拿着两罐汽水进来，递给江念一瓶，在他身侧坐下。

"这两天练习辛苦了。就这一罐，下不为例。"在管理身材方面，安雅对艺人一向要求很严格。

江念接过汽水。

"后天上综艺节目别紧张，我陪你。"

江念看向她。

"刚才辛夷给我打电话了，有事耽搁是常有的事，你别放在心上，她也不是故意爽约的。"

江念垂着头，手里握着易拉罐并没喝。

"我知道。"他问，"安雅姐，辛夷姐喜欢什么样的男人？"

正开着易拉罐的安雅动作停滞片刻，一个了解男人的女人当然明白江念这话里包含的意思有哪些。

她若无其事地拉开易拉罐，仰头喝了一口，说："她喜欢成熟有魅力的男人。”

江念喃喃道：“成熟有魅力？”

“你知道，你辛夷姐年纪也不小了，在娱乐圈闯荡这么多年，适合她的男人是那种能为她遮风挡雨的，就算不能比她强，那肯定也不能比她弱。”安雅看向他，“你今年二十二岁？”

江念点头。

“有没有恋爱过？”

江念摇头。

安雅笑道：“你是在蜜罐子里长大的吧？经历少，等你在娱乐圈再混两年就懂了。”

江念沉默。

安雅拍了拍他的肩：“你还小，别着急，现在刚入娱乐圈，可别就想着找女朋友，那可是自找死路，至少等你稳定下来再说。”

“我明白的。”

“你明白就好，好了，你继续练吧，我还有点事要办，先走了。”

安雅离开了练习室。

江念一直没喝手上的那罐汽水。

即使许辛夷在心里反复骂了易扬一万遍，但看到慈善晚宴的请帖里附带的拍卖品名单时，还是仁慈地原谅了易扬。

当然，最重要的一点是现场没有记者在。

慈善晚宴也就是慈善拍卖，参加晚宴的人将自己珍藏的有价值的东西拿出来进行拍卖，拍卖所得全部捐赠给慈善机构。

和娱乐圈那种全网公开的慈善晚宴不同，这个慈善晚宴更注重的是慈善本身。

这种彰显自己身份的场合，出手大方的人比比皆是，叫价不要钱似的往上抬。

最后拍卖的那条蓝宝石项链最受瞩目，和传说中赫赫有名的海洋之心名气不相上下，是某慈善事业家的妻子所捐赠。

许辛夷记得，小说里“许辛夷”和许微茵争这条蓝宝石项链争得不可开交，可惜的是，在江淮的财力支撑之下，孤军奋战的“许辛夷”就这么错失了这条蓝宝石项链。

看着拍卖品的图文介绍，许辛夷笑了。

——这么漂亮的东西，当然谁拍到就属于谁的。

敲门声传来。

易扬站在门口看着她："好了吗？我们该走了。"

许辛夷站起来，特意走到易扬面前："怎么样？我好看吗？"

镶有银色亮片的鱼尾长裙，将许辛夷的好身材体现得淋漓尽致。

恰到好处的曲线，很难让一个男人不为之惊艳。

"还可以。"

许辛夷微微一笑。

像易扬这种没眼光的男人，她是不抱期望了。

毕竟她还能期待一个瞎子夸她吗？

许辛夷上前挽着易扬的手臂，冲他笑道："走吧。"

易夫人在客厅里等着，一见许辛夷下来，打量了她一眼，见她脖子上空空荡荡，总觉得少了点什么。

这次的慈善晚会在一家酒店召开，开办慈善晚宴的主人正是这次慈善晚宴上那条蓝宝石项链的捐赠人，那人和易夫人相识多年，两人一见面就寒暄个不停。

"终于等到你来了，你看看，人都来得差不多了，我在门口望眼欲穿，还以为你不来了。"

易夫人笑道："你的慈善晚宴我哪次缺席过？给你介绍一下，这是辛夷，我的儿媳妇。"

晚宴的主人姓宋，宋夫人挽着自己丈夫的手臂，惊奇地看着被易夫人推出来的许辛夷。年过五十的宋夫人保养得很好，眉目温柔地道："儿媳妇？你可终于舍得带出来了。"

易扬结婚之时宋夫人和宋先生也去了婚礼现场，但只匆匆见了许辛夷一面，之后再也没有见过。

如果不是今天易夫人主动介绍，她还真忘了易扬有妻子这一回事。

"这就是易太太？"

许辛夷站出来："宋夫人好，您叫我辛夷就好了。"

宋夫人不住地打量许辛夷，感叹道："这么年轻又漂亮的妻子，易扬，你可真是好福气。"

易扬态度谦逊。

"好了，不和你们多说了，快进去坐吧，待会儿咱们再好好聊聊。"

“行。”

易夫人带着两人进场。

此刻场内觥筹交错，三三两两的人聚在一起闲聊。

几人找到自己的位子坐下。

整个过程许辛夷安静无比，低调得简直不能再低调。

“辛夷，你看看今晚的拍卖品，有什么想要的和妈说。”

许辛夷受宠若惊。

“谢谢妈。”

倏然，一个略显惊讶的声音响起。

“伯母？您也来了？”

几人循声望去，竟然是许久没有露过面的秦妍。

自上次秦妍在自己的生日宴上设计了易扬一番后，许辛夷就再也没见过她来易家，易夫人更是再也没提起过秦妍。

如今秦妍端着橙汁站在席位前，大方地微微一笑。

易夫人脸上的笑意淡了不少。易夫人这态度说不上有多热情，反正在许辛夷看来，和之前对秦妍的态度相比，简直一个天上一个地下。

毕竟曾经在易夫人的心目中，秦妍是准儿媳的满意人选，易夫人平时待秦妍都像待亲女儿一样。

易夫人哪里知道秦妍会在自己的生日宴会上对易扬做那种事？

易夫人在反省自己看错了人的同时，也对秦妍失望透顶。

“是秦妍啊？好久不见。”

“是啊，好久不见，最近有点忙，所以一直都没能上门拜访您。”

“没关系，你忙就先忙去吧，我和辛夷看看今晚的拍卖品。”

易夫人这赶人的语气很明显。

秦妍瞬间有些尴尬，但又勉强笑道：“伯母有什么想买的吗？我……”

“我在问辛夷想要什么。”说完，易夫人看向许辛夷：“辛夷，待会儿看上什么就和妈直说，知道吗？”

许辛夷点头：“好的，谢谢您。”

“一家人说什么两家话？易扬的就是你的，说什么谢？”

——易扬的就是我的？

——这么大方？

——不能吧？我全身上下除了婚戒，就没有一样东西是易扬这臭男人送的。

许辛夷想了想。

——我却在易扬身上花了两条皮带和一块手表的钱。

——亏了亏了，亏大了！

易扬侧目看了许辛夷一眼，张嘴想说什么，但看到许辛夷空空荡荡的脖子后，又将话咽了回去。

被忽略的秦妍实在待不下去了，笑道："伯母，我改天再去拜访您，我先走了。"

易夫人微笑，并未挽留。

全程易扬一句话都没说，甚至连一个眼神都未曾给过秦妍。

有易夫人熟悉的女人前来打招呼，易夫人和她聊了两句后看向另一侧聚在一块说笑的夫人们，而后又看向许辛夷，问道："辛夷，要不要过去打声招呼？"

许辛夷知道，易夫人是想趁着这个机会，把她介绍给她们这个圈子里的人。

可许辛夷坐在原地，面露难色。

——刚才和宋夫人聊天脸差点笑僵了。

——和这么多女人打招呼，脸得笑抽筋吧？

——算了算了，这种场合应付一下吧。

就在许辛夷站起来的瞬间，易扬拉住了她，并对易夫人说："妈，我有点事想和辛夷说，那边就麻烦您挡一下。"

"就一会儿，马上回来，什么事这么等不及？"

"重要的事。"

易夫人无奈地道："行。"

不用假笑和交际，许辛夷一脸窃喜之色地坐下。

"老公，你有什么事想和我说吗？"

易扬看看她，又看看面前的拍卖品介绍，欲言又止。

"没什么。"

"那你让我……"

"我是怕你口无遮拦得罪了人还不自知。"

许辛夷暗地里翻了个白眼。

——臭男人，真讨厌！

会场门口似有骚动。

许辛夷抬眼望去，只见一个穿着西装的男人旁若无人般走进会场，眉骨下的一双眼睛无比凌厉，让人一眼就觉得这男人不好相处，更不好对付，但上前与他攀谈的人不少，男人偶尔会和前来打招呼的人寒暄两句，但对大多数的人视而不见。他身侧一个穿着白色裹胸长裙的女人挽着他的手臂，男才女貌，这么一看，两人还挺登对的。

两人一路走来，坐到了许辛夷的隔壁桌。

“易先生，好久不见。”

“江先生，别来无恙。”

两人隔着一条过道冷冷相视。

江先生？

——这就是江淮？

——和想象中还挺相符的，蛮帅的。

易扬侧目看了许辛夷一眼。

想象中？

许辛夷这女人，曾经还把心思放在江淮身上过？

“不知道易先生身边的这位是……？”

不等易扬说话，江淮身边的女人就替他解答道：“这位是易太太。”

她笑望着许辛夷：“易太太，好久不见。”

“你们认识？”

“之前有幸被易太太找过一次，为了易先生的事。”许微茵看向易扬：“易扬，好久不见。”

许辛夷时刻关注着易扬的表情。

这毕竟是他和回国后的许微茵第一次见面。

——不知道易扬对许微茵有没有感觉，两人有没有看对眼。

——时隔四年，旧情人见面应该有点感觉吧？

许辛夷忍着激动，偷偷地看了易扬一眼。

她一侧目，正对上易扬的目光。

许辛夷猛地收回目光。

——他不看许微茵看我干什么？

江淮不动声色地将许微茵的表情看在眼里，问道：“你和易扬认识？”

“当然认识，”许微茵无比坦荡，“我和易扬可是大学同学，认识他可比认识你早多了。”

——听听这说话的技巧，既是说给我听的又是说给江淮听的。

——“我和易扬可是大学同学，认识他可比认识你早多了”，这不就是告诉我，她和易扬有过那么一段清纯的校园时光吗？这不是告诉江淮，她和眼前这个男人认识很久了，她可是有备胎的，江淮不对她好她就去找别人，让江淮有紧迫感吗？

“对了，易扬，什么时候结婚的？我都不知道，四年前我出国的时候你还是单身，连个恋爱对象都没有，看来许小姐是有自己的过人之处，才能俘获易先生的心。”

——啧啧，这女人说话挺厉害的，“四年前我出国的时候你还是单身”，不就是告诉我、告诉江淮，四年前她和易扬还有联系？否则怎么会知道得这么清楚？

许辛夷微笑：“我们有婚约，两年前结的婚。”

易扬什么话也没说，伸手扣住了许辛夷的手掌。

——干吗啊？

许辛夷保持着微笑想把自己的手从易扬的手里抽出来，却没抽动。

——难不成他是看许微茵和江淮举止亲密吃醋了？所以找我挡枪？

——是哦，小说里都这样，男配角看着自己心爱的女人和别的男人亲密，不想面子上过不去，也不想丢了自己的自尊，就找女炮灰挡枪。

——我真惨！竟然成了这场三角恋中的牺牲品！

易扬目光不悦地看了过来：“许辛夷，你是不是饿了？”

“我不饿。”

“那你少说两句。”

“我没有！”

对面的许微茵低声笑道：“你们感情真好，这样我就放心了。”

许微茵似乎想起了从前的事：“以前在大学的时候，易扬可是我们系的系草，可惜性子太冷，没有当时的校草讨人喜欢，所以在排行榜上屈居第二。当时我就在想，易扬这样的性子，以后他会喜欢一个什么样性格的女人？”

江淮看向她：“大学的事，你记得倒挺清楚的。”

“那当然，当时……”许微茵似乎想到了什么，冲江淮微微一笑，“江先生，我和易扬只是普通的同学关系。”

许辛夷觉得自己作为一个对易扬一往情深的女人，这个时候不能再保持沉默。

“许微茵，你和易扬的过去我不想知道，所以你就别再提了。”许辛夷指着不远处的秦妍，“知道秦妍吗？小时候和易扬过家家，她扮新娘易扬扮新郎，易扬还说过什么‘二十五岁还没嫁人我就娶你’，你的这些事就别提了，没意思。”

易扬指正她：“我没说过那样的话。”

“说过，你肯定说过，是你不记得了。”

“没说过。”

“说过！否则秦妍怎么会记得那么清楚？”

易扬皱眉，别过脸去。

许微茵微微一笑，以掩饰尴尬：“是吗？易太太心态不错。那既然如此，之前又为什么误会我和易扬的关系？”

——来了来了，果然！我就知道许微茵这个女人对上次我拿钱砸她的事念念不忘！多半是要提一嘴的，没想到现在就提了。

“我……”

“什么误会？”江淮问。

“是这样的，我刚回国不久，就有人替我和易太太牵线搭桥，说易太太想单独和我聊聊。刚回国的我也没什么朋友，整天在家无聊，就去了。”说着，许微茵扑哧一笑，似乎是被逗乐了，“没想到易太太拿钱砸我，让我离开易扬，我当时都蒙了。”

易扬难以置信地看着许辛夷。

许辛夷忙道：“老公，你别生气，我没给钱。”

“……”易扬没绷住，笑了。

不仅是易扬，就连江淮也笑了。

“许小姐挺有趣的。”

易扬止住了笑，无奈道：“这是给没给钱的问题吗？”

“我当时是不知道误会了嘛。”她看向许微茵：“这也不是什么大事，许小姐有必要在这儿说吗？挑拨离间是不是？”

许微茵一怔，她真就是这个意思。

可被许辛夷张口就说出了目的，她一时间竟不知道怎么回话。

——哼，被我说中心思没话说了吧？

——想让我难堪，和我斗，你再修炼几年吧。

“许小姐别多想，我没那个意思。”

许辛夷咄咄逼人道：“没那个意思那是哪个意思？你是觉得可以用这件事取笑我吗？”

“许小姐别介意，我真的只是随口说说而已，而且我也想趁这个机会和你解释清楚。”

“解释什么？”

“我和易扬只是普通的同学关系，没有私情。”她温柔地看向江淮。

江淮却对她温柔的目光毫不在意，垂下眼，意味不明地摩挲着食指上的戒指。

“许小姐不相信我，也应该相信易先生吧？”

许辛夷的脸色这才好看了一些：“我当然相信易扬。”

有人端着酒前来与江淮攀谈。

江淮短暂地离席。

许微茵看着易扬，眉眼温柔地笑道：“易扬，恭喜你，找到了一位这么漂亮有趣的妻子。”

易扬颔首，并未言语。

这冷淡的表情，瞬间让许微茵有些坐不住了：“你还是和以前一样，不喜欢说话。”

说完她低头，似是叹息了一声，又抬头勉强笑道：“不好意思，我去一趟洗手间。”

许辛夷啧啧称奇。

——旧爱在面前，易扬竟然能这么淡定，简直像是什么都没发生过一般，了不得，太能忍了。

易扬皱眉看了她一眼，忍了又忍，还是没忍住：“许辛夷，你说你一天到晚的脑子里在想些什么东西？”

许辛夷无辜地道：“我没想什么啊。”

——易扬这话是什么意思？他不会怀疑我吧？

她仔细认真地想了想。

——刚才我不留情面地揭穿了许微茵的真面目，易扬不会真的信了吧？

——不会吧？易扬现在“鉴婊能力”这么强的吗？

——许微茵这种高级段位的人他都能甄别出来？

许辛夷认为自己有必要弥补一下。

“老公，我刚才是不是说错话了？”

“没有。”

“不，我肯定是说错话了，”许辛夷满脸懊悔之色，说，“我仔细想了想，刚才我绝对是以小人之心度君子之腹了，许微茵肯定也就是随口说说，她不像是那种挑拨离间的人，是我误会她了。易扬，你觉得呢？”

“不觉得。”

“嗯？”

易扬看着她，认真仔细地跟她分析：“你不觉得刚才许微茵说的话句句都很有技巧吗？”

“技巧？”

“见到我就说和我是大学同学，认识我比认识江淮早多了，你知道她说这句话是什么意思吗？”

许辛夷茫然地道：“什么意思？”

“她是在告诉江淮，她和我有过一段共同的校园时光，告诉江淮，她和我认识很久了，故意渲染暧昧气氛，让江淮有紧迫感。”

许辛夷欲言又止，片刻后才道：“是这样吗？不会吧？微茵和你是朋友，随口说的而已，你不要过度解读。”

易扬说：“不仅仅是这句，后来她说的话你没注意？”

“什么话？”

“后来她说四年前她出国的时候我还是单身，连个恋爱对象都没有，这说明什么？”

“说明什么？”

易扬逐条分析：“她是想告诉你、告诉江淮，四年前她和我还有联系，故意扯一段谁也说不清楚的过去让你和江淮吃醋，心里存个疙瘩。”

许辛夷：“……”

“她一个劲地在你和江淮的面前提起我和她的过去，就是为了挑拨离间，所以她后来说你拿钱让她离开的事，也是为了给我上眼药，挑拨我和你之间的关系。”

许辛夷硬着头皮说：“不会吧？微茵她看起来不像这样的人。”

易扬意味深长地说：“那是你见识少，今天见识到了？一个人能把这么多人玩得团团转，也是本事。”

许辛夷有些怀疑人生。

——了不得了不得，易扬到底经历了什么？从一个连秦妍这样低段位的“小白莲”都看不出来的人，直接晋级到能看穿许微茵这种高段位的行为，还分析得头头是道。

——他这么聪明，不知道有没有看穿我呢？

——应该没有吧？毕竟我比许微茵的段位高多了。

——仁者见仁智者见智，易扬能看穿许微茵，说明这男人也不简单，看来以后我得小心点，千万不能露出马脚来。

“老公，还是你厉害，能一眼看穿许微茵的真面目，不像我，这么单纯，一点都看不出来。”

易扬：“……”

女配的完美爱情

公子闻筝 著

下册

青岛出版社
QINGDAO PUBLISHING HOUSE

第九章　升　温

许辛夷一家在这场慈善晚宴中算来得迟的，没多久会场上差不多就坐满了人。

宋夫人在A市影响力挺大的，A市的各界名流也乐意给她这个面子，前来参加。

等易夫人回来后，江淮以及从洗手间回来的脸色如常的许微茵也落座了。

拍卖会正式开始。

经过主持人一番冗长的感谢以及主办人宋夫人的致谢演讲后，第一件拍卖品由一位甜美的礼仪小姐端了出来，是一个晶莹剔透的白玉瓶。

“今天拍卖会拍卖的第一件拍卖品，就是这件属于清朝的白玉瓶，由秦先生捐赠，起拍价二十万，每次叫价不得低于一万，竞拍开始！”

白玉瓶，装饰品，收藏价值也不算太高。

许辛夷率先举牌。

“许辛夷小姐出价二十一万！

“吴先生出价二十三万！”

许辛夷继续举牌。

“许辛夷小姐出价二十五万！

“许微茵小姐出价二十八万！”

许辛夷看向许微茵。

她记得“许辛夷”在拍卖时，总是喊价高于许微茵一万，“许辛夷”

并不想得到这件东西，只是单纯想把许微茵看上的东西抢过来，让许微茵丢面子而已。

当时两人叫价谁也不让谁，就在“许辛夷”急红了眼，喊价高于这件东西价值的三倍后，许微茵停止了叫价。

理所当然地，这件东西被“许辛夷”拍下，许微茵不仅落了个大度的好名声，还让“许辛夷”忍气吞声地花高价买下了这件“许辛夷”根本不喜欢的东西，落了个争强好胜的名头。

所以后来在这场拍卖会上，“许辛夷”红了眼，只要是许微茵看上的东西，她一定要争一争，最后被许微茵下套买了一堆自己并不喜欢的东西，无力竞争最后一条蓝宝石项链。

而最后的蓝宝石项链被许微茵拍下。

许微茵名利双收。

许辛夷微微一笑，举牌。

“许辛夷小姐叫价三十万，还有更高的吗？”

许微茵继续举牌，并朝着许辛夷抱歉一笑。

“许微茵小姐叫价三十三万。

“陈先生叫价四十万！四十万！还有比四十万更高的吗？

“许辛夷小姐叫价四十三万。

“许微茵小姐叫价四十五万！四十五万，还有更高的吗？”

眼看着价格越来越高，远远超过了花瓶本身的价值，易夫人疑惑地看了许辛夷一眼：“辛夷，你这么喜欢这花瓶？”

“当然，”许辛夷说，“回家放在卧室里，花瓶里放一束红梅，肯定特别漂亮！”

许微茵举牌。

“许微茵小姐叫价五十五万。”

——上钩了上钩了，我就知道许微茵不会放过任何一个机会。

——和我玩心机和我争？看谁玩得过谁！

许辛夷举牌。

“许辛夷小姐叫价六十万。

“许微茵小姐叫价六十三万。

“许辛夷小姐叫价七十万。”

许辛夷看着主持人身侧的白玉花瓶，似是志在必得。

她很有信心，许微茵一定会继续跟。

——这才哪儿到哪儿？七十万不足以表现出许微茵对这花瓶的喜爱，至少得到八十万，价格是这花瓶的三倍再忍痛舍弃，她才能表现出自己的大度。

易扬端起面前的红酒，低头饮了一小口。

“七十万第一次，七十万第二次！”

许辛夷微笑着准备起身收获自己的战利品。

许微茵举起了手牌。

“许微茵小姐叫价八十万！看来许微茵小姐也对这个白玉瓶青睐有加！”

许辛夷一怔，沉默片刻后看了许微茵一眼，微微一笑，放下了手牌。

“八十万第一次！

“八十万第二次！

“还有人要出价吗？许辛夷小姐要出价吗？”

许辛夷摇头微微一笑：“不了，既然许微茵小姐这么喜欢，我不能横刀夺爱，就让给她吧。”

许微茵看向许辛夷。

主持人眉飞色舞地看向许微茵：“八十万第三次！成交！这个白玉瓶属于许微茵小姐，感谢许微茵小姐对慈善事业的大力支持！同时也感谢秦重秦先生的捐赠。”

全场掌声雷动。

许辛夷同样笑着鼓掌恭喜许微茵。

在一个并没有什么实用价值的花瓶上花费八十万，是许微茵未曾预料到的。

她只是见许辛夷想要这个花瓶，只想抬价给这个没脑子的女人一点教训而已。

明明是一副叫到最后的架势，许辛夷为什么临时收手了？

许微茵第一次觉得有股超出自己控制的慌乱感涌上心头。

主持人继续主持这场拍卖会。

“刚才是咱们拍出的第一件珍品，接下来是我们拍卖会的第二件拍卖品……”

被迫拍下白玉花瓶的许微茵脸色不大好，对接下来的几件拍卖品她都没叫价。

江淮偏头看了她一眼：“怎么了？买下了自己喜欢的东西，不高兴？”

许微茵勉强让自己撇开不该有的情绪，微微一笑："没有，我很高兴。"

算盘落空，许微茵被迫高价拍下自己不喜欢的东西，又怎么会高兴呢？

是她小看许辛夷了。

随着拍卖会上一件件珍品的拍卖，气氛逐渐掀至高潮。

"接下来是我们拍卖会的第七件拍卖品，这幅画是著名画家唐山枝的手笔，经本拍卖会鉴定为真迹，起拍价五十万，每次叫价不得低于五万。"

沉默许久的许微茵终于动了心思。

她知道，江淮的父亲喜欢唐山枝的画。

"许微茵小姐开价五十五万。

"赵先生开价六十万。

"这位高先生开价七十万，还有更高的吗？"

许微茵再次举起手牌。

"许微茵小姐开价七十五万。"

许辛夷举牌，又是一副志在必得的模样。

"许辛夷小姐开价八十万。"

许微茵侧目看向她。

"易扬，我记得爷爷也喜欢画，不如我拍回去送给爷爷？"

家里根本就没几幅画，与其送爷爷这幅画，你还不如精心挑根鱼竿来得好。

当然，这话易扬没说出口。

都这么长时间了他心里还不清楚？

许辛夷又开始闹幺蛾子了。

"随你。"

一听这话，许辛夷继续举牌。

"许辛夷小姐开价九十五万。

"许微茵小姐开价一百万。"

许辛夷看了一眼许微茵，举起手牌。

"许辛夷小姐开价一百一十万。"

接连几番开价，都是许辛夷和许微茵在较劲，两人直接将这幅画的价格抬高至二百一十五万。

许辛夷知道许微茵对这幅画志在必得，不狠狠地坑许微茵一笔，都对不起许微茵从前抢她的代言夺她的剧本之仇。

“许辛夷小姐开价二百四十五万，还有开价更高的吗？

“二百四十五万一次。

“二百四十五万第二次！”

主持人环视全场，手上举起木槌，就等着最后一秒一锤定音。

这幅画的价格现在已经是画本身价值的四倍不止，溢价太高，损失太大，根本不值得拍下。

许微茵思量再三，这幅画是她讨好江淮的父亲的关键，不能输给许辛夷。

她一咬牙，举起手牌。

“许微茵小姐开价二百五十万！

“二百五十万第一次！

“二百五十万第二次！

“还有更高的吗？二百五十万第三次！成交！恭喜许微茵小姐！”

全场掌声雷动。

冤大头，许微茵绝对是个冤大头。

许微茵微笑。

许辛夷垂下头，仔细瞧还能瞧见她的肩膀在颤动。

不明就里的人见了，还以为她这是为没拍到画而伤心呢。

——二百五十万，笑死我了，让你阴阳怪气，哼，和我斗！

易夫人递给易扬一个眼神。

易扬不明白，反以眼神回问。

易夫人白了自己的傻儿子一眼，安慰许辛夷：“辛夷，别难过，一幅画而已，爸不喜欢画，他老人家喜欢钓鱼，你真想送，送根好的钓鱼竿就行了，他肯定高兴。”

许辛夷忍住笑，悲伤地抬头：“真的？”

“当然是真的，我骗你干什么？”

许辛夷长舒了口气：“那是我记错了，还好我没花二百五十万买下这幅画，否则就浪费了。”

接连惨败的许微茵深吸了口气，众目睽睽之下只能微笑面对，但攥紧的拳头暴露了她内心真实的情绪。

任谁无端多花了百来万，都不会高兴。

江淮不动声色地看了她一眼，没有说话。

“接下来这件拍卖品在场的各位女士可要注意了，这是一枚鸽血红宝石钻戒。”

展台上一个小小的戒指盒被打开，中间的宝石如火焰一般嫣红。

“大家都知道，鸽血红宝石红得越鲜艳便越美丽，也越有价值，这枚十克拉的红宝石戒指由赵夫人捐赠，起拍价二百八十万，每次叫价不得少于十万，竞拍开始！”

二百八十万，对于这枚十克拉的红宝石戒指而言，其实是一个很低的价格。

许辛夷目不转睛地望着那枚红宝石戒指，仿佛志在必得般举起手牌。

“许辛夷小姐出价二百九十万。

“钱小姐出价三百万。

“许微茵小姐出价三百二十万。”

一时间出价的声音络绎不绝。

果然，女人对装饰品向来没有抵抗力，几个来回下来，红宝石戒指竟被抬到了五百一十万。

“五百一十万第一次！

“许微茵小姐出价五百二十万。”

许辛夷像和许微茵作对似的，也举起了手牌。

“许辛夷小姐出价五百三十万！”

许微茵握着手牌，这枚红宝石钻戒确实漂亮，但对她而言，她更愿意借这枚红宝石钻戒给许辛夷一个教训。

许微茵举起手牌。

“许微茵小姐出价五百四十万。”

许辛夷继续和她作对。

“许辛夷小姐出价五百五十万！

“许微茵小姐出价五百六十万！”

许辛夷继续举牌。

“许辛夷小姐出价五百七十万！”

在场的人都看出来了，只要许微茵和许辛夷对上，那价格肯定就得往高处抬，不是他们这些理智的拍卖者能插手的。

易夫人打趣许辛夷：“这么喜欢？”

许辛夷没有说话，只是侧目看了许微茵一眼。

许辛夷眼中的敌意显而易见。

许辛夷是想像之前那样抬我的价？好啊。许微茵微笑着举起手牌。

“许微茵小姐出价五百八十万！

“许辛夷小姐出价五百九十万！”

许微茵看着许辛夷毫不犹豫地举牌想抬她的价的模样，冷笑不止。

“许微茵小姐出价六百万！”

她打定了主意，就让许辛夷用六百一十万买一枚价格翻倍的红宝石钻戒回去。

许辛夷半举手牌，在半空犹豫片刻，回头冲着许微茵狡黠一笑。

——以为我会喊价？我只要出价六百一十万，许微茵这女人肯定就不和我抬价了，而且还会假惺惺地和我说“君子不夺人所好，既然许辛夷小姐喜欢，那我就让给许辛夷小姐好了”。

——想坑我？没门儿！

许辛夷的笑容极其恶劣，许微茵不由得一阵心慌。

此时台上的主持人开始倒计时：“六百万第一次！

“六百万第二次！

“六百万第三次！成交！这枚红宝石钻戒属于许微茵小姐！感谢许微茵小姐对慈善事业的支持！”

场上窃窃私语声不断。

易夫人诧异地看着那枚红宝石戒指落到许微茵的手里：“辛夷，你不是喜欢吗？”

许辛夷若有所思地道：“我仔细想了想，君子不夺人所好，既然许微茵小姐这么喜欢，那我就让给许微茵小姐好了。”

顺利以六百万拍下红宝石戒指的许微茵一阵无措。

不可能，当时许辛夷明明是一副要和她叫价到底的模样，为什么会突然停止叫价？

人一时冲动，在现场气氛的带动以及自身的怨恨下，根本无暇冷静下来，但让许微茵相信这是许辛夷独立谋划的结果，她做不到！

许辛夷绝对没有这个头脑！

易夫人见许辛夷入场到现在依然两手空空，忍不住道：“你这孩子，一晚上什么都没拍下，就没有自己喜欢的东西吗？喜欢什么和易扬说，让易扬给你拍。”

“这怎么好意思呢？”许辛夷看向易扬。

“这有什么不好意思的？你们是夫妻，易扬的就是你的。”

“老公？”

易扬坐了大半天，当了大半天的看客，身形微动，低低嗯了一声。

接下来许辛夷依然没拍下什么东西，倒是易夫人，拍下了一款胸针和一块价值不菲的玉。

慈善拍卖也已经进行到最后阶段。

“好了，各位，现在到了咱们拍卖会的最后环节。”有礼仪小姐端着一个雕饰精致的首饰盒上台。

“这件拍卖品，是由今晚咱们拍卖会的主办人宋夫人捐赠。”

宋夫人笑着起身示意。

首饰盒缓缓被打开，一条璀璨夺目的蓝宝石项链出现在众人面前，在会场的灯光下熠熠生辉，美得令人惊心动魄。

许辛夷不动声色地看着那条蓝宝石项链，神色恹恹，似乎提不起什么兴趣，甚至还打了个哈欠。

——啊！这条蓝宝石项链也太漂亮了吧！

——不行，这是我的，是我的！一定是我的！

“大家应该都知道蓝宝石的珍贵，五年前，一条喀什米尔蓝宝石项链以 1.16 亿港元的天价成交，而今天宋夫人捐赠的这条喀什米尔蓝宝石项链起拍价只需一千万，每次叫价不得低于五十万，下面竞拍开始。”

——一千万，这是什么价格？太便宜了！

——不行，我得忍住！成大事者要沉得住气，越是关键时刻我越得沉得住气，不能让许微茵那个女人坏我的事。

许辛夷虽然心里激动得恨不得立马上去把那条项链买下，但面上依然是那一副没兴趣的表情。

易扬看了她一眼：“不喜欢？”

“还行吧，”许辛夷昧着良心，极度痛苦地说，“家里的项链多得都戴不完，买回去估计得放首饰盒里落灰。”

易扬若有所思地点头：“行，那这条项链我就不帮你拍了，下次有机会再给你挑点你喜欢的。”

许辛夷欲言又止。

——我不喜欢你难道就不能霸道一点直接拍下来扔给我？

——也就一千万而已，说不拍就不拍，看你那副抠抠搜搜的样子，简直丢霸道总裁的脸！

许辛夷深吸口气。

——不生气不生气，臭男人不给你买你自己买，最后关键时刻出个价，淡定一点，别引人注目。

“顾小姐出价两千万！”

——有必要吗？一条项链而已，有必要一上来就开价两千万吗？

“陈小姐出价两千五百万！”

许辛夷：“……”

——照这个涨势拍下去，我的钱够不够啊？

许辛夷开始为自己的口袋担心。

“李小姐出价两千七百万！

“许微茵小姐开价三千万！

“顾小姐出价三千二百万！”

一整场拍卖会中，没有哪件拍卖品有这么让人紧张兴奋的。

许辛夷捂着自己的小心脏，有点受不住。

——别担心，不到四千万而已，许辛夷你有钱，你是个富婆！

“李小姐出价三千五百万。”

——不至于，真的不至于，一条项链而已。

“许微茵小姐出价三千七百万！

“顾小姐出价三千九百万。”

许辛夷看向那位出价的顾小姐，顾小姐似乎胸有成竹。

“许微茵小姐出价四千万。”

——不行，还是得由我出马。

她举起手牌，气势要有。

“许辛夷小姐出价四千零五十万。”

许辛夷挑衅似的看着许微茵。

许辛夷加最低的价，还是在故意跟许微茵作对，明眼人一瞧就知道是怎么回事。

许微茵微愣，但也仅仅是一瞬间，然后继续出价。

“许微茵小姐出价四千二百万。

“顾小姐出价四千三百万。”

许微茵淡定从容地举牌。

“许微茵小姐出价四千四百万。”

顾小姐举牌的瞬间犹豫了一下。

许辛夷知道，四千三百万只怕是顾小姐给出的最高价格，顾小姐不会再出了。

见状，许辛夷举牌。

“许辛夷小姐出价四千四百五十万！”

许辛夷这算是明显地针对许微茵了。

几乎可以预料，如果没有人再横插一杠子，这条项链最后能以多少钱被许微茵买下，得看许辛夷和许微茵到底有多大的仇。

“许微茵小姐出价四千六百万。

“许辛夷小姐出价四千六百五十万！”

许微茵皱眉，继续出价。

但无论她怎么出价，许辛夷出的价格总比她多那么五十万。

几轮下来，这条蓝宝石项链的价格被喊到了四千九百万。

——稳住，还不到五千万，我有钱，我可以拿下！

“许微茵小姐出价五千万。”

许辛夷百般无聊地举牌。

“许辛夷小姐出价五千零五十万。”

许微茵脸都气绿了。

许辛夷这次绝对是故意抬价的！

继续喊价下去，许微茵也不知道许辛夷会和她抬到什么时候。

“五千零五十万第一次！”

主持人环视全场。

“五千零五十万第二次！还有人出价吗？”

许微茵手里紧捏着手牌，犹豫不决。

“五千零五十万第三次！”

众人眼看着手锤即将落下。

“五千五百万！”低沉的声音响起。

正处于激动中的许辛夷仿佛被当头浇下一盆凉水。

她循声望去，是江淮。

许微茵正惊喜地看着江淮。

——我和他拼了！

——女人的战争你也要插一脚，是不是男人？！

——花五千万就为讨一个女人的欢心？你还是不是男人？五千万你能投资多少项目你知道吗？把公司做大做强难道不是你的人生目标吗？一点小情小爱就能让你毫无进取之心，呸！这辈子你也就这样了！

大佬下场，多半是为美人。

江淮这人深不可测，江氏电子的实力更是毋庸置疑，如果江淮真心想为许微茵拍下这条项链，她哪里是对手？

——臭男人肯定不会帮我，刚才我说了不要的。

许辛夷恨不得重回二十分钟前掐死那个说不喜欢这条项链的女人。

——要不要垂死挣扎一下？

——我好像还有点私房钱。

——可是买了这条项链后就没几个钱了。

——算了，冷静点，也就一条项链而已，有什么好值得惦记的？咱留着这五千多万去巴黎购物不好吗？

“江先生出价五千五百万，还有更高价吗？

“五千五百万第一次！”

许辛夷心灰意冷。

“五千五百万第二次！”

许辛夷万念俱灰。

“五千五百万第三次！”

许辛夷痛苦地闭上眼，眼不见为净，看着糟心。

“没人再出价的话，那么这条项链就属于江——”

“六千万。”

字正腔圆的声音不急不缓地响起。

许辛夷猛地抬头，看着不动声色、一整场下来惜字如金的易扬，仿佛看到了救世主。

“老公？”

易扬清了清喉咙：“随便拍拍。”

——大佬加油！给我干翻江淮这个和女人作对的臭男人！！

——冲啊！

江淮看了易扬一眼：“六千五百万。”

“江先生出价六千五百万！”

易扬从容不迫地举牌：“七千万。”

“易先生出价七千万！”

江淮：“七千五百万。”

易扬毫不犹豫地道：“八千万。”

许辛夷倒吸了口凉气，拉住易扬的手，暂时按下他的手牌：

“等等——”

——八千万是不是有点……

这个价格确实有些出乎她的意料。

要知道小说中这最后一场拍卖里没有“许辛夷”捣乱，许微茵是以四千五百万的价格拍下蓝宝石项链的。

怎么到这两个男人中间一转，价格就高了快一倍呢?

“易……易扬，八千万是不是有点……贵?我也不是很喜欢，买回去送给妈?”

易夫人笑道：“我有一条。没关系，你就让易扬拍，这点小钱咱们家还是出得起的。”

——原来如此。

——失敬失敬。

易扬仍然是那四个字：“随便拍拍。”

“随便拍拍”这四个字让人觉得他是故意在和江淮作对。

前有许辛夷每次多叫价五十万，现有易扬每次抬价五百万。

不是一家人不进一家门，他们真是抬价夫妻。

“八千五百万。”

易扬冷静地叫价：“九千万。”

——这群该死的有钱人!

主持人看向易扬，又盯着江淮：“易先生出价九千万!”

江淮第一时间并没有出价，而是低头摩挲着食指上的戒指。

许久，他才意味不明地说：“易先生为了易太太，真是舍得。”

“随便拍拍。”

虽然易扬成了个复读机，但不得不说，这四个字挺气人的。

江淮表情阴沉，这点钱对手握家业的他们来说其实算不得什么。

拍卖会上他们向来一掷千金，为的全是面子。

“易先生如此执着，想来易太太很喜欢这条项链，那我也只好忍痛割爱，将这条蓝宝石项链让给易先生。”

他停止了叫价。

台上的主持人激动不已：“九千万第一次!

“九千万第二次!

“九千万第三次!”

许辛夷心跳如擂鼓。

“成交！”主持人一锤定音。

“恭喜易先生、易太太，感谢二位对慈善事业的支持！”

礼仪小姐将蓝宝石项链送了过来。

易扬随意看了两眼，拿出项链来，俯身戴在许辛夷的脖子上。

晶莹剔透的宝石中仿佛蕴藏着一汪蓝色的海洋。

易夫人终于知道许辛夷今天这一身装扮缺什么了，就缺脖子上的这条蓝宝石项链。

许辛夷坐在座位上，戴在她脖子上的蓝宝石项链在现场的灯光下，发出璀璨动人的光芒。

这么漂亮的蓝宝石项链，着实让不少女人羡慕不已。

但更让人羡慕的，是易扬为博美人一笑，竟然扔出九千万买下一条项链。

在场的不少人看向许辛夷和易扬，在两人身上来回打量。

两人结婚的事知情的人并不太多，如果不是开场前易夫人笑着遥遥指着许辛夷介绍，说那是她的儿媳妇，她们还以为许辛夷只是易扬带过来的一个女伴而已。

这些年易扬出席任何酒会、舞会和晚宴，从来没有带过女伴，圈内不少人还将易扬列为单身想嫁的行列。

他们没想到易扬竟然已经结婚两年了。

两人藏得够深的，捂得这么严实，竟然连一点消息也没有。

而且易扬能在自己妻子身上一掷千金，两人的感情应该不差。

感受到来自四面八方的或好奇或探究的目光，许辛夷悄悄扯了扯易扬的衣袖，压低了声音，说：“老公，你觉不觉得，这项链有点贵？”

她其实也有过一掷千金的时候，比如一晚上就花了易扬一百万，又比如去巴黎扫货，眼也不眨，再比如她衣帽间里的首饰台上的宝石钻戒，林林总总算下来也有几千万的样子。

可那些在她的脖子上的这条项链前，都是小弟。

“不觉得。”易扬看她一眼，说，“我知道你不喜欢这条项链，先将就着戴吧，以后遇到喜欢的，我再买给你。”

许辛夷“勉为其难”地收下了易扬送她的第一件礼物：“好吧。谢谢。”

——这件事干得还不错。

——大不了以后不再叫你臭男人了。

易扬挑眉，没有说话。

随着拍卖会的最后一件拍卖品被卖出，整个慈善晚宴也已经进入了最后的流程。

慈善晚会的主办人宋夫人和宋先生端着酒杯过来。

“易夫人，我可真羡慕你，有个这么帅气有为的儿子，还有个漂亮懂事的儿媳妇。”

几人站了起来。

易夫人笑笑，眉目间尽是骄傲之色。

宋夫人将目光放在许辛夷的脖子上的项链上：“易太太，这条项链如今终于找到了真正的主人，它很配你。”

“是您忍痛割爱才成全了我。”

“都是为了慈善，更何况这条项链能戴在易太太的脖子上也是它的荣幸，易太太有个好老公。”

许辛夷保持着交际中该有的标准化微笑。

易扬则不卑不亢地谦逊道：“是您谬赞。”

“哪里是我谬赞？谁不知道你年纪轻轻就将易氏集团扩展到如今的规模？对了，我丈夫手上有个项目，正在寻求合作伙伴，如果易先生不嫌弃的话，改天坐下来和我丈夫好好聊聊这个项目？”

宋夫人身侧的宋先生微微一笑：“虎父无犬子，我很看好易先生，也很看好易氏，有机会我们坐下来好好聊聊。”

许辛夷挑眉。

小说中后来和宋先生合作项目的不是江淮吗？

怎么现在成了易扬？

这条项链还附赠一个项目？

易扬波澜不惊地笑道：“能和宋先生合作，是我的荣幸。”

两人闲聊了两句便结束了对话。

“替我向易老先生带个好。”

“一定。”

说完，宋夫人和宋先生又去了江淮那一桌寒暄。

许辛夷看着宋夫人与宋先生的背影，若有所思。

慈善晚宴于晚上十点结束，许辛夷挽着易扬的手准备离开酒店时，在门口遇到了正等着她的江淮和许微茵。

“易先生今晚好阔绰。”

竞争对手之间说话向来就是这样针锋相对、阴阳怪气。

“九千万而已，随便拍拍。”

“也是，易先生家大业大，对九千万自然不放在眼里，而且这条项链确实也很配易太太。”江淮将话题转到许辛夷身上：“我听说易太太开了家工作室？”

许辛夷微笑：“没错。”

江淮沉思片刻后说：“虽然娱乐圈看重的是个人潜力，但易太太的工作室签约艺人的时候，是不是需要斟酌一下？”

“什么意思？”

“易太太认为一个不满二十岁的男孩，是该以学业为重，还是去当个明星重要？”

许辛夷脑海里第一时间想起的是江念。

江念？江淮？

两人都姓江？

他们是什么关系？

小说里江淮的弟弟不是早死了吗？小说里江淮的弟弟是个连名字都没有的人物，而且年纪也和江念的年纪对不上。

但是除此之外，她实在想不通江淮为什么要莫名其妙地对她说这么一番话。

“江先生，选择是自己的，别人想成为一个什么样的人我无权干涉，我能做的只有尊重。”

“可是有些小孩阅历浅，刚成年，心智不成熟，需要家长进行引导。”

“那是家长的事，家长不尽责，江先生反而怪罪到我的头上？”

江淮脸上的笑容消失，他眉眼微沉，看得出是在极力忍耐。

许微茵笑道：“易太太说得没错，但对刚成年的人进行引导，不仅仅是家长有责任，如果易太太签了这样的人，是不是也有责任？”

“我没有签过不满二十岁的……”

“易太太不妨回去查查。”江淮冷声道，“先走了。”

说完，江淮转身就走。

门口的司机拉开迈巴赫的车门，江淮和许微茵上车。

许微茵很会看人脸色，知道现在江淮心情并不太好。

“江淮，你刚才说的那番话，是什么意思？”

江淮转头看向车窗外，语气听不出好歹：“随便说说。”

就算不知道他是为了什么，许微茵也猜到他这是对许辛夷有所不满。

“许辛夷对我好像有成见。”

“成见？”

许微茵眉心微蹙，仿佛在绞尽脑汁地思考，想说什么，半晌却又摇头一笑：“算了，应该是我的错觉而已。”

“不是错觉，她确实是在针对你。”

许微茵看着江淮，略感诧异。

“你在娱乐圈复出之时，先是抢走了许辛夷的代言和剧本，后又传出与易扬的绯闻，你觉得许辛夷能不针对你？”江淮拢了拢衣袖，“她好歹也只是抬了你几百万的价格而已。”

许微茵脸上笑容依旧，眼底却不见温柔之意。

“你在替她说话？”

“并没有，我只是在陈述事实而已。”江淮望着她，毫不怜香惜玉，抬手捏着她精致的下颌，“我说这些只是想告诉你，你是什么样的人我心里清楚，你想要什么就直说，我能满足你的一定满足你，没必要在我面前装得无知无畏，单纯无知的女人我不喜欢，只会拖累我。”

他松开手，许微茵下颌上显出一抹掐痕。

许微茵摸了摸下颌，看着江淮。

从回国至今，她一直认为自己将眼前这个男人完全掌握在手中，恰到好处地拿捏住了他。她一直清楚江淮对她念有旧情，否则也不会在她回国后帮她在娱乐圈复出，做她身后的靠山。

但今天江淮说的这番话让她明白，眼前这个男人自始至终不过是和自己逢场作戏而已。

她没有失望也并不难过。

真心换真心，她付出的原本就不是真心，江淮真心对她，是她赚了，他逢场作戏她也没亏，更何况她从来没有奢望过江淮会对她抱有真心。

许微茵温柔一笑：“我明白。”

“还有，以后能不招惹许辛夷就不要招惹。”

“为什么？”

江淮叹了口气，用颇为无奈的语气说：“家里有个祖宗，不许我动她。”

许微茵微怔，还不等她出声询问，江淮就已闭眼不语。

她没有打扰他，而是暗自记下，看向车窗外，没有再说话。

隔天，慈善晚宴上一条项链拍出九千万高价的事传得沸沸扬扬。

如今是互联网时代，像他们这种圈子里有个什么风吹草动，谁都能知道。

九千万的拍卖价其实在珠宝拍卖史上真不算高，破亿或者几亿的珠宝都有，但这次不同的是，花九千万高价买下拍卖品的人是易扬。

那个旗下有一品兰亭小区的易氏集团的总裁，易扬。

还有小道消息传出，易扬之所以一掷千金，是为了自己的妻子。

这也证明了从前有人爆料易扬已婚的真实性。

这次爆料的人还说，易扬的妻子确实是娱乐圈里某个不起眼的女明星，两人大概是真爱，这么多年来易扬将消息捂得死死的，就是为了保护他的妻子。

两人的婚姻和爱情被一番吹嘘之后，不少粉丝开始揣测易扬一直以来保护的妻子是谁。

但无论粉丝怎么发私信和评论，爆料人对易扬的妻子的身份都闭口不言。

爆料人似是有所忌惮。

但就在这个时候，许微茵在微博上贴出了一张照片，是她参加这次慈善晚宴的照片。

一个恰到好处的时机，一张恰到好处的照片，直接让所有人将怀疑的目标指向了她。

“易扬的妻子是娱乐圈的女明星，许微茵当晚恰好也在现场，这么多的巧合在一起，我不负责任地合理推断一下，他们关系不一般？”

“许微茵牛啊！”

“这简直算是公开了吧？那边刚传出易扬参加慈善晚宴花了九千万，这边许微茵就发了微博，这不是暗地里秀恩爱吗？”

“天哪！九千万的项链，微茵也太幸福了吧！”

“我有个疑点，许微茵不是才回国吗？还有个儿子，网上不是传易扬隐婚几年了吗？难道许微茵四年前退出娱乐圈，就是因为易扬？说是许微茵这些年去了国外，其实一直被易扬保护得好好的？”

微博发了半天后，眼看着粉丝就要相信许微茵和易扬是夫妻时，许微茵删掉了微博。

她没有解释，态度很耐人寻味。

要说她不是易扬的妻子，在舆论正盛的时候，她完全可以说一句话澄清一下，可她没有，只是删除了评论。

这给人一种“竟然被你们发现了，可我还不想公开只好删除”的感觉。

“你看看，这许微茵还真是坏，竟然来这一招？还有这些粉丝，他们是不是疯了？竟然认为易扬的妻子是许微茵？”

许辛夷倒没觉得有什么好生气的，安抚安雅道：“别和小人置气，她再怎么模糊视听，也成不了易扬的妻子。”

“不是我说，易扬打算什么时候公开你们的关系？”

许辛夷刷着微博的手一顿，她仔细想了想，道：“这事以后再说吧，不急。”

“行，你说不急就不急，不过我挺好奇的，昨晚易扬真给你花了九千万拍了一条项链？”

想起家里那条她爱不释手的项链，许辛夷清了清嗓子，道：“嗯，易扬他就随便拍拍。你也知道，结婚到现在除结婚的时候易老先生准备的戒指外，他没有送过我一样礼物，这次算是……补偿吧。”

“下次有机会，给我看看你那九千万的项链长什么样。”

“行，没问题，不过在这之前，我这边有件要紧的事你帮我查一查。”

“要紧的事？”

“你去查一查江念。”

安雅拍桌：“我差点忘了，江念昨晚在综艺节目上的表现挺好的，我感觉这期节目播出以后江念肯定能涨一大拨的粉丝，既然他没有学过表演，我觉得他暂时可以走综艺的路。不过话说回来，你让我查他什么？”

“查一查他的年龄、家人、过去。”

安雅欲言又止，感受到许辛夷话语中的凝重感：“怎么了？发生什么事了？”

“我总感觉他有事瞒着我们，你先查，查清楚了再说。”

安雅点头：“对了，还有件事，《贝贝升职记》明晚在菠萝卫视黄金档播出，你知道吧？”

“知道。”

“到时候咱们配合着宣传一下。”

“明白。”

等安雅走后，许辛夷若有所思地看着窗外。

江念一开始就有心接近他，想在娱乐圈出头，这点她不是不能理解，只是如果这个江念和江淮真有关系，又何必费尽心机地接近她？

许辛夷正想着江念，江念就送上门来了。

江念敲开许辛夷的门，气喘吁吁、满头大汗。他单刀直入地问她：“辛夷姐，网上说的易扬的妻子是你吗？”

江念当然不信网上那些乱七八糟的传言，许微茵虽然参加了慈善晚宴，但他知道许微茵是陪着江淮一起参加的。

除此之外，最有可能是易扬的妻子的，就是许辛夷。

许辛夷沉默地看着他。

“你结婚了？”

“很……震惊吗？”许辛夷起身，绕过书桌走到江念面前，“这件事我和易扬都还没有决定什么时候公开，所以一直以来……”

江念难以置信地看着她，问道：“是真的？你真的结婚了？”

在他的追问之下，许辛夷点头。

来之前他怀着无数侥幸的想法，希望只是自己猜错了，昨晚的慈善晚会上还有别的女明星在场，易扬的妻子是别人不是许辛夷。

但许辛夷的点头，打破了他所有的幻想。

江念眼前一黑，浑身肌肉逐渐紧绷，一股凉意从脚底生出。他整个人冷得彻骨，眼眶似乎有什么酸涩的东西将要溢出来，却被他生生地憋了回去。

他心里清楚，他没有资格也没有立场去质问面前这个人，更没有生气的缘由，这是许辛夷的私事，他和许辛夷不过是雇用关系，无权过问。

但当他看到消息的时候，依然是满腔的怒意。

他更多的是恨自己。

“你竟然，结婚了。”

“江念，这是我的私事，我认为我没有任何解释的必要，也请你保守这个秘密。”许辛夷认为自己结婚的事没什么好谈的，遂转移话题，“我听安雅说了，你昨晚在综艺节目上表现不错，我们一致认为你可以先往综艺的路上发展，你觉得……”

“所以，你昨晚是为了陪你的丈夫参加晚宴，才爽约？”

“对于这件事我很抱歉，我也是……”

“你们什么时候结婚的？”

许辛夷怔了怔：“两年前。”

“你爱他吗？”

“爱。”

江念垂着头，喃喃自语：“可是两年前你不是这样说的。”

许辛夷没听清：“什么？”

江念沉默了。

“没什么，我先出去了。”

说完，他转身离开。

许辛夷看着江念这个阴郁沉闷的背影，看不到一点的阳光与朝气。

这不是他这个年纪的人该有的。

江念的那期综艺节目，正如安雅所料，让江念涨了一大拨粉丝。

他长得好，在节目上该阳光时不沉郁，该活泼时不沉默，该低调时不出头，镜头感十足，还能与粉丝互动，节目一播出，立马被粉丝们封了“国民弟弟”“国民男友”的称号，粉丝数上涨百万。

不少综艺节目纷纷向江念抛出橄榄枝，江念有大火的倾向。

而与此同时，菠萝卫视在黄金档播出了许辛夷主演的职场剧《贝贝升职记》，播出前曾预告过一次，不少粉丝表示是许辛夷主演的，不看。

播出后，粉丝觉得“真香”。

“一码归一码，许辛夷虽然总作死，但演技是真的没的挑。”

“许辛夷在这部剧里也太帅了吧？简直就是我的偶像！”

“剧情不拖沓，路人的表现都可圈可点，真的是今年最讲良心的剧！”

“每天只有两集，等得我好辛苦啊！”

“说真的，许辛夷虽然总传出不好的消息，但她出演的电视剧没一部差的，部部好口碑，这点我是服气的。”

“昨天看完了最新一集，我发誓，以后我再也不黑你了@许辛夷夷夷。”

网上好评如潮。

许辛夷也因此进入了不少导演和投资商的视线里。

许辛夷工作室。

安雅将几份简历放在许辛夷面前。

“什么东西？”

“简历。”

“简历？”

“许大小姐，你可能不知道，自从你的剧以及江念火了之后，有很多新生代演员向咱们工作室抛出了橄榄枝。”

“不能吧？”许辛夷略显震惊，“江念才上了一个节目而已，我这部剧才播出不到一星期。”

安雅替她分析：“第一，从你能与天娱和平解约的那一刻开始，你就不只是你了；第二，你辛辛苦苦这么多年，接的剧本部部精良，你以为别人就猜不到原因？你有后台呀！”

“原来如此。”

安雅点了点那份文件夹：“看看有没有什么合适的。”

许辛夷随意翻了翻，大部分是年轻有朝气的男孩，各大艺术学院毕业，形象很不错，还有一两个在娱乐圈多年也没能混出头的明星。

从第一页翻到最后一页，许辛夷抬头对安雅微笑：“我慢慢看。”

“还有你上次让我查江念的事，有点麻烦。”

“什么麻烦？”

“查不到。”

“查不到？”

“真的查不到，江念的过去被人捂得死死的，不过有一点，他的身份证上改过年龄。”

“年龄？他不是说他二十二岁吗？”

“没有！”安雅压低了声音，说，“他刚成年。”

“十八？你确定？”

“我确定！”安雅说，“我也很震惊，要知道他十八岁，两年前进天娱的时候就是十六岁。”

十八岁。许辛夷在心里盘算了一下。

没错了，十八岁，和江淮那个早死的弟弟年龄一样。

江念有江家这个靠山不靠，却孤身到娱乐圈打拼？

“他图什么？”

“对啊！我就不明白，他图什么？”

“算了，查不到就不查了。”

既然江念是江淮的弟弟，那么江淮肯定不会让人查到江念的过去。

许辛夷是第一次遇到小说中在她的意料之外的角色，有点蒙，半晌才说：“这件事就先这样吧。”

“行，名单你慢慢看，决定了再给我名单，我先去忙了。”

许辛夷点头。

等安雅出去后，许辛夷迫不及待地问小A：“江念不是应该早死了吗？怎么没死？”

小A倒是很爽快：

不知道哦，这个世界不是我创造的，我也是第一次来。

“行吧。”

虽说江念的存在颇为蹊跷，但许辛夷这段时间和他相处下来，也没感觉到他有什么恶意，估计这其中怕是有隐情。

她得找时间和江念好好谈谈才行。

看着面前这一堆新生代演员的简历，许辛夷笑笑，之前就想过扩大工作室的事，只是没想到事情来得竟然这么快。

抱着不埋没任何一个人才的想法，许辛夷极其认真地看起了这些演员的资料。傍晚时分还没看完，她就带回家继续看。

所以，当易扬回家，看到房间沙发上这份摊开的文件时，眼皮一跳。

他坐下随后拿起文件翻了翻，全是些年轻演员的资料。

因为其中还有不少日常照与彩照，这份文件颇有分量。

脚边的垃圾桶是空的。

易扬双眼微眯。

脚步声传来，易扬随手将文件放下，起身。

“老公，你回来了？”

“嗯。”

许辛夷从书房里找了支笔，继续捧起那份有无数演员资料的文件认真且仔细地看起来，时不时写上两笔。

易扬从衣帽间换了衣服出来，见她还是那个姿势，似是随意地问了一句：“在看什么东西？”

“一些求职员工的简历。”

“求职员工的简历，需要你这个老板亲自过目？”

“当然。”许辛夷头也没抬，全身心投入。

——这个二十二岁，刚毕业不久，长得不错，眉目有点像吴彦祖，可是感觉不太老实，见见真人再说吧。

——这个二十四岁，会跳舞唱歌，还拿过奖……腹肌真不错，待定。

——二十三岁这么高？这身材太完美了，腿这么长！

——二十五岁，在娱乐圈四年？有演技、颜值高，奇怪了，长这么帅怎么没红呢？娱乐公司的高层眼瞎了？这么有潜力的人，一定要签下来。

——现在娱乐圈怎么这么多年轻帅气的男孩，以前怎么就没发现呢？

易扬缓缓步入衣帽间，站在全身镜前，掀起衣服看了一眼自己的腹肌、长腿，凑近镜子细细看了一眼五官和皮肤状态。

我还不到三十岁，应该算年轻吧？

许辛夷的眼光，真是越来越差劲了！

许辛夷最近有点火。

娱乐圈的风向瞬息万变，混迹娱乐圈十来年的明星一夜爆红、红遍大江南北的明星日渐落魄，这种事比比皆是。

许辛夷的名声向来不大好，刻薄嚣张是粉丝公认的，前段时间她被抢了资源，娱乐圈不少人以为她这是踢到了铁板，前途堪忧。

可《贝贝升职记》这部剧一上映，许辛夷逆风翻盘，剧的质量不算前所未有地精良，但在最近两年粗制滥造的影视市场里，节奏和剧情以及配角的演技都是拿得出手的。

制片方也聪明，眼看着热度一天比一天高，趁机买了不少水军和曝光率，许辛夷的名气也随着这部电视剧热度的高涨而高涨，找她合作拍戏的人越来越多，剧本被安雅放在她的办公桌上，她根本没时间看。

与此同时，不少品牌商也找上了她，希望能谈成代言的事。

这还是第一次有品牌主动找上她，而且还不是什么七八线杂牌，是在国内排得上号的品牌。

“大明星，快过来，看看这些品牌你想‘临幸’哪个？”自从许辛夷火了之后，安雅总喜欢调侃她喊她大明星。

“辛苦你了，安大金牌经纪人。”许辛夷回敬。

“不辛苦。”

“那你觉得哪个品牌更适合？”

“拿给你看的都是我们分析过可以由你任性选择的品牌，当然，如果你想全部代言，应该也没问题。”

许辛夷仔细地看了一眼这些找她代言的品牌，看到其中一个品牌时笑了。

“这个挺不错的，知名度在这些品牌里排前三，产品也不错，就它了。”

安雅第一时间看穿了许辛夷的意图：“你确定？”

“当然，毕竟你知道，我是个很记仇的人。”

“吃饭吃菜不吃亏”是许辛夷的人生信条。

即使吃亏，君子报仇十年不晚，她和外面传的一样，气量向来就是这么小。

今天你打我一巴掌，找机会我一定玩死你。

上次被许微茵抢了代言，许辛夷已经将那个品牌方拉入黑名单。

原本许辛夷定下要拍的《时尚周刊》，因为合作拍摄的男演员拒绝和她合作拍摄当期的时尚杂志，所以杂志社毅然换了她，改请许微茵拍摄。

虽然那次有《B・W》杂志的邀约，但也不妨碍许辛夷将这个仇记在心里。

而那个拒绝和许辛夷拍摄杂志的男演员叫谢迟。

“你说你，当初和谢迟拍摄电视剧的时候，你少管闲事多好？！”安雅摇头唏嘘，“白眼狼是不会感激你的。”

当初许辛夷出演徐导的第一部电视剧的时候，谢迟在这部剧里饰演深情男二，如果谢迟长着一副深情男二的脸、温柔的眼神也就算了，可惜他那脸和深情男二是两个不同的人设，更何况剧本中深情男二为女主降智的戏份，没有男三前期桀骜后期忍辱的角色出彩。

当时她是真觉得谢迟眉舞飞扬的样子，活脱脱桀骜不驯的小男三，本着想让谢迟发挥实力，成为男三本三，就向徐导建议将谢迟的男二换成男三。

虽然男三戏份比男二少，但角色比男二讨喜，若演得好，谢迟一定能红。

后来的结果和她所料无二，这部剧男主没红，男二没红，可谢迟却因为男三的角色一炮而红。

许辛夷做好事向来不喜欢留名，当时向徐导建议也就随口说了一句，怎么会知道谢迟原来一直以为是自己故意刁难他，将他男二的戏份改成了男三？

不过想来也是，当时自己名声不好，在娱乐圈横行霸道，他会这么认为无可厚非。

但他竟然在杂志拍摄上联合许微茵给她使绊子？

这口气，许辛夷可从来没想着忍下去。

“问问品牌方什么时候洽谈代言的事，定好时间再通知我。”

“行。之前给你的那份想和咱们工作室签约的艺人名单，你看完了没？有没有什么想法？”

“看完了。”许辛夷从桌面上一摞资料中抽出几张，递给安雅，“找时间咱们一起约着见见。”

“没问题，我安排。”

“还有，江念那边安排得怎么样了？”

手上两个艺人同时起飞，安雅最近气色不错，笑道：“放心吧，他现在也是个香饽饽，综艺邀约不断，走综艺路线还真走对了。”

“可是我感觉他最近有点奇怪。”

“奇怪？”

许辛夷若有所思地道：“之前一来公司一见到我他肯定要上来说两句，现在是一来公司就往练习室钻，不肯轻易说话，整个人闷得很，感觉像变了个人似的，我在想，要不要找他谈谈。”

“谈？谈什么？”

许辛夷不太想说，其实也就一个大概的猜测而已。难道真要她说，她怀疑江念一个十八岁的男孩，暗恋她一个二十八岁的大姐姐？

她自问脸皮厚度还行，可这话实在没办法说出口，太自恋。

“我也不知道怎么说，那天他来找我，知道了我和易扬结婚的事。”

“知道了？”安雅挑眉，看了一眼紧闭的办公室门，绕到许辛夷身侧，坐在她的办公桌上，压低了声音说，“辛夷，你相信我的直觉吗？”

“直觉？”

“你知道，我微信里男人的数量可能比你这辈子接触过的男人数量还要多，前几天江念还不知道你结婚的消息时问我你喜欢什么样的男人。你知道一个男人旁敲侧击地问一个女人的闺密这个女人喜欢什么类型的男人的时候，代表着什么吗？”

许辛夷心情沉重：“他喜欢这个女人。”

“不算太笨。”

“江念喜欢我。”

“显而易见。”

许辛夷叹了口气：“他才十八岁，你让我以后怎么面对他？”

“其实说实话，‘小鲜肉’有‘小鲜肉’的好，大叔有大叔的优点，江念这孩子其实挺好的，可惜竟然一心只喜欢你。”

许辛夷望着她：“安大经纪人，麻烦你清醒一点，他才十八岁，你可别祸害他。”

“我哪能祸害他呀？我微信列表里的‘小鲜肉’还不够我祸害的？”安雅晃了晃自己的手机，“放心吧，君子不夺人所好，强扭的瓜不甜，不喜欢我的人我向来不会勉强。”

“还有件事我得和你透个底。”

“什么事？”

“江念是江淮的弟弟。”

安雅眉心紧蹙。

“就是江氏电子科技的那个江淮。”

安雅怔了怔：“富二代？出来体验生活？”

“是吧，我也不知道这些有钱人是怎么想的，竟然心甘情愿在天娱默默地待两年。”

“富二代，隐姓埋名……”安雅眼睛一亮，惊讶地看向许辛夷，“辛夷，江念对你用情够深的！”

“你瞎说什么？”

“你想啊！”安雅正经地跟她分析，“一个富二代隐姓埋名在天娱待了两年，后在雍福会所被人打，又因为被雪藏去了影视城，你说，怎么就这么巧？”

“巧？”

“你还没明白？无论是在天娱还是在雍福会所，又或者是在影视城，都有你的出现！”安雅思来想去越想越觉得有这个可能，“看来这个江念心思还挺重，竟然把算盘打到了你的头上，看来钉了你挺久了。”

“你别瞎想！”许辛夷打断她的话，“行了，这件事咱们都别提了，你赶紧去忙吧，有时间我找他谈谈。”

“行，那我先去忙了。”

办公室的门被关上。

许辛夷心情沉重。

在她眼里，江念刚满十八不久，还是个小朋友。

被一个小朋友惦记的感觉，许辛夷还真不知道该怎么形容。

不过这只能算得上是一点小事而已。

许辛夷最近忙得很，不是在去见品牌方的路上，就是在和投资人洽谈的会议室里，不能把这些精力全放在小情小爱上。

约莫一周后，安雅替她谈妥了代言的事。

下午三点，许辛夷在品牌公司总部与品牌方商谈具体的合作事项。

这个品牌算得上是国内的一线品牌，许辛夷从前也接触过，但遗憾的是那时候她名气不够，被对方委婉地拒绝了。

但是这家品牌的产品挺好用的，所以许辛夷对这家公司挺有好感。

会议室里坐了十来个人，一方为品牌公司的，一方则是许辛夷和她带来的律师，两方交涉过后，有人敲门，俯身在主持会议的总监耳边低声说了几句话。

听完后那名总监对许辛夷说："不好意思，许小姐，因为谢迟谢先生合约到期的关系，所以我们一并约了他一块商谈合约的事，您不介意吧？"

许辛夷微笑："当然不介意。"

而此刻正在休息室等候的谢迟，压着满身的戾气一言不发。

他的经纪人是个经验十足的人，关于这件事劝过他不止一次。

"谢迟，待会儿去了会议室别摆出这个样子，这也算是许辛夷的造化，否则这个代言怎么着也落不到她的头上。上次你拒绝和她拍杂志，这件事多多少少对你有些影响，更何况这次你和她合作，顶多也就拍支广告而已，微博互动都不用你上，顶多下次合作的时候咱们避开她点。"

谢迟天生就是那副目中无人、桀骜不驯的模样："避开？凭什么我避开？"

"当年的事都过去了，你也因祸得福……"

"如果不是我因祸得福，现在我还不知道在哪儿要饭呢。"谢迟冷冷一笑，"我是该多谢她，谢她当年把我从男二号变成男三号。"

"你现在的处境你心里清楚，别因为那点旧怨再把代言给搞砸了，听见了吗？"

"谢迟先生在吗？"门外传来一个工作人员敲门的声音，打断了两人的聊天。

经纪人拉开门："在。"

"请跟我来。"

一分钟后，谢迟以及他的几名助理被一个工作人员带进了会议室。

嚣张狂妄是许辛夷对谢迟的外表以及内在的评价。

"谢先生，这位是许小姐，我司很荣幸能得到两位的代言，我们想就代言的事项和您再沟通一下，两位广告的拍摄我们初步定于一周后，成为……”

“等等……”许辛夷打断那名总监的话，“林总监，在谈这些事情之前，我认为您应该问这位谢先生一件事。”

“许小姐，您有话请说。”

许辛夷侧目看向谢迟，靠在椅背上懒洋洋地说：“其实我和这位谢先生很早就认识，不过关系一直不怎么样，我相信谢迟谢先生应该不太喜欢我，否则上次拍摄《时尚周刊》时，他也不会拒绝与我合作。”

谢迟眼神沉郁，没有说话。

“许小姐，您是什么意思呢？”

“我的意思很简单，”许辛夷笑着对那名总监说，“谢迟先生不想和我合作，我也不愿意勉强他。这样，贵公司在我和谢迟先生之间选一个当代言人，免得日后发生争执，闹出笑话，到时候损坏的是贵公司的利益。”

品牌公司的几名工作人员面面相觑，就连谢迟也没想到许辛夷竟然会当场发难。

“许小姐，这……咱们坐下来再好好聊聊，或许这其中有什么误会？”

“林总监，你多虑了，我和谢迟先生之间没有误会，是我看谢迟先生的脸色猜到他应该不想和我合作才对，是吗，谢迟先生？”

谢迟的经纪人捏了把冷汗。

这段时间谢迟的通告少了许多，热度、知名度下滑不少，他不能丢了这个代言。

显然谢迟也知道这时候该忍则忍：“许小姐说笑了，我没有不想和许小姐合作。”

“哦？是吗？那是我想错了。”许辛夷微微一笑，“虽然说谢先生想和我合作，可是……我不想和谢先生合作。”

许辛夷看向林总监：“林总监，我和谢迟之间麻烦你选一位吧，不管贵公司选择谁当代言人，我都能接受，而且我也尊重贵公司的选择。”

“许小姐，这……这件事我们需要向上面汇报，可能……”

许辛夷站起身，她身边的助理和律师也纷纷跟着起身。

“没关系，林总监，你们可以慢慢考虑，在广告拍摄前决定下来就行。”

说完许辛夷便准备离开。

“许小姐，我们坐下来慢慢聊好吗？您和谢先生之间肯定有误会，我们可以……”

谢迟的经纪人强按住谢迟的手，不许他胡来。

但谢迟又怎么忍得了许辛夷在大庭广众之下这么羞辱他？

他站起来指着许辛夷怒道：“许辛夷，你不要以为你红了两天就能为所欲为，你……”

“我不是红了两天就开始为所欲为，”许辛夷猛地回头打断他的话，冷静地看着他厉声道，“我从进娱乐圈开始就这样为所欲为！你第一天认识我？你不是很清楚吗？你既然有骨气拒绝和我一起拍摄杂志，现在怎么没骨气拒绝和我代言同一个产品？我告诉你，谢迟，这个代言，有你没我，有我没你。”

她笑了笑，又道：“你也别生气，我只是把之前你做过的事做一遍而已，我没恶心你找你的对家代言，是我仁慈。”

谢迟紧咬牙关，显然在极力控制自己的情绪。

许辛夷看向林总监：“林总监，我们先告辞了，有消息麻烦通知我的经纪人，谢谢。”

说完，许辛夷带着助理和律师径直离开。

当着品牌方的面公然排挤另一位代言人，直言“有他没我有我没他”，许辛夷不可谓不嚣张。

放完话的许辛夷走出公司，车内的安雅拍手赞叹：“不愧是你许辛夷，我还担心这段时间你被爱情冲昏了头脑，没想到你还和以前一样雷厉风行，够犀利。”

“你看我像是有仇不报的人吗？”

“不像。不过你怎么能确定这家公司一定会选你代言呢？”

许辛夷诧异地看着她：“我没有这么想，他们找我代言我就代言，不找我我也没什么损失，手上又不是只有他们一家公司求合作。更何况，没代言就没代言，我又不会饿死。”

安雅笑了笑：“跟了你这么一位有底气的明星，我的腰杆子都直了不少。行，这件事咱们就等消息吧。”

许辛夷还真没把这件事放在心上，对她而言，多一个代言少一个代言无所谓。她了解谢迟，这段时间谢迟既没剧本也没通告，热度下降，再丢了代言，就是恶性循环。

但是这些许辛夷不管。

他丢了代言，拍摄杂志的事才算扯平。

一天后，许辛夷等来了品牌方的回信，他们尊重许辛夷的意愿，代言人只选她一人。

“你现在势头正盛，有点脑子的品牌方都知道该怎么选。”

“这算是扯平了，”许辛夷的心情舒坦了，“还有什么事？”

“好事，”安雅将一份邀请函递给她，“《B · W》杂志邀请你去参加年底的时装周，总部在巴黎，怎么样？去不去？”

“邀请我？”

“当然。不过麻烦你带上你的经纪人，谢谢，我想看这场秀很久了。”

“那为了你我当然得去，请代表我向杂志方致以真诚的谢意。”

安雅心满意足。

“还有一份你的文件，没事我忙去了。”

许辛夷接过文件，朝她挥手。

等安雅离开后，许辛夷才将那份文件拆开。

薄薄的几张纸从文件袋里飘落。

“亲子鉴定……”许辛夷一惊，错愕地收声，忙起身将办公室的门关上并反锁。

她差点忘了。

一周前她联系医院做的许微茵的儿子和易扬的亲子鉴定，现在有了结果。

许辛夷看着那半截藏在文件袋里的《亲子鉴定书》，捂着下面的内容，深吸口气，做好了心理准备，这才一点一点、一行一行地将《亲子鉴定书》缓缓抽出。

第一页到最后，红色的七个大字映入她的眼帘——“确认无血缘关系”。

没有血缘关系？

许辛夷瞳孔微缩。

许微茵的儿子真不是易扬的？

许辛夷看着《亲子鉴定书》上的七个大字，愣在原地许久，内心顿时五味杂陈，也不知道是该高兴还是感到遗憾。

既然许微茵的儿子不是易扬的，那她之前误会易扬了？

想到之前她振振有词地怀疑易扬，现在看到最终的答案，难免心虚。

误会就误会，她也没做什么，易扬应该不是那么小气的人吧？

大不了，她道个歉？

她道什么歉？她有什么好道歉的？

易扬自己支支吾吾的，不肯说四年前的事，任何一个女人遇到这种事都会怀疑自己的丈夫。

都是易扬的错！

傍晚许辛夷前脚回家，易扬后脚就到了。

“老公，今天工作辛苦吗？”许辛夷一进门，就殷勤地替他将外套脱下。

易扬脚下一顿，看着满脸微笑的许辛夷。

“你又想干什么？”

“我没想干什么呀，我是你的妻子，帮你是分内的事。”许辛夷将他的西装外套挂好，又从衣帽间里拿来家居服给他，“老公，换衣服。”

易扬眉心逐渐紧皱。

以他的经验来说，许辛夷这样，不是闹幺蛾子，就是在准备闹幺蛾子。

反正她不安好心。

可他静静听了一会儿，没听到什么声音。

“老公，你怎么了？”

“没事。”

易扬拿过家居服去洗漱间换衣服。

他洗完澡推开洗漱间的门时，许辛夷端着一杯果汁放到他面前：“老公，口渴了吗？这是我特地为你榨的果汁，纯天然无添加，赶紧喝吧。”

易扬将目光放在那杯果汁上，犹豫不决。

半晌他才问：“许辛夷，你想干什么就直说。”

“我没想干吗！”许辛夷将果汁放到他手里，又推着他坐下，“老公，过两天你有没有时间？”

来了来了。

他就知道，许辛夷绝对是在筹划什么幺蛾子。

易扬不动声色地道：“怎么了？”

“巴黎时装周……”

“想去？我明天替你安排，还有什么事吗？”

许辛夷欲言又止，然后道：“不是！巴黎时装周已经邀请了我，不需要你再替我安排！”

易扬觉得奇了：“你到底想说什么？”

“巴黎时装周邀请了我，所以下周我可能要飞去巴黎一趟，待几天，你……”许辛夷想起之前易老先生嘱咐她的，让她有机会带易扬出去旅游散散心，“你要不要和我一块去？”

——算是我向你赔礼道歉好了。

赔礼道歉？

“许辛夷，你又干什么坏事了？”

“我干什么坏事了？”

“那你让我陪你去巴黎时装周？”

——去就去，不去就不去，一个大老爷们咋这么磨叽呢？

“是爷爷说的，你这段时间辛苦了，得出去旅游好好散散心。”

“真的？”

“不然你以为呢？”

弄了半天是为了这事。易扬毫不犹豫地拒绝：“不去，没时间。”

“老公，你确定……？”

“我确定，我对你们这种时装周一点兴趣也没有，纯属浪费时间。”

许辛夷忍住翻白眼的冲动：“行吧。”

丁零——

手机微信收到了一条信息。

许辛夷点开一看，是韩骁发来的：“听说你被邀请去巴黎时装周看秀？正好我也去，一起搭个伴？”

以韩骁在娱乐圈的地位，巴黎时装周他算是去腻了。

有这么一个熟客带着，许辛夷当然乐意。

她立马回了过去：“行！”

——不去算了，你不去有人去。

——我记得韩骁去过巴黎时装周好几次，应该很熟了才对。

——好棒！

“……”易扬沉着脸一口气喝光了手中的果汁，咚一声将杯子放到面前的桌上。

凌晨一点，许辛夷的工作室的人走得差不多了，但舞蹈练习室内依然灯火通明，虚掩着的门内传来音乐声和脚步声。

安雅回来拿一份重要文件，听到练习室内的动静内心存疑。

这么晚了，谁还在这儿？

她推开练习室的门，就瞧见练习室内大汗淋漓的江念正练着舞，也许是练习时间太长，他周遭地板上的水渍比其他地方要深得多。

音乐停下。

江念就着蹲下的姿势坐下，垂着头气喘吁吁地看着汗水从湿漉的头发上一滴滴落到地板上，然后颓然地往后倒，仰面躺在地板上看着天花板。

“江念？你还没走？”

看着天花板的江念微怔，偏头看向门口的方向。见是安雅，他无声地坐了起来。

身为一位金牌经纪人，安雅觉得自己有责任也有义务关心自己旗下艺人的身心健康。

她走进练习室，在江念身侧坐下，递给他从门口拿的一瓶水和一条毛巾：“这么晚了你还在这儿练习？”

江念沉默着接过水和毛巾，拧开瓶盖喝了一大口水，又拿毛巾擦了擦脸和脖子上的汗。

“过两天有个综艺节目，我需要现场表演舞蹈，趁着现在还有时间，多练练，免得到时候出丑。”

安雅笑了：“别担心，以你的舞蹈水平，绝对不会发生出丑的事。”

江念嗯了一声，继续保持沉默。

这和安雅印象中那个总是和他们说说笑笑的江念判若两人。

这两天她从江念身上看到的，只有不属于他这个年纪的死气，他看人的眼光都是没有温度的。

“江念，你进娱乐圈也有两年了，我不知道你是怎么和上一个经纪人相处的，但是在我这儿，我手下的艺人不能有任何隐瞒经纪人的事，你明白我的意思吗？”

江念将毛巾扔在面前的地板上，依然一言不发。

安雅也没期望他能说两句。

“你应该清楚，你现在面对粉丝时是阳光帅气的少年形象，传递出去的是青春正能量，可是你看你现在这个样子，还有一点青春正能量的样子吗？”

安雅叹了口气：“我问过辛夷了，你不说我也知道你为什么变成这样。”

江念垂着的手僵住。

安雅能感受到他现在浑身肌肉僵硬。

“你喜欢辛夷是吗？”

这一剂猛药直接让江念抬起了头。

“你不用觉得惊讶。”安雅说，“说实话，像你这样的男孩我接触的超过三位数了，我很了解你们这个年龄的男孩心里在想些什么，你喜欢辛夷是吗？在天娱的两年是为了她，那天在雍福会所你也是故意的，去影视城更是你跟着她去的，是吗？”

江念喉结滚动，双唇微张。他想说什么，但半晌也没有说话。

“你不用急着否认，也不要觉得害羞，喜欢一个人是没有错的，更何况辛夷结婚的事没几个人知道，你喜欢一个有夫之妇不是你的错。”

安雅注意到，当自己说到“有夫之妇”时，江念眼中的阴郁之色更浓。

“你还年轻，还没有尝过真正的爱情的滋味，少年时候的感情只是你在懵懂中产生的好奇心而已，你可能对辛夷并没有男女之间的那种感情，等你以后再遇到了自己命中注定的女孩，你就……”

“我知道是什么样的感觉。”江念看着安雅，“安雅姐，如果，我是说如果，如果辛夷姐没有结婚，她会喜欢我吗？”

安雅真不知道是该骗他还是该说实话。

“这个问题，没有如果，辛夷她……”

江念说：“我想知道。”

安雅深吸口气：“辛夷她……”

“我想听实话。”江念目光沉沉地看着她。

他这就叫不到黄河不死心。

“好吧，既然你想听实话，那我就和你说实话。”

江念屏住呼吸，紧张地看着安雅，眼底带着一丝侥幸之色。

“如果辛夷没有结婚，以我对辛夷的了解，她不会喜欢你的。”

江念眼底的期待之色逐渐消失。

他其实早就猜到了，只是没有得到确切答案，一直心怀幻想。

“因为我比她小吗？”

“不是小不小的问题，江念，你的性格、思考方式、处事方法都不是辛夷所喜欢的类型。”

“易扬是她喜欢的类型？”

安雅苦笑：“当然，否则她怎么会苦等易扬两年呢？”

苦等？

江念眉心微蹙。

知道许辛夷的结婚对象是易扬后，他曾经查过易扬。

几乎没有人知道易扬和许辛夷结婚的事，两人将这件事捂得严严实实，任何易扬出现的场合，都不曾出现过许辛夷的身影。

安雅说苦等？

“苦等两年？易扬不喜欢辛夷姐？”

安雅没有将别人夫妻间的事说给其他人听的习惯：“没什么。”

见安雅遮遮掩掩，江念就已经猜到了。

“我说对了，是吗？易扬根本就不喜欢辛夷姐，否则为什么这些年一点消息都没传出来？如果真喜欢的人，就算捂住嘴巴，也能从眼睛里看出来。”

安雅叹了口气：“是，你说得没错，之前易扬是不太喜欢辛夷，但这些都过去了，他们夫妻俩现在感情很好。江念小朋友，你就不要再惦记一个有夫之妇了，咱们放下杂念在娱乐圈好好干，迟早有一天你会明白什么是心动的感觉。

“行了，今天都凌晨了，你赶紧回去休息，我送你。”

安雅起身，江念却依然坐在原地不动。

“不用了，我一个人可以。”

这死孩子怎么这么倔呢？

安雅深吸口气。

这样倔的男孩，别说是辛夷了，就是她也驾驭不住。

“行，那你路上小心点，有事给我打电话，我先走了。”

练习室的门被关上。

江念僵在原地很久。

心动的感觉？他微微一笑，起身站在练习室的玻璃窗前看着窗外灯火通明的城市。

他怎么会不知道心动的感觉呢？

他年纪小？

六年前他就长大了。

翌日，许辛夷的工作室的员工一个个哈欠连天。

没办法，这段时间许辛夷红了，江念火了，不少人眼红，想要抹黑他们，到处在网上散播所谓的黑料，现在网上有个风吹草动员工们就得爬起来看情况。

也正是因为有这一群共事的员工，许辛夷的不少黑粉翻了车。

“大家这段时间辛苦了。”许辛夷给员工买来早餐和点心，“大家再坚持坚持，等我从巴黎回来，给大家带礼物。”

从巴黎带礼物回来，带便宜了老板自己也没面子。

许辛夷这么一说，大家纷纷起哄。

“老板，LV 的包包在巴黎买贼便宜，是不是给我们一人带一个？”

许辛夷一口应承下来：“行！”

“女的要包包，我们男的可不要。”

“你们男的不知道用来送女朋友？”

“没有女朋友的送谁？”

“谁管你！”

许辛夷笑道：“行了，你们自己考虑清楚想要什么，之后统一去找安雅。”

一阵欢呼声后，许辛夷回到办公室里。

安雅跟进去：“辛夷，这是品牌方发来的合同，你看看，如果没什么异议的话，过两天我们就去把这个代言给签了。”

许辛夷看着这份合同：“谢迟呢？我让他丢了这个代言，他有什么反应？”

“还能有什么反应？我可听谢迟身边的人说了，谢迟气到不行，以后和你势不两立。”

许辛夷笑道：“势不两立就势不两立，他就不该惹我，当初拍杂志的时候忍一忍多好。这件事不说了，我和谢迟算是两清了，咱们说说周五去巴黎的事。”

“我已经和那边的主办方联系上了，还有化装师也帮你联系了一个，你知道，这次时装周国内的媒体一定会大肆报道，咱们的妆容不能输。”

“幸好这次时装周有你和韩骁同行，否则我肯定会无聊死的。”

许辛夷从前从未接到过时装周的邀请，其一，她的职业规划是往演戏方面发展，和时尚界打的交道不多。其二，她不怎么红。

所以在时尚界，在巴黎的时尚界，她一个熟人都没有。

许辛夷和韩骁受邀参加时装周的事，粉丝们也都门儿清。周五，机场给韩骁送机的粉丝浩浩荡荡，到机场前，韩骁看了一眼现场的状况，机场人满为患，他也怕出什么乱子，于是和机场的工作人员沟通之后，和许辛夷低调地走了 VIP（贵宾）通道。

但即使他们是走 VIP 通道，门口也埋伏了不少的粉丝。

一见韩骁现身，粉丝们纷纷激动万分地拥了上去。

“韩骁韩骁！我是你的粉丝！我很喜欢你！”

“韩骁，我喜欢你十年了！从你出道开始我就已经喜欢你了，你可以给我签个名吗？”

“韩骁！我要给你生孩子！”

十来名粉丝硬是制造了混乱的场面。

她们眼里就只有韩骁，除此之外，韩骁身边的人全被默认成了他的工作人员。

有机场的工作人员前来维持秩序，粉丝一见到保安，越发激动，一个劲地往前挤，硬是突破最外围的包围圈，将安雅挤到了骆桀怀里，将许辛夷挤得趔趄了一下。许辛夷差点摔了，幸亏有韩骁在身边，手疾眼快地扶了她一把。

“没事吧？”

许辛夷头上的帽子掉了，鼻梁上的墨镜也掉了。

“没事。”

赶来维持秩序的保安终于将两个路人隔开。

“不好意思，请大家遵守一下机场的秩序！”

有保安人员护着，许辛夷和韩骁一行人快步上了飞机。

飞机的头等舱内也混进了几名粉丝。几名粉丝不断走动，悄悄地看韩骁，想拍几张照片。

韩骁早就习惯了今天这种场面，但明显许辛夷没有习惯。

他叫来空乘人员说明情况，有了空乘人员的管制，粉丝才安分了些。

历时十一二个小时的飞行，许辛夷在睡眠中安稳度过。

但在飞机上的她和韩骁不知道的是，网上粉丝因为这件事“炸”了。

起因是给韩骁送机的粉丝在机场没有等到韩骁，飞机起飞后发现韩骁走的是 VIP 通道，而与此同时，在 VIP 通道附近等着的粉丝得意扬扬地将自己拍到的视频和照片上传至韩骁的超话中，惹来了不少羡慕的声音。

但很快，恨不得将韩骁的毛孔放大一百倍的粉丝，从一个视频里看到了许辛夷。

那是一个因为拥挤，许辛夷差点跌倒，被韩骁扶起的视频。

这个视频放出来后，韩骁的粉丝直接“炸”了。

“怎么回事？为什么我看到了许辛夷？”

“韩骁和许辛夷为什么会一起出现在机场里？”

“是去参加时装周吗？”

“时装周？许辛夷能接到时装周的邀请？麻烦大家清醒一点，现在时装周只要出钱，谁都可以去的，许辛夷肯定是花钱了！”

“说不定是去蹭秀！”

“蹭秀就蹭秀，为什么和韩骁同行？”

“啊！网上说的不会是真的吧？听说韩骁和许辛夷在合作《凰途》的时候日久生情，不！我不相信！”

“看这样子很像啊，之前许辛夷被黑，韩骁还亲自发微博替她说话，之后两人合作拍摄杂志，我觉得这两个人之间肯定有点什么！”

“之前不是说许辛夷背后有人吗？还和几个男演员纠缠不清，私生活这么混乱的一个女人，肯定是许辛夷勾引的韩骁！韩骁，你清醒一点，别被这女人给骗了！”

网上掀起的风波一浪高过一浪。

越来越多的“韩粉”知道了这事，趁着许辛夷和韩骁还在飞机上，各大营销号接连转发微博，名声才好了没两天的许辛夷又惹了一身腥。

什么花钱去巴黎蹭秀啦，什么为了去巴黎蹭秀勾引韩骁啦，什么被人包养现在为了资源搭上韩骁啦……

营销号抛出的点很耐人寻味，他们一个劲地往韩骁的粉丝的痛点上戳。

所以，当许辛夷和韩骁下飞机时，两人的手机响个不停，电话那头的人简直快疯了。

其实快疯了的不止许辛夷和韩骁的工作人员，易氏集团直接和易扬沟通的工作人员也快疯了。

“这点小事还要来问我？你这个总监是怎么当的？

“这个项目一个月前就已经全权交给你处理了，为什么现在还要事事和我商榷？你这个经理是怎么当的？

“这种小事还要来问我？找副总！别浪费我的时间！

“这个项目你们团队跟进了有半年，最后的紧要关头还能出错，存心浪费我的时间？”

易扬的办公室内训斥声不断，这两天是月底，汇报工作的人特别多，再加上大小会议，易扬将吃饭的时间都压缩到了十分钟。

最后一位项目负责人从办公室里出来，被许久没发过火的老板骂过之后，脸色并不好看。

办公室外的助理们纷纷交头接耳。

“易总今天是怎么了，发这么大火？”

“今天？前几天你是没来上班吗？易总发这么大火已经三天了。”

“到底是怎么回事？易总向来不怎么生气的……”

“赵彬，你知道吗？”

赵彬摇头：“不知道。”

他哪里知道老板最近是为什么心情不好？他和其他人一样，捧着一份文件心情沉重得不敢进老板的办公室。

他目测待会儿进办公室，只要把手上的文件放在老板的桌上，就会挨一顿骂。

算了，骂就骂吧，赵彬做好思想准备深呼吸，敲开了易扬的办公室的门。

回应他的，是一个冷得掉渣的声音。

“进来。”

赵彬推门进去，将一份文件放在办公桌上。

办公桌后的易扬眉心紧蹙，冷着脸将文件翻开，看完后脸色更沉，将笔重重地搁在一侧。

“这份文件为什么出现在我这儿？不是应该拿去给副总签字吗？”

赵彬解释道：“这是副总让我拿过来给您看一眼的，如果没问题……”

“赵彬，公司上上下下不是什么事都得往我面前放，我没那么多时间一件件去处理，以后不是特定的项目，不要再放在我的办公桌上，公司有副总、有总监，下一级别的工作别往我的办公桌上堆，明白了吗？”

“好的，易总，我记住了。”说完，赵彬收好文件往外走。

易扬接手公司之初，对公司的业务不太熟悉，对自己的能力也不够自信，所以，公司上下关于决策上的事，无论大小，他都要过问。

他过问的事情多了，工作量也成倍成倍地往上翻，个人时间也成倍成倍地缩减。

但不得不说，这是一个让他快速了解并掌握公司情况的捷径。

现在公司尽在他的掌握中，他没必要再用以前的工作方式管理公司。

将堆到办公桌上的最后一份文件推开，易扬松了口气。

电脑上显示今天是周五。

周五，许辛夷应该到巴黎了。

想起许辛夷雀跃地去参加时装周，而自己却因为工作忙而脱不了身，易扬就忍不住地往外冒火气。

和韩骁一块去，她就那么高兴？

他打开手机关注了一下许辛夷参加时装周的进展，最热门的视频文案吸人眼球——“韩骁这是默认了和许辛夷的关系？”

关系？

易扬点开视频。

是嘈杂的机场内韩骁温柔扶起许辛夷的视频，好事者还给视频加了浪漫的音乐，给韩骁扶起许辛夷的动作加了慢镜头，重复播放十次。

该视频下的评论区更是热火朝天。

甚至还有人将在飞机上偷拍到的照片也发了上去。

许辛夷和韩骁两人邻座，看起来就像情侣去度假。

照片上还有爱心图案什么的，反正怎么暧昧怎么来。

易扬深深地觉得自己头顶的颜色不对，沉声拨通公司的内线：“赵彬，进来一下。”

刚替副总送回文件的赵彬一刻不停地回到易扬的办公室。

“周六、周日我休息，下周周一、周二我休个假，我要去一趟巴黎，马上帮我准备。”

“周一？”赵彬提醒他，“易总，您下周一有个……”

易扬冷冷地望了过去。

赵彬微笑道：“您需要在巴黎待四天吗？我马上替您安排。”

晚上八点，易扬登上飞机，十二个小时后来到许辛夷下榻的酒店。他今天倒要看看，这两人是怎么在他面前暧昧的。

如果许辛夷真敢做任何出格的事，那他们就离婚！

就在易扬上飞机时，许辛夷和韩骁正下飞机。

刚开机的手机响个不停，在前往酒店的路上，安雅和骆桀的电话就没断过，两人一个电话接一个电话地交代，嘴巴都说破了皮。

反倒陷入这场风波里的两个人格外平静。

看着网上的那些风言风语，许辛夷甚至还有些诧异，实在难以置信。

这事怎么能被传成这样？她和韩骁有那么像情侣吗？

韩骁扶起她的那个视频，真的不是因为音乐加慢镜头加强行滤镜的效果才变得这么暧昧的吗?

谁在背后故意搞她?

“你别说，这视频做得还真有点意思。”打完电话，将一切安排好了的骆桀点开韩骁扶起许辛夷的视频，意味深长地笑着说，“真像。”

韩骁看了骆桀一眼，什么话也没说。

倒是许辛夷，十分抱歉地说：“不好意思，韩大哥，我真的没想到这件事会变成这个样子。”

这事虽说不能怪她，但好歹人家韩骁也是被自己连累的。

“不是你的错，你没必要道歉。”韩骁态度温和，对这事比许辛夷还要上心，问骆桀：“事情怎么样了？”

“放心吧，我联系了公司，公司方面会尽快处理这事。”

安雅想了想，说：“辛夷，待会儿我们换个房间。”

“行。”

不怕一万就怕万一，现在许辛夷被人钉上了，就怕一些冲动的粉丝做出点什么来。

他们乘坐的是一辆加长的商务豪车，后座坐下四个人绰绰有余。

四人心猿意马，各有思量。

骆桀把玩着手机，一会儿看看安雅，一会儿看看屏幕，表情是难得的犹豫之色。

“安小姐，待会儿有没有时间聊聊？”从在机场安雅被人群挤到他的怀里后，他就一直在谋划着和安雅单独相处的机会。

安雅心里其实也没当回事，毕竟就绯闻这件事，他们是得好好商量商量。

更何况在她的心目中，骆桀可是板上钉钉的同性恋，同性恋能对她有什么想法和兴趣?

“聊？行啊。”

车停在一家五星级酒店门前。

大堂前的门童前来开门，从车上提出行李，身后随即跟来的两辆车上坐着许辛夷和韩骁带来的助理以及化装师。

时装周期间，这家酒店入住的明星不在少数，在安保方面做得很不错，从进酒店大堂到上电梯，没有其他闲杂人等突然冲出来。

安雅将一张房卡递给许辛夷：“去 1902 号房，待会儿我过去找你。”

许辛夷接过房卡：“好。”

骆桀也将一张房卡递给韩骁，1905 号房。

而骆桀和安雅两位经纪人，则去了原本定给许辛夷的房间谈事。

一进房，安雅就把厚重的外套脱了下来，仰面靠在沙发上。

她有些口渴，又起身从冰箱里拿出两瓶水来，扔给骆桀一瓶。

她根本就没把骆桀当男人看，没勾肩搭背都是对骆桀的性别最后的尊重。

“说吧，聊什么？是不是绯闻的事让你们公司感到棘手了？没关系，直说，我们可以单方面辟谣，不用你们先出面。”

“别，韩骁可是和我交代过，这件事由我们出面解决，你们才是真正无辜的一方。”骆桀戳在她对面，说，“这事公司既然说了会解决，就不用你们操心了，本来你们在这件事上也没什么错。”

他顿了顿，开了矿泉水喝了一口润润嗓子：“公司和我交代过了，他们会先解决那些带节奏的营销号，然后会发一则声明，到时候你们工作室的官方微博跟着转发就行。”

安雅点头。

“其实我挺好奇的，安小姐，你有能力、有水准，为什么这么多年手下只带一个明星？多带几个不是更赚钱吗？”

“赚不赚钱的我倒是无所谓，我就是喜欢这份工作，带太多明星累，而且也没有自己的私人空间，辛夷挺好的，基本上出事让我忙得焦头烂额的时候不多。你应该挺忙的，手上除了韩骁还有好几个明星，没自己的私人空间吧？”

“还行，前两年有些忙，现在专注在韩骁一个人身上，虽然还是得操心，但比之前好多了。”骆桀拿出手机，“你看咱们都认识这么久了，加个微信？”

“行。”安雅全无防备。

加完微信，安雅疲惫的身体显然无法支撑她继续在这儿和他闲聊：“没什么事我先回去休息了，明天时装周，今天我得好好睡一觉补充睡眠，明天见。”

骆桀放下矿泉水，想了想，说：“有件事我想问问，许小姐入圈也有这么多年了，一直没听说闹过什么绯闻，不知道许小姐喜欢什么样的男人？”

安雅挑眉，韩骁是同性恋，骆桀也是同性恋，骆桀这是给谁拉皮条呢？

“你是第二个这么问我的人。”

骆桀听得出安雅话里的意思，笑道：“你别误会，我对许小姐没有想法。”

“那是谁？”

骆桀微微一笑。

但显然，安雅没明白他这个笑容的意思：“辛夷喜欢什么类型的男人我还真不知道，你可能有所耳闻，她就是个工作狂，没时间顾及这些。”

她打了个哈欠：“没事的话我先走了。”

说完她站起身。

眼看着到手的机会就这么溜了，骆桀拦住她，目光灼灼地望着她：“还有一件事，我想和你讨论一下。”

安雅矮他半个头，视线微微上移。

其实这个骆桀长得还挺不错的，人以群分，或许是和韩骁待在一起久了，他的气质和韩骁的气质有那么点相像。

安雅想，骆桀形象好、气质佳，手段在他们经纪人圈是出了名的，如果不是个同性恋的话，或许可以一起玩玩。

“什么事？”

面对安雅的坦荡，骆桀咧嘴一笑，露出八颗牙，嘴角向上，眼底盛着狡黠的光，显得有点坏。

“没别的，就是想和你讨论一下……”骆桀笑了笑，“我们的孩子叫什么。”

安雅一脸疑惑。

“你觉得骆安怎么样？”

安雅沉默地看着他。

骆桀得寸进尺道：“如果你觉得不好的话，骆慕安怎么样？”

安雅抬手。

啪。

骆桀捂着右脸，依然好脾气地说：“你如果都不喜欢的话，可以……”

啪。

骆桀一手捂着一边脸，两人四目相对，场面诡异地平静下来。

安雅面无表情地看着他：“滚！”

“……”骆桀仍然保持安静。

一分钟后——

“滚就滚！”

他转身就走。

安雅看着挺娇柔的一个女人，下手还挺狠。

回到房间的骆桀冲着镜子用冰块敷脸，龇牙咧嘴的。

他看着脸上的印记，心想得戴两天口罩才行。

另一边，扇了骆桀两耳光的安雅怒气滔天地来到许辛夷的房间，整个人气得手都在发抖。

许辛夷从卫生间出来，见她情绪有异，问了句：“你怎么了？”

“怎么了？”安雅咬牙切齿，露出一副恨不得将人剥皮拆骨的表情，“你知道刚才骆桀说什么了吗？”

“说什么？”

“他竟然问我，我和他的孩子叫什么好？”安雅一回想起来，反倒给气笑了，“圈子里的人谁不知道他是个同性恋？和我说这话，他是什么意思？找我当同妻？呸！”

许辛夷欲言又止，过了会儿才道：“不会吧？他真这么说？”

“当然！说孩子叫什么骆安、骆慕安！我和你说，我今天也就打了他两巴掌，便宜他了，下次他要再敢这么对我说话，我非废了他那玩意儿不可！反正他估计也用不上！”

安雅这人还挺好说话的，但挑战她的底线还是会让她暴跳如雷。

“你知道吗？他竟然还问我你喜欢什么类型的男人，辛夷，你最近可得注意了，我感觉他那话不是为自己问的，就是为韩骁问的。”

“你别瞎说，之前不是跟我分析过吗？韩骁和他十有八九都是同性恋。他多半是为了和你聊天拉进关系随便扯出来的话题。好了好了，别生气，咱们犯不着和他生气。”

安雅深吸口气：“你说得对，我不生气，我和他生什么气？”

说着，她拿出手机翻开微信，熟练地点开几个“小鲜肉”的微信，求安慰去了。

这样子的安雅应该是不需要自己了，许辛夷想。

许辛夷精神不振地去了洗漱间卸妆，卸完妆后往床上一躺，被子一盖，两耳不闻窗外事，直接睡死过去，为明天的时装周养精蓄锐。

所以，当易扬风尘仆仆地赶到巴黎，赶到许辛夷入住的酒店房间门口时，敲了有五分钟的门也没人来开。

酒店走廊上冷风一吹，易扬整个人冷得哆嗦了一下。

房间没人住，这给了易扬极大的幻想空间。

至于打电话给许辛夷……

手机握在他手里，屏幕黑了又亮，亮了又黑，他就是一个电话都没有打出去。

他给许辛夷打电话？

开什么玩笑？

他就是来兴师问罪的，给许辛夷打电话岂不是打草惊蛇？

他就是要出其不意，就是想看看，把自己已婚妇女的身份抛诸脑后，在机场公然和一个男明星玩暧昧，许辛夷怎么向他解释这件事。

明天不就是时装周了吗？他倒要看看，许辛夷见着他能怎么说！

网上的舆论发酵了一天，粉丝终于在韩骁的公司发出声明后安了心。

但依然有不少粉丝表示，对于这种绯闻，韩骁向来没搭理过，可在许辛夷这件事上，一次又一次地破例，她们认为这是他对许辛夷的保护，欲盖弥彰反而更值得怀疑！

网上不知道谁弄到的内幕消息，贴出一张图来，是时装周座位分布图。

上面几个写有名字的座位是国内前去看秀的明星和品牌公司的高层等的专位，眼尖的粉丝从这张座位分布图上看到了许辛夷靠后的位子。

从座位分布图上可以看出，主办方是根据到场明星的当红程度来安排他们的座位的。

许辛夷的位子真不算好，无限靠后，属于可有可无的角色。

“我就说吧，许辛夷这种人肯定没有人会邀请她的，时装周只要花钱人人都能去的，这么靠后的位子，我拿我的头担保，她肯定是花钱去的。”

“许微茵也在，她的位子可比许辛夷的位子靠前多了，看看人家，这才是正经八百地被邀请去的，许辛夷就是去蹭红毯的，真不要脸。”

“蹭红毯还蹭到一个这么靠后的位子？许辛夷真是给国人丢脸。”

“先是故意蹭韩骁，现在又故意蹭红毯，许辛夷最近是不是在靠山那里失宠了？否则怎么会连个好位子都拿不到？啧啧，她现在为了红什么下作的事都干。”

“可不是吗？人比人真的得服气，看看人家许微茵，四年前就不说了，现在复出被邀请参加时装周，而且还是某个大佬的隐婚妻子，相比之下许辛夷可惨多了，顶着许微茵的脸出道，现在还被靠山抛弃，沦落到蹭红毯的地步。”

网上嘲讽声一片。

许辛夷知道这事时已经是第二天。

时装周的座位分布情况其实时时刻刻都在变。

可能会有明星临时到不了场的，也有临时被邀请的人，这种情况下，就需要再次调整座位次序，在时装周开始前，座位都会有所调整。

第一排坐的基本都是各品牌的高层、当红的明星，以及 VIP 顾客。

许辛夷的位子和网上传的图上的位子虽然并不一样，但差不太多，她和许微茵一样，都在第三排。

她看了一眼韩骁，大明星坐在第一排。

不过许辛夷还真没闲工夫把网上这事放在心上。

毕竟等秀结束后，活动方会发微博，到时候大家就会知道她是被邀参加的了。

至于座位，以她现在在娱乐圈的名气，确实也只够坐在第三排。

这一点，许辛夷还是很有自知之明的。

时装周开始前，许辛夷在酒店内有条不紊地试带过来的礼服，白色裹胸长裙，一改往常的性感风。她化着淡妆，将头发盘起，很美。

全程跟拍的摄影师从许辛夷出房门开始就咔嚓咔嚓连拍了几张照，对拍出的照片十分满意。

酒店外的车等候多时，好几位许辛夷熟悉却叫不上名字的外国女明星正和韩骁在酒店大堂闲聊，看韩骁那表情，显然很不自在。见许辛夷下来，他忙打断几人的话，走到许辛夷身边。

她明显感觉韩骁松了口气。

韩骁不善于夸奖人，见着许辛夷，只微微一笑：“你今天真漂亮。”

许辛夷反夸他：“你真有眼光。”

骆桀戴着口罩和墨镜三步并作两步从酒店外走来，见着许辛夷身边的安雅眼神躲了躲，而后看向韩骁说：“韩骁，刚才主办方给我消息，你走红毯的时间提前了，五分钟后车在外面等。”

接明星走红毯的车在外面等着，韩骁看了许辛夷一眼：“那我先走了，走完红毯我在后台等你。”

许辛夷连连点头。

快步走出大堂，韩骁一见骆桀口罩、墨镜齐上阵，装备比他这个明星还要齐全，忍不住好奇地多问了两句：“你这是怎么了？”

骆桀死要面子活受罪，含糊其词：“没事，昨天和安雅聊了两句，她就是不太喜欢我给孩子起的名字。”

“……”

相比较韩骁，许辛夷走红毯的时间没那么早，她无所事事地在大堂等着。

“我忘记把邀请函拿下来了！”一个惊慌失措的声音引起了许辛夷的注意。

是她带来的一个小助理说的，小助理现在急得脸都白了。

安雅眉心紧蹙，隐约有发怒的迹象：“你怎么回事？邀请函都能忘？还不上去拿！”

“没关系，别急，”许辛夷安抚着安雅，“让她上去拿就是了。”

第一次参加时装周，许辛夷知道，安雅自己也有压力。

小助理连连点头，急忙往电梯口跑去。

“干什么？看着路！”一个训斥的声音传来。

小助理连连道歉。

许辛夷和安雅回头，只见一个穿着西装的外国男人一脸怒气地看着小助理，小助理被吓得连连道歉，那外国男人竟还拦着她不让走。

这样一种情况之下，息事宁人是最理智的选择。

但显然，那位外国男人不想息事宁人，而是想撒火。

许辛夷上前，用流利的英语与之沟通：“不好意思，这位先生，是我的助理冒犯了您，请您不要介意，我替她向您赔罪。”

外国男人对前来参加时装周的亚洲人态度很不友好，甚至隐约有些敌对的意思。

“你也是来参加时装周的？”

“是的。”

男人冷哼一声，拍了拍被小助理撞过的地方，很嫌弃地道：“邀请函呢？给我看看？”

许辛夷怎么看不出这男人在找碴？她的脸色当即没那么好看了：“这位先生，我为什么要给你看邀请函呢？”

“你第一次来时装周？花钱买的？连我都不认识？”

安雅脑中灵光一现，俯身在许辛夷身边低声道：“这是主办方的Edward Davis。”

昨晚安雅背了不少人名，脑子昏昏沉沉，现在才将这个男人认出来。

这位 Davis 算是主办方的中高层，说得上话的角色，本着不得罪小人的想法，安雅提醒许辛夷不要乱来。

许辛夷哪里知道这是谁？但她听安雅的语气，这个男人应该不是简单的人物。

她微微一笑，不卑不亢地继续道："不好意思，我的邀请函在楼上的房间里，我现在正要让我的助理上去拿。"她补充了一句，"如果不是您拦着的话。"

听了这话，Davis 更嚣张了。

原本他被派来接一位中国地区的 VIP 钻石级客户就已经憋了一肚子火，现在还被一个小小的助理当头撞上，那股火更是熊熊燃烧。

"恕我直言，女士，像您这样每年花钱来时装周蹭秀的人我见过不少，您付了钱我不能说您什么，但是您至少得尊重我们时装周，在走红毯前，把您的邀请函带上。"

"不好意思，有一点我需要提醒你，我不是花钱来蹭秀，是你们主办方主动邀请的我；另外，这件事是我做得不够好，多谢提醒，以后我会多多注意。"

她给了小助理一个眼神，小助理仓皇点头，匆匆跑去电梯口。

电梯门开了。

小助理正准备进电梯，却被里面的人的气势骇得往右侧让了一步。

电梯里一共四个人，三个外国男人站在一个亚洲男人的身后。那亚洲男人眉眼低垂，无意识地摩挲着手上的戒指，电梯门打开，他一抬眸，寒眸冷面，气势完全不输身后的外国男人。

男人抬脚走出电梯，身后的三名外国男人随即跟上，以保镖的姿态散在男人身后左右三个方位，全方位地保障他的安全。

"易先生，您好！我是 Edward Davis，来接您前往秀场。"

和 Davis 扯完皮的许辛夷正和安雅待在一侧等接她们的车来，就听到 Davis 毕恭毕敬的带笑声音。

易先生？许辛夷疑惑地转头望去。

易扬脚下不停，对 Davis 的话置若罔闻，浑身上下写着"生人勿近"四个字。

隔着一名保镖和一个 Davis 的距离，许辛夷看到了易扬冷峻的侧脸。

第十章　占有欲

他怎么会在这儿?

仿佛感受到了许辛夷惊讶的注视，易扬侧目一扫，不经意间瞟了过去，目光触及许辛夷时，站定在原地。

Davis 见他停下，微笑着朝他恭敬地问道：“易先生，Amanda 在秀场等您，您还有什么事吗?”

易扬一动不动地看着许辛夷，视 Davis 如无物。

Davis 顺着易扬的目光望了过去，视线落在许辛夷身上。

许辛夷看着易扬欲言又止。

他不是说好不来的吗?

他怎么突然来了，也不打个招呼?

本着敌不动我不动的想法，许辛夷戳在原地没动。

易扬递给她一个询问的眼神，并问道：“还不过来?”

许辛夷整个人还处于难以置信的状态中。

——他无声无息的，还和我住同一个酒店，我却一点消息也没有。

——他什么意思?

易扬朝她招了招手。

——他逗狗呢?

许辛夷一步一步地挪到易扬身边，低声问：“你怎么来了?”

“主办方盛情难却。”

Davis 的目光在易扬和许辛夷之间转换：“易先生，这位是……?”

“你没必要知道，”易扬冷声说，“替我向 Amanda 说一声，在我身边加个位子。”

说完，他握着许辛夷的手，留下一脸茫然之色的 Davis 站在原地，径直离开了酒店大堂。

安雅扬眉吐气，微笑上前拍拍 Davis 的肩膀：“Davis 先生，我想这次应该不需要邀请函了吧？”

Davis 变了几下脸色，强扯出一抹笑容：“不需要，易先生就是最好的邀请函。”

——我邀请就说没时间，主办方邀请就说盛情难却，什么意思，怎么？看不上我的邀请？

——来就来呗，喊我干什么？你走你的我走我的，非得绑在一起。

——我就不该上他的车，跟他来干吗？我又不是没有邀请函。

“易扬，你什么时候过来的？来了怎么不和我说一声？”

许辛夷觉得自己在面对易扬时，演技水准达到巅峰。

听听这语气里的震惊与惊喜之意，喜出望外的哽咽恰到好处，简直令人动容！

易扬摩挲着手指上的戒指，隐瞒了自己昨晚在许辛夷的房间门口敲了五分钟门的事情，说：“今天刚到。看完秀之后在巴黎还有事吗？”

“好像……应该有事吧？”

“到底是有事还是没事？”

“一点小事，估计得留两天。”

易扬望了过来：“如果没什么重要的事，看完秀后和我一起回国，别乱跑。”

——我就知道这家伙一出现铁定没好事！

——好不容易来一趟巴黎，不去扫货怎么行？

车内有些昏暗，许辛夷借着这绝佳的环境，转过头咬牙切齿地看着他：“老公，我可能不能和你一起回国了。我突然想起有点重要的事要去办，你自己先回去吧。”

“重要的事？”易扬想了想道，“我陪你。”

“……”

从酒店到时装周红毯区的距离不算太远，十来分钟的车程，可因为时装周走红毯的流程，无可避免地会有时间上的失控。

车辆停在红毯入口不远处，有工作人员前来调度，无比抱歉地道：

"不好意思，易先生，麻烦您稍等片刻。"

就在这稍等片刻的时间里，许辛夷无聊地看着车窗外的场景。

灯光四溢，工作人员忙而有序地组织所有人进场。

"易先生，到您了。"

车辆启动，缓缓停在红毯区门口。

有工作人员拉开车门。

易扬从车上弯身下车。

国内网上有人实时转播时装周现场，在易扬跨出车门的瞬间，惊起了不小的水花。

"这是谁啊？这么大阵仗，我还以为是某个大明星呢，不认识。"

"给不知道是谁的姐妹介绍一下，这是一品兰亭的老板，易扬，就是那个一套房顶人家一栋楼的一品兰亭。"

"易扬竟然也参加了时装周，之前怎么一点消息也没有？"

"我老公好帅啊！我找到我的梦中情人了！"

"男人穿西装真的有种抵挡不住的魅力！太帅了！"

"易扬他没走！车里是不是还有人？期待一下，是不是许微茵？"

"肯定是许微茵，之前就看到许微茵前往巴黎参加时装周的微博了！"

然而红毯现场的实际情况是，易扬站在车门外，朝着车内绅士般伸出了手。

许辛夷在车内看着这只朝她伸出的手，深吸了口气。

她抬手，将手放在易扬的掌心里。

"出来了！"

"许微茵！一定是许微茵！这是什么神仙爱情？我太羡慕了！"

"这算公开了吧？我之前没听说易扬参加时装周的消息，座位表上也没他的位子，肯定是临时加的。天哪，我也想拥有这么平平无奇的爱情！"

然而下一秒，视频里出现的是许辛夷微笑的脸。她挽着易扬的手臂，朝红毯走去。

现场的人没什么特别的反应，对于外国人而言，亚洲面孔都长得一样。

但对在视频前看直播的粉丝来说，就不一样了。

"许辛夷？许辛夷走红毯的顺序我记得在很后面啊，为什么现在就出来了？还是和易扬一起？"

“这是什么情况？易扬和许辛夷一起走红毯？？我是在做梦吗？？？”

“谁能告诉我这到底是怎么一回事？不是说易扬早结婚了吗？结婚对象是许微茵来着？我记得许微茵也去了时装周走红毯，怎么不是易扬和许微茵一块走？”

“之前不是有人说许辛夷背后有人吗？这人就是易扬？”

“难道许辛夷这么不要脸，当着正室的面勾搭易扬？”

“评论说许辛夷不要脸的那位姐妹麻烦你动动脑子，易扬是那种会被人耍得团团转的人吗？我敢肯定，易扬的妻子不是许微茵，他能和许辛夷一起走红毯，两个人的关系肯定不一般，至于具体是什么关系，你们品，细品……”

“这剧情有点上头……”

“别说，许辛夷是真的漂亮，这裙子穿在她身上也太好看了吧！”

“许辛夷，放开我老公！”

许辛夷挽着易扬的手，走上被闪光灯环绕的红毯，摆出公式化微笑，配合着摄影师们拍照。

她不是第一次走红毯，但印象中这还是第一次和易扬一起走。

——完了完了，有点紧张怎么办？

他们走两步停一会儿，等摄影师拍完照后继续往前走。

整个红毯走了约莫一半后，许辛夷站在原地没动了。

她微笑着拽着易扬的手臂，若无其事地低声道：“易扬，我卡住了。”

易扬低声询问：“怎么了？”

许辛夷欲哭无泪：“右脚高跟鞋卡缝里了。”

走红毯这么大的事，地上怎么还有缝呢？

——别紧张，小事而已，许辛夷，你什么突发状况没遇到过？这点小事，别急，别慌！

——再用劲试试看。

——啊！这么大一个时装周为什么会有这种失误的地方？！

许辛夷脚下用力，想将卡在缝隙里的高跟鞋拔出来，可刚才他俩站久了，高跟鞋的鞋跟太细长，卡得够深，她一时半会儿竟抽不出来。

她环顾四周，周遭的工作人员不是在维持现场秩序就是在拦摄影师，在台上的主持人离得太远，她看不见。

在现场灯光的照射下，易扬看到了许辛夷脸上的一抹急色。

无心多想，他松开许辛夷挽着自己的手，绕到许辛夷面前，在许辛夷疑惑不解的目光中缓缓单膝蹲了下去。

“这是求婚？”

“在这种场合求婚？易总，你脑子进水了？”

“天哪！在万众瞩目的一个场合里求婚！这么浪漫的吗？我酸了！”

许辛夷大惊失色：“你干什么？”

易扬将她的裙摆掀起，单手握着她的脚踝，低声道：“别吵。”

“……”许辛夷环顾四周，摄像机咔嚓的快门声不停。

她也算经历了不少大风大浪，可此刻也不知道怎的，心跳如擂鼓，怦怦响个不停。

“你别……你站起来，让工作人员过来弄就好了。”

易扬单手握住她的脚踝，手掌大力紧攥着，力度是她不能挣脱的。

“别急，耽误一点时间没关系。”

也是奇怪，红毯现场喧哗吵闹，许辛夷却清晰地听到了易扬低沉的声音。

她不想承认却又不得不承认，在这一刻，易扬给了她极大的安全感。

易扬手腕使劲，将卡在红毯缝隙中的高跟鞋拔了出来，替她穿上。

“好了。”易扬起身，如同没事人一般。

许辛夷一颗悬着的心终于落下，她微笑着挽着易扬的手，继续前行。

“有点甜是怎么回事？”

“单膝下跪原来不是求婚啊，我就说，这种场合易总怎么可能会干这种事？”

“啊！易总太温柔了！是我一直想要的对象！”

“我能肯定了，易扬隐婚的对象一定是许辛夷！不是的话我直播吃大便！”

“倒也不必直播，你可以自己躲着吃。”

“一个男人能为一个女人做到这份上，如果两人不是夫妻关系，那证明易扬人品真的没的说。”

“你们一口一个夫妻关系，易扬承认了吗，就在这儿给他‘无中生妻’？你们都忘了许辛夷是什么人？她配得上易扬吗？”

不管直播间弹幕上如何腥风血雨，屏幕后红毯现场的许辛夷与易扬已走到红毯尽头。

主持人是一名性感火辣的外国美女。

易扬不喜欢被人提问，主持人也是被交代过的。

“易先生是第一次来我们时装周，希望今晚您能和身边这位美丽的许微茵小姐……”

就在主持人说出这句话时，直播屏幕上再次热闹起来。

“主持人说的是许微茵！说错了还是原本和易扬走红毯的应该是许微茵？”

“绝对不是说错了，一开始准备和易扬走红毯的人肯定就是许微茵，许辛夷肯定是用了什么手段！”

“许辛夷也太阴险了吧？为了红，什么下作手段都使？”

然而这些弹幕刚发出来，整句话都没能在屏幕上飘完，易扬抬眼，打断了主持人的话：“我想你们弄错了，这位是许辛夷小姐。”

主持人尴尬一笑：“非常抱歉，这位……许辛夷小姐，希望两人能度过一个美好的夜晚。”

屏幕上的气氛很尴尬。

缓缓步入后台的许辛夷松了口气。

一位妆容精致的女性上前，笑着与易扬握手：“易先生，您能到场是我的荣幸。”

易扬微微颔首，不卑不亢地与之相握。

“夫人，好久不见。”

“这位是……？”Amanda 微笑着看向易扬身边的女伴，“您在来之前可没说过身边带着一位女士同行。”

“这是我的妻子，许辛夷。”

Amanda 颇为震惊。

易扬替许辛夷介绍：“这位是 Amanda，时装周的负责人。”

“夫人您好，久仰大名。”

Amanda 惋惜地与许辛夷握手：“几年不见，易先生竟然有了一位这么漂亮的妻子，真是个幸运的男人。”

许辛夷看了易扬一眼，回以微笑。

“好了，两位，今晚的秀我替你们留了位子，好好享受今晚的视觉盛宴吧，我先去忙了。”

Amanda 随即离开。

内场里来了不少人，几人聚在一块不是在闲聊就是在合影。

易扬向来低调，没太多人认识他，在这之前，名单里也没他的名字，只知道他是刚才与 Amanda 亲密交流过的对象，其他人不知底细也不敢贸然上前搭讪。

不远处韩骁正与一位曾经合作过的好莱坞男演员交谈，见着许辛夷后一怔，目光停留在许辛夷身边的易扬身上。

“韩，怎么了？”

韩骁带着歉意对面前的男演员笑道：“不好意思，失陪一下。”

说完，他便离开。

他虽然迟疑，但依然朝着许辛夷走去。

“辛夷。”韩骁看着易扬：“易先生也来了？”

“主办方盛情难却。”说完，易扬看向许辛夷：“能帮我去端杯酒过来吗？我想和这位韩先生喝一杯。”

许辛夷听后去酒桌那边端酒。

韩骁礼貌地微笑：“刚才是易先生和辛夷一块走红毯？刚才我好像听说中途出了点事？”

“不是什么大事，辛夷的鞋跟卡在缝隙里了，”眼神跟随着许辛夷，易扬淡淡地笑道，“她就是这样，一天到晚冒冒失失的，不在身边我还真不放心她。”

韩骁欲言又止，然后道：“有件事不知道该不该说。”

“韩先生请说。”

“其实这件事我想问很久了，但不知道有没有冒犯到易先生。”他将目光放在易扬无名指上的戒指上，“网上传闻说易先生结婚了，而且看易先生手上的戒指，确实是结婚了，但今天易先生对辛夷这样的举止，是不是太过了？”

易扬面无表情地道：“过吗？辛夷她很好，值得。”

“可是易先生想过自己的妻子的感受吗？”

许辛夷端了两杯香槟过来，递给易扬一杯，递给韩骁一杯。

易扬和韩骁皆沉默着。

气氛似乎不大对劲。

许辛夷微笑着打破沉默：“你们在聊什么？”

易扬接过香槟，单手搂着许辛夷，像宣示所有权一般道：“韩先生对我们之间的关系似乎有些误会，所以我在向他解释。”

“误会？”

“是这样的，”易扬冷冷地望向韩骁，眼底火药味渐浓，“今天正式向韩先生介绍一下，这位是我的妻子，许辛夷小姐。我敬韩先生一杯。”

韩骁眼底的笑意逐渐消失，他端着香槟愣住了，许久才回过神来，稍稍往后退了一步。

许辛夷同样也是一怔。她也没料到易扬就这么把他俩的关系告诉了韩骁。

易扬饮了一口香槟，不动声色地看向韩骁："韩先生不喝？"

韩骁沉默地看着许辛夷。

"韩大哥，你没事吧？"

听着许辛夷关切的声音，他就知道，许辛夷对他一点想法也没有，也是真的只把他当朋友看待。从开始到现在，只是他一个人在胡思乱想而已。

"不好意思。"韩骁仰头将香槟一饮而尽，"是我冒犯了。"

说完他歉意一笑，干净利落地转身离开。

许辛夷看着韩骁的背影，终于明白了气氛为何不对劲。

——易扬以为我和韩骁之间有什么，所以才……？

——可是韩骁是个同性恋啊！我和他之间能有什么？

——易扬是不是想得太多了？

同性恋？易扬冷笑。

男人最了解男人，韩骁那双眼睛看向许辛夷时，他心里最清楚韩骁在想什么——喜欢和占有。

"你在怪我和韩骁说了这些？"

"也不是。"许辛夷反应过来后，有点烦恼。

——不应该啊，韩骁怎么是这样的反应？

——他不是同性恋吗？把我当朋友不应该祝福我吗？为什么现在好像……

"他喜欢你。"

易扬晃着香槟杯，面无表情地说："男人最了解男人，我看得出来他喜欢你。"

"可是他……"许辛夷猛地闭嘴。

她忘了，韩骁是同性恋这件事，是她和安雅根据流言蜚语讨论出来的，她只是曾经在休息室里见到韩骁和骆桀抱在一块，除此之外，没有事实证明他们是同性恋。

——所以……韩骁真的喜欢我？

——这段时间我造了什么孽？我竟然隐瞒已婚的身份，让一个单身男人误会了。

“许辛夷，你记住，你是个有丈夫的女人，我不希望以后在任何网络新闻上看到你和别的男人的绯闻。”

“……”许辛夷很想说两句，但易扬这臭男人说得确实没错，她实在无从反驳。

秀场内走完红毯的人越来越多。

许辛夷和易扬被工作人员引导着入座。

易扬的位子还挺不错的，在第一排，许辛夷和韩骁之间隔了三个位子。

许辛夷有些心不在焉。

——韩骁肯定以为我是故意隐瞒的……唉，我好像也确实是故意隐瞒的。

——之前他帮我不少，这下好了，朋友也做不成了。

——已婚女人没资格拥有帅哥朋友，我还是想离婚。

许辛夷泪流满面。

易扬不动声色地看秀，心底却颇为不满。

韩骁帮你不少？

韩骁能带你走红毯？

他能带你坐第一排？

还不是只有我可以？

时装周上大牌云集，高瘦的模特穿着出自各品牌著名设计师之手的当季新款，面无表情地走上 T 台。

被韩骁困扰的许辛夷很快处于“漂亮”“这也太漂亮了吧”“好漂亮的衣服”“太美了”的震惊里。

从前在电视屏幕前看秀，她还不觉得有什么，如今在现场离 T 台不到半米的地方观看，模特走动时那股风拂在脸上都能感觉到，除了漂亮就是震撼。

易扬对这种秀倒是没有太多的兴趣，对他而言，左右不过只是几件衣服而已。

令人眼花缭乱的时装周结束后，各品牌走秀的款被不少艺人或 VIP 客户预订，这样的新款在国内很难买到，基本都在时装周被预订完了。

而之后的派对，更是给了前来参加时装周的人一个进行社交的机会。

易扬举着酒杯恭喜 Amanda 时装周举办成功，并向 Amanda 提出了一个不情之请："Amanda，有个不情之请，不知道这次时装周上的新款我能否预订全套？"

Amanda 心领神会："是为了您身边那位美丽的妻子吗？"

易扬点头。

"这么浪漫的男人，我为什么不给你这个机会呢？当然没问题。"

"多谢。"

许辛夷端着酒杯，找了个借口与易扬分开后，与一众名媛及艺人愉快地交流。

或许是因为易扬，许辛夷发现自己比之从前要受欢迎得多。

"许小姐穿上这条裙子可真漂亮。"

"许小姐今晚有没有看上的新款？千万记得提前预订，可别像我去年一样，时装周结束了才想起来，结果一问，全没了。"

"之前在国内听说过许小姐，只可惜一直没机会合作，不知道之后有没有机会能和许小姐合作？"

"许小姐和易先生的关系看上去挺不错的，之前可从来没听说过，我还真是有些好奇。"

大家旁敲侧击地说道。

许辛夷只好装傻或是转移话题。

虽说许辛夷不太喜欢进行社交，但身为娱乐圈人，来到时装周就得入乡随俗，更何况和国内一二线明星搞好关系也没什么不好的。

所以，许辛夷的微信通讯录里多了许多明星的微信。

"许小姐，真巧，上次拍卖会一别，我们又在时装周上遇到了。"

不用看，许辛夷都知道这是许微茵在和她搭话。

"大家同是许小姐，就别太见外了。"许辛夷面带微笑地看着她，"我也挺惊讶的，竟然能在时装周上遇见你。"

许微茵看了一眼不远处的易扬，低眉笑道："易扬能带你走红毯，说明他对你是用心了，许小姐真是好福气。"

许辛夷猜测许微茵怕是又要作死了。

果不其然，许微茵苦笑一声："人生讲究一个先来后到，许小姐真幸运，遇到了一个就走到了最后，不像我，这辈子都……"

许微茵说一半留一半，欲盖弥彰。

许辛夷叹了口气，不愧是许微茵，说话的技巧真是绝了。

其实如果不是有自己在易扬身边的话，易扬应该在许微茵回国后不久就被许微茵迷得团团转，虽然她不知道是为什么，但现在怎么说好像都是因为自己的出现，许微茵和易扬才没走到一起。

毕竟除了自己，好像也没有其他的变数。

许辛夷异常配合许微茵：“我不明白你这话是什么意思。”

“没什么意思，随便感慨一句而已。”

“随便感慨一句？”许辛夷冷笑，“你不会是看易扬现在有钱有势就后悔了吧？想挑拨我和易扬的关系？我告诉你，不可能！不管你和易扬有什么过去，易扬现在就是爱我不爱你。”

许微茵微怔，似乎陷入了某种回忆中。

“许小姐误会了，我并没有这个想法，我只是觉得许小姐命好，在正确的时间遇到了正确的人。”许微茵露出她那“白莲花”似的笑容，“而且许辛夷小姐不觉得自己很像我吗？”

“像你怎么了？”

“我听说许辛夷小姐是顶着我的名号出道的，你和我长得很像，你有没有想过，为什么易扬在并不喜欢你的情况下选择和你结婚？”

许辛夷眉心紧蹙：“你是什么意思？”

“我是什么意思许小姐这么聪明，难道猜不出来吗？”

许辛夷暗自翻了个白眼。

她不就是说自己和她长得像，易扬之所以答应和自己结婚，是把自己当她的替身吗？

许辛夷冷了脸：“我不明白你在说什么。”

“这么说吧，不仅仅是四年前，还有那段大学时光，我和易扬……”许微茵叹了口气，“以前是我做得不对，但是这些都过去了，许小姐如果感兴趣的话可以问问易扬。你说他爱你，那这些事他应该会如实告诉你才对。”

许辛夷远远地瞧见易扬朝这边走了过来：“许微茵，你少在我面前阴阳怪气，我不管你和易扬之间发生过什么，以后你离易扬远一点，别让我在易扬面前看见你，听到了没有？”

许辛夷凶神恶煞，与温柔的许微茵站在一起，就像在欺负人。

许微茵张唇欲说话，话到嘴边又咽了下去。

“在说什么？”易扬走了过来。

许辛夷一把挽住易扬的手臂，示威似的看了许微茵一眼，随即抬头看着易扬，用撒娇似的口吻故意对易扬说：“我们没说什么，易扬，我很喜欢时装周这季的新款，你能不能帮帮人家？有几件衣服我好想要好想要。”

许辛夷打了一个哆嗦，浑身的鸡皮疙瘩都起来了。

——杀敌一千自损八百，恶心了许微茵也恶心了我自己，我要吐了。

许微茵强扯出微笑道：“辛夷你放心，我再也不会出现在易扬面前了。”

易扬视她如空气：“放心，这次时装秀的新款，我全替你买下了。”

见易扬没搭理自己，许微茵顿时觉得没意思，垂眸道：“你们聊，我先走了。”

——不知道易扬会不会质问我对许微茵说了什么、做了什么，许微茵这副可怜兮兮的模样我看了都心疼，他一个男人，承受能力没那么强吧？

——不过许微茵说得还真有点道理，易扬这臭男人一直没说四年前和许微茵之间发生过的事，难道我真是许微茵的替身？

——霸道总裁的替身情人？天哪！我连易扬真正的爱情都得不到，作为一个女人，我真是太悲哀了！

易扬冷声对许微茵说：“那你说到做到。”

许辛夷：“……”

许微茵：“……”

她们哪里料到易扬会说这话？

许微茵脸上写满了尴尬和难堪，半晌才强笑着黯然离场。

“易扬，全场的新款你都替我买了？你说的是真的？”

易扬反问：“我骗过你？”

许辛夷备受感动：“你真好。”

易扬挑眉。

韩骁能为你买下全场的新款吗？

还不是只有我可以这么做？

派对结束后，许辛夷与易扬乘车回到酒店。

很不巧的是，他们在电梯前遇到了先他们一步回来，但仍然在电梯前等电梯的韩骁等人。

“韩先生，好巧。”易扬主动打着招呼。

韩骁看上去精神不太好：“好巧。”

“韩大哥，我想和你谈谈，可以吗？”

韩骁看了过来，表情淡然地看着她：“许小姐不用多说，我明白。”

“可是……”

电梯来了，易扬拉着许辛夷率先走进电梯。

韩骁却站在电梯外一动不动。

“你们先走。”

易扬一言不发，按了关门键。

电梯层数不断上升，站在韩骁身后的骆桀眉心紧蹙，迟疑道：“你确定许辛夷和易扬……”

“确定。”

“许辛夷她……”

韩骁说：“不关她的事，是我差点插足她的婚姻，好在悬崖勒马，没酿成大祸。”

骆桀想起韩骁特地准备的烛光晚餐和惊喜，叹了口气。

电梯在十九楼停下。

许辛夷本想去易扬的房间，易扬却说回她的房间。

“去你的房间不好吗？你确定要住我的小房间？”

“怎么？你的房间里有秘密？藏了男人？”

“当然没有。”

两人回房，许辛夷卸妆洗漱后，窝在被窝里点开与韩骁的微信对话界面，发了一段解释与道歉的文字过去，五分钟后，韩骁只回了“没关系”这三个字。

她有点烦恼。

但这件事确实是她的问题。

她没能在第一时间感觉到韩骁对自己的感情，不仅如此，还任由这种感情继续发展下去。

可是她怎么知道韩骁喜欢自己？

他藏得也太深了。

——其实也不一定吧？易扬感知那么灵敏？说不定韩骁根本就不喜欢我，易扬这臭男人在诓我也说不定！

许辛夷越想越觉得是这样。

——我和韩骁才认识多久？他怎么可能会喜欢我？我哪点招人喜欢了？是我打人的时候姿势够帅，还是我骂人的态度够嚣张？

——韩骁会喜欢我？他疯了吧？

易扬从浴室出来，若无其事地上床。

“老公，你是不是误会韩骁了？”

“怎么说？”

“我觉得他应该不喜欢我，你肯定是误会了，我不是他喜欢的类型。”

易扬看了她一眼：“许辛夷，你不懂男人。”

许辛夷懒得和他争：“那真是幸亏有英明神武的老公你，否则我都不知道呢。”

“不用谢。”

许辛夷翻了个白眼，转移话题：“老公，你什么时候回国？”

“你呢？”

“我得多待两天，我还有事。”

“我不急，公司没什么大事，陪你在这儿多待两天，高兴吗？”

许辛夷面无表情地道：“高兴。”

“高兴就好，很晚了，睡吧，明天陪你去逛街怎么样？高兴吗？”

许辛夷磨牙：“高兴，有你陪我，我真的太高兴了！”

说完，许辛夷怀着“兴奋又无比期待”的心情安然入睡。

翌日，时装周断断续续地放出这次走红毯和看秀的所有视频，谁是蹭红毯的，谁在红毯上艳压群芳，被网友一帧一帧看得一清二楚。

譬如韩骁这等层次的明星，收到一片夸赞声；再譬如花钱蹭红毯的网红主播之流，收到的全是嘲笑。

但有件事很有意思。

在时装周开始之前，网传许辛夷之所以能去时装周，是自己花钱买的邀请函，后来网友们又从一张现场的座位图上发现许辛夷的座位靠后排，引来粉丝们一通嘲讽，可当时装周结束，主办方微博答谢所有受邀参加的艺人时，众人却发现，许辛夷是被人家正经八百地邀请过去的。

不仅如此，她走红毯时还是和易氏集团的老板易扬一块走的，虽然视频中剪掉了许辛夷的鞋跟卡在缝里易扬替她拔出来的那一段画面，但那一段画面在直播时早被人保存了下来，当时直播间就沸沸扬扬一片。

而且直到最后，秀开始，从时装周传出来的照片和视频来看，许辛夷是坐在第一排看秀，网上所有针对许辛夷这次巴黎时装周之行的流言蜚语不攻自破。

“我是真的服气，许辛夷这种层次的明星竟然能拿到时装周的邀请函，还能坐在第一排和韩骁一个待遇。”

“我真的惊呆了好吗？”

“恕我直言，许辛夷是真的牛，出道到现在虽然名声不太好，但顺风顺水，电视剧口碑一直不错，现在时装周邀请她坐第一排，这待遇，完全胜过了国内无数女明星！”

“许辛夷的‘颜值粉’来嘚瑟了！之前那些说我辛夷买邀请函，坐最后一排的人呢？怎么不出来继续造谣了？就你有嘴，赶紧看你的许大美人是怎么红的！”

“同‘颜值粉’！许辛夷这套礼服太好看了！坐第一排太引人注目了，我哭了！”

“虽说许辛夷是顶着‘小许微茵’的名号出道的，但现在许微茵坐在后排，许辛夷坐前排，这差距令人唏嘘。”

“你们真以为以许辛夷的名气她能这么早走红毯？能走这么久的红毯？能坐第一排看秀？还不是因为她和易扬有关系！”

“很早之前就听说许辛夷有靠山，这是有证据的，但是易扬结婚的事真的没有事实证明，我个人还是倾向于易扬是许辛夷的靠山。结婚？不可能的，易扬家世这么好，图许辛夷啥啊？”

“只要易扬没公开结婚的消息，我就默认他是单身。”

关于许辛夷这次的时装周之旅，网上讨论得沸沸扬扬，但这一切许辛夷都没时间去搭理，时间紧迫，易扬要和她一块去巴黎购物。

来巴黎扫货对许辛夷而言并非第一次，之前她也和安雅来过一两次，每次都是满载而归。

车停在巴黎市中心香榭丽舍大道前，许辛夷微笑着挽着易扬的手下车。

——逛街是吗？今天我就给易扬上一课，让他知道，他的妻子购物时有多疯狂。

易扬不动声色地走进一家店。

“老公，这个品牌的衣服我最喜欢了，他们家的包包也不错，只可惜我不是他们家的 VIP，不能……”

易扬掏出卡递给店员。

店员很快得知了易扬的身份。

“易先生，请问需要闭店服务吗？”

许辛夷欲言又止。英文沟通无压力的她，竟然在听见店员说“闭店服务”后茫然了一会儿。

易扬不是喜欢搞特殊化的人，闭店服务未免太麻烦：“不……”

“要！”许辛夷打断他道，“当然要！”

店员看向易扬。

易扬点头。

“好的。”

偌大的奢侈品店暂时停止服务。

易扬坐在沙发上，品着服务生送上的红酒：“怎么不挑？”

许辛夷看着满店的奢侈品衣服，第一次有了乡下人进城的感觉。

她知道易扬有钱，但怎么到了随手就是闭店服务的档次？

“让我挑？那我就不客气了。”

——许辛夷，你怎么回事？这点小场面就把你镇住了？能不能有点出息？又不是没逛过！

许辛夷深吸口气，随意看了一眼，也不精挑细选，全靠眼缘：“这件，这件，还有这件，那两件，那两个包，还有那三双鞋，哦，对了，这三件，这两件，照我的尺码全给我来一套。

“老公，我才买了这几件，还有啊，这些衣服我也不想试，你应该不会介意吧？”

“不介意。”

“不介意就好，那我们去下一家吧？”

“下一家？”易扬看向店员，“麻烦把最新款的首饰拿出来给我太太看看。”

店员微笑道：“好的。”

很快，店员将最新款的项链、戒指等首饰，摆放在许辛夷面前。

“这一对耳环，还有这一条项链不错，这枚钻戒也不错。”许辛夷笑着问易扬，“好看吗？”

“好看。”易扬问她，“就这些？”

易扬看着店员送到许辛夷面前的首饰，说：“这些全部包起来。”

“好的，易先生。”

“这件，这件，还有这件，还有这个，这两个，刚才我点出来的这些都不要，其他的款式请照我太太的尺码都来一套。”

店员的笑容更甜：“好的，易先生。”

许辛夷：“……”

——易扬当这是菜市场吗？

——你不是来购物的，你是来进货的吧？

店内的员工忙个不停。

许辛夷坐在那儿被殷勤对待，有些怀疑人生。

“易……易扬，是不是买太多了？妈会不会说我太败家了？”

“不会。”

“家里放不下吧？”

“一品兰亭还有一套房在我名下，回国我把钥匙给你。”

“……”

——当仓库吗？和易扬一对比，我怎么感觉自己抠抠搜搜的，简直是小家子气？

看着易扬一掷千金，许辛夷第一次感受到了贫富差距之大。

难怪那天拍卖会上九千万的项链易扬说是随便拍拍。

——有钱人的味道，这该死的甜美味道！

巴黎向来被誉为“购物天堂”。

三条著名大道，蒙田大道、香榭丽舍大道和乔治五世大街，汇集了世界上顶级的奢侈品牌。

“关门了？怎么回事？”

两名打扮得精致漂亮的女孩手上提着三四个奢侈品牌的袋子前来购物，被拦在店外，看着闭店的标志十分不解。

“这才几点，怎么就关门了？”其中一名女孩通过玻璃橱窗往里看，见到了里面忙碌的店员，更为疑惑，“店员不是在吗？怎么不开门营业？”

“算了，要不我们去下一家吧？”

“下一家？他们家的新款包我等了多久你知道吗？我昨天明明致电询问过，说店里可以配货我才来的，怎么说关门就关门了？”

“你别急，我查查。”

另外一人翻出手机问了一会儿。

“这个时间确实不应该关门啊……等等，他们说如果没到时间关门的话，可能是因为店里有 VIP 客人在进行闭店服务。”

“闭店服务？”

两人看向店内。

“算了，我们去下一家吧。”

其中一个女孩有些倔：“不！我就要在这儿等，等店开门，我倒要看看这位 VIP 客人是谁！”

店内几乎被许辛夷和易扬扫荡一空，店员将所有的款式照着许辛夷的尺码打包好，承诺配送到国内。

付钱的时候许辛夷从包里拿出一张卡递了过去：“老公，不用你付，我来。”

易扬看了一眼她递过去的卡：“那是我的附属卡。”

“哎呀，老公，你的就是我的，我们还分什么你的我的？以后你得努力赚钱养我，我每年都想来巴黎扫货。”

——这一下也不知道花了多少钱，不过无所谓了，反正是易扬出钱。

许辛夷转念一想：

——他现在会不会觉得我是个花钱大手大脚不会持家的女人？如果他真这么想……那可真是太棒了！

——不过论起花钱大手大脚，谁比得过他啊？

“老公，我们现在去哪儿？回酒店吗？”

许辛夷亲密地挽着易扬的手在店员的微笑注视下离开。

在国外最大的好处，就是国人少，认出她的概率小，她不用像在国内那样遮遮掩掩地逛街，只需一个大墨镜，就能在香榭丽舍大道自由闲逛。

“回酒店？才逛了一家你就想回去？你平时就是这样逛街的？”

不知道是不是许辛夷的错觉，她总感觉易扬的这句话里有那么一星半点的嘲笑之意。

“我这不是怕你累吗？”

“好不容易来一次巴黎，当然得抽出时间陪你逛到高兴为止。”

许辛夷感动地道：“老公，你对我太好了，我好爱你啊！”

易扬还是那一副死样，简单地回了她四个字：“嗯，知道了。”

而当两人走进另外一家奢侈品店后，躲在一侧想知道能让店员闭店服务的 VIP 会员是谁的两个女孩走了出来。

“刚才那是……许辛夷？”

“好像是她。”

“那……那男的是谁？”

“我拍照了，我问问。”她将拍摄的两人的侧脸照片发送到了群里。

小群里安静五秒后，顿时被刷屏。

“这不是易扬和许辛夷吗？你们在哪儿遇到的？”

两个女孩面面相觑，同时震惊地出声。

“易扬和许辛夷？”

被拍下侧脸照片的许辛夷和易扬对此一无所知。

“老公啊，你在他们家有没有 VIP？能不能为咱们闭店服务？”

——我就不信易扬有这么多 VIP，奢侈品店又不是他开的，还能每家都给你闭店……

“易先生，您好，请问需要我们闭店服务吗？”

许辛夷：“……”

易扬看向许辛夷：“你觉得呢？”

“好啊。”

再次享受到闭店一对一服务的许辛夷，学着易扬在上一家店时的样子摆出气势，对送到面前的当季新款来者不拒。

“这件不错，这两件也留下，这件，这件，这件不要，嗯……”许辛夷看了一会儿，仿佛嫌麻烦似的道，“当季新款照着我的尺码来一套吧，我回去再慢慢看。”

店员服务周到，嘴角咧到了耳后根：“好的。”

“老公，我买好了，一件件挑真的太麻烦了，我就把这一季的新款全包了，好不好？”

“你开心就好。”易扬递卡买单。

许辛夷特矫揉造作地说：“谢谢老公，我今天特别开心。”

一眨眼，她又刷了易扬一大笔钱。

虽然这笔钱许辛夷没去看到底是多少。

从这家店出来，两人如法炮制，又去了两家奢侈品店扫货。许辛夷琢磨着今天买的东西这么多，只怕真得用上易扬的另外一套房子当仓库了。

香榭丽舍大道的西端是戴高乐广场，广场中央是巴黎有名的景点凯旋门。

广场上有人拉着小提琴，有人在表演行为艺术，还有人吹着泡泡，漫天都是泡泡。

许辛夷和易扬如同两位普通观光的游客，在广场上漫步。

一抹斜阳挂在天穹，将两人的身影拉得很长。

许辛夷眯眼看向被斜阳染红的层层白云，转眼看向易扬。

“老公，你对我这么好，我都不知道该怎么感谢你了。”

这话听得易扬眉心紧蹙，能夹死苍蝇：“好好说话，许辛夷。”

“你今天为什么对我这么好？”

“反正也无聊，随便逛逛。”

“那你为什么有那么多奢侈品店的 VIP？我平时也买了不少东西，闭店服务离我还有十万八千里远。”

“想知道？”

许辛夷点头。

易扬言简意赅，说出两个字：“有钱。”

“……”

——问问问！你就是嘴松！

“你喜欢的话，回去我把卡给你。”

“这个倒也不必，闭店服务太麻烦别人了。”

两人有一搭没一搭地闲聊着。

走在人群里，许辛夷忽然回神。

半年前，打死她也不可能相信，自己和易扬竟然会有心平气和地在广场上散步的这一天，像老夫老妻似的。

许辛夷一愣。

——老夫老妻？许辛夷，你脑子里在想些什么？

——和易扬成为老夫老妻？你和他结婚才两年，在一起的时间不超过半年，什么老夫老妻？你清醒点，还等着离婚呢。

她晃了晃脑袋，眼神一瞟，看到广场一角的人群里飞出几只白鸽。

“那儿有喂鸽子的。”许辛夷眼睛一亮，拽着易扬走了过去。

这儿有不少游客围观，有人捧着从边上买来的喂鸽子的食物，缓缓地走到鸽子群里，让鸽子飞到自己的肩膀上、手上。

“我也想喂鸽子。”许辛夷朝易扬伸出了手。

易扬无奈，拿出钱包抽出一张钞票给她。

许辛夷笑着接过，买了一些喂鸽子的食物，蹲在地上喂。

几只小鸽子争先恐后地挤到许辛夷手边，嘴巴一啄一啄、脑袋一点一点地吃着她手上的食物。

易扬可以说几乎没有和小动物打过交道，就站在一侧看着许辛夷喂鸽子。

许辛夷将一捧食物喂完，笑弯了眼睛，抬头看向易扬：“你不喂吗？”

“没兴趣。”

许辛夷撇嘴。

她起身抓着易扬的手，将一捧喂鸽子的食物放在他的手心里：“你试试，这些鸽子很可爱的。”

话音刚落，一只小鸽子扑棱着翅膀飞到了易扬的手肘上，昂头看着易扬。

一人一鸽四目相对。

“嘘！别说话。”

鸽子在易扬的手臂上跳了跳，从手肘摇摇晃晃地走到手臂上，低头吃着独属于它一只鸽子的食物。

许辛夷后退几步，拿出手机给易扬拍照。

身后似乎有淘气的小朋友在追赶鸽子，一大群白鸽被吓得振翅而飞。

易扬抬头。

许辛夷手里的手机咔嚓一声，照片里易扬逆着光抬头看向这群朝他振翅飞来的白鸽。

不比从前那一副不苟言笑、生人勿近的模样，易扬眼底多了一丝自己都不曾注意的惊叹与动容之色，多了烟火的气息。

她笑着把照片拿给易扬看，骄傲地道：“我拍得怎么样？”

易扬看了这张照片一眼：“还行。”

“我发给你，待会儿再发给爷爷和妈看。”

说完她收好手机，蹲下去继续喂惊慌落地的白鸽。

“咕咕咕，多吃点。”

易扬看着手机上许辛夷发过来的照片，沉默许久。

“先生，您好。”一个前来搭讪的外国人将自己的摄像机里的照片给易扬看，以表来意，“刚才我在这里拍照，刚好拍下了您妻子给您拍照片的这一幕，我觉得很漂亮，先生需要吗？”

易扬看了一眼他递过来的相机上的照片。

照片里的许辛夷满眼满脸都是笑意，对着他举起手机拍照，落日的那一抹金黄色余晖洒在他们中间，白鸽应声振翅而飞，将两人环绕在其中。

整个画面光芒四溢，看上去竟有些失真。

易扬微微出神。

许久，他说：“需要。”

外国人很爽快地将照片传给了他。

得到照片的易扬看了那张照片很久。和许辛夷结婚两年多了，两人几乎没有合照，这算是他们的第一张合照？

在将照片发给许辛夷的瞬间他犹豫了片刻。

许辛夷抬头看他：“你在干吗？来喂鸽子。”

易扬将手机收了回去，蹲下去和许辛夷一块喂鸽子。

“你很喜欢鸽子？”

“这么可爱的鸽子谁不喜欢？”

“给你在别墅后湖那儿养点？”

许辛夷摸着鸽子身上光滑的毛发：“不用了，我这个人喜新厌旧，得不到的总是最好的，每天把鸽子养在身边，我估计过两天就不觉得可爱了。”

易扬眉心微蹙，看着她嘴角弧度渐渐扩大，终究还是没说什么。

“对了！”许辛夷突然想起件事，严肃地看着他，“我还没给妈和爷爷挑礼物。”她想了想道，“不过妈那么年轻漂亮，身材和我的也差不多，我刚才买的衣服和包肯定也适合她。”

易扬的脸色似乎不太自然：“今天购物的事……你不用在爷爷和妈的面前提我。”

“不提你？为什么？”

易扬起身：“哪有那么多为什么？让你别提就别提。”

——易扬这话不对啊，这有什么……等等，他是不是担心爷爷和妈说他败家？

——我知道了，肯定是这样。

——家里虽然有钱，但爷爷向来节俭，对易扬教导严格，之前他就说了一句要封杀左容，爷爷听了都说了他两句。他今天大手一挥一口气买下这么多东西，爷爷不说两句才怪。

许辛夷顿时也没了喂鸽子的心情，站起来，理直气壮地看着易扬，摆出一脸全然为了他好的表情：“你今天给我买了这么多东西，为什么不能说？你对我这么好，我一定要告诉爷爷和妈。”

“不用。”易扬转身就走。

许辛夷绕到他跟前：“不用？爷爷总说你对我不好。回国后我让他看看你给我买的这些衣服、鞋子、包和首饰，他肯定很欣慰。”

易扬皱眉：“许辛夷，你故意的是不是？”

许辛夷一脸茫然之色，似乎真的不知道自己哪里说错了：“我哪里故意了？我真的是为了你着想，免得妈和爷爷说你对我不好。你怎么能误会我呢？”

这话她说得实在无辜，听起来反倒是易扬的错。

易扬沉默地看着她。

许辛夷眨眼。

五秒后……

“你说得没错，爷爷和妈总说我对你不好，现在让他们看看我给你买的这些衣服、包和首饰，他们肯定很欣慰，”易扬挑眉，“反正这些东西大部分是你买的，我只负责付钱而已。”

许辛夷的笑容逐渐消失。

“这个……虽然是我挑的没错，但是……”

“没什么但是，回国后你就一件一件地摆在爷爷和妈面前，告诉他们，哪些是我给你挑的，哪些是你自己挑的，他们肯定特别欣慰。”

许辛夷：“……”

——然后让爷爷和妈说我败家吗？买这么多东西家里都放不下！客厅都得被堆满吧？

光想想那无处落脚的画面，许辛夷都觉得头皮发麻。

“我的意思……”

“就这么说定了。”

——杀敌一千自损八百，我这张嘴啊！我就不该提！

原本计划和许辛夷一起去巴黎购物的安雅，因为易扬的“插足”导致两人世界就此破碎，只能一边和小助理瞎逛，一边抱怨许辛夷“重色轻友”。

“安雅姐，辛夷姐和易先生真的是那种关系吗？”

晚上，安雅和小助理满载而归，回酒店房间的电梯里只有她们两人，小助理按捺不住好奇心，终于鼓起勇气发问。

安雅叹了口气：“你老板啊，重色轻友，你难道还看不出来？”

小助理微微一笑：“我哪里敢猜？”

安雅估计着，现在许辛夷和易扬红毯也走了，时装周也看了，网上的传言愈演愈烈，两人的关系只怕也瞒不了多长时间了。

“就是你猜的那种关系。”

“可我还没说我猜的是哪种关系呢。”说完，小助理惊讶地问，“真是夫妻？辛夷姐藏得可真够深的！”

安雅笑，没有说话。

电梯门打开。

“这件事先捂着拦在肚子里，之后你们老板决定什么时候公布再说。”

“行，安雅姐，我记住了。”

酒店走廊上，骆桀双手抱胸靠在墙上，目光望着电梯方向，似乎等候多时了。

安雅看了他一眼，先让小助理回房间。

缓缓走到骆桀身边，安雅微笑着问他："骆大经纪人，找我什么事？"

骆桀站直了，眼底是前所未有的凝重之色："有件事，我想问问你。"

安雅看他脸上的掌印消了下去，基本看不出痕迹了。

"什么事？"

"我想问的事，我认为不太适合在这里说。"

安雅冷笑，面无表情地从他面前走过："既然不合适那就不用说了。"

"等等——"骆桀一把抓住安雅的手腕。

安雅反应迅速，一把甩开："干什么？有事说事，别动手动脚的，你是不是还想让我给你两耳光？"

骆桀稍稍后退一步，啧了一声："你这人怎么对我戒心这么重呢？"

安雅白了他一眼，不想理他。

"行行行，我就在这儿问行吧？"骆桀深吸了一口气，"许辛夷和易扬，他们……真是夫妻？"

安雅回过身来看着他："你怎么知道的？"

"时装周上，易扬自己说的。"

"没错，"安雅耸肩，"他们确实是夫妻，而且结婚两年了。"

"结婚两年为什么不说？"

安雅奇了："这是辛夷自己的私事吧？"

"可是韩骁……"

"韩骁怎么了？"

骆桀怔住，闭上了嘴，摇头："没怎么。"

"那不就是了？辛夷和易扬隐婚是他们自己的事，什么时候公开也是他们自己的事，如果她没主动招惹你，你好像也没有什么资格在这儿质问我。还有事吗？没事我回房了。"

"你等等，"骆桀绕到她面前，"行，许辛夷的事我再也不问了，他们是夫妻，那我祝他们百年好合，但是还有件事想问你。"

安雅不耐烦地看着他。

"那天，你反应怎么那么大？"

"我反应大？我反应哪里大了？"安雅笑了，"骆桀，我告诉你，你如果对女人没兴趣，就不要招惹女人，知道吗？否则下次遇到一个脾气比我差的女人，就不是两巴掌能解决的事了。"

见骆桀依然戳在自己面前不走，安雅怒道：“让开！”

“我对女人没兴趣？我什么时候对女人没兴趣了？你说清楚。”

“你还和我装傻？你那点秘密，谁不知道？”

“我哪点秘密？”骆桀怔了怔，转眼似乎回想起自己从前隐约听到的一些流言蜚语，难以置信地笑了。

“安雅，你也是个经纪人，你应该知道流言不可信吧？我对女人没兴趣，难道对男人就有兴趣？”

安雅不置可否，朝自己的房间走去，表示不想再和骆桀谈论这事。

“安雅，你站住！”骆桀一手夺走安雅拿出的房卡。

“你干什么？还给我！”

“你先听我说完。”

“有什么好说的？你喜欢男人还是女人我不在乎。”

“我在乎！”骆桀捏着房卡，扬声道，“我的名声不能在我喜欢的人面前被毁了，所以我今天必须郑重地向你解释，我骆桀喜欢女人，而且，喜欢你。”

安雅看了一眼四周：“你可以再大点声，让这层楼的人都听见，然后出来围观你好不好？”

“行啊。”骆桀还真拔高了声音，“我骆桀喜欢……”

“你给我闭嘴！”

骆桀微微一笑，听话地闭上了嘴：“你看，你是经纪人，我也是经纪人，咱们经纪人之间肯定有很多共同话题，你要不要和我试试？”

安雅看了他两秒，拿出手机，打开微信，将通讯录列表打开给他看。

“骆桀，我手机的微信里有一百个‘小鲜肉’，阳光、年轻、长得帅，对我千依百顺，脾气好得不得了，招之即来挥之即去，从不抱怨，也从不给我惹麻烦，我们各取所需，和他们玩我很开心，你让我放弃一大片森林，吊死在你这棵歪脖子树上？”

骆桀的目光在手机屏幕上停留了片刻，沉默过后他看着安雅，笑着说：“那你，要不要试着玩玩我？”

在回国的航班上，骆桀戴着墨镜耍帅，一刻也没取下。

韩骁和骆桀两个情场失意的人坐在一块，一个表情冷漠得活像谁欠了他八百万一样，另一个像被霜打了的茄子似的，提不起一点精神。

“老韩，回国之后给我放两天假。”

韩骁一点情面也不讲："接下来工作忙，没假给你。"

骆桀坐了起来："我都这样了，你就不能给我放两天假让我去疗伤？"

韩骁疑惑地看着他。

骆桀从韩骁的眼睛里看到了不信任的神色，索性把眼镜摘下，指着自己乌黑的眼眶："老韩，我告诉你，惹谁都千万别惹女人。你看看，这就是那位我曾经和你说过柔弱无比的安雅给我弄的，你看看我脸上这熊猫眼，你就不能给我放两天假让我去疗疗伤？"

"先生，需要点什么吗？"有空姐过来微笑着服务。

骆桀立马戴上墨镜："香槟，谢谢。"

"那韩先生需要什么呢？"

"不用。"

"好的。"空姐微笑着离开了。

"我说老韩，你别板着这张脸，真的，你和许辛夷就是一个美丽的误会，放弃吧，忘记她吧，你会遇到一个更好的女人。"

骆桀真是哪壶不开提哪壶。

"够了，你闭嘴。"

"行行行，我闭嘴。"

"骆先生，您的香槟。"漂亮的空姐给骆桀送来香槟。

骆桀接了："谢谢。"

刚抿了一小口，骆桀就听见右侧有人说话。

"骆桀，介意换个座位吗？我有话想和韩骁说说。"

骆桀望了过去。

许微茵拿下帽子，摘掉墨镜，面带微笑地看着他。

还真是挺巧的。

骆桀看了一眼韩骁，知道他不想和许微茵有太多的交流，笑了笑，道："不好意思，介意。"

许微茵自顾自地说道："我想说的事，韩先生一定很感兴趣，确定不听听许辛夷的事吗？"

韩骁怔了怔，转头望了过来。

许微茵："骆先生，麻烦让让。"

"……"骆桀从座位上起身。

许微茵坐在骆桀的座位上，韩骁往左侧靠了靠，与她保持着一定的距离。

“什么事？说吧。”

许微茵对他的动作并不在意：“想必骆先生应该也知道易扬和许辛夷结婚的事吧？”

韩骁眉心紧皱：“如果是这件事，许小姐大可不必和我说。”

“当然不是这事。”许微茵从容不迫地道，“我看得出来，韩先生对许辛夷小姐和对其他的人不一样。”

韩骁沉着脸，没有说话。

“韩先生对许辛夷和易扬结婚的内幕，有兴趣知道吗？”

韩骁似乎有了些许兴趣：“内幕？”

“我和易扬是大学同学，大学里我和他一起度过了四年时间，后来大学毕业之后，他出国留学，我进娱乐圈，我们断过一段时间的联系，”说到这儿，许微茵笑道，“后来他回国进易氏工作，那段时间我在娱乐圈过得并不好，你应该记得，和你合作拍电视剧的那段时间我出了一些事，全靠易扬的名字，我才摆平了这些麻烦。

“但是，后来因为一些事，我出国了。”

“这和许辛夷有什么关系？”

“我还没说完。你应该很清楚，许辛夷是顶着我的名号出道的，当时我在美国都知道国内娱乐圈出了个‘小许微茵’，”许微茵感叹道，“而就在两年前，许辛夷出道不久后就和易扬结婚了，你知道这代表着什么吗？”

“代表着什么？”

许微茵微微一笑：“之前我调查过，许辛夷和易扬结婚后，易扬从不带许辛夷参加任何的酒会和舞会，而且他们结婚的那两年里，易扬一直在外奔波，两人聚少离多，几乎很少有见面的机会。除此之外，我还知道，易扬曾在不久之前和许辛夷提过离婚。”

韩骁眼眸微眯：“你到底想说什么？”

“我说这些的意思韩先生还不能理解吗？两人结婚两年，就算隐婚，也该传出点消息来，提了离婚，证明易扬实在无法忍受和许辛夷的婚姻，总而言之一句话，易扬不喜欢许辛夷。”

骆桀在旁边竖起耳朵听，听到这儿忍不住说了一句：“易扬不喜欢许辛夷难道喜欢你不成？”

许微茵微笑，并未说话。

骆桀怔了怔：“你的孩子的爸爸是谁？”

许微茵很有技巧地到此为止："我要说的就是这些，并非怂恿韩先生插足许辛夷和易扬之间的感情，我只是觉得，如果韩先生真的对许辛夷小姐有意思的话，别急着放弃，我说的都是实话，韩先生不信可以自己去查。"

说完，许微茵起身去了洗手间。

骆桀坐回座位上，看着许微茵的背影，压低了声音说："韩骁，你知道这女人动机不纯说的话不能信吧？"

"我知道。"

骆桀松了口气："你知道就好。"

"所以我希望你能去查。"

"你……不会吧？你真要介入易扬和许辛夷之间？那你可就是第三者了！"

韩骁垂眼，语气意味不明："我没想介入他们之间，四年前许微茵没有退出娱乐圈的时候，和易扬关系甚密，甚至几次传出绯闻，之后许微茵出国……"

骆桀将话接了过去："易扬隐婚，隐婚对象还和许微茵长得像，许微茵带着孩子回国，易扬提离婚。你觉得，这像不像你刚出道时演的那部强抢豪夺的言情剧里的内容？"

韩骁冷冷地看了骆桀一眼。

骆桀投降："放心，我帮你查清楚。"

就在韩骁与骆桀落地的时候，许辛夷和易扬踏上了回国的航班。

易扬在巴黎留了两三天，什么工作也没干，助理也没带，甚至连电脑都没碰，上飞机前就一直在接电话，下飞机后，前来接他的助理赵彬恨不得把他塞到车里带走。

但因为他是老板，赵彬只能用微笑来掩盖内心的焦灼之意："易总，公司有几件小事需要您处理，不知道您现在有没有时间？"

易扬估计不是什么小事。

"我回公司一趟，你自己回去吧。"

许辛夷打了个哈欠，和易扬兵分两路，自己回了老宅，才休息了一天，就接到了安雅的工作安排——是去拍去巴黎前许辛夷挤掉谢迟成功代言的产品广告。

从巴黎时装周回来的许辛夷，在粉丝眼里仿佛镀了一层金，粉丝也有了底气。

那些许辛夷的“颜值粉”从前还遮遮掩掩地看她的脸，现在光明正大地夸，有不好听的声音，直接噎回去。

“辛夷这几张时装周的照片也太美了吧！”

“我如果能长成辛夷这样，在娱乐圈我能横着走！”

“现在的粉丝换了一批人吗？当初许辛夷照着许微茵的脸整的事没人知道吗？现在脸都垮成这样了还吹？真心希望你们这些喜欢她的脸的粉丝给她众筹找家好点的整形医院修复一下。”

“那位说让许辛夷整容的粉丝你有事吗？许辛夷的脸从来就没动过好吗？”

“照着许微茵的脸整？哎呀，那位瞎子同学笑死我了，谁不知道许辛夷脸好没整容是娱乐圈公认的事？怎么？自家主子在时装周坐后排，走红毯被赶，就把火发到咱们时装周看秀坐第一排、和易扬一块走红毯的大美人辛夷身上吗？”

“忌妒吧？看着辛夷越来越火，而她的主子越来越糊，心理不健康是正常的。”

“我忌妒？笑死，我会忌妒一个三线小明星？我发现现在不只是粉丝，而是整个娱乐圈都换了一批人，连许辛夷从前做过的好事都忘了？不说远的，就今天她拍的广告，谁不知道是把谢迟挤了才有的这个代言？谢迟现在这么过气了吗？被人这么欺负都没人知道？”

“少放屁，许辛夷抢谢迟的代言？真好笑，以许辛夷现在的名气她能抢到谢迟的代言？”

“得了吧，谢迟是什么好东西？之前《时尚周刊》的合作，他落井下石，不愿意和许辛夷一块拍摄杂志，才把人换成了许微茵，最后那期杂志销量暴跌，就算这次是许辛夷抢了他的代言又怎么了？一报还一报罢了。”

“还有这种事？那我觉得许辛夷干得好！”

“我也觉得干得好，落井下石是真的恶心。”

许辛夷从摄影棚出来，安雅把这条微博下的评论给她看了。

“没事，让他们闹。”许辛夷半点不在意，“真有人把这事爆料出去，你也别管，硬气点，咱们现在是有粉丝的人了。”

安雅笑话她红了两天就开始蹬鼻子上脸。

在回去的路上，安雅问她：“你和易扬的事，打算什么时候公布？”

“公布？”许辛夷一想到这儿就头疼，“走一步算一步吧，易扬现在还没主动跟我提，什么时候提了，再确定个时间，我听易扬的。”

“易扬易扬，你满脑子都是易扬。我不是说了吗？易扬已经开始喜欢你了，你就不能掌握主动权？怎么还和从前那样，这么被动？”

许辛夷窝在后座里，死气沉沉的，没说话。

“有件事我想问问你。”安雅神秘兮兮地道。

“什么事？”

“你和易扬……有没有，那个？”

“哪个啊？”

“就是上床！你非让我说得这么清楚！”

许辛夷怔了怔，下意识地咽了口口水：“还没。”

“还没呢？”安雅语气诧异，“怎么回事？你们看起来不是挺好的吗？怎么还没上床？是不是易扬不愿意？还是你们都没经验？”

上床？和易扬？那画面太美，许辛夷想都不敢想。

“等等，我们别说这事了行吗？换个话题。”

“行，知道你脸皮薄。韩骁那儿……”

许辛夷更头疼了：“求你了，这事也别提了，估计现在韩骁已经把我归为已婚妇女那一类人了。”

“那你打算怎么办？”

“还能怎么办？和他保持点距离吧。”说完，许辛夷试探着问安雅，“安雅，你说如果我和易扬公布了关系，以后是不是该和娱乐圈里的男明星保持距离？”

“你是已婚妇女，现在就应该保持点距离。”安雅认真想了想道，“对，没错，你得避嫌。可是明天我联系了几个向咱们工作室投了简历的‘小鲜肉’……”

许辛夷顿时醒了，正襟危坐，严肃地道：“安雅，一码归一码，这是我的工作室，招什么人进来我得亲自看一眼才行。”

这表情这语气，安雅看了很欣慰。

工作和家庭分开，不会因为爱情而冲昏头脑，保持清醒和理智，许辛夷才能在娱乐圈更好地生存。

翌日，许辛夷一大早精心打扮一番后，喷上几滴香喷喷的香水，将耳环、项链等首饰戴全了，和平时不太一样。

餐桌上，易扬多看了她两眼，疑惑地问她：“去哪儿？”

“去公司啊，今天公司有要紧的事。”

——刚才安雅发信息给我，想签约的“小鲜肉”都到了，马上能一饱眼福了。

——真的没想到我许辛夷竟然还有挑选帅哥的一天！

——听说易扬的公司漂亮、身材好的女助理挺多的，平时他工作肯定很开心吧？

——马上我也能体会这种快乐了。

易扬手上的咖啡突然就不香了。

“许辛夷，听说你的工作室要招人，你的工作室那么小，养得活那么多人吗？”

“你怎么知道？”

“我有什么不知道的？你的工作室现在在起步阶段，我个人建议暂时不要招太多的人，还没学会走就想着跑？你养活不了。”

——养活不了？看不起谁呢？我就是拼了这条老命也得养活他们好吗？

易扬将筷子一搁。

许辛夷忙无比感激地微笑道：“谢谢老公，你放心，我有分寸。”

易老先生发话了：“易扬，你就让辛夷去做，她的工作室迟早也得扩大规模。”说完，他呵呵笑道：“辛夷啊，别担心，有什么事找爷爷，爷爷帮你顶着。”

“谢谢爷爷！”

易扬的脸瞬间就垮了。

十点，许辛夷到了公司。

而此刻会客室里已经到了一位明星，是许辛夷很看重的一位，他在娱乐圈打拼了好些年，公司没好资源，一直不温不火，但演技在线，颜值也不错，符合当下审美，欠缺的就是一个机会。

“安雅来了吗？”许辛夷看着资料问道。

“安雅姐正在会客室里和人聊呢。”

许辛夷点头，起身前往会客室。

梁川，三十一岁，戏剧学院毕业，第一眼看上去不是典型的帅哥，但越看越有味道，为人低调且谦逊，甚至还有些腼腆，给人一种很舒服的感觉。

许辛夷和他聊了一个多小时，分析了他的不足之处和未来的发展前景，最后两人达成一致，和工作室签约，但具体的协议之后再详谈。

梁川走后，安雅问她："真决定签？"

"当然，我说过的话有不算数的吗？"

"行，那细节方面我去谈。"

"辛苦你了。"许辛夷起身，"下一个明星约的几点？"

"十一点，应该到了吧？"

她拉开会客室的门，江念戳在门口。

"江念？你站在这儿干什么？"

江念原本垂着头，似乎不大好意思地抬起头来看着她，支支吾吾的，半天说不出一句完整的话来。

"我就是想来……道个歉。"

许辛夷看了安雅一眼。

安雅递过去一个"不关我事"的表情。

"辛夷姐，之前是我的错，向你隐瞒了真实的年龄，希望你不要介意。"江念似乎鼓足了勇气，抬起头来，看着许辛夷说，"后来我回去仔细想了想，安雅姐说得没错，我还年轻，没什么经历，一头撞进死胡同做错了事，但是现在我知道是我错了，请你原谅我。"

许辛夷明白江念秘而不宣的那件所谓"做错了的事"是什么事，也不想让这个小孩当场丢脸："你能想通我当然高兴，不过你这年龄也太小了，我真的建议你考虑一下读书的事。"

"我不喜欢读书。"

"可以是可以，但是我得和你的监护人谈谈，可以吗？"

江念沉默了片刻，道："我妈过世了。"

"那你爸呢？"

江念问："一定要谈吗？"

许辛夷直觉江念对这事很抗拒，但是一个十八岁的孩子和她的工作室签约，她总得和人家的家人谈一谈吧？

江念那个哥哥江淮就算了，她能不和对方打交道就不打交道，但江念的父亲应该挺疼他的。

见许辛夷为难，江念点头："好，我让他过来。"

"行，那我先去忙了，今天可能会有几个艺人签到咱们工作室，不过你放心，工作室是绝对不会冷落你的。"说完，她拍拍江念的肩膀，转身离开。

江念脸上的笑容瞬间消失，他看着许辛夷的背影，眼中尽是阴郁之色。

这一天的时间，许辛夷见了五位投过简历的艺人，当场确定的只有梁川一个人，其他四位许辛夷还需要仔细考虑一下。

回家后泡过澡，许辛夷躺在按摩椅上看着四个明星的简历和照片，回忆着今天聊过的内容。

——这四个人选谁呢？感觉都不错，都是好苗子。

——这个看起来最帅，可是这个腿长，这个说话是真的甜，这也太难选了。

易扬从外面走进来。

“老公，你回来了？”

易扬脸色难看。

——谁又惹他了？一回家就摆这么一张臭脸。

“工作累了，我先去洗澡。”

易扬拿上衣服走进浴室，洗了有足足半个小时才把心里窝着的一团火给浇灭。

他出来一看，许辛夷不在房间里。

他一边用毛巾擦着头发，一边坐到沙发上，想看一眼沙发上放着的合约书。

他拿起一瞧，合约书下压着的许辛夷的手机正好亮了，是几条微信。

“辛夷姐，听说你们工作室在招艺人？不知道我有没有机会可以进辛夷姐的工作室？

“这是我的简历和几张生活照。”

易扬没有窥探她的手机的嗜好，正准备放下手机，一张照片发了过来。

易扬用自己的生日解锁手机，点进微信，一个叫陈诉的人给许辛夷发来了几张照片。

还真是生活照，一张赤裸着上半身，一张睡衣半解，还有两张自拍照，磨皮磨到一点瑕疵都没有。

房间外传来许辛夷轻快的脚步声。

易扬放下手机，面无表情地起身，随着他的走动，没有系紧的睡衣外袍自动散开。

他刚洗过澡，热水余温还在，发丝间滑落的几滴水珠沿着他的肩颈滑落到腹肌。

“老……”许辛夷和易扬在门口撞了个正着，只觉得那胸膛滚烫，腹肌硬邦邦的。

易扬居高临下地看着她。

许辛夷心里咯噔了一声。

——干什么干什么？

——易扬这浑蛋是不是觊觎我的美色想对我耍流氓？

“……”

易扬面无表情地将睡衣外袍的衣带系紧，毫无感情地对许辛夷说：“让开。”

许辛夷让到一侧，问：“老公，你干吗去？”

“不用你管。”

——莫名其妙。

许辛夷冲着他的背影翻了个白眼。

——脾气这么坏？不就撞了一下吗，他有必要发这么大火？

易扬顿了顿，冷冷回视许辛夷恰好进房的背影，忍了又忍，忍了再忍，才强迫自己加快脚步离开这儿。

许辛夷回到房间，继续看着今天面试的几个艺人的资料，手边的手机屏幕亮起。

是陈诉发过来的一条微信。

“辛夷姐，你不在吗？”

陈诉？

许辛夷解锁手机，点开微信。

陈诉不只发了这一条微信，而是接连给她发了好几条。

“辛夷姐，听说你们工作室在招艺人？不知道我有没有机会可以进辛夷姐的工作室？

“这是我的简历和几张生活照。”

他将几张彰显自己好身材的照片大大方方地给她发了过来。

但是这几条微信明明是已经被查看过了的。

谁看的？

易扬看的？

易扬这臭男人竟然翻我的手机！

他懂不懂什么叫个人隐私？

他还对她摆出一张臭脸，别人看了还以为她做错了什么。

许辛夷将目光移回手机屏幕上，点开并放大陈诉的生活照——腹肌线条清晰，块块分明，应该和刚才她撞到的易扬的腹肌一样硬。

这个陈诉是之前在影视城拍摄《凰途》时与她合作过的男演员，那时候他就给她发过这类生活照，只不过他当时还掩饰了一下，装手滑立马撤回了。

陈诉现在是豁出去了？

他大大方方地给她发了照片，还不撤回。

就为了进工作室，他就公然拿裸照勾引她？

他如果真进她的工作室了，以后为了资源还不知道会怎么样呢。

她作为这家工作室的老板，就得把持得住，雨露均沾，公司才能持续发展。

更何况陈诉虽然腹肌不错，脸也好，但也并非不可替代，今天她面试的其他四位和陈诉年龄相仿的艺人，可塑性不比陈诉差。

这样投机取巧的员工，她不能要。

第十一章　温　情

“安雅，易扬他翻我的手机。”许辛夷无精打采地靠在办公椅上。

“翻就翻吧，男人都这德行，掌控欲强。”安雅靠在沙发上，双目失神地看着天花板。

许辛夷还没见过这个样子的安雅，忍不住问了一句：“你怎么了？这么没精神。”

安雅重重地叹了口气：“我分手了。”

“和你那个学生会主席？”

“那是上上个，我说的是这个刚进圈的‘小鲜肉’。”

许辛夷大惊失色：“你这才多久啊？”

“一个多月了。”

“那从你这换‘小鲜肉’的频率来看，分手也不奇怪吧？”

“分手当然不奇怪，主要是……”安雅叹了口气，捂着额头，一副一言难尽的样子。

“你说话能不能别只说一半？到底怎么回事？”

安雅磨牙：“都怪骆桀那浑蛋，今天我男朋友给我打电话，在电话里哭哭啼啼地跟我提分手，说什么昨天晚上我送他回家之后，骆桀把他堵在楼道里揍了一顿，把他刚做的鼻子给打歪了，还威胁他如果不和我提分手就在经纪人圈里封杀他，以后没人做他的经纪人。”

许辛夷消化了一会儿，明白了安雅的一言难尽：“你找男朋友不是不找整过容的吗？怎么还做了鼻子？”

“我一时看走了眼而已，可这是重点吗？”

眼看安雅要发火，许辛夷立马拉回主题：“行行行，我们说重点，你是怎么和骆桀搞到一块去的？”

安雅看上去情绪十分暴躁：“什么叫我怎么和他搞到一块去的？是这浑蛋对我死缠烂打，我去哪儿他都跟着，我最近没听说韩骁闲啊？他一个经纪人怎么这么闲？烦死了。”

“那你打算怎么办？”

“怎么办？”安雅冷笑，“本来因为是同行，我给他点面子，现在他把手伸到我男朋友头上来，就别怪我不客气。”

安雅这些年能万草丛中过，片叶不沾身，当然有她自己的手段和办法，许辛夷相信，这事她一定能自己解决好。

门外有人敲门。

“老板，有两位江先生在休息室，说是想见您。”

“江先生？”许辛夷看了安雅一眼，问道，“两位江先生？谁啊？”

“两人自称是江念的父亲和哥哥。”

许辛夷起身往外走去：“江念呢？来公司了吗？”

江念的父亲和哥哥都来了，一个狠角色，一个狠角色他爹，她感觉这两个人都不好对付。

“江念今天没在公司，参加一个综艺节目去了。”

许辛夷脚下一顿。

安雅紧随其后：“我陪你一块去看看。”

许辛夷摇头：“不，我自己可以解决。”

小说里江淮不是好惹的，江淮的父亲更是个狠角色，今天这场谈不成的话，她不希望把安雅牵扯进来。

许辛夷心怦怦直跳地步入休息室。

休息室的沙发上坐着两个西装革履的男人，其中一个是江淮，她已经在拍卖会上见过了，而坐在江淮身边身形佝偻、面容憔悴、头上黑发夹着银发的男人，许辛夷一瞧还以为是江念的爷爷。

他这副衰老的样貌，简直快赶上易老先生了。

但她从相貌上依稀可以看出，江淮和江念的眉眼和他们的父亲的眉眼还真是像。

如果说江淮是锋利的刀刃，那江念就是正在打磨的钝器。

许辛夷坐在两人面前，佯装不认识江淮：“两位就是江念的家人？”

“家人”这个词似乎使江念的父亲感到愉悦，他面带微笑地看着许辛夷：“你就是我小儿子的老板许辛夷小姐？”

“是的，不知道您怎么称呼？”

“我是江念的父亲，江城。许小姐，很抱歉现在来打扰你。”

许辛夷听江城这说话的语气，倒也不像小说中写的那么城府深重、绝情寡义，忐忑不安的心安稳了许多。

江淮坐在一侧：“许小姐别来无恙。”

“江淮先生是江念的……？”

“哥哥。”

许辛夷微笑：“难怪那天江淮先生对我说那么一番话。这段时间我也调查了一些，知道江念修改年龄签约的事，他的个人意见是想继续在娱乐圈工作，而且很坚持，所以今天我想问问你们家长的意见。”

江城年纪大，但思想不迂腐：“许小姐，关于江念的事，我的立场其实很简单，做什么都行，他开心就好。”

但显然江淮不这么想。

“爸，江念年纪还小，这个年纪就应该继续去读书。他如果真心喜欢娱乐圈，等他读完书一样可以进。”

“你为什么非得逼他？你也知道你弟弟的脾气，你越逼他，他就越和你对着干，凡事你顺着他些，这多大点事？”

江淮依然坚持自己的想法：“不管您怎么说，我都不同意江念现在进娱乐圈。”

许辛夷在一旁听着，越听越觉得江城是那种溺爱孩子的父亲，而且还是无条件溺爱的那种。

这可不行。

孩子可不能瞎惯，她得以江城为鉴，以后有了孩子千万不能这么惯着，教育问题得重视起来，孩子被惯坏了可就废了。

孩子？

许辛夷闭眼，脑海内空白了两秒。什么孩子？为什么我会想到孩子？

“许小姐，你认为呢？”江城将这个问题抛给了许辛夷。

许辛夷回神，尴尬地笑了笑，说：“其实我认为江淮先生说得没错，十八岁刚成年，这个年纪的孩子确实应该在学校里读书，这件事我觉得应该是由你们家长劝一劝……”

江城叹了口气：“他如果听劝就好了。”顿了顿，他继续说，“行了，这事听我的，他想干什么就干什么，不读书就不读书，家里又不是养不起他。”

这算是一家之主一锤定音。

许辛夷观察了一下江淮的脸色，他虽然不大赞同，但到底按捺住了脾气，没唱反调。

“这孩子的妈去世得早，小时候吃了点苦，性格脾气都不太好，许小姐，以后江念在这儿麻烦你多照顾。”

“一定。”

“那今天就先这样？以后有什么事，麻烦你亲自给我打电话。”说着江城递了张名片过来。

许辛夷起身接过名片。

从进门到现在，几人谈话还算愉快，没有她想象中的剑拔弩张的一幕。

甚至江念的父亲看上去慈祥和蔼，还挺好相处的。

许辛夷起身相送。

电梯口江念气喘吁吁地跑来，站在那儿看着几人，最后目光落在江淮身上：“你们怎么来了？”

江淮没在意他的质问，态度很好：“来谈谈你工作的事。”

江念看向许辛夷。

许辛夷微笑：“你爸和你哥同意你继续在娱乐圈工作。”

江念微怔，喘着粗气没说话。

“你现在不是应该在参加综艺节目吗？怎么回来了？”

“结束了，我就回来了。”江念垂着头，在家人面前态度很冷漠，“辛夷姐，没事我先去练习了。”

“念念，晚上回家和爸爸一块吃顿饭。”

江念一言不发。

江城却对他的态度毫不在意，或者说是习以为常。

“爸爸晚上等你，爸爸走了。”

说完，江城与江淮一块进了电梯。

电梯门关上后，江城脸上的微笑渐渐散去，所有的温和与慈祥仿佛只是错觉。

气氛徒然变冷。

“江念喜欢的就是这个女孩？”

“是的。”

“挺好的。”

“可是她结婚了。”

江城摘下眼镜，疲惫地揉着眼眶，微笑道：“结婚而已，你这个当哥哥的给弟弟想想办法。”

“是，我知道了。”

电梯缓缓下降至一楼。

江念满怀歉意地向许辛夷道歉：“辛夷姐，不好意思，我也不知道他们今天会来，打扰你了。”

送走小说里最凶残的两个大反派，许辛夷终于松了口气。

“没关系，他们也是为你好。”

江念迟疑地道：“他们……没有说什么吗？”

许辛夷反问：“说什么？”

“没什么，那我先去练习了。”

许辛夷拍了拍他的肩：“擦擦你头上的汗，没必要这么拼，我给你放一天假，你自己好好休息。”

江念下意识地抬手，擦了擦额头和脸上的汗。

如果可以，他并不想放假，只想待在这里。

许辛夷的新剧《贝贝升职记》在连续播出一个月后，画下了完美的句号。

这是许辛夷第一次扮演女一号，也让观众彻底看到了她的演技。热度加投资方的营销，加上刚从时装周镀金回来，许辛夷人气高涨，邀约不断。

与此同时，《凰途》的后期制作彻底结束，只等最后的上映。

看了剪辑的片花，曾经说过要抵制这部剧的粉丝纷纷反悔，开始期待这部剧的上映。

有投资方看好许辛夷和韩骁的搭档表演，向两人抛来橄榄枝。

“怎么？对这部电影感兴趣？”骆桀看韩骁拿着电影的剧本看了至少有三个钟头，忍不住问，“你到底是对电影感兴趣，还是对电影的女主角感兴趣？”

这个剧本是从前与韩骁合作过的投资方送来的，说是正在和许辛夷谈女主角一事，让他看看剧本，合适的话可以再度合作。

韩骁放下剧本：“你查得怎么样了？”

“你别说，基本清楚了。”

“怎么说？”

“咱们猜得没错，许辛夷和易扬结婚的头两年，两人基本没见过面。”他将一份资料放到桌上，“你看看，这是这两年易扬的出差记录，他基本没怎么回 A 市，在美国的时间多，就过年过节回来一趟而已。”

说完，骆桀又把一份文件啪的一声放到桌上：“这是许辛夷这两年的拍戏记录，易扬在 A 市的时间，许辛夷在外地拍戏，两个人基本没见过面。离婚的事也是真的，我一个朋友的同学的前男友，就是处理易扬的《离婚协议书》的律师的助理，他说他见过那份离婚协议。”

韩骁眉心紧蹙，并未说话。

“而且你知道吗？易扬在美国出差时和许微茵住在同一个区，你说说，这事怎么可能这么凑巧？美国那么大，两人住一个区？”

“那许微茵的孩子……”

“这个我可不敢说，不过……”骆桀叹了口气，“许微茵还真没说谎，易扬和许微茵肯定有过那么一段情，我也从他们学校的论坛里翻了点信息出来。还有，从前许微茵和易扬的绯闻，咱们都听说过，虽然最后都澄清了，但我总感觉事情没那么简单，易扬对许微茵应该有点情分在，他和许辛夷结婚，估计也是因为许辛夷和许微茵长得像。”

“可惜，许辛夷对他一往情深，给点甜头就灿烂，真是可怜。”

韩骁神色阴沉。

骆桀唏嘘：“看不出来，易扬竟然喜欢整这种霸道总裁找替身情人的套路。”

无端被冠上“苦情替身”之名的许辛夷，并不知道自己在别人眼里竟然这么可怜。

同样，无端被冠上“渣男霸总”之名的易扬，暂时也并不知道自己在别人眼里竟然这么坏。

他忙着工作，脚不沾地地忙到下午一点才吃上午饭。

孤独的总裁，午饭总是一个人吃。

“赵彬，这是你的女朋友给你做的便当？看起来不错嘛！”

“什么时候结婚？认识几年了？我去年进公司的时候你不是还没女朋友的吗？”那人半开着玩笑，“唉，我没机会了，都怪自己，没把握住。”

“赵彬，你的女朋友漂亮吗？打算什么时候结婚？”

“过两年再说吧，我们还年轻，不急。”

“你们说，易总到底有没有结婚？我看网上说易总隐婚了，赵彬，你在易总身边的时间最长也最多，你知不知道？”

赵彬苦笑：“你们就别打趣我了，我就算知道也不敢说。”

“说说嘛，我们又不会说出去。”

“就是，说说，或者……你暗示一下也行。”

“喀喀……”有人咳嗽一声，声音急促地道，“别说了，易总在外面。”

茶水间里的几人皆吓了一跳，哪敢再说话？冲咖啡的冲咖啡，热便当的热便当，几人都低头忙自己的事。

听到一半突然没声的易总表示，赵彬这个助理当得未免也太尽职了，嘴巴忒严实，同事之间娱乐一下气氛，一些八卦消息完全可以说，他又不是个小气的人。

回到办公室，忙完工作的易总拿起手机，微博推送了几条有关许辛夷的消息过来。

微博上说许辛夷最近水涨船高，顺势签下了几位有潜力的“小鲜肉”和年轻演员，想起那天晚上那个发半裸照给许辛夷的男明星，易扬思来想去，打了公司内线把赵彬叫了进来。

易扬沉着脸看着赵彬。

易扬这种严肃的状态，颇让赵彬不安。

据他的经验，易扬能板着这么一张脸，肯定是有大事。

难道是他刚才在茶水间里说的那些话，被易总听见了，易总要秋后算账？

赵彬内心惴惴不安，忐忑地看着易扬：“易总，您找我？”

“嗯，”易扬沉着地看着赵彬，与他平日思考大事时表情无二，就在赵彬做思想准备的过程中，他徐徐地开口问道，“你有女朋友了？”

赵彬悬着的心就好像在坐过山车一般，重重抛起，又轻描淡写地落下，反差过大，让赵彬有些难以置信。

这种私人话题，赵彬一听都愣了。

摸不透老板的意图，赵彬只好实话实说、见招拆招。

“有。”

“你的女朋友每天都给你做便当？”

“是。”

易扬不太明白：“公司食堂的饭菜不好吃吗？我记得公司食堂的饭菜

是免费的。”

“公司食堂挺好的，只是我的女朋友每天晚上做饭时会多做一点，给我带来公司吃。”

“你的女朋友每天都给你做饭？”

“对，她的公司离家近，下班早，她嫌在外面吃太贵，所以每天都做。”

易扬点头。

“易总，易太太给您做饭吗？”

“做，她有时间就做。”

赵彬笑了笑。

易扬接着问道：“那她除了每天晚上给你做饭，还做什么？”

“易总，这……”赵彬想说“这是我的私事，和你什么关系”，但人是要吃饭的，面对顶头上司的询问，什么都得说，“不干什么，她就看看剧，我看看书。”

“那周末呢？”

“周末……偶尔去看看电影、吃吃饭，我陪着她逛街，或者一块做顿饭。”

“看电影、逛街、做饭？”

“这些能促进男女之间的感情。”

易扬若有所思地点头。

“你们在一起多久了？”

“快两年了。”

“两年？”他和许辛夷也结婚两年了，“那是你追的她，还是她追的你？”

老板这是一副要问到底的架势，赵彬笑道：“我追的她。”

“追了多久？”

“一个月。怎么了，易总？”

易扬欲言又止，露出一个上司关怀下属的笑容，道：“关心一下。”

赵彬尴尬地笑道：“谢谢易总关心。”

“一个月就追到了，挺厉害的。”易扬清了清嗓子，往后靠坐在办公椅上，“你追你女朋友……那个过程……我的意思是说……女人都喜欢什么……到底怎么做？”

易扬沉默了片刻，然后又道：“我是说，你是怎么做到这么快追到手的？”

“其实也不难，我女朋友最近才告诉我，我追她的时候她其实就喜欢我了，所以我没追多久她就答应了。”

“喜欢你，你还追了一个月？”

“女人都这样，口是心非。其实我刚开始追她的时候，我自己也感觉到了她喜欢我，就是嘴上死不承认，现在在一起之后，她承认当初就是想多考验我而已。”

易扬继续提问：“感觉到？那怎么样才能知道一个人喜不喜欢自己？”

赵彬算是听明白了，老板这是借着问自己的感情路，学着怎么追女孩呢。

不过，易总和易太太的关系不是挺好的吗？

难道他们最近感情破裂了？

他不敢瞎指点，用他能当上总裁助理的脑子仔细想了一番后，谨慎地回道：“您可以直接问她，女孩脸皮薄，经不起问，她喜欢您的话您一问她准脸红。”

直接问？那还能有什么结果？

易扬几乎可以想象到许辛夷深情地看着自己说“老公，我当然爱你”的样子。

别说脸红，许辛夷上能红到耳朵尖，下能红到脚指甲。

“没别的了？”

“还有一种，如果这个女孩真的喜欢您，就算捂住嘴巴，也能从眼睛里看出来，比如说看到您和别的女人在一块，她会不自觉地闹小脾气，吃醋。”

易扬点头，雾里看花似的明白了些。

“行，我知道了。最近工作辛苦了，你去找财务，涨薪百分之五十。”

“谢谢易总！”

晚上下班，易扬回得挺早，没到易家吃饭的点。

“易扬回来了？最近陈姨家里临时有事，我给她放了几天假，晚上我们出去吃，新请的厨师明天到。”

易家平时用餐挺讲究的，这么多年全是陈姨一个人负责做饭做菜，至于给易家的工人和保安等做饭菜，就不在陈姨的负责范围内了。

许辛夷从楼上下来：“爷爷、妈，易扬回来了吗？我换好衣服了，我们走吧。”

易扬想起今天赵彬说的话，又想起之前跟许辛夷提离婚的时候，许辛夷给他做了满满一桌子的海鲜。

那一桌子饭菜他虽然没吃上，但远远看上去挺不错的，色香味俱全。

许辛夷的手艺应该还不错。

“别麻烦了，今晚辛夷做一顿，我来帮忙。”

许辛夷怔在原地，没听清易扬说的话，一度以为自己耳鸣了：“什么？”

易扬脱下外套，卷起衣袖：“我记得你会做饭，而且做得还挺不错的，不如趁着今晚这个机会给爷爷和妈露一手。”

“是吗？”易老先生惊讶地问道，“辛夷会做饭？”

许辛夷：“我……”

易扬道：“会，之前她还给我做过一顿海鲜大餐。”

“海鲜大餐？”易夫人也来了兴趣，“辛夷，你不说我都不知道你这么会做饭，正好，今晚露一手？让妈也尝尝你的手艺。”

许辛夷欲言又止。

——我什么时候做过海鲜大餐？没有的事易扬害我干什么？

“我去看看厨房里有什么菜。”易扬转身去了厨房。

“那就辛苦你了，辛夷。”

易老先生叹了口气，舒服地坐下：“正好，我一把老骨头了也不想动，出门吃个饭多麻烦。”

“可是，我做的饭不太好吃。”

易老先生与易夫人尴尬地笑道：“这样，那……没关系，咱们出去吃也一样的。”

许辛夷从他们身上感觉到一种“你明明会做饭却不想做给我们吃”的不信任感。

虽然她很久没碰过厨具，但也不是没做过。

她想，自己做饭应该还行吧？

“爷爷，您坐下，我去做。”她追到厨房，问易扬，“你会做饭吗？”

易扬都很少来厨房，又怎么会做饭？

不过他没吃过猪肉也见过猪跑。

回想起自己偶尔在电视上看过的做饭的剧情，以及在国外煮过的鸡蛋，他斟酌着回答：“应该会吧。”

许辛夷自动忽略了“应该”二字。

“行，那你看看冰箱里有什么菜。”

易扬将冰箱里的菜全拿了出来。

牛肉和虾明显是今天买的，陈姨还没来得及做，整只鸡还没剁块，还有各种许辛夷和易扬不认识的菌菇，以及其他各种肉类、鱼类。

“你把菜全拿出来干什么？”

易扬理直气壮地说：“食堂的饭菜不好吃，明天带饭去公司吃。”

“……”

“先做哪样？”

许辛夷看着面前的一堆菜，有理有据地分析：“陈姨应该会先煲个汤。”

易扬自觉地去洗鸡和各种菇。

大少爷第一次下厨，抓着鸡的两只爪子冲了一下鸡身，洗干净了菌菇根部的泥土。

“然后呢？”

许辛夷趁着易扬洗菜的时间，打开手机搜索了一下鸡汤的做法，并找到了煲汤用的锅，指挥易扬：“放进去。”

“全放进去？”

许辛夷点头。

易扬将鸡和菌菇全塞进了锅里。

两人一个敢指挥，一个敢听指挥。

“放水吗？”

“放吧。”

“放多少？”

许辛夷看了一眼手机：“没过鸡身。”

“加调料吗？”

“不用吧，等煮好了再放。”

“行。”

易扬摁了煲汤的键。

许辛夷和易扬看着牛肉和虾，感觉有点棘手。

易扬问：“虾清蒸还是爆炒？”

“清蒸吧。”许辛夷觉得简单点好。

“牛肉呢？”

“爆炒。”

“行……这牛肉怎么切？”

“我来！”许辛夷抢过刀切了两下，“还是你来吧。”

…………

“油放多少？”

易扬反问：“油放多少你不知道？”

“赶紧倒油！锅都烧红了！”

刺啦——

许辛夷躲到了易扬身后。

“好像要倒点料酒除腥。”

哗啦——

“你干什么？倒这么多，锅都起火了！快点把火灭了！”

“我在做饭你别吵！不行你自己来！”许辛夷把锅铲往他面前递去。

“你做。”

易老先生和易夫人笑着走到餐厅，听着厨房里传出来的动静，看着两人靠在一块做饭的背影，笑而不语地离开了。

“盐放多少？”

“盐放多少你问我？是你在做饭。”

许辛夷试探着放了一点：“放这么多应该够了吧？”

一个小时后，两人看着面前煳掉的牛肉、咸到发苦的鸡汤、肉都蒸老了的虾、炒到发黑的蔬菜，保持沉默。

易扬：“你不是会做饭吗？”

“你不是也说你会做饭吗？”

“你之前不是给我做过海鲜大餐吗？”

许辛夷没好意思说那是自己叫的外卖。

在厨房忙碌了一个小时的两人，打开了外卖软件。

许辛夷压低了声音道：“这附近没有外卖，你知道外卖电话吗？”

“这些一般是陈姨在管，我怎么会知道？”

“那现在怎么办？”

易扬沉默。

“都怪你！出去吃不是挺好的吗？非得自己做！”

餐厅里传来易夫人询问的声音：“辛夷，饭好了吗？”

许辛夷高声道：“妈，快……快好了。”

易夫人笑道：“行，不急，你们慢慢做。”

易扬压低了声音道：“实在不行，出去吃吧。”

许辛夷点头：“行，出去吃。”

两人来到了客厅。

“爷爷、妈，我们还是出去吃吧。”

正等着吃饭的两人疑惑地看着易扬：“怎么了？”

许辛夷心虚地笑道：“没发挥好。”

“没事，这可是你第一次做，就算做得不好，好歹让我和你妈尝尝。”

“别，难吃！”

许辛夷这么说，老先生和易夫人反而更感兴趣了。

“难不难吃的，得吃过才知道，没关系，都有第一次，来，让我看看做了些什么好吃的。”

两人说着就往厨房走去。

厨房的地板上全是水渍，灶台上到处都是油渍，餐盘里是黑漆漆的菜、虾和鸡汤。

易夫人硬着头皮夸道：“感觉这个虾还不错，我吃吃看。”

她挑了个虾剥开准备尝味道。

“辛夷啊，你这个虾，没除虾线？”

“我忘了。”

易老先生打圆场：“没事没事，我尝尝这个鸡汤，看着不错。”

“爷爷……”

易老先生舀了一勺汤，刚入口脸色就不太对。

“爸，怎么了？”

易老先生费劲地咽了汤，摆手：“没事，没事啊，还行，挺不错的，咱们下回……”易老先生一时间哽住了。

这厨艺他实在不敢想象还有下回。

他在易夫人耳边低声说：“那个……给我拿两颗降血压的药。”

易夫人点头，扶着易老先生往外走：“辛夷，你和易扬换件衣服，咱们出去吃。”

许辛夷连忙上前扶着易老先生离开厨房。

易扬看着厨房一地的狼藉，一脸的不痛快之色。

自己想象中的温柔小意全没有，只有鸡飞狗跳，还差点把厨房给烧了。

他回想起赵彬说的那番话，做饭能促进感情？

再多做几顿饭，他都想离婚了。

娱乐圈最近有点意思。

这个圈子里的人和事，一向是粉丝乐于探究和讨论的对象，有什么八卦消息，粉丝便闻风而来。

最近著名的论坛上出现了一个帖子，没几天就成了“高楼”。

很有意思的是，这个帖子是一个自称娱乐圈从业人员发的，说的是行业大佬和娱乐圈小明星之间的感情纠葛，极为精彩。

围观的群众本来只是把这个帖子中的事当故事看，打发时间，可越看到后面，就越感觉到不对劲。

帖子内容大概可以概括为，A 市的一个行业大佬在大学时有一个漂亮的女朋友 W，两人很恩爱，但由于家境悬殊，W 迫于行业大佬的家庭的压力提出分手，大佬以为 W 移情别恋，伤心欲绝之下去了国外深造。

与此同时，W 进了娱乐圈，凭借着自己的手段和相貌，没几年就在娱乐圈站稳了脚跟。

后来大佬从国外深造回来，凭借一己之力继承了家族产业。这些年他虽然痛恨 W 对他的无情，但依然爱着她、想着她，掌握家族产业之后，想和 W 破镜重圆。

但在娱乐圈混得如鱼得水的 W 和别的明星传出了绯闻，不仅如此，还深陷包养门的风波里，大佬误信流言，W 绝望之下出国，从此杳无音信。

从此大佬再也不相信别的女人，这么多年来依然孑然一身，直到遇到了神似 W 的女孩 X。

X 刚进娱乐圈时，不少人发现她长得像 W，X 的演技确实也不错，这些年虽然口碑不怎么样，但是凭借演技在娱乐圈有了立足之地。

偶然的机会下，X 在一次陪酒的晚宴上遇到了大佬，被大佬的外貌和显赫的家世吸引，开始对大佬展开猛烈的追求和勾引，而大佬也在她身上看到了 W 的影子，两人各取所需，一拍即合。

X 虽然表面上看上去嚣张跋扈，但对感情的事特别认真，被大佬的“深情”所感动，没过多久就答应了大佬的求婚。

可惜的是，赝品终究是赝品，替身永远是替身。

婚后不久，大佬厌弃了 X，日日夜夜想念着不知身在何处的 W。

X 也隐约猜到了自己是 W 的替身的事，但对大佬一往情深，不愿意离开大佬，甚至在大佬提出离婚时，哭着求大佬不要离婚。

大佬一时动了恻隐之心，暂时没有再提离婚的事。

就在这时，远走他乡的W回国了，还带着一个和大佬长得五六分像的小男孩。

大佬误以为W的儿子是别人的，深觉W背叛了自己，对W这些年的思念与爱转为恨，大庭广众之下在W面前和X秀恩爱，甚至帮着X打压W，W一个人扛着外界所有的压力，在娱乐圈里苦苦挣扎。

发帖的人在讲述这段三角恋的同时，插了不少容易解码的娱乐圈事件，让整个帖子看起来更有信服力和真实感。

最后，发帖的人说了一句：大佬！你清醒一点！你看看这孩子的眼睛、鼻子、嘴巴，和你长得一模一样！这是你的孩子啊！！

围观的群众在看到发帖的楼主讲到W带着孩子回国，就解锁了W的身份——许微茵。

至于帖子里提及的大佬和X，网友各有猜测。

“楼主还在吗？继续说啊，这剧情太刺激了！我喜欢！大佬心里一直是有W的对吗？他只是以为W背叛了自己？啊！这也太虐了吧！”

“一时之间，竟分不出是W可怜还是X可怜，但是大佬是真的过分。”

“W是许微茵没跑了，X我觉得是许辛夷，和楼主说的嚣张跋扈的‘人设’很符合。”

“楼上的，我也觉得X是许辛夷，嚣张跋扈还和W长得像，只有她了。可是大佬是谁？没听说许辛夷结婚了啊！”

“娱乐圈里有几个明星承认自己结婚的？”

“盲猜大佬是那位低调的J姓大佬，之前微博上不是还传J姓大佬和W的绯闻吗？”

“我倒不觉得大佬是那位J姓大佬，我觉得应该是Y姓大佬，之前不就有帖子爆出来，Y姓大佬和娱乐圈的某个小明星隐婚两年了吗？和楼主说的刚好能对上。”

“我也觉得是Y姓大佬，真是没看出来，他竟然这么坏？W真的好可怜。”

“能直接打字吗？拼音代替的是什么啊？看不懂！”

“我来解码吧，W是许微茵，X是许辛夷，J姓大佬是江淮，Y姓大佬是易扬。根据楼主说的来判断，我觉得大佬是易扬。”

“W为什么不说呢？”

“孩子都有了W为什么不说？还有大佬看不出孩子是自己的吗？急死人了！”

“大家都在可怜W，那我礼貌地可怜一下X吧，为情所困，明知道自己是替身还赖在大佬身边，唉。”

“楼上的，谁知道X赖在大佬身边是为了情还是为了钱？”

帖子里有围观群众不嫌事大，将许辛夷和易扬在巴黎购物时的照片发了上来。

“当然是为了钱。”

安雅和许辛夷刷完帖子，已经是一个小时之后的事了。

“辛夷，如果不是这几天在我眼皮子底下你忙得死去活来，我差点就以为这帖子是你发的。”

“我？”

安雅指着发帖人的最后一句回帖：“你看看这孩子的眼睛、鼻子、嘴巴，和你长得一模一样！”

“你当初不就认为那孩子和易扬长得一模一样吗？”

许辛夷欲言又止。

安雅叹了口气：“这帖子里写的东西真真假假的，你别放在心上，易扬和许微茵……”

她顿了顿，起了怀疑。

这不能怪她，实在是这帖子里说得有鼻子有眼的，就连易扬曾经和许辛夷提过离婚的事都写了，只怕是什么知情人士。

斟酌之后，她谨慎地问了句：“他俩……应该没关系吧？”

许辛夷只知道易扬和许微茵是大学同学，毕业后有过一段情，至于发生了什么，小说里没写，她也不知道。

看到许辛夷沉默的表情，安雅瞬间惊了：“辛夷，这件事你回去得好好问问易扬，虽然说这网上的事十有八九是编造的，但许微茵的事你必须得弄清楚，你们现在正是感情升温的时候，不能因为这事在心里藏根刺，知道吗？”

许辛夷点头：“你放心，我知道该怎么做。”

下午许辛夷下班回了家。

她在老宅别墅门口遇到了一位穿着西装的年轻男人，他正礼貌地向送他出来的陈伯道别。

许辛夷下车走近：“陈伯，这位是……？”

陈伯笑着向许辛夷介绍："这位是江家派来送请帖的人。"

"江家？请帖？"

年轻男人对许辛夷笑道："易太太你好，我是江先生派来给易老先生送请帖的，请他老人家参加我们先生一周后的生日宴会。"

生日宴会？

江先生？

江淮还是江城？

请易老先生，应该是江城吧？

没与男人多聊，许辛夷心不在焉地往里走去。

易老先生和易夫人正在客厅谈论着什么。

"辛夷回来了？来来来，过来，爷爷交代你一件事。"

辛夷走近："爷爷，什么事？"

"是这样的，"易老先生拿着一份请帖，说，"江家从前和我们易家有过生意上的往来，但后来就断了，最近几年没什么来往，今天江家派人送来了生日宴的请帖，我最近身体不太舒服，不太想去，下周四晚上你有没有时间？你陪易扬去一趟。"

许辛夷仔细想了想道："应该有。"

"那就辛苦你去一趟，你收好请帖，晚上记得把这事告诉易扬。"

许辛夷接过请帖："好的，爷爷，我记住了。"

她拿着请帖回房，拆开请帖一看，写的是江城的五十五岁生日宴会。

五十五岁？

许辛夷想起那天江城来自己的公司时，黑发里夹杂着白发，苍老的面容看上去和易老先生是同一辈的，竟然才五十五岁。

算了，这事等易扬回来再说。

她将请帖放在桌上，往沙发上一躺，将手机拿了出来，打开白天那个帖子，从头到尾再看了一遍。

她边看边惋惜。

这个楼主真是个人才，不去当编剧真是可惜了这胡编乱造的才华。

自从帖子里的人物被解码之后，楼主就再也没出现，许辛夷看了一眼，发现楼主没有最新动态也就没再关注。她放下手机，进浴室泡了个澡。

这段时间她忙着和"小鲜肉"签约、谈代言、与投资商聊剧本，忙上忙下，可忙坏了，现在熬过去了，终于能舒舒服服地停下来歇一歇。

许辛夷泡在浴缸里，酸痛的肌肉在温热的水中逐渐放松，大脑晕乎乎的，眼看着就要睡过去。

哐当——

房间里传来一声响，许辛夷瞬间惊醒。

“易扬？是你回来了吗？”

房间里传来易扬的声音：“是我。”

许辛夷忙从浴缸内起身，冲洗干净后穿上浴袍出来。

“老公回来了？今天工作累吗？”

易扬脱下外套，看了一眼迫不及待地迎上来的许辛夷：“还好，不累。”

——这件事该不该问呢？

易扬挑眉，按兵不动。

他记得赵彬说过的，喜欢你的女人，会因为你和别的女人在一起或是传绯闻而不自觉地闹小脾气，吃醋。

她终于忍不住要问自己和许微茵的事了？

“老公，今天我……”

——我要不要问呢？

易扬不动声色地问她：“怎么了？有事问我？”

话到嘴边绕了一圈，又被许辛夷给咽下去了。

“是这样的，刚才爷爷给了我一张请帖，说是下周四江先生的生日宴会邀请爷爷参加，但是爷爷最近不太舒服，让我们去。”

易扬接过请帖看了一眼：“嗯，知道了。还有事吗？”

“没了。”

易扬打量了她两眼，进了衣帽间换衣服。

许辛夷瘫痪了似的躺在沙发上，拿着手机继续刷那个帖子。

刷到最后，她眼睛一亮。

帖子的主人发了一条信息。

“最新消息！W决定去找大佬解释这些年发生的一切，并坦白孩子的事！”

评论区全是表示期待的字眼。

——真的假的？这么刺激？许微茵终于开始主动出击了？

许辛夷正襟危坐，并不由自主地思考起这个帖子中的内容到底几分真几分假。

——连易扬和我提过离婚的事都知道，看来发帖的不是一般人，他说的许微茵和易扬有过一段情的事，到底是真的还是假的？

——我要不要问问易扬？这段时间以来，总感觉不对劲。

——毕竟按照小说里的情节，不出意外的话，现在的易扬应该被许微茵迷得失魂落魄的，不应该这么清醒。

小说？在衣帽间里换衣服的易扬手一顿。

整天胡思乱想，许辛夷又看什么小说了？

——其实想想，易扬这臭男人对我好，是从许微茵回国后开始的，在拍卖会上替我出风头时，在巴黎时装周带我走红毯看秀时，都有许微茵在，帖子里说的易扬觉得许微茵背叛了他，因爱生恨报复许微茵，好像也说得通。

——难道是真的？易扬是在拿我当挡箭牌刺激许微茵？

——不会吧？臭男人这么会演？

易扬的心陡然悬了起来。

——等等，不可能，易扬也不像是装的，那天在拍卖会上……九千万的项链，还有在时装周……

许辛夷思来想去，如果给易扬安上帖子里说的“人设”，发生的事确实说得通。

——这男人的心机难道比我的还重？连我都骗过去了？拍卖会上买项链的行为是故意的，时装周上的所作所为也是为了报复许微茵？

——难道我真的只是一个替身？用来报复许微茵，让许微茵后悔的替身？

许辛夷眉心紧锁。

——我虽然长得漂亮，可脾气不好，他不是最不喜欢嚣张跋扈的人吗？当初说离婚现在又没影了，易扬又不是个受虐狂，会爱上我？

——是的，没错了，我就说易扬怎么突然之间对我这么好，对许微茵那么冷淡，原来如此。

——天哪，我太惨了！我竟然是一个注定得不到爱情的替身！

砰——

衣帽间里传来一声沉闷的响声。

“老公，你怎么了？”

易扬眉心紧蹙地从地上爬起，利索地穿上刚才把自己绊倒的裤子，走到许辛夷面前。

他深吸了口气，竭力让自己的情绪平稳下来："说吧，你有什么想问的？"

许辛夷欲言又止地望着易扬。

——问……还是不问？

——如果易扬真是帖子里说的那种人，他肯定不会承认。

——但如果易扬不是帖子里说的那种人，会不会觉得……？

——就算他觉得我胡搅蛮缠……不也挺好的吗？正合我意！

易扬等着她问。

"我今天看到一个……嗯……"许辛夷微顿，思索着接下来应该怎么说。

易扬满怀期待地看着她。

"今天我看到一个帖子，帖子里说……"

"说什么？"

"说……"许辛夷犹豫起来。

——不行，既然帖子里说许微茵决定去找易扬，那我不如再等等，看看许微茵到底在耍什么花招。

——如果易扬真的拿我当替身，许微茵解释清楚后他肯定会和我离婚。

——拜拜就拜拜，下一个更乖！

——但如果易扬和她没关系，许微茵也只是自取其辱而已。

——那么问题来了，易扬为什么会喜欢上我？他是觉得我打人的姿势够帅，还是觉得我骂人的声音够好听？

许辛夷微笑道："就是一个科普帖，说每天晚上不能超过十一点睡觉，否则对身体不好。老公，早点睡，晚安。"

易扬看着许辛夷上床睡觉，动作一气呵成，没有半点迟疑。他愣在原地，咬牙切齿地看着被子里那一团，整个人阴沉得可怕，在暴躁的边缘徘徊。

许辛夷！

你问啊！

你有本事怀疑，怎么没本事问？

你不问我怎么解释？

很快，某篇帖子被删除，而那位发帖的楼主也注销了账号，没留下一点痕迹。

虽然如此，帖子依然被围观群众以文档的形式记录了下来，并在微博上广为流传。

安雅这两天越想那帖子，就越觉得不对劲。

在去往和徐导面谈剧本的路上，安雅接到新晋小男友发给她的“大佬的‘白月光’和‘白月光’的替身.txt”的文档后，终于忍不住问许辛夷：“辛夷，那个帖子的事，你有没有问清楚？”

许辛夷翻合约的手一顿：“我相信易扬，他不会骗我的。”

其实她心里也没底。

许微茵可是主角，易扬既定的命运本来就是围着许微茵转，轻而易举地让她拿下和易扬配对成功的成就，太假。

而且易扬平时话少，她看不透他的心思，谁知道他心里一天到晚在想些什么？

安雅恨铁不成钢地说：“辛夷，你还记不记得，易扬是什么时候突然之间开始对你这么好了？”

“对我这么好？”

什么时候？

许辛夷自己都不知道。

安雅忧心忡忡地道：“辛夷，我知道我现在不该说这些话，但是你也要为自己考虑，这种事不能马虎，一定得问清楚，不行就及时脱身，咱们还年轻，什么男人找不到？千万别把自己搭进去了，知道吗？”

“我知道怎么做，放心吧。”

车停在徐导的公司门口。

许辛夷和安雅上楼，在徐导的办公室里巧遇了韩骁和他的经纪人骆桀。

许辛夷和徐导今天要洽淡的这部电影，是徐导从电视剧转型到电影银幕的处女作，许辛夷也猜测过徐导要接洽的男主角人选会是谁。

但她从未想过，韩骁会继续和徐导合作。

徐导笑着起身：“辛夷来了？坐。”

辛夷一边坐下，一边看着韩骁，疑惑地道：“韩先生？”

徐导解释说：“这才几天没见，你们这么生疏了？正好，韩骁今天也是来和我洽谈男主角的事，我想着明年《凰途》也要上了，以你们在剧中的表现来看，这收视率一定不会差。你们如果能再度合作，让我捡个现成的流量导一部电影出来，我也不至于亏得太难看。”

“徐导过谦了，”韩骁此时的态度和以往工作时的态度无二，“我看过您的剧本，觉得不错，男主角的塑造对我来说也是一大挑战，我很期待能在这部电影中继续和您合作。”

“有你这么说，我还担心什么？辛夷，你看看，有什么问题？咱们都是老熟人，你提出来，我能满足你的一定满足你。”

“剧本我挺满意的，只是不知道徐导这边饰演配角的演员挑选得怎么样了？”

“配角这边我还在慢慢物色，电影在一个月之后开机，不急。”

许辛夷想了想，说：“徐导，如果您相信我的话，我的工作室有一位新签约的男艺人，他是科班出身，演戏十年，演技不用说，长相也不错，我想把他推荐给您，不知道您能不能给他一个面试的机会？我相信，只要您见过他，一定会喜欢他。”

“谁？”

“梁川。”

徐导想了想道：“这个人我有点印象，听人说过，演技是不错……”他思索片刻后又说，“行，你看看他什么时候有时间，过来见见，如果真合适，我肯定给你这个面子。”

许辛夷笑道：“那我先替他谢过徐导。”

“辛夷，不错嘛，先是去了时装周，又开了工作室，现在签约艺人，比我第一次和你合作的时候强多了。”

“人嘛，总不能一直停在原地，总得往前走，我有这一切，还得多谢徐导给我机会。”

两人说笑了几句。

其间韩骁一直沉默地坐在椅子上，似乎回到了拍摄《凰途》时的前期工作状态。

办公室门外有人敲门。

“徐导，这边甄总派人过来，说有事找您。”

“行，我知道了，”徐导起身，对辛夷和韩骁说，“不好意思，有点事，你们先聊，我马上回来。”

说完，徐导推门出去。

办公室里只剩下许辛夷、安雅、韩骁和骆桀四人。

整个办公室内静了一静。

咔嚓——

骆桀将手机解锁，打破办公室内的平静。

“安小姐，不知道能不能和你单独聊聊？”

安雅干脆利落地拒绝：“不能。”

“可是我要谈的事，在这儿说不太合适。”

“有什么事是不能在这里说的？”

“在时装周上你说和我玩玩的事，考虑得怎么样了？”

许辛夷震惊地看向安雅，以眼神询问她和骆桀的事。

安雅的脸色由白转红再转青。

“骆桀，你别胡说八道！我什么时候……”她停顿了片刻，“好，我们出去，单独聊聊。”

说完，安雅率先起身。

骆桀意气风发地跟在安雅身后。

一时间，办公室内只剩下许辛夷和韩骁两人。

百叶窗外的阳光一点点洒在韩骁的肩上。

“好久不见。”

许辛夷微笑着寒暄：“是好久不见。韩先生怎么会突然接这部电影？”

“看过剧本觉得还不错，所以就接了。”

“这部电影是挺好的，剧情不错，人物也够出彩。”许辛夷在面对韩骁时有些尴尬。

自时装周后，她和韩骁就没有再联络过，微信上最后的聊天记录也是时装周那天的。

许辛夷都做好和韩骁从此变成陌路人的准备了，没想到还会有合作的一天。

不过她以后还是和他保持距离的好。

“辛夷，有件事我想和你谈谈。”

“什么事？”

“网上流传的你和易扬的事。”

许辛夷张嘴想反驳，但不等她说话，韩骁就继续说：“我知道你和易扬结婚了，我只想知道那个帖子里说的到底是不是真的。”

许辛夷眉心微蹙。她知道那个帖子怕是影响不小，但没想到连韩骁都对此深信不疑。

“你在娱乐圈都这么久了，怎么什么流言蜚语都信？”

“那你知道在你们结婚的那两年里，易扬在美国时和许微茵住在一个区吗？”

“什么？一个区？”许辛夷瞠目结舌，狗男女那个时候住一起去了？

等等——

别急，韩骁就这么一说，自己怎么知道是真的还是假的？

更何况两人住一个区而已，不一定会发生什么，万一只是凑巧呢？

“你怎么知道？”

“我查到的，如果你想知道具体的细节，我可以把资料给你，你不知道这件事？”

“我……”

韩骁言辞诚恳：“你说网上的流言蜚语不可信，你看过那个帖子了对吗？就我所了解到的，里面说的很大一部分事是真的。辛夷，我不知道易扬有没有和你提过许微茵，但是他确实如帖子里说的那样，和许微茵有过一段情，这是四年前我亲身经历的。”

“不可能，易扬他不是那种人。他之前工作忙，对我可能有些疏忽，可是现在他对我挺好的，而且和许微茵之间也没有任何联系。”

他们是没有联系过吧？

许辛夷想了想，如果许微茵真和易扬单独见过，肯定不会放过这个大肆宣传的机会。

“我知道你爱易扬，也无心插足你和易扬的婚姻，但我不想眼睁睁地看着你被一个男人伤害。”

许辛夷沉默着。

“他不值得你这样对他。”

两人四目相对，许辛夷的笑容逐渐收敛。

“韩先生，首先我谢谢你提醒我，我和易扬是夫妻，这件事我自己会弄清楚，如果易扬真把我当替身，我不会放过他，但在我弄清楚事情之前，我不想听到有诋毁他的声音。今天先这样，麻烦你和徐导说一声，我有事先走了。”

说完她起身，拉开办公室的门。

门外贴着门偷听的安雅、骆桀以及徐导做侧耳倾听状，一见许辛夷纷纷尴尬地笑了。

许辛夷稍稍往后退了一步，深吸口气，说：“徐导，今天先这样，我还有事，先走了。”

“我也先走了，徐导，我们改天再联系。”说完，安雅快步跟上。

回去的路上，许辛夷十分冷静。

“安雅，帮我查查易扬在美国时是不是和许微茵住一个区。”

“一个区？”

“对，查到立马告诉我。”

许辛夷，别生气，调查清楚了再说，千万沉住气！

没过两天，安雅还真帮她查到了。

韩骁说得没错，那两年易扬在美国出差，确实是和许微茵住一个区。

这么巧？

许辛夷一边削着苹果一边咬牙切齿地想着。

她真是小瞧易扬了，他对许微茵用情如此之深。

两人住一个区？

美国多大？

那么大的美国，你们是什么天定的缘分竟然能住一个区？

你们是不是每天晚上吃完饭还一块散个步？

许辛夷看着泛着寒光的水果刀尖，眼底闪过一抹阴冷之色。

九点，易扬从公司回家，看见卧室桌上有七八个被许辛夷削皮后氧化的苹果。

“老公，你回来啦？”许辛夷满脸笑意地从衣帽间里出来，利落地从身后替他脱下外套。

“削这么多苹果干什……什么东西？”感觉腰上被尖锐的东西隔着衬衫扎了一下，易扬回头看了一眼，发现许辛夷手上握着水果刀，“你拿刀干什么？把刀放下。”

许辛夷看着手上的水果刀，似乎才回过神来一般：“我刚才在削苹果，忘了。”

易扬眉心紧蹙，危机感十足。

她坐在沙发上，继续削苹果，闲聊似的随口说道：“老公，我今天看了一个剧本，可有意思了。”

“什么剧本？”

许辛夷握着水果刀道：“霸道总裁的替身情人，说的是一个有钱有势的霸道总裁，喜欢一个女人却不能和她在一起，所以找了一个和女人长相差不多的替身当老婆。看到最后，你知道剧本里玩弄女人的霸道总裁是什么结果吗？”

易扬喉结滚动："什么结果？"

"总裁的老婆知道总裁一直把她当'白月光'的替身后，找人开车撞了总裁，总裁半身不遂，后半生全靠老婆照顾，唉，真可怜，两条腿都断了。"许辛夷继续用水果刀削苹果，冲着易扬微微一笑，"这种男人就不该只断两条腿，第三条腿也给他断了才解恨，你说对不对，老公？"

说完，她将水果刀竖着插到苹果上。

易扬沉默了两秒。

"有什么想问的你直说。"

许辛夷笑容灿烂："我有什么想问的？我只是想和你分享这个故事而已。"

易扬："想问就问。"

许辛夷的脸色倏地冷了下来："好，第一个问题，在我们结婚的那两年，你在美国为什么和许微茵住一个区？"

易扬反问："我和许微茵住一个区？"

——很好，第一条腿没了。

许辛夷将水果刀从苹果里拔出来，拿着纸巾擦水果刀上的水渍："四年前你和许微茵传过绯闻？"

"传过，但是……"

——第二条腿没了。

"你为什么不和我离婚？"

"……"

——很好，臭男人，你的第三条腿也没了。

易扬："……"

在那帖子出来之后，许辛夷还一直相信着易扬，觉得他不可能是这种人，就算他再混账，也不可能做出这样的事来。

可她没想到，在与她结婚的那两年里，他在美国和许微茵住同一个区！

——那两年，臭男人不在，多好的机会，我都是有贼心没贼胆，连男演员的小手都没敢摸，易扬倒好，抛下自己年轻漂亮的新婚妻子，去美国和旧情人干柴烈火？

——不对，我算什么新婚妻子？那个帖子里说得没错，我就是一个被当作替身的可怜人罢了。

——罢了罢了，枉我还以为易扬这臭男人改邪归正了，没想到一切只是他的伪装而已。

——我太惨了，被他蒙在鼓里这么久，耍猴似的耍我。拍卖会上给我拍九千万的项链？许辛夷，你做什么美梦呢？还不是因为许微茵和江淮在一块，易扬这臭男人吃醋了拿你当挡箭牌？

——时装周给你买几件衣服你就臭美成那样，你以为他真心买给你的？那是买给许微茵看的！

——许辛夷你也不照照镜子，你除了比许微茵长得漂亮点、身材好点、皮肤白点、高点、瘦点，你还有什么优点？你配得到易扬的爱吗？

——你不配！

——你只配给许微茵让位，然后一个人拿着巨额财产与安雅一起孤独终老！

易扬直接被气笑了。

“许辛夷，你一天天的，戏怎么那么多？”

许辛夷听到这话，似是难以置信般看着他，泪水哗哗掉了下来，声音颤抖地道：“你嫌我戏多？好，我算是看清楚你了，易扬，我让位，我认输，我不耽误你和许微茵旧情复燃，我走！爷爷那里，我会替你说清楚，你不用担心！”

悲痛欲绝的许辛夷起身就要走。

易扬握着她的手腕，无奈地道：“你先把刀给我。”

见许辛夷不动，易扬伸手，一手握住她的手腕，一手从她的手里将那把水果刀夺了过来。

“坐下。”

许辛夷依然不动。

易扬起身将她摁坐在沙发上。

“听我解释，在我解释完之前，不许说话。”

——狗……

“认真听我说。

“第一，你说我在美国出差的那段时间和许微茵住一个区，这事我真的不知道，并非存心隐瞒你。

“第二，四年前我和许微茵传过绯闻，但是那些都是空穴来风的传言而已，过去这么多年，我认为没必要旧事重提。”

易扬顿了顿，说：“最后，不要动不动就拿刀。”

——都有一张嘴，谁不会说？

"你不相信？"

许辛夷保持着沉默。

"美国的那套房子，是爸还在的时候买的，你不信我可以给你看证书，至于许微茵，对我来说就是一个久不联系的大学同学而已，我希望在这件事上，你能给我充分的信任。"

见许辛夷不说话，易扬继续说："网上的那个帖子我也看到了，你难道真的看不出来那是有人故意编造的？那个帖子里写的全是我的私事，这么多年前的事，就算是我的助理也不可能知道得那么细致，所以不是一般人根本不可能查得这么仔细。既然不是一般人，你觉得会是谁？"

"谁？"

"许微茵。她是在挑拨我们夫妻之间的关系。之前在拍卖会上我就和你分析过，许微茵不像表面上看着那么简单，她的心机比你想象中深多了。你不是问我为什么不和你离婚吗？"

许辛夷愣住，点头。

"因为你单纯。"

"……"

易扬一副若无其事的样子，仿佛根本不知道自己说了什么话："你长得漂亮，身材又好，还单纯善良，许微茵怎么比得上你？"

许辛夷点头："你说得对。"

"总而言之，网上的这些流言蜚语全是谣传。我们是夫妻，夫妻之间最重要的就是信任。这件事到此为止，不许再闹了。

"对了，明天下午记得准备一下，陪我一块参加江先生的生日宴，如果我没猜错的话，明天许微茵也会在场。来者不善，她肯定会针对你，你做好准备，机灵点，别被欺负了，记住了吗？"

许辛夷一动不动地望着他。

"还有什么需要我解释的？"

许辛夷摇头。

"早点休息。"

易扬起身去浴室，起身的瞬间似乎想起了什么，沉默地看着许辛夷。

许辛夷抬头看着他。

"你今天晚上是不是忘了点什么？"

"什么？"

易扬挑眉："没借题发挥和我闹离婚。"

许辛夷欲言又止，坐在沙发上良久没有动弹，半晌才嘟囔道：“我有那么无理取闹吗？”

“所以，易扬和许微茵真的一点关系都没有？全是许微茵这个女人自己编造出来的？”听许辛夷说完整件事的经过，安雅陷入沉思。

许辛夷若有所思地道：“应该没关系吧？”

作为局外人，安雅也不好说太多。

“对了，明天我得陪易扬一块参加江家的生日宴会，许微茵肯定不会放过这次机会，”说着，许辛夷倒笑了，“说真的，我还挺期待许微茵明天的表演，她可千万别让我失望才好。”

“江家……那江念去吗？我明天还给他安排了课来着，他怎么不早和我说？”

许辛夷微愣：“他爸的生日，他应该会去吧？”

江城的生日宴没设在酒店，是在自己家里办的，江家别墅的占地面积之大，出乎许辛夷的意料，在A城这个寸土寸金的地方，江家别墅竟然有两个易家别墅那么大，如城堡一般。

易扬不动声色地向她介绍：“这些年江家虽然低调，但祖上有底蕴在，实力不容小觑，待会儿你就跟在我身边，不会有事的。”

客厅的一角，江淮端着红酒杯看着客厅里熙熙攘攘的客人，对身边的女人意味不明地说道：“知道该怎么做吗？”

许微茵站在他身侧，前来参加宴会的客人以为她是江淮的女朋友，纷纷笑着对她表示善意。

“知道。”

“希望你不要让我失望。”

有保镖过来在江淮身边说了些什么，江淮一听，问道：“在哪儿？”

“在您的房间里。”

江淮笑了，随后对许微茵说：“我有点事要办，这件事别搞砸了。”

说完，他转身离开。

许微茵看着江淮离开的背影，原本平静的表情顿时变得凝重。

江淮对她的态度一日不如一日，在她刚回国的那段时间，她能感觉到江淮是被她给吸引了，可渐渐地，她从江淮眼底看到的喜爱之意越来越少，现在他竟然还把她当棋子，往别人怀里推。

许微茵知道，江淮这是要彻底放弃她。

可是为什么？

她不止一次回顾她回国后所做的一切，根本没有露出一丁点的破绽，为什么江淮会主动放弃她？

许微茵不明白。

但是她心里清楚，如果不照江淮的话去办，她根本没办法在娱乐圈立足，随便一个许辛夷就能碾死她。

既然江淮已经有了放弃她的决心，她也没必要继续在江淮这一棵树上吊死。

许微茵咽下杯里的最后一口红酒，径直朝着易扬走去，远远就听见有人在向易扬询问许辛夷的身份。

“易先生，这位是……？”

许辛夷挽着易扬的手腕，两人站在一块，男才女貌，宛如一对恩爱夫妻。

易扬向前来打探的人介绍道：“我妻子，许辛夷。”

几人恍然大悟：“原来是易太太。”

许辛夷微笑示意，在几人脸上看到了些许的怜悯与探究之意，想来网上那个帖子，传播得挺广的吧？

易扬刚介绍完，就听到三言两语的调侃。

“易先生这些年瞒得够严实，一点消息都没有。”

“易先生还真沉得住气，我都打算把我妹妹介绍给易先生来着，可惜了。”

许辛夷微笑着回道：“幸亏没介绍，否则您妹妹不是成了破坏别人家庭的第三者了吗？”

众人顿时静了一静。

易扬冷漠地道：“各位不好意思，我太太脾气不太好。”

其他人没听出什么不好意思，倒是听出了“我太太脾气不好，你们说话自己注意”的潜台词。

那人一时觉得尴尬，但碍于易扬的面子不敢多说，只得喝了口酒掩饰：“易太太说笑了。”

“这位不是许微茵小姐吗？”有人眼尖，瞧见在长桌另一边与人聊天的许微茵，不嫌事大地叫了一嘴。

许微茵回头，脸上的微笑在看见易扬时逐渐消失，绕过长桌走到几人面前："李先生，您好，好久不见。"

那位不嫌事大的李先生与她碰杯："没想到在这儿还能遇上你，几天不见，你越来越漂亮了。"

许微茵谦逊地笑道："是您夸奖了。"

"易先生好像和许小姐是同学？"

许微茵将目光放在易扬身上，但很快就如退缩一般收回目光，低眉尴尬一笑，让人误会。

许辛夷可不会像男人一样怜香惜玉，当即夹枪带棒一点也不客气地道："许小姐不是江先生的女朋友吗？怎么不在江先生的身边？"

许微茵温柔地笑道："你误会了，我和江先生只是普通朋友。"

"朋友？"许辛夷笑，"那还真是有事男朋友，没事普通人。"

面对许辛夷的出言不逊，许微茵没有太过计较，孤身站在那儿，垂目不语。

许微茵这段时间看上去瘦了不少，身形单薄，巴掌大的脸越发惹人怜惜。

"听说许小姐有个三岁的孩子，这些年一个人带着孩子很辛苦吧？"

许微茵摇头："孩子很乖，平时也不胡闹，不辛苦。"

"许小姐，恕我直言，这么多年，你难道就没想过去找孩子的父亲？"

许微茵微怔，目光缓缓地飘到了易扬的身上。

许辛夷冷哼："让你去找孩子的父亲，你看我老公干什么？怎么？想让我老公收留你们？"

许辛夷这话说得毫不避讳。大庭广众之下，许辛夷不给许微茵半点面子，简直是在赤裸裸地打许微茵的脸。

特别是许辛夷那一双充斥着挑剔之意的眼睛，上下打量着许微茵，许辛夷仿佛真的将许微茵当成了那种苦心孤诣地为自己的孩子找"接盘侠"的心机女人。

许微茵收回视线，原本消瘦的脸上添了几分青白的颜色，周遭的人看了，不由自主地用怜惜的目光看着她，不便与易扬起冲突的，都用指责的目光望着许辛夷，为许微茵抱不平。

有心直口快说话不经过大脑的人，直言不讳地道："易太太这话未免也太难听了，许小姐孤身一人带着孩子，从来就没想过麻烦别人，更没打过易先生的主意，你又何必在这儿臆测没发生过的事而针对她呢？"

"今天是江先生的生日宴会，大家没必要为了我的事而闹得不愉快。"

许微茵摆出一副忍辱负重的模样，笑道，“各位玩得愉快，我先走了。”

“许小姐……”

许辛夷低声在易扬耳边说：“我这样会不会给你添麻烦？”

易扬面无表情地说：“不会。”

“那就好，许微茵不开心我就开心。”

偌大的客厅里响起悠扬的音乐，江淮从二楼下来，端着红酒，彬彬有礼地向前来祝寿的宾客表示感谢。当走到易扬这儿时，他笑道：“易先生，好久不见。”

“今天是江先生的生日，怎么不见江先生？”

“我父亲还在楼上有点小事，待会儿就下来，在这之前，我有个人想介绍给易先生认识。”江淮身侧一个文质彬彬的男人朝着易扬微笑示意。

那男人朝易扬伸手，礼貌地道：“易先生你好，我姓周，在龙腾地产供职，我们在城南有个项目，想寻求地产商合作，不知道易先生感不感兴趣。”

许辛夷听着觉得乏味，虽然不知道城南那个项目是什么，但从易扬的反应来看，应该是个大项目。

“周先生好本事，城南的项目也拿得下来。”

周先生笑道：“拿得下来不算有本事，吃下才算，可惜龙腾地产吃不下，这份蛋糕想和易先生一块分，有兴趣我们上楼聊一聊，怎么样？”

江淮仿佛是真的在给两人搭桥：“我可以给两位提供地点，二楼客厅。”

周先生笑道：“那我在二楼恭候易先生的到来。”

说完，两人离开朝楼上走去。

许辛夷半眯着眼：“有诈！”

易扬点头：“嗯。”

“那你去吗？”

“去。”易扬对她笑，“没什么好怕的。”

说完，他将酒杯递给许辛夷，从容不迫地朝二楼走去。

混迹在人群中的许微茵眼看着易扬上了二楼，若无其事地从另一边通道上去。

许辛夷早将注意力放在了许微茵的身上，见许微茵上楼，就知道这女人不安好心。许辛夷避过人群，见没人注意自己，也悄悄地溜上了二楼。

易扬前脚进门，许微茵后脚跟着进，并关上了门。

果然有猫腻！

人都集中在一楼，二楼没什么人。

许辛夷将耳朵贴着门，屏住呼吸听里面的动静。

——怎么一点动静都没有？怎么连说话声都听不见？他们不说话在里面干什么？

——旧情人见面，干柴烈火的，回顾当初校园的事，不会就……

许辛夷脑子里浮想联翩。

握着把手的许辛夷在即将冲进去的前一秒，深吸口气，冷静了下来。

——不行，我得冷静一点，这样的场合，易扬绝不会乱来。

——可是万一易扬像在秦妍的生日宴会上那样，被人下了药……下药？对，以许微茵的手段和心机，这种事她一定做得出来！

——也不知道易扬有没有长记性，万一被许微茵给弄倒了……让许微茵得逞了怎么办？

后面的事，许辛夷想都不敢想。

她都想好了。

——如果易扬真这么蠢，和许微茵真干点什么出来，我就和易扬这臭男人离婚！

可她贴在门口听了这么久，也没听出什么动静来。

房间内的易扬眉心紧皱，冷漠地看着面前说有重要的事要和他谈的许微茵。

“你打着江淮的名号来见我，估计是什么见不得人的事。”易扬看了一眼腕表上的时间，“我时间不多，说吧。”

许微茵咬牙，似乎走投无路豁出去了：“易扬，我们虽然几年没见，但好歹也是几年的同学和朋友，就不能坐下来好好聊聊吗？”

易扬冷漠地看着她，她眼底柔情似水，让外人看见了只怕还真以为她和他有过一段情。

放在从前，他估计还真得被许微茵这张脸给骗过去，只可惜许微茵的演技比许辛夷差远了。

柔情似水的“人设”，不是这么演的。

她好歹也学学许辛夷，看着他的时候眼睛里只有他，而不是这样无意识地心虚，眼神飘忽不定。

看惯了许辛夷两年柔情似水“人设”的易扬毫不留情地道：“如果我没记错，大学时我和你的关系并不密切，只是普通同学关系而已，我和你之间有什么好聊的？”

“那你还记得四年前我离开A市的前一天晚上，在希尔顿酒店发生的事吗？”

易扬住过不少酒店，四年前的事他又怎么会记得？他双眼微眯：“四年前？”

“你忘了没关系。”她将早已准备好的《亲子鉴定书》拿了出来，放在易扬面前，“这是一份《亲子鉴定书》，你看看吧。”

易扬不用看都知道，这《亲子鉴定书》上的名字肯定是他和许微茵的儿子的。

见易扬久久不接，许微茵苦笑道：“怎么？四年前你有胆子做，现在没胆子承认这孩子是你的？”

易扬看了她一眼，并未说话。

“可是就算你不承认，这孩子也确实是你的，回国之前我知道你结婚了，认真想过，不会带孩子来找你，可是我现在真的没办法了。易扬，你看看这份《亲子鉴定书》好吗？他真的是你的儿子！”

许微茵眼中噙泪，语气中多了几分低声下气的哀求和期盼之意，不太像是演的。

这就奇怪了，许微茵为什么一口咬定孩子是他的？

“我不知道你为什么会认定四年前我和你有过一晚，但是我可以告诉你的是，你的儿子不是我的。”

许微茵拿着《亲子鉴定书》的手微颤，她似乎不敢相信易扬竟然冷漠无情到这个地步。

“这真的是你的儿子，你为什么不相信？亲子鉴定难道会骗你吗？四年前你喝醉了，我也喝醉了，你不记得，可是我记得！我出国后不久就发现自己怀孕了，我怀的谁的孩子我心里很清楚！”

她走到易扬面前，将那份《亲子鉴定书》搁在他面前：“你看看，《亲子鉴定书》上面说你们是父子关系。”

易扬看了一眼《亲子鉴定书》：“你喝醉了还敢肯定孩子是我的？这份报告是假的。”

“假的？”

“亲子鉴定也就骗骗你而已，你应该是知道你在江淮那儿失去了价值，所以才来找我的吧？”

“我……不是的！孩子真的是你的！易扬，你看清楚，真的是你的！”

说到这儿，许微茵激动起来，愤恨地道，“我不明白，许辛夷她有什么好？把你变成现在这个样子！我记忆里的你不应该是这样的，你也不可能喜欢她那样的女人。”

易扬反问：“那我应该喜欢什么样的女人？”

“许辛夷嚣张跋扈、脾气坏，长得不如我，身材也不如我，四年前你看不上我，现在为什么看得上许辛夷？”

“你如果不明白，我可以告诉你，喜欢一个人不是靠眼睛去看，而是靠心去感受。你很漂亮是没错，身材也好，但是你眼睛里的贪婪之色让我很不舒服。”

许微茵冷笑：“贪婪？只有我的眼睛里有贪婪之色吗？许辛夷眼里没有吗？你这么喜欢她，确定她喜欢的是你而不是你的钱吗？”

“所以我在验证。”易扬说，“你知道怎么判断一个女孩是不是喜欢我吗？如果一个女孩喜欢我，看到我和别的女人在一块，会不自觉地闹小脾气，吃醋，我知道她现在就在门口，所以我才浪费时间和你聊天。”

许微茵难以置信地看着他：“你拿我来验证许辛夷对你有没有真感情？”

易扬不置可否，看了一眼手表上的时间：“我从来不和龙腾地产合作，麻烦你转告江淮一句，下次别自作聪明。好了，时间到了，我想我们之间应该没有别的可谈了，孩子的事不要妄想扣在我的头上，我想你自己心里清楚这份《亲子鉴定书》的真伪，没什么事我先走了。”

说完，他转身朝着门口走去。

“易扬，你今天不认这个孩子，以后你会后悔的！”

“我做的事我会认，不是我做的事我绝不会承担，我也奉劝你一句，弄清楚你孩子的父亲是谁。”话音落下，易扬拉开了房间的门。

猝不及防之下，贴着门偷听的许辛夷往前一个趔趄，整个人倒在易扬的怀里。

许辛夷抬头看着易扬，脸上挂着尴尬的笑容。

易扬一手扶起她，将人拢在自己怀里，反手关上了门。

许辛夷回头的瞬间，在逐渐关上的门缝中看到了许微茵那双满怀怨恨之意的眼睛。

到了一个拐角，许辛夷迫不及待地抓着易扬问：“你怎么和许微茵在一块？你不是应该和江淮还有那个什么周先生在谈事吗？你们在房间里说什么？”

“是江淮设计的，他想让我和许微茵单独谈谈。”

许辛夷故作轻松地道："谈？你们谈什么？"

"她说孩子是我的，你信吗？"

早就给他们做过亲子鉴定的许辛夷怎么会信？她当下笑了笑："老公，我当然相信你。还有呢？你们还说什么了？"

"没说什么。"

许辛夷想了想，像煞有介事地说："不过我挺奇怪的，许微茵从前不是和江淮搅和在一起吗？现在怎么……"

"江淮放弃她了，所以她才会找上我。"

"放弃？为什么？"

"大概是因为知道许微茵的孩子既不是我的，也不是他的，你说他有什么理由不放弃许微茵？"

"说得也是。"说完，许辛夷看着易扬的西装外套，上来就动手扒他的衣服。

易扬轻而易举地擒住她的两只手："你干什么？"

许辛夷脸上是得逞的笑容："我早料到会有这一幕，所以为了防止许微茵对你使诈，在你的外套里放了支录音笔，只要她敢嫁祸你，铁证如山！"

易扬表情一僵，错愕中，许辛夷挣脱他的手，从他的西装外套内侧的一个隐蔽口袋里翻出一支小型录音笔，录音笔上面还闪着红光。

"我倒要听听看，许微茵那女人是怎么编派我的！"

易扬："许辛夷，你把录音笔给我！谁教你的？"

手中的录音笔还温热着，易扬反常的态度引起了许辛夷的注意，让她反而对录音笔里的内容不那么好奇了，而是平静地看着他。

"你这么激动干什么？"

——他刚才还说得好好的，一听我说有录音笔情绪立马激动起来，摆明是心里有鬼。

——看来他们在房间里真说了些不能让我听见的话。

——旧情人见面卿卿我我，指不定怎么缠绵，难怪我在门口那么久，一点动静也没听见。

——臭男人！等我听完录音笔里的内容，再找你算账！

易扬："……"

头疼，他很头疼。

易扬觉得与人谈个上亿的单子，也远比应付许辛夷要轻松得多。

他双眼盯着许辛夷手上的录音笔，尽量让自己看上去不那么激动。

“许辛夷，我为什么激动你不清楚吗？未经我的允许就在我的身上放录音笔？谁教你的？这也就是在这种场合，如果我在谈一个重要项目，录音外传了怎么办？

“夫妻之间最重要的就是信任，我给了你充足的信任，可是你呢？放录音笔之前你为什么不告诉我？”

“你别生气，你听我狡辩……不是……”许辛夷恨不得给自己一个耳光，“你听我解释，我不是担心你嘛，万一……”

“我明白你担心我，但是我希望以后这种事提前和我说，明白吗？”

许辛夷欲言又止。

“现在把录音笔给我！”看着许辛夷护犊子似的将录音笔藏起来，易扬朝她伸出手，沉声道，“就算想听也不是现在，回家之后我们再谈这事。”

许辛夷被他说得一愣一愣的，刚才心底对易扬和许微茵的疑惑，在易扬义正词严的话语中消散。

“那这录音笔我拿着吧。”

“你确定你身上有地方放？”

许辛夷低头打量着自己，身上还真没地方放，手提包还放在车里了。

“给我。”

——说得好像真的似的。

——要不要信他一次？他应该没那么无耻吧？而且也没多长时间，他和许微茵能干什么？

——算了，信他一次，他如果敢骗我，被我抓到证据的话，我就和他离婚！

迟疑中，许辛夷心不甘情不愿地将录音笔交了出去。

为了安抚许辛夷，易扬接过录音笔放到口袋里后说：“你放心，等回家了就放给你听。”

“行吧。”

易扬松了口气，暂时逃过一劫。

一楼客厅里人声鼎沸，江淮和那位周先生从二楼另外一侧的客厅出来，看着易扬笑道：“易先生，我和周先生在这儿等候多时了，易先生是不是找错房间了？”

易扬冷漠地望着面前故作姿态的两人：“既然进错了房间，那周先生的项目和我算是有缘无分，有机会再合作吧。”

说完，易扬搂着许辛夷去了一楼。

许微茵从另一侧的房间里出来，脸色并不好看。

江淮一看就知道她坏事了。

平时许微茵没办法见到易扬的面，今天自己给她制造了这么好的单独相处的机会，她竟然没把握住？

她真是个蠢货！

晚上宴会的主人姗姗来迟，满面红光，和之前许辛夷在公司见到的老人家不同，今天的江城明显是特别打扮过的，或许是因为今天是他五十五岁的生日，他的精神比之前好太多。

在江淮的陪同下，江城在台上说着些欢迎宾客的客套话，什么三生有幸，什么蓬荜生辉，低调得不能再低调。

在场的人哪里真能领这份谢？众人纷纷笑着打哈哈，不留痕迹地奉承江城。

只是令许辛夷奇怪的是，来了这么久，她还没看到江念。

按理说自己的父亲过生日，这么大的事江念总得露个面吧？

安雅不是给他放假了吗？他没来？

江城父子俩前来敬酒。

“易先生，好久不见，多谢赏脸前来参加这次宴会。”

易扬与他们碰杯，说：“江先生不必这么客气，原本该是爷爷过来，但他老人家身体不适，所以我和辛夷代他老人家前来，江先生不嫌冒昧才好。”

“当然。”江城笑，将目光放在许辛夷身上：“上次见许小姐就在前两天，没想到今天又见着许小姐了。”

“江先生，祝您生日快乐。”

“多谢。两位请自便，我这边还有些事，招待不周，还请见谅。”

江城与江淮越过许辛夷和易扬，笑着和下一位宾客寒暄，对他俩仿佛真的和对其他宾客一样，一视同仁，没有携带任何目的。

这种宴会许辛夷参加得少，她认识的女性朋友也不多，现场能聊上两句的人没一个。她全程只得挽着易扬的手，微笑地听着他们男人的谈话，从风投到股市再到现下的经济形势。

屋内暖气足，许辛夷听得眼皮直打架。

许辛夷终于没忍住打了个哈欠。

有人笑道：“易太太对我们聊的这些东西不感兴趣，听得都快睡着了。”

易扬低下头：“困？”

“一点点。”许辛夷松开易扬的手，“你们聊，我去趟洗手间。”

“我陪你。”易扬说。

四周有人打趣：“易先生和易太太感情真不错。”

这群人比刚来时遇到的那群人讨喜多了。

许辛夷拒绝易扬的陪伴：“没事，我马上回来。”

说完，她向服务生问清楚洗手间的地点，朝洗手间走去。

江家这别墅还真叫一个奢华，许辛夷估计洗手间里的洗手台都是金的。

易家虽然也够华丽，但易老先生的持家理念就是不能太铺张浪费，像这样的装修，易老先生肯定是要说两句的。

补妆后，许辛夷经过走廊回客厅时，通过走廊的玻璃往外瞧见院子里的泳池，里头泛着荡漾的波纹。

一扇进院子的小门开着，她竟不感觉冷。

许辛夷踩上院子里铺着的石子路和木板，竟感受到了热气从地下涌出。

想必这个院子的地下也铺了暖气。

许辛夷深吸了口气，客厅里男人太多，差点没把她给憋坏。

她隐约听见了高跟鞋的声音。

许辛夷朝着声源望去，是许微茵。

见着许辛夷，许微茵似乎很惊讶：“许小姐也出来透透气？”

“不是，我只是出来补个妆而已，没事我先进去了。”许辛夷才懒得和许微茵说话，这女人来者不善，按照剧情发展，待会儿许微茵肯定会使个计，一把把她推到面前的泳池里。

那她这一身衣服和一脸的妆岂不是要毁了？

在这么多人面前，她还丢不起这个人。

“许小姐这么急着走，是不想面对我吗？”

许辛夷不想理会她，朝屋内走去。

“不知道许小姐有没有看过网上的那个帖子。”

许辛夷站定，转身看着许微茵：“你发的？”

“不是我发的，但是我很苦恼，想知道是谁发的，发帖的那人怎么会对我这些年来发生的事一清二楚？”

屋内是一群大男人在聊股市经济，听得许辛夷脑子直发蒙，屋外是一个女人在她面前演苦情戏。

这一对比，她觉得还是在外面有意思。

许微茵苦笑：“我真的没想到事情会发展成现在这样，如果我知道，四年前一定不会离开。”

许辛夷看着许微茵演戏：“发展成哪样？”

“辛夷，我无心介入你和易扬之间，但是我的孩子不能没有爸爸，你能理解一个单身妈妈的心情吗？”

许辛夷听到许微茵这话有点傻眼：“你什么意思？你的孩子的爸爸是易扬？”

“刚才你应该也看见了，我和易扬谈过，也将《亲子鉴定书》给他看过了，我的孩子的父亲正是易扬。”

许微茵知道，许辛夷和易扬之间的感情不可能像她看到的那么深。

两年来许辛夷和易扬形同陌路，易扬对许辛夷的厌恶是真的，否则也不会提出离婚，可就算两人没离婚，短短几个月的感情又能好到哪儿去？

许辛夷知道她的孩子的父亲是易扬后，难道会无条件地信任易扬吗？

只要两人吵起来，她就有机可乘。

“许小姐，回国后我其实一直都没想过找易扬，可是当我知道你和易扬结婚并非易扬的意愿之后，就知道当年是我误会了易扬。四年前，我不该出国。”

许微茵这话一个劲地将自己往易扬身上靠，暗示许辛夷她和易扬四年前有过一段情。

“我没想到易扬爱我爱得那么深，”许微茵抱歉地看着许辛夷，“辛夷，很抱歉易扬伤害了你。”

“伤害我？”许辛夷想起帖子里说的易扬把自己当许微茵的替身的事，顿时恍然大悟，捂着胸口痛苦地道，“原来，我真是你的替身？”

“辛夷，如果我是你，现在就带着自己的自尊离开易扬，而不是丢下自己的尊严任人践踏。”

许辛夷摇头，无比痛心地道：“不，我不能离开易扬，我爱他，绝对不离开他！”

“就算他现在这么对你，你也要待在他身边？”

许辛夷抹着眼泪哽咽道：“对！就算这样，我也要待在他身边。我是他的妻子，为什么不能待在他的身边？我爱他，就算他不爱我我也认了！只要我不走，你和易扬这辈子都没有可能！”

许微茵眉心紧蹙，但也预料到了许辛夷的反应，当即说道："许辛夷，你难道不介意我儿子的存在吗？"

"如果那真是易扬的孩子，我不介意，"许辛夷"忍辱负重"，一脸幸福之色地说，"我爱他，什么都不求，什么都不要，只要待在他身边，我每天都很幸福，就算他不爱我也没关系。"

"许辛夷，你……"

许辛夷上前握住许微茵指着她的手，言辞恳切地说："不如这样，以后你就叫我姐姐，我做大，你做小，我们一起伺候易扬，好吗？"

许微茵猛地将手从许辛夷的手里抽出。

许辛夷却笑了，冲着许微茵挤眉弄眼地笑道："怎么样，我的演技还可以吧？"

许微茵瞬间明白了过来，怒道："你耍我？"

"我当然是在耍你啊，我就没见过你这种上赶着当小三的人，好了，许小姐，谢谢你演的这个苦情剧，挺有意思的，我看得很欢乐，下次有机会咱们再排演一次。"

"许辛夷！"许微茵接二连三地失手，怒上心头，随即又强行忍下。

"你说，如果我和你同时掉下去，易扬是会先救你还是救我？"

许辛夷回头，什么玩意儿？

许微茵真想把她拉下水？

许辛夷连连摆手："不了不了，这水太凉了，你想玩自己玩吧，我不陪你玩了。"

易扬哪配她牺牲这么大？

与此同时，客厅内一位服务生快步走到易扬身边，低声急促地道："易先生，许小姐落水了！"

许辛夷早料到许微茵会给她来这一手。

小说里也有这个剧情，不过呢，是"许辛夷"恶意地把许微茵推下去的，"许辛夷"没站稳，跟着摔了下去，自己爬上岸后还站在岸边嚣张跋扈地大骂许微茵。

美人落水当然我见犹怜，许微茵脸色惨白地靠在江淮的怀里，在江淮指责"许辛夷"时，拉着他的衣袖万般隐忍地冲江淮摇头，并在易扬满是担忧之情的目光下，贴心地替"许辛夷"开脱。

"不关易太太的事，是我自己不小心掉下去的。"

风一吹一哆嗦，与嚣张跋扈的"许辛夷"相比，许微茵更惹人怜惜，谁是谁非，众人一目了然。

虽然脚下有地暖，游泳池的水估计也是温的，但许辛夷一点也没有要和许微茵演落水戏码的想法。

就为了知道易扬在她和许微茵之间会选择谁？

易扬不配。

更何况这天多冷啊！

掉下去她会浑身湿透不说，脸上的妆、头上的造型，这可都是她花了时间弄的，她待会儿还想漂漂亮亮地跳个舞来着。

易扬还不配我和另外一个女人为了他争风吃醋摔进泳池，狼狈不堪地回家。

“许辛夷，你不敢？”

“是是是，我不敢。我知道易扬最爱的人是你，你和他连孩子都有了，我和你一块掉下去他救的人肯定是你，我有这个自知之明。我真的好难过、好伤心，所以你能松开我的手了吗？”

穿着高跟鞋，旁边就是泳池，许辛夷哪敢和她豁出去？

许微茵敢往下跳，她可不敢。

“你还在耍我？”

“我没有！是真的，易扬喜欢你，我从一开始就知道……而且你想想，就算咱们落水了，易扬他们也不可能来救啊，有保安在呢，哪里轮得到他们下水救？这天太冷了，咱们进去好吗？”

“许辛夷，你根本就没胆子试探对不对？你害怕看到易扬的真心！”许微茵看了一眼进院的小门，微微一笑，“你说，如果我被你推下水，他们会怎么想？”

不等许辛夷反应过来，许微茵脚下一崴，抓着许辛夷的手，整个人张皇失措地往后跌去。许辛夷一个不察，被许微茵使用浑身的力气往后带了一下，整个人往前栽，扑通两声，泳池里水花四溅。

许辛夷整个人差点摔蒙了。她屏住呼吸，水漫过头顶，耳朵里只听得见哗哗的水声。仓皇失措一小会儿后她就镇定下来，小腿往上一蹬，头露出水面，大口呼吸了两下，眼前一片湛蓝。

嗯？游泳池这水还挺温暖的，温泉似的。

许辛夷朝着岸边划了两下水，就瞧见走廊进院的小门前有人朝她奔来，距离太远，隔着溅起的水珠，她没看清楚是谁。

而她的另一边许微茵还在那儿扑通扑通地呼救。看样子许微茵不会游泳，眼看着就要往下坠，一副要休克的模样。

扑通一声，有人下了水，朝着许微茵那边游去。

——装什么装？分明会游泳还在那儿装！

——等等，救她的人是谁？易扬这臭男人不会真去救她了吧？

——他真敢去救，我就敲爆他的头！离婚！

许辛夷愤怒地划了两下水，砸得水花四溅。

许微茵被人救上了岸，是个保安救的。

——不是易扬？易扬呢？

易扬正站在岸边皱眉看着她。

五分钟前，易扬在客厅里听到有服务生告诉他许小姐落水了。

放下酒杯的手一顿，他从那名服务生飘忽的眼神里看出了不对劲。

许小姐？

今晚哪有别的许小姐？只有许小姐和易太太。

如果是许辛夷落水了，这个服务生在他面前不说易太太反而称许小姐，不是故意误导他吗？

他想，落水的应该是许微茵。

许辛夷哪里会吃这种亏？

想着，易扬从容不迫地从客厅来到院子里。

院子里没有许辛夷的影子，只有泳池里两片泛起的水花。

易扬急忙朝许辛夷走去，刚到泳池边就听到许辛夷那一番中气十足的腹诽。

“还不快上来。”

“……”许辛夷不情不愿地划着水，自己爬上岸。

——臭男人简直不解风情！

——这个时候他不是应该英雄救美一头扎进水里把我救起来吗？

——“还不快上来”？站在岸边看着我划水说这么一句？这是男人该说的话吗？也就我倒霉，和这臭男人结了婚，除了我，谁受得了这个没一点浪漫细胞的臭男人？

——气死我了！

“……”算了，易扬想，自己的老婆什么德行自己清楚，忍忍算了。

易扬双手扶住许辛夷：“没事吧？”

在水里还不觉得什么，一爬上岸，被冷空气一吹，许辛夷打了个寒战，忍不住打了个喷嚏。

阿嚏！许辛夷一边打着喷嚏一边摇头："没什么事，就是有点冷。"

易扬将自己的外套脱下，披在了许辛夷身上。

此刻游泳池周围来了不少人，有来救人的保安，有来主持大局的江淮，还有几个专程顶着寒风过来看戏的客人。

"怎么回事？"江淮作为东道主，少不得问上一句。

许微茵身上也披着一件西装，是一位男士脱下来递给她的。美女嘛，无论到哪儿都有人保驾护航，更何况还是美女如此落魄的时候，男士们当然得表现一番。

"江先生，是我不小心……"

"什么你不小心？明明就是你故意把我拉下去的！"许辛夷中气十足地指着许微茵，"你分明会游泳，装什么装？"

说完，许辛夷不给许微茵说话的机会，学着许微茵的模样，柔弱无骨地靠在易扬身上，红着眼睛哽咽道："她欺负我！"

"我知道。"易扬配合着许辛夷，朝江淮望去："江先生，刚才的事我需要一个交代。"

江淮眉心紧蹙，显然不大爽快："易先生放心，我会给你和易太太一个交代。"

许微茵像被人冤枉得无从辩解似的："我没有。"

"你没有那我是怎么掉下去的？我知道你喜欢易扬，你想当易扬的妻子也不用这样害我，我让给你行了吧？！"说着她就要把易扬往外推。

有人看不惯许辛夷嚣张跋扈的模样，忍不住为许微茵开脱："易太太，许小姐肯定不是故意的，你别冤枉她。"

"我冤枉她？我冤枉她干什么？你不如让江先生查查监控，看看到底是不是她把我拉下去的！"

那人还想说什么，许微茵拉着他的衣袖恳切地摇头："对不起，易太太，是我刚才不小心把你拉下了水，我很抱歉。"

许微茵虽这么说，可那话里哪有抱歉的意思？她分明就是"我是被逼迫"的意思。

易扬搂着许辛夷的腰，低声道："先进去把衣服换了再说。"

风一吹打了个哆嗦的许辛夷点头："那你抱我。"

"……"易扬将人打横抱起，跟着服务生进了别墅内。

服务生将人带到二楼的一个房间里，许辛夷进浴室把衣服换了冲了个热水澡，穿上准备好的浴袍出来，坐在镜子前看着落汤鸡似的自己。

"啊！气死我了！我许辛夷纵横江湖这么多年，竟然被一个许微茵算计了！

"都怪易扬！录音笔搁在他身上了，否则我在泳池边把许微茵的那番话录下来该有多精彩！

现在好了，她什么证据都没了。

"不行！我受不了这个委屈！"

许辛夷打开吹风机将头发吹干，连打了好几个喷嚏。

敲门声响起。

有用人来给许辛夷送刚熨烫好的裙子，是许辛夷今天穿着的那条。

谢过用人后许辛夷穿上衣服，又有化装师来给她化装。

而就在许辛夷的房间的隔壁，江淮双眼微眯地看着许微茵："你怎么回事？这点小事都办不好？"

许微茵浑身打了个哆嗦，不知道是因为落水，还是因为江淮说话的语气太过冰冷。

"我也不知道是为什么，易扬看到《亲子鉴定书》一点反应也没有，还有许辛夷，她……"

"行了！"江淮显然对她没了耐心，"许微茵，这件事不用再说，待会儿你去给许辛夷道个歉，今晚这事就算过去了。易扬那里今晚我已经给了你最好的机会，可是你依然没能把握住，你什么时候才有下一个机会？"

许微茵咬牙："我会再找机会的。"

"你没机会了，易扬不会见你，"思考片刻，江淮说，"找个机会把《亲子鉴定书》送到易老先生和易夫人面前，老人家嘛，心软，一直想抱个孙子，心情可以理解，那是你唯一的机会，好好把握，否则我真不知道该怎么帮你。"

许微茵浑身打战。

她感觉自己仿佛从未看清过眼前的这个男人。她曾经以为自己把江淮牢牢地握在了手里，一步步试探都没踩到江淮的底线，也不知道是哪个环节出了问题让江淮起疑舍弃自己，否则她也不会拿出孩子这最后一个筹码去找易扬。

"我能问问，你为什么要把我送去易扬身边吗？"

江淮抬头看着面前这个自以为是的女人。

"你很有意思，刚回国的时候我确实对你有点感觉，不过人还是不能太自以为是，否则被人看穿都不知道为什么。"

“我……”

江淮起身：“行了，什么都别说了，许微茵，你真聪明的话就该知道什么该问什么不该问。好好努力，早点当上易夫人，让易扬和许辛夷离婚，只有他们离婚了，你得偿所愿，别人才有机会不是吗？”

许微茵不解地问道：“机会？”

江淮叹了口气，揉着眉心无奈地道：“我也没办法，谁让小朋友喜欢，我总得想办法帮帮他吧。”

客房里，化装师正给许辛夷化装，许辛夷当着化装师的面，将今晚的整个经过以消息的方式发给了安雅，不满的语气布满字里行间。

化装师给她补完了妆，整个过程不到二十分钟，还挺快。

见化装师准备离开，许辛夷道：“能帮我倒杯热水吗？”

化装师客气地道：“当然可以，您稍等。”

离开片刻后化装师端着一杯热水进来。

“谢谢。”

“不客气，请问您还有什么需要我做的吗？”

许辛夷微笑着摇头。

“那您好好休息，我先走了。”

化装师前脚刚离开，安雅后脚就打了个电话过来。

“许微茵这么整你，你不生气？”电话的另一头，听许辛夷说完这件事的前因后果的安雅愤愤不平地道。

许辛夷端着那杯热水站在窗边，看着院子里的保安在泳池附近做隔离处理，回了安雅一句：“我当然生气，许微茵这个女人这么会装，我这么单纯的一个女人，怎么是她的对手？所以这件事我不能亲自动手。”

安雅一句话戳破了她：“你想怎么借刀杀人？”

“别胡说，什么借刀杀人，我这是……”

“行了，你什么德行我还不清楚？”

许辛夷笑道：“我虽然不明白许微茵为什么非得拿着一张假的《亲子鉴定书》挤进我和易扬之间，但既然她看上的是易扬，这种事当然得易扬自己去解决，我只是个无辜弱小什么都不会的小妻子而已。更何况你不是怀疑易扬对我虚情假意吗？从处理许微茵的事情上就能看出易扬对我到底是不是虚情假意。”

“万一……”

“没有万一！”

敲门声响起，许辛夷将热水杯贴在自己的脸颊和额头上，然后一口气喝下整杯热水，顺势往床边的沙发上靠去："先不和你说了，挂了。"

说完她将手机往身下一搁，水杯往沙发边上的小桌上一扔，柔柔弱弱地趴在沙发上："进来。"

易扬从外面走进来，见她脸色难看地趴在沙发上，问道："怎么了？"

许辛夷摇头："有点头晕。"她坐起身，捂着胸口，"有点想吐。"

"感冒？"易扬眉心紧蹙，上来就用手去贴许辛夷的额头。

——烫不烫？就问你烫不烫？我都烧成这样了，你如果还无动于衷就不是个男人！

易扬挑眉："发烧了？"

许辛夷捂着他的手背："什么？我发烧了吗？没关系的，估计是刚才掉泳池里感冒了，你别担心，我睡一觉明天起来就好了。"

易扬将目光放在桌上的水杯上，不动声色地握上去，杯子还是温热的。

"易扬，许微茵怎么样了？"

"不清楚，应该没事。"想到许辛夷又是喝热水又是装发烧，易扬接着她的戏码演了下去，"说说，刚才到底发生什么事了？"

许辛夷一听，抱着易扬的腰，把脸埋在他的腰前，哭道："老公，刚才真的吓死我了，许微茵是故意的，她说，她的孩子的父亲是你，想让我和你离婚，还说如果我不离婚的话，就要给我好看。我不同意，她就把我推到泳池里，我差点就没命了！"

——只要这臭男人敢替许微茵说一句话，那就离婚！

"知人知面不知心，之前我就和你说过，许微茵没表面看上去那么善良，吃亏了？"

许辛夷抬头，泪眼婆娑地看着他，委屈地点头。

"我知道她没那么好，可是也没想到她会坏成这样，一个劲地威胁我，还说什么你和她从前有过一段感情，说你对她爱得很深，只是拿我当她的替身而已。易扬，她说的是真的吗？"

易扬脸色难看地道："当然是假的。"

"那孩子呢？"

"当然不是我的。"

"那我就放心了。"说着，许辛夷又哭起来，抱紧了易扬，"可是我还是好怕，易扬，你知道吗？刚才她就像疯了一样，她今天能做出这样的事，我真的好怕她以后继续针对我，做出更疯狂的事情来。

“我被她推进泳池发烧感冒不要紧，万一她因爱生恨，对你干出点什么来，那怎么办？”

易扬点头：“你说得对，放心，这件事我会给你一个交代。”

“真的吗？”许辛夷抬头，哽咽着问他，“你要怎么做？”

——快！拿出你霸道总裁的魄力来，义正词严地告诉许微茵和江淮，就算天王老子来了，许微茵以后也绝不可能在大众面前露一次脸！

——如果这臭男人随便说两句让许微茵给我道个歉就算了，那以后在娱乐圈，有她没我，有我没她！

——找机会我一定玩死她！

易扬从容不迫地说：“封杀她。”

“封杀？”

易扬低头看着她，说：“今天就算天王老子来了，许微茵以后也绝不可能在大众面前露一次脸！”

说完，他转身出门。

许辛夷看着易扬的背影，愣了三秒，眉心一皱，发出疑惑的声音。

另一个房间里，江淮和许微茵刚说完，门外就有人敲门。

“进来。”

有用人开门道：“少爷，易先生说想见您。”

江淮看了一眼许微茵，示意她去隔断屏风后的卧室里躲一下。

许微茵进去后，江淮才让用人带易扬进来。

“易先生，易太太怎么样了？”作为东道主，江淮担忧地问道。

易扬眉目冷然：“江先生，我是因为江家邀约才带着辛夷来参加宴会的，在宴会上发生这样的事，我希望江先生能给我一个交代。”

江淮笑道：“当然，这事是我们做得不到位，应该给易先生一个交代。”

“许微茵呢？”

“她……”

“我听说许微茵从前和江先生关系较好，你们一度被认为是男女朋友关系。”

江淮不动声色地笑道：“传言而已，易先生误会了。”

“误会？”易扬双眼微眯直逼江淮，摆出在谈判桌上寸步不让的冷漠姿态，“许小姐回国后一直和江先生联络，江先生骗骗别人也就算了，不必在我面前信口胡说。”

江淮挑眉："我和许小姐从前是有过一段感情，但最近断了，我和她确实没什么关系。"

"那不知道许小姐是作为谁的女伴参加这个宴会的？"

江淮沉默片刻，笑道："易先生有什么要求尽管提。"

"我太太的事我想江先生心里清楚，监控就不必调了，第一，让许微茵向我太太道歉。"

"这个是应该的。"

"第二，以后我不想在任何电视屏幕上见到许微茵，江先生明白我的意思吗？"

江淮冷冷地回望易扬。

"外界传闻易先生对易太太的事三缄其口，都说你们关系一般，可我今天看易先生对易太太百般维护，并不像外界所传的那样。易先生和易太太果然感情深厚，真是令人羡慕。"

"所以江先生的意思呢？"易扬冷冷地望着他，等着他表态。

许微茵之所以能在宴会上屡次招惹他和辛夷，追根究底还是因为背后有个江淮在从中作梗。

"易先生，我看这件事让许小姐道个歉就算了，她也不是故意的，更何况易太太也没有……"

"我太太受到惊吓，现在高烧不退，开始说胡话了。她那么喜欢游泳的一个人，估计以后都不会去游泳了，难道江先生觉得这些都没什么？"

江淮眉心紧皱，深吸了口气。

"还是说，江先生对许微茵小姐旧情难忘？既然这样，那我们之间也没什么好谈的，我先告辞了。"

"等等——"江淮叫住他。

易、江两家多年前有过合作，但自江老先生死后，合作中断，这么多年不曾来往，这次江城特地邀请易家，不仅仅是想重修旧好，更是想延续江老先生在时两家的合作关系。

易扬心里应该很清楚这事，否则不会这么有恃无恐地找他要说法。

江淮双拳紧握，心底盘算着退一步或是进一步给他带来的麻烦和利益，权衡利弊之后，微笑着对易扬说："既然易太太受到惊吓高烧不退，我马上让私人医生去看看……"

"不必了，待会儿我会送我太太去医院。"

"送医院再好不过。这事确实是许微茵做得不太恰当，既然易先生不想在屏幕上再看到她，那她以后不会再出现在任何电视荧幕上。”

易扬颔首道：“再好不过。今晚我先带我太太回去了，感谢招待。”

“慢走。”

易扬转身走出房门。

房门刚被关上，许微茵便脸色惨白地从隔断屏风后出来。

“你什么意思？”

江淮给自己倒了杯酒，神色阴郁地道：“你还有最后一个机会，易老先生和易夫人应该会喜欢你的孩子。”

许微茵颤抖着问他：“你就这么抛下我？”

江淮不是个好脾气的人，愿意哄着她时哄着她，不愿意哄她时不耐烦的语气能让人下地狱。

他重重地放下酒杯：“许微茵，我们各取所需，现在我不需要你，怎么能说是抛弃？姑且可以算是终止合作罢了。”

“可是你当初说好……”

江淮目光冷冷地扫过来：“我说什么了？许微茵，做人要有自知之明，一味索取是会让人讨厌的。”

许微茵浑身发颤，一言不发地看着江淮。

易扬从江淮那儿出来，进许辛夷的房间，一进门就看到许辛夷还像之前那样趴在沙发上。

“醒醒，我们回家。”

许辛夷无精打采地看着易扬，站起身。

浑身无力使得许辛夷踉跄了一下，幸好易扬手疾眼快地扶住了她：“怎么了？”

“我有点难受。”

易扬伸手贴上她的额头，烫得很，看着桌上空了的水杯，摸了摸，是凉的。

“许辛夷，哪里难受？”

许辛夷歪头去蹭易扬摸着她的脸颊的手背：“头晕。”

手背接触到的脸颊滚烫，易扬摸了摸她的脖子，手所到之处烫得很。

易扬将外套脱下盖在许辛夷身上，一言不发地抱着她往外走去，面色凝重。

“你干吗？”

“你发烧了，我带你去医院。”

许辛夷将头靠在易扬的肩上，头晕得很，身体上的不适感让她很烦躁，但贴在易扬的衬衫上冰冰凉凉的很舒服。

他们刚出门，许微茵便迎面走来：“易先生，我是来……”

“让开。”易扬面无表情地与她擦身而过。

“等等！”许辛夷垂死病中惊坐起，“她是来道歉的吗？”

“你发烧了，许辛夷。”

“就算我现在快死了也要听她给我道歉，否则我死不瞑目！你放我下来！快点！”

“……”易扬无奈，只好将许辛夷放下。

许辛夷靠着易扬，看着许微茵：“说吧，我听着。”

许微茵脸色青白，深吸口气稳住情绪道：“对不起。”

“没了？”

“是我的原因，才连累易太太落水。”

“不是连累，是你故意推我的！”许辛夷纠正她的话。

许微茵竭力忍耐着没有说话，好半晌才道：“对不起，今天是我让易太太落水的，我很抱歉。”

“这还差不多。行了，这次就算了，下次不要再出现在我面前了，知道吗？走吧走吧。”许辛夷挥手道。

许微茵看了一眼易扬，见他自始至终都没有把目光放在自己身上，咬紧牙，忍住所有的不甘和气愤的情绪，愤然离开。

许微茵一走，许辛夷忙抓住易扬，大喘了几口气，气若游丝地道：“快，送我去医院，我不行了，我要死了……”

第十二章　悸　动

许辛夷所有的力气和精力在许微茵面前消耗殆尽，被易扬抱上车时，她整个人神志不清。

车内暖气开得很足，得亏后座宽敞，许辛夷将头枕在易扬的大腿上，易扬坐在后座上还能抱着她，时不时地探探她的额头和后颈的体温照顾她。

许辛夷身上火烧似的，可偏偏时不时地打个冷战，一个劲地往易扬怀里钻。

易扬也不在意，拿了条毯子给她盖上，可渐渐地事态不受控制，肌肤与肌肤相贴的地方比较温暖，许辛夷尝到隔着易扬的衬衫摸到腹肌的甜头还不够，一颗一颗地将他的纽扣解开。

易扬发觉时纽扣已被解开两三颗。他慌忙捉住许辛夷的手："许辛夷，你给我老实点！"

"冷……"许辛夷完全不知道自己干了什么，只一个劲地往纽扣解开的地方钻，将滚烫得如火山岩一般的手心和脸颊贴上去。

易扬沉默片刻，捉住许辛夷为非作歹的手，认命般深呼吸，吩咐司机："开快点。"

司机以最快的速度朝医院赶去。

半个小时后车子抵达最近的医院。

易扬挂的急诊号，许辛夷住进了病房里。

医生给许辛夷量了体温，39.7℃，开药输液，整套流程下来又是半个小时。

整个过程中易扬寸步不离地陪着许辛夷。

“先生，您可以去外面等候吗？我们这边可能需要……”医护人员看着易扬，硬着头皮向他提建议。

易扬的神色有些微妙。

不是他想耽误医护人员工作，而是他用外套遮住的腹部下，许辛夷那手抓着他的衬衫不放。

他伸手进去想把许辛夷的手拉开，可一拉，许辛夷的手抓得越发紧了。她眉心紧蹙嘴里嘟囔着什么，死活不松手。

易扬想，耽误护士工作实属无奈。

易扬镇定地看向那名护士：“我在这儿陪着她。”

护士虽然不认识易扬，但是认识许辛夷，当即笑着给许辛夷扎针输液。

等护士走后，易扬才松了口气。

“许辛夷，把手松开。”

扎针之后许辛夷昏睡过去，紧抓着易扬不放的手无力地松开，易扬起身整理衬衫，这才发现衬衫的纽扣坏了好几颗，衣服没办法再穿。

许辛夷真是上天派来和他作对的。

叹了口气，易扬给易老先生打了个电话，没说来医院的事，只说今晚有事回一品兰亭，不回老宅了。

易老先生和易夫人倒也没起疑，只是嘱咐他好好照顾辛夷。

病床上的许辛夷睡容安稳，脸颊泛着不正常的红晕。

易扬应道：“我会照顾好她的。”

挂断电话后，易扬摸了摸许辛夷的额头，还是和之前一样烫。

“之前就说了让你防备许微茵，结果还是着了她的道，平时不是挺嚣张挺、厉害的吗？这么大一个亏，也就你脸皮厚，好意思来我面前哭。”

易扬看她脸颊绯红，忍不住上手捏了捏，高于常温的温度和软嫩的手感摸起来还挺有意思的。

“浑蛋……”

易扬手一顿，许辛夷的嘟囔声传来，她双眼紧闭，显然是无意识地在说胡话。

“臭男人……竟然为了许微茵打我、骂我、欺负我……有本事你离婚，我要和你离婚！

“前有秦妍后有许微茵……我真是天下最惨的女人……”

易扬听着她断断续续的声音，眉心紧蹙：“许辛夷，你不要胡言乱语，我还没说你，前有江念后有韩骁，工作室没事签那么多男艺人干什么？你养得活吗？”

“两年不理我，说好离婚又不离……”

易扬沉默。

“和你的许微茵相亲相爱去吧！我有安雅和她的一百个‘小鲜肉’，才不要你……”

“……”看在许辛夷是病人的分上，易扬不和她计较。

“许辛夷？”

许辛夷糊里糊涂地对上了他的话，声音模糊不清：“嗯？”

“一加一等于几？”

“等于二。”

易扬接着问她：“你有喜欢的人吗？”

许辛夷没有回应。

“你喜欢易扬吗？”

许辛夷骂道：“浑蛋！臭男人……”

“……”他就不该问！

医院病房内的暖气很足，许辛夷终于感受到了热度，胡乱掀开盖在身上的被子。

易扬将她的被子稍稍拉下，掖了掖被角，沉默地看着她。

整个医院安静得可怕，似乎能听到点滴的滴答声。

“知道为什么我不和你离婚吗？”易扬摩挲着无名指上的婚戒，说，“一开始我发现有点意思，后来发现，确实有点意思。”

男人都有种占有欲，越是难以征服的女人，越能勾起男人征服的欲望。

易扬向来不把这话用到自己身上，只是觉得，既然许辛夷对自己一往情深，他也不能辜负这份深情，至于江念、韩骁之流，都是破坏他们的婚姻的第三者，他一点都不在意。

翌日一早，清晨的第一抹阳光从窗外洒进，照在许辛夷的脸上时，许辛夷眉心微蹙，渐渐苏醒过来。

意识回归的第一时间，许辛夷嗅到了空气中浓烈的消毒水的味道。她睁开眼，入目是大片的白色景象，接着就是浑身酸痛，喉咙刺痛得一句话都说不出口。

医院？

许辛夷回神，慢慢起身坐起来，茫然地看着眼前这一切。

她在医院？

她只记得昨晚许微茵那个女人把她拉下泳池后，她装病看易扬的态度，后来好像真有点头晕，接着就是许微茵给她道歉，再后来……

许辛夷脑海里一片空白。

她低头看了一眼身上的病号服。

易扬送她来的医院？

病房门开了。

易扬推开门从外走进，身后跟着他的助理赵彬。

“醒了？有没有哪里不舒服？”

许辛夷抱着被子看着他，想说话，但张嘴就卡住。

赵彬端来一杯温水递给许辛夷：“易太太，喝口水，昨晚您高烧不退，易先生在医院守了您一晚上。”

许辛夷一口水还没咽下去，瞪眼看着易扬，咽下水后嘶哑着声音问：“是你送我来医院的？”

易扬若无其事地从喉咙里吐出一个音：“嗯。”

“你照顾了我一晚上？”

易扬点头。

许辛夷大受感动，吸了吸鼻子：“老公，你这么对我，我真的太感动了。”

赵彬将买的早点放在许辛夷身边，悄悄地离开病房。

“先把早餐吃了。”

许辛夷点头，一边吃着早餐一边紧张地试探他：“老公，我昨晚没对你做什么吧？”

易扬挑眉：“没有。”

“那我没……说什么吧？”

易扬看向她。

许辛夷连忙补救，哑着声音激动地道：“如果我说什么了你千万不要放在心上，那是我胡言乱语的，作不得数。”

“你昨晚确实说了很多胡话，特别是抱着我说……”

许辛夷心底咯噔一声，紧张地看着他：“说什么？”

——完了，安雅说我喝醉酒后喜欢胡言乱语，难道昨晚我在易扬面前也说胡话了？

——我应该没露馅吧？

易扬一本正经地说：“你抱着我哭了一晚上，说爱我，不想和我离婚，还说要给我生两个女儿、三个儿子。”

“……”

许辛夷无语，可是看易扬的表情，他实在不像在信口胡诌。

许辛夷有点怀疑人生。

——我是猪吗，生这么多？

——难道是我平时演戏过头，入戏太深，发烧说胡话都是这种话？

许辛夷脸上挂着尴尬的笑容：“老公，你别放在心上，我胡说的。”

说完，为解尴尬，她低头喝着碗里温热的粥。

易扬也认真思考了一番，点头认同许辛夷的话：“我也觉得两个女儿、三个儿子有点多，一儿一女就够了，可你非哭着让我答应……”

许辛夷咳了两声，粥差点进了气管。她索性打断他的话转移话题：“对了，许微茵昨晚那样对我，你后来是怎么和江淮说的？”

易扬看向她。

许辛夷眨眼：“其实我也不是那种得理不饶人的人，虽然许微茵道歉了，但是……”

“放心吧，许微茵以后不会在荧幕上出现。”

“封杀？”

“嗯。”

——臭男人……不是，易扬这次干得挺不错的，那我姑且相信你和许微茵没什么见不得人的关系。

“老公，你对我真好，你简直就是这世界上最爱我的人！我太爱你了！”

易扬再次从喉咙里吐出一个音：“嗯。”

许微茵被封杀的事虽然明面上没消息，但暗地里还是被粉丝发现了端倪。

这事主要体现在许微茵代言的产品更换了代言人，几个宣布过演员名单的剧组突然删除了许微茵的名字，几个提前预告过许微茵将上节目的节目组也将预告删除了，且她的通告没有后续安排。

娱乐圈的人都得到了消息，许微茵得罪了人，被封杀了。

许微茵仅有的一些粉丝替她抱不平，在娱乐公司的微博下辱骂，但也只是小打小闹，翻不起什么风浪。

强势归来的许微茵，就在这么几个月后销声匿迹。

得知整个过程的安雅无比唏嘘："真没想到，易扬竟然这么雷厉风行，这么快就封杀了许微茵，我现在在圈里打听，真的没人敢接许微茵这个盘。"

在家休养了几天的许辛夷转眼病好，加上没了许微茵这号劲敌，心情大好："我之前和你解释过，易扬和许微茵之间根本没任何关系。"

"行，算我有眼无珠行了吧？我纵横情场这么多年，竟然看走眼了，你说说，易扬到底喜欢你什么？"

许辛夷想了想，认真严肃地说："大概是喜欢我这张倾国倾城的脸吧。"以及她打人时潇洒的样子和骂人时的风采？

易扬为什么喜欢她不重要，许辛夷现在只有一个念头。

易扬这臭男人终于栽在她手上了。

当初他怎么对她来着？

他冷言冷语的也就算了，那句"我这辈子都不可能喜欢你，请你放尊重点"是在打谁的脸？

"最近有没有通告？"

安雅看了一眼安排表："你说你不想太忙，就没给你安排太多的通告，明天闲着，后天有一个广告，大后天上一个访谈节目。对了，周四有一个颁奖典礼你去露个脸，这周基本就没了。"

"颁奖典礼？有我的份吗？"

"都是内定的，你说有你的份吗？"

"那我去干吗？"

"露个脸啊。"

许辛夷翻着白眼回安雅："不去。"

安雅倒也不勉强她，她怎么喜欢怎么来："行，那我给你推了，空出来的这天，我记得有个影视要谈，和我一块去？"

"行啊。"突然想起了什么，许辛夷问，"江念他爸生日那天，他去哪儿了？"

"那天我给他放假了，他没去参加他爸的生日宴？"

"没，一晚上也没见到他的人影，我还以为你留他在公司学习呢。"

安雅甩给她一个白眼："我是那种冷血的人？"

许辛夷嘀咕道："那他怎么连自己爸爸的生日宴都不到场？"

看来江念和家里人的关系不怎么好啊。

"对了，有件事是关于江念的，你前两天去参加宴会，又加上发烧我就没和你说。”

“怎么回事？”

“江念这个祖宗，前两天不是有个综艺节目吗？录制节目的时候不知道那个主持人说了什么，江念当场甩脸就走了，底下那么多观众看着，没多久这事就传到了网上，说他耍大牌。这个节目的制片人给我打电话，说是这件事江念不出面道个歉，以后就再也不合作了。”

许辛夷觉得奇怪：“哪个节目？哪个主持人？”

“就是那个《非一般的挑战》的主持人周恺。”

“他？”许辛夷皱眉，“知道说了什么吗？”

安雅摇头：“不知道，江念没说。”

许辛夷叹了口气，十八九岁的男孩年轻气盛她能理解，往往有着一言不合就能打起来的脾气。

“行，这件事我先了解之后再说。他现在在哪儿？”

“应该在公司吧，他这几天没通告就往公司跑。”

许辛夷皱眉：“他往公司跑干什么？”

“他让我给他请了几个老师，没课的时候就待在练习室里。”

“老师？”

“形体老师、舞蹈老师，还有花大价钱请来的表演课老师。”安雅补充了一句，“都是他自己出的钱。”

“行吧，我找他谈谈。”说着，许辛夷起身朝舞蹈室走去。

舞蹈室是江念经常待的地方，透过舞蹈室门上的玻璃，许辛夷看见了跟着舞蹈老师一起跳舞的江念。她在外面默默看了一会儿。里面的两人停了动作，老师关了音乐嘱咐了江念几句后，朝门口走来。

门从里面打开，舞蹈老师见着站在门口的许辛夷，笑道：“许小姐，你好。”

许辛夷看了一眼里边，问道：“今天的课上完了？”

“上完了。”

“那辛苦您了。”

“没事，”舞蹈老师笑道，“江念很有舞蹈方面的天赋，一点就通，我教起来一点也不费劲。”

寒暄两句后舞蹈老师告辞离开。

许辛夷推门而入，站在角落里看着舞蹈室中央的江念练舞。

江念潇洒地跳了两个动作便停了下来，拿着毛巾擦头上的汗，看到许辛夷后迟疑着一步步朝她走近。

或许是猜到许辛夷来这儿的原因，江念低着头，问道：“找我有事？”

“没事，就想看看你最近都在忙些什么。”

“安雅姐说想给我筹备一张专辑，这几天我都在努力练舞。”

许辛夷点头：“练得不错。”

江念微愣：“你就没有什么想问我的吗？”

“问完了。”

“我得罪了《非一般的挑战》的主持人，你不知道吗？”

许辛夷点头：“知道。”

“那你还……”

“一个主持人而已，节目就不上了。”

江念沉默地看着她。

“这件事安雅已经和我说过了，这次就算了，下次注意点就行了，不过我挺好奇的，那个主持人说什么了让你那么生气当场就走？”

江念犹豫了一会儿，说：“他说想挖我去另一个公司。”

“没了？”

“没了。”

许辛夷真觉得他一根筋直得可爱：“就这么点事你就发这么大的火？”

江念没有说话。

“江念小朋友，你成年了，我得交代你一点，以后在娱乐圈混，不能这么大气性知道吗？你以后遇到的事、听到的话还多着呢，说这么两句就忍不住以后怎么办？”

江念在心里思索，还是觉得不要将那个主持人后面说的话告诉许辛夷了，免得脏了她的耳朵。

“嗯，我记住了。”

“行，记住就行，下次别再这么莽撞了，你继续练习吧，我先走了。”

“等等——”江念叫住她，似乎有什么话想说却一直没说，掂量着该不该说。

“怎么了？”

“你……真的不记得我了？”江念提醒她，“两年前，金山大桥下。”

许辛夷眉心微蹙，仔细打量着江念的脸。

两年前？

金山大桥下？

脑海里搜索着两年前的记忆，三秒后她恍然大悟道："是你……"

两年前许辛夷刚到这个世界时，"许辛夷"刚嫁给易扬不久，刚结婚就去了美国的易扬在许辛夷穿越回来的那天回国，带她一块回老宅见易老先生，回来的路上易扬临时有事不能回一品兰亭，就将她放在半路上让她自己打车回家。

她那几天对易扬冷漠的态度不胜其烦，在易扬的车离开后，在江边散步透气，恰好遇到了江念，之后还做了件很愚蠢的事，将身上所有的现金都给了他。她手机没电，导致没办法搭车回家，穿着高跟鞋走了两个小时，同时激情地辱骂了易扬两个小时。

"我记得你！"

"你根本就不记得。"江念冷漠地揭穿了她。

"我没第一时间认出你，那是因为你那时候又瘦又小，穿得还……和你现在简直是两个样子。"许辛夷实在疑惑，"你那时候怎么在那儿？"

江念垂着头："不重要了。"

他知道许辛夷根本就不记得自己，否则他在她面前晃了这么久，也没听她提起过。

"周恺的事我会自己处理，我向他道歉。"

"别犟，"许辛夷拍了拍他的肩，"这件事不怪你，我去处理，你不用管了，但是下次再遇到这种事，可得长点心，不能这么冲动，记住了吗？"

说完，她微笑着离开。

周恺的事她得好好想想，到底是彻底放弃还是缓和一下关系。

虽然只是个主持人，但这个周恺在娱乐圈内有挺多关系好的朋友，她若真得罪了他，以后不知道他会在哪儿给她使个绊子。这年头，多个朋友多条路，多个敌人多堵墙，就算是她以前得罪人也是看人下菜碟，有潜力的不得罪，有背景或当红的不得罪。

这个周恺……

许辛夷看着安雅给她的关于周恺的资料，周恺虽然只是个小主持人，人也不怎么红，但舅舅是台里的一个主任，还挺有权的，如果和周恺交恶，说不定以后还真有点麻烦。

思考再三，许辛夷最终决定还是和周恺见上一面，把这事说清楚。

许辛夷让安雅约上周恺，周恺那边拿乔，一时说明天，一时又改口说没时间要定在后天，终于在第三次改口后，定在了三天后的雍福会所见面。

周恺这人靠着自己的舅舅进电视台当了这个主持人，男女不忌，不知道祸害了台里多少刚毕业的小年轻。没人敢招惹他，他胆子也越来越大，上节目看上了江念，搭了两句话，结果这江念不识好歹地落他的面子，这口气他怎么也得出出来才顺心。

许辛夷约他，他也猜到是为了江念的事，三番五次改时间就是为了要她出气。本来是不想再和许辛夷的工作室合作，不过看在江念主动约他出来的分上，他还是给了许辛夷一个机会，定在三天后在雍福会所见面。而他和江念见面的时间，约在与许辛夷见面的前一天。

见面场合依然是在雍福会所，他坐在包间中间左拥右抱，就等江念自己送上门来。

八点，江念终于自己送上了门。

周恺坐在沙发上抬头看着江念笑："说吧，今天找我什么事？"

房间里灯光昏暗，气氛不错，江念垂着头，周恺竟没看清江念的脸。

"那天在节目上的事，我向你道歉。"

周恺笑了："江念，你进娱乐圈也不久了吧？好好的节目你说走就走，真是不给我们台一点面子，以后我们还怎么合作？"

"是我当时太冲动了，抱歉。"

"一句抱歉就完事了？"周恺肆无忌惮地打量着江念，"这样吧，我给你个机会，你考虑一下那天我在节目上说的事，我就当这事没发生过，怎么样？"

见江念不搭话，周恺继续道："你不同意也没关系，后天我和你们老板许辛夷见个面，你不答应我就问她……"

周恺还没说完，当头一声脆响传来，紧接着温热的液体从头上流下。他听见四周响起尖叫的声音，随之而来的是额头处传来的剧痛感。

他捂着额头，看着面前拿着空酒瓶砸他的头的江念："你……你竟然敢砸我！"

周恺又气又怒，看着江念阴郁的眼睛，却心底一颤。

江念面无表情地将他揪起，又将他掀翻在地，一脚稳稳地踹了过去。周恺一跌一滚就到了墙角，仰面躺下，大口地呼吸，叫不出痛，腹部火辣辣的。

"你竟然敢打我！"周恺气喘吁吁良久，踉跄着起身看着江念，"好，好……你给我等着，我告诉你，你们工作室的任何艺人，以后都休想再上我们台的任何节目。还有你！不把你弄进去我周恺的名字倒过来写！"

江念在他面前蹲下，揪着他的领口，一拳打过去，鼻血洒了一地。

“有什么事冲着我来，别牵扯我的老板。”

两人仅一拳之隔，或许是江念的表情太过阴郁，眼神太过骇人，周恺一时之间竟屏住了呼吸不敢再招惹江念。

江念目光定格在他的脸上，眼睛里是自己都不曾知道的暴戾之色。

两人对视良久，江念松开周恺，缓缓地走出房间。

江念靠在门外，有些恍惚。

他是来道歉的，可是事情却变成了这个样子。

他拿出手机，在通讯录上滑到底好几次，终究还是一个电话都没打，按灭手机，沉默着离开。

五分钟后，雍福会所的工作人员赶来，看到房间内一片狼藉，周恺的脸上满是血迹，赶紧报警。

“报警！立刻报警！江念人呢？你们会所的人都是吃干饭的吗？拦不住他是吗？我告诉你们，他在你们雍福会所把我打出了血，你们会所也得给我一个交代！”

门外经过的人脚下一顿。

会所的工作人员解释道：“周先生，很抱歉，我们这边已经报警了，但是您说的江念已经离开我们会所了，所以……”

周恺叫嚣道：“我不管！你们的保安呢？马上把江念给我抓过来，竟然敢打我！我今天非得让他吃不了兜着走！”

站在门外听着周恺的叫骂声的江淮沉默着，而后笑着对身边的易扬说：“易先生介意我处理一件私事吗？”

江淮和易扬今天是来雍福会所谈合作的事的，易、江两家多年未合作，这一次的合作至关重要。

易扬冷冷地看着他：“江先生如果要处理私事，今天的公事就以后再谈。”

房间里气急败坏的叫嚣声再次传来：“江念这小兔崽子竟然敢打我，不把他送进去关个十年八年我周恺的名字倒过来写！还有许辛夷，明天我倒要看看她怎么向我解释！连自己的工作室的艺人都看不好，她这个工作室也别开了！”

江淮挑眉看着易扬：“易先生，我想现在我们应该可以一块处理私事了。”

两人面无表情地将门推开。

会所的工作人员正在给周恺处理头上的伤口。

周恺一见房间内走进来好几个穿西装的男人，霍然起身："你们是谁啊？"

江淮上前一步，将周恺踹回沙发上，给了会所工作人员一个"赶紧滚"的眼神。

会所的工作人员在门口主管的眼神示意下匆匆离开。

周恺腹部接连几次被踹，头上生出一层密汗来。他瘫倒在沙发上，眯着眼指着江淮："你打我……你知道我是谁吗？"

"那你知道我是谁吗？"

凑得近了周恺才看清来人，身上的疼痛伴着惊慌感少了一半："江先生？"

"不，我是江念他哥。我刚才听你说，你要把江念送进去关个十年八年？"

周恺看着与江念如出一辙的阴郁眼神，双唇微颤："江……先生，我只是……你听我解释！"

他忍痛起身想向江淮解释。

"我刚才听你说，要让许辛夷的工作室别开了？"易扬站在周恺面前，目光沉沉地看着他。

周恺声音微颤："易……易先生？"

"不，我是许辛夷她丈夫。"

当晚，周恺是被人抬上救护车的。

对于雍福会所门口停着救护车的事，大家都见怪不怪。

来这种地方的人大多非富即贵，不小心得罪个人很寻常，就是不知道今晚是哪个冤大头那么没眼色得罪了不好惹的人。

这事江念不知道，许辛夷也不知道。

江念正踌躇着怎么和许辛夷交代把这事弄砸了。

许辛夷也犹豫着明天怎么和周恺那浑蛋沟通，照她了解到的周恺的性格，这件事周恺肯定不会善罢甘休，如果她真想和平解决此事，那浑蛋肯定会在她面前趾高气扬地摆谱。

不行，她受不了这个委屈。

周恺那浑蛋如果真在她面前吆五喝六，她只怕会忍不住一酒瓶敲爆他的头。

大不了一拍两散，周恺也就是个主持人而已，她没什么不能得罪的。

打定了这个主意，许辛夷倒也不担心了。

江念期期艾艾地站在她的办公室门口不敢进。

他不想给许辛夷找麻烦，可是不说，还不知道周恺那畜生会怎么来公司找麻烦。

他颓然地蹲在地上挠头，事情到现在这个份上，归根究底是他太冲动，又没有将事情处理干净的能力。

安雅给许辛夷送剧本，见着江念，奇怪地问道："找辛夷有事？怎么不进去？"

"有点事。"

"那跟我进来吧。"

安雅推开门，江念跟在她后面进去。

"喏，你看看剧本，民国剧，拍摄班底我都帮你看过，还行，不是什么粗制滥造的剧组，现在就看你喜不喜欢剧本和主角的'人设'。"安雅交代完自己的事，看了一眼江念，"江念找你有点事。"

许辛夷暂时搁下剧本，看着江念道："找我什么事？"

"昨晚我去找周恺了。"

"什么？"许辛夷猛地起身，在办公桌后打量他，"你明知道他是个浑蛋、人渣还找他干什么？我说过了这件事我来处理，你去找他肯定是你吃亏，昨晚他有没有说什么话侮辱你？"

安雅也恨铁不成钢地看着他："江念，你去找他干什么？你以为他会接受你的道歉？这种人只会变本加厉，你有没有吃亏或者答应他什么条件？"

江念摇头："我昨晚踹了他两脚，还敲碎了一个酒瓶。"

许辛夷："……"

安雅："……"

两人面面相觑。

"对不起，辛夷姐，我昨晚没控制好情绪……"

许辛夷率先反应过来："你打他？他是不是说什么话了？欺负你了？"

江念保持沉默，表示默认。

许辛夷瞬间明白过来，周恺那种人在业界很有名声，但不是什么好名声。他仗着自己的舅舅是台主任，在台里横行霸道，不知道欺负了多少刚入行的实习生。

昨晚周恺肯定是对江念做了什么、说了什么，否则江念怎么会打他？

"没事，我还以为多大个事呢，打人而已……打就打了，没吃亏就好。”

安雅在她耳边低声问：“什么叫打就打了？”

“辛夷姐，人是我打的，如果周恺找麻烦，您把我交出去就行，我不会连累公司，也不会连累你。”

许辛夷仿佛一点都不放在心上，大手一挥豪迈得很：“没事，小事，别放心上啊，你先忙自己的去吧，我这里还有点事。”

江念眉心微蹙：“辛夷姐，我……我打了周恺。”

“我知道，没事，放心吧，这事有我在，周恺不敢动你。”

安雅深知许辛夷这是在员工面前撑面子，没揭穿她，只是等江念出去后才问她：“我说许大小姐，打人嘛，小事而已，打的又不是别人，台主任的外甥，在主持界混了十年的主持人。来，说说，这事您怎么解决才能让法律对江念法外开恩？”

打人一事解决起来其实还真有点棘手。

之前江念在节目上罢演也只是面子上的事，现在打了人，周恺要追究，涉及法律上的事她还真护不住江念。

不过江念的爸爸可不是那种任由自己的儿子被欺负的人，还有那个目中无人、无法无天的江淮，哪能看着自己的弟弟被人扔进监狱？

所以这事她根本不用担心。

这下好了，她也懒得明天再去和周恺周旋。

办公室外响起敲门声，小助理推开了门。

“辛夷姐，周恺来咱们的工作室了，说是找您和江念，我让人带他去了休息室，您现在去见他吗？”

许辛夷与安雅对视一眼。

周恺来得这么快？

“他带了几个人来？”

“他只带了一个人。”

“一个人？”许辛夷起身，“行，我马上到。”

周恺只带了一个人，许辛夷一点也不怕，一马当先地走在前面，推开了休息室的门。

“周……”看到周恺的许辛夷，“恺”字还在喉咙里，又硬生生地咽了下去。

主要是休息室里的周恺太惨了。

他头上缠了一圈又一圈纱布，鼻青脸肿，嘴都是歪的，左手用纱布吊着，打了石膏，右手上缠满了纱布，伤势看起来不比左手上的轻。他双眼直愣愣地看着前方，一副痴呆的样子。

许辛夷倒吸了口凉气。

怎么……江念出手这么重的吗？

江念不是说只踹了两脚，砸了一个酒瓶吗？

周恺这一副蹦极失败的样子是怎么来的？

见许辛夷出现在门口，跟着周恺来的那个男人忙起身相迎："许小姐，你好，我是周恺的经纪人，李忱。"

许辛夷迟疑着伸手与之相握，并递给安雅一个疑惑的眼神。

周恺不是被打了吗？怎么经纪人这个态度，反而像是周恺打人了呢？

安雅递给她一个"别问我，我也不知道"的眼神。

两人进了休息室。

见着许辛夷，周恺顿时激动起来，嘴里像是说不出话，却一直呜呜呜地冲着许辛夷叫个不停。

"周先生这是……"许辛夷见周恺说不出话，疑惑地看向李忱。

"是这样的，我和周恺这次来是想向你和江念道个歉。"

许辛夷一惊："道歉？"

他们这是玩哪出？

李忱态度谦逊有礼："上次节目的事，是周恺做得不对，我们有这个责任来向你们说声抱歉。"

抱歉？许辛夷脸上挂着尴尬的笑容，这太阳是从西边出来了？

但伸手不打笑脸人，既然周恺是来道歉求和的，她也不能太过分。她笑道："节目的事我听江念说了，这件事其实他也有做得不对的地方……"

许辛夷还没说完，周恺激动地摇头，着急地看向李忱，口里的呜呜声越发大了。

李忱会意，将手机拿出来。

周恺用他那右手唯一一根没被包上纱布的手指头戳着屏幕，没多久就戳了一句话给许辛夷。

"是我的错，那天不该在节目上对江念说那种话。"

"那种话？"

周恺又戳了戳屏幕。

"我不该对江念说让他跳槽，我包养他。"

包养？

许辛夷还真没听江念提起过这事。

难怪江念那天在节目上一言不合就走了。

这种事以江念那性子他能忍才怪。

“这样，那你等一会儿吧。”许辛夷的表情冷了下来，她偏头对安雅说：“你去把江念叫来。”

安雅点头去了。

周恺继续在手机屏幕上戳。

“我昨天不该说要把江念送进去关个十年八年，更不该说你这个工作室别开了。

“真的特别抱歉，请你和江念原谅我，以后我再也不会说这种话了。”

许辛夷看着他身上的伤，心里大概明白了些。

他这是被谁给打了？

“周先生，你这身上的伤……？”

李忱替他回道：“昨天晚上在雍和会所，周恺约了江念，结果被江念的哥哥撞见，就……聊了两句。”

“聊了两句？”这可不像是聊了两句，只怕还有激烈的亲密接触吧？

周恺激动地在屏幕上戳。

“还有易先生。”

许辛夷挑眉：“易扬？”

李忱客气地笑道：“虽然您和易先生还没公开关系，但是昨晚易先生在包间里承认了您和他的关系，不过您放心，我们不会说出去的。”

周恺也连连点头。

“易扬也……”许辛夷看着周恺身上的伤，易扬下手这么狠？

不太可能吧？

休息室的门猛地被推开，江念气喘吁吁地走了进来，戒备地看着周恺：“你来找我有什么事？”

安雅也着急地奔了过来：“我还没说完，你跑这么快干什么？”

见着江念，周恺连忙起身，用他那伤痕累累的身体向江念表达自己最真挚的歉意——九十度鞠躬。

江念猛然后退一步。

李忱笑道：“周恺是在向你道歉，那天在节目上不该那么和你说话。”

江念眼底的戒备之意消失，他茫然地看向许辛夷。

“别看我，是你哥。”

“我哥？”

“昨天你在雍福会所的事，你哥恰好遇见了，可能就和周先生聊了两句，周先生深深地觉得不该那么对你，所以来向你道歉。周先生，你说对吧？”

周恺连连点头，歪了的嘴不停地发出呜呜声。

“不过我挺好奇的，周先生身上的伤，是江淮打的还是易扬打的？”

在当时那种情况下，周恺哪里看得清是谁踹的他、谁打的他？他就记得一群保镖个个把他摁在地上往死里打，两个大佬就在一边看着，他单方面挨打，场面一点也不混乱。

他费力地在屏幕上戳了几个字。

“易先生和江先生没有打我。”

许辛夷点头，这人还挺识趣的。

“江念，你怎么想，要不要原谅他？”

江念扫了一眼周恺身上的伤，冷漠地道：“算了。”

周恺起身，再次准备给江念来个九十度鞠躬。

江念没管周恺，这事既然过去了就算了，也懒得再计较。

“辛夷姐，我有点事，先走了。”

“去吧。”

江念离开休息室，掏出手机，看着通讯录犹豫半晌，点开了江淮的号码，并发了条短信过去。

很快江淮回了短信过来：“真想谢我今晚就回家一块吃个饭。”

江念看着这条短信，许久后回了个“好”字。

休息室里，许辛夷将昨天晚上发生的一切问了个清清楚楚，大概理清了思路。

也就是周恺这人想作践江念，结果被江念踹了两脚、敲了一酒瓶，本来事情到这里结束的话，今天的周恺就是来问罪的，可惜他运气不好，大放厥词时刚好被路过的江淮和易扬听见，被小小地教育了一顿。

送走了唯唯诺诺的周恺，安雅站在许辛夷身后感叹道：“这群万恶的资本家，该死的有钱人！”

许辛夷若有所思地道：“你说我今晚是不是得好好感谢一下易扬？”

安雅微笑，表情暧昧：“帮你这么大个忙，当然得好好感谢一下。”

“你别误会行不行？”

“行，我懂。”

“……”

傍晚回家，许辛夷在客厅见着陈伯，问他易扬回来没。

陈伯笑眯眯地指着楼上：“少爷在书房里。”

他刚说完，许辛夷就没了影。

刚上到三楼的楼梯口就见着易扬从书房里出来，她一个箭步上前骑到了易扬身上，双手死死地攀着他的脖子，两只脚紧紧地缠在他的腰上。

“老公，谢谢你！”

易扬冷不防被许辛夷的热情吓了一跳，抱着她的后腰道：“干什么？”

“我都知道了！你昨天是不是在雍福会所打了周恺一顿？就应该那么整那浑蛋，今天他去我的公司向我道歉，详细地说了你昨晚是怎么整他的，你真的让保镖狠狠地揍了他一顿？”

许辛夷嘴快，易扬没来得及捂她的嘴就被她全说了。他瞟向书房，眉心紧蹙：“别胡说。”

“什么我胡说？我都知道了，你别藏了，周恺还说，是你说的，以后他再找我的麻烦，你就打断他的腿！让他滚出番茄台。上次你为了我封杀了许微茵，这次又为了我处理了周恺，我都不知道该……”

易扬一把捂住许辛夷的嘴，面色肃然地看着她的身后：“爷爷，您别听许辛夷瞎说，没有的事。”

许辛夷缓缓地转头看向书房里，只见易夫人扶着易老先生就站在离她两米的地方，两人一脸一言难尽的表情看着她。

四人画面静止了五秒。

“爷爷、妈……”许辛夷缓缓地从易扬身上滑下，站在易扬身后，咽了口口水，心虚地笑，“我刚才说的……”

眼看着易老先生举起了手杖，许辛夷缓缓后退两步，满脑子都是“这锅我得想办法甩给易扬”的念头。

她眉心一皱，义正词严地道：“爷爷，我刚才说的这些都是易扬干的，我也觉得他做得太过分了，怎么能这样呢？随随便便就封杀别人，还揍别人，咱们虽然有钱有势，但是也不能这样为所欲为，您好好教育教育他。对了，您……您饿了吧？我去看看陈姨饭做好饭了没。”

说完她转身麻利地溜了。

她到了一楼客厅，还能听到三楼易扬的声音。

“爷爷……您听我解释，您别……

“许辛夷！”

易老先生在饭桌上给了易扬足够的面子，没动手也没开训，温馨和睦之余，还不忘给许辛夷夹菜。

许辛夷在饭桌旁脸都快笑烂了，屡次对易扬献殷勤以表歉意，但都被他无情地拒绝。

“老公，你试试这个红烧肉，入口即化，特别好吃。”

易扬面无表情地夹着菜还给她：“太油，不吃。”

“那老公你多吃点青菜。”

“太苦，不喜欢。”

“那我给你舀碗汤吧？”

“太腻，不喝。”

“……”许辛夷是真想把手上这碗米饭盖到他的头顶上。

——这不吃那不吃，饿死你得了。

“老公，别这样，好歹也是陈姨辛辛苦苦做的饭，你怎么能不吃呢？”

恰逢陈姨从厨房出来端上最后一份菜，笑着问道：“太太，怎么了？不合胃口？”

许辛夷说：“易扬说红烧肉太油、青菜太苦、汤太腻了，不喜欢。”

陈姨在易家这么多年，给易家人做了这么多年的饭菜，算是老人了，这些年易扬也没说过她做的饭菜不好吃，她当即惶恐地问道：“少爷是觉得这些不好吃？那我……”

“不是，陈姨，您别多心，是我今天胃口不好吃不下，您做的菜很好吃。”说完，易扬狠狠地瞪了许辛夷一眼。

“这样啊，那我明天做点开胃的饭菜。”

“陈姨不用费心，这些很好。”易扬夹了一筷子红烧肉。

许辛夷见状，夹了一块红烧肉放进他的碗里。

——吃了我的红烧肉，今天这事就算过去了。

易扬放下了筷子。

“爷爷、妈，我吃饱了，先上去了，你们慢慢吃。”说完，他起身离席。

“……”看着那块易扬没动过的红烧肉，许辛夷闷头戳着自己碗里的米饭。

——小气，不就是让你背了个锅吗？至于这么小心眼吗？

易老先生和易夫人对视一眼，均看到了对方眼底的笑意，没有说话。

夫妻俩吵架常有的事，床头吵架床尾和，不是什么大事。

吃过晚饭，许辛夷悄悄地溜进了厨房。

“陈姨，你在做什么？”

陈姨抬头看了她一眼，笑道：“我在准备水果，太太要先吃点什么吗？”

许辛夷瞟了一眼：“我不用，不过……我看今晚易扬没吃什么，您能不能帮我先弄一盘，我给他送过去？”

“行。”陈姨手快，立马给许辛夷弄了盘水果。

樱桃、草莓、火龙果，红红的一盘，代表着她的一番心意。

许辛夷端着自己的心意上楼，敲响了易扬的书房门。

“老公，辛苦了，在忙什么？我给你端了点水果。”

易扬看都没看她一眼，眼神全放在电脑屏幕上。

“嗯，放下吧。”

许辛夷将果盘放在他的手边，赖在他身边没走。

“还有事？”

“没什么事，就是……”

“没什么事就出去吧，别耽误我工作。”

“……”

——要不是看在你帮了我的分上，我会在这儿受你的气？

她微笑道：“老公，昨天你是不是帮了我一个大忙？”

“没有。”

“别这么小气，刚才我也只是担心爷爷怪我带坏了他老人家的孙子，你是爷爷的亲孙子，他怎么舍得对你怎么样？”

易扬抬头面无表情地看着她。

许辛夷笑笑，用叉子叉了一块火龙果送到他的嘴边。

“赔礼道歉？”

“算是。”

易扬张口吃了。

许辛夷又送来一棵樱桃。

“谢我？”

“没错。”

易扬看着那一棵樱桃：“就这么谢我？”

“这是为你精心挑选的最大、最甜的一颗！还是我亲手为你洗的。”

“虽然是举手之劳，但是你就这么用一颗樱桃敷衍我？”

许辛夷眨了眨眼：“那老公你想让我怎么谢你？”

“你觉得呢？”

他这一副自己不说非要她开口的架势实在讨厌。

许辛夷最烦思考怎么谢别人。

——我又不是你肚子里的蛔虫，怎么知道你喜欢什么？

“我买礼物谢你？西装？”

“我衣柜里的西装不多吗？”

“皮带？”

“五百块的皮带我也不缺。”

许辛夷白了他一眼：“那你想要什么？”

易扬往后一靠，眉心轻皱：“我没什么想要的。”

——给你脸了是不？

——一而再再而三地挑战我的忍耐极限！

易扬清了清嗓子：“最近公司食堂的饭菜不好。”

“然后呢？”

——食堂的饭菜不好和你有关系吗？你是吃食堂的人吗？

“今晚给我做个便当，明天我带到公司去吃。”

许辛夷张嘴想说什么。

易扬：“陈姨在，你可以趁这个机会让她好好指导指导你。”

许辛夷闭上了嘴。

他说得也是。

上次做饭失败那是因为陈姨不在，这次陈姨在旁边钉着，她难道还会失手不成？

——算了算了，周恺还挺难缠的，如果不是易扬，只怕现在我还在和周恺周旋。

——一顿饭就一顿饭吧。

“行，那我现在去给你做，明天你带去公司吃。”

易扬点头，伸手要去拿许辛夷手里的果盘，抓了个空。

许辛夷一转身，端着果盘离开了书房。

易扬：“……”

厨房里陈姨正在做最后的收尾工作，许辛夷溜进来将果盘献给了陈姨。

“陈姨，我能请你帮我个忙吗？”

“太太您说。”

“我想给易扬做个明天吃的便当，你能在旁边指点我一下吗？”

陈姨恍然大悟，并露出一抹意味深长的笑容：“当然没问题，太太您想做什么？”

许辛夷想了想，陈姨平时做的家常菜难度系数太高，要做就做容易的。

“炒个虾仁。”虾仁随便炒炒还不简单？

“番茄炖牛腩。”番茄和牛肉放一锅炖就是。

“煲个汤。”把所有煲汤的食材放砂锅里炖几个小时，简单！

陈姨笑道：“行。”

干干净净的灶台上又点起了火，香味从厨房里飘了出来。

易老先生慢悠悠地晃到厨房，看着忙碌的许辛夷，好奇地问道：“辛夷，你这是在做什么？”

许辛夷举着锅铲，笑道：“爷爷，我在给易扬做明天带去公司的便当，您要尝尝吗？”

易老先生想起上次吃过许辛夷的饭菜后还服了降压药，连忙摆手：“不用不用，我吃饱了，你给易扬多做点。”

“好。”

陈姨惊呼：“太太，快快快，快煳了！”

许辛夷忙转身手忙脚乱地继续炒虾仁。

…………

“太太，这个番茄炖牛腩您等它水没了，收汁了就可以关火了，撒点葱花放点盐就行，还有炖的汤，我也给您放了调料了。”

“谢谢你，陈姨，今晚太感谢你了。”

“好，那太太，我先走了。”

“好，你早点休息。”

陈姨走后，许辛夷目不转睛地盯着炖锅里的番茄炖牛腩，这次她非要让易扬刮目相看不可！

炖锅里的牛腩逐渐收汁，汤汁里泛着番茄鲜红的色泽，咕嘟咕嘟地冒着泡。

许辛夷迫不及待地夹了一块牛腩放嘴里，嚼了两口。

这牛腩怎么和陈姨平时做的不一样，这么难嚼？

是她水放少了，还是炖的时间不够？

想了想，许辛夷又添了点水进去，继续炖。

她连着这么加了两次水，还是没把牛腩炖得软烂。

具体哪个环节出了问题，许辛夷哪里知道？

不过这道菜味道还行。

算了，就这样吧。

最后一次收汁，关火，许辛夷将菜盛进便当盒里时才发现锅底下的一层牛腩煳了。

许辛夷一脸难色地看着便当盒里一半黑一半红的番茄炖牛腩，倍感头痛。

做个饭怎么这么难？说不定易扬又得给我找事。

不行，我照他的要求做了饭，又没保证能做得很好，而且这菜只是卖相不好，味道还是挺好的。

他爱吃就吃，不吃拉倒。

许辛夷盖上便当盒，将便当放进了冰箱里。

她上楼回房时，易扬问她："做好了？"

"做好了，放冰箱里了，明天你直接带去公司就行了。"

看着许辛夷一脸自信的微笑，易扬疑惑了。

她这是做饭有长进？

想着，易扬还真有些期待许辛夷给他做的饭菜了。

翌日一早，全家人在餐桌边上吃早餐时，许辛夷将给易扬准备的便当从冰箱里拿了出来。

"辛夷，这是什么？"易夫人问了一句。

"这是我昨晚给易扬准备的便当，这是汤，这是虾仁，下面的是番茄牛腩。"

易扬随意扫了一眼，汤和虾仁还挺正常。

易夫人笑道："看来辛夷做饭长进不少。"

"妈，我今天休息，中午我做给您吃。"

易夫人愣了愣："不了不了，我待会儿得和爸去一趟医院复查一下，马上走。"

"复查？我也去。"

"不用了，我跟爸去就行，你在家好好休息。"

说完，易夫人离席，去楼上找老先生了。

许辛夷微笑着将便当盒递给易扬："老公再见。"

——还好他没看牛腩。

易扬眉心一皱，接过许辛夷的便当盒，当着她的面打开。

"老公，你……"

易扬看着便当盒最下面一层那一团冷冻后一半黑一半红的番茄牛腩，然后一言难尽地看着许辛夷："许辛夷，你是不是想换个老公？"

"……"

——给你做便当已经是你八辈子修来的福气，有的吃就不错了，你还挑三拣四。

"老公你胡说什么？这是我昨晚辛辛苦苦做的，是我的一番心意，虽然卖相难看了点，但味道肯定不差，你去公司热一热，肯定好吃！"

易扬欲言又止。

许辛夷将便当盒重新打包好，强行塞到易扬手里，给他一个大大的微笑："好了，上班去吧，老公慢走。"

易扬拎着便当盒走到门口。

他期待了一晚上的感谢就是这么一盒不知道是什么东西的便当？

他越想越气。

他折返到许辛夷身后，拍了拍她的肩膀。

脸上的微笑还没收，许辛夷微笑着回头。

易扬捏着她的下巴，低头给了她一个吻。

许辛夷瞪大了眼睛，瞳孔放大。

两人四目相对，鼻尖相撞，唇间毫无缝隙。

他的整个动作十分顺畅。

温热柔软的触感从唇上传来，许辛夷下意识地屏住了呼吸，一抹绯红从脖子上不由自主地蔓延到了耳朵尖，浑身上下沸腾的血液从脚底直涌向头顶，酥酥麻麻的触觉从唇间过电一般传遍四肢。

直到易扬的唇从她的唇上离开，许辛夷还没反应过来，嘴角还挂着微笑。

易扬对许辛夷呆愣的状态很满意，神清气爽，便当的事一笔勾销："好了，现在算是谢过了，我去上班了。"

说完，他提着便当盒出了门。

许辛夷站在原地，木然地转身，易老先生和易夫人站在楼梯口小心地保持着安静。

“……”

易夫人不知道往哪儿看，心虚地笑道：“辛夷，别误会，我们什么都没看见。”

“那个……车都安排好了吧？”

“爸，安排好了。”

“赶紧走，只怕医生等急了。”

说完，易老先生在易夫人的搀扶下，颤颤巍巍地以平时走路的三倍速出了门。

许辛夷脸色通红。

他竟然趁她不备亲她？

浑蛋！臭男人！你给我等着！

赵彬发现，今天老板的心情格外好，虽然老板没怎么笑，但他从老板的表情中可以明显地看出来。老板神情愉悦，一早上不仅没骂人，甚至他做会议记录时记错了几处，老板也没追究。

忙到中午，赵彬询问易扬需要订哪个餐厅的外卖时，易扬说：“下午工作忙，不去外面吃，冰箱里有我的便当，拿出来帮我热一热。”

虽然下午没什么好忙的，但赵彬还是立马收回手机道：“我马上帮您去热！”

他从易扬的办公室的冰箱里取出那份便当盒，拿到茶水间里去热。

“赵彬，又来热你女朋友做的爱心便当？”

赵彬在茶水间里插了个队：“别胡说，这是易总的便当。”

“易总的？”

有人发出一声惊呼，茶水间里的人全靠了过来。

“就是那位传说中的易太太做的？”

“那肯定的，哪次易总的午餐不是在外面的星级餐厅吃的？除了易太太，谁还能让易总吃便当啊？”

“赵彬，快打开看看，易太太给易总做了些什么？”

赵彬将便当盒打开。

虾仁、汤，以及……

大家沉默了。

微波炉里热的饭菜好了。

一名员工忙将自己热的饭菜取出来。

“我先去吃饭了。”

赵彬忙将易扬的便当放了进去，等待三分钟后，将其取出，在四周同事尴尬的笑容中，送去了易总的办公室。

“易总，您的饭菜热好了。”

“放桌上吧。”

赵彬将饭菜放到桌上，秉承着不问、不看、不说的“三不原则”，沉默地退出办公室。

那一团黑乎乎的东西，希望易总吃了没事才好。

办公室的门被赵彬关上，易扬起身走到桌前用餐。

汤还行。

虾仁也不错。

看着黑乎乎的番茄牛腩，易扬沉默许久，在吃和扔进垃圾桶之间选择了给许辛夷一个机会。

他眉心紧蹙，夹了一小块牛腩往嘴里塞。

他做好了吐的准备，却意外地发现味道还不错。

许辛夷的厨艺有进步。

半个小时后赵彬进来，看着桌上空荡荡的便当盒，担忧地看向了给他饭吃的老板。

看来易总对易太太是真爱啊。

他要不要给易总备点肠胃药呢？

人到老年，身体多多少少有点毛病，易老先生年少时吃了不少苦头，如今身体的病痛一并暴露了出来。

易老先生两年前住过院，一年前住过疗养院，每月的复查必不可少。

不过最近这段时间易老先生的体检报告上显示易老先生的身体在逐渐转好，医生给的报告单上也说明了易老先生的身体状况越来越好。

“老先生，您的身体最近大有好转，这和您平时积极治疗和心情愉悦有关，您就照着这个样子保持下去。”

易夫人放心地笑了：“赵主任，您这么说我就放心了。”

“易夫人，您放心，老先生身体恢复得不错，继续保持身心愉悦，一定能长命百岁。”

易老先生笑道：“长命百岁不奢望，我现在只希望看到易扬和辛夷早点开枝散叶，让我抱上重孙子就心满意足了。”

“现在他们小夫妻感情越来越好，过不了多久您就抱得上重孙了。”

“希望如此。”

赵主任送易夫人和易老先生以及两名助理出办公室，在电梯门口嘱咐易老先生一些注意事项。

“行，赵主任，我大概都记住了，您忙去吧，不用送了。”

赵主任微笑着离开。

易老先生笑着叹了口气：“这段时间多亏了你和辛夷，我这身体才好得这么快，你当初还不同意易扬和辛夷结婚，现在怎么样？”

“您看您，现在怎么总喜欢翻旧账？辛夷那孩子确实不错，之前是我看走眼了，您放心，以后我会好好对她，有我在，没人能欺负她。”

电梯门开了，电梯里一个三四岁的孩子靠在角落垂头站着。

易夫人和易老先生怔了怔，对视一眼，而后看向电梯里的那个小男孩。

“这是哪家的孩子，怎么一个人在这儿？”

电梯里的小孩缓缓抬起头来，用一双漆黑的大眼睛直勾勾地看着四人，而后冷哼一声，偏过头去。

几人踏进电梯。

易老先生毕竟是老人家，总是心软，许久没见过年纪这么小的小孩，小孩还长得这么可爱漂亮，遂好奇地笑道：“小朋友，你怎么一个人在这里？”

见小孩不说话，易夫人又问道：“你的父母呢？”

“我的妈妈在楼上。”小孩声音挺稚嫩清脆的，可是态度不好，凶巴巴的，眼睛也不瞅人，给他可爱的模样减了分，一看就是被惯坏了的模样，“我现在要去找我的爸爸。”

“那你的爸爸在哪儿？”

“我的爸爸在公司上班，我现在去找他让他对我的妈妈负责。”

易夫人看了一眼易老先生。

“你这么小的孩子，知道什么叫负责吗？赶紧去你妈妈那儿，她肯定在找你。”

“我不上去，我要去找我的爸爸，我要问他这些年为什么要抛弃妈妈！”

电梯停在一楼。

易夫人扶着易老先生，对其中一名助理说道：“你把这孩子送去服务台，让服务台的护士帮着找找他的妈妈。”

助理牵着小男孩的手低声道：“是，夫人。”

可那小男孩不愿意了，拽着电梯里的扶手不肯和助理一块去服务台：“你放开我！我要去找我的爸爸！我要去找易扬，问他为什么要抛弃我的妈妈！”

跨出电梯门的易夫人和易老先生脚下一顿。

“易扬？”

易老先生率先反应过来，问那小男孩：“你的爸爸叫易扬？”

易夫人眉心紧蹙：“爸，应该是同名同姓吧？”

“对！我的爸爸就叫易扬，易氏集团的老板！”

别看这小孩才三四岁，说话一点也不含糊，每个字都说得清清楚楚。

两名助理愣在当场，看着易老先生。

易老先生脸色一沉，看着这小孩的眼神中少了几分慈祥之色，多了几分严厉之色。

“小朋友，谁跟你说你的爸爸是易扬的？”

“刚才我在楼上听到了，妈妈带我来医院做亲子鉴定，医生说易扬就是我的爸爸！”

易老先生眉心紧蹙，不住地收紧手上握着的手杖。

易夫人担忧地看了一眼易老先生的脸色，问那小男孩：“你是从哪层楼下来的？我们送你上去好不好？”

“不好，我要去找爸爸，你们别拦着我！”小男孩张牙舞爪地就要往外冲。

“我们先上去找你的妈妈，再带你去找你的爸爸。”易老先生脸色一沉，又走进电梯里。

小孩到底年纪小，还是怕的，犹犹豫豫地说出了他妈所在的楼层。

见易老先生不是开玩笑的，易夫人也不敢说话了。

电梯徐徐往上，到了做亲子鉴定的楼层，电梯门一打开，门口站着一位慌张失措的女人。女人看见了电梯里的小男孩，泪流满面地将他从电梯里拉出来，蹲下身将他拥入怀里。

“童童！你去哪儿了？你要吓死妈妈吗？”

童童被他妈妈抱着还在犟嘴：“我要去找爸爸，问他这些年为什么要抛弃你。”

“你胡说什么？”

“我在门口都听到了，别以为我是小孩什么都不懂，医生说那个《亲子鉴定书》就是我和爸爸的，我是爸爸的儿子，对吗？”

女人喘息着沉默片刻，注意到从电梯里出来的人，抬手抹干了眼泪，牵着童童的手，向易老先生等人道谢。

“孩子年纪小，调皮，多谢您将他送回来。”

易老先生眉心的褶皱越发深了：“你是许微茵？”

许微茵低头笑道：“我是。”

“孩子说他的父亲是易扬？”

许微茵微怔，看向童童，给了他一个警告的眼神，又笑道：“您别听这孩子瞎说。”

“妈妈，我没瞎说！”童童见妈妈竟然这么说他，哪里忍得住？“我不是两三岁的小孩了，听得清清楚楚，易扬就是我的爸爸！还有那张《亲子鉴定书》就在你的包里，我看见了！”

许微茵给了他一个严厉的眼神。

童童缩了缩脖子，很不服气地闭了嘴。

在一侧的易老先生和易夫人算是听明白了。

许微茵这是带着孩子来医院做亲子鉴定，而亲子鉴定的其中一个对象就是易扬。

易老先生朝许微茵伸出手：“《亲子鉴定书》给我看看。”

“老先生，您……”

“我是易扬的爷爷。”

“我是易扬的妈妈。”

许微茵一惊，忙挡在童童身前：“原来是易夫人和易老先生，小孩的话你们听听就好，不能当真的。”

“我还没到老眼昏花的时候，当不当真，我自己心里有数。”易老先生早年将易氏集团一手做大，眉眼间自带锋芒，让人难以直视，“《亲子鉴定书》给我。”

许微茵犹豫地沉默着。

“你要知道，我想拿到你手上的《亲子鉴定书》，并不是非得通过你的手。”

许微茵咬紧下唇，从包里拿出一份《亲子鉴定书》，低眉顺眼地递给易老先生。

“四年前我出国的时候，被人送到了希尔顿酒店，送我的人可能送错了房间，把我送到了易扬的房里。我喝多了，易扬也喝多了，那天晚上不知道发生了什么，第二天一早，我就发现……”许微茵没往下说，似乎难以启齿。

“后来我出国没多久，就发现自己怀孕了。”

易老先生随意扫了两眼《亲子鉴定书》：“事情我大概了解了，这份鉴定书先放在我这儿，上面给你做亲子鉴定的医生等经手的人都留有姓名，如果是假的，你和那几个医生好自为之。”

说完，易老先生转身准备离开。

许微茵却一脸急色地叫住他：“如果童童真的是易扬的孩子呢？”

易老先生回头，侧目看着她，眼底的锋芒显露无遗，透着浓浓的警告意味。

“我会再联系你，但是在这之前，你和孩子都不许出现在易扬和辛夷的面前，否则别怪我对你不客气！”

易夫人阴沉地看了许微茵一眼，扶着易老先生走了。

电梯门缓缓合上，童童仰头看着许微茵：“妈妈，他们是爸爸的亲人吗？”

许微茵一动不动地望着电梯门，说：“是，他们是爸爸的亲人，可是有个女人不让我们走进爸爸的那个家。”

“那个女人是谁？为什么不让我找爸爸？她为什么那么可恶？”

许微茵蹲下来摸着童童稚嫩的小脸，说：“童童，别问了，以后妈妈会告诉你的。”

童童看着许微茵，点了点头。

电梯里没人说话。

直到上车，易老先生才沉声道：“把易扬叫回来。”

“爸，这件事……”

“我说，把易扬叫回来！”

无奈，易夫人给易扬打了个电话，让他现在回家一趟。

接到易夫人的电话的易扬尚不知道发生了什么，但爷爷叫他回家，一定是有急事。

他紧赶慢赶地回了家，刚进门就察觉到家里的气氛不对劲。

陈伯告诉他老先生在楼上的书房等他，并给他使眼色，让他小心为上。

易扬沉默着上楼，心底却疑惑着易老先生找他到底是什么事。

他来到书房，易老先生和易夫人正坐在沙发上，表情严肃。见他进门，易老先生将一份《亲子鉴定书》放到了他的跟前。

易老先生紧攥着手杖，眼神严厉地看着易扬：“看看，看完之后再向我解释这是怎么一回事。”

易老先生向来不喜欢有钱人家里那些纨绔子弟的做派。

他年轻的时候经常见到那些仗着家里有钱就胡作非为的少爷一掷千金地玩女人。他们的下场他亲眼所见，没有谁有个好下场。

那些人不是家道中落，就是成了末路之流。一个家族想要兴起、想要延续，就绝不能出现一个纨绔子弟，所以，易老先生对易扬的父亲以及易扬要求相当严格。

易扬看了一眼递过来的《亲子鉴定书》，目光停留在“确认亲生”这四个鲜红的印章字上。

“今天我陪爸去医院检查身体时，碰巧遇到了一个叫童童的孩子，他说他是被他的妈妈带到医院去做亲子鉴定的。我们见到了孩子的妈妈，你认识，是许微茵，她说孩子是你的，四年前和你有过一夜情，这份《亲子鉴定书》也是从她手上拿过来的。”

易扬放下那张《亲子鉴定书》，语气一如既往地平淡，听不出任何情绪波动：“真的是凑巧吗？”

“你是什么意思？”

“医院那么大，怎么就那么凑巧，孩子到了你们跟前？”

“你的意思是说……？”

易扬解释说：“妈，这份《亲子鉴定书》是假的，整件事都是许微茵策划的。”

易夫人和易老先生对视了一眼：“你怎么知道这是假的？”

“之前在江先生的宴会上，许微茵也给了我一份同样的《亲子鉴定书》，我查过，是假的，而且在宴会上，她设计将辛夷推下了泳池。这个许微茵心肠歹毒，不是什么好人。”

“推辛夷下水？在江城的生日宴会上？”

“对。”

易老先生一拍桌子，怒道：“这个女人简直可恶！你做得对，就应该封杀她！”

“那她为什么要编造这么一出？”易夫人问。

“她可能是觉得您和爷爷急着想抱孙子，所以用《亲子鉴定书》这一招让您和爷爷……”

“算了，”易老先生从易扬有条不紊的几句话里就已经判断出谁是谁非，自己带大的孙子，撒谎是什么样，他心里清楚，“不管这份《亲子鉴定书》是真是假，绝对不能让辛夷知道。”

“对对对，”易夫人也忙说，“这件事千万不能让辛夷知道，那孩子好强，心思又细腻，你让她知道了这事，她指不定会怎么想。”

易老先生眉心紧蹙，沉沉地叹了口气：“那这件事就这么定了，都不许让辛夷知道。易扬你工作忙，这件事就由爷爷和你妈去解决，你不用管。”

易夫人深觉有理：“对，这件事你不用管，这些年像许微茵这样的女孩我见多了，妈帮你解决。”

听到易老先生和易夫人这么说，易扬点头应了下来。

易老先生不想这事拖久了多生事端，翌日便带着易扬的血液来到一家信得过的医院。

许微茵母子也被带了过来。

这种场面，孩子不宜在场，护士抽取血液后，将孩子带去了隔壁休息间。

“老先生……”

“既然我知道了这件事，就一定会查到底，你说这孩子是易扬的，那么今天就在我的眼皮底下再做一次亲子鉴定。”

许微茵知道现在是关键时刻。她不怕做亲子鉴定，只要易老先生愿意在做了亲子鉴定后给孩子一个名分。

“那如果童童真的是您的重孙呢？您会让他进易家吗？”

易老先生瞥了她一眼：“除非我死了，否则只有我孙子的妻子许辛夷生的孩子才是我的重孙，我只认辛夷生的。当然，如果待会儿检测报告出来，这孩子真的是易扬的，我也不会亏待了你们，易家在外的房产有很多处，你们母子俩挑一处去住吧。”

易老先生这言外之意，不管孩子是不是易扬的，只要是私生子，都不能进易家，但会在外面给他们找个房子住着。

许微茵脸色煞白，手止不住地颤抖。

她无论如何也没想到，一个白发苍苍的老人，对一个孩子竟然这么没有耐心。易家的孩子为什么要养在外面？

一套房子就打发了他们吗？

“老先生，如果是因为我的话，我可以向您保证，只要您让童童进易家，以后我可以不和童童联系。”

易夫人在一侧笑了：“我经常听说夫妻离婚，女人就算不要家产也要孩子，不知多少女人又哭又抢也只是为了争取孩子的抚养权，怎么到了许小姐这里，宁愿和儿子断绝关系，也要把孩子送进易家？更何况还是自己一个人养了三四年的孩子，许小姐忍心？”

许微茵咬紧了下唇。

那是她身上掉下来的一块肉，她又怎么可能忍心和孩子断绝母子关系，从此形同陌路？可是易老先生态度强硬，话说得很清楚，她只能用这个当筹码，企图软化易老先生那颗坚硬的心。

“我确实不忍心，可是孩子从懂事起就一直在问我他的爸爸在哪里，在幼儿园他也被同岁的孩子欺负，其他小孩说他是个没爸爸的野孩子，每次我去接他都……”许微茵沉默，整理好情绪后，深吸了口气，说，“所以无论如何，我不能再让他的童年有任何缺失，我一定要替他找到爸爸。”

“原来是这样。”易夫人笑着，可笑意不达眼底，“那是我错怪许小姐了。”

许微茵哽咽着没有说话。

许久，许微茵才看向易老先生：“老先生，我是真的很想让童童有个家，我无所谓的，只要童童过得幸福就好。如果是因为顾忌易太太，我可以去求她，也可以向她解释，当年真的是易扬喝醉酒了，她提的任何要求我都能接受！”

老先生缓缓地睁开眼睛：“许小姐，请你弄清楚，现在这件事和辛夷没有一点关系，你不要什么事都往她身上扯。再者，不让童童进门的是我，你去求她干什么？”

“我只是……”

“行了，你说这么多我也听明白了，你想让童童进门，那得先等证实了孩子是易扬的，在这之前，我希望你安静一点，不要打扰到别人。”

许微茵被打断话，脸上青白交加，但迫于易老先生的威严，只好闭嘴等待亲子鉴定的结果。

一般亲子鉴定的结果需要 7 ～ 10 个工作日才能出来，但易老先生在这儿，三个小时内他就想拿到亲子鉴定的结果，所以医院给加急办理了。

他们呆坐了三个小时，整个休息室内没人说话。

亲子鉴定的结果准时在三个小时后被送到了易老先生的手里。

许微茵脸上看不出任何慌张的情绪。

她想，做了两次亲子鉴定，童童是易扬的孩子，不可能有错。

易老先生看了一眼《亲子鉴定书》上的结果，将那七个“确认无血缘关系”的印章红字给许微茵看。

“许小姐，我不知道你昨天为什么要拿那份假的《亲子鉴定书》给我看，但是现在我想你应该清楚，孩子并非易扬亲生的了吧？”

“确认无血缘关系”七个大字如同五柄利刃，狠狠地扎进许微茵的心脏。

她摇头，难以置信地道：“不可能！这绝对不可能！我带孩子做过两次亲子鉴定，两次的结果都显示孩子是易扬的，怎么可能一到这家医院，孩子就不是易扬的了？”

易夫人微笑道：“许小姐，这也是我们想问你的话。为什么两家医院的鉴定结果会不一样？不过没关系，另外那家医院的《亲子鉴定书》我们保存下来了，报警的话，我想警察会调查清楚到底哪张是真的，哪张是假的。”

易老先生和易夫人的话，许微茵半点也听不进去，她眼里只有易老先生手上的那份《亲子鉴定书》，以及那鲜红的七个大字——“确认无血缘关系”。

“不可能！孩子是易扬的，童童是易扬的孩子！那天晚上我有感觉，第二天醒来，我也确实是在易扬的房间里。我问过酒店的服务生，那房间里确实住着易扬。”她缓缓地摇头，“不，孩子就是易扬的，这份《亲子鉴定书》是假的！”

许微茵看着易老先生，眼睛红了大半：“一定是你们在骗我！你们不想让童童进易家，所以让医生做假的《亲子鉴定书》来欺骗我！”

“好，既然你认定我这份《亲子鉴定书》是假的，没关系，”易老先生看向易夫人，吩咐道，“报警。”

易夫人点头，出门让助理报了警。

很快警察便来了。

在了解了事情的经过后，易老先生要求派出所出面，做一次公正的亲子鉴定。

警察同意，并将易扬的血液样本和许微茵的儿子的血液样本带回了派出所。

“许小姐，我想派出所的结果你应该会满意。”

许微茵仍然强装镇定道：“我当然相信警察。”

“那就好，那咱们就等着警察的检查结果吧。”

这一晚，许微茵彻夜未眠。

离开医院后，她尝试着给江淮打电话，想问他是怎么回事。

可是自从上次在江家将事情弄砸了之后，江淮就一直没有再和她联系，甚至连她的电话也不接。

到了这一刻，许微茵似乎明白了什么。

她原以为紧紧抓住的一个人、被她玩弄于股掌之中的一个人，其实只是在玩弄她而已。

现在他倦了，不想玩了，觉得她没有利用价值了，就一脚将她踹开了。

真心换真心，这是她曾经对江淮说过的话。

这话也没错。

她没有动心，哪里能换来江淮的心？

她自以为是，活该被人耍得团团转。

翌日傍晚，派出所的检测报告出来，在几人都在场的情况下，警察公布了《亲子鉴定书》的结果。

“易老先生，《亲子鉴定书》结果显示，您的孙子易扬和这位许微茵小姐的儿子童童并非父子关系。”

易老先生点头谢过。

“但是这位许小姐却说，之前在另外一家医院做的两次亲子鉴定，显示我的孙子和许小姐的儿子是父子关系，我有理由相信这并非偶然，希望警方能帮我破解这一谜题。”

“我们会尽快调查。”

“麻烦了。”

易夫人扶着易老先生起身。

许微茵拿着那一纸《亲子鉴定书》，失魂落魄地孤身坐在那儿。颤抖的手、通红的眼眶，表明她整个人似乎到了崩溃的边缘。

“许小姐，既然你和易扬没有关系，那么以后请你不要再出现在易扬和辛夷的面前，更不要为了进易家而想方设法地伤害辛夷，破坏他们夫妻俩的关系，否则就不单单是封杀你这么简单了！”

从派出所出来，许微茵浑浑噩噩地回了家。

照顾童童的阿姨正在客厅里和童童一块玩，见着许微茵回家，童童扔掉手里的玩具，飞奔进了许微茵的怀里。

“妈妈，你回来了？”

小腿被童童抱着，许微茵猝然回神，低头看着童童仰头望着她的那双漆黑透亮的眼睛。

这双眼睛可真漂亮，眼底仿佛藏着星星。

“妈妈，你怎么了？”

许微茵反应过来，偏头擦拭自己脸上的泪痕，蹲下来抱着他：“妈妈没事，只是有点累。”

“是有人欺负你吗？”

“没有，谁敢欺负妈妈？妈妈可是有童童保护的人。”

“对！妈妈，没有人欺负你，童童保护你！”

许微茵摸着童童稚嫩的小脸，苦笑道：“你先和阿姨一块玩，妈妈处理完自己的事就来陪你一块玩，好吗？”

童童很懂事地点头：“好。”

说完，童童就跑去客厅继续和阿姨玩了起来。

许微茵深吸口气，换鞋步入自己的房间，关上房门并反锁住。

她不知道今天在派出所的亲子鉴定结果为什么是这样，但是江淮曾经将《亲子鉴定书》给她时，很肯定地跟她说童童就是易扬的儿子。以防江淮骗她，她也去医院做了亲子鉴定，为什么结果会是这样？

江淮在骗她？

如果童童不是易扬的孩子，那么四年前的那一晚……

许微茵无法接受这个事实。

她再次尝试拨通江淮的电话。手机上的最近通话里显示，江淮的电话她拨打了五十三次，但是依然没人接。

江淮不想接她的电话。

她打开通讯录，往下滑，手指在江淮的住宅电话上一顿。

这是上次江城举办生日宴会时，她趁机存的。

当初江淮既然找上了她，就绝不可能这么轻而易举地和她一刀两断。

她拨通了江家的住宅电话。

许微茵拨打电话时，江家父子三人正围坐在餐桌边其乐融融地吃着饭。

当然，这其乐融融是相对于江城和江淮而言。

“念念，来，你好长时间没回来吃赵姨做的饭了，你吃吃这个西湖醋鱼还是不是从前的味道？”江城的语气里带着讨好的意思。

但江念半点没领情，坐在江城的下首，垂着头认真吃饭，对江城夹过来的鱼肉视而不见。那块鱼就搁在面前的餐碟里，他没去动它，自顾自地吃着自己面前的一份鸡丁。

江城也不恼，反而笑着问道：“现在口味变了？不喜欢吃醋鱼了？”

江淮夹了一筷子醋鱼放进江念的碗里：“我吃了一筷子，还是以前的味道，你一定喜欢。”

江念不喜欢别人把菜夹到他的碗里，总觉得不干净，正皱着眉头要夹出去，江淮威胁似的咳嗽了一声。

夹着鱼肉的筷子一顿，江念沉默了一会儿，将鱼塞进嘴里，嚼了两下咽了下去。

江城瞪了江淮一眼。

江淮被这一眼瞪得无奈，只好举手投降。

老头子爱怎样就怎样吧。

江城在主位上一口没吃，目光黏在江念身上半点未曾挪开。看着江念尖细的下巴，江城眉心微蹙：“江淮，你看念念是不是瘦了？是不是最近工作量大，没怎么吃饭？”

“您看错了，没瘦，我看他长高了，还长胖了。”

“还在长身体的时候，得多吃点。”

江念低着头吃饭，不掺和话题，也不开口说话，仿佛吃饭就是他的任务。

有用人来了餐厅，说有人打电话过来找江淮。

江淮没搁筷子，只问道：“谁？”

“那位小姐没说，只是说找您有急事。”

“挂了。”

“好的。”

用人折返回客厅，告知来电的许微茵：“不好意思，小姐，我们少爷现在没时间，请您之后再打电话过来。”

说完用人便将电话挂断。

江念把碗里的最后一口饭吃完，说：“我吃饱了。”

“才吃了一碗饭就吃饱了？我让赵姨再给你盛碗饭。”

江念搁下筷子，起身，凳子在大理石地板上划出尖锐刺耳的声音。

他一言不发地往门口走去。

“江念！”江城起身喊他。

江淮忙搁下筷子起身：“爸，您别急，我去。”

在门口截住江念，江淮眉心紧蹙地低声道：“怎么回事，不是答应我回家吃顿饭的吗？别闹脾气。”

“我吃完了。”江念用冷漠的眼神看着江淮，“我先回去了。”

“不许走！怎么这么没规矩？长辈还没吃完……”

“让他走吧。”不知道什么时候，江城出现在他们身后，朝着江淮摇了摇头。

江念耷拉着眼睛没看江城一眼，绕过江淮。

门外下起了小雨，有用人替他撑开伞，江念却没接，冲进雨中，很快就消失在漆黑的庭院中。

江城沉默地看着庭院方向半晌没动静，江淮担忧地看了他一眼：“爸，门口冷，您进来吧。”

有冷风吹进来，江城佝偻着身体，如垂暮老人般转身上楼：“别跟过来，我想一个人静静。”

江淮在他身后一米远的地方站定。

用人上前来道：“少爷，还是那位小姐，问您有没有……”

江淮不耐烦地看着那个用人，眼底的阴郁之色一望便知：“以后她的电话不用告诉我。”

用人忙垂头应道：“是。”

江城上楼进了自己的房间，从桌上拿起一张全家福的照片，照片里的江念还小，被他抱在怀里笑得天真，他身边依偎着一个温柔美丽的女人，江淮已成年，身姿挺拔地站在女人的一侧。

他嘴角泛起苦涩的微笑，用拇指指腹抚摸着照片上依偎在他身边笑得灿烂的女人。

“今天我和念念一块吃了顿晚饭，我知道自己的身体撑不了多久，估计也没有下一顿了。两三年了，那孩子还是没有原谅我，也不知道我死之前还能不能得到他的原谅。你别急，再过段时间我就去见你，你等着我，我亲自向你赔罪。”

心脏收缩的剧痛传来，一股血腥的味道从喉管往上涌，江城俯身剧烈地咳嗽了两声，一口血猝不及防地吐在暗色的地毯上，很快没了踪影。

江城沉默地看着地毯被鲜血洇开一块，手里紧攥着那张全家福，徐徐地闭上了眼。

短短几天内发生了什么事，许辛夷没收到一点风声。她最近忙着赶通告，整个人忙得团团转，恨不得一个人当两个人用。

她拍摄完一个广告，刚上车，安雅就给了她一个重磅消息。

“什么好消息？”

“《贝贝升职记》入围了今年的电视节，你被提名最佳女主角。”

许辛夷怔了怔，显然没想到：“我？最佳女主角？你确定？”

电视节虽然没有各种电影节有分量，但对于第一次演女主角就提名最佳女主角的许辛夷而言，算是意外之喜。

“内幕消息我当然确定，不确定我能告诉你让你空欢喜一场吗？《贝贝升职记》你演得多好啊，收视率又高，没入围才是评委没眼光。”

许辛夷深觉有理。

“还有一个消息，《凰途》定档了，下个月三号在菠萝卫视黄金剧场独家播出。许辛夷，你现在可是守得云开见月明，今年我可就指望你红了。”

安雅将给许辛夷准备好的工作日志拿出来：“为了能让我泡更多的‘小鲜肉’，今年你就辛苦一点，我给你说说接下来你的工作安排。

“徐导的电影下个月三号开机，拍摄时间我们这边还需要和徐导确认一下，另外之前谈的一部民国剧，我问过投资方，班底是一个不错的制作团队，出过几部大火的电视剧，但他们那边不接受演员轧戏，需要全天候场，不过他们给了我们三个月的时间，一来是剧组演员方面还没谈妥，二来影视城方面也有点问题，我再找时间和徐导谈谈，问问电影拍摄大概需要多久。”

安雅合上工作日志，微笑着看她，说：“还有一件事，下周三为了宣传《凰途》，你和韩骁要一块上个综艺节目。”

“我和……韩骁？”

“不过呢，咱们既然成立了工作室，那上综艺这种曝光度高的事不能忘了自己人，我和节目组负责人商量了一下，你和江念一块上这个节目。”

提起江念，许辛夷发觉最近几天都没见着他：“江念最近在干吗呢？”

“不知道，他让我给他放了一段时间的假就消失了。我跟你说，江念这小子现在是真红，微博粉丝千万，你都不知道现在寻求和江念合作的代言有多少。”

许辛夷若有所思地道：“可惜他没学过表演，演技不好，否则去演戏能更火。”

“谁说演技不好就不能演戏？”

许辛夷并不觉得演戏就是好事：“得了吧，我还不想他刚积攒起来的人气就这么被消耗掉，再让他学学，演技看得过去了再谈演戏的事。”

“行。”

许辛夷的《凰途》在菠萝台播，她上的自然也是菠萝台收视率较高的一个综艺节目。节目有剧本，问答题也会提前通气，总的来说，除了台本里的一个拨打电话环节，其他没什么需要许辛夷特别注意的事。

订了飞机票后，许辛夷和江念提前一天抵达菠萝台所在的城市。

安雅说江念人气高的时候，许辛夷还不觉得有什么，直到一下飞机，举目望去整个航站楼全是江念的粉丝，两人被围得寸步难行时，她才明白安雅一点也没说错。

耳边全是江念的名字，许辛夷觉得自己的耳朵大概是聋了，但她看到江念脸上依然挂着笑容，似乎完全没被面前的粉丝吓到，挺淡定的一个小孩。

好不容易在机场保安的安排下上了车，许辛夷这才叹了口气：“知道你红，但也没想到你红成这样。”

江念笑道：“辛夷姐，您就别开我的玩笑了。”

许辛夷颇有种慧眼识珠的骄傲之意：“没开你的玩笑，当初我怎么说来着？你啊，一定红！”

车辆缓缓起步，一个小时后抵达了节目录制现场。

节目现场外也已经沦陷，不过除了江念的粉丝，韩骁的粉丝占了一大半，粉丝将两人的名字喊得震耳欲聋，许辛夷唯独听不到自己的名字。

进台录制节目时，嘉宾休息室里，编导给了许辛夷和江念台本，接下来的录制就照台本上的来。

许辛夷看了一眼台本上的内容，和之前安雅给她看的差不太多。

江念对综艺节目的流程熟到不能再熟，很快就和编导扯清了流程以及各个环节，甚至还指点许辛夷一些注意事项。

“怎么没见韩骁？”

“韩老师在另外一间休息室里，我带您过去？”

许辛夷笑着摇头：“不用了……”

话音刚落，休息室的门被打开，韩骁与节目的主持人出现在门口。

节目主持人都有着丰富的经验，老到又健谈，很和气，更会和人拉近距离，一进休息室就笑着和许辛夷打招呼，熟悉台本和流程。

倒是韩骁，只在进门时和许辛夷打了个招呼，和她之间没有太多言语上的交流。

许辛夷松了口气。

这样也挺好的。

距离节目开始录制只差十分钟，有编导来催，几人一齐去了录制现场。有韩骁和江念在，观众热情似火，从主持人开口介绍起，尖叫声就没停过。

作为《凰途》剧组的代表，节目组给足了许辛夷和韩骁镜头，但江念是个综艺感很强的人，站在许辛夷身边，总能在许辛夷说不出话时接一句，缓解她的尴尬之情。

“我听说辛夷的荧幕初吻在剧中献给了韩骁？”

台下的人发出一片尖叫。

许辛夷握着话筒对场下的粉丝笑道：“大家怎么这么激动？当然没有，难道大家忘了拍摄的时候上的热搜，吻戏用替身？”

许辛夷这话，缓解了场下韩骁“女友粉”的愤怒之感。

“替身？”

韩骁接过话：“那也算是我第一次拍吻戏，当时身体不太舒服，所以让导演找的替身。”

韩骁这话算是将这件事全部揽了过去。

几人聊了几句在《凰途》拍摄现场的趣事后，进入游戏环节，嘉宾和主持人分为两组，听歌猜歌名，输的人要接受惩罚，算是很温和的一个游戏节目。

许辛夷看过这个综艺节目，往期都是一些剧烈且刺激的游戏，但这一次出乎她的意料，游戏温和，无伤大雅。

许辛夷和江念以及两名主持人为一组，韩骁则和另外几名主持人一组。

许辛夷认为他们这方占优势，毕竟都是年轻人，听歌多，韩骁那方的人年龄都比较大，反应没他们年轻人快。

可许辛夷万万没想到的是，节目组放的歌竟然全是她没听过的。

不仅她没听过，江念也没听过，两个人就竖着耳朵在那儿听。韩骁那一队一个个抢着上前答题，甚至后来都不抢了，先让许辛夷这队答，等她这队没人答或是答错后才慢悠悠地上前答题。

节目组后期给许辛夷和江念加了个发蒙的表情包。

两人真的全程发蒙，一句话也没插上。

韩骁队以绝对的优势获得胜利。

许辛夷这队输了，接受的惩罚是把暗箱中的东西拿出来。节目组之前明确表示暗箱里不会有危险物品，可他们还是得表现出害怕的样子。

道具久久不来，主持人询问过后才知道道具出了问题。没办法，他们只好临时更换惩罚方式。

“这次歌词猜猜猜，辛夷，你们队输了，那么接受的惩罚是，跟你最近拨打过电话的人说你有困难，需要借钱，然后听对方的反应。”

许辛夷怔了怔，知道要换惩罚方式，怎么临时换这个？

还不等她说话，节目组的人就将他们几人的手机拿了上来。

主持人拿着许辛夷的手机，递给她：“第一个辛夷打，来打开手机通讯录，给最近通话的人拨打电话。大家说，借多少钱？”

场下观众起哄，什么一块钱、一万块、一百万，甚至还有说一个亿的。

许辛夷颤抖着手点开通话记录。

她记得下飞机前，安雅给她打了个电话。

然后她给易扬打了个电话报平安。

场下无数双眼睛看着，主持人在一侧起哄催促着，无奈之下，许辛夷只好硬着头皮解锁手机，翻开通话记录。

这个惩罚环节其实无伤大雅，因为在上节目之前，台本里就写了这个游戏，所有嘉宾都会参与，只不过现在成了惩罚环节，并且改了点细节，将“给通讯录上第十位朋友打电话借钱”，换成了如今的“给最近通话的人打电话借钱”。

上节目前许辛夷还特地看了一眼她的手机通讯录里的第十位朋友是谁，是她的工作室刚签的艺人梁川。

肥水不流外人田，她在节目上给梁川打电话也是让他露脸，何乐而不为？

她哪里知道，这游戏环节说改就改？

主持人在一侧打趣道：“我还真有点好奇，辛夷最近一次通话是打给谁了。”

韩骁的目光随之扫了过来，落在她的手机上。

另外几名主持人也开始搭腔。

“经纪人吧？”

“我猜是某个导演或者某个艺人，”那主持人说完惊呼，“咱们今天不会真从辛夷这儿挖出点什么来吧？”

“然后热搜预备，惊！艺人许辛夷隐藏多年的 ×× 浮出水面！哈哈哈哈哈。”

“好了好了，别闹了。辛夷，能不能透露一下你最近一次通话是打给了谁？”

“一个……”许辛夷实在不好形容易扬。

说是朋友，他们毕竟是夫妻，可说是丈夫，他们还没公开关系。

好像她怎么说都不对。

但许辛夷明白，不知道怎么说的时候打哈哈故作神秘就行了。

“待会儿大家就知道了。”

“好，我们拭目以待，准备好了吗？”

许辛夷认真想了想，现在是下午四点半，易扬还在公司忙着，她打电话过去他多半在忙，忙的时候他多半不会接她的电话，就算接了，估计敷衍两句就挂了。

于是她点头。

她身边的江念低声问她：“辛夷姐，真的没问题吗？”

“没事。”

手机开了免提，全场的人都听得见声音，嘟嘟声响起的瞬间，主持人朝着全场观众嘘了一声，示意大家不要说话。

别看许辛夷笑得淡然，但实际上手心里全是汗，心跟着手机响起的嘟嘟声快速跳动。

刚才所有的镇定自若，瞬间灰飞烟灭，她后悔了。

下飞机后她就不该给易扬打电话，或者应该在安雅给她打电话前给易扬打电话。

如果是安雅，一定能知道是怎么回事，肯定能和她配合得天衣无缝。

第十三章　心有所属

全场一片静谧，仿佛所有人都屏住了呼吸，将目光投向许辛夷手上的手机，期待着电话被接通。

整个现场就只听得见嘟嘟的声音。

别接电话别接电话……许辛夷不住地默念。

但她转念一想，手机在她手上她怕什么？大不了她把电话挂了，更何况节目又不是直播，实在不行她和节目组商量一下，把她这个电话的内容剪掉不就行了？

手机嘟声骤停，电话被接通。

许辛夷的心猛地提到了嗓子眼，电话里迟迟才传来一个男声。这个声音低沉得让人浮想联翩。

现场立刻掀起一阵小幅度的惊呼声。

“嘘——”主持人朝着台下的观众道，这才压住了一场惊呼。

电话里的人安静了片刻。

“你那边怎么回事？怎么这么吵？”

许辛夷忙说：“我现在还在外面，所以有点吵。”

“外面？你现在不是在录节目吗？”

“还没到录节目的时间。你现在……在忙吗？”

易扬抬头看着办公室里等着汇报的几人，朝他们挥了挥手，示意他们先出去。

“没什么事。你给我打电话是有事找我？”

许辛夷看了一眼主持人，主持人对她做了一个“借钱”的口型。

找易扬借钱……这真是个烂借口。

许辛夷硬着头皮开口：“是这样的，我现在有点麻烦，想找你帮个忙，你能不能借我……”

“麻烦？”电话那头的易扬怔了怔，看了一眼朝他走来的赵彬，示意赵彬别说话，“发生什么事了？你去录节目能遇到什么麻烦？你身边的人呢？助理呢？安雅没跟你一块去？你现在在哪儿？”

易扬一连串地发问，许辛夷几次插嘴都没能打断他的问话。

主持人的表情一个个无比精彩，几人兴奋得简直像发现了新大陆一般。

台下的观众更不用提，即使在主持人的噤声手势下，依然发出了不小的动静。

“许辛夷，你到底在哪儿？说话！”

“我没什么事，就是想找你借点钱买点东西。”许辛夷破罐破摔，继续文支吾吾地说下去，易扬指不定会说出什么话来。

手机里的人静了静。

“你找我借钱？”

“嗯。”

“借多少？”

主持人朝她做了个十万的手势。

“十万。”

“你要十万买什么？”

“随便买点东西，你借不借？”

易扬觉得奇怪，许辛夷身上不是有他的卡吗？她真想买点什么刷他的卡不就行了？

借钱？

她又在玩什么花样？

“我的卡不是在你那儿吗？想要什么刷我的卡，我还有事要忙，先挂了。”

电话被他挂断。

许辛夷心里只有两个字：完了。

全暴露了。

她几乎能想象到在节目结束之后，底下这些观众会怎么在网上大肆宣传这事。

整个现场惊叫声四起，可台上的几人却不约而同地保持着沉默。

韩骁眉心紧蹙。他知道易扬和许辛夷的关系，可什么事都用卡来解决，在他看来，易扬完全没有承担起丈夫的责任。

几名主持人脸色尴尬，毕竟许辛夷对外宣称未婚，电话里的男人明目张胆地让许辛夷刷自己的卡，这不是包养又是什么？

许辛夷的手机上来了一条短信。

【中国 ×× 银行】您尾号 2711 的储蓄卡 3 月 20 日 16 时 42 分完成网银在线交易人民币 1,000,000.00，余额 1,280,460.00。

站在她身侧的主持人无意间瞟见了这条短信，张大了嘴，表情无比浮夸地看着许辛夷。

“大家知道刚才许辛夷的手机上来了一条什么短信吗？”

其他主持人还没来得及回应，许辛夷手上的手机又响了。

是易扬拨过来的电话。

“喂？”

“刚给你转了一百万过去，先用着，不够再给我打电话。”演播厅的扬声器还没来得及关掉，电话里易扬的声音响起，“不要再像之前那样一晚上全花完了。我还有事，先挂了。”

“等等——”就在易扬挂断电话的前一秒，主持人开口笑道，“这位先生你好，我们这里是《快乐百分百》的节目录制现场。”

电话那头的易扬沉默片刻，顷刻间就将整件事的来龙去脉在脑海中过了一遍：“录节目？”

“对，刚才在我们的游戏中许辛夷输了，惩罚是给通讯录里的人打电话借钱……”

短暂沉默后，电话那头的易扬回想起刚才自己说的话，短促地笑了一声。如果他猜得没错的话，许辛夷现在应该心急如焚了吧？

“原来是这样。”

毕竟他刚才说的那些话，句句都是暴露他们关系的言论。

他还不了解许辛夷？估计她现在已经在心里骂他了吧？

“我是许辛夷的朋友。”

“朋友？”

许辛夷微怔。

“是，朋友，之前她帮过我很大的忙，我很感谢她，但是她一直都不太愿意接受我的感谢，所以我送了一张附属卡给她，如果她有需要，可以刷我的卡。前段时间我请她帮我买些礼物送给家人，一晚上就花了一百万。”

主持人恍然大悟：“原来是这样，差点就误会了。”

许辛夷双唇动了动，有话想说，话到嘴边，还是憋回了心里。

易扬继续撒谎：“一百万你拿着，实在不愿意收就转回给我，我还有事要忙，有时间我们再联系。”

许辛夷咬唇，低低地回了个“嗯”字。

电话随之被挂断。

韩骁和江念眉心微蹙，显然都没想到易扬会这样解释。

电话被挂断的瞬间，台下的观众惊呼声一阵高过一阵，整个演播厅都快被掀翻了。

“一百万！”

“天哪！我刚才没听错吧？辛夷，你真的一晚上花了一百万？”

“是不是像电视里那样，买东西不看价格？否则你怎么一晚上买一百万的东西？”

见主持人将话题往这方面引，许辛夷也跟着演起来：“比如逛包店，除了那一件其他的都包起来，一百万很快就花完了。”

主持人啧啧称奇：“你真的是我见过的最会花钱的艺人。”

转移话题后，主持人见好就收，将目光望向江念。

“好，咱们的节目继续。刚才辛夷接受了咱们的惩罚，接下来轮到江念了。”

工作人员将江念的手机拿了上来。

江念丝毫不慌，他的最新通话里，全是与工作相关的人。

有工作人员提醒了主持人一句，主持人反应过来，笑道：“刚才是我记错了，以为是给最近通话的人打电话，但是我看台本上写的是给通讯录里的第十位朋友打电话借钱……”

许辛夷：“……”

“来，让我们看看江念的手机通讯录里第十位朋友是谁。”

江念的通讯录上没几个号码，他翻开通讯录，第十位是许辛夷。

主持人看了一眼他的通话记录：“江念的通讯录上第十位是辛夷，那可不能算，这样，我让江念的粉丝挑一个。大家说，挑第几位打电话？”

观众席上喊第几的都有，主持人最终选了个第七。

江念手一顿，看着第七位，嘴角微抿，不是很情愿。

“江念准备好了吗？”

江念抬头，拇指一动，电话便拨了过去。

嘟嘟的声音在演播厅内响起，江念一惊，等反应过来想将电话挂断时，电话那头的人已经接通了。

“嗯？找我？”电话那头的人显然带着些难以置信的欣喜，“什么事？”

江念在主持人的怂恿下迟缓地道：“你……能不能借我点钱？”

“借钱？发生什么事了？你现在在哪儿？身边有没有人？”

“我没事，就是想找你借十万块。”

“真没事？”

“真没事。”

电话那头的人也没问江念借这十万块有什么用，一口应了下来：“行，我马上转给你，还有事吗？”

“没事，谢谢。”江念率先将电话挂断。

主持人打趣道：“看来江念与电话里的这位关系不错，一分钟就借到了十万。”

江念的手机上来了信息。

【中国 ×× 银行】您尾号 2190 的储蓄卡 3 月 20 日 17 时 19 分完成网银在线交易人民币 1,000,000.00，余额 1,000,054.00。

主持人拿起江念的手机，将手机屏幕给大家看，脸上是极为夸张的表情，镜头还给了手机屏幕一个特写。

“一百万！”

“一分钟就借到一百万！我没看错吧？”

“你看看人家江念和辛夷，分分钟借到一百万，你打电话借钱，我估计分分钟就被挂了吧？”

被调侃的主持人笑道：“他们只会说‘您拨打的电话不在服务区’。”

说完，众人一阵大笑。

“我就奇怪了，都是人，怎么人家的朋友这么大方，我的朋友……”那名主持人嫌弃地看了看台上的其他几位主持人。

“你怎么知道江念是打给朋友了？”

“行，咱们就打个赌，江念，刚才接电话的人是你的朋友？明人不说暗话，我想和你的朋友交个朋友。”

江念的表情不算太好。

毕竟他无论如何也没想过，今天这个电话竟然打到江淮那儿去了。

主持人起哄：“加我一个，钱不钱的不重要，我就想多个朋友。”

“赌就赌，谁怕谁？江念，刚才接电话的人是谁？能不能说？如果不能说就当我没问。”

江念看了一眼心不在焉的许辛夷，沉默片刻后，说：“是我哥。”

观众席上传来阵阵尖叫。

江念这通电话和他亲口承认的事，其实也替许辛夷分担了不少压力。

至少在今天之后，他会替许辛夷分担大半的热度。

节目录制到这儿，算是下半场，去掉一个打电话的环节，再聊了聊拍摄《凰途》时的一些趣事，整个节目临近尾声。

嘉宾和主持人退场，退场的观众中激动声四起。

“刚才我差点就以为接许辛夷的电话的男人是她的靠山。”

“之前看到爆料，说许辛夷被人包养，这应该算得上是靠山吧？”

“我之前就说许辛夷能在娱乐圈站稳脚跟，背后肯定有靠山，你们说许辛夷打电话的对象是谁？”

“江念竟然有个那么有钱的哥哥，富二代？怎么一直没听说过？”

“自己是富二代却隐姓埋名地在娱乐圈打拼？太励志了吧！”

“这真的是个巨爆炸的新闻，不行，我得发条微博。”

“不枉我斥巨资来看这期节目，今天的‘瓜’吃得我简直震撼。”

后台休息室里几个主持人对刚才在台上发生的情况向几人致歉。

“刚才真的很抱歉，道具组说道具有点问题不能上，所以才临时改了那个环节。”其中一名资质较深的主持人问许辛夷，“辛夷，刚才的事没给你带来困扰吧？”

许辛夷摇头，显然有些漫不经心，心里装着事沉默寡言地坐在一侧，寻了个借口避着人，给易扬打了个电话。

没响两声电话就被接通了。

“什么事？”

许辛夷犹豫再三，低声道：“刚才的事……”

“怎么了？我说得不好？露馅了？”

“没有，你说得很好，我只是不明白你为什么要替我撒谎，是……不想公开我和你的关系吗？”

易扬握着手机起身离开办公桌，看着窗外对面的大楼，正对着他的楼层的是许辛夷的工作室的楼层。

他一直都知道。

“你不用向我解释，我知道你暂时还不想公开，既然不想，我尊重你的决定，不勉强你。”

易扬低沉的声音缓缓传入许辛夷的耳中，一字一句极具分量。

在节目上打电话前，她以为易扬接电话后会不耐烦地敷衍她，更大的可能是易扬根本不会接她的电话，但易扬后来说的每一句话，都是她不曾设想过的。

许辛夷没办法将现在这一刻的易扬和从前的易扬联系起来，好像成了两个人，什么时候分割干净的，她却不知道。

“节目录完了吗？”

“录完了。”

“什么时候回来？”

“九点的飞机。”

“我在家等你。”

“嗯。”

“辛夷。”

刚挂断电话的许辛夷被这一声吓了一跳，忙转过身来，稍稍后退一步和来人保持距离。

来的是韩骁。

“韩老师，你找我有事？”

韩骁听到她疏远的话，看到她戒备的神态，苦笑一声：“我们认识这么久了，接下来还有戏要合作，你真的要和我这么生疏吗？”

许辛夷面上带着笑，却不住地腹诽：那是从前误以为你喜欢男人，所以才没对你避讳太多。现在知道你喜欢女人，还知道你对我这个已婚妇女有意思，我怎么可能不避着点？

“在节目上接电话的人是易扬？”

“嗯。”

“他在节目上为什么要那么说？”

“我和他还没公布关系，团队都还没做好准备，他也是替我着想……”

韩骁眉心紧蹙：“你就那么喜欢他？”

“韩老师，我知道你是什么意思，但是我觉得这件事易扬处理得很好，他是在为我着想。”

“辛夷，你或许不了解男人，但我了解，我提醒你一句，一个男人如果真的爱一个女人，他的占有欲强烈到你想不到。易扬根本就没有你想象中那么爱你。”

许辛夷目光沉沉地看着韩骁。

对于韩骁这种在娱乐圈可以说是封顶的人物，她一直保持着绝对的清醒。她更愿意远距离地欣赏韩骁，像追星一样，保留她心目中所有的新鲜感和热情。

一开始她对韩骁崇拜更多。

她不愿意和韩骁走得太近或了解他太多，从一开始就没打算和韩骁在一起，即使是从前打算和易扬离婚后和“小鲜肉”醉生梦死，也不敢染指韩骁。

这样的人，可远观，不可亵玩焉。

所以，她既然没打算和韩骁在一起，就别给人希望，早点划清界限的好，别耽误人家。

“多谢韩老师提醒，我很清楚易扬对我的感情，也很清楚自己的感情。”说完，她微微一笑，“今天很开心能和韩老师同台，很期待下次和韩老师的合作，我先走了。”

许辛夷踩着高跟鞋款款离开。

韩骁神色莫辨地站在原地，看着许辛夷的背影，眼底闪过一抹深深的担忧。

《凰途》的综艺宣传到此也就结束了。

守在录制现场外的粉丝依然举着灯牌和横幅等着，许辛夷几人从录制现场出来，朝现场粉丝挥手致意后乘车离开。

都是回 A 市，几个人几辆车，目的地都是机场。

回程的路上，安雅发来了视频通话，忽略许辛夷，主题直奔江念。

“江念，现在网上已经有了关于你的话题，我们商量过了，如果你同意的话，我们借这个节目给你造个富二代的‘人设’。当然，如果你不同意的话，我们可以和节目组沟通，将那个借钱的环节掐掉，网上的评论压一压，现在传播范围还不算大，看你怎么想。”

江念微微出神。

他的沉默说明了一切。

许辛夷不知道江念和江家人有什么隔阂，不过江念的存在确实是个系统漏洞，小说里的江念在两年前就应该死了，按照剧情发展，江念只会活在江淮的回忆里，不可能和她有任何瓜葛才对。

“行了，我看江念现在挺火的，继续下去一样能火，没必要造个‘人设’。”

“不，我同意。”江念说。

许辛夷看向他：“你不是……”和家里人关系不好吗？

江念垂目，遮住眼底的情绪：“录都录了，一个‘人设’而已。”

视频那头的安雅一口应道：“行，那就先这样，你们回来的路上注意安全，我先挂了。”

视频挂断后，江念往后一靠，眉眼间布满疲惫之意。

许辛夷对江念的事好奇到恨不得掐着他的脖子逼他坦白的地步，小破孩才几岁？装着一肚子的事，天天忧郁得不行。

“辛夷姐，今天在节目上易扬没有承认你，反而撒谎说你们只是朋友，你喜欢他这么多年，不难过吗？”江念睁开眼，偏头望着她，额前的碎发自然地耷下。在这昏暗的光线下，他眼睛明亮，像个不谙世事的少年人。

站在江念的角度看待这件事，好像还真是这样。

自己喜欢多年的人一口否认两人的关系，反而说只是朋友。

许辛夷尽力让自己的语气显得自然：“这件事不能怪他，我现在在娱乐圈，还没有做好公开的准备，他是在配合我。”

江念嗤笑一声，道：“你和我妈妈真像。”

“你妈妈？”

“我妈妈是一个没有主见的女人，很瘦，不高，皮肤很白，胆子小，说话声音更小，有时候得凑到她跟前才听得到她在和你说什么，我对她的印象除了温柔就是温柔。她爱上一个男人，心里眼里只有他，所有的生活都围着他转，为那个男人生了两个儿子，可是那个男人说不要她就不要她，前三十年没吃过的苦，她在那三年翻倍吃了个遍。我不明白，为什么喜欢一个人要喜欢到没了他就活不下去的地步？”

他看向许辛夷，重复道：“所以我说，辛夷姐，你和我妈妈好像。”

第一次听江念提起家里的事，从他的话里大概明白了他和江家人关系不好的原因，对于江念的说法，她是赞同的。

喜欢一个人为什么要喜欢到没了他就活不下去的地步？

把自己的一生赌在一个男人的身上，那太傻了。

九点的飞机，晚点两个小时，他们抵达 A 市是在凌晨后。

机场依然有粉丝在坚守，许辛夷和江念不想引起太大的轰动就走了 VIP 通道，没露面。

去录制节目前，江念是和许辛夷一块坐车来的机场，现在这么晚了，许辛夷也没准备回老宅，想着回一品兰亭对付一晚，正好和江念顺道，可以捎他回去。

“你坐我的车，我送你回去。”

江念也没拒绝，沉默地走在许辛夷身边往车库走去。

凌晨这个点，车库里人不多，许辛夷的车停在不远处，亮起了车灯。

许辛夷几人走近，正准备上车时，旁边停着的宾利车上下来一个人。那人径直走到许辛夷面前：“太太，请上车。”

“你……”许辛夷一走神，司机已经将车门拉开。

宽敞的后座上，易扬一身西装革履地坐着，车内灯光昏暗，仅一束灯光笼在他身侧。或许是等得久了，累了，此刻他正靠着后座闭目养神，但眉目淡然，没有一丁点因为等了许久而不耐烦的情绪。

见她没上车，易扬抬起眼：“不上来？”

易扬来接许辛夷，出乎许辛夷的意料。

她特地低头看了一眼时间。

凌晨一点四十五分。

这么晚，易扬竟然来接她？

心底隐隐生出的一丝丝诡异的高兴与雀跃感被她强行压下。

许辛夷咳嗽一声，对身后两名眼睛不知道往哪儿瞟的助理说：“你们坐我的车回去。这两天辛苦了，明天给你们放一天假。”

说完，她又对江念说：“待会儿让司机先送你回家，有事再给我打电话。”

江念望着车内的男人，眉心紧蹙，有着还未成熟的敌意和戒备。

易扬抬眼就瞧见了，可当没看见，并不将人放在心上。江念这个年纪的男孩，能力和阅历都远不及他，在他面前，算不上什么。

“易先生今天在电话里的表现真让我惊讶。”江念是初生牛犊不怕虎的，这话听不出“惊讶”，倒有点冷嘲热讽的意思。

这位和自己没有过交往的小朋友来者不善，但易扬不想和他有任何言语上的不快，只看着许辛夷道：“上来。”

许辛夷本着息事宁人的想法上车，刚坐上车还没关上车门，就被易扬搂住了腰往里带，许辛夷身子不稳，整个人跌进易扬的怀里。

微敞的西装外套内，一层薄薄的西装衬衫渗着身体的温度，极为可靠的身体牢牢接住了她。易扬胳膊一揽，更像是许辛夷欢呼雀跃地扑进了他的怀里。

江念脸色阴沉，对上了易扬那双意味不明的眼睛。

在易扬看来，言语上的争执没必要，和一个小朋友较真，更没必要。

宾利车缓缓地驶离地下车库。

“那真的是易总吗？”

“肯定是啊！易总太帅了吧！比集团官网上放出来的照片帅多了！”

“易总和辛夷姐好配啊，我真的不明白辛夷姐这些年是怎么忍过来的，又帅又有钱的老公，换我早就忍不住炫耀了。”

江念听着两个助理的讨论声，脸色越来越阴沉。

宾利车的隔音效果一向很好，驰骋在路上车又平又稳，后座里听不到一丝的杂音。

在这种极度安静的氛围里，许辛夷有种听到了自己的呼吸声和心跳声的错觉。

——这个时候是不是该说点什么？

“怎么这么晚才下飞机？”易扬似是随口说了一句。

“飞机晚点两个小时，所以晚了。”许辛夷看着他，没话找话地聊，“你什么时候来的？是不是等很久了？怎么不提前和我说？”

“十一点。”

“特地来接我？”

易扬点头。

“节目上的事，谢谢你。”

“不用谢，举手之劳。”

两人双双沉默。

易扬在人前闲话不多，追根究底，情商全长在智商上了，但到他这个位置，情不情商的不重要，即使他一句话都不说，身边的人也能替他圆得明明白白。

许辛夷倒是个话痨，能在安雅面前说个没完还不带歇的。

“你们昨天只是录制节目，所有的环节应该事先排演过，怎么还会发生这种让你措手不及的事？”

“节目环节确实有台本，但是道具坏了，所以赶鸭子上架，把之后的节目内容提前，我也没料到。”许辛夷认真想了想，这件事还是要郑重道谢才行，“老公，这次的事真的特别谢谢你，如果不是你，明天网上不知道会怎么写。”

“下次注意点。”

许辛夷点头。

“最近有什么工作安排？”

“好像没什么安排，接下来就是一部电影和一部电视剧。”

“电影电视剧？”易扬眉心微锁，“拍多久？”

“不太清楚，具体的时间还要再商量，保守估计，”许辛夷暗自掐指一算，“最快也得五六个月吧。”

易扬揉着眉骨，眉心微陷。

他听赵彬说，情侣之间不能聚少离多，很多异地恋情侣就是因为排解不了异地的苦，感情越来越淡，最后导致分手。

两人长期分开，也不利于稳固夫妻感情。

易扬认真想过，公司的事慢慢稳定下来，他有更多的时间待在 A 市，不用满世界飞，但许辛夷这样满世界跑……算了，再说吧。

宾利车路过一个红绿灯，终于从绕城高速上进了城，看着沿路一排明亮璀璨的路灯，许辛夷才发觉这不是回老宅的路。

“不回家？”

“回家。”

宾利车又拐了一个弯，竟然拐进了一品兰亭。

车停下，许辛夷动了动蜷着的腿，倒吸了口凉气。

她在节目上站了大半天，小腿胀到浮肿，脚后跟也微微刺痛，估计早破皮了，现在一动倒也不是痛，就是蜷在座位前脚麻了，针刺般的肿胀感令她头皮发麻，窝在座位上半天不敢动。

——麻了麻了……

——痛痛痛……

易扬从左侧下车，绕到右侧，一言不发地俯身将她抱起。

身体腾空，许辛夷一惊，下意识地抱紧易扬的脖子，双腿却因为动了一动，细密的针扎感越发清晰。

她满脑子都是——易扬他竟然抱我！

“慢点慢点，痛痛痛！”

许辛夷整个人僵在他怀里，一动不动。

易扬只得放慢了脚步，步伐平稳地进电梯。

两人上楼，进屋。

许辛夷坐在沙发上揉着肿胀的小腿，半晌才恢复过来。

“还痛？”

许辛夷脱下高跟鞋，看着脚后跟被磨破皮的部分，一脸苦色地点头。

易扬从房间里拿了几个创可贴过来，帮她贴在脚后跟破皮的伤口处，又看了一眼她肿胀的小腿，坐在她身侧，在许辛夷迷茫的眼神中，握住她的小腿搁在自己腿上，小心地替她揉着。

许辛夷一惊，下意识地往回抽脚，却被易扬的手钳住脚踝：“别动，我帮你按按，会好很多。”

“不用了，待会儿就好了。”

但许辛夷说的不算，她还是被钳住了脚动弹不得。

易扬身上只穿了件衬衫，白净的衣袖被挽至手肘，从侧面看上去，他少了白天穿西装制服时高高在上的盛气凌人，多了几分年轻人的清朗感。

其实他才三十岁，还是很年轻的。

抛却所有外在因素，不夹带任何的感情因素，平心而论，易扬的颜值在许辛夷这儿可以位列第三。

如今两人隔得极近，许辛夷连易扬那黑密的睫毛都看得一清二楚。

——我有理由怀疑易扬是在勾引我，并且已经掌握了证据！

——否则他无缘无故给我揉脚干什么？

——不行，许辛夷，你要淡定，保持清醒，揉个脚而已，一点鸡毛蒜皮的小事就能把你感动？能不能有点出息？千万别轻易被易扬的糖衣炮弹给俘虏了。

他揉到了膝窝处，许辛夷小腿一僵，那股酥麻的感觉更强烈，更像有一团无名之火从小腿烧到了心窝里，烧得她胸膛里的心怦怦直跳。

——我要不要问问易扬，昨天在节目上说的那番话，真的是因为尊重我的意见，还是想和我撇清关系？

她想想又深觉不合适。

——我这么问会不会不太好？夫妻俩这么点信任都没有？

——还是问清楚的好，万一他在电话里只是随口骗我呢？

易扬那双深藏在阴影里的眼睛里闪过意味不明的情愫。

“关于公开我们的关系的事，决定权交给你，你认为什么时候公开合适就什么时候公开，我可以配合你。”

许辛夷眨眼，感动地道：“真的吗？老公，你太体贴了，谢谢你！”

易扬沉默，没听到别的话，半晌后也只回了两个字：“不谢。”

或许是因为来回奔波太过疲惫，许辛夷这一晚睡得格外好，一清早被手机振动的声音叫醒时，竟然已经是早上十点。

她迷迷糊糊地摸索着手机，打开信息一瞧，全是安雅发来的关于江念的消息。

事出有因。

江念在节目中被爆出富二代的身份之后，工作室借着东风推了一把，将#江念富二代#的话题刷上了热搜榜，不少粉丝纷纷在该话题里猜测江念是哪家的富二代。

“天哪！我的江念竟然是个体验生活的富二代！！神通广大的姐妹知道是哪家的吗？”

“真震撼，我是从‘BIG_FIVE’这个组合出道的时候喜欢上江念的，那时候江念只是组合里的一个小成员，练舞唱歌吃了多少苦头受了多少委屈？我以为他是个没背景的素人被公司挖掘了而已，竟然是个富二代？”

“我也是‘BIG_FIVE’组合出道时喜欢上他的，那时候江念受了多少委屈啊，想想就难过！”

“听昨天在节目现场的姐妹说，江念一个电话，那人就给他打了一百万，什么家庭啊？家里有矿吧？”

富二代的“人设”加在江念的身上，还挺合适。

这时，眼红江念已久的魑魅魍魉坐不住了，将过往江念的黑料一个劲地往外爆。

第一就是学历。

“江念？你们不知道吧，他改过身份证，刚成年不久，现在才十八岁，进‘BIG_FIVE’的时候才十六岁，十六岁不是应该在读高中吗？江念连高中都没读完，哪家的富二代连书都不读的？”

第二是丑闻。

“别瞎吹了，什么富二代？他要真是富二代，从前还能去雍福会所给大老板陪酒？什么哥哥，说不出口的靠山吧？”

第三是心机。

“江念被赶出‘BIG_FIVE’组合后，又跑去影视城贴许辛夷，耍了点手段和心机，在许辛夷身边当了几个月的助理才软磨硬泡地签到了许辛夷的工作室，你们见过这么卑微的富二代吗？”

网友们还真没有见过。

许辛夷一清早睁眼看到安雅给她发的这些消息，一个激灵，睡意全无。

这些人这么黑她旗下的艺人，真当她是吃素的？

许辛夷坐不住了，更睡不着，起床穿衣就准备去工作室。

“去哪儿？”易扬在客厅截住她。

“公司。”

“什么事这么急？”

许辛夷一边换鞋一边抱怨道：“江念出了点事，我现在赶紧回去看看怎么解决。”

易扬眉心微皱：“你们公司没有员工了吗？什么事都得你这个老板出面？”

许辛夷换好鞋，转过身来问他：“你怎么没去公司？”

“今天周末，你还要去公司工作？”

许辛夷笑了一声：“你从前工作时不也是不分周末的吗？”

——自己从前满世界跑还说我。

“你在家好好休息，我先走了。”

砰——

门被关上。

易扬郁闷地坐在沙发上，看着眼前偌大的客厅与整面的落地窗，感受着宽敞房间里的安静，时至今日才充分地感受到了“因果循环，报应不爽”这八个字的真理。

在前往工作室的路上，许辛夷已经将昨晚发生的事了解得一清二楚，幸好安雅和工作室的工作人员都是有经验的人，很快嗅到了热搜上的不同寻常之处。

安雅在圈子里算是老人了，和各大媒体及营销公司关系都不错，一晚上弄清楚了背后黑人的营销公司，只是还没能摸清到底是谁在背后花钱黑人。

收到安雅发过来的营销公司的名字后，许辛夷疑惑了，这是一家挺有实力的公司，据她所知，价钱不低。

谁和她有深仇大恨，或者说和江念有深仇大恨，花这么大价钱来黑江念？

“安雅，怎么回事？”刚到工作室，许辛夷便迫不及待地去了安雅的办公室。

安雅刚挂断一个电话，眉心紧蹙："我还没查出来背后的人是谁，不过你放心，这种捕风捉影的黑料掀不起什么风浪。"

听安雅这么说，许辛夷才松了口气。

"江念呢？"

"他一早就来了，现在应该正在练习室里……等等！"安雅的手机振动起来。目光触及屏幕后安雅猛地一惊，忙站起来一脸怒色地往外走。

许辛夷不明所以："怎么了？"

"我早上对江念叮嘱过八百次，让他不要看网上的留言，也不要管这件事，他怎么回事？"

工作室不大，四处回荡着安雅的斥责声。

安雅发火时许辛夷也不敢多说，只好跟在安雅身边，唯恐安雅一个辣手摧"草"，把江念给生吞活剥了。

安雅推开练习室的门，江念坐在地上，手上拿着手机。

见到这一幕，安雅气不打一处来，快步上前一把抢过江念的手机，界面还停留在微博回复页面上。

"江念，我跟你说过多少次了？你怎么回事？"

安雅是个"怜香惜玉"的人，对看得上眼的"小鲜肉"和帅哥有着无限的包容度，可现在对江念这态度，许辛夷还真没弄清楚是怎么一回事。

"安雅，有什么话好好说。"

"好好说？"安雅将手机递给许辛夷看，"你看看他回复的这些话，我们在前面给他辟谣，他倒好，在后面一个接一个地乱回复，这不是把黑料往人家手上送吗？手机我没收了，你暂时也别用微博了，等这件事过了再说。"

许辛夷接过手机一瞧，眉心微蹙。

众所周知，拿人钱财替人消灾，那些营销公司拿了人钱财，就得替人办事，在网上当然是往死了黑江念，话也是往脏了说。江念刚成年，在娱乐圈也只能算刚出头，年轻气盛能体谅。

"算了，"许辛夷冲安雅摇头，"你先去忙，我来。"

安雅恨铁不成钢地怒瞪了江念一眼，气哄哄地走了。

江念缓缓地垂下头，一言未发。

许辛夷在他身边坐下，看他微博上最近的回复，都是一些不堪入目的评论，当然，江念回复的话也不见得有多好听。

大概知道自己一时冲动惹了麻烦，江念低声道歉："对不起，我又给你添麻烦了。”

许辛夷微微一笑：“没关系，我能理解，他们说的话确实很难听，我刚入行的时候也收到过许多这种人身攻击的话，比你这更难听。”

江念抬头看着她。

“你也知道，我之前名声不太好，很多粉丝不喜欢我，每天发私信骂我的人不计其数，你这都不算什么。”

“你不生气吗？”

“我当然生气，无缘无故被泼脏水怎么可能不生气？但是你知道我是怎么处理的吗？”

“怎么处理的？”

“我有无数个小号，找到那些骂我最狠的网友，注意，得仔细看，不能找营销公司的机器号，得找真的网友，然后发私信骂回去，在他们的微博底下说他们喜欢的明星的坏话，然后最重要的一步，把她拉黑！”许辛夷狡黠一笑，“拉黑之后她不能评论你、不能发私信给你，写了满屏骂你的话发送不成功，能气一晚上。”

江念愣愣地看着她。

许辛夷言归正传：“但是呢，江念，你是一个明星，被很多人喜欢着，就要承受不被人喜欢的可能性，平时不用在意那些人的话，多关注那些支持你、喜欢你的粉丝，凡事有我们在。”

许辛夷将手机递还给江念：“安雅也就是一时心急，话说重了点，你记住就行，手机微博你正常用吧，但是一定要记得，开个小号。”

江念看着许辛夷递过来的手机，迟疑片刻后点头收下。

“辛夷姐，你放心，我不会再给你添麻烦了。”

“那就好，现在整个工作室的人因为你的事一通宵没睡，待会儿你给大家买个午饭，下午点个下午茶给大家。”

“嗯。”

“没事，别放在心上，有人黑你是好事，说明你红，你想想你之前在‘BIG_FIVE’的时候有人黑你吗？没有吧？”

江念缓缓点头。

“所以，别想太多。”许辛夷拍了拍江念的肩膀，“我去看看安雅。”

说完，她起身离开练习室。

练习室的门被关上，江念坐在那儿许久没动静。过了一会儿，他将手机屏幕解锁，将微博回复界面上的那番话一字一句地删除，返回评论界面后，一条恶毒的评论出现在屏幕上。

“江念除了脸还有什么？他能进许辛夷的工作室，多半是被许辛夷给包养了吧？许辛夷又不是什么好东西。”

也是奇怪，满腔的怒火奇迹般消失，这些令人厌恶的话，他好像真的就不那么在意了。

这边许辛夷刚走到安雅的办公室门口，就听到前台传来安雅不耐烦的声音，她转头就往前台走去。

前台一个男的抱着九十九朵玫瑰花，一脸难色地看着安雅：“安小姐，我也只是送花的，没办法……”

安雅不耐烦地在签收单上签字，送花的男人将玫瑰放在前台后立马溜了。

“玫瑰花？谁送的？”

说起这个安雅就头疼：“骆桀。”说完，她叮嘱前台人员：“以后还有人送花来就直接收下扔垃圾桶里，不用再通知我。”

前台的小姑娘应了下来。

许辛夷则跟在安雅身边笑道：“骆桀？他还在和你纠缠？”

“你别提他，一提他我就头疼，烦死了。”

整个工作室的人忙到晚上，钉着各方动态，没歇一下。

其间许辛夷收到了易扬打来的两个电话以及十条询问什么时候下班的短信，但都被许辛夷一个“忙”字打发了回去。

一品兰亭，易扬看着手机上极具敷衍色彩的一个字，陷入沉思。

江念的事能有多大，需要她一天忙到晚？

对忙着别的男人的事却不顾家的易太太，易扬有很深的怨气。

今天他特意排开所有的安排，想着能和许辛夷好好培养感情，却没想到被许辛夷将了一军。

想了想，他给许辛夷发了条短信。

“知道今天是什么日子吗？早点回来。”

什么日子？

接到这条短信的许辛夷一脸茫然之色，认真且仔细地想了想今天的日期，好像也不是什么重要日子。

难道是爷爷的生日？不对，爷爷的生日在七月份，而且就算是爷爷或者妈的生日，也该会提前通知她，并大操大办。

可是除此之外，没什么大事需要她记日子才对。

易扬的生日？

许辛夷一拍脑门，易扬的生日是什么时候来着？好像是在上半年。

她记得从前易夫人说过，易扬过生日不喜欢热闹，更不喜欢大操大办，往年都是和家里人一起吃顿饭就算过了，这两年易扬忙于工作生日时没回家，也都是一个视频电话解决。

难道今天真是他的生日？

这种事许辛夷还不能问，深爱自己丈夫的妻子，怎么能连自己丈夫的生日都不记得？

于是她立马回了一条信息过去："当然知道，老公，我马上回去！"

"小A，易扬的生日是几号？"

不知道哦。

有事喊小A，没事理都不理我，哼，女人。

许辛夷只好立马收拾一下开车回家，途中经过一家商场，特意下车给易扬买了一份礼物，不管是不是他生日，买份礼物有备无患。

随后她以最快的速度赶回了一品兰亭。

许辛夷打开门，偌大的房间里没有开灯，只餐厅的桌上点了几根白色的蜡烛，烛光璀璨，与窗外整个城市的万家灯火一齐映入眼底。

见到这一幕，许辛夷倍感心虚，提着礼物进屋："老公？"

易扬的声音从客厅传来："回来了？吃饭了没？"

"还没。"没开灯，许辛夷一时之间也没看清易扬的表情。

"正好，我准备了晚餐。"

许辛夷提着礼物坐到餐桌边上，看着面前易扬精心准备的烛光晚餐，心里不由得纳闷。

——好端端的，他怎么做烛光晚餐这么浪漫的事？难道今天真的是什么大日子？

易扬眉心微蹙："你不知道今天是什么日子？"

许辛夷心虚地笑："我当然知道！"

说着，她将礼物拿了出来，递给易扬："送给你的。"

易扬看着许辛夷递过来的礼物，嘴角罕见地勾起一抹愉悦的笑容，也从身侧拿出一份早就准备好的礼物，是一个精致的首饰盒。

"生日快乐。"

"今天是我们的结婚纪念……"

两人同时出声。

易扬的手停在半空，许辛夷也愣在当场。

沉默，是今晚的浪漫。

"许辛夷，今天不是我生日！你连我们的结婚纪念日都忘了？"

"什么结婚纪念日？我们的结婚纪念日不是今天！"

两人随之沉默。

桌上的烛光随风摇曳。

易扬咬牙："你连我的生日都不记得？"

许辛夷有理声音必须得高，扬眉怒道："你别胡搅蛮缠，你明明连我们的结婚纪念日都给忘了！"

"我的生日你不知道？"

"我们的结婚纪念日你不记得？"

"那你说，我的生日是几号？"

"我们的结婚纪念日是几号？你说！"

两人又是一阵沉默。

"我的生日是五月五号。"

"我们的结婚纪念日是三月二十七号。"

两人双双将礼物收了回去，默契地当这一切没发生过，并开始吃饭。

一品兰亭位于城市中心，沿江而建，一到夜晚，整个沿江风光带就亮起璀璨的灯光，无数灯火装饰着这条有无数行人的风光带。

易扬身后是大片落地窗，窗外黑夜被万家灯火点缀，而许辛夷面前燃着三盏高台烛灯，三四根矮小的白蜡被用心地装饰了，搭配着香槟红酒、牛排沙拉。

真是浪漫……个屁！

嚼着牛排的许辛夷用手中的刀叉将面前亮得反光的餐盘划得刺刺作响。

——我还以为是什么大事呢，连结婚纪念日都不记得，还有脸急着让我回家。

——有这吃饭的闲工夫，我还不如在公司多看看剧本看看合约。

许辛夷叉着牛排往嘴里塞，发狠地嚼了几口，一双眼睛里满是怨恨之色地看着易扬。

虽然没抬头，但依然感受到许辛夷的目光的易扬喉结上下滚动，端起手边的红酒喝了一小口，掩饰尴尬。

他们的结婚纪念日竟然是三月二十七号。

可是昨天在公司的时候，他记得看过日期，确实是今天。

莫非许辛夷记混了？

他想了想，也许还真有这个可能。她表面上说着喜欢他，不是连他的生日都记不住吗？

易扬解锁手边的手机，翻开工作日志，上面赫然写着“结婚纪念日3.27”。

只是日期靠近屏幕边缘，他将“27”看成了“21”。

易扬若无其事地放下手机，清了清喉咙，看向许辛夷，说：“抱歉，是我记错了日期，不会再有下次。”

许辛夷怔了怔。

——他这是在向我道歉？

——记错了结婚纪念日，一句道歉就完事了？

她正想着怎么开口，易扬将准备好的首饰盒递了过来。

“送你的东西没有理由收回来，你收着，下次结婚纪念日，我再送你更好的。”

用礼物致歉，易扬还算有点诚意，不过许辛夷表面上还是得端着点。

“这怎么行？这么贵重的东西……”

“拿着。”易扬看透了她的虚情假意，用两个字堵了回去。

许辛夷勉为其难地收下礼物：“好吧，那我就收下了。”

许辛夷将首饰盒打开，是一条手链，上面点缀着几颗价值不菲的钻石，看不出款式，也没有 logo。

许辛夷心满意足地收下。

没有 logo 的东西才更贵。

既然收了礼物，许辛夷认为自己说句谅解的话还是有必要的。

“结婚纪念日记错了就记错了，不是什么大事，重要的是老公你的这份心意，今天精心准备的烛光晚餐太浪漫了，我好感动。”

“是吗？”

许辛夷点头。

易扬皮笑肉不笑地道：“那你多吃点。”

“老公你也是。”

呵呵，女人。

A 市市中心灯光璀璨，是每天人流量最大的地方，远离市中心的地方则显得安静许多。

华名苑是二十年前的老小区，七层楼高没有电梯，斑驳的墙面乌黑，老化的小区设施早就没人维修，小区内的水泥地面坑坑洼洼，不少杂物堆积在楼道角落，占据了大半的通道，一楼电表附近不少老化的线路裸露在外，看上去十分骇人。

唯一的好处是小区内大树颇多，夏天里在树下乘凉很舒服。

在工作室忙碌了一天的江念拖着疲惫的身躯回到华名苑，用钥匙开门，迎接他的却不是满室的黑暗和寂静，而是客厅里一盏亮着的昏黄小灯。

握着门把手的江念心一紧。

屋内有人。

客厅里有人站了起来。

“回来了？”

听到声音的江念抿了抿唇，关上门进屋。

客厅里江城坐在沙发上，江淮站在江城身侧看着江念。

他们没有钥匙却能不打一声招呼就进门……江念垂目，语气不能算好：“你们怎么来了？”

江淮还没说话，江城就担忧地问道：“来看看你，你哥说你昨天找他借了一百万，怎么回事？是不是遇着什么事了？还缺不缺钱？”

江念却不答，扫了江淮一眼，进房从房里拿出一张卡递给江淮。

“昨天给你打电话借钱是因为在做节目，当时在玩一个游戏。这是昨天你给我的一百万，我没动，全在这儿，还给你。”

江淮没接，笑着说：“哥哥给你的哪有收回来的道理？给你的零花钱，你收下。”

江念面无表情，执意不收，将卡放在江淮面前的茶几上，态度很明确。

他不拿江家的一针一线，不接受江家的任何馈赠。

“我听说你在节目上暴露了自己的身份，怎么样，需要哥哥配合你吗？”

江念垂目：“不需要。”

接连被拒的江淮依然好脾气地问道：“今天我收到消息，说是网上有人黑你，怎么回事？解决了吗？”

“黑？”这引起了江城的注意，“怎么回事？”

江淮解释说：“娱乐圈有人忌妒江念爆红，所以找人在背地里编一些子虚乌有的黑料。”

“这种事你既然知道，没去解决吗？”

江淮怔了怔。他也是刚知道不久，最近忙着和易氏合作的事，对于别的事关注自然就少了。

江念不承这个情，如果可以的话，他宁愿不和江家扯上任何关系。

“这种事公司会帮我解决，不用麻烦。还有什么事吗？没事的话请回吧，我累了，想休息。”

江淮对江念的态度有所不满，拔高了声音：“江念！”

江城瞪了江淮一眼，以眼神提醒他注意自己的态度。

对于江城毫无原则的立场，江淮很无奈，缓和了语气：“我和爸特地来看你，等了你几个小时，你不能倒杯水？”

“招呼都不打一声就进门，得到我的允许了吗？”江念冷冷地瞥了江淮一眼，不想说太多，“你们想什么时候走就什么时候走吧，我累了，回房休息了。”

“站住！”江淮叫住他，“什么态度？坐下！”

“行了，”江城说，“他累了就让他去休息，你吼他干什么？”

卧室门口，江念握着门把手，紧咬着牙，说：“如果没事的话请尽快离开，你们在这儿，妈妈不喜欢。”

卧室门被江念关上。

整个客厅陷入沉寂。

窗外是浓重的黑夜，看不见一丝光亮，连带屋内的这盏灯都显得昏暗无力。

良久，客厅里响起一声沉重的叹气声。

江城缓缓站了起来。

五十多的年纪，不算老，可身体的衰老走在时间的前面，不过三四年的时间，江城就从还算健硕的中年到了枯木朽株、每况愈下的地步。

他抚摸着客厅里破旧的沙发，看着阳台上那把破旧的竹摇椅，仿佛下一秒，就有一个温柔美丽的女人从摇椅上起身，笑着扑进他的怀里。

江城声音颤抖地道：“这是你母亲住过的地方，你看，这株白百合是她喜欢的，她总要在自己看得见的地方放上一束。”

江淮沉默着跟在江城的身后。

“我有种感觉，我应该很快就能见到你的母亲了。”

“爸，您别这么说。”

江城笑了笑：“是我对不住她，早点去见她也没什么。这好像是我第二次来这儿。”他抬头环视整个屋子，“上次来还不是这样子，你把这房子复原了？”

江淮点头。

“嗯，挺好的。”

语毕，江城扶着桌子猛烈咳嗽几声，心脏紧缩，针扎刀绞般痛。

“爸，您没事吧？”

江城摆手，但依然气喘吁吁：“没事，老毛病了。”

“明天我陪您去医院检查一下吧？”

“不用，我自己的身体自己知道，别瞎折腾，过两天不是要和易氏谈合作的事吗？等谈完合作，我再去医院。”

江淮知道自己无法左右江城的决定，看了一眼江念的房间，只得说道：“时间不早了，您早点回去休息吧，江念这儿我会照看好的。”

江城点头，两人就此离开。

夜色更深。

江念站在窗口，看着沿着小区道路离开的迈巴赫，缓缓垂眸。

江念被黑的事，随着江念对网友破口大骂而愈演愈烈，眼看着背后黑手就要得逞，一夜之间，所有有关江念的传闻和黑料全都消失不见了。

许辛夷提前得到消息，是江淮做的。

有靠山就是不一样，江念以后在娱乐圈还不横着走？

想到这儿，许辛夷又叹了口气，都是霸道总裁，易扬怎么就不能和江淮学学呢？如果以后易扬能罩着她，她在娱乐圈也能横着走。

“辛夷，你看看这几件礼服，喜欢哪件？”

安雅送来的礼服是许辛夷明天参加电视节颁奖活动要穿的，新一季的高级定制款。

没怎么挑，许辛夷一眼看中了中间那件白色抹胸亮片礼服，能把她的身体曲线体现得淋漓尽致。

“主办方也邀请了江念，明天你带他。”

“当然。”

翌日，许辛夷穿着白色抹胸亮片礼服从车上下来，站在红毯的一头，微笑着看着四周的媒体和粉丝。江念穿着一身合体的西装，头发往后梳，这样的他少了不少青涩感，有了一些江淮的影子。

但江念今天明显有些心不在焉，许辛夷误以为他是太紧张，遂提醒他：“别紧张，跟着我走就行。”

“嗯。”

有工作人员上前来提醒他们可以进场了，许辛夷才带着江念走上红毯。

摄像机的咔嚓声不绝于耳，闪光灯不断亮起，许辛夷全程微笑着挥手示意，而江念却紧绷着脸，没有露出一丝的笑容。

直到走到红毯的尽头，签名后主持人发问，江念都没能缓过神来。

好在主持人也是有经验的，三言两语替江念解了围。

来到场内，许辛夷找着自己的位子坐下。她的座位和江念的座位相邻。

“刚才怎么回事？怎么心不在焉的？是不是发生什么事了？”

江念微笑着摇头：“没有，就是有点紧张。”

许辛夷递给他水：“喝杯水，待会儿你只需要坐着微笑就行。”

江念接过水杯喝了一小口，点了点头。

开场的前奏实在是慢，许辛夷坐了好一会儿现场的明星也没来齐，江念今晚又不说话，百无聊赖之下，她拿出手机给易扬发微信。

许辛夷：“老公，你看我今天美不美？”

许辛夷接连给他发了四张自己走红毯之前的礼服照。

照片里的她美艳绝伦，简直美得不可方物。

很快，易扬回了一句：“美。电视节？”

许辛夷：“嗯。”

易扬：“什么时候结束？和谁一块？”

许辛夷：“还没开始，早着呢，我和江念一块参加的。”

许辛夷：“今晚的最佳女主角肯定是我，到时候晚上肯定得请客，你别等我了。”

易扬：“行，我也有点事忙，先不和你说了。”

易扬放下手机，听到助理说江氏的人已经到了。

易氏和江氏最后一次谈合作事宜同样也定在今天。

易扬一行人一进会议室便瞧见了被众人簇拥着的江城。

易扬面不改色地迎了上去："久闻江先生将公司大权全都交给了江总，没想到这次合作的事宜，江先生您亲自出面。"

江城看上去脸色不太好，但依然强撑着："两家的合作至关重要，我不放心，来把把关。"

"请坐。"

两方就此坐下。

两家公司的高管就此次合作事宜进行探讨，各自针对对方所提出来的点据理力争。

易扬不动声色地看着久不插手公司事务的江城，内心思索着这次江城出面的原因。

会议进行了大半天之后，两方终于停止了交流，目的达成一致。

只剩两方话事人最后拍板定夺。

"既然江先生您决心与易氏重新合作，重归于好，那么我相信江先生是带着诚意来的，毕竟这段时间两家公司的人为合作的事所做出的努力，我们都看在眼里。在原有合同的基础上，江氏让利百分之五，这是易氏最后的条件，不知道江先生怎么看？"

"百分之五。"江城目光似箭地看向易扬，"易总比当年的易先生简直有过之而无不及，如果是当年的易先生，绝不会在我面前大言不惭地让我让利百分之五。"

"今时不同往日。既然现在是我和江先生谈合作的事，那么还请江先生考虑我的条件。"

"百分之五太多，百分之三是我们江氏最后的底线。"

易扬摇头，从容不迫地看着江城："既然如此，那么我想今天的谈判到此结束，以后有机会再合作。"

江城眉心紧蹙，内心百般思量。

这个项目江氏一家吃不下，经过几番考量，和易氏合作吞下这个项目才能让利益最大化。

除了易氏，他想不到更好的合作人选。

一旦达成合作，江氏的底蕴至少再丰富二十年。

"易总，"江城叫住他，起身朝他伸出手，"合作愉快。"

易扬伸手与之相握："合作愉快。"

"项目的其他细节我们会尽快补充，合约也会尽快处理好，到时……"江城一顿，脸色以肉眼可见的速度变得苍白。他一手扶着办公桌，一手死死地捂着胸口，缓缓地倒了下去。

情况发生得太过突然，谁都没有料到。

“爸！”江淮一个箭步上前扶住江城。

会议室里一片慌乱。

易扬眉心紧蹙，厉声道：“快打 120！”

救护车很快便停在了公司楼下，在易氏出的事，易扬自然得亲自将江城送到医院，在路上江城一度心脏停跳，到了医院立刻被送进了抢救室。

抢救室的灯亮起，江淮冷静地给江念打着电话，但是没人接。

“现在立刻去找，华名苑、许辛夷的工作室，立刻把江念找过来。”

江淮身边的助理和保镖听到这话后急忙离开。

易扬想起今天许辛夷去参加电视节了：“等等，我打个电话。”

随后他拨通许辛夷的电话，没人接。

挂断电话后他拨通了安雅的号码，等了一会儿后安雅接听了电话。

“喂，请问哪位？”

“我，易扬。”

“易扬？你找……”

“我找辛夷，江念在那儿吗？”

“在。”

“手机给辛夷。”

安雅将手机递给了许辛夷。

“谁啊？”

“你老公，应该找你有急事。”

许辛夷放下沉重的奖杯：“喂，老公，你找我……”

“江念在吗？”

“在。”

“你立刻带他到第一医院来，江先生病危。”

许辛夷一怔，敛去脸上所有的笑容：“我知道了。”

医院里，抢救室的灯亮了几乎一个小时，终于熄灭，医生叹着气从抢救室出来。

“医生，怎么样了？”

医生摇头：“江先生已经醒了，虽然我们暂时恢复了江先生的心跳，但以江先生目前的状况来看……”

江淮不听他说废话，推门闯进抢救室。

抢救室里江城脸上罩着氧气罩，病床边上的心率监护仪尽职地响着。

两个小时前还在会议室里谈判的一个活生生的人，两个小时后竟行将就木。

江城缓缓地睁眼，费力地将面上的呼吸罩拿开，眼底一片死寂之色。

“他呢？”

江淮咬牙：“在路上，马上来了。”

“我……我等不了了，你给他……给他打电话。”

“好。”

江淮拨通江念的手机，嘟了两声后电话被接听。江淮将手机放在江城的耳边。

整个房间里除了心率监护仪的声音，就只听得见江城急促的呼吸声。

“念念……是爸爸，在听吗？”

电话那头没有声音。

“爸爸今天有点累，有些话想和你说，你认真地听爸爸说，好不好？”江城呼吸渐弱，仍然自顾自地说道，“爸爸做了很多错事，我知道你不愿意原谅我，但是……还记得你小时候在爸爸身上骑大马吗？爸爸给你做的玩具，还有……还有爸爸给你做的生日蛋糕，你要记得爸爸的好，忘了爸爸的坏，好不好？……

“念念，爸爸……对不起你，你才十八岁，爸爸就不能照顾你了，以后你听你哥的话，家里……家里没有了爸爸，你搬回来……搬回来住，房间给你留着，没有封。”

电话里依然没有回音。

江城知道，自己的时间不多了。

他艰难地让江淮拿走手机，叮嘱江淮：“江淮，记住，与易氏的合作不要断，两家联手……江氏才能……才能……”

江淮沉声道：“我明白。”

江城呼吸困难，抬手紧抓着江淮的手，一字一顿艰难地吐字：“还有，你要……照顾好你的弟弟，要给他做个表率，不要带坏了他，你们这辈子不能像我……一样，记住了吗？”

江淮沉重地回以四个字：“我记住了。”

“记住……记住就……”江城一个“好”字还在嘴边，未能完全发出最后的声音。

江城的眼角处滑下一滴清泪，瞳孔渐渐涣散，虚无的空中，他似乎看到了一个美丽温柔的女人来接他。

他朝女人伸出手，然后紧抓着江淮的手无力地垂下。

心率监护仪在这安静的抢救室内发出尖锐刺耳的声音。

江念在电话里问江淮："他死了吗？"

"嗯，死了。你想和他说句话吗？"

回应江淮的，是良久的沉默。

江淮失魂落魄地站在床边，依然将手机放在耳边，耐心地听着。

"不想，我说过，这辈子……都不会再和他说一句话。"

"没关系，他已经死了。"江淮缓缓地将床单盖上江城的头顶，红着眼眶发出一声锥心刺骨的哽咽，"江念，我们没有爸爸了。"

江念保持着这个动作已经很久了。

他将手机贴在耳边，后背挺直，一言不发地看着车窗外。许辛夷等人也不知道手机里是否还在通话，更不知道他现在在想些什么。

车里的几人保持着绝对的安静。

据说这座大桥上已经堵了近一个小时，但前往医院必须经过这座桥，也不知道前方发生了怎样的事故，人命关天，许辛夷实在按捺不住，拉开车门对江念说："前面堵车估计还得一会儿，你们在这儿等，我陪江念走过这段桥。"

接过助理递过来的口罩和帽子，许辛夷拉着江念下车。

"你别急，大桥这儿经常堵车，咱们过了桥就打车过去，很快就到了。"

许辛夷健步如飞，拖着江念往前走。

江念的步子却不大，甚至在走到江边时他站定在了原地。

"怎么了？"

江念缓缓地将贴在耳边的手机放下："不用去了，他已经死了。"

许辛夷欲言又止。

她不知道在江念身上曾经发生过什么，才能让他在自己的亲生父亲死后淡漠地说出这么一个"死"字。

他没有情绪波动，表情冷漠得很。

虽然如此，许辛夷也没有轻易说什么，人与人的悲欢无法相通，更何况她不知道在江念身上发生过什么，没有资格说什么。

"不去看最后一眼吗？"

"人都死了，现在看和以后看，有什么区别？"

大桥两侧灯光璀璨，车流的灯光停滞不前，天色沉闷，依稀可见无数的乌云层层叠叠，压得人喘不过气来。

江念沿着大桥入口处的旋转石梯往下走，许辛夷实在担心江念现在的情绪，跟着他下去。

站在江边江念看着许辛夷道：“好巧，你还记得这里吗？”

许辛夷眉心微蹙。

“我妈妈是一个很温柔的女人，很爱他，爱到心里眼里都只有他一个人，可是后来有一天，不知道发生了什么，他把我和妈妈赶了出去，说我不是他的儿子，和我还有我妈妈断绝了所有关系。

“我妈什么都不会，什么都没有，一个行李箱和我，是她离开家时带的所有的东西。她努力学着工作养活我，每天晚上都去公司或者家里找他，可是每次连他的面都见不到，好几次还被人羞辱，才过了一年多，就因为惦记他而病死了。

“我卖了家里所有能卖的东西替我妈办了后事，如果那天晚上没遇到你，你没给我买那个饼，我可能就那样饿死了。

“所以我不会原谅他，就算他死了，我也不会原谅他。”

许辛夷沉默地看着他。

那会儿她和易扬结婚不久，第一次回老宅见易老先生，回来的路上易扬临时有事不能回一品兰亭，她被易扬赶下车，憋着气在江边散步，恰好遇到了江念。她一时心软，不仅给他买了饼，还把身上所有的现金都给了他。

原来她给江念买的那个饼救了他。

桥上车流缓缓涌动，前方的道路似乎通畅了。

江念看着许辛夷，说：“许辛夷，为了爱情奋不顾身，是不会有好下场的。”

拥堵的大桥很快畅通无阻，半个小时不到，江念和许辛夷就到了医院。

医院里易扬和公司高层都守在那儿，无论如何，今天江城是在易氏谈合作时病发身亡，于情于理，易扬都不能就这样走了。

“怎么样了？”许辛夷快步走到易扬身边询问他。

易扬握着她冰凉的手，无声地摇头。

江淮进去急救室后至今还没出来。

死者为大，医生也不好进去打扰。

江氏那边的助理见着江念，眼睛一亮，焦灼地快步走到江念面前：“江先生在急救室等您。”

江念面无表情地看着急救室的门，冷漠到让人怀疑这个人和急救室里死去的人是否真的是父子关系。

他缓缓走进急救室里，放眼望去，墙是白的，床单是白的，好像什么都是白的。

病床上的人被单盖过头顶，垂在被单外的苍老的手上戴着一串佛珠，无名指上戴着一枚戒指。

江淮站在病床不远处，听到脚步声没有回头。

“这几年你不在，他真的改了很多。说起来你可能不信，两年前他开始信佛，经常教育我做人做事留一线，不能太过，你的房间他也收拾出来了，一直等着你能回去住。”

江淮叹了口气：“你应该还记得两年前他去接你的时候一根白头发都没有，你看现在，说他七十岁都有人信。

“他走之前最牵挂的人也是你，叮嘱我，让我给你做个表率，不要带坏了你，他现在已经死了，你还是不能原谅他吗？

“你还记得小时候吗？他工作忙，却总是答应你会陪你玩，可每次都因为工作忙而失约，怕你生气不理他，他就趴在地上让你骑大马逗你开心……”

江念冷静地说：“因为我是他的儿子，当我不是他的儿子的时候，我什么都不是。”

“你想看看他吗？”

江念没摇头，也没点头，视线从病床上往下移，看着自己的脚尖。

“我会一辈子都记得你把我赶出来的那天，也会永远记得，妈病得快死的时候我去求你，你骂我是野种……”江念突然收声，飞快地擦了一下眼睛。

“算了。

“爸，我原谅你了。”

一股不知从哪儿来的风从他的耳边掠过，仿佛很多年前他还小的时候，父亲在他耳边吹过的一口气。

当天江城的遗体就被运出了医院，许辛夷和易扬回到老宅时，已经是深夜，两个人都筋疲力尽。

但这件事非同小可，易老先生一早知道后就等着易扬回来向他汇报具体情况。

听完整个过程的易老先生叹了口气，虽然两家不沾亲带故，但也是故交，他看着江城长大，白发人送黑发人，对易老先生而言还是有些难以接受的。

“江城的事我知道了，过两天办丧礼，我去送送他。”老先生拄着手杖起身，“今天先这样吧，你们也累了，早点休息。”

易夫人也跟着起身，扶着老先生上楼休息。

许辛夷和易扬戳在原地，目送老先生上楼后才回房休息。

许辛夷和江城，除了在工作室的那一面之缘，再也没有过任何的交流，但即使如此，在生死面前，许辛夷依然感到惋惜和迷茫。

“在想什么？”

许辛夷摇头：“没想什么。”说完，她又问道，“你知道江念和他妈的事吗？”

“你问这事干吗？”

“好奇。”

易扬却不愿意和她说：“别问了，早点休息吧。”

洗漱之后上床，许辛夷辗转反侧，脑海里一直回想着江念说的那番话。

——其实江念说得也没错，女人都是感性动物，谈恋爱得保持清醒，心里不能只有爱情，否则男人抛弃了你，就像天塌了似的。

“许辛夷”不就是因为喜欢易扬喜欢得无法自拔才落得那样的下场吗？

——所以易扬喜欢我喜欢得莫名其妙，真不敢相信他竟然不喜欢许微茵而喜欢我。

——如果当初和我离婚了，没有我，他会喜欢许微茵吗？

——应该会吧？许微茵长得漂亮，还那么会装，没有我在他身边胡闹，现在他说不定已经爱许微茵爱到无法自拔的地步了。

易扬在一侧冷静地听着这番话。

无可否认，当初他对许辛夷没有一点感情，对她的行事作风颇为不满，甚至听到她的消息就厌恶，为了大家好，离婚是当时最好的选择。

如果不是因为离婚的时候突然听到了许辛夷的心里话，他恐怕到现在也不会知道，这个表面上张牙舞爪的女人竟然会有那么幼稚的一面。

至于自己会不会喜欢许微茵，易扬认真地想了很久。

如果不是许辛夷，他或许永远都看不透那些人的心，更不会知道那些在他面前伪装的人有多可怕。

他不会知道秦妍的别有用心，更不会看见许微茵的故意算计，或许在许微茵的故意算计和诱导之下，他还真有可能对许微茵青睐有加。

许辛夷忽然问："你睡了吗？"

易扬双眼紧闭，没有动静。

许辛夷用手肘撑起上半身，借着微弱的床头灯光打量着易扬，幽幽地叹了口气："你是真的喜欢我还是假的喜欢我？如果是假的，那我希望你能早点跟我提离婚，如果是真的……我不知道你为什么会喜欢我，也不知道你还会喜欢我多久，但是你要让我知道你有多喜欢我。"

没有回音，许辛夷讪讪地躺了回去。

易扬睁开眼睛，看着许辛夷的侧脸。

均匀的呼吸声传来，被窝里易扬握住了她的手。

许辛夷嘴角悄悄地勾出一抹狡黠的笑。

——我就知道你没睡，还不赶紧让我知道你有多喜欢我，让我满意，余生咱们就对付着过吧。

——不满意，就离婚！

易扬怔了怔，嘴角勾起一抹带有无奈之意的笑。

江家的丧礼在两天后举行。

易老先生亲自前往吊唁，这也代表着易、江两家十多年互不往来的关系终于破冰。

许辛夷看见葬礼上江念全程跟在江淮身后，江淮肃穆地接待来客，顺便将江念介绍给外人。

逝者已逝，生者如斯。

日子依然有条不紊地进行。

江城虽然不幸去世，但易氏和江氏的合作迫在眉睫。

整个易氏为了和江氏合作的事忙得昏天黑地，江氏亦是如此，江城的丧礼后的第二天江淮便打起精神亲自来了一趟易氏谈合作，条件和之前江城谈妥的一致，一字不改。

真正论起来，江城死了，两家谈的那些条件作不作数，全在易扬的一念之间。

但易扬没有乘虚而入，而是以“合作愉快”四个字回应。

易氏总部大楼，赵彬将一份文件送进了易扬的办公室。

“易总，这份文件副总让我拿过来给您签字。”

易扬认真地看过那份文件后，在末端签上了自己的名字。

赵彬躬身收走文件，却在转身的瞬间被易扬叫住。

“等等。”

“易总，您还有什么事吗？”

易扬眉心微蹙，似乎在考虑极重要的事。

这个表情赵彬熟悉，估计易扬是有什么重要的事要问他或者交代他。瞬间神色一凛，严肃以待。

半晌，易扬才憋出一句话来：“女人都喜欢什么惊喜？”

这句话给赵彬带来的冲击，不下于一个穷凶极恶的歹徒拿着枪指着他，问他有没有糖。

“女人都喜欢什么惊喜？”冲击归冲击，老板的话还是得回的，他认真思索了一会儿，记得自己给女朋友送花时女朋友挺高兴的，但如果是易太太，花估计不够，“应该喜欢花和珠宝吧？”

他用的疑问句，给自己留有余地。

易扬点了点头：“行，我知道了，你先把这份文件送给副总。”

“好的。”

关门声传来，易扬这才搁下笔，回忆着赵彬说的话。

花？珠宝？

以之前拍卖行上许辛夷的表现来看，她是喜欢珠宝没错。

玫瑰花，没有女人会不喜欢。

易扬明白了。

许辛夷最近也挺忙的，忙着谈剧本聊代言，但最近安雅请假超过两天，也不知道在忙些什么。

前台又有人送来了玫瑰花，这次大手笔，送了九百九十九朵，几个小姑娘围在一块讨论。

“怎么了？”

“辛夷姐，是安雅姐之前说，以后送来的所有玫瑰花都扔了，可是这么多玫瑰，我们觉得扔了太可惜了。”

许辛夷看了一眼，估计又是骆桀送来的。

暂且不说骆桀的为人，单就每天送花的这份心意，倒是挺让许辛夷意外的。

毕竟易扬那臭男人一朵花都没送过她。

“安雅不在，你们喜欢就留下吧。”

“好的！”

许辛夷往自己的办公室走去。

不懂浪漫的臭男人！

待会儿她自己买！

下午四点多，安雅给许辛夷打了个电话，说是让许辛夷去陪她喝酒。

听安雅电话里的语气，哽咽伤心，像是为情所困，许辛夷一脚油门踩下，立马到了安雅所在的夜店。

包房里安雅身边坐着两个“小鲜肉”，一个陪唱，另外一个陪她喝酒。

“怎么回事？”许辛夷皱眉看着安雅。

安雅一见许辛夷就朝她招手。让安雅身边的“小鲜肉”走开后，许辛夷坐到了安雅的身边。

“这两天不上班你就在这儿醉生梦死？喝这么多酒？”许辛夷看着面前的瓶瓶罐罐，眉心微蹙，“失恋了？”

“失恋？我倒宁愿是失恋。”安雅咬牙切齿地开了瓶酒，仰头咕噜咕噜地往嘴里灌。

“你先别喝，到底发生什么事了？”

安雅狠狠地将酒瓶砸在面前的桌上。

“前天我在酒吧喝酒，遇到了骆桀……”安雅说到这儿怨气滔天，恨不得咬死那浑蛋。她又要去拿酒。

“等等，”许辛夷止住她，“后来呢？到底怎么了？”

“后来……我和他睡了。”

这弯转得太急，许辛夷一时之间没法接受，瞪大了眼睛，难以置信地问道：“什么？你说什么？他强迫你？”

安雅痛苦地摇头：“是我强迫的他。”

“……”这弯更急了。

“我看过酒店的监控录像，还有车载记录仪，是我强迫的他。”

许辛夷欲言又止。

安雅转头看着许辛夷，一脸“我脏了，我不干净了，我完了”的表情：“辛夷，你能想象吗？我竟然饥不择食，和那浑蛋上床了。”

许辛夷一副“我真的不知道该怎么说”的表情。

“安雅，这件事虽然看起来是你强迫了骆桀，但他身为一个男人，把醉酒的你从酒店带走，意图太明显了，说不定他是故意的。”

天错地错，姐妹无过。

安雅深有体会：“对！你说得没错，都是骆桀那浑蛋的错！”

许辛夷的手机振动，似乎来了微信消息。

许辛夷看了一眼，是易扬发来的，问她在哪儿，能不能早点回去。

安雅瞟见了这条微信：“姐妹重要还是男人重要？”

许辛夷斩钉截铁地道：“姐妹重要！”

“那今晚你别走，留在这儿陪我。”

“行。”许辛夷给易扬回了一条信息，说今天有点事，什么时候回去不一定，让他早点休息。

一品兰亭有着整个A市最好的观景地点。

正对着江面的大楼顶部，几百平方米的空间被设计成了玻璃房，开设了特色主题餐厅，三百六十度全玻璃景观，无论你看向何处，都能将整个A市的夜景尽收眼底。

这样的地方，仅供一品兰亭的客户消费使用。

几名小提琴手等候着，易扬静静地坐在桌边等许辛夷回来。

八点。

九点。

十点。

易扬看了一眼腕表上的时间，脸上没有半点焦躁的情绪。

有工作人员小心地上前询问：“易先生，后厨说再等一会儿空运过来的海鲜估计就不新鲜了。”

“那就换牛排。”

“好的。”

工作人员退下。

易扬拿起手机，点开与许辛夷的聊天框，最后一句依然是自己发过去的信息，在这整整三个小时内，许辛夷并没有回他的消息。

他已经很多年没有等待过这么长的时间，也没有人敢让他等待这么长的时间。

他决定再等等。

她应该在路上了。

夜店包间里，许辛夷被安雅左拥右抱的样子晃得没眼看："安大美女，你这到底要喝到什么时候？"

看着安雅身边的那些男人，许辛夷实在不放心把安雅交给他们，只好亲自送安雅回去。

安雅醉到神志不清，又哭又吐，许辛夷无奈，只好待在她家照顾她，在她身边睡了一晚。

等早上八点安雅的一名助理过来之后，许辛夷才疲惫地离开，驱车回一品兰亭，准备好好再补个觉。

许辛夷刚下车，就见到等在自己家楼下大堂的一品兰亭的工作人员快步走了过来："易太太，您怎么才回来？"

"我昨晚有点事，怎么了？"

"有事？您没和易先生说吗？"他也是昨晚陪着易扬等到深夜的人。他们等到深夜不要紧，易先生昨晚等到深夜，心里肯定有想法，作为一个普通员工，现在这个时候卖个好给易太太，在易太太面前露个脸，以后说不定有好处："昨晚易先生等您等到凌晨两点，现在应该还在楼上。"

许辛夷微愣，显然有些茫然："等我？凌晨两点？"

灵光一现，她一拍额头，突然想起昨天易扬发的那条微信消息，让她早点回来，可是她当时明说了自己有事，什么时候回来也不一定，让他别等了。

想到这儿，她拿出手机打开微信，翻开和易扬的聊天记录。

最后一条消息是易扬昨晚八点发过来的。

"没关系，你先忙自己的，我等你。"

昨晚安雅那女人癫狂得很，一晚上差点没折腾死她，她没注意到这条微信。

"是啊，昨天易先生亲自布置了一整天，就等您回来，可是一直等到凌晨两点也没见到您，这才走了。"

许辛夷琢磨了一会儿，笑道："好的，我知道，谢谢你。"

"不客气。"

许辛夷快步上楼。

等我？他亲自布置？昨天是什么重要日子吗？

她拿出手机一瞧，顿时倒吸了一口凉气。

三月二十七号，他们的结婚纪念日。

许辛夷拍着自己的脑门，前几天还在易扬面前耀武扬威，说他连两人的结婚纪念日都不记得，这才过了几天，不记得的人倒成了她。

昨天是结婚纪念日就明说嘛，说什么在家等她，他过个纪念日也要这么含蓄吗？

他就不能大大方方地说“今天是我们的结婚纪念日，我给你准备了惊喜，你早点回家”？

易扬要真这么说，她至于一晚上不回来吗？

电梯门打开。

许辛夷缓缓走出电梯，有些心虚，毕竟昨晚自己无故失约。

理直气才壮，她这理不直气怎么壮？

如果是易扬忘了他们的结婚纪念日，她还能理直气壮地找他算账。

待会儿如果易扬理直气壮地和我算账，我怎么解释呢？

“对不起，昨晚我没看到你的信息，所以……”

——这样说岂不是就说明我把结婚纪念日的事给忘了？不行！不能让他抓到我忘了结婚纪念日的把柄。

“老公，你不知道，昨天安雅哭得太可怜了，我实在走不开，让你等了一晚上真的很抱歉。”

许辛夷思考了片刻。

——这样说会不会火上浇油？易扬说不定会恼羞成怒。

“这样不行那样也不行，怎么解释？”

许辛夷站在门外徘徊。

门内玄关处，准备出门的易扬松开握在门把上的手，驻足静静地听着。

——易扬应该没这么小心眼吧？结婚纪念日年年都有，更何况往年也没过过，今年这么矫情干什么？

想到这儿，许辛夷咬牙切齿地道：“没错，易扬也不看看自己，往年年年缺席，问都不问，我就缺席这么一次，他有什么资格说我？”

——他如果真和我闹，说我的不是，行，那就离婚！

许辛夷恶狠狠地想。

她打开大门，门后易扬站在那儿，与许辛夷仅一门之隔。

视觉比嗅觉灵敏，许辛夷在看到易扬后才闻到扑面而来的玫瑰花香。

许辛夷的视线被满室的红色所填充。

她朝着屋内望去。

整个房子里堆着满满的玫瑰花，有那么一刹那，许辛夷觉得自己是不是走错了门，可看着墙上她和易扬的结婚照，没走错。

“这……”

许辛夷想起楼下的工作人员说易扬一手布置，等她到凌晨两点，就是为了给她一个惊喜。

——这是易扬昨天为我准备的惊喜？

浓郁的花香不断侵入鼻腔，室内的玫瑰或含苞待放，或开得正盛，许辛夷有一种置身花海的感觉。

她既茫然又无措地站在那儿，感受着胸腔里怦怦直跳的心脏，目光不知道该放在哪一朵玫瑰上。

她想，应该是刚才回家的路上太心急了，否则自己的心跳怎么会这么快？

——我还以为什么呢，真老土。

她转身看向易扬：“昨天晚上我确实有事耽搁了，忘记和你说，让你等那么久，很抱歉。”

许辛夷将手伸到易扬的口袋里，将他的手机掏出来，在屏幕上操作了两下，抬头问他：“你现在是要去上班吗？”

“嗯。”易扬一动不动地望着她。

“可是今天是我们的结婚纪念日。”她将手机屏幕放到易扬面前。

易扬看着手机上被许辛夷改成昨天的时间。

“你要去哪儿？”许辛夷问他。

易扬轻笑：“今天是我们的结婚纪念日，我还能去哪儿？”

许辛夷将手机塞回易扬的手里，转身沿着仅供一人走过的玫瑰花走道往里走，每一步都招得几朵玫瑰花摇曳。

猝不及防间，她被易扬从身后紧紧抱住。

“对不起，”易扬在她的耳边呢喃，“从前让你等了那么久是我的错，请你原谅我。”

易扬的温柔来得令许辛夷措手不及。

温热的呼吸喷在耳畔，低声道歉的话情意浓浓，许辛夷的心猛地被易扬的这番话牵动，微微发颤。

在她的记忆中，易扬从来没有过这么温柔的时候，很多时候他言简意赅，浪漫这种事更是与他无关。

一个话不多、不懂浪漫的男人，在家里摆满了玫瑰，耐心地等她到凌晨两点，只为了给她一个结婚纪念日的惊喜，并且放下男人的自尊承认自己错了，乞求得到原谅。

就在那么一瞬间，许辛夷觉得从前所受的委屈好像被抚平了一些。

“你说什么？”

“我说，从前的事是我的错，我为我对你的态度和言行向你道歉，请你原谅我。”

许辛夷虽然背对着易扬，看不到易扬的表情和眼神，但从他说话的语气能感受到他说这话时认真的态度，他并不只是随口说说而已。

她咬紧了下唇，知道不该翻旧账，但依然口不对心地说起从前的事：“我刚嫁给你的时候，你不理我，妈也不喜欢我，那次过年你带我回去见爷爷，回来的路上让我下车自己回家，我被你气到哭，你真的好可恶！”说完，她沉默片刻，深吸口气，眼眶微微泛红，“但是你没必要道歉，从前的事不是你的错。”

——那时候我不喜欢你，你也不喜欢我，我们谁也不亏欠谁。

“不，有必要。”易扬说，“我冷落了喜欢我的妻子两年，从来没有静下心来认真和你说说话，没有关心过你、过问过你的生活和工作，我让你伤心、让你感到委屈，都是因为我这个丈夫当得不好，如果你愿意原谅我，以后我会履行丈夫的职责和义务，好好照顾你、关心你、爱你，不会再让你受一点委屈，你会再给我一个机会吗？”

许辛夷眼眶的颜色不争气地加深。

已经很久没有男人对她说这样的情话，给她这样的浪漫和温柔了。

这样的温柔，她真的抵抗不了。

“那你……能告诉我，为什么会喜欢我吗？”

“因为是你让我知道，不能轻易地相信耳朵听到的、眼睛看见的事，有些人需要静下心来好好与她相处，才能知道全貌。”

——难道是易扬和我在一起之后，发现了我的事？

——挺有可能的。

许辛夷想。

——小说里都这么写，女人做出点反常的事，霸道总裁都是一副“女人，你成功地引起了我的注意”的表情，也说得过去。

易扬低笑了一声。

许辛夷有种自己的心里话全被他听去的错觉，恼羞成怒地道：“你笑什么？我还在考虑原不原谅你！”

易扬顺着她的话说："嗯，那你愿不愿意给我一个机会，原谅我？"

许辛夷心里仿佛有两个小人在给她吹耳边风。

白脸许辛夷劝她：

——你看看易扬都这么说了，你还在考虑什么？赶紧答应他！太感动了！

但黑脸许辛夷反驳道：

——得不到的都是最好的，轻而易举就得到的东西没有人会珍惜，这个时候你得矜持！不能轻易原谅他！

白脸许辛夷动之以情晓之以理：

——可是你看易扬精心为你准备的惊喜，等你等到凌晨两点，难道你看不到他的诚意吗？

黑脸许辛夷继续反驳：

——男人都会花言巧语，易扬这么有钱有势，这些玫瑰花就是动动手指付个款的事，许辛夷你冷静点！保持清醒，别陷得太深！

白脸许辛夷继续劝她：

——可是易扬什么时候费心做过这些事？他都认错道歉了，并且保证以后会疼你、爱你、保护你，你就不感动吗？

黑脸许辛夷冷哼：

——呵呵，男人都是"大猪蹄子"，漂亮话谁不会说？你以前不是也经常把"老公我爱你"挂在嘴上吗？

白脸许辛夷渐渐势弱。

许辛夷转过身来，直勾勾地看着易扬。

她想看到易扬的表情和眼神。

"虽然你说的这些都让我很感动，但是如果我说，我暂时还不能原谅你，你……"

"没关系，以后你会知道我并不只是嘴上说说而已。"

面对面的情况下，许辛夷看到易扬眼中映着自己，只有自己。

直到她从易扬眼中看到表情错愕的自己，才发觉自己竟然失神了。易扬乘虚而入，在她失神的瞬间吻在她的唇上。

极其温柔的一个吻，许辛夷胸腔里的小心脏止不住地怦怦狂跳，她小心翼翼地屏住了呼吸。

下一秒她被易扬捂住了眼睛，黑暗中触觉被放大，她品尝到了易扬的温柔，感受到他捂住自己的眼睛的手在颤抖。

易扬在紧张！

意识到这一点，许辛夷的心跳得越发快了。

开始紧张、开始谨慎、开始小心翼翼，这都说明这个男人栽到这个女人的手里了。

并未深入的一个吻很快结束。

易扬的呼吸很浅，可心跳却很快，他观察着许辛夷的反应。

但许辛夷只是愣了片刻，而后瞪着他，什么都没说，踮着脚整个人撞上去强吻了易扬。

许辛夷撞上来的冲击力太大，易扬下意识地往后退了一步，但余光突然瞥到满室的玫瑰，想到不能踩到送给许辛夷的玫瑰，便避了避，重心不稳地栽了下去。

玫瑰花被压倒大片，许辛夷撑在易扬身上，起身焦急地问他："你没事吧？"

玫瑰花带刺，可不是闹着玩的。

"没事，我让人把刺都给剪了。"

许辛夷看了一眼玫瑰花的花茎，果然没有刺。

"这些花不会伤到你。"

许辛夷眨眼，正想说点什么，易扬的手机铃声扫兴地响起。

是在楼下等他的司机打来的电话。

易扬接听。

许辛夷冲着他的手机大声说："今天是我们的结婚纪念日，他不去公司了。"

她的视线对上了易扬的眼睛。

易扬低声笑着朝手机说："嗯，今天不去公司。"

说完，他将电话挂断。

"是你说的，以后会履行丈夫的职责和义务，好好照顾我、关心我、爱我，不会再让我受一点委屈，那我今天就……暂时相信你，以观后效，如果做不到……"

易扬替她说："就和我离婚。"

许辛夷噎了一下，点头："对！看你的表现！"

"好，那以观后效吧。"

感动过后，许辛夷不由得有点不适应。今天的易扬太温柔，她总怀疑自己是不是在做梦。

高傲冷漠的男人有了喜欢的人之后，都这么温柔的吗？

许辛夷心里突突的，觉得自己在易扬面前嘚瑟不太好，但极力展平的嘴角却依然透露了她的一点点窃喜之意。

——当初让你离婚不离婚，现在倒霉栽到我手里了吧？

——摊上我这个“麻烦精”，以后你可有的烦了。

许辛夷很有自知之明地想。

第十四章　告　白

结婚纪念日这一天，许辛夷收到了一屋子的玫瑰花。在一品兰亭顶楼的观景台上，许辛夷在喝的红酒里喝到了一枚钻戒。

那是易扬重新定制的一款独一无二地属于他俩的结婚戒指。

悠扬的小提琴声响起，在夕阳里，易扬单膝跪地，给她戴上了新的戒指。

“许辛夷？

“许辛夷……

“许辛夷！”

许辛夷猝然回神。

安雅难以置信地看着她，沉痛地道：“你看着你手上的这枚戒指已经一整天了，怎么……在我面前你也要秀？我刚发生这样的事你就来刺激我，说好的天大地大姐妹最大呢？做个人吧许辛夷！”

许辛夷干咳两声，将手放了下去：“你刚才说什么来着？我没听清楚。”

“没听清？你是压根没听吧？”

许辛夷端起手边的水杯掩饰尴尬，话说得特豪气：“瞧你说的，你做事我放心，工作室和艺人的事，无论大小，你放手去做，不用问我的意见，我信你！”

安雅冷笑：“那行，我替你回绝徐导，那部电影你不拍了。”

许辛夷拦住她，笑道：“别呀，徐导的这部电影约了挺久了。”

安雅冷静下来，叹了口气：“这次你拍电影我就不去了，你多带几个助理，有事打电话联系我。”

“怎么了？为什么不去？”

安雅难以置信地看着她：“你饰演女主角，韩骁演男主角，你们合作拍戏骆桀肯定也会在，我刚和骆桀……我不想见他。许辛夷你脑子里除了易扬还有什么？”

“哦，对对对，你放心，等我见到骆桀，我非狠狠地揍他一顿不可，替你出气！”

安雅有气无力地道：“我谢谢你，你就别帮我这个忙了，你满脑子先想着易扬吧，我怕你揍到半路失神想易扬，被人当成白痴。”

“……”

有助理敲门。

“辛夷姐，前台有人送花……”

不等助理说完，安雅怒道：“扔了！”

小助理一惊，连连点头退了出去，并在那名送花的人的眼皮底下，将玫瑰花扔进了垃圾桶里。

易氏集团大楼，易扬的办公室里，助理汇报完送花的事后，一脸难色地站在原地。

“易总，有件事我不知道该不该说。”

“什么事？说。”

“今天我给易太太送花的时候，前台人员直接把花扔进垃圾桶里了，我问了一句，她说是易太太吩咐的。”

易扬微怔：“扔了？”

助理硬着头皮点头：“对，而且那前台人员说，这段时间送去的花都被扔了。”

易扬眉心紧蹙。

他这几天送的花都被扔了？

辛夷对他不满意？

不然她为什么把花给扔了？

难道他做错了什么？

他没有吧？

易扬不知道自己哪里得罪了许辛夷，才让许辛夷将自己送过去的玫瑰扔进了垃圾桶，但也猜测许辛夷或许对他有意见。

作为易扬的第一助理，赵彬明白自己有替老板分忧解难的责任，但夫妻之间的事，他一个助理不好贸然开口，如果猜错了、说错了，他助理这碗饭也不用吃了。

思来想去，赵彬试探着开口：“易总，今天如果没什么事的话，我想提前一个小时下班。”为了避免老板打断他的话让他滚出去，赵彬加快语速，不给易扬说话的机会，“是这样的，昨天我惹女朋友生气了，想下班买点她喜欢的礼物送给她。”

易扬看着他，示意他继续说。

赵彬笑了笑：“女人嘛，生气是要哄的，真惹她生气，送点礼物道个歉是男人应该做的，但是如果不处理，容易产生大矛盾。”

这话听着好像在理。

“那你怎么知道你女朋友是为什么生气？”

易总这是不知道易太太为什么生气？

赵彬仔细想了想，说：“夫妻……男女朋友之间相处最重要的不是为什么生气，我虽然不知道她为什么生气，但必须让她尽快消气，等她消气之后再好好和她谈谈问她为什么生气。”

“问？”

“当然，男女朋友之间最重要的就是坦诚，直接问总比不停地猜疑要好。”

易扬深觉有理，点头道：“行，提前一个小时下班给你女朋友买礼物去吧。”

“谢谢易总。”

提前一个小时下班不重要，重要的是自己又为老板解决了一个难题，这是身为一名总裁助理应该做的。办公室外，赵彬神清气爽地想。

晚间易扬回到老宅时，提着一份礼物。

易老先生瞧见了，随口问了一句：“提着什么东西？”

易扬倒是直言不讳：“给辛夷准备的礼物。”

易老先生与易夫人不约而同地抬头看着他，并异口同声地问他：“礼物？”

这真是奇了怪了。

铁树开花，太阳从西边升起了？

——这傻孙子竟然也会主动准备礼物？

——这傻儿子竟然也会主动准备礼物？

两人不约而同地想。

或许是两人玩味的目光太过明显，易扬不太自然地说：“我先上去了。”

“去吧去吧。”

易扬刚转身，易老先生和易夫人的笑声就传了过来，他这一步还没走，他们就开始讨论了。

“这孩子终于开窍了！”

“可不是？两人现在感情不错，爸，您想抱重孙的愿望，我看没多久就能实现了。”

“那咱们是不是该早点准备准备？这孕妇和孩子该注意的地方多了去了，到时候手忙脚乱的。”

“对对对，这种事是得早点考虑、早点准备。”

两人的讨论内容从许辛夷怀孕到孩子出生，再到孩子上小学、上初中、上高中、上大学、出国留学，易扬忍了一会儿，想说什么，最终只是张了张嘴，什么话也没说，上楼进房。

房间里许辛夷正敷着面膜看剧本，见易扬回来便含混地道：“回来了？”

“嗯。”易扬将礼物放在许辛夷面前的桌上，是她抬眼就能看见的地方。

但显然许辛夷一门心思全在自己手上的剧本上，看完一页翻一页，也不知道翻了多少页，仍没见她把剧本放下来。

易扬眉心微皱，态度冷淡，从进门到现在她没对他笑一次，甚至连话都没说，看来是真生气了。

再三思索，易扬决定先将礼物送出去再说。

“送你的。”

沉浸在剧本里的许辛夷茫然地看向他：“什么东西？”

“礼物。”

“礼物？”许辛夷放下剧本，好奇地打开易扬送她的礼物，是个精致的首饰盒，看形状应该是条项链。

她打开一瞧，果然和她猜的一样，确实是一条顶级品牌的项链，她在商场见过，百来万。

“怎么突然送我项链？”

——今天是什么重要的日子吗？

之前忘记结婚纪念日的许辛夷心有余悸，当下一惊，脑子里飞快地转着一些有特殊意义的日子。

可思来想去，她也没想起今天是什么重要的日子。

——今天不是什么重要的日子，他干吗送这么贵重的礼物给我？

听了几句没听到许辛夷生气的原因，易扬决定直接问。

“你不生气了？”

许辛夷依旧困惑："生气？我为什么生气？"

"既然你不生气，为什么要把我送你的玫瑰扔了？"

"你送我的？玫瑰？"许辛夷一时茫然，脑海里有那么几秒没能理解易扬说这话的意思，半晌才忽然想起公司前台垃圾桶里的那些玫瑰花。

——可那些玫瑰花不是骆桀他……

——等等，易扬说是他送我的，那些玫瑰花是他送的？

"你的意思是说，送到我的工作室的玫瑰花，是你送的？"

易扬点头。

"九百九十九朵？"

易扬再次点头。

许辛夷猛地起身，一拍桌子，震掉了脸上的面膜，一脸心痛之色地看着易扬。

易扬冷静地看着她。

许辛夷顿时清醒。

——不行，不能让男人以为我对他看得太重，一点玫瑰花就激动成这样，以后还不被他吃得死死的？

许辛夷端着那股无所谓的劲，说道："原来那些玫瑰……是你送的。怎么不提前和我说？"

"我在玫瑰花里夹了卡片。"

"我没注意，还以为是哪个我的追求者送的。"

——随时提一提追求者，让男人有危机感，这样他才知道我的可贵。

易扬挑眉："追求者？"

许辛夷装模作样地说："那当然，我好歹是个明星，长得这么漂亮，当然会有一些狂蜂浪蝶追求我。"想了想，她严肃地加了一句，"每天都有！"

易扬面不改色地道："那我可真是世界上最幸运的男人。"

许辛夷更是理直气壮地点头："所以再送花的话，可以让送花来的人跟前台的工作人员说是送给我的，以后我会吩咐前台的人让她放到我的办公室里。"

"好，我记住了。"解决了一个难题，易扬成功地卸下心中的重担。

那晚许辛夷和易扬交代过后，许辛夷的办公室里每天都能收到沾着露珠的含苞待放的玫瑰花。

几天过后，许辛夷的办公室里的玫瑰花灾难性地增多，渐渐摆不下，整个工作室弥漫着玫瑰花的芳香。

安雅闻着满办公室的玫瑰花香，对许辛夷的幽怨加深了不止一星半点：“万恶的资本主义，就连送的玫瑰花也散发着令人生理性不适的酸臭味。”

“你那是忌妒。”

“嫉妒？”安雅拿出手机，翻出手机里一百个“小鲜肉”的微信，“来，你告诉我，我嫉妒你什么？嫉妒你在一棵树上吊死？行了，不和你废话。”她言归正传：“最近江念是怎么回事？”

“怎么？他没和你联系？”

“没有，他在父亲去世之后就一直没和我联系过，应该和你有联系吧？”

许辛夷叹了口气：“他父亲去世，估计对他的打击挺大的，我给他放了几天假，最近他有什么通告都推了吧。”

“早推了。”

“那就行。”提及江念，许辛夷不由得多说了两句，“有件关于江念的事，你听听看，感觉怎么样。”

“什么事？”

“我想让江念出国深造。”

“出国？深造？”

许辛夷点头：“补课的方式不适合他，而且他最近通告太多，见效也慢，我想现在趁他还年轻，有时间可以去国外深造沉淀，年少成名没有底蕴，我很担心他以后的路不好走。”

娱乐圈里不是没有这样的人。

年纪轻轻红于一时，但娱乐圈里会唱歌、会跳舞的明星不少，江念真想站稳脚跟，只会这些恐怕还不够，被淘汰也只是时间的问题。

“你说得没错，但是这种事得由江念自己决定。这样吧，找时间我和他谈谈，问问他的意见，咱们以他的意见为主。”

许辛夷点头：“那这件事就交给你了。”

“还有件事，徐导的电影快开机了，你准备准备。”

“开机？”

安雅调侃她：“怎么？舍不得你家里那位让你爱得死心塌地的老公？”

许辛夷白了她一眼。

“哪有舍不得？就是感觉有点突然。对了，最近你和你男朋友怎么样了？”

“你问哪个？”

“你现在是哪个我就问哪个。”

“我现在没有男朋友。”

“没有男朋友？”

安雅言简意赅道：“分了。”

“那骆桀……”

“死了。”

许辛夷拍手叫好：“死得好。”

安雅看着她：“我说你就不能不提这浑蛋吗？”

“我也不想提他，可是之后我和韩骁合作，少不了要和这浑蛋打交道，我得问问你的意见才好决定怎么对付他。”

“作为你的经纪人，我的意见就是能阉则阉，不能阉就给我打残打废他！总之，别让我再见到他，否则我见一次打死一次！”

办公室外有人敲门。

“安雅姐，外面有人找你。”

“找我？谁？”

“他说他叫骆桀。”

骆桀？

许辛夷与安雅对视一眼。

安雅起身，环顾许辛夷的办公室，像是在找什么东西。

“安雅，你找什么？”

安雅不说话，从许辛夷的办公室的角落里拎出一把吉他，扛起来就往外走。

许辛夷哪里还坐得住？她立马起身拦住安雅，唯恐安雅冲动之下做出让骆桀血溅当场的事来：“安雅，冷静！杀人犯法，为了这么个浑蛋赔命不值当。”

“我不杀人，”安雅十分冷静，“我打残他的三条腿这事算完。”

“那也不行！为了这么个浑蛋把自己送进去也不值当，听我的听我的，别冲动！”

“许辛夷，你把我当朋友就放手。”

“你当然是我的朋友，可是作为朋友我怎么能眼睁睁地看着你折腾自己？咱们有话好好说，别动手行吗？”

安雅见许辛夷紧紧地抱着她的腰，大有“你不答应，我就不放手让你去”的架势。

“行。”

许辛夷松手：“这就对了，大家都是文明人，能吵吵就别动手。”

五分钟后，两人齐齐站在休息室的门口。

安雅手上扛着吉他，许辛夷手上握着棒球棍。

她们虽然不动手，但气势上不能输，必须得给骆桀这浑蛋一个下马威不可。

安雅推开门。

休息室里，骆桀正焦灼地在那十几平方米的房间里走来走去，听到开门声，欣喜地朝着门口望去。

“安雅，你来了？你终于肯见我了，我今天来是特地向你解释的，那天晚上……”骆桀边走向安雅边向她解释，但当他将目光放在安雅肩上的吉他以及许辛夷手上的棒球棍上时，便停在了原地，戒备地看着两人。

“这件事我可以解释的，咱们都是有身份的人，动手不好。”

安雅脸色阴沉地看着他。

许辛夷和安雅齐齐往里走，关上休息室的门，将其上锁。

骆桀咽了口口水，对自己今天往死路闯有了点悔意。

随着两人的逼近，骆桀逐渐后退，直到脚后跟贴墙退无可退，才口不择言地胡乱解释：“当时真不是故意的，安雅你应该也记得你喝醉了……虽然你可能不记得喝醉后的事，但是那天晚上车载摄像头以及酒店走廊监控里的画面完全能说明当时的情形。

“而且就算你不了解我，但也应该听说过我，我是那种随便和别的女人上床的人吗？我怎么会乘人之危和你？……但真的是你神志不清，一个劲地往我身上……”

“一个劲地往你身上？”许辛夷冷笑，将棒球棍横在他的肩上，“你的意思是说，安雅倒贴你？”

“不不不，我没有这个意思，是我，是我一直死皮赖脸地缠着安雅，是我倒贴她。”感受到肩膀上棒球棍的力道减弱，骆桀松了口气，“至于那天晚上，安雅，你真的要相信，我不是故意的，大家都喝醉了酒，那种情况下孤男寡女……”

眼看着安雅举起了吉他，骆桀把心一横道：“不管怎样，我们上床是事实，不管前因如何，我都会对你负责的！”

“负责？”安雅笑了，“我需要你负责？骆桀，大家都是成年人了，成熟点好吗？你要死要活地要对我负责，我让你负责了吗？对，那天是我喝醉了，监控我也看了，是我主动的没错，可是我从来都没说过让你负责，就当是春宵一夜，我想你应该也不吃亏吧？”

骆桀眉心微蹙：“你的意思是……？”

“不需要你负责，之前你不是问过我，要不要看看你？现在我看过了，平心而论还不错，在我交往过的男朋友里你排得进前五，但麻烦你弄清楚，我们的关系也仅限于此，我不缠着你让你负责，你也不用来找我解释。成年人，大家对自己负责就行了。”

安雅将手上的吉他扔在休息室的地毯上：“我不需要你负责，以后咱们还和以前一样只是点头之交，别这么真情实感。

“我说得够清楚了吗？”

骆桀脸上的笑意早就随着安雅的话一点一点地消失，脸色越来越沉，眉心的皱褶越来越深。

这种情况下，许辛夷也不好再多待。

“那个……你们聊，我这棒球棍好像有点重，我去……换一根。”许辛夷快步溜了出去。

只是让她万万没想到的是，安雅这个在长得帅的男人面前一句重话都不会说的人，在骆桀面前像换了个人似的，把什么话都说了。

安雅说得一清二楚，就是为了和骆桀撇清关系。

讲道理，骆桀虽然算不上什么惊天动地的帅哥，但从五官来说，就算进娱乐圈也是很有辨识度的帅哥。

许辛夷绞尽脑汁地回想这一路安雅和骆桀的相交，两人之间并没有太大的矛盾和误会，但安雅对骆桀的态度从一开始就格外排斥，上床之后看骆桀更是宛如看仇人。

虽然许辛夷不知道安雅到底是怎么想的，但这毕竟是他俩之间的事，作为朋友，她也不好干涉太多。

许辛夷在门外守了许久，没听到争吵的声音，更没听到动手的声音。又过了大半个小时，安雅才从休息室里出来，表情淡漠且冷静，踩着高跟鞋从工作室众人的视线下，昂首挺胸地回了自己的办公室。

安雅还像从前那个无牵无挂的巡场女王一般。

大概又过了十分钟，骆桀从休息室里出来，面上看不出什么端倪，沉默着离开了工作室。

这件事算是平静湖面中突然扔进一颗小石子，惊起一番波澜后，便归于平静。

在此之后，许辛夷再也没在安雅面前提起过骆桀，骆桀亦再也没往许辛夷的工作室送过玫瑰花，在此后的很长一段时间里，安雅和骆桀见面的次数几乎为零。

没过多久，许辛夷和江念上的那期综艺节目开播，录制那天江念就因为一个百万电话而引起粉丝骚动，还上了热搜，虽然热搜没多久就掉了下去。

但互联网有记忆。

节目一开播，网友们纷纷截屏转发江念打电话借钱的事，因为江念富二代的“人设”太有讨论度，且有工作室在背后推动，许辛夷的事则显得没那么突兀了，并没有被太多人讨论。

一时间，# 江念富二代 ## 江念差点回家继承家业 ## 江念百万电话 # 等话题被粉丝送上了热搜榜。

江念的“人设”本就不错，他年纪小、长得嫩，十八九岁的年纪最招人稀罕，“女友粉”没多少，全是“妈妈粉”在微博上喊“崽崽”。

再加上江念在“BIG_FIVE”多年没红，一直默默地当一个小明星，在娱乐圈这个捧高踩低的地方也不知道受了多少委屈，粉丝们心疼不已。

那句话怎么说来着？

“虐粉”就是“固粉”，套路一套又一套。

这个综艺节目播出后，江念的微博粉丝猛涨两百来万，超话热度直飙前十。江念彻底出现在各大媒体和合作方的视线下，想和他谈合约、谈合作的品牌方纷纷找上了许辛夷的工作室。

不过也有不少“黑粉”拿江念的学历黑他，认为一个没上高中、没读大学的富二代是个游手好闲的人，并举例自己村里的王二狗、张小山等人的辍学事迹，告诉大家没有接受过高等素质教育的人，性格是有缺陷的，人品是有问题的，以后也不会有太大的作为。

对于这种“睿智”言论，粉丝们都懒得搭理，这些言论没多久就消失在微博里。

不管怎样，工作室旗下的艺人火了一个，是好兆头。

综艺节目播出后，紧接着许辛夷和韩骁主演的《凰途》正式在菠萝卫视黄金档播出。

许辛夷的演技可圈可点，韩骁更不用提，“韩骁”这个名字就是票房的保证，韩骁第一次出演电视剧就是最大的噱头，勾起无数粉丝的好奇心。

《凰途》播出的第一天，视频网站的弹幕就密密麻麻一片。

“啊！我死了！！许辛夷太帅了！！！”

“韩骁也太帅了吧！光凭这张脸我就能追完一整部剧！！”

“这部剧的导演也太会挑人了吧，配角没一个丑的，都是好看的‘小鲜肉’，古装照简直长在我的审美上！”

“一天才两集，我恨！”

剧情节奏快，演员们的演技都很好，场景特效构图和武打场面都属今年影视剧中的精品，在一众粗制滥造的电视剧中，《凰途》很快脱颖而出，成为口碑大好的剧。

剧中各有优势的“小鲜肉”配角也被粉丝挖掘，有成为下个当红小生的潜力。

许辛夷也因此水涨船高，人气暴涨，微博粉丝突破千万，品牌商和剧组纷纷找上门。通过这部剧，粉丝们从演技这个角度重新认识了许辛夷，她的微博评论区第一次充斥着赞美的话，而不是像从前一样，充斥着辱骂和嘲讽的言语。

《凰途》开播的那天，徐思明导演给她打了个电话，说有事想和她面谈。

许辛夷暗忖和徐思明关系还算可以，有什么事需要面谈？

而且徐导在手机里传来的声音，她听着还有点心虚的意思。

“正好我也有事想找您，什么时候见面？”

和徐思明约定好了时间，第二天下午许辛夷准时前往他的公司。

许辛夷下午四点左右到了徐导的公司，徐导已等她多时了。

“徐导，这么急找我干什么？”

她一进门，徐导亲自给她倒了杯茶：“电影剧本的事，有件事我想来想去，觉得还是提前和你通个气的好，想问问你的意见。”

“我的意见？什么事需要您这么隆重，还亲自给我倒茶，提前通气？我可担不起。”两人合作过几次，还算熟，所以她虽嘴里这么说，但还真没客气，“有事您就说。”

徐思明犹豫再三，点头道：“行。事情是这样的，我们这部电影到目前为止，演员方面我都接触得差不多了，本来是定于下个月三号开机，但是定好的男二号说没档期，辞了我的这个角色，投资方呢就塞了个人进来，那人之前和我合作过，演技还不错，形象和男二号的形象差不多。”

许辛夷有些好奇：“谁啊？”

徐思明笑了笑：“这个人你也认识，谢迟。”

许辛夷脸上的笑容瞬间落了下来。

“徐导，你这劳师动众地叫我过来就是因为这事？”

“我知道你和谢迟有点不愉快，所以这不是让你过来商量商量？我这也是第一部电影，各方面都得权衡，演员之间有摩擦拍起戏来到底不太顺畅，你这边实在不行的话，我也不是不好说话的人。”

“那徐导的意思是说，如果我不答应，你就换了谢迟？”

徐导摸着逐渐后移的发际线：“是这样，没错。”

许辛夷沉默了片刻。

谢迟。

她认真地想了想，之前她确实是觉得谢迟不错，但后来谢迟让她丢了一个杂志拍摄，她也让谢迟丢了个代言，两个人虽然已经扯平，但关系只能用差来形容，现在就是你过你的独木桥我走我的阳关道，互不相干。

闹成这个样子，许辛夷也没想过以后会和谢迟有联系和合作。

可她看徐导的表情，显然徐导是在谢迟这件事上犯了难。

投资方不好打发，他也确实觉得谢迟可以签。

“徐导，这部电影您是导演，您才有话语权，您认为谢迟可以胜任男二号，那就签，只要是电影好，我都可以体谅。”一个角色而已，许辛夷也没想过和谢迟较劲，“更何况谢迟的演技确实不错，她可以胜任男二号。”

徐思明一拍大腿道：“我就知道你没那么小气！”

许辛夷耸肩：“徐导，那您可看错我了，我可是很小气的，以后可得多给我介绍几个优质剧本，剧本不好我可不要。”

“行行行，放心吧。”

这事两人算是说定了。

“就这事？没别的？”

徐思明摇头：“没了。”

许辛夷起身：“这种事电话里说不就得了？非得把我叫过来特意说一遍，行了，我走了。”

“对了，差点忘了，还有件事，后天《凰途》庆功宴，你是女主角，一定得到。”

许辛夷一口应承下来：“行，我一定准时到，放心吧。”

她前脚离开徐导的办公室，后脚谢迟神色不明地从里间出来。

徐思明神清气爽地喝了杯茶，这才想起谢迟的存在。

“我都说了，辛夷不是个小气的人，从前她就向我夸过你，说你演技不错，你还不信。来，你跟我说说，你是怎么和辛夷对上的？”

谢迟一早来徐思明这儿聊剧本，认为许辛夷绝不可能让自己待在剧组，而徐思明却觉得许辛夷不会那么小气。

“演您的第一部戏《皇城根下》的时候，她不是向您提议把我从男二号变成男三号吗？”

徐思明想了想，这事过去挺久了，但还有点印象。

“怎么了？”

谢迟忍了两年：“徐导，当年我还是一个刚出道的小明星，您知道一个男二号的剧本对我来说有多重要吗？男三号的戏份远比男二号少，如果不是当年我阴错阳差地火了，我现在都不知道……”

“阴错阳差地火了？”徐思明打断他的话，笑道，“你真的以为你当年是阴错阳差才火的？”

谢迟眉心一皱：“您什么意思？”

“你能火，那是因为男三号的角色你塑造得好，你知道当年那个饰演男二号的演员现在在哪儿吗？”

谢迟摇头。

“不知道就对了，我也不知道，你觉得如果当年你饰演男二号，现在处境会比那个明星好到哪儿去？”

“您的意思是说……”

“算了，不和你兜圈子了，当年辛夷确实向我提议把你从男二号改成男三号，可是她并非你想的那样故意和你作对，减你的戏份。你以为我会那么轻易就听人的话换演员？当初她和我分析过，说你的形象和眼神都很符号男三号的‘人设’，追着我说了三天，我才让你试个戏，没想到和她说的一样，你确实很棒。”

谢迟脸色突变：“可是，当时她……”

“和她合作这么多年，她是什么人我都清楚，你当初能火，真该谢谢她。”徐导嘀咕，“我还在想你们是怎么回事，没想到是因为这档子事。行了，细节让你的经纪人来谈，你今天拿着剧本走吧，开机的时候我会通知你。”

徐导将剧本递了过去。

谢迟如梦方醒般接过剧本，低头看着剧本上的几个大字，有些失魂落魄。

庆功宴上，许辛夷喝得烂醉，从徐导到场务，许辛夷端着酒，挨个谢过去，起初还言辞清晰，后来嘴里含混不清，自己都不知道自己在说些什么。

她倚在韩骁肩上："韩老师，我真的……特别感谢你。你知道吗？从前……根本就没有男演员愿意和我对戏，他们都觉得和我对戏会掉粉丝，你是第一个愿意和我对戏的男演员，还是男一号……"

她喝得脸很红，双眼迷离，红唇无意识地微张着，韩骁几乎能闻到那股花香和酒精混合的香味。

许辛夷说完，一把推开韩骁，"勾搭"上徐导。

"徐导，谢谢您这次……排除万难也要选我当女主角，您这样无条件地信任我，我是绝对不会让您失望的。您放心，我们下次合作，我一定不会让您阴沟里翻船的！"

这话许辛夷说得掷地有声，正经说倒也没什么，偏偏她喝醉了，大着舌头话都说不清楚，脚下踉跄，站都站不稳。

"好了好了，你的心思我明白，别喝了，早点回去休息，"徐导招来许辛夷的助理，让她搀着许辛夷，"你们那个经纪人没来？"

助理摇头："安雅姐今天有事抽不开身。"

徐导眉心紧蹙，他是导演，庆功宴上也不好提前走。

"我来送她回去吧。"韩骁放下手里的酒杯，"我和辛夷住一个地方，顺路。"

"对对对，你们都住一品兰亭，顺路。"

徐导不疑有他，放心地将许辛夷托付给韩骁。

韩骁带着助理离场，许辛夷的助理搀着许辛夷，小身板有些吃力，韩骁的助理是个男的，也不好动手，眼看着许辛夷走路七扭八歪，门口的韩骁实在看不下去，伸手要去搀许辛夷。

就在他将要扶住许辛夷的胳膊时，一只手如凭空出现般抓着许辛夷的胳膊往外一拉，许辛夷浑身软弱无力，被一股大力这么一带，转了两圈便晕乎乎地靠进一个宽阔的怀抱里。

她本来就晕，还想吐，转了两圈感觉更晕，一睁眼，一抬头，就瞧见来人精致的下颌、高挺的鼻梁、紧抿着的双唇，表情中透着不悦之色。

许辛夷昏昏沉沉的，脑子转不过弯来，只是觉得这人长得和易扬好像。

这人不是和易扬长得好像，根本就是易扬。

他今天在这儿有个酒局，酒局还没完，就听说这酒店的另一个宴会厅里，《凰途》的工作人员在搞庆功宴。一出门他就瞧见许辛夷被一个小助理扶着，踉踉跄跄地往外走，身边还有个韩骁。

易扬的脸色瞬间沉了下来，他快步上前，脸色阴沉地从韩骁手下将许辛夷拉进怀里，不悦地看着韩骁，冷冷地道："我的妻子，就不劳烦韩先生了。"

韩骁微愣，目光从易扬身上转移到他怀里的许辛夷身上。

许辛夷仰头发现这是易扬，咧着嘴笑个不停，旁若无人般抱着易扬的脖子，拿鼻子亲昵地去蹭他的鼻子。

"你……你怎么来了？"

突如其来的亲密举动也让易扬愣了片刻，那股温热的气息喷在他的脸上，带着许辛夷身上的花香和淡淡的酒气，通过红润的脸颊传过来的高温勾得人心痒。

易扬喉结上下滚动，失神片刻后搂住许辛夷的腰。

"怎么喝成这样？"

"高兴嘛……"

"时间不早了，我们回家。"

许辛夷点点头，将头靠在他的肩上，昏昏欲睡。

易扬一手揽着许辛夷，将人打横抱起，但没走，而是看着韩骁，没有耀武扬威的意思，只是语气平淡地说："我相信韩先生是个明白事理的人，受过高等教育，应该知礼义廉耻，有些事事关道德，不能做，道德的底线，希望韩先生能守住。"

易扬话语间的意思很明显。

韩骁眉心紧蹙，一句话也没说，看着易扬抱着许辛夷离开。

酒店有服务人员见着韩骁，激动地上前找他要签名。

"韩骁，我是你的粉丝，能给我签个名吗？"

韩骁看着激动地冲上来的工作人员，往后稍稍退了一步，目光在那位工作人员身上停留片刻。他很久没有体验过的感觉，突然在这一瞬间回归，那些曾经令他无比厌恶的感觉尽数回到他的身上。

韩骁匆匆瞥过，干净利落地拒绝了那位工作人员："不好意思。"

随后他转身离开。

宾利车内弥漫着花香和酒气，混合在一块倒也不难闻，就是许辛夷这人喝醉了酒，不是很老实，先说冷，又说热，要开窗，还要唱歌，在易扬身上折腾来折腾去，就差骑在他头上撒野了。

易扬眉心一皱："许辛夷，你到底喝了多少？"

许辛夷双眼迷离，看着他眉心的皱褶和不太友善的眼神，委屈地道："你骂我？"

"我什么时候骂你了？"

"你吼我？"

"我没有吼你。"易扬放轻了声音，"以后少喝点。"

许辛夷软软地靠在他的身上："这么高兴的日子，当然得多喝两杯……易扬，你是不是不喜欢我？"

"我什么时候不喜欢你了？"

许辛夷翻过身，将手撑在他结实的胸膛上，直勾勾地看着他："那你为什么总连名带姓地喊我？"

易扬疑惑。

"你看别的情侣，都是喊什么宝宝、宝贝、亲爱的，你呢？"许辛夷学着他的口吻和语气，"许辛夷！许辛夷！你听听，我是你的妻子还是你的仇人？"

"我什么时候这么喊你了？"

"还不承认？你刚才就是这么喊我的，'许辛夷！你到底喝了多少？'你刚才吓死我了。"

易扬："那你希望我怎么称呼你？"

"以后不许连名带姓地喊我，叫我辛夷，来，叫一遍我听听看。"

易扬咳嗽一声，看了一眼前后座中间放下的挡板，确定前面的司机和助理不会听到后，开口道："辛夷。"

许辛夷嫌弃道："一点感情都没有！重新来过！"

"行了，你喝醉了，别折腾了，坐下好好休息。"

"你是不是对我不耐烦了？"

"没有！"

"那你再喊我一次。"

易扬深觉自己没必要和一个酒鬼讲道理："辛夷。"

"没有感情！"

易扬压低了声音："辛夷。"

"太死板了，一点都不甜，别的情侣喊得多甜。"

"许辛夷！"

许辛夷愣愣地看着他，突然灵光一现："我知道了！"

易扬还没来得及问她知道了什么，就瞧见她捧着他的脸吻了上来，柔软的唇相撞，易扬进一步地品尝到了她身上的花香和酒味。

怦怦的心跳声告诉他，很甜。

“甜吗？”

易扬声音暗哑：“甜。”

“那叫我的名字。”

他低低一笑，温柔地道：“辛夷。”

许辛夷心满意足，老实地坐下，靠在他胸前：“以后就这样叫我，不许再连名带姓地喊我。”

易扬回味着那个吻，微微一笑：“好。”

宾利车停在一品兰亭楼下。

易扬抱着醉得神志不清的许辛夷往楼上走去。

他刚把许辛夷放上床，正准备给她脱衣服让她好好睡一觉，她忽然转醒，也不知道是清醒还是不清醒。

“你干吗？”

“给你脱衣服。”

“脱我的衣服干吗？”

“睡觉，你喝醉了，需要好好休息。”

许辛夷躺在床上，揪着他的领带：“你呢？”

易扬俯身看着她迷离的双眼、通红的脸颊，和尝了一遍仍觉不够的红唇，道：“我照顾你。”

“照顾我？”

“嗯，我守着你。”

两人四目相对。

许辛夷朝他的脸上呼出一口气，易扬闻不到酒气，只闻到了甜甜的味道。只是瞬间，易扬就被撩拨起了男人最初的欲望。

“易扬，”许辛夷叫他，“你喜欢我这样连名带姓地叫你吗？”

“你想怎么叫都行。”

许辛夷突然笑了，唇红齿白，眼底荡漾着无限的柔光与蜜意，看得人的心怦怦直跳，难以抑制地心慌。

“那我叫你老公你喜欢吗？”

易扬没有回答。

她抓着易扬的领带将他往下拉，自己仰着上半身凑了上去，咬住易扬的上唇。

贝齿在上唇上轻磨，许辛夷咧嘴笑着。

易扬目光转暗，直勾勾地望着许辛夷，毫无动静。

半晌许辛夷倦了，松开易扬，整个人四仰八叉地躺在床上，嘟囔道：“没意思。我要睡觉了。”

易扬站在床边，一动不动地望着许辛夷：“这就是你喝醉后的样子？”

许辛夷没有回答，像是睡着了。

“不负责吗？”

许辛夷迷迷糊糊地睁开眼：“负什么……”

还有一个字在嘴边没能说出口，许辛夷就被堵得一句话也说不出了。床垫凹陷，一只手从床头伸了过来，按下了房间里的灯光按钮。

整个房间顿时陷入幽暗中，只偶尔传来一声或沉闷或娇媚的短音。

枕边十指交缠的手紧扣，宽厚手掌下白皙细腻的手用尽全力，也没能挣脱禁锢，挪动分毫。

宿醉的后果是怎样的？

许辛夷认为自己很有发言权。

头晕头痛、恶心想吐、浑身无力，并伴随着突发性过敏，从下颌到脚踝遍布红斑，细密的红斑中夹杂着瘀青，另外，她还不能动。

所以，许辛夷从清醒到现在，在床头坐了足足二十分钟，从稍稍挪动倍感不适，到现在动根手指头都有种要命的酸痛感。

许辛夷没吃过猪肉，也见过猪跑，昨晚发生了什么不言而喻。

易扬乘人之危把她给办了。

但这并不重要。

重要的是，昨天她喝醉了。

“你看别的情侣，都是喊什么宝宝、宝贝、亲爱的，你呢？”

…………

“以后不许连名带姓地喊我，叫我辛夷……”

…………

“太死板了，一点都不甜，别的情侣喊得多甜。”

…………

“那我叫你老公你喜欢吗？”

…………

许辛夷只觉得浑身血液剧烈地沸腾起来，奔流入海后齐齐涌进她的脑子里。

昨天晚上流的泪，都是她放纵时喝的酒。

她太傻了。

为什么人喝醉了酒之后就像个傻子一样？

情景重现，许辛夷仿佛冷眼旁观的外人，“看着”昨晚醉酒后的自己在易扬面前各种撒娇。

宝宝？宝贝？亲爱的？

许辛夷哆嗦了一下，直击灵魂地发问：许辛夷，这么肉麻的话你是怎么说出口的？

她回忆昨晚，桩桩件件都是泪。

房间外传来响动声，许辛夷丢不起这个人，闻声而起，身手迅捷地将被子盖过头顶，继续佯装睡觉。

易扬拿着药膏走进来，脸上有着一丝不大正常的红晕，也不知道是暖气太足还是其他什么难以言喻的原因。

床上的被窝拱起，许辛夷还没醒。

但他手上的药膏得十二个小时涂一次才见效快，若是见效慢了，以许辛夷的脾气，身上的印子几天还没消，估计她得把脾气发在他身上。

他掀开被子，丝质吊带裙有些凌乱，她锁骨上的痕迹尤为显眼。

——昨晚丢死人了！我不要面子的吗？

——不行，我不能起来！太丢人了！让我起来不如一刀杀了我！

“我……我还想再睡会儿，你别叫我。”

埋在枕头里的睫毛轻颤，许辛夷浑身肌肉绷紧，在易扬的注目下战栗。

易扬差点笑出声来，但也知道许辛夷自尊心强，他继续待在这儿，她怕是能把自己给憋死。

“那你再睡一觉，我给你把药膏放在桌上了，你起来记得上点药，厨房里饭菜都做好了，起来热一热就能吃，我还有点事需要去一趟公司，有什么事给我打电话。”

枕头里传出一声模糊不清的呜咽声。

易扬低低笑了一声，转身离开房间，留给许辛夷充足的个人空间。

房间门被关上，许辛夷从被窝里钻出来，看见房门紧闭，才松了口气。

易扬送进来的药膏就在触手可及的床头柜上，许辛夷伸手就能拿到。

她低头看着自己身上的痕迹，想了想，还是一边骂着无节制的易扬，一边拿着药膏给自己上药，希望这药有点效果，能让她身上的“草莓印”早点消失。

上完药，软管里的药膏没了大半，许辛夷再次翻来覆去将易扬骂了百来遍，脚沾地的瞬间，伴随着一阵难以启齿的疼痛，易扬在她心中被杀死了。

厨房里确实温着饭菜，但许辛夷现在胃不太舒服吃不下，只喝了一杯易扬给她准备的解酒饮料，甜甜的，还挺好喝。

胃不难受肚子反倒饿了，许辛夷大快朵颐，看着桌上的残羹剩饭心满意足。

身为明星，管理身材是需要谨记的，许辛夷很少有这么痛痛快快吃一顿的时候。

许辛夷想，或许是因为昨天运动量过大，今天需要补充能量。

许辛夷想得没错，男人都是些浑蛋，床下穿得整整齐齐，床上都是禽兽，无一例外。

许辛夷看着镜子里几乎快蔓延到下颌的草莓印，一抹绯红从脖子染到了耳朵尖。

“臭男人！今晚绝不让你为所欲为！”

然而事实证明，禁欲多年的男人一旦破戒就不会再用大脑思考。

许辛夷用血泪的教训明白了这一道理，并在第三天戴上帽子、墨镜、围巾，全副武装地离开一品兰亭来到工作室。

她时常这么打扮躲狗仔队，倒也没引起人注意。

只是她前脚刚进办公室，安雅后脚就跟着她进来了。

安雅随手将几份重要文件递给她：“这几天你到底干什么去了？让你来工作室一趟跟请神似的。”安雅打量了她一眼，“围巾都围上了？不热吗？”

“不热，我这几天……不太舒服。”

“行了，这些文件你看一眼，没问题的话签个字。”

许辛夷接过文件，认真仔细地看那些文件条款。

安雅百无聊赖地坐在许辛夷的对面等着许辛夷看完签字，也许是许辛夷脖子上的围巾太引人注意，安雅的目光一直在那附近打转，突然眼神一滞，眉心微蹙：“辛夷，你这脖子上怎么了？”

许辛夷下意识地捂住脖子：“过……过敏。”

“过敏？”

安雅凑近看了一眼就知道是怎么回事了。

“行了，在我面前就别装了，粉都被围巾蹭掉了。”

许辛夷尴尬地笑了笑。

安雅显然对这事提不起什么兴趣：“江念那边我帮你问过了，他没明确回复我，只是说想和你见一面。”

“问？”

安雅用难以置信的眼神看着她：“之前你说过的，让江念出国深造的事，你忘了？”

“没忘！这种事我怎么可能会忘呢？他现在在公司吗？”

“在练习室。”

“行，待会儿我去找他。”

许辛夷签完几份文件后，安雅转身离开，许辛夷则思索着怎么和江念谈。

思来想去，许辛夷打定了主意，和江念好好沟通，将出国深造和继续在娱乐圈工作的好坏都和江念说清楚，主要还是以江念的意愿为主，让他自己好好考虑。

想到这儿，许辛夷起身朝练习室走去。

果不其然，江念就在练习室里练舞。

他算是学过舞，动作干净利落，身材匀称，跳起舞来令人赏心悦目，看他跳舞是极大的视觉享受。

许辛夷敲响练习室的门，练习室里的江念停下动作，转头看向门口，见许辛夷朝他笑，便将音乐关了。

许辛夷推开门，笑着递给他一瓶水。

江念接过水。

“怎么这么快就来公司了？最近也没安排你的通告。”

“在家闲不住，就过来公司练练。”

“你爸的事，我很遗憾，节哀顺变。”

江念拿着毛巾擦着脖子上的汗水，用若无其事的口吻说：“都过去了。”

“你能这么想再好不过，我还一直担心……”

“担心我？”

许辛夷笑道：“你是我旗下的艺人，我当然担心你。”

江念双唇微动，到底没说什么。

“那我们今天聊聊正事，之前安雅应该和你聊过，关于你出国深造的事。”许辛夷加快说话语速，唯恐江念这个心思细腻的大男孩误会，“其实这件事你不用感到为难，我只是多给你一种选择而已，最后是出国深造还是继续留在娱乐圈，都由你自己决定，我们绝不干涉。”

江念垂目，并未表态。

“你听一下吧，我个人认为你的潜力很不错，舞蹈基础好，身材也很好，唱歌也不错，很有可塑性。但是……江念，你要知道，在娱乐圈这些或许可以让你爆红一时，但是不能让你站稳脚跟，无论你以后是往影视方向发展还是进入乐坛，一些基本功都得练扎实，不过你应该看出来了，虽然我们一直在为你单独请老师补课，但效果不怎么好，你现在还年轻，有时间、有精力，这对你来说是个很好的机会。”

许辛夷继续说：“当然，以你的家世，想继续留在娱乐圈里不是难事，你可以轻而易举就拿到各种资源，大红大紫也不是问题……江念，你的想法呢？”

“辛夷姐，你想让我出国吗？”

许辛夷直言道：“老实说，一直以来我的意见都是希望你出国，你现在年纪还小，就应该在课堂里学习，而不是和我们一样在娱乐圈这种藏污纳垢的地方见识各种乱七八糟的事，我希望你能经历一段干净纯粹的校园时光，不希望以后你的校园经历，是从你出演的某部校园题材的电视剧里得到的。”

江念用一双明亮的眸子直勾勾地看着许辛夷，她围巾的边缘有些许没被遮挡住的痕迹。目光一滞，他似乎猜到了什么，嘴角蔓延着一丝苦笑：“辛夷姐，你是不是……一直把我当孩子看待？”

“当然没有，”许辛夷伸手拍拍他的脑袋，“你比我小这么多，我一直把你当弟弟看待。”

“弟弟……”

“当然，小朋友，快告诉我，你怎么想的？不用有任何压力，你想怎样就怎样。”

江念垂下视线，说着连自己都听不清的话：“出国。”

“出国？你不用现在急着做决定，回去好好考虑，或者和你哥商量商量。”

“不用了，我让我哥准备了，下周二就出国。”

这确实出乎许辛夷的意料。

“都准备好了？”

“准备好了。”

许辛夷点头：“那……”

“你不用多说，你的意思我清楚，你为我好，我知道。如果没什么事的话我还想再练会儿。”

许辛夷还有什么能说的？她只能干笑着说：“那好，你好好练习吧，下周二我去送你。”

练习室内很快只剩下江念一个人。

他将音乐打开，跟着节奏跳了几个动作后，缓缓停下。他垂头落寞地靠坐在镜子面前，看着镜子里那张明显还没长开的脸，然后将脸缓缓地埋进掌心里。

江念出国的那天，许辛夷来送他，老远就瞧见江淮在江念身边喋喋不休地说着些什么。

“江念！”许辛夷气喘吁吁地匆匆赶来，“还好没来晚。”

江淮挑眉：“不晚，只是晚了一个航班而已，改签的这个航班也快起飞了。”

“路上有点堵车。”

江念说：“没关系。”

“那个……既然你快起飞了，我长话短说，希望你在国外度过一段美好的校园时光，另外，工作室的签约给你留着，只要你回国后还愿意和我的工作室签约，大家欢迎你。”

江念简短地嗯了一声。

江淮不耐烦地看了一眼手表：“好了，登机吧。”

江念期待地看着许辛夷，犹豫不决地道：“我可以抱一下你吗？”

“当然可以。”

许辛夷张开双臂，与江念亲密相拥。

她拍拍江念的后背，像对待弟弟一般：“好了，登机吧。”

江念却在许辛夷的耳边低声说：“我会好好读书，努力成为一个出色的人，也会赶快长大。等我长大了，如果易扬对你不好，或者你不喜欢易扬了，你可以想到我吗？

“辛夷。”

许辛夷眉心微蹙，松开了他。

“江念……”

江念抿嘴一笑，终于有了属于他这个年纪该有的羞涩：“我走了。”

他孤身一人提着行李，毫不犹豫地转身朝着登机口走去。

“他不让我安排助理，也不让我安排保姆，说那个地方没人会认识他，他可以靠自己成为一个出色的人。”

“那很好啊，”看着江念消失在登机口，许辛夷喃喃道，“希望他能忘记以前的一切，重新开始。”

候机室的全景玻璃外，一架飞机缓缓地飞向湛蓝的天穹，消失在两人的视线内。

机场大厅人来人往。

江淮收回看向天空的目光，看向一侧的许辛夷，微笑道：“许小姐，多谢你来送江念，我送你？”

许辛夷皮笑肉不笑地说：“哪里敢劳烦江先生送？司机在外面等着，我自己回去就行了。”

“许小姐放心，我只是想谢谢你这段时间对江念的照顾而已。”

“不用了，江念是我的工作室的艺人，照顾他是应该的，江先生不必对我这么客气。”

她话里话外，全是拒绝与生疏之意。

江淮微微一笑：“许小姐这话，好像我是什么洪水猛兽似的。”

许辛夷腹诽：你可比洪水猛兽还吓人。

虽然小说剧情早崩得没影了，但江淮是男主角，这事许辛夷可一直没忘，少与他打交道不深交，井水不犯河水，对她来说有益无害。

“放心，我现在和易氏合作，君子不夺人所好，更何况我江淮要钱有钱，要权有权，难道还非得看上一个有夫之妇不可？我只是对易太太好奇，想和易太太聊聊而已。”

“好奇？”

江淮自下而上地打量她：“好奇易太太的魅力。”

一股凉意从脚底蹿起，许辛夷稍稍后退了两步：“哪里比得上江先生招蜂引蝶的魅力？”

“我？招蜂引蝶？许小姐真是冤枉我了。”

“江先生自谦了，我看江先生有钱有权，暗中爱慕江先生的女人应该一大把才是，只是可惜，从前只听说过江先生和许微茵小姐的绯闻，后来没了消息。”许辛夷趁机转移话题，“说起来，很久没见过许微茵小姐了，不知道她最近在忙些什么？”

“你不知道？”

“我？”许辛夷微愣，“和我有关吗？”

“你真不知道。”江淮笃定地说了一句，随后又笑道，“既然许小姐不知道，那这件事算我卖个人情给许小姐？”

看着许辛夷疑惑不解的表情，江淮说：“之前许微茵一直认为自己的儿子是易先生的，所以找医院做了孩子和易扬的亲子鉴定，拿着亲子鉴定找到了易老先生和易夫人，后来这事闹得挺大的，上了派出所，警方做证，孩子确实不是易扬的，许微茵才作罢。不过易先生对这件事挺不满意的，所以封杀了许微茵，现在娱乐圈可是没人敢和许微茵合作了。”

许辛夷冷了脸：“这事是你安排的吧？”

“许小姐，无凭无据的事不能冤枉我，更何况我现在正和易氏合作，许小姐这话有挑拨离间的嫌疑。”

“许微茵一直和你关系密切，你别告诉我这事你不知情。”

“我和许微茵小姐是各取所需的关系，没你想的那么亲密，更何况许小姐看我像一个古道热肠的‘接盘侠’吗？”

“不像。”你就是，许辛夷默默地回了一句。

江淮这人对待感情是挺不专一的，但小说里许微茵更有手段，让江淮成了一个古道热肠的“接盘侠”，成了一个不问孩子出处的好爸爸。

“所以我和许微茵小姐真的没什么。”

江淮翻起脸来还挺无情的。

许辛夷无暇替许微茵感到惋惜。她可没那么大度，当初许微茵推她落水的事她可还记着呢，现在不落井下石就是她最后的善良。

“江先生见笑了，您和许微茵小姐的事与我无关，如果没什么事，我就先回去了，有机会再见。”

说完，许辛夷转身离开。

江淮这种人，她还是少接触的好。

看着许辛夷仓促离开的背影，江淮下意识地笑了。

在回公司的路上，江淮靠在后座上闭目养神。

送走了江念，如今他在国内算是真正了无牵挂，和易氏的合作暂时算顺利，项目一旦启动，那么江氏的实力将会更上一层楼。

一个小时后到了公司，江淮手上还有不少工作，和易氏合作不能掉以轻心，他得时刻钉着。

他刚踏入电梯，就有助理在他耳边说了两句话。江淮眉心微蹙，再三思考后，道："带她去休息室等我。"

"好的，江总。"

来的人是许微茵。

其实许微茵也不是第一次来，只是每次江淮都不愿意见她，他几乎能想象到许微茵来这儿的目的是什么。

江淮踏入休息室的瞬间，许微茵听到动静从沙发上起身，神色愁苦地看着江淮。

但凡还有一点办法，她也不会来找江淮。

只是她被易扬封杀，娱乐圈里从前的好友都躲着她，那些曾经追求过她的男人突然之间一改常态，对她态度冷淡，甚至还有男人对她提出包养的要求。

她心里很清楚，这些人靠不住。

"找我什么事？"

"你之前说，会帮我弄清楚我孩子的父亲是谁！"

江淮缓缓地走进休息室，坐在沙发上没拿正眼瞧她："还真是个笑话，你是孩子的母亲，却来找我问孩子的父亲是谁。"

"你说过会帮我查清楚的！"许微茵愤怒地开口。

"对，我是说过，而且我确实查到了。"

"查到了？谁？"

江淮抬眸，冷冷地看着许微茵，她眼底是赤裸裸的欲望。

"他是……"他微微一笑道，"酒店员工。"

"什么？"许微茵显然不信，"酒店员工？"

"没错，我找到了当时的监控录像，而且也找到了那位酒店员工，当面问过他，他承认了。许小姐，你需要这位酒店员工的信息吗？如果你想为你的儿子找爸爸，我可以提供。"

许微茵仓皇地后退了几步。

她显然不敢相信这个事实。

"不……怎么可能呢？当年怎么可能是一个……"

"酒店员工，工资少、地位低，就算混到现在，估计也只是个经理级别的人物，许小姐看不上？"

"这不可能！"许微茵摇头否定，"绝不可能！"

“没关系，我把那人的电话和住址告诉你，你自己去问。”说着，他将一张名片放在面前的茶几上，等着许微茵来取。

许微茵将目光放在那张名片上，在拿与不拿之间犹豫不决。

她一直都很清楚自己想要的是什么，一个小小的酒店经理根本无法满足她的欲望，更无法实现她的梦想。

如果她真带着孩子认了父亲，那么她的后半生也就与荣华富贵无缘了，那样平淡的日子不是她想要的。

她想要的东西，是一个小小的酒店经理给不起的！

想到这儿，许微茵狠狠地看着江淮：“你骗我，我不会相信的，既然你不肯帮我查，那么我自己去查，总有一天我会把孩子的父亲找出来的。”

说完，她毫不犹豫地拉开休息室的门，快步离去。

江淮重重地往沙发上一倒，空气中似乎还残留着许微茵身上的香水味。

曾几何时许微茵软倒在他的怀里，醉人的香味他也曾称赞过。

两人不过是逢场作戏。

门外有助理敲门。

助理送了一份文件进来。

这份文件是江淮让助理这个时候送来的，只可惜许微茵走得太早，注定看不到这份文件。

江淮也没有看，只是看了一眼文件的封面。

“亲子鉴定书”几个字很打眼，翻开一页就能知道结果，但江淮没有翻开。

结果已经不重要了。

他拿起面前的茶几上的名片，拇指在名片上摩挲着，不无遗憾地叹了口气。

名片上不是什么酒店经理的名字，而是清楚地写着“江淮”两个大字。

真是可惜，就差那么一点点。

许微茵这个女人，一如既往地喜欢自作聪明。

亲生父亲？

江淮短促地冷笑了一声。他承认的才是他的儿子，不承认的，永远都不可能是他的血脉。

他拿起面前的《亲子鉴定书》，用打火机点燃了它的一角。

火势瞬间蔓延开来，转眼就快烧到捏着文件一角的拇指，但他把握得极好，在火势燃到最后前松开了手，最后一小块纸张在空中烧成灰烬，余灰落到他的裤腿上。

房间里的香水味被纸张燃烧后的味道掩盖。

江淮起身，掸了掸裤腿上的脏东西，整理了一下丝毫未乱的西装，大步走出休息室。

江念在事业上升期毅然地选择出国深造，出乎粉丝们的意料，宣布深造的那条微博下哀号声一片。作为粉丝，大家自然是希望自己的偶像能多露面多参加节目，“出国深造，归期不定”这八个字，直接“引燃”了粉丝的情绪。

粉丝们有希望江念别去的，有含泪祝福的，有理智分析劝解的，没多久 # 江念出国深造 # 的话题上了热搜。

“啊！怎么会这样？我前两天才喜欢上的江念，为什么这么快他就出国了？”

“怎么都不提前和粉丝说一声就出国了？有想过我们粉丝的感受吗？真是服了！”

“归期不定？当初喜欢上你就是看你的脸，现在还来个归期不定……算了，娱乐圈又不是只有你一个‘小鲜肉’，失望。”

“祝福，等你！”

“我永远等你回来！”

“出国留学，几年后肯定又得重新来过，好不容易大火，一夜回到‘解放前’，真为江念捏把汗。”

“大家理智点，念念现在年纪小，不是科班出身，靠脸红不了太久的，工作室这样安排真的是为了念念着想，我支持念念的决定，也支持工作室！”

或许是江念出国成了定局，和江念为竞争关系的人并未买热搜黑他，热闹了几天后，粉丝接受了这个现实，江念出国的事终于消停下来。

而正在此时，徐思明导演的第一部电影开拍在即。

许辛夷一大早做好准备，和易老先生及易夫人不舍地告别后，坐上了易扬的车去拍摄地。

车上易扬的脸特别臭，事实上从一周前开始，他的脸色就没好看过。

他和许辛夷如今正是感情好的时候，恨不得整天待在一块，许辛夷这边一去两个多月，更何况剧组里还有个“危险人物”在，易扬心情能好才怪。

许辛夷蹭了过来，抱着他的手臂靠在他的肩上：“最多两个月而已，两个月我就回来了。”

“我知道。”

“那你为什么总板着一张脸？”

易扬眉心紧蹙，面上如布满了深冬的寒霜：“许辛夷，我知道男主角是韩骁，在剧组你老实点，每天晚上和我视频，一周我会抽空去看你一次，不要到处勾三搭四，听见了没有？”

许辛夷暗自翻了个白眼。

——勾三搭四……有必要说得这么难听吗？我那叫发现美的眼睛。

她虽然心里这么想，但嘴上还得说着哄人的话：“我保证，绝对不会勾三搭四，你相信我！”

易扬：“……”

“别生气了，来，亲亲。”许辛夷朝他嘟起了嘴。

易扬冷笑，她就喜欢使这招，也不嫌腻。

他无比嫌弃，并低头吻了上去。

《目击者》这部电影是徐导的转型之作，演员班底强大，筹备良久。

男主角是与徐导合作拍过电视剧的韩骁，女主角则是最近风头正盛的许辛夷。

其实单凭韩骁一个人就足以扛起整部影片的票房。只要制作上不糊弄观众，最终票房也不会太差。

电影拍摄地点在A市郊区的一个影视城里，离市区大约一个半小时的车程。

易扬特地在许辛夷进组这天抽出一天时间来，亲自送她来剧组。

他和许辛夷的关系，在娱乐圈其实算是半公开了，虽然没完全公开，但大家心照不宣，公开是迟早的事。

许辛夷和易扬一下车，就有剧组的工作人员带着他们去酒店休息。

许辛夷戴着口罩和墨镜跟在易扬身边，到酒店楼下时遇着不少粉丝。粉丝们一见人出来，还没看清是谁，就拿起手上的照相机一个劲地拍。

易扬身边的工作人员想拦，易扬却毫不在意，一副任由她们拍的样子。

粉丝见不是自己喜欢的明星，拍了两张也就没拍了，但也有粉丝认出戴了口罩和墨镜的人是许辛夷，神情激动地拍个不停。

这个时间点在这儿拍戏的剧组不多，酒店空房多，剧组给许辛夷安排的是酒店最好的套房。

易扬一进酒店的门，眉心就没舒展过。

这个酒店算得上是影视城附近最好的酒店，但因为年代久远，酒店内部设施难免有些破旧，许辛夷没觉得什么，倒是易大总裁对酒店环境不太满意，但了解到这是整个影视城最好的酒店后，也只能将就着住下。

“行了，我觉得这条件还可以，你就别绷着脸了，反正也只住两个月而已。”

许辛夷揉着他的眉心的皱褶：“没什么事你就先回去吧，你工作忙，我有事再给你打电话。”

易扬眉心渐松：“我今天没什么工作，待会儿找徐导聊聊。”他叫住那个工作人员：“你们徐导呢？”

工作人员笑道：“徐导在剧组……”

“我是问他住哪间房。”

“住 1409 号房。”

易扬似是随口多问了一句：“你们剧组的其他演员住哪儿？”

那名工作人员笑了笑：“这个我不太清楚，反正各楼层都有人住。”

许辛夷白了他一眼，踮起脚在他耳边压低了声音说：“我刚问过了，韩骁住二十三楼，放心了吧？”

而这里是十九楼。

但显然易扬的注意力不在“韩骁住二十三楼”上，他严肃地看着许辛夷，质问道：“你问过了？你特地问他住哪儿是想干什么？”

“……”许辛夷无言以对。

——吃醋吃醋，一天到晚就只会吃醋。

——待会儿等你走了我就去韩骁那儿串门，还给你开视频，看你怎么办！

“许辛夷，你……”

门口响起敲门声，打断两人的对话。

许辛夷开门一瞧，是徐导，爽朗的声音从门口传到了卧室里。

“易总，好久不见。”

易扬不动声色地迎了上去：“徐导。”

徐导笑着打量着他和许辛夷："易总过来怎么也不提前通知一声？我刚才在楼下听说易总送辛夷过来，还不敢相信，今晚不知道易总有没有时间赏脸一块吃个饭？"

"真是不凑巧，公司事情多，我待会儿就得走。"易扬搂着许辛夷，看着徐导说，"徐导，这两个月我可是把我的妻子交到你的手上了，还请你好好照顾她。"

"这个自然。"

"她身体不太好，所以我多请了两个助理照顾她，就住她的隔壁。"说完，他低头对许辛夷说："你身体不好，晚上没什么事就不要总出去闲逛。"

许辛夷默默地翻了个白眼。

——床都上了，还不放心我，防人跟防贼似的，有必要吗？

——我多大个人了，还嘱咐别人好好照顾我……

见许辛夷脸色不佳，徐导笑道："这部戏拍摄时间有点紧，这两个月时间还真闲不下来，不过易总放心，我会根据每个人的工作强度适当调整拍摄任务的。"

"那就多谢徐导了。"

"应该的。既然易总晚上没时间一块吃饭，那以后有时间我做东，再请易总吃顿饭，待会儿我还有点事，就先撤了，易总有什么要求尽管和剧组提，我们能满足的一定满足。"

"徐导客气了。"

一番寒暄之后，徐导笑着离开。

待徐导走后，易扬敲了敲许辛夷的脑袋："晚上没什么重要的事就不要出门，出门带着助理，这里是郊区，万一出点事我来不及过来。还有，每天晚上记得和我视频通话，拍夜戏没时间就让你的助理给我拨……许辛夷，你听没听我说话？脑子里一天到晚在想什么？"

许辛夷抬头冲他一笑："想你啊。"

"……"易扬什么脾气都没了。

她惯会说好话哄人。

"行了，你放心吧，我会好好照顾自己的，你不是公司还有事要忙吗？剧组看了酒店瞧了，没事你就先回去吧，我这儿事情多着呢，就不送你了。"

她好说歹说将人送出了门。

易扬无奈，只得带着一干助理离开。

电梯里他看向其中一名助理："那两个照顾太太的助理交代过了吗？"

助理忙说："您放心吧，该交代的都交代过了，她们有分寸。"

电梯徐徐往下，到了一楼电梯门打开，电梯门外站着几名酒店的安保人员，将一个穿着西服的男人围在中间，隐约能听到四周此起彼伏的尖叫声，粉丝们疯狂地喊着"韩骁"。

外面的人应该是要进电梯，但易扬没有出去。

电梯里人不算多，但都站得比较开，电梯外的人想进来，有些不容易。

对峙片刻后，电梯外的人说话了："易先生是去地下车库？"

易扬冷冷地望着韩骁，没有说话。

"易先生先请。"

电梯门缓缓关上，看着电梯外那张令无数女性为之疯狂的脸，易扬徐徐地收回目光。

许辛夷进组的第二天剧组就举办了开机仪式，开机仪式后，正式开拍。

许辛夷在这部电影里一改往日在电视荧幕上光鲜靓丽的形象，这个剧本里她是个很贴合生活的市井女人，可以说挎个菜篮子去逛菜市场，也没人敢相信这就是许辛夷。

开机的第一场戏就是重头戏。

许辛夷所扮演的角色被韩骁所扮演的角色从路边捂住嘴鼻拖到车内，逼问事发当天晚上许辛夷看到的一切。

"辛夷，这一段戏重在眼神和动作的交流上，你和韩骁对对戏。"

韩骁穿着一件黑色风衣，衣领竖起遮挡了下颌，昏暗的灯光下他表情不明，还真有剧中人物那股正邪不辨的感觉在。

徐导在路边比画："就在这儿，韩骁，你就在这儿把辛夷拖进去。辛夷，这个时候你得挣扎，你的鞋得掉下来，这样，你们先试一遍我看看。"

许辛夷点头，看向韩骁。

"韩老师，那我们试试？"

韩骁低沉地嗯了一声。

全场一片静谧。

许辛夷挎着买菜的布袋走在路边，在听到某种声音时，瞬间警惕地看向四周。她用两只手紧拽着肩上的布袋，脚步缓了缓，仔细听着那个声音，想着是不是自己听错了。

缓下来后没听到声音，许辛夷一时之间以为自己听错了，松了口气。

但这口气没松太久，随着她快步向前走着，那脚步的声音也随着她的脚步加快。

有人在跟踪她！

意识到这一点，许辛夷疾步往前，不远处有光亮，似乎还有说话声。

她刚张嘴准备叫喊，一只手从她的脑后伸过来一把捂住她的嘴鼻，另一只手钳住她的身体将她往另一个方向拖去。

挣扎间，许辛夷脚上的鞋掉了一只。

“好！ Cut！ 可以，没问题，不过韩骁，这里你千万注意，等辛夷张嘴要呼救的时候，在她喊出第一个音，但是这个音没完全喊出去的时候，你再上去捂她的嘴，这里把握一下度好吧？”

韩骁点头：“明白了。”

两人重拍一次。

韩骁于树影下捂住许辛夷的嘴鼻，将她拖到一侧半开着的面包车内。

面包车内没有灯，只能靠着车外路灯的光依稀看出车内的情形。

许辛夷不住地挣扎，惶恐地望着韩骁拿胶带封住她的嘴、用绳索捆住她的手脚，其间许辛夷呼吸急促，被胶带封住的嘴中不断发出似喊似泣的声音。

面对许辛夷惊恐的神情，韩骁冷静得连手都不曾抖动一下。将许辛夷的手脚捆住之后，他望着许辛夷，眼神和善，完全看不出刚才他对面前这个女人进行了绑架的行为。

四目相对，许辛夷眼底的惊恐之色不仅没有消退，反而更盛。

她被绑在身后的双手不住地摸索着。

突然，她摸到了一根钉子，眼底流露出一丝窃喜之色。

韩骁猛地钳住她的下颌，用她的后脑狠狠地撞击着车厢壁，许辛夷沉沉地晕了过去。

“Cut——不错，很好，就是这种感觉！”

助理以及工作人员上前来，解开许辛夷手上绑着的绳索。

工作人员解开绳索的瞬间，看到了两道勒痕。

助理一惊：“都紫了……”

韩骁循声望去。

许辛夷笑着揉着手腕："没事，过两天就消了。"

有工作人员送来药水等，韩骁上前，看着她手腕上的痕迹，眉心紧蹙，抱歉道："刚才不好意思，力气大了些，哪里受伤了吗？"

"没事，一点小伤而已。"

助理发出一声惊呼："辛夷姐，你的膝盖和脚也破了。"

"涂点药就好了。"说完，她无所谓地对韩骁说："拍这种剧怎么可能不受点伤呢？"

刚才挣扎得太厉害，许辛夷身上的衣服略显凌乱，领口微微敞开，离她不到一人距离的韩骁看到了她锁骨下的痕迹。

红的，"草莓印"，那么明显。

韩骁目光中的关切之意消散了不少，身体不由自主地往后退了一步。

徐导导演电影不比电视剧，拍摄进度比拍电视剧时慢很多，小到每个场景、每个细节，一个不满意就重来。

其他人也能理解，毕竟徐导是第一次转型电影圈，转型的第一部作品对未来有着重大影响。

剧组的工作人员忙碌到半夜才收工回酒店休息。

许辛夷洗过澡，拿着助理送来的药物给自己手上、脚上的伤口消毒。

她没让视频里的易扬瞧见，否则他又得唠叨一阵。

"爷爷身体怎么样？前两天不是去体检了吗？结果出来了吗？"

她避着镜头，视频里的易扬只看得见她的半张脸。

"没事，身体挺好的。你呢，今天拍戏怎么样？"

"还行，挺轻松的。你就放心吧，有你叮嘱过，剧组的人都把我当祖宗供着，没人敢欺负我。"药水碰到膝盖破损的地方，许辛夷倒吸了口凉气。

易扬那边听着些不对劲的地方："怎么了？"

"没事，就是踹翻个东西。行了，时间也不早了，我累了，想休息，你也早点睡吧。"

"嗯。"

在关视频的前一秒，易扬听到许辛夷那头响起了敲门声。

他手一顿，没关视频。

许辛夷听到敲门声，手忙脚乱地将棉签和药瓶搁在面前的桌上，撞倒了搁在手机架上的手机。

在易扬看见的视频画面里，就只有白花花的天花板以及房间外隐约传来的对话声。

“韩老师……”

易扬眉心紧蹙，韩骁？

韩骁这么晚了来找许辛夷？

易扬顾不得太多，刚拿起手机想联系住在许辛夷隔壁的助理时，顿住了。

不过一件小事而已，他有必要大惊小怪？

想了想，易扬耐心并且仔细地听着房门外传来的微乎其微的动静。

他听了好半晌也没见着许辛夷回来。

他们只聊两句需要聊这么久？

易扬拨通了隔壁房的助理的电话。

房门口许辛夷惊讶地看着前来送药的骆桀。

“谢谢韩老师的好意，我身上这些伤真没事，在剧组也上过药了，这些药你拿回去吧。”

骆桀站在门口，许辛夷没请他进，他也没打算进：“你就收下吧，毕竟也是韩骁把你弄伤的，如果不是为了避嫌，应该是由他亲自送。”

“拍戏嘛，不可避免的事。”许辛夷深吸口气，总站在门口被人拍到就不好了，伤药而已，收下也没什么，“那好，我收下了，替我谢谢他。”

“行。”

接过药，许辛夷看着还站在门口的骆桀：“还有事？”

骆桀搓着手，期期艾艾的，似乎有话要说。

“你有什么话直说好了。”

骆桀犹豫半晌，到底还是落寞地笑了笑：“算了，没什么。”

许辛夷知道他这是有话不说：“我猜是因为安雅的事吧？”

看着骆桀一秒变正经的神情，许辛夷就知道自己猜对了。

“骆桀，她是我的朋友，很好的朋友，哪怕她有千般万般的不好，我都是站在她那边替她说话的。和安雅认识这么多年，我的确没有见过她对哪个男人动过心，今天对你笑，明天就可能踹了你，这是她对待人生的态度，我知道没有哪个男人能接受这样的女人，但是如果你没把握让她爱上你、为你改变，你还是不要招惹她为好。”

骆桀沉默片刻，道：“可是我不想就这么轻易放弃。”

“如果你身边有一百个漂亮的小姑娘，你会舍弃这一百个小姑娘而选择安雅吗？”

“我当然会。”

“因为你爱她，所以你会，如果你不爱她，当然就不会选择她，这对安雅来说是同一个道理。感情是两个人的事，你一厢情愿也没办法，更何况那天安雅也和你说得很清楚了，她并不喜欢你。”

骆桀苦笑一声，似是自嘲：“你觉得我有没有追上她的可能？”

许辛夷不想说有可能，也不想打击骆桀的信心，毕竟这些年在圈里，她就只听说过“骆桀是个同性恋”的传闻，没听到过其他什么关于他的花边新闻。

“那得看你的恒心和毅力，如果你真喜欢她，前路漫漫，加油！”

咔嚓——

开门声传来。

房间右侧许辛夷的助理的房门开了。

那小助理讪讪地看着两人，表情尴尬，进也不是，退也不是。

倒是许辛夷先回过神来，低低咳嗽一声：“谢谢你专门送药过来，没事你先回去吧。”

骆桀也不好再说什么，转身离开。

“怎么了？什么事？”许辛夷看向那名眼睛不知道往哪儿瞟的助理，“看着我。”

小助理看着她，说：“易先生打电话来说，让您晚上睡前喝杯牛奶。”

“就这事？没了？”

“没了。”

许辛夷嘀咕着：“刚才怎么不在视频里说？行了，我知道了，你早点休息。”

“好的，辛夷姐，您也早点休息。”

许辛夷关上了门回房，手机上与易扬的聊天界面上还显示着最后视频通话的时间。

许辛夷没想太多，发了句“晚安”后，上床睡觉。

同一时间，向韩骁复命的骆桀来到韩骁的房间。

“放心吧，我看她只是擦破点皮而已，下次你在片场当着大家的面送点药就行，别大晚上的支使我去，被人拍到不好。”

“她结婚了，你又有追求对象，有什么不好的？”

骆桀挑眉：“你也知道她结婚了？”

韩骁翻剧本的手一顿。

“韩骁，身为你的经纪人，有些事我还是得提醒你一句，”他在韩骁身边坐了下来，“许辛夷结婚了。”

“我知道。”

“结婚对象是易扬。”

“我知道。”

骆桀看了韩骁半晌：“既然你知道，那也应该知道得离一个已婚女人远点吧？”

韩骁深吸口气，将手上的剧本搁在一旁：“我知道。”

与韩骁共事多年的骆桀明白韩骁是真的知道。

“行，既然你清楚那我就不多说了，咱们都到这个地步了，千万不能晚节不保。时间不早了，你早点休息。”

骆桀重重地拍了拍韩骁的肩膀，起身准备离开。

骆桀走到门口时，韩骁叫住了他。

“骆桀，我们一起工作多久了？”

他突然之间问这个问题，骆桀还真有点不祥的预感。

“从我接手你的工作到现在，七年了。”

“七年……”韩骁嘴里呢喃着。

“怎么了？”

“没什么，随便问问，早点休息。”

虽然不明白韩骁为什么突然问这一句，但骆桀也没多问。

翌日一早，许辛夷化妆后来到剧组，与以往不同的是，剧组的工作人员个个交头接耳，不在各自的岗位上。

许辛夷好奇地道：“怎么了？”

有打听到什么的助理飞奔过来，低声在她耳边说：“韩老师和徐导在谈什么，这都快一个小时了。”

“谈什么需要这么久？”

“不知道。”

许辛夷疑惑不解，转头敲响了休息室的门。

门被拉开，门后站着的是眉心紧皱、一脸无奈之色的骆桀。

“怎么了？”

“辛夷来了。”房间里徐导笑着招呼许辛夷进去，“我正好找你。”

许辛夷以眼神询问骆桀无果后，进房。

"辛夷，坐。"

许辛夷于徐导对面坐下。

徐导面色沉重，还没说话就先叹了口气："是这样的，这两天的戏咱们可能要重新拍过。"

"到底怎么了？"

"韩骁因为个人的事，辞去男主角一角。"

"辞？"许辛夷费解地看向韩骁，"为什么辞？不是都已经开拍了吗？到底发生什么事了？"

电视剧拍摄途中换人的场面许辛夷不是没经历过，参演徐导的电视剧，剧中某个女配角演技太差，被徐导冒着得罪投资方的危险给换了。

那么韩骁又是为什么不演了？

"是我个人的原因。"韩骁看向许辛夷，说，"你放心，这部剧的男主角我已经向徐导推荐了一个人，徐导也认为很合适，我认识他多年，他是个很有演技、很有修养的演员。"

徐导站起来，叹了口气："这样，你们先谈，我这边……换男主角这事情比较多，我先去联系一下。"

骆桀也跟着叹了口气，咬着牙道："我要善后的事也很多，先去处理一下。"

两人前后脚离开，休息室内只剩下韩骁和许辛夷两人。

"韩老师，昨天的戏不是拍得挺好的吗？到底是什么个人原因让您辞演男主角？我不明白。"

韩骁短促地笑了一声，很快表情恢复平静，对许辛夷说："娱乐圈里，哪位明星隐婚，哪位明星私下在谈恋爱，哪两位悄悄离了婚，这些对粉丝来说是秘密，但对圈里人而言不是秘密。你隐婚，圈里人却没人知道。"

许辛夷虽然不知道韩骁为什么突然说到她身上了，但有预感韩骁接下来的话估计……

"你知道我为什么不和女演员演亲密戏吗？"

"为什么？"

"我童年过得不太好，有过一段我自己都不想提的过去，和任何女人亲密接触都能使我想起那段回忆。经过一段时间的心理治疗，我想我能克服，所以答应了徐导的邀约。"

"那你好了吗？"

"我以为好了，但是并没有。"

许辛夷缓缓地深吸口气：“是昨天的拍摄让你不舒服？”

“不是。”

“那是为什么？”

“许辛夷，你结婚了。”

许辛夷的眉心越皱越紧。

韩骁看着她，突然笑了起来：“我在娱乐圈这么多年，没有让媒体抓到过一丝黑料，我规行矩步这么多年……”他半张着嘴，又缓缓闭上，低头自嘲似的笑了一声，“怎么能毁在你手里？”

许辛夷的心跳猝然间停跳半拍。她像是听懂了，又像是没听懂，或者听懂了装作没听懂。她起身笑道：“既然……韩老师您决定了，那我尊重您的意思，以后如果有机会的话……”

韩骁说：“我们不会再合作了。”

“那我祝韩老师前途似锦，一帆风顺。”

说完，她逃命似的拉开门走了出去。

门外站着谢迟和他的助理。

三人皆是一愣。

许辛夷顾不得太多，敷衍地笑了笑，迈步离开。

门被关上。

谢迟的助理似乎知晓了什么：“天哪！这可是惊天大新闻！我……”

“把这事忘了。”

“什么？”

谢迟眉心紧蹙地看着许辛夷“逃走”的方向：“忘了这事，就当没听见、没看见。”

谢迟想，算是我还你一个人情。

因为韩骁即将离组，剧组暂停拍摄，许辛夷百无聊赖地躲在一棵大树下乘凉。听到脚步踩在厚重落叶上的咯吱声，她抬头一看，是谢迟。

“有事？”

谢迟脸色尴尬且带着愧色地站在她面前：“我想找你谈谈。”

许辛夷以眼神示意他继续说。

似乎是难以启齿，谢迟半晌才支支吾吾地道：“谢谢你之前在剧组帮我……但是，我不知道，所以后来才……对不起，希望你能原谅我。”

他支支吾吾的，许辛夷听了半天才反应过来，笑道：“没事，我们早就两清了，我没怪你，你也别有心理负担。”

树下闪着稀疏的阳光，有微风轻轻吹起许辛夷的发梢。

谢迟缓缓垂下眼，那一抹悔意与不知名的酸涩感填满心脏。

“嗯。”

韩骁辞演的消息很快在剧组里流传开来。

这不是什么秘密，徐导出休息室就宣布了这事，韩骁对外的解释是因为个人身体问题，短时间内无法继续工作。

韩骁和剧组也算是和平分手。

公告一出，粉丝们心痛不已，纷纷留言让韩骁好好休息。

饰演男主角的演员一周后进组，如韩骁所说，是个很有实力和资历的演员，这两年一直在演舞台剧打磨演技，爆发力十足，第一场和许辛夷的对戏就把许辛夷给镇住了，那场和韩骁一次过的戏，许辛夷硬生生地失误了好几次才过。

也不知道是被那位演技出色的男主角给镇住了还是其他什么原因，这几天许辛夷看上去闷闷的，平时在剧组休息时也不和工作人员打闹，而是默默地坐在一侧看剧本。

徐导担忧地问了句：“辛夷，最近没事吧？看你脸色不对。”

“没事，”许辛夷强颜欢笑道，“就是最近胃口不好，睡眠也不好，所以没精神，您别担心，我不会影响拍摄进度的。”

“你看你说的这是什么话？我担心你影响拍摄进度？行了，你好好休息，实在不行我给你放半天假，你去趟医院好好看看。”

“行。”

虽然强行让自己打起精神，但许辛夷还是老样子，整天浑浑噩噩的，好在演技过关，没拖剧组的拍摄进度。

哕——

一整天没怎么吃饭的许辛夷看着助理端过来的饭菜，不适地偏过头干哕了一声：“拿走拿走，我不吃。”

“辛夷姐，你今天一天都没吃什么，哪里不舒服？是不是病了？”

“我没事，就是胃口不好，有点想吐。”

“想吐？”

“没什么大事，我就是……”剧组里一个怀了孕的女人从许辛夷眼前走过，许辛夷心里咯噔一声，暗自算了一下生理期。

这一算可把她吓了一跳。

这段时间忙她也没注意这些，她好像一两个月没来月经了。

她怀孕了？

她下意识地捂着小腹。

不行，这事她不能让别人知道。

这是她的第二个反应。

“我没事，你放着吧，我待会儿就吃。”

助理将饭菜放下便走了。

许辛夷忙拿出手机查了一下怀孕初期的症状，越查越觉得自己是怀孕了。

思来想去，她最终给安雅打了个电话。

“安雅，十万火急，你马上放下手上所有的工作，现在就动身来剧组一趟。”

“什么事这么急？明天行不行？我待会儿还得……”

“来的时候帮我带个验孕棒。”

这下许辛夷什么都不用说了。

“我马上去。”

安雅放下手上所有的工作，开了两个小时的车来到剧组，偷偷摸摸地将验孕棒从包里掏出来递给许辛夷。许辛夷脸色严肃地接过，转身进了卫生间。

半个小时后，安雅第五次敲响卫生间的门。

“许大小姐，好了没？”

卫生间的门被打开。

许辛夷一脸喜色地站在门后：“安雅，我怀孕了！”

虽然做好了心理准备，但安雅还是被这消息砸得七荤八素：“怀孕了？真的？”

“真的！两条杠，我看了很多次，是真的怀孕了！”

“行啊！许辛夷，这才多久你就怀上了？”反应过来的安雅同样一脸喜色，目光看向许辛夷平坦的小腹。

“我也没想到，这段时间总是胃口不好，恶心想吐，精神也不太好，以为是演戏累着了，没想到真是怀孕了。”

“那赶紧的，打电话给易扬啊。”

许辛夷拿出手机，在拨打易扬的电话的前一秒指尖停住。

“不行，这事暂时不能让易扬知道。”

“为什么？”

“他如果知道了，我这部戏肯定没法拍了。”

安雅听了，觉得倒也是这个理。

“但是你确定不告诉他？”

许辛夷眉心紧皱，再三思索。

这部戏里没有太多的动作戏，对肚子里的宝宝应该不会有太大的影响，拍摄还有一个多月，等拍摄结束她再告诉易扬这件事也不迟。

“不告诉他。”

“但是万一……”

“没有万一。”许辛夷抚着小腹，微笑道，“孩子和戏，我都要！”

面对许辛夷这样的雄心壮志，安雅哪里放得下心来？

“这样吧，你拍摄期间，我在影视城陪你，当你的贴身保姆照顾你。”

她可不敢有任何懈怠，万一许辛夷的肚子里的孩子有什么闪失，易扬只怕能把她的头拧下当凳子吧？

所以，在剧组接下来的拍摄过程中，许辛夷有点风吹草动安雅就吓得胆战心惊，喝水怕许辛夷呛着，吃饭怕许辛夷噎着，在许辛夷演戏哭得歇斯底里的时候，安雅后背上全是汗。在剧组这一个多月，安雅为了许辛夷的事辗转反侧，几乎没睡过一个安稳觉。

电影成功杀青那天，安雅才松了口气，回程的车上直接瘫软在后座上。

“我的祖宗，终于拍完了。”

许辛夷容光焕发地坐在后座上：“行了，我没什么事，就你成天担心得要命。”

“我能不担心吗？你肚子里的可是易氏的小太子。”

“万一是小公主呢？”

“随便，反正是易扬的第一个孩子，在我手上有个什么闪失，我可没命赔。”

“呸，说什么不吉利的话？”

“是我说错话了，我收回。”

“对了，骆桀最近……”

安雅闻言瞪了许辛夷一眼：“能别提他吗？烦死了。”

“他还没追上？”

安雅恨不得仰天长啸：“饶了我吧，我这样的人，和他不搭。”

“没试过你又怎么知道搭不搭呢？”

安雅不想再说这事：“我累了，休息会儿。”

说完她将头转向车窗外，闭目养神。

许辛夷微微一笑，看来骆桀的追求还是小有成效的。

“这段时间你辛苦了，休息会儿。”许辛夷看向车窗外，“我已经……迫不及待地想把这个消息告诉易扬了。”

大约两个小时的路程，她们终于到了易家老宅。

许辛夷没将杀青回家的事告诉家里人，回来的时候易老先生不在，易夫人也不在。她在别墅内无聊地晃来晃去，手上的手机解了锁又关上。她在易扬的手机号码以及微信头像上来来回回地点，但没有打扰正在工作的易扬，而是满怀憧憬与期待地站在窗边，等着易扬回家。

夜幕四合，天边落下璀璨耀眼的橘色光茫。

易扬的车就是在这时驶进别墅的。

他大步流星地进屋，陈伯笑着说太太回来了，在楼上等他很久了。

许辛夷回来的消息着实给了易扬一个大大的惊喜，他什么都顾不得问也顾不得说，大步踏上楼，在三楼的楼梯口瞧见了攀着门，只朝外露着一个头正看着他笑的许辛夷。

易扬停下脚步。

许辛夷赤着脚从门口出来，朝着易扬飞奔而来，老远就朝易扬张开了双手，身轻如燕地往他身上一跳，无比轻盈地骑到了他身上，然后用双手攀着他的脖子，两只脚紧紧地缠着他的腰，低头朝着他吻了上去。

易扬牢牢地接住许辛夷，稳稳当当地抱着她。

一个熟悉的吻印在他的唇上，转而是更为热烈的亲吻、更为亲密的拥抱，两个月积压的所有情愫在这瞬间轰的一声被点燃。

以至于当易老先生和易夫人上楼时，两人都没听到动静。

“等等——我有件事想告诉你。”

“什么事？”

许辛夷抱着易扬的脖子，眼底璀璨得像盛了一汪清泉。她只看见了易扬一个人，眼里也只容下了他一个人。

“我怀孕了。”

易扬表情微怔，似乎有些难以置信。

许辛夷看他这表情，自己都怀疑肚子里的孩子不是他的而是哪个野男人的了。

她强调道：“我有孩子了，是你的。”

“怀孕了？”一声惊呼打断了许辛夷的思绪。

楼梯口站着的易老先生和易夫人脸上的惊喜之色十分浓郁。

“真的吗，辛夷？”

“嗯！是真的！”

“爸，我就说我最近左眼老跳，你看，这不就是有喜事吗？”

“对对对，我就说呢，最近我也总感觉要发生点什么喜事……这样，咱们之前准备的那些可以动起来了。”

“您放心，我马上去安排！”易夫人看了一眼辛夷，满眼的欢喜之色：“易扬，你还戳在这儿干什么？还不把辛夷抱进去？这孩子……怎么连鞋都不穿？”

许辛夷夹在易扬腰后的两只脚缩了缩。

“老公，脚冷，焐焐。”

易扬一只手抱着她，另一只手焐着她赤裸的脚踝，将人抱进房。

他将许辛夷放在床上，小心得仿佛对待一件易碎品。他蹲在床前，看着许辛夷平坦的小腹。

“我有孩子了？”

许辛夷捉着他的手放在自己的小腹上：“易先生，你要当爸爸了。”

易扬动作有些僵硬，仿佛害怕自己力道太大伤了肚子里的宝宝，只将手轻轻地搭在许辛夷的小腹上，不敢使劲。

许辛夷笑了，打量着易扬：“易先生，你这是紧张了吗？你对我可没这么紧张。”

易扬低低一笑，收手：“不是紧张，是激动。”

他半直起身，侧身在许辛夷耳边落下温柔的一吻：“谢谢你。

“我爱你。”

许辛夷回道：“我也是。”

“也是什么？”

“也爱你。”

落日的最后一抹余晖隐去。

在许辛夷说了那三个字后，安静温馨的房间内一片静谧，再也没有任何声音。

不久，许辛夷在微博上发了一张耐人寻味的照片，是她之前去巴黎时装周时拍摄的照片。

照片里是偌大的广场，落日余晖下，漫天白鸽展翅飞翔，镜头里白鸽的中央，一个穿着西装的男人在伸手喂白鸽。

同一时间，易扬官方认证的微博上也发了一张照片，并提到了一个人。

照片里许辛夷满眼满脸的笑意，对着易扬举起手机拍照，落日的那一抹金黄的余晖洒在他们中间，白鸽应声振翅而飞。

整个画面光芒四溢，美妙得刚刚好。

而许辛夷手机里的画面正好就是她在微博上发出的那张照片。

两人发出微博后，留言瞬间过万，不到五分钟微博系统就延时了。

"是我眼花了吗？许辛夷结婚了？还是和易氏的老板易扬？天哪！这就嫁入豪门了？什么时候的事？"

"看你们那一副没见过世面的样子，网上不是早有帖子说过他们隐婚的事吗？"

"隐婚至少两年，这么优秀的老公，许辛夷还真沉得住气。"

"啊！有人了？我不相信啊！"

"老粉丝突然泪流满面，'颜值粉'追了辛夷好多年，就怕辛夷找个普普通通的大叔结婚生子浪费了那张倾国倾城的脸，现在放心了！"

"啊！我就知道！辛夷她和易扬结婚的事我早就知道啦！哈哈哈哈哈哈哈！两人太般配了，祝福！"

"突然想哭，辛夷姐姐，祝你和易扬百年好合，早生贵子！！"

"粉丝蒙了，你这也太突然了吧？竟然都不提前预告一下！祝福！"

"郎才女貌，爱了！"

"许辛夷这是什么人生赢家？事业大丰收还拿下了易氏的老板当了老板娘，以后在娱乐圈还不是横着走？"

"辛夷姐姐，祝福你！"

"福尔摩斯在此！我敢肯定，两人选择这个时候公开，肯定有猫腻，难道是许辛夷怀孕了？"

"一定是怀孕了！"

"我的微博出问题了！程序员赶紧加班修微博！"

许辛夷和易扬的微博评论区成了尖叫现场。

不少曾经和许辛夷合作过的明星，不管是关系好的还是关系不好的，纷纷一副关系好到不行的模样，留言恭喜。

有不少看戏的粉丝在那些明星的评论下评论。

"不是曾经公开讽刺许辛夷人品不行以后不会再合作吗？怎么突然之间关系这么好了？"

或者是——

“当初不是让某位女明星别蹭你的热度吗？你怎么来某位女明星的微博了？”

许辛夷的微博评论区可热闹了，不少粉丝开玩笑说，许辛夷微博下的评论堪称娱乐圈的一出大戏。

许辛夷的这条微博不到十分钟就飙到了热搜第一的位置，微博系统一度瘫痪，微博核心部门的几位负责人从家里被叫回公司处理此事，一个个咬牙切齿地将在大晚上宣布关系的许辛夷和易扬翻来覆去地“祝福”了一遍又一遍。

许辛夷窝在易扬的怀里翻着微博的评论，抬头问他：“我怎么没收到你的微博提醒？”

“因为你把我拉黑了。”

“……”许辛夷手忙脚乱地把他的微博从黑名单中拉了出来。

易扬看着她眉眼间的仓促之色，觉得这是他这辈子都看不厌的风景。

虽然我们的婚姻不以爱情开始，但好在，能以爱情结束。

“辛夷。”

“嗯？”

“我爱你。”

番外合集

（一）怀孕

怀孕是件很辛苦的事，对于初次有孕的许辛夷而言，不仅辛苦，而且痛苦。

怀孕会导致身材走样。

许辛夷看着自己一天天隆起的小腹和逐渐变宽的腰，以及结实的大腿，欲哭无泪。

这还不算什么。

她怀孕前期吃不好睡不好，整天萎靡不振，一照镜子，脸色蜡黄，没有光泽，眼睛里也看不到光。

她太丑了！

镜子里的丑女人是谁?

她觉得简直没眼看。

从前那个倾国倾城的许辛夷哪里去了?

她受不了这个委屈。

“安雅，你有没有适合孕妇用的化妆品推荐？”

“孕妇，你就在家好好安胎，用什么化妆品？”

“可是我变丑了！”

“乖，小仙女就算到了八十岁也不丑。”

“你见过有黑眼圈的小仙女吗？”

安雅忽悠许辛夷从来不嘴软："小仙女眼影用多了就是这样。"

"那你见过秃头的小仙女吗？"

"我给你寄瓶孕妇能用的养护套装？或者给你寄顶假发过去？"

"你就这么敷衍我？"

"小祖宗，你以为你现在是一个人吗？你肚子里还有一位，你就为了孩子忍忍，十月怀胎，十月之后你还是一名精致的小仙女。"

许辛夷愤怒地挂断电话。

孕妇不配用化妆品吗？孕妇就不配拥有追求美的权利吗？

她本身就不是个粗线条的人，心理上一点点的难受都会扩大千倍万倍。唯恐因为孕期心情不好迁怒对她关怀备至的家里人，每次因为怀孕带来的身体上的不适导致精神上的难受时，她就会翻开她和易扬公开关系的那条微博看看，让自己身心愉悦。

她恶狠狠地戳开微博。

"郎才女貌！简直天生一对！祝福！"

"许辛夷这是什么人生赢家？事业大丰收还拿下了易氏的老板当了老板娘，以后在娱乐圈还不是横着走？"

"福尔摩斯在此！我敢肯定，两人选择这个时候公开，肯定有猫腻，难道是许辛夷怀孕了？"

"一定是怀孕了！就是不知道辛夷怀孕会不会像我们一样，变丑、变胖、掉头发。"

"说什么呢？许辛夷是仙女，就算怀孕也不会变老、变丑、变胖、长斑、长妊娠纹、掉头发的。"

变丑、变胖、掉头发？

来微博寻求安慰的许辛夷受到了成吨的伤害。

评论中穿插着一条小广告：怀孕后身材走样老公开始彻夜不归？三件事让夫妻关系甜蜜如初……

好广告，投放人群精准，紧抓客户命脉！

许辛夷感觉自己好像更生气了！

怀孕身材走样老公就开始彻夜不归？

什么垃圾男人？

搁易扬身上她非打折他的腿不可！

放下手机，许辛夷沉沉地叹了口气，不想再看镜子里的自己一眼，坐在沙发上忧郁地思考人生。

“宝宝，妈妈为了你牺牲这么多，之后的几个月咱们合作愉快一点，你让妈妈少受些罪，以后妈妈多疼你一点，好不好？”

稍稍隆起的小腹没给她回应，她耷拉着眼皮，越来越困。

许辛夷孕期嗜睡特别明显，有时候在沙发上稍稍坐上一会儿都觉得困，现在这个点没睡，是她在强撑着等易扬回来。

也不知道过了多久，她猛地惊醒，一睁眼就看到了易扬诧异的表情。

“醒了？”

许辛夷看了一眼四周，发觉自己被易扬抱起悬在半空，他是要把她抱上床。

许辛夷双手抱住易扬的脖子：“我是不是胖了？”

易扬睁眼说瞎话：“不胖。”

——好像是胖了点，胳膊有点累。

许辛夷惊了：“你说什么？”

“我说你不胖。”

“不对，你说我胖了。”

“我没有。”

“你就说了！”

这是易扬从易夫人那儿得到的“知识”，女人怀孕时不要和她顶嘴，孕妇说什么是什么，不要惹孕妇生气，孕妇心情不好对孕妇自己和肚子里的宝宝都不好。

易扬很痛快地道歉：“行，我说了，抱歉，我说错了。”

说完他便将她放到床上。

许辛夷怀孕，整个易家陀螺似的围着她转了起来，吃穿住行，面面俱到。

先是吃，易夫人找了圈内著名的营养学专家每天给许辛夷设计饭菜，好让她怀孕初期不那么难受。

再是穿，易夫人选衣服都选柔软舒适的，超过一厘米的高跟鞋都不许许辛夷再穿，鞋柜里放满了大一码两码的平底鞋，以舒适为主。

但是说到住这方面，许辛夷有些无言以对。

那么大一张床易夫人还嫌不够大，担心易扬晚上睡相不好，踢着许辛夷肚子里的宝宝，让易扬要么换房间睡，要么在大床边上加一张小床，就睡小床上。

易扬这近一米九的大高个，睡在大床旁边的小床上也不觉得委屈。

"最近我的皮肤是不是变差了很多？"许辛夷凑到易扬眼前。

易扬认真仔细地辨认："没有。"

——好像是有点黑眼圈，皮肤也没有之前那么细腻有光泽……

许辛夷疑惑不解地看着他："你……你仔细看看！"

易扬仔细去看。

——好像还长了点斑。

许辛夷深吸口气："我是不是有点黑眼圈，皮肤也没之前那么细腻有光泽，还长了点斑？"

易扬愣了愣，虽然没说话，但他的表情和眼神都替他回答了许辛夷的疑问。

许辛夷算是明白了，这的确是易扬说的，只不过是他在心里说的！

许辛夷好歹也经历过大风大浪，这种事她又怎么会惊讶？听得到不是挺好的吗？妻子怀孕后，因为妻子身材走样就嫌弃妻子，从而彻夜不归的大有人在。

她能听到易扬心里的真实想法，也能实时监控他对自己的感情有没有变质。

"没有的事，你还和以前一样漂亮。你好好休息，我还有几份文件没看，就在书房，有事叫我。"

许辛夷虽然觉得易扬这话有些敷衍，但还是点头，不耽误他工作。

等易扬出去后，许辛夷这才穿上鞋，悄悄地扒在书房门口，听着里面的动静。

——辛夷今晚的脸色不太好，最近是不是没休息好？

——明天问问妈，有什么可以在孕期用的化妆品。要不然挑点礼物送她，让她开心开心？

——珠宝、首饰、包，买什么好呢？

——过两天还是带她去医院检查一下……明天有会后天有酒局，下周得出一趟差……

易扬沉沉地叹了口气。

——但是每天凌晨三五点起来看她的时候，她不是睡得挺好的吗？难道是营养跟不上？明天问问营养师。

——这份报告谁写的，写成这样怎么办事的？

——听说怀孕的人容易心情不好，最近是不是得将工作排开好好陪陪她？

——可是最近抽不出时间，烦。

——不想干了。

——不干了。

——算了，还是干吧，处理完这些早点回房陪她睡觉。

——今天当面强调过报表的重要性，还做成这样，是不是不想干了？

——接连两个项目折在手上，赵总监最近怎么回事？上次听说 MK 的总裁对赵总监有意思，想挖人，不得不防啊……

——也不知道她最近在想些什么……

许辛夷站在书房外，静静地听着从书房里传来的这些令易扬烦恼的公事和担心她的话，偷偷探出头看了一眼。

办公桌后易扬眉心紧蹙，往后靠着椅背，用指尖揉着眉心，疲惫地闭目养神。

嫁给易扬的这些年，她就没见易扬有哪天真正休息过，他忙得晕头转向但心里大部分时间在记挂着她，许辛夷的心底如有暖流缓缓淌过，淌向她原本冰凉的四肢。

这种被人时时惦记的感觉，是她从未有过的。

她踮着脚走进书房，悄悄地走到易扬身边，或许是他今天太累，她走到书桌边上了，他都没发觉。

直到柔软冰凉的手按在他的太阳穴两侧，他才惊醒。

“你怎么过来了？”他握着许辛夷的手，感觉到有几分冰凉，“你不是累了吗？早点休息，我的工作也快做完了。”

“没事，我不困，就想过来陪陪你。”

许辛夷将手从他的手心里抽出，站在他的办公椅后，继续替他揉着眉心：“我不冷，看你这么累，就想替你放松放松。”

易扬还是不放心：“你听话，先回去休息。”

“我真没事！”许辛夷扳正他的身体，“你继续工作，我是大人了，累了困了自己会去休息的。”

“真没事？”

许辛夷摇头。

——刚才不是心情不好吗，怎么突然之间……

“老公，你别担心，我现在每天都睡得很好，一觉睡到大天亮，妈给我安排的营养师每天做的饭菜我都特别喜欢。我每天孕吐的次数少了很多，最近都胖了。还有，前两天妈陪我去检查了，我和宝宝都很健康，你不用担心。我虽然有时候心情不好，但只要一想到肚子里的宝宝心情就好了，所以你不用想着挤时间陪我。你好好工作，不用有后顾之忧。”

“但是……”

许辛夷从身后抱着他的脖子，将头搭在他的肩上，说：“易扬，我嫁给你，是来替你分担家庭的重担的，不是来给你添麻烦的。”

“我没觉得你是我的麻烦。”

她偏头看着易扬，极其认真地说：“可是你让我觉得，我成了你的麻烦。你放心，我会好好照顾自己，会努力调节自己的心情和脾气，好好睡觉好好吃饭，不舒服就去看医生，哪天真的没办法控制情绪了就找你倾诉，但平时你别花费太多的时间担心我，好不好？我真的没事，都是一点小问题而已。”

看着许辛夷眼底的坚定与认真之意，易扬喉结滚动，在她的脸颊上落下一吻：“好。”

许辛夷心满意足地笑道：“那你好好工作，我先回房休息了。”

在易扬的目光下，许辛夷缓缓地离开书房。

从易扬的书桌旁走到门口，她什么都没听到。

十点，确实到了她该睡觉的时间。

许辛夷躺下休息，睡梦中感受到身边似乎有人躺了过来。她没睁眼，但知道是易扬，迷迷糊糊地伸手就抱了过去。

温暖的体温和熟悉的味道，都令她十分安心。

就在沉睡的边缘，许辛夷脑子里突然闪过一句话，激得她突然清醒过来。

床头只亮了一盏小灯，昏暗的灯光下许辛夷看见易扬躺在身边的那张小床上，没越过“雷池”半步。

她小心翼翼地用手肘撑起上半身，去够易扬放在床头的手机。

她好不容易将易扬的手机拿到手心里，易扬偏头动了动，惊得她一顿，浑身一僵没敢动。

她跟做贼似的，悄悄地解锁易扬的手机，在主界面上找到闹钟的选项，点开。

她将闹钟里凌晨一点、凌晨三点以及早晨五点的闹钟关闭，然后悄悄地将手机放回原位。

易扬翻了个身，许辛夷忙躺回原位。

“易扬？”

半梦半醒间易扬依靠本能回了一句："嗯？"

"我冷。"

春季转瞬即逝，许辛夷的肚子一天天大了起来，她停了所有的活动和通告。

其实在她怀孕初期，所有的工作就已经暂停，她没有再出现在公众面前，也正是因为这短暂的空窗期，让不少因她和易扬结婚进而关注她的粉丝纷纷嗅到了一丝不同寻常的气息，渐渐地，许辛夷和易扬那条公开关系的微博下，猜测许辛夷怀孕的那条评论被赞到了热评位置。

"据我观察，距离许辛夷和易扬公布关系已经过去了五个月，这五个月的时间里，许辛夷一直没露面，《目击者》之后许辛夷也没有参演任何电影、电视剧，肯定是怀孕了！"

"我爆个料吧，怀孕了，就是在我朋友工作的医院做的产检，我听我朋友说，产检全过程易扬亲自陪着，照片在主页，不信的可以进我的主页看照片。"

那条爆料的微博很快就火了。

不少粉丝点进主页，第一条微博里就有偷拍的许辛夷去做产检的照片。

那是一家私人医院，宽阔走廊里前前后后共有六七名安保人员护着中间的两人，许辛夷被易扬搂着护在怀里，易扬面色沉稳严肃，有着生人勿近的冷漠之色。下一张照片里，许辛夷穿着宽松的衣服，隐约隆起的小腹足以让人看出端倪。

她抬着头，似乎在和易扬说着什么，易扬低着头，侧脸上是与上一张照片里的冷漠神色形成鲜明对比的温柔神色。

因为这条微博，渐渐带出不少爆料许辛夷去做产检的照片，#许辛夷怀孕#的话题上了热搜。

"啊！真的怀孕了！"

"公开关系的时候我就猜到了，果然怀孕了！看许辛夷的肚子，不用到年底，说不定就有包子了！"

"事业上升期嫁入豪门，结婚生子，老公又帅，还巨有钱，这是什么人生赢家？"

"还好大家最后都会死，不然我心理真的不平衡，她产检这么多人护着，想到我产检时一堆人挤在电梯里，我就酸成了柠檬汁。"

“许辛夷是怎么俘获易总的心的？考虑出书吗？我买！”

“所以许辛夷这是稳坐中宫了？嫁入豪门再生个儿子，地位稳了。”

“不是说许辛夷出身不差吗？也不能说是嫁入豪门吧？落魄的豪门也算豪门，顶多算豪门联姻？”

关于自己怀孕的消息，许辛夷觉得没有什么好隐瞒的，一开始不公开是觉得这仅仅是自己的私事，没必要因为自己怀孕特地发个公告，等孩子出生再公布也不迟。

转眼树叶枯黄，老宅别墅的院子里铺上了一层金黄的枯叶，金灿灿的，好看极了。

许辛夷不让人扫了，时常挺着肚子在院子里逛上一圈，踩在层层枯黄的树叶上，软软的，踩得咯吱咯吱响，有时候等来天边落日的余晖，有时候等来回家的易扬，然后易扬会陪着她，静静地在院子里走上一圈。

生产那天，许辛夷其实有点感觉，心慌慌的，总觉得有什么事要发生，直到半夜感觉到不对劲，肚子开始疼了，才连忙叫醒身边的易扬。她神色焦灼话也说不出，只指着自己的肚子，不知如何是好。

许辛夷惊慌失措，易扬却从容不迫地起床打电话，到医院后，许辛夷没受多少罪，被送进产房没多久就生了，是个小男子汉，七斤五两。

护士将孩子抱出来时，孩子皱巴巴的像只小猴子，正乖乖地闭着眼睛睡觉。

“易先生，易太太生产很顺利，是个男孩。”

护士抱着孩子凑到了易扬身边。

初为人父的易扬看着襁褓里的孩子，僵硬地从护士手里接过孩子，以一个怪异的姿势将孩子抱在怀里。

也是奇怪，一直安安稳稳地睡觉的孩子在易扬接手的瞬间放声大哭起来，声音嘹亮，回荡在整个楼层里。

易老先生笑话易扬：“以后你们父子俩可有的闹了。”

生产后许辛夷第一眼见到的便是守护在床边的易扬。

“孩子呢？”

“这儿呢。”易夫人笑着将孩子抱了过来，“知道你醒来要看，特地没让护士抱出去，快看看，是个男孩。”

许辛夷眼巴巴地看着易夫人怀里的孩子，想坐起来仔细看，易扬扶着她的后背让她坐起来。

红彤彤、皱巴巴的孩子像小老头似的。

许辛夷看到孩子的第一眼就差点哭了。

“好丑……”

“不丑，刚出生的孩子都这样，大了就好看了。”为了打消许辛夷的疑虑，易夫人笑道，“易扬刚出生时也长这样。”

许辛夷放心了。

易老先生笑着说给孩子起了个名字，单字一个“谦”。老人家看曾孙，眼底是藏不住的溺爱与喜欢之意。

病房里的人陆续离开。

易扬坐在许辛夷的床边：“还疼吗？”

许辛夷摇头：“不疼了，没遭什么罪，一下子就生了，医生都说这孩子听话。”

“嗯。”

许辛夷握住他微颤的手，听到了易扬心里让她心颤的话。

——老天保佑。

——再也不生了。

一周后许辛夷出了院，襁褓里丁点大的孩子得到了全家上下无微不至的照顾。

三个保姆、三个月嫂，二十四小时轮流照看。

孩子还小，只会哭，但家里给他准备的玩具已经堆满了房间，易老先生更是大方，什么好东西全往他的宝贝曾孙的房里放，一个屋堆不下，又给孩子开了一个屋。易扬看不下去，提醒了两句，说孩子还小，没必要置办这么多东西，却被易老先生说了几句：“我给自己的曾孙买点东西怎么了？现在用不上，以后总有一天用得上。”

显然，易老先生是将自己曾经说过的“不可行奢靡之风”的话抛诸脑后了，而且从他老人家的话里不难听出“以后孩子喜欢什么就给什么”的意思，也不担心养出个纨绔。

宝宝一天天长大，和易夫人当初说的一样，长得白白嫩嫩，那双酷似易扬的眼睛水灵有神，像两颗剔透的黑葡萄，谁见了都得真心感叹一句：好漂亮的孩子。

对此，许辛夷骄傲地表示：我生的！

易扬也在学着当一个好父亲，闲暇时刻如果要给宝宝喂奶、换尿布，都会亲自上手，但父子俩还真和易老先生当初在产房外说的一样，有的闹。

易扬一给孩子喂奶，上一秒在月嫂怀里吃得好好的宝宝下一秒就不吃了，撇着嘴看着易扬，仿佛被吓到。易扬给孩子换尿布时，上一秒乖得不行的宝宝，下一秒就号啕大哭。

于是好父亲在经历了三次挫败后，毅然放弃，并表示以后自己要当个严父，好好教导宝宝，让其承担起易氏的重任。

许辛夷为此怜惜地看着自己怀里的宝宝。

“小小年纪不知道讨好爸爸，这么排斥爸爸，这下完了，等你长大，看你爹怎么‘折磨’你。”

可惜襁褓里的孩子只是吐着泡泡，挥着两只小胖手，无知无畏地冲着许辛夷咯咯笑。

或许还真是上辈子的仇，宝宝在学会爬后，第一句喊出来的是“妈妈”，第二句喊出来的是“奶奶”，第三句喊出来的是“太爷爷”，全家人费尽九牛二虎之力，想让孩子喊“爸爸”，可宝宝就是不喊“爸爸”两个字，易扬的脸色肉眼可见地变得阴沉。

不过许辛夷半点不担心易扬不喜欢这个孩子。

因为某天她半夜惊醒时，身边空荡荡的，不见易扬的人影。她起身去找，在婴儿房外，听到了易扬低声细语哄人的声音。

“喊爸爸，爸爸，喊爸爸，爸爸就把这个玩具给你，乖，听话，喊爸爸，爸爸。”

许辛夷在门外捂着嘴尽量让自己别笑出声来，忍不住探头往房间内看了一眼。

易扬站在婴儿床前，手里拿着玩具诱哄着婴儿床上无比精神的孩子喊“爸爸”。

最终这场父子俩的对峙在宝宝那声含糊的“粑粑”中结束。

值得一提的是，在孩子一周岁的时候，许辛夷主演的那部徐导导演的电影《目击者》定档于下个月一号，影视方希望许辛夷能配合宣传。

许辛夷十分慷慨地答应了下来，并拍了一张宝宝的小拳头的照片发了条微博。

胖乎乎的小拳头可爱得要命。

“生了生了，真的生了！恭喜辛夷当妈妈！”

“以许辛夷和易扬的颜值，宝宝的颜值绝对逆天！我现在生女儿还来得及吗？”

“恭喜啊！”

“我最爱的女人和我最喜欢的男人有孩子了！”

不到半个小时，#许辛夷生子#的话题上了热搜。

剧组也来凑了个热闹。

“《目击者》全体工作人员发来贺电！”

电影蹭了一波好热度，并凭借着自身过硬的剧情和主角、配角的演技，上映首日票房突破五千万，成了近期上映影片中的一匹黑马，票房随着口碑呈直线上升，仅上映一周，就斩获了五亿票房，到下映的时候，累计票房十四亿。

十四亿票房，这对于一部低成本的电影而言，对于第一次指导电影拍摄的徐导而言，无疑是巨大的成功。

许辛夷也因此水涨船高，演技彻底得到了承认。这个承认不仅仅是指得到粉丝和观众的认可，还有行业内各导演以及投资方的认可。

许辛夷人逢喜事精神爽，一爽就出了事。

因为在家哄宝宝耽误了点时间，眼看着庆功宴快结束了，别墅区所在的郊区又没几个人，许辛夷在前往庆功宴的路上忍不住踩了一脚油门。

这一踩就踩出了事，许辛夷没注意到右前方的岔路口有车驶出来，差点撞上的瞬间本能地将方向盘往左打死，一头撞上了路边的石桩。幸好晚上这边没什么车也没什么人，许辛夷也没受什么伤，只是车头受损严重，没法开了。

她第一时间给易扬打了个电话。

“老公，我撞车了。”

电话里许辛夷的声音有点虚。

电话那头的易扬听到许辛夷撞车的消息心停跳了半拍。

“有没有受伤？”

“我没受伤。”

明显听到电话里的人松了口气，许辛夷报了个位置。

“在那儿等着我，我马上到。”

不到十分钟，易扬驾车而来，身后跟着一辆车，车内是善后的人。

一下车易扬就将许辛夷浑身上下仔细检查了一遍，见她是真的没有受伤后，严峻的脸色才好看了些许。

“先上车，这里他们会处理。”

许辛夷乖乖地跟在他身后，上车回家。

一路上易扬脸色阴沉，眉心皱得能夹死苍蝇。

“说说，到底是怎么回事？”

“我就是……急了点，没注意前方岔路口有车，踩了一脚油门而已。”

“而已？”易扬沉着脸看她，“许辛夷，你到底知不知道今天你撞车了，你觉得这是小事？你看没看你的车头，撞成什么样了？你是庆幸没有受伤，万一呢？万一受伤了怎么办？”

——这种时候竟然说这种话，真是气人！

许辛夷听到易扬的心里话，想了想，审时度势后道歉：“对不起，是我说错话了，是我今天不小心，以后不会这样心急不看路了。”

“没有以后了。”易扬说，“以后出门我让司机送你。”

许辛夷愣了愣，反应过来后高声道：“你什么意思？不让我开车？我开车这么多年就今天疏忽了而已，我车技好得很，不需要司机！”

“你需要。”

“不需要！”

——车撞成那样还敢说自己车技好？真是气人！

——不行，至少这半年内不许她再开车。”

许辛夷瞪着易扬，不想让步。

易扬却不理她，坐在一边看都不曾看她一眼。

出事的地方本就离老宅不远，十分钟不到两人就回了老宅。易老先生和易夫人在楼下的客厅里焦灼地等着，一见两人回来，易夫人就忙拉着许辛夷问：“没事吧？听易扬说你撞车了？没受伤吧？”

“爷爷、妈，没事，我没受伤。”

易老先生和易夫人双双叹了口气。

“你这孩子，怎么这么不注意？幸好没伤着自己，下次注意点。”

易扬从门外进屋脚下就没停，过客厅直接上楼，许辛夷喊他，他都没反应。

看着许辛夷沮丧的脸色，易老先生和易夫人对视一眼。

“你啊，莽莽撞撞的。你都不知道刚才易扬接到电话时脸色有多吓人，鞋都没换就往外跑。”

许辛夷这才发觉易扬脚上穿的是家里的家居鞋。

适才被易扬气到的心情突然平复，她心中泛起些愧疚之意。

“对不起，爷爷、妈，让你们担心了。”

“你没事就好，先上去看看易扬吧。”

许辛夷点头，上楼往书房走去。

在书房门口许辛夷露出笑容：“老公……”

“我只说两件事，第一，出门给你配司机，自己不许再开车；第二，自己回房睡觉，我现在很生气，晚点再陪你睡觉。”

许辛夷撇嘴，感受到易扬周身的低气压，识时务地没凑上去，转身回房睡觉。

凌晨一点，许辛夷身侧的床铺凹陷。易扬躺上来的瞬间，一只手伸过来抱住了他的腰。

房间灯没关，很亮。

许辛夷将头枕在他的耳边，眼巴巴地望着他，眸子里泛着乞求的光：“还生气吗？”

——算了。

易扬心里是这样想的，但嘴上说的是：“生气。”

许辛夷笑着缠了上来：“别生气了，我以后会认真开车的。”

“以后？”

“没有以后了。”许辛夷哄着他，“出门带司机。”

以后的事以后再说，过几天她就不信易扬还记着这事，就算记得，在外她自己开个车，易扬还能二十四小时钉着不成？

她总能找到机会。

因为出了这事，许辛夷好长一段时间出门都带着司机，但带个司机去哪儿都感觉有双眼睛看着自己，很多时候特别不自在。

她心里明白，易扬也是为她好，担心她，她才忍了。

可是她忍了一段时间，终于在看到安雅的那辆漂亮又拉风的银灰色跑车时，忍不住了。

“安雅，你……跑车？”

安雅无比帅气地从跑车上下来，将墨镜摘下，笑道：“怎么样？”

“漂亮！帅！”

“那是当然，这可是我预订了整整一年才拿到手的跑车，当然漂亮。上车？”

许辛夷忙点头。

易家老宅以及一品兰亭的车库里停的都是价值百万、千万的豪车，许辛夷自己名下也有车，却没有跑车。

沿江公路迎面而来的风吹得许辛夷的头发在半空飞扬，放眼望去是蓝天和蔚蓝的大海，飙车的刺激感让许辛夷忍不住放声大喊。

许辛夷体验到了开跑车的滋味，数了数自己金库里的钱，买辆跑车绰绰有余。她向来不是个能委屈自己的人，当天就浏览各式跑车，目光最终放在一辆红色的法拉利跑车上。

流畅的线条和漂亮的颜色，许辛夷看到这辆跑车的第一眼就知道，这辆跑车是属于她的。

但这辆跑车是全球限量款，国内数量更是稀少，而且还有购买条件，要么是法拉利车主，要么是法拉利俱乐部的成员。

当然，这些条件，许辛夷一个也没达到。

安雅委婉地提醒她，如果有关系，也是可以买到的。

许辛夷想了想，自己好像没有这方面的人脉。

“你老公肯定有。”

安雅一语点醒梦中人。

许辛夷忙回家献殷勤，皮带、领带、手表、袖扣一一摆在易扬面前。

易扬戒备地看着她。

——无事献殷勤，非奸即盗。

虽然被易扬一眼看穿了，但许辛夷依然脸不红心不跳地道：“今天逛街看到这些，特意给你买的，放心，是贵的。”

为了告诉易扬这些礼物有多贵重，许辛夷将发票递到了他眼前。

易扬看了一眼价格，是不错。

“有事？”

许辛夷想了想，张嘴道：“没事，我就是想说，我带司机出门也有好长一段时间了，仔细算算快半年了吧……”

“你想开车的话就开吧，只有一点，慢点开。”

许辛夷感动地看着他：“老公，你真好！”

“还有事？”

许辛夷期期艾艾地笑道：“还有……一点点小事。”

易扬看着许辛夷的表情：“不太像是小事。”

“我就想买个东西。”

“钱不够？”

“我有钱！”许辛夷强调，那辆跑车虽然价格高达八位数，但她买得起，只是没有购买途径才买不到，“我就是自己买不到，老公，你能帮帮忙吗？”

“什么东西？”

“你先答应我。”

“你不说我怎么答应你？”

“就一件小东西而已，对你来说就是动动嘴皮子的事。”

易扬双眼微眯，审视着许辛夷。

——态度不对，一个劲地在我面前磨，肯定有猫腻。

许辛夷：“就是，我想买辆车。”

“家里的车不够开？”

“不是，是我看上了一辆车，但是有购买条件，老公你见多识广有人脉，能帮我问问吗？”

刚松口让她开车她就想买车，易扬心里着实有点担心。

——算了，都是当妈妈的人了，她应该不会和以前一样鲁莽。

“什么车？”

见易扬松口，许辛夷笑着说：“法拉利。”

反应过来是辆跑车，易扬瞬间翻脸：“许辛夷，刚出事没多久你就想开跑车？你想都别想！”

“你刚才不是都答应我了吗？”

“我没答应你买跑车！”

“我没让你买，自己买！我自己掏钱！”

“那你自己去买，别找我！”

许辛夷磨牙：“你买不买？”

易扬果断拒绝：“不买。”

“你帮不帮我？”

“不帮！”

——飙车这么危险的事也敢去做！真是气人！

眼看着易扬火气变大，许辛夷审时度势后软了脾气：“老公，我真的很喜欢那辆跑车。我答应你，好好开，不飙车，绝对不会出事。”

许辛夷这些鬼话易扬一个字都不信。

“真的！而且你看，我平时工作忙，要么在剧组没时间开车，要么在赶通告的路上，没机会开车，怎么会……”

“那你买来干什么？”

易扬一句话堵得许辛夷半天没说出话来。

反应过来的许辛夷恼羞成怒，臭男人见缝插针的本事越来越厉害了。

她豁出去了：“买来放在车库里看着，只要能拥有它我就开心！”

易扬冷静地看着她。

——话说得好听，买回来之后她还会不开？这话不能信。

许辛夷：“不买就不买！”

许辛夷很硬气地走了。

开什么玩笑？世界上跑车那么多，又不是只有那一辆，她买别的不就行了，非得求易扬不成？

更何况她许辛夷也是在娱乐圈站稳了脚跟的女人好吗？

她就不信了，这点人脉自己都找不到！

然而当天晚上许辛夷翻遍朋友圈和通讯录，除了几个不能联系的人，其他的人都找遍了，竟然没有帮得上忙的人。

要不她去找安雅？

安雅那辆跑车都预订了一年。

她看来看去，也就易扬最靠谱。

可是这最靠谱的人不愿意帮她。

找不到人帮忙，许辛夷闷在沙发角落里不说话。

易扬一回房就瞧见许辛夷蜷缩在沙发角落里，见着自己回来，抬头眼巴巴地看着自己，委屈得可怜。

“易扬，你是不是不爱我了？”

“……”易扬不想和她说话。

“老公，我好难受，想哭。”

许辛夷想着，易扬总会来安慰自己两句吧？两人亲昵地抱两下，耳鬓厮磨地说两句情话，情到浓时……她磨着磨着易扬总能答应下来吧？

结果，易扬张口就是：“想哭就哭。”

听听，易扬这臭男人说的是人话吗？

“可是我想在法拉利里哭！”

“……”

在买跑车这件事上，易扬没有松口，许辛夷撞车事件到如今他还心有余悸，她竟然还想开跑车？他绝不可能让许辛夷悬在刀刃上。

得不到的总是最好的。许辛夷连续郁闷了两天后，将目光锁定在一脸天真烂漫之色、流着哈喇子的宝宝身上。

“养娃千日，用娃一时，宝贝，妈妈把希望放在你身上了。”

宝宝看着妈妈过来，喜笑颜开地冲她挥舞着两只胖乎乎的小手，完全不知道面前这个一脸慈爱之色的妈妈心里在打着什么小算盘。

小家伙今年一岁半，浑身上下胖乎乎的，摸上去全是肉，五官还没长开看不出模样，但唯独那双眼睛和他爸爸长得一模一样。

宝宝有这双漆黑的大眼睛，长大之后不知道会骗到多少女孩。

宝宝一见着妈妈，立马迈着两条小短腿摇摇晃晃地冲她跑了过来。他抱着许辛夷的小腿，嘴里念着一大串不知名的句子，仰头看着她。

许辛夷把他抱在怀里，小家伙咧着嘴笑，像是知道自己被妈妈抱了一样，小胖腿有力地往下蹬，手舞足蹈地喊："妈妈，妈妈……"

"太太，小少爷一见您就笑，您不在的时候都没怎么笑过。"

许辛夷闻着宝宝身上的奶香，在他胖嘟嘟的脸颊上亲了一口，亲得宝宝咯咯直笑。

"宝宝最喜欢妈妈了对不对？所以一见妈妈就笑。"

或许是像极了易扬，宝宝从出生开始，比同龄的宝宝成长得要快上一截。

那两条小胖腿摇摇晃晃，他走路根本不用人扶，特别有劲。一岁不到他就学会了喊"爸爸""妈妈""爷爷""奶奶"，现在能够说一大串句子，虽然这些句子并没有人听得懂。

"宝宝，来，跟妈妈念，车车。"许辛夷将一辆跑车模型玩具放在宝宝面前，指着玩具说，"想不想玩车车？"

宝宝点头，含混不清地吐出一个字："想……"

"跟妈妈读，车车。"

宝宝很乖地跟着念："册册……"

"真乖！"许辛夷抱着小家伙亲了一口，厚脸皮地自夸，"也不知道这么聪明的孩子是哪个漂亮聪明的妈妈生的。"她又抱着他在房子里转悠一圈，"这是花花，来，跟妈妈念，花花。"

"发发……"

许辛夷抱着他凑近了闻玫瑰花："花花是香香的对不对？"

"发发发发！"宝宝对香味似乎有些敏感，闻到了玫瑰花香，手舞足蹈地要去抓。

许辛夷手疾眼快地一把捉住他的两只小胖手："不行，不能抓，这是爸爸送给妈妈的花花。"

宝宝两只手朝着鲜红的玫瑰花抓去，许辛夷从中抽出一朵玫瑰来："宝宝这是什么？"

"发发……"

"对，这是花花。"

"发发……发发……"

许辛夷再接再厉，锲而不舍地指着跑车："宝宝，来，听话，这是什么？"

"发发……"小孩容易被颜色鲜艳的东西吸引，目光一个劲地往玫瑰花上瞟。

"这是车车，来，跟妈妈念，车车。"

"发发！"

"车车。"

"发发！"

"宝宝，这是车车，跟妈妈念，车车。"

母子俩对视了一会儿，还是豆丁大的宝宝败下阵来，吐词不清地喊："册册……"

"这才对，妈妈告诉你，这个车车叫法拉利，来，跟妈妈念，法拉利。"

"发发发发！"

"法拉利！"

"发发发发！要发发！"

"……"

许辛夷心力交瘁，但越挫越勇，誓要让满眼只有"发发"的宝宝说出那三个字。

易家请来专门照顾易谦的阿姨和月嫂最近特别清闲。

原因是最近许辛夷在家亲自带宝宝，有时候就两人待在房间里，偶尔月嫂送冲泡好的牛奶进去，都能听到许辛夷教宝宝说话的声音。

月嫂隐约可以听见什么"车车""花花"之类的词。

易氏集团总部。

会议室里的人个个神色严肃。易氏和江氏的合作还算顺利，这两年江氏和易氏在这场合作中得到的利益颇多，但麻烦也不少，因为易氏一个疏漏，两方合作的项目停了三个工作日，虽然问题已解决，但损失过重，眼前这个会议讨论的便是追责事宜。

易扬从踏进会议室起脸色就没好看过，现场各部门的高管纷纷低头叹气。

整个会议室里静了一静。

易扬沉默着扫视一圈，而后徐徐开口："这件事我不想再听到你们各自推诿，责任……"

他话没说完，手边的手机屏幕亮起，易扬视线下移看了一眼，是许辛夷发来的微信语音。

他没理。

然而第二条语音、第三条语音接二连三地发了过来，她是有什么急事？

易扬思索两秒，递给坐在自己下首的副总一个眼神，抄起手机起身。

门口的助理拉开会议室的门，易扬边走边解锁手机点开微信，将手机放在耳边听那条语音。

"粑粑！"

一个稚嫩的声音外放，瞬间响彻整个会议室，打破会议室里这沉闷的气氛。

紧接着下一条语音自动播放。

"发拉拉！

"给麻麻买！"

易扬神色未变，只是握着手机的手紧了紧，不慌不忙地走出会议室。

会议室的门被关上。

会议室里严阵以待的众人一怔，随即心有灵犀地微微一笑，那位站起来主持会议的副总更是松了口气。

待会儿等易总进来，大家估计会轻松不少。

会议室外的易扬将手机按灭，进了一间休息室里，关上门后，才又打开手机点开微信。

手机上又来了两条语音。

"册册！

"粑粑买！"

稚嫩的童音传来，易扬没忍住，低笑了一声。虽然软了心肠，但他只是咳嗽两声，硬着声音道："许辛夷，成天教孩子说些什么？"

手机那头的许辛夷不高兴地按灭手机。

什么叫她成天教孩子说些什么？

她教什么了？

这几天她教了宝宝好多个词，眼睛能看到的、鼻子能闻到的、耳朵能听到的都教了，又不是只教了“法拉利”三个字。

真是气人！

“宝宝，爸爸他竟然说我带坏你！妈妈带坏你了吗？”

懵懂的小易谦小脑袋瓜转来转去，嘴里嘻嘻直笑。

“爸爸回来了咱们不理他，今晚妈妈陪你睡觉！”许辛夷义正词严，打定了主意不理易扬。他不道歉她绝对不和他说一句话。

晚上易扬回家，餐桌上一家人安安静静地吃着饭。

饭桌上易老先生和易夫人说了几句关于小易谦的话，宝宝既然聪明，早教些词语早点预备起来比较好，而易扬和许辛夷似乎将今天白天发生的事给忘了，两人都没提及，也没怎么说话。

易扬一向沉闷，不说话倒也没什么不对，许辛夷是个话痨也没怎么说话就很奇怪。许辛夷刚离开餐桌，易老先生就问道：“易扬，辛夷今天怎么回事？吃饭的时候也不怎么说话，是不是最近发生什么事了？”

易扬后知后觉地反应过来，放下碗筷道：“我去看看。”

婴儿房里许辛夷正带着小易谦玩积木，小易谦一堆一个准，特别聪明。

易扬戳在门口看了一会儿，看到许辛夷抱着小易谦亲了一口，满脸的笑意，没有心情不好的迹象。

他走进了房间。

许辛夷循声看了一眼，在看到易扬时脸上的笑容猛地消失。就这一眼，易扬在心底肯定了许辛夷是在生他的气。

可是——

——为什么生我的气？因为那个语音？

许辛夷在心底冷笑。

你还知道是因为那个语音！

——可是我又没说错。

——算了，道个歉吧。

“辛夷，今天……”

许辛夷更生气了，明摆着敷衍她的道歉谁稀罕？

她瞪了他一眼，打断他的道歉，冷声道：“今晚我和宝宝睡，你自己回房休息去吧。”

——生气了？

——我如果用法拉利道歉，她会原谅我吗？

“等等！”“法拉利”这三个字严重地刺激到了许辛夷，她就目前的形势认真且严肃地思考了一番。

易扬今天态度确实不好，不过夫妻之间最重要的不就是相互包容、相互体谅吗？

法拉利什么的不重要，重要的是夫妻之间关系太差，对宝宝的成长也不好，更何况这段时间她也确实是存了借宝宝之口让易扬给她买法拉利的心思，这件事上她的初心就不对，是有错的。

她清了清嗓子，问道："那个……你来干什么？"

易扬站在门外一动不动地看着她，保持着沉默。

这眼神倒让许辛夷颇有种自己的心思被看穿的心虚感："你有话就说。"

小易谦在她怀里转头看向易扬："车车！粑粑买车车！"

许辛夷无奈，摸了摸小易谦的小脑袋瓜："今天的事是我不对，以后我再也不乱教他了，行了吧？"

小易谦睁着两只黑葡萄似的眼睛茫然失措地看着许辛夷。

"今天的事我也有错，我没有怪你的意思，抱歉。"易扬道。

许辛夷撇嘴："那我暂且原谅你。"

"不生气了？"

许辛夷摇头。

"行，不生气那我先回房了。"

一直满含期待地看着易扬的许辛夷就这么眼睁睁地看着他离开了婴儿房。

他走了？

法拉利呢？

他不是说好拿法拉利道歉的吗？

车呢？

许辛夷觉得被易扬骗了，气势汹汹地来到卧房，要找他问个清楚。

房间里没人，浴室里传来动静。

许辛夷磨着牙正想敲开浴室的门，眼尖地瞧见房间的桌上放着一个陌生的礼物盒。

房间里上上下下，大到这张床，小到易扬的袖扣许辛夷都心里有数，这个陌生的礼物盒在今晚之前绝对不曾存在过。

那么……

这是易扬今天带回来的？

礼物？

送人的？

他还能送谁礼物？

许辛夷抱着随便看一看的心思走了过去。

正方形巴掌大的礼物盒很精致，盒子边缘一层金边很有气势，一看就很贵。

许辛夷拿起盒子掂了掂，听到里面有动静，但听不出是什么。

她估计又是项链珠宝之类的。

易扬买礼物只会买这些。

许辛夷叹气。

咔嚓——

礼物盒被打开。

一台法拉利跑车的钥匙静静地躺在礼物盒的正中央。

车钥匙？

法拉利的车钥匙？

法拉利！

许辛夷的心停跳了片刻，而后回神，心脏不受控制地跳动。脑子里嗡的一下，她看着面前的车钥匙有点做梦般的感觉。

这是易扬给她准备的？

所以易扬早就准备给她买法拉利了？他就是一直没说？他想给她一个惊喜？

真的还是假的？

他不会就买个车钥匙模型骗人吧？

但易扬应该做不出这种事才对。

这的确是个惊喜，许辛夷惊得脸上笑容不止，连身后响起的易扬的脚步声都没能听见。

等她反应过来，易扬已将她抱在怀里，凑到她耳边问她："喜欢吗？"

许辛夷回头，唇瓣从他的脸颊上擦过。

"你特地给我准备的？什么时候开始准备的？"

"在你提出来的第二天。"

许辛夷望着他，眼底只有他。

易扬对上她的目光："我仔细考虑过，你是我的妻子，只要是你想要的东西，我都应该送给你。所以以后有什么事直接和我说，不要藏在心里，我是你的丈夫，只要你开口，任何事我都能替你解决。"

"那你不怕……"

“你出门在外，记得家里有我、有易谦、有爷爷，还有妈，知道我们在等着你回家就够了，我相信你心里有分寸。”

她转身与易扬面对面，踮脚吻了上去。

“不去看看车？”

许辛夷笑着抱着他的脖子：“你说我想要什么就直接和你说，只要我开口。”

温热的气息喷在易扬的唇边，许辛夷的视线沿着他的下颌往下移。她一口轻轻地咬在他的喉结上：“我现在想要你，可以吗？”

易扬喉结上下滚动，下一秒许辛夷被腾空抱起。

主卧大床边的小床早在孩子出生后就撤了。

大床上多了一个易扬，许辛夷总说他占地太多，晚上总以此为借口往他怀里钻，屡屡得逞。

“好大。”

“嗯？”

“我说床。”

今晚许辛夷被易扬揉进了骨血里，然后——

月色害羞地躲进了乌云里。

夜色下整座城市灯火辉煌。

——万家灯火，有一盏是属于我的。

（二）骆桀和安雅

安雅家境不错，父亲是个小有名气的生意人，母亲是个秀外慧中的家庭主妇，她是独生女，独占父母百分百的宠爱。

那时候她还小，要什么有什么，无忧无虑，认为自己是世界上最幸福的人。

后来安雅家里的房子从小两房换到大平层再换到后来的大别墅，父亲的生意越做越大，房子也越换越大，渐渐地，传出父亲包养了情人的消息。

对于这种可笑的传闻安雅嗤之以鼻，当晚还将这些话在饭桌上原封不动地说给了父母听，父亲一笑而过，让她别听外面的流言，母亲则温柔地替她夹菜。

家里充满了欢声笑语，还和以前一样。

第二天依然有人在她面前嚼舌根，安雅当耳旁风，一个字都不信。

直到有一天，她和朋友一块去商场给老师买节日礼物，在商场的一家奢侈品店门口，看见父亲挽着一个年轻漂亮的女人进了店。

她找到了那个女人，拿颜料泼了那个女人一身，并告诉那个女人离她的父亲远点。

她泼颜料时，她的父亲就在门口看着，等她发泄完，才把她拉进办公室里告诉她："爸爸错了，爸爸以后再也不和这些不三不四的女人来往，你永远都是爸爸最爱的小公主。"

小公主相信了爸爸的话，可当她再次看到父亲搂着另外一个女人时，知道自己被骗了。

不仅是她被骗了，她的母亲也被骗了。

她以一种愤怒的心情将这件事告诉母亲，想告诉母亲那个一直口口声声说爱她们的男人在外面有很多"红颜知己"，那个男人不配让母亲这样爱他。

但母亲只是静静地听她歇斯底里地发泄完，然后告诉她，每个人都有自己的生活方式，这就是他们夫妻俩的生活方式。

他们互不干涉、互不打扰。

母亲还告诉她，以前是看她年纪小，所以瞒着她，但现在她长大了，应该学着接受并不是所有的父母都是相爱的这件事。

安雅从小在父母的关爱中长大，以为父母是相爱的，没想到爱情是可以装出来的。

晚上，她看到声称出差了几天的父亲回了家。父亲给她带回了昂贵的礼物，给母亲带回一束美丽的玫瑰花，他们依旧和往常一样在她面前表现得恩爱有加，她瞬间浑身冰凉，只觉得恶心。

这样的日子在她升高一住宿后结束。

她再也不用看父母在她面前演戏。

她离家的日子越来越多。

高中、大学……

大学里也挺有意思的，追她的人很多，每天都有人换着花样在她面前献殷勤，但每次看到那些捧着鲜花站在她面前的男人，她都会想到当初父亲捧着玫瑰花站在母亲面前的样子，觉得恶心透顶。

她一次又一次地拒绝别人，渐渐地也没有什么人追求她了。

毕业后她没有选择走父亲给她铺的路，而是误打误撞地进了娱乐圈，当了一名经纪人。

没人愿意被她签，她等了好几年才签了个许辛夷。

一个不怎么样的经纪人，和一个不怎么样的女明星，行吧，两人就这么对付着过吧。

但让她没想到的是，这个女明星还真有自己的一套，嚣张跋扈得很，圈内没什么人喜欢这个女明星。

安雅挺喜欢许辛夷的，许辛夷比圈里那些表面和气暗地里却钩心斗角的明星好多了。给许辛夷当经纪人虽然挣不了几个钱，但她也没想着当经纪人养活自己。

后来有一次她陪一个副导演去大学里选角，少年们身上满满的荷尔蒙气息挡都挡不住。

有太久没见过这么阳光单纯的少年人，她觉得很有意思，盯着其中一个帅气的男孩瞅了半天。

她从学校离开的时候，一张写有电话号码的纸递了过来。

“安雅姐，这是我的电话号码……”是她看了半天的那个男孩。

男孩递电话号码的意思不言而喻。

男孩阳光帅气、身材高大，正是皮肤能掐出水的年纪，但眼底透露出来的野心不小。

安雅考虑了两天。在某家商场的停车场里，见到了搂着一个帅气陌生的男人的母亲。

她爸和她妈互不干涉、互不打扰。

她以为在她爸和她妈的这场婚姻里，她妈处于弱势，是被辜负的人，没想到两人半斤八两，势均力敌。

安雅没打招呼，甚至避着人转身走了。

随即她笑着给影视学院的那个男孩打了个电话，给了他地址。

后来男孩理所当然地成了她的小男朋友，而她也给了小男朋友想要的东西，两人各取所需，各有所求，谁也不亏欠谁，挺好。

她以这样的生活模式过了很长一段时间，交往过的小男朋友数量越来越庞大，幸好，她交往过的小男朋友都是让她省心的。

直到在《凰途》剧组，她遇到那个行内著名的经纪人，骆桀。

这男人有钱有脸面，经他的手捧红的明星无数，最热门的就是当红演员韩骁，两人搭档十多年，至今未散。

骆桀没有交过女朋友，整天围着韩骁转。

所以她压根就没想过自己还能得骆桀的青睐。

“那你，要不要试着看看我？”

酒店的走廊里，骆桀那浑蛋这么问她。

安雅冷笑。

只要骆桀对她有所了解，就应该知道她对那些小男朋友好时，可以捧他们上天，不好时，他们在她眼里连路边的野菜都不如。

“你年龄比我男朋友大，皮肤不如我男朋友好，五官虽然还可以，但一张脸看久了是会腻的。你有钱，可是我也不差钱，我不喜欢你也不图你的任何东西。我能在我男朋友那儿找到所有的快乐，为什么要因为你而放弃大片森林？”

她以为自己说得够清楚、够直接，也够狠了，没想到时装周后，骆桀直接对她展开了猛烈的追求。

每天早上他会在她家楼下等她，每天晚上会在她的公司楼下等她，礼物、鲜花等小惊喜更是每天都送。在她忍无可忍地拉着小男朋友出现在他面前时，这浑蛋竟然从她男朋友入手，打了她男朋友不说，还传出话来，说她安雅是他的女人，哪个不长眼的如果敢和她勾搭，就是和他骆桀作对。

骆桀入行十来年，手上经手过这么多大火的明星，也算得上是金牌经纪人，资源不少，人脉更多，没有不入流的小子敢公然和他作对。

于是，每天身边总有“小鲜肉”陪伴的安雅陷入空窗期。

她发微信、打电话找人，曾经那些男朋友现在都当她是洪水猛兽，避之不及。

“浑蛋！”酒吧里，安雅坐在卡座里看着四周癫狂的人群，仰头将酒一饮而尽。

她总觉得骆桀和她应该是一类人，所以实在难以理解，像骆桀那样手上有大把资源的人，为什么要在她这棵树上吊死？围在骆桀身边那些漂亮的女孩她看了都心动，骆桀竟然能无动于衷？！

搁她身上，她不能。

也许这就是她和骆桀根本上的不同。

他们本就不是一类人，何必走一条路？

就算他们相爱，估计也走不到最后。

她喝得醉醺醺的，躺在卡座里看着灯光四射的天花板，身体越来越热。

她不是第一次喝酒，对现在身体的反应一清二楚。

在朋友的酒吧里，她竟然还能着了道？

到底是哪个浑蛋不长眼，竟然敢玩到她安雅姐的头上？

一个小帅哥挤过人群走了过来，坐到她身侧，凑到她耳边亲密又暧昧地道："我叫陆修，你叫什么？"

安雅歪过头来看着他笑了笑，抬手一巴掌扇过去，打得小帅哥顿时火冒三丈。

"知道我是谁吗？你敢打我？我过来是看你长得还可以，给脸不要脸？"

安雅头很晕，身体发热，心情随着四周的嘈杂声躁得要命。她只想好好发泄一下，正好来了个送上门的，抓起面前的酒瓶就往他头上砸。

哐当——

那小帅哥被砸得茫然失措，回过神来就要对安雅动手，可伸在半空的手被人一把死死地抓住。小帅哥回头，昏暗的灯光下，一时间看不太清来人的面目，只感受到抓住他的手腕的手格外有力。他刚想叫嚣着把自己的爸爸的名字喊出来，就被男人往右一甩，又被三四个男人拽住。

"你敢打我？你知道我爸是谁吗？"

"那就打得你爸都认不出你来。"一个冷到极致的声音响起。

看着卡座里醉得迷迷糊糊的女人，骆桀叹了口气，弯腰一把搀着她，想把人从卡座里拉起，却没想到手刚触及她的瞬间，就被她猛地甩了个巴掌。

这巴掌实在是无妄之灾。

骆桀当场愣在原地。

不仅是他愣了，他身边的那些朋友也愣了。

他们早听说了安雅的名声，也知道骆桀最近在追安雅，可安雅难追也就算了，性子还这么暴躁。

这人，难搞哦。

他们真不知道骆桀图啥。

骆桀图啥他自己心里清楚，当下也不和安雅计较，弯腰将人扶起，不知道她的家庭住址，索性给她在附近的酒店开了间房。

醉酒后的安雅很不安分，被骆桀扶着也站不稳，还直接抱住骆桀，手脚恨不得往骆桀身上挂。

安雅眼神迷茫，脸色通红，醉酒后眼底的温柔之意似乎是真的。

安雅这番姿态骆桀从未见过。

跟着的几个哥们起哄，喊着“大嫂”，叫着“骆哥亲一个”。

骆桀一个眼神镇住了人，将安雅打横抱起。

美人在怀本来就难以自持，这女人还在他怀里到处蹭，骆桀只觉得毕生的忍耐功力都放安雅这儿了，心里盘算着等她酒醒，非得好好和她算一算今晚的这笔账。

骆桀好不容易将人放上车，系安全带的时候猝不及防地身陷“温柔乡”，扑面而来的一个吻，吻得他大脑一片空白。

这种情况下还能忍住他就不是个男人。

可这种情况下不能忍住他就不是个人。

骆桀在做男人和做人之间犹豫了几秒，最终还是推开了安雅，选择做个人。

先做人后做男人，安雅注定是他的，他不急于这一时。

在送安雅去酒店的路上，骆桀一手开车一手制止安雅对他的撕扯，到了酒店他整个人狼狈不堪，还抱着一个昏昏沉沉时不时耍酒疯的人。酒店的工作人员没忍住多看了他们好几眼，捏着手中的对讲机，时刻准备着将他拿下。

在被服务生引领着上楼的路上，或许是电梯间里太闷，刚出电梯门安雅就对他上下其手，戒备的工作人员终于放下戒心，递给骆桀一个“我明白了”的眼神，微笑着离开。

骆桀举双手投降任由安雅“胡作非为”，思考着万一真做出点什么安雅醒来后将他大卸八块的可能性。他四处张望，瞧见顶上的监控摄像头，双手指着安雅，然后摊手，示意与自己无关。

有监控摄像头为证，就算安雅醒过来，这事也和他无关。

“行了行了，我们进房好好休息……”

话还没说完，骆桀敏感地感知到安雅靠了过来，香味渐浓。

“……”

喉结滚动，骆桀只觉得浑身一下热了，血液倒流，心脏克制不住地怦怦直跳。

坐怀不乱那是君子，他骆桀算什么君子？这种情况下，他连人都不想做。

“既然你把我当男人，那今晚我就不做人了。”

骆桀一把将安雅打横抱在怀里，打开了对面房间的门。

那晚的经历不必说，每每想起，骆桀都觉得死而无憾，这辈子他整个人都是安雅的。

虽然第二天醒来，安雅是真的想要了他这个人和他的命。

“你……别激动，我可以解释！”骆桀狼狈逃窜，将床上的睡袍胡乱地往身上套。

一个花瓶砸在他的脚边。

安雅咬牙切齿地看着他，恨不得从他身上咬下一块肉来。

“昨晚……”

安雅面无表情，目光在房间里穿梭，最终放在桌上的果盘边的水果刀上。

与此同时，骆桀也将目光放在了那把刀上。

虽说牡丹花下死，做鬼也风流，但他觉得做男人挺好的，做安雅的男人更是好上加好。

他得做个人，还得做个男人。

所以他手疾眼快地快安雅一步将水果刀抢走，硬着头皮解释：“你听我解释，昨晚真是一个误会。”

“误会？什么误会？”安雅明显还腿软，一大清早遭受这么大的刺激，稍稍冷静下来就气得站都站不稳，特别是身体上的不适感，严重刺激到了她。如果不是骆桀手快，那把刀到她手上，不是要了骆桀的命，就是要了他的命根子！

浑蛋！

一个男人睡了她，反而还觉得委屈？

“真的，”骆桀竭力解释，“昨晚你在酒吧喝醉了，我好心送你来酒店，我如果对你有一点不轨之心我就单身一辈子。昨晚的事无论是在车里还是在酒店都有监控摄像头为证，你如果不信可以去看看监控，就知道我有没有说谎。”

或许是因为骆桀这话说得太过恳切，抑或是安雅身体不便，听了这话，安雅还真安静地站在原地没动，只用那双“吃人”的眼睛望着他。

时间仿佛静止了，睡人的人比被睡的人还要尴尬和紧张。

骆桀后背冷汗津津，丝绸面料的睡袍从肩上滑落。

“对不起。”骆桀伸手把睡袍穿上，目光灼灼地盯着安雅，唯恐她做出过激的反应。

安雅的脸色由白转青再转红，就在骆桀以为安雅会和他同归于尽的时候，安雅咬牙切齿地转身，穿好衣服，头也不回地走了。

提及当晚的事，在时隔多日后，安雅依然要翻脸。

但她没有翻脸发火的对象，那天晚上的监控视频她全都看过，骆桀说得没错，从酒吧到车内再到酒店走廊上，都是她强迫的骆桀，也就是说，那晚的失身还是她上赶着去的。

为了这么一点点小事她就哭着闹着要骆桀负责？她安雅还不是那么幼稚的人！

作为一个风流的女人，这种事情安雅一点都不在意。

她一点都不在意！

但骆桀并不这么想。他只知道自己是个男人，占了心爱的女人的便宜，所以追求攻势越来越猛。安雅终于忍不住在骆桀上门后在休息室里说了那么一番话。

“骆桀，大家都是成年人了，成熟点行吗？你要死要活地要对我负责，我让你负责了吗？对，那天是我喝醉了，监控我也看了，是我主动的没错，可是我从来都没说过让你让你负责，就当是春宵一夜，我想你应该也不吃亏吧？

“之前你不是问过我，要不要看看你？现在我看过了，平心而论还不错，在我交往过的男朋友里你排得进前五，但麻烦你弄清楚，就算发生了昨晚的事情，我们的关系也仅限于此，我不缠着你负责，你也不用来找我解释。成年人，大家对自己负责就行了。

“我不会结婚，也永远不会接受你的爱意，我希望你能尽早转移目标，不要在我身上浪费太多时间。

“你的那些喜欢和追求，都让我觉得恶心。”

安雅这一番话说得一点余地都没有。

或许这番话说得太清楚也太决绝，骆桀醒悟，自此停止了对安雅的追求，两大王牌经纪人在之后很长的一段时间里，没有同时出现过。

一切似乎回归正轨，安雅身边的“小鲜肉”再次聚集。

一个姓李的“小鲜肉”刚上大一，却像个情场老手一样，对安雅穷追不舍。李“小鲜肉”幼稚又固执，十分难缠。安雅没有和这么小的“小鲜肉”谈过恋爱，看他刚成年，实在下不了手，但那“小鲜肉”还挺会玩的，不像平常那些男人一样送花送礼物追求，而是死缠烂打地带安雅体验青春。

他今天带安雅去电玩城，明天带安雅吃棉花糖，后天穿着帆布鞋和校服带安雅去学校的食堂吃饭，让安雅看他打球，让安雅送水。

球场周围一群女同学人手一瓶水，可他只接安雅的水。

安雅翻着白眼说“无聊”，一脸嫌弃之色，但到底也没结束这段感情。

渐渐地，安雅有些招架不住，实在是这位李“小鲜肉”太黏人，无论发生什么事总喜欢和安雅分享也就算了，安雅只要十分钟不回他的信息，他铁定打电话过来。

安雅因为工作性质特殊，难免得接触其他的男性艺人和一些艺校的“小鲜肉”。每每安雅和别的男生走在一块，李“小鲜肉”就像吃了一缸子醋，占有欲极强，不许安雅在外拈花惹草。

时间长了，就连一位经常与安雅合作的陈总监也笑着打趣她：“安雅，今天你那位小男朋友没来接你？”

安雅的名声在这个圈子里没人不知道，与她交好的人，大多是善意地打趣，没多少恶意。

她当即笑着说：“小男朋友还在学校上课。”

“奔着结婚去的？”

“你看我现在像是要结婚的人吗？”

“既然不是奔着结婚去的，作为老朋友，我可得提醒你，你那个男朋友可比你之前的男朋友要厉害得多，你得小心点。”

安雅脸上的笑容淡了些，别人都能看出来的事她难道看不出来？

与之前交往过的“小鲜肉”相比，李“小鲜肉”确实太过分，恋情开始时她明确地说过，玩玩而已，但是这次这个“小鲜肉”的占有欲已经超出了约定的范围。

还不等安雅说话，停车场里，右后方冲出一个身影，不待几人反应过来，那个身影就莽撞地冲向了安雅面前的陈总监，揪着陈总监的衣领，挥手一拳砸在陈总监的鼻梁上。

砰的一声，陈总监闷声倒地，捂着鼻梁半晌没站起来。

安雅大惊，一把拉住还想上前动手的人，怒道：“你干什么？”

“小鲜肉”年轻气盛，同样是一脸的怒气。他被拽住了手臂，转头怒视着安雅：“刚才的话我都听见了，这个人在挑拨我们之间的关系，你应该也听懂了吧？这样的人不该打吗？”

“小鲜肉”深陷的眉眼看得安雅喉间一哽。她将想说的话尽数吞了下去，表情瞬间冷了下来，冷冷地看着面前的小孩。

“小鲜肉”还想动手，却被安雅唬住，一时间没动。

陈总监从地上起身。他年岁较长，被人打了一拳并不想计较，到底什么都没说，看了一眼安雅，揉着嘴角，蹙眉道：“算了。没事我先走了。”

安雅冲他点了点头。

待陈总监上车离开之后，“小鲜肉”才愤愤不平地对安雅说：“他在挑拨我们之间的关系，你以后不要再和这样的人来往了。”

不要再来往？

安雅松开拽住他的手，摇头一笑。

“我们分手吧。”

“小鲜肉”显然没想到安雅会和他提分手，脸色瞬间由愤怒转为茫然，用单纯无害的表情看着安雅，语气弱了不少：“你说什么？”

“我说，我们分手。”这并不是要和他商量的语气。

“你要和我分手？姐姐，你……和我开玩笑的吧？”

安雅表情严肃，并不像在开玩笑。

这段时间以来，她对“小鲜肉”的所有耐心已经耗尽，今天这场闹剧简直就是在她头上点火，严重干涉到她的工作和私人生活，这种恋爱没必要再谈下去。

“你觉得我是在开玩笑？”

安雅这严肃的态度是在双方恋爱的过程中从未有过的，这个态度没人会怀疑她是在开玩笑。

“小鲜肉”瞬间慌了神。

“对不起，我错了，刚才不该对你吼，以后我……”

安雅看了一眼腕表上的时间，打断他的话道：“好了，别说了，我还有事要忙，先这样吧，以后没事不要再联系，我先走了。”

说完，她径直上车，扬长而去。

后视镜中，“小鲜肉”站在原地，神色不明地看着她离开的方向，一动不动。

后来几天，安雅也做好了“小鲜肉”上门纠缠的准备，但出乎她意料的是，接下来的日子风平浪静，“小鲜肉”听话地退出了她的生活。

就在安雅以为以后的日子能就此恢复平静时，有人发了一段她和“小鲜肉”的亲密视频以及一些不雅的照片给她。

这些视频和照片，有她知道的，有她不知道的。

她不知道的那些是“小鲜肉”偷拍偷录的。

“什么意思？”

“小鲜肉”很快回了她一句：“姐姐，你真的要和我分手？”

分手这个问题安雅不想再提，她没回消息，正想将人拉黑时，“小鲜肉”的信息又发了过来。

“姐姐，我不是想拿这件事威胁你，如果你不和我提分手，我永远都不会告诉你这件事。

“姐姐，你不要怪我，我是真的想和你在一起，只要你不提分手，就不会有人知道这件事。”

安雅沉默地看着这两条信息，许久后，才回过去一句：“我想想。”

被人威胁，她是生平第一次遇到。

以往替许辛夷争取资源时被导演和制片方威逼利诱，她从没妥协过。在娱乐圈这么多年，她什么人没见过？“小鲜肉”这点道行真不够看。

虽然觉得意外，但安雅并没有觉得有多少烦恼，她这辈子最恨的就是算计。

办公室外有员工收到了一束玫瑰花，笑着从她的办公室门前走过。

一阵风吹来，她好像闻到了满屋的玫瑰花香。

安雅一阵恍惚。

没有虚与委蛇，也没有委曲求全，两天后，安雅带着人去了“小鲜肉”的住处，想用最简单粗暴的方式解决这件事。

可就在她上楼后，楼梯间里传来声音，有警告声、有拳脚声，还有压抑着的呼痛声。

她站在那儿静静地听了一会儿，没推开那扇通往楼梯间的门，而后怎么来的，又带着人怎么下去。

她让人先走，自己却驻足在停车场里，靠在车身上等人下来。

大约十分钟后，停车场里响起了几人的脚步声，安雅抬头，顺着声音瞧去，看见了骆桀。

走在众人前头的骆桀脚下一顿，错愕的目光仅仅在安雅身上停留了一秒，随后他转头与身后的几人说了两句，几个身材高大的男人上车先行离开。

不到五分钟，偌大的停车场内就只剩下遥遥相望的骆桀和安雅。

“你刚才在干什么？”

骆桀扬眉笑了笑：“你那个小男朋友不识好歹，我帮你教训教训他，怎么？生气了？”

“我的事需要你管吗？”

骆桀沉默片刻，而后说：“最近闲着无聊，你就当我多管闲事。”

两人四目相对，整个停车场内静得吓人。

骆桀以为安雅会说点什么，哪怕是什么尖酸刻薄的话也好，但她什么都没说，转身拉开车门，扬长而去。

骆桀想叫住她，可脚下像长了钉子，嘴上像粘了胶水，迈不动脚也开不了口，直到安雅的车消失在视线中，才低头苦笑，落寞地自嘲了一句：“多管闲事。”

晚上风很大，安雅开着车奔驰在大马路上。

这是她回家的路，路边无数灯光照下，她降下窗户迎着风，听着汽车的轰鸣声。她想回家一趟，想告诉妈妈，有个男孩对她很好，她想让妈妈看看这个男人值不值得她托付终身。

她开着车缓缓地驶入地下车库，还没将车停进自家车位，就瞧见邻近的一辆停着的车上，一对情侣抱在了一起。

安雅觉得眼熟，降了车速，清楚地从车窗里看到那个女人，是她两个多月没见的母亲，而那个男人，是个陌生的男人。

她下意识地踩下刹车，车横着停在两人面前。

车内的母亲听到动静望了过来，与车里的安雅四目相对。

但很奇怪的是，安雅的母亲表情从容淡定，被亲生女儿撞破奸情却毫无羞愧之意，甚至坦然地从车上下来，走到安雅的车窗前，示意安雅降下车窗。

安雅双手紧握着方向盘，深吸口气，将车窗降下。

安雅的母亲说：“每个人都有自己的生活方式，这就是我们夫妻俩的生活方式。”

安雅笑着问她：“所以，根本就没有谁对不起谁？”

她的母亲年轻美丽，一如既往地温柔：“没有谁对不起谁，没有法律规定婚姻里一定要有爱情。”

少年时，安雅总觉得父亲婚内出轨，对不起母亲。一直以来，她对父亲乃至这种虚伪的婚姻都厌恶至极，现在面前的一幕却告诉她，这场婚姻你情我愿，没有谁对不起谁，很平等。

车辆启动，轮胎在地面上划出一道深刻的印记，刺耳的声音响彻整个地下停车场。

安雅逃离了那个地方。

她想起自己这趟回家的缘由，活像一场笑话。

那些年她对父亲的怨恨，也好像是一场笑话。

她肆意奔驰在空旷的马路上。这里是郊区，没什么人，漫天星光闪烁，她迎着风将油门踩到底，向马路的尽头开去。

她没降速度，后视镜里两边的事物如幻影一般飞速后退。在马路尽头的提示牌前，她猛踩刹车，轮胎和柏油路剧烈摩擦燃起一阵白烟，刺耳声震天，但车却安稳地停在了提示牌前。

没有惊魂未定的情绪，安雅从容地靠在座椅上，表情淡漠地看向前方。

空旷的郊区，一点也不安静。

因为身后紧跟着的一辆车轰鸣着，而后在安雅身边停下。骆桀下车，猛地一拳捶在安雅的车窗上。

车身颤了颤。

安雅抬头，看到了车窗外骆桀那张惊魂未定的脸。

“你干什么？不要命了！

“下来！

“笑什么？

“你知不知道刚才多危险？

“不就是一个‘小鲜肉’吗？你至于为他……”

骆桀还没说完，下了车的安雅上前揪住他的领带，吻了上去。骆桀措手不及，被安雅压在车身上，只有被动挨亲的份。

他拿安雅没有一点办法，谁先爱上，谁就输了。

“你……要和我试试？”

“试什么？”

骆桀就以被压在车身上的姿势看着安雅：“你看我长得不错，比你那些‘小鲜肉’好多了，最重要的是，我不会像那些‘小鲜肉’一样算计你，更不会像那些人一样需要在你身上得到些什么东西，相反，我可以给你你想要的。”

安雅目光沉沉地看着他。

“你说，你可以给我我想要的，你能给我什么？”

骆桀仔细想了想：“资源。”

安雅扑哧一声笑了：“我需要那些？”

“那你需要什么？只要你说，我都可以给你。”

“我要你说，你爱我。”

骆桀似乎没反应过来她在说什么，直愣愣地看着她：“你……说什么？”

“我要你说你爱我，要你说一辈子你爱我。”

骆桀喉间滚动，被压在车身上的身体不由自主地直了起来：“我爱你。

"我爱你。

"安雅，我爱你。

"我会爱你一辈子。"

安雅问他："即使我有过那么多的过去？"

"是，即使你有过那么多的过去。"

安雅望着他的眼睛，在他漆黑的眼眸中看到了自己和他的承诺。

"如果你骗我……"

"那就让我不得好死。"

抓着骆桀的领带的手逐渐收紧，安雅的心颤了颤。

"好。"

谁先爱上，谁就输了。

但好在，我没有满盘皆输，最终还是赢回了你。

（三）江淮

江淮一直以为自己是个幸运的人。

他有幸福的家庭、温柔慈祥的母亲、严肃却对他很好的父亲，还有一个活泼可爱的弟弟。

在他二十四岁以前，他都是这么认为的。

然而在那个本命年，一切都变了。

起初是因为弟弟出了车祸，医院检查后发现血型不对，后来做亲子鉴定证明，弟弟江念和父亲并非亲生父子关系。

也就是说，母亲背叛了父亲。

虽然温柔的母亲满眼只有父亲，但是在亲子鉴定的结果前，所有的亲情和爱情都变得无比脆弱。

那年，母亲带着弟弟离开了家，与其说是离开，不如说是被赶出了江家。

父亲不允许一个背叛过自己的女人和一个不知道哪里来的野种住在江家。

虽然不久之前，父亲还趴在地上，为了让弟弟消气而给弟弟当马骑。

母亲是个软弱的女人，依附于父亲的她什么都不会，据说带着弟弟离开江家的日子过得很困难。江淮偶尔会接济她，但被父亲知道后，母亲失去得更多。

那两年里，江淮一直在想，到底是血缘重要，还是亲情重要？

如果血缘那么重要，这些年算什么？

如果亲情重要，那现在又算什么？

两年后，他听说母亲去世了，弟弟将所有的东西卖了，处理了母亲的后事。

他去看了一眼，或许是因为这两年不堪劳累，又或许是因为这两年心怀怨恨，遗像上两年前还年轻温柔的女人像老了十岁。

弟弟也从一个活泼机灵的男孩变成了一个沉默寡言的人。

两年前一个温馨幸福的家庭就此分崩离析。

他将母亲的死讯告诉父亲，父亲没什么反应，甚至签合同的手不曾颤动一下。

江淮不记得他从家里出来时是什么心情，只是不想在那个冰冷的家里再待上一晚。

醉酒后他迷迷糊糊地推开了酒店的房门，床上似乎有人，也许是哪个下属投其所好，他不在乎。

荒唐的一晚上过后，他看清楚了床上的女人，床上的血迹表明他拿走了这个女人的第一晚。

江淮记得这个女人，叫许微茵，是个明星。

宿醉后他头疼欲裂，穿上衣服离开，只当一夜风流，没有放在心上。

直到后来他看到了一则新闻。

有人将一家医院告上法庭，因为这家医院出具的《亲子鉴定书》有误。

江淮如醍醐灌顶。他找到弟弟，让父亲和弟弟再做了一次亲子鉴定。

亲子鉴定的结果两人为父子关系。

可是他一点激动的情绪都没有，心平气和地将报告送到父亲桌前，转身就走了。

当初父亲是怎么把弟弟和母亲赶出去的，现在就怎么把人接回来。

又过了几年。

江淮至今都不愿再回想起那段时间。

“老板，这边学校待会儿就下课了，路上估计有些堵，还要再待一会儿吗？”

江淮坐在后座上，看向学校门口：“再待一会儿。”

这是一所全市有名的小学，能将小孩送进去的家庭非富即贵。

学校门口逐渐多了来接孩子的家长。

铃声响起，学校门开了，不少小孩背着书包蹦蹦跳跳地从里面出来。

人群渐渐散去，一个小男孩背着书包不急不缓地从学校里出来。路边停着的一辆车上下来一个戴着墨镜的女人，小男孩蹦蹦跳跳地来到女人身边。

“妈妈，你找到爸爸了吗？”

女人停顿片刻后道：“还没有。”

小男孩失望地应了一声。

“不过明天放假，想去哪儿玩妈妈都可以陪你去。”

小男孩没有回答，显然没什么兴致。

江淮的目光一直停留在女人和小男孩身上。

那是许微茵和她的儿子。

他不禁又想起十年前他思考过的那个问题：到底是血缘重要，还是亲情重要？

“老板，我们走吗？”

江淮收回目光：“走吧。”

车辆缓缓启动。

车子驶过许微茵身边的瞬间，许微茵似乎察觉到了什么，抬头望了过来，恰好与江淮四目相对。

这些年她其实已经很少与江淮联系，几年前的那段经历对她来说不过是一段露水情缘而已，但是几年后的这一眼，电光石火间，她似乎明白了很多事。

她明白了江淮为什么会出现在这里，明白了逐渐长大的儿子越来越像谁。

她甩开孩子的手便追了上去。

“江淮！”

司机通过后视镜看见了追车的许微茵，看向江淮：“老板，需要停车吗？”

江淮没有说话。

江淮没有说话司机就不能停车。

许微茵一直在后面追，车辆拐过一个弯后，她都已经绝望了，却没想到在她追过拐角时，那辆车就停在那儿。

她气喘吁吁地追了上去，双手紧紧地扒着徐徐降下的车窗：“江淮，你是我的孩子的爸爸对不对？几年前的那个晚上，那个人是你对不对？”

后座上的江淮没有说话。

许微茵激动地大喊：“你说话！为什么不说话？如果不是你，你为什么会出现在这里？如果不是你，为什么我的儿子会越来越像你？”

江淮转头看了她一眼：“许微茵，我给过你机会，但是你一次都没有抓住。我承认的儿子才是我的儿子，不承认的，永远都不是。”

许微茵听到这绝情的话不怒反笑。她肯定地道：“所以，你确实是我儿子的亲生父亲！”

“你是我的爸爸吗？”

一个清脆的声音传来。

许微茵愣了，转身看向站在拐角处的孩子。

拐角离这儿很近，江淮什么都能听见。

他没有说话。

小男孩走近，望着江淮大声质问道：“你是我的爸爸对不对？你为什么不肯承认？”

江淮终于有了反应，看着面前这个和自己有几分相似的小男孩，冷冷地道：“等你长大，和我站在同一个高度时，你才有资格来问我这句话。”

“江淮！”许微茵喊道。

江淮升起车窗：“走吧。”

车辆缓缓前行。

许微茵蹲在地上捂脸痛哭，小男孩却在车后追着，大声喊道：“总有一天我会站在你的面前，我会让你后悔的！”

车子渐行渐远，后视镜内渐渐看不到追着跑的小孩，江淮往后一靠，轻轻地闭上了双眼。

“你觉得，是血缘重要还是亲情重要？”

冷不防听到这个问题，司机不敢答。

半晌，江淮微微一笑：“都重要。”

（四）江念

一辆从国外飞往国内的航班停在机场，十二月的天气已经很冷了。

江念全副武装地从飞机上下来，顺着人流往外走去。

身边黄色皮肤说着中文的人群让他茫然。

他出国至今已经五年了，刚适应了国外的生活，又回到了国内。

回国的消息他跟谁都没有说。他低调地拖着行李回到了曾经他和妈妈一起住过的房子里。

房子里的摆设和五年前一样，屋内的家具依然一尘不染。

只是母亲的遗像旁多了父亲的遗像。

江念在两人的遗像前驻足片刻，而后换上西装，前往酒店。

这次他赶在安雅和骆桀结婚的这天回来，是因为之前在许辛夷的工作室时，安雅对他照顾颇多，安雅的婚礼，他不能不参加。

其实江念自己也说不清楚为什么要赶着参加这场婚礼，不知道自己究竟是想参加安雅的婚礼，还是想借着安雅的婚礼，名正言顺地遥遥看上一眼许辛夷。

在国外时他偶尔在网络上看到过有关许辛夷的新闻——电影票房创新高、摘下最佳女主角的桂冠，或者……一家三口出游。

她所有的新闻都已经和易扬、和她的儿子、和易氏绑定，只要有她的名字出现的地方，都会出现易扬的名字。

久而久之，他就不喜欢再看关于许辛夷的新闻。

距离他上次看到关于许辛夷的新闻，好像是两年前。

那时她拿下了影后的桂冠。

江念的车停在酒店门口，这场婚礼声势浩大，骆桀拿出家底给了安雅一个盛大的婚礼，整个酒店被包下，灯光璀璨到如白昼一般。

江念很轻松地入了场，新娘没露面，新郎笑容满面地穿梭在人群里。江念端着一杯酒沉默地坐在角落里，环顾四周，都是些陌生的面孔。

娱乐圈更新换代快，这五年不知道多少当红的明星陨落，又被多少不知名的艺人替代。

时过境迁，也没多少人还记得“江念”这个名字。

一杯酒喝完，江念正准备起身，裤腿却被人扯了一下。江念往下一看，桌下伸出一双小孩的手，正抓着他的裤脚。

小孩？

谁家的小孩？

他掀开桌布，一个三四岁的小孩睁着一双漂亮的大眼睛望着他，食指抵着嘴唇，像煞有介事地冲他嘘了一声。

那双眼睛太漂亮了，漂亮到只需要一眼，他就知道这是谁家的孩子。

"哥哥，你不要说话，快坐好，别让人发现了！"

"你怎么在这里？"

不到桌面高的小孩穿着一身小号西装，蹲在桌下嘟着嘴道："我跟妈妈一块来的，妈妈说待会儿爸爸也会来，可是我不想见爸爸。"

"为什么不想见你爸爸？"

"昨晚……昨晚我让妈妈给我讲故事，妈妈太累在我的床上睡着了，爸爸就生气了，打了我的屁股，所以我也生气了，不想见他。"

江念不由自主地笑了笑："你爸爸为什么生气？"

小孩想了想，懊恼地道："因为我让妈妈累着了，不过我已经道歉了！他还是要打我。"

"你爸爸对你妈妈很好吗？"

小孩点头："好！"说完他又加了一句，"但是不如我对妈妈好！我才是天下第一对妈妈好的人！"

"易谦！"嘈杂的人群里传来一句焦灼的寻人声。

江念心底一紧。

小孩一听这声音忙说："哥哥，我先走了，你千万别说见过我！"说完，易谦从桌子的另一边钻了出去，自以为没被人发现。

但小小的身影却已经引起了寻人者的注意。

许辛夷眉心一蹙："易谦！再不过来妈妈生气了！"

小孩一下钻进另一张桌子下。

许辛夷上前，也不掀开桌布，而是坐在桌前故意说道："有些小孩胆子真小，被爸爸打了两下屁股就不敢见人了，还说自己是个男子汉要保护妈妈，以后如果爸爸欺负妈妈，小男子汉要怎么保护妈妈呢？"

她话音刚落，小孩就从桌下钻了出来，站在许辛夷面前昂首挺胸地道："谁说我怕爸爸？我只是生气，在我不生气之前我才不想看见他！妈妈，你放心，如果爸爸敢欺负你，我就替你……"

"辛夷。"易扬从门口进来，一眼便瞧见了场内的许辛夷。易扬走到许辛夷身边，刚才还理直气壮的小孩立马躲到了许辛夷的身后。

许辛夷笑着摸了摸小孩的头顶，抬头看了一眼易扬："你怎么现在才来？"

"公司有事耽误了。"说完，易扬看了一眼躲在许辛夷身后的易谦，喉间只发了一个声音，"嗯？"

易谦好像一个泄了气的皮球，蔫头耷脑地从许辛夷身后出来：

"爸爸。"

严厉的父亲可不管会不会吓到孩子，易扬眉心一皱，沉声道："刚才在说什么？"

小孩看了一眼许辛夷，用可怜巴巴的眼神求救。

许辛夷心一软，将孩子拢到怀里："没说什么，说你什么时候带他去滑雪。"

小孩眼睛一亮，看向易扬："真的吗？爸爸，你要带我去滑雪吗？"

易扬挑眉看向许辛夷，没有说话。

小孩一听滑雪什么害怕都忘了，从许辛夷怀里出来拽着易扬的手仰头问道："爸爸，什么时候去滑雪？我想去！"

许辛夷以眼神示意易扬"还不快哄哄你的儿子"。

易扬顺势将易谦抱在怀里："你乖的话，明天就去。"

"真的吗？那我肯定乖乖的！"

许辛夷起身，挽着易扬的手臂朝酒店后台走去。

直到三人的身影消失，隐藏在暗处的江念才走出来。

在出国前，他曾对许辛夷说过："我会好好读书，努力成为一个出色的人，也会赶快长大。等我长大了，如果易扬对你不好，或者你不喜欢易扬了，你可以想到我吗？"

她想不到他，这很好啊。

至少证明，她现在是幸福的。

她幸福就够了。

（五）小A

小A一直都认为自己是个英明神武且经验十足的系统，没有什么问题是它解决不了的。

这次阴沟里翻船，它是打死也不会承认的！

可它不得不承认，许辛夷真的是它带过的最难带的一届宿主。

第一，为了活命，你可以从现在开始忍辱负重，努力洗脱自己在所有人心目中的恶毒形象，让所有人接纳你，让易扬真心爱上你，用人间真善美摆脱恶毒女配角的命运。

易扬，二十八岁，富三代，身家百亿，身高一米八八，英俊帅气，至今单身，是亿万分之一的钻石王老五。

第二，破罐破摔，顺应“人设”和剧情，继续干坏事，走恶毒女配角的路，但所有人都会唾骂你，你的老公也会讨厌你，你会背负一个坏女人的形象活着，直到易扬愿意和你离婚为止。

既能收获美好的爱情，又能收获一个完美的男人，这个选择题还用做吗？

谁都会选一好吗？

可许辛夷这个固执的女人偏偏要选二！

恶毒女配角“人设”不毁，许辛夷一演就是两年。

小 A 经常觉得自己要完，在深夜思考人生，系统之路眼看着就要毁于一旦。

不过好在它英明神武、无所不能。

许辛夷这么可爱的女人，怎么能不让人看到和听到她的可爱之处？

夫妻之间嘛，最重要的就是互相了解，既然易扬对许辛夷不是很了解，那它不如让他听到许辛夷的心里话。

其实她很可爱，单纯又不坏，这样的女人易扬错过了岂不是很可惜？

除一开始许辛夷在心里将易扬骂到怀疑人生，差点吓得它数据紊乱外，其余的事都很顺利。

小 A 事了拂衣去，深藏功与名！

我叫小 A，一个没有感情的系统。

让我看看谁那么幸运，能成为我的下一届宿主。